삼현(龜峯,牛溪,栗谷)의 편지글

三賢手簡

삼현수간

宋南錫 編輯

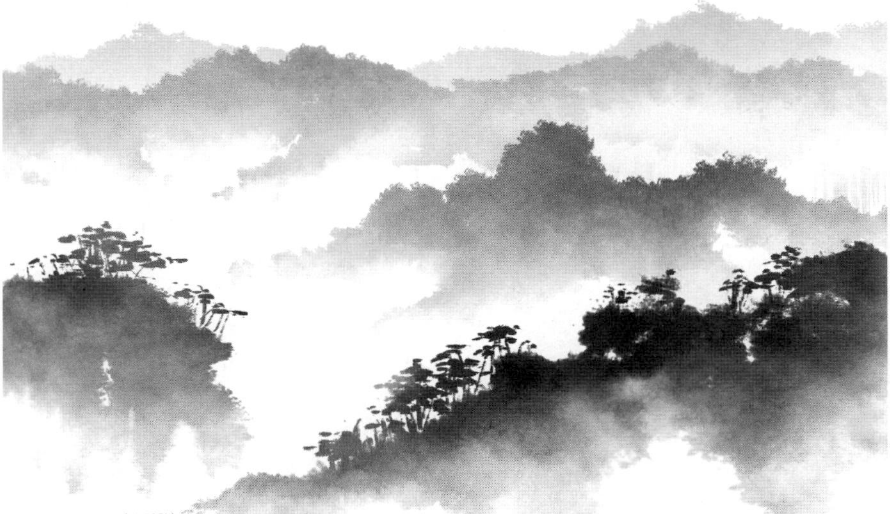

맑은샘

三賢手簡

삼현(三賢)의 이력사항			
성 명	**송익필(宋翼弼)**	**성 혼(成 渾)**	**이 이(李 珥)**
出生(陰)	1534,02,10	1535,06,25	1536,12,26
死亡(陰)	1599,08,08 (66세)	1598,06,06 (64세)	1584,01,16 (49세)
父, 母	송사련, 연일정씨	성수침, 파평윤씨	이원수, 신사임당
配偶者	창녕성씨	고령신씨	곡산노씨
本貫	여산(礪山)	창녕(昌寧)	덕수(德水)
자(字)	운장(雲長)	호원(浩原)	숙헌(叔獻)
호(號)	구봉(龜峯),현승	우계(牛溪),묵암	율곡(栗谷),석담
諡號	문경(文敬)	문간(文簡)	문성(文成)
學風	성리학	성리학	성리학

본문 찾아가기

발간사

삼현수간(三賢手簡)은 구봉(龜峯) 송익필(宋翼弼) 할아버지와 율곡(栗谷) 이이(李珥) 선생, 우계(牛溪) 성혼(成渾) 선생 세 분의 친필 편지글을 모아 엮은 것으로 보물 1415호이다. 고도의 정신수련(精神修鍊)을 하신 분들의 문답으로 형이상학적(形而上學的) 내용이 많고, 이율곡(李栗谷), 성우계(成牛溪) 두 분 선생께서 묻고 구봉(龜峯) 할아버지께서 답하신 내용이다. 이미 몇 차례 세상에 발간되어 알려져 있다.

이미 발간된 것을 다시 발간하는 이유는 세계 최고의 보물인데, 오래되어 원본이 훼손되었고 친필 원본을 여러 차례 복사하여 선명하지 못해서이다. 그래서 깨끗하게 복원하여 새로 발간한다. 그 큰 이유는 구봉(龜峯) 할아버지께서는 세계 최고의 대성인(大聖人)으로 오늘날의 문명과 역사가 존재케 하신 한얼님과 같은 분이시기 때문이다.

현재까지 구봉 시집이나 글들이 여러 형태로 발간되고, 석•박사들의 논문으로 나왔으나 하늘같이 깊은 내용들이 대부분 누락되었다. 최근에 봉우(鳳宇) 권태훈(權泰勳) 선생께서 제대로 발표하시었고, 그 뜻을 이어 받들어 봉우 선생의 제자인 내가 구봉 할아버지의 바른 역사를 세상에 자세히 발표하였고, 우주공항(宇宙空港) 강의와 성지순례에서 자주 거론하고, 구봉 탄신제, 기제사 천제를 매년 봉행하고 있으나 그 역시 너무 부족하여 안타깝기만 하다.

이제까지 구봉 할아버지의 역사가 잘못 알려진 이유는 그 시대의 잘못된 정치적, 사회적 배경이 거의 전부이고, 일부는 최고 학문인 도학(道學)이 세상에 널리 제대로 펼쳐지지 못한 탓이다. 최근부터 내가 구봉 할아버지의 잘못된 역사를 바로잡고 하늘같이 높은 가르침을 널리 알리고자 「구봉설화집」, 「백두산족의 길」, 「대황조 천문지경(大皇祖 天門至經)」을 펴냈고, 「국역구봉집」을 발간했으며, 이번에는 「삼현수간」을 발간하게 되었다.

세상에서는 아직도 믿기조차 힘든 구봉 할아버지의 전생(前生)은 구천응원뇌성보화천존(九天應元雷聲普化天尊), 일만 년 전 단군(檀君, 大皇祖님), 한인(桓因), 한웅(桓雄), 단군 할아버지, 자오지(慈烏支) 한웅(치우천황), 순(舜)임금, 시바, 공자(孔子), 카이사르, 달마(達磨), 연개소문(淵蓋蘇文), 칭기즈칸, 야은(冶隱) 길재(吉再), 송익필(宋翼弼) 선생 등으로 수십 차례 그 시대 최고의 인물로 환생하시어 오늘날의 세계 문명과 역사가 존재하게 하신 분이시다. 세상에는 아직 잘 알려지지 않은 부분이라 매우 믿기 어렵고 또 허황된 내용이라고 일축하는 분들이 매우 많으리라 사료되지만, 이제부터는 반드시 구봉 할아버지에 대하여 자세히 배우고, 가르쳐야 한다는 것을 강력히 강조한다.

조선 중엽에 유독 많은 성현이 배출되었는데 그것은 구봉 할아버지께서 임진왜란 등 미래를 대비하여 권율(權慄) 장군, 이순신(李舜臣) 장군, 고청(孤靑) 서기(徐起) 선생, 조헌(趙憲) 장군, 영규(靈圭) 대사, 사계(沙溪) 김장생(金長生) 선생, 박엽(朴燁) 장군 등을 가르치셨고, 남명(南冥) 조식(曺植) 선생, 율곡(栗谷) 이이(李珥) 선생, 우계(牛溪) 성혼(成渾) 선생, 토정(土亭) 이지함(李之菡) 선생 등과 교유하였기 때문이다. 또 김집(金集), 심종직(沈宗直), 정엽(鄭曄), 정홍명(鄭弘溟), 강찬(姜澯), 허우(許雨), 유순익(柳舜翼), 송이창(宋爾昌), 김반(金槃), 김유(金瑬), 서성(徐渻) 등 많은 성리학의 후예를 양성하였다. 그리고「삼현수간(三賢手簡)」내용을 보면 율곡 이이(李珥) 선생과 우계 성혼(成渾) 선생도 구봉 할아버지의 제자임을 명확히 알 수 있다.

경기도 파주 산남리에 구봉 할아버지 유허비가 있고, 충남 당진에 구봉 산소와 입한재(立限齋)가 있으나 아직 성역화(聖域化)가 안 되어 성역화가 시급하다. 하루속히 국가 정책으로 대성(大聖) 구봉 할아버지에 대한 교육과 홍보를 적극적으로 펼쳐, 남북통일에 이어 고토회복(古土回復), 황백전환(黃白轉換), 홍익인간(弘益人間), 이화세계(理化世界)로 장춘세계(長春世界)가 이루어지도록 해야 한다. 그래서 그 일환으로 제자들과 함께「국역구봉집」과「삼현수간」을 발간하게 되었다. 전 세계인은 세계 최고 문학서인「구봉집」과「삼현수간」을 정독해야 하고 또 구봉 할아버지가 세계 최고 대성인(大聖人)이신 것을 잘 알아야 한다. 그리고 그 정신으로 그 도학(道學)을 배워 구봉 할아버지 같은 대성인(大聖人)이 많이 배출되기를 간절히 바란다.

덧붙여 설명하면 고대 최고의 경전 중 하나인「옥추보경(玉樞寶經)」도 조천사(祖天師) 장진군(張眞君) 의저(義著), 명나라 세종이 어제서(御製序)까지 하고 최고 유명한 분들이 극찬한 대단한 경전으로 처음부터 끝까지 구봉 할아버지의 전생인 구천응원뇌성보화천존(九天應元雷聲普化天尊)의 가르침과 구천응원뇌성보화천존에 대해 담고 있다. 내용을 보면 이 세상에 이러한 분과 이렇게 심오한 글이 있다는 것에 놀라지 않을 수 없다. 어떤 대성인도 구봉 할아버지에게 비교할 수 없다. 지금까지 구봉 할아버지에 대해 세상에 잘못 알려진 내용들은 이제 잊어야 한다. 그리고 온 인류가 구봉 할아버지의 가르침을 배우고 또 받들어 모셔야 한다. 이는 봉용(鳳容) 한 사람의 일이 아니고 80억 인류가 마땅히 함께해야 할 일임을 강력히 외치는 바이다.

봉용(鳳容) 윤재남(尹在男)

편집자의 말

삼현수간(三賢手簡)은 조선 중기의 대학자인 율곡(栗谷) 이이(李珥),우계(牛溪) 성혼(成渾), 구봉(龜峯) 송익필(宋翼弼) 세분 학자의 편지글 모음집이다. 삼현수간은 구봉집 권지4~5에 현승편이 있는데, 여기에 삼현수간의 일부가 실려 있는 것으로 보아 제목이 현승편 이었던 것을 후대에 삼현수간으로 붙여진 이름인 것 같다.

구봉 송익필은 이이, 성혼 두 분이 자신에게 보낸 편지와 자신이 보낸 답장을 선생의 말년에 아들 취대가 모아서 정리한 것으로 4권의 첩(元,亨,利,貞)으로 되어있다. 학문에 대한 진지한 토론, 처세, 일상적인 내용 등 98편의 글로 원문은 한문초서(27Cm×37.5Cm)로 되어 있다.

율곡전서와 우계집에도 동일한 내용 일부가 실려 있으나 세분의 문집 속에 누락된 부분과 중간에 빠진 부분이 여기에 친필로 쓰여진 삼현수간에 모두 수록되어 있기 때문에 학문을 연구하는 분들에게 있어서 귀중한 사료가 될 것이다.

98통의 편지글 중 세분의 문집가운데 아예 없는 것이 16통, 일부만 실려 있는 것이 15통이며, 구봉의 나이 20대중반부터 1593년까지 서신왕래를 하여 약 35년간 왕래한 편지글이다. 원본은 근래까지 광산김씨 종가에서 소장하였고 전적수집가 우찬규씨에 의해 삼성문화재단[1] 호암미술관에 소장되어 있다가 현재는 서울 한남동 삼성 리움 미술관으로 옮겨진 것으로 알고 있다.

여러 사람이 두루 읽기 편하도록 디자인 재편집하여 출판하였음에 제종인들의 필독을 권하고자 한다.

2018. 5. 8 편집자 **송 남 석**

---

1) 2001년 삼성문화재단에서 초역 되었고 2004년 보물1415호로 지정되었다. 117쪽(A4사이즈) 사본이 돌아다니던 것을 편집자가 발견 재 타이핑하여 편집하는 과정에서 원문한자 73자의 오자(誤字)를 교정하였다.

축간사(祝刊辭)

조선중기 대학자 율곡(栗谷), 우계(牛溪), 구봉(龜峯) 세분 선생님은 파주에서 도의지교(道義之交)를 맺고 동시대를 외우(畏友)로 살아가셨던 보기 드문 학자의 참모습을 남겨주신 분들입니다. 편지글 모음집인 삼현수간은 이 분들이 20대 청년시절부터 말년까지 30여년이 넘도록 왕래한 일상생활에서부터 사단칠정(四端七情) 등 진지하게 학문(學文)을 논하는 글까지 실려 있어 당시의 시대상황을 진솔하게 들여다 볼 수 있는 훌륭한 편지글이기도 합니다.

공자(孔子)의 논어에 나온 말씀 중에
“朝聞道,夕死可矣!(조문도,석사가의)” 아침에 도를 들을 수만 있다면, 저녁에 죽어도 좋으리! 라는 말씀의 실천현장을 보는 듯하고,

飯疏食飮水, 曲肱而枕之, 樂亦在其中矣. 不義而富且貴, 於我如浮雲.
(반소사음수, 곡굉이침지, 낙역재기중의. 불의이부차귀, 어아여부운)
“거친 수수밥에 찬물을 마시고, 팔 베게 하고 누우니 즐거움이 바로 여기에 있구나, 옳지 않은 방법으로 생긴 돈과 벼슬은 나에게는 그저 한갓 떠도는 구름.” 이라고 말했던 참된 선비 정신과 실천의 도가 무엇인지 느낄 수 있습니다.

이 삼현수간의 출현은 여산송씨 구봉선생의 위상과 학문의 경지를 새로운 시각으로 느낄 수 있는 좋은 기회가 되고 있음은 물론 인문학적 소양이 고갈되어가고 있는 현시대에 가치 있는 교육의 자료와 교훈이 되겠기에 다수의 후손들에게 널리 읽혔으면 하는 바램과 다시 한 번 문경공(文敬公) 송익필(宋翼弼) 선생에 대한 감사의 말씀을 올리고자 합니다.

全羅南道儒道會高興支部長　宋 永 彬

차 례

3. 이첩 利帖

① 우계(牛溪) ➜ 구봉(龜峯)
② 율곡(栗谷) ➜ 구봉(龜峯)
③ 우계(牛溪) ➜ 구봉(龜峯)
④ 우계(牛溪) ➜ 구봉(龜峯)
⑤ 우계(牛溪) ➜ 구봉(龜峯)
⑥ 구봉(龜峯) ➠ 우계(牛溪)
⑦ 구봉(龜峯) ➠ 율곡(栗谷)
⑧ 우계(牛溪) ➜ 구봉(龜峯)
⑨ 우계(牛溪) ➜ 구봉(龜峯)
⑩ 구봉(龜峯) ➠ 우계(牛溪)
⑪ 우계(牛溪) ➜ 구봉(龜峯)
⑫ 우계(牛溪) ➜ 구봉(龜峯)
⑬ 구봉(龜峯) ➠ 율곡(栗谷)
⑭ 우계(牛溪) ➜ 구봉(龜峯)
⑮ 우계(牛溪) ➜ 구봉(龜峯)
⑯ 구봉(龜峯) ➠ 율곡(栗谷)
⑰ 율곡(栗谷) ➜ 구봉(龜峯)
⑱ 구봉(龜峯) ➠ 율곡(栗谷)
⑲ 율곡(栗谷) ➜ 구봉(龜峯)
⑳ 율곡(栗谷) ➜ 구봉(龜峯)
㉑ 율곡(栗谷) ➜ 구봉(龜峯)
㉒ 우계(牛溪) ➜ 구봉(龜峯)
㉓ 구봉(龜峯) ➠ 우계(牛溪)
㉔ 구봉(龜峯) ➠ 우계(牛溪)
㉕ 우계(牛溪) ➜ 구봉(龜峯)
㉖ 우계(牛溪) ➜ 구봉(龜峯)

086~126페이지

4. 정첩 貞帖

①구봉(龜峯) ➠우계(牛溪).율곡(栗谷)
② 우계(牛溪) ➜ 구봉(龜峯)
③ 구봉(龜峯) ➠ 정상인(鄭喪人)
④ 우계(牛溪) ➜ 구봉(龜峯)
⑤ 율곡(栗谷) ➜ 구봉(龜峯)
⑥ 우계(牛溪) ➜ 구봉(龜峯)
⑦ 구봉(龜峯) ➠ 김장생(金長生)
⑧ 우계(牛溪) ➜ 구봉(龜峯)
⑨ 구봉(龜峯) ➠ 우계(牛溪)
⑩ 구봉(龜峯) ➠ 우계(牛溪)
⑪ 우계(牛溪) ➜ 구봉(龜峯)
⑫ 우계(牛溪) ➜ 구봉(龜峯)
⑬ 우계(牛溪) ➜ 구봉(龜峯)
⑭ 구봉(龜峯) ➠ 우계(牛溪)
⑮ 구봉(龜峯) ➠ 이산보(李山甫)
⑯ 우계(牛溪) ➜ 구봉(龜峯).시(詩)
⑰ 구봉(龜峯) ➠ 우계(牛溪)
⑱ 구봉(龜峯) ➠ 조헌(趙憲)
⑲ 우계(牛溪) ➜ 구봉(龜峯)
⑳ 구봉(龜峯) ➠ 우계(牛溪)
㉑ 우계(牛溪) ➜ 구봉(龜峯)
㉒ 우계(牛溪) ➜ 구봉(龜峯)
㉓ 우계(牛溪) ➜ 구봉(龜峯)

127~174페이지

원첩 (**元帖**)

순	原文	발 신	수 신	연 대	출 전 유 무
序	*2*	구봉龜峯 (서문)		1599	'龜峯集·玄繩編' 4-1
1	*3*	우계牛溪	구봉龜峯	1560	'牛溪集·續集' 3-25
2	*4*	구봉龜峯	율곡栗谷	1560	'龜峯集·玄繩編' 4-3
3	*10*	구봉龜峯	율곡栗谷		'龜峯集·玄繩編' 4-5
4	*11*	우계牛溪	구봉龜峯	1576	'龜峯集·玄繩編' 4-5
5	*13*	율곡栗谷	구봉龜峯	1576(?)	'龜峯集·玄繩編' 4-7 '栗谷全書' 11-22
6	*14*	율곡栗谷	구봉龜峯	1577	'龜峯集·玄繩編' 4-7
7	*15*	구봉龜峯	우계牛溪		'龜峯集·玄繩編' 4-10
8	*16*	율곡栗谷	구봉龜峯	1576(?)	'龜峯集·玄繩編' 4-8
9	*18*	우계牛溪	구봉龜峯	1577	'牛溪集·續集' 3-27일부
10	*19*	우계牛溪	구봉龜峯	1577	'龜峯集'6-21 '牛溪集'4-42
11	*20*	구봉龜峯	許公澤		'龜峯集·玄繩編' 4-31
12	*22*	율곡栗谷	구봉龜峯	1577	
13	*23*	율곡栗谷	구봉龜峯	1577	'栗谷全書' 11-23
14	*24*	우계牛溪	구봉龜峯	1577	
15	*26*	구봉龜峯	우계牛溪		'龜峯集·玄繩編' 5-14
16	*27*	구봉龜峯	우계牛溪		'龜峯集·玄繩編' 4-13
17	*28*	우계牛溪	구봉龜峯	1578	'龜峯集·玄繩編' 4-14
18	*30*	우계牛溪	구봉龜峯	1579(?)	'龜峯集' 6-28
19	*31*	우계牛溪	구봉龜峯		
20	*31*	우계牛溪	구봉龜峯		'龜峯集'6-30 '牛溪集'4-32
21	*32*	우계牛溪	구봉龜峯		'牛溪集'4-42일부
22	*34*	우계牛溪	구봉龜峯		'龜峯集'6-37 '牛溪集'4-43
23	*35*	우계牛溪	구봉龜峯		

集計▶ 牛溪➔龜峯49, 龜峯➔牛溪20, 栗谷➔龜峯13 龜峯➔栗谷7,
龜峯➔ 金長生2, 許公澤2, 趙憲1, 李山甫1, 鄭喪人 1,
龜峯➔ 牛溪, 栗谷 1, 牛溪➔ 龜峯, 季鷹 1, 合計 ⇒ 98通

1. 원첩(元帖) 23통

서문　송익필

吾與牛溪,栗谷最相善,今皆去世,吾獨生.能復幾日而隨死耶,迷子就大,曾於兵火散亡之餘,收拾二友書尺及吾所報答私稾,及雜錄略干紙以示余,遂合以成帙,爲未死前觀感之資,且欲傳之一家云, 萬曆己亥仲春, 宋翼弼 題

皆手寫 有名字無名私蒿缺裂亦多.

해 나(송익필)은 우계 성혼•율곡 이이와 가장 친하게 지냈다. 지금 둘 다 세상을 떠나고 나만 살아 있다. 몇 날이나 더 살다가 죽을 것인가? 아들 취대(就大)가 지난 전쟁[2)]으로 두 친구의 글이 흩어지고 없어졌지만 남아 있는 나머지의 두 친구 편지와 내가 답장한 글 그리고 잡다한 기록을 약간 모아서 나에게 보여 주었다. 모두 모아서 질(帙)로 만들고 죽기 이전에 보고 느끼는 자료로 삼기로 하였다. 또 우리 집안에 길이 전하고자 한다.
만력(萬曆) 기해년(1599) 봄 송익필(宋翼弼) 씀.

다 손수 썼고, 이름 있거나 무명의 사사로운 원고이지만 역시 많이 유실 되었다.

※ 98통의 편지 중 三賢(세분)의 글은 89통인데
우계의 편지가 가장 많아 절반이 넘는다.

牛溪 ➔ 龜峯49통(약55%)
龜峯 ➔ 牛溪20통(약22%)
栗谷 ➔ 龜峯13통(약15%)
龜峯 ➔ 栗谷 7통(약 8%)

2) 전쟁 : 壬辰倭亂(1592~1598)을 말함.

元1. 牛溪 → 龜峯

겉봉 : 雲長[3] 拜上謝

宋生員 村舍

叔獻袖傳手札. 開緘三復. 備審侍親村廬. 靜況健勝. 慰解無已. 渾得此冬寒. 愈加沈痛. 僅僅度日. 且蒙鐫誨之賜. 向風惕厲惕厲. 論學非心目俱到之實. 而强用揣摩. 爲渾之病者. 來誨至矣. 謹已引罪而服膺. 四端之說. 來書所示. 稍異於前說. 果如此者. 又安有贅說之往復乎? 當初. 只爲舍孟子所言之本旨. 而徒深探於中節不中節之間. 則抑非所謂無不善者. 而忘原失委矣. 若曰四端是說天理之纔發藹然處. 而又以餘論. 反覆於中節不中節之地. 以備孟子之所未言. 則亦何不可之有耶. 大抵孟子發明性善之理. 而四端言之. 朱子又就孟子之所已言. 發明所未備.乃說到細密處也. 學者引而伸之. 不患無其說矣. 而亦非所當恒言者也. 未知如何如何. 且語類曰惻隱·羞惡. 也有中節·不中節. 若不當惻隱而惻隱. 不當羞惡而羞惡. 便是不中節. 然則厚薄輕重之說. 又非朱子之旨也. 厚薄輕重. 似不當於纔發處言之矣. 未知如何如何. 更乞商量回教何如. 多言滋益其揣摩. 渾於此不能承嘉誨也.愧謝愧謝. 餘外所祈. 益加充闡之學. 以求眞實之得. 使昏隨者. 得以時時資扣而有所解惑也. 不宣. 謹拜謝復.
十月十一日. 渾 頓首.
尊宅有溫突客舍耶. 入城欲以歷拜.

解 숙헌(淑獻:李珥의 字)이 직접 편지를 전달하였습니다. 뜯어서 세 번이나 읽고 형께서 부모님 모시고 시골집에서 조용히 잘 지내고 있음을 알았습니다. 위로되고 마음이 풀립니다. 저[渾:성혼을 말함]는 겨울 감기에 걸렸는데 더욱 고통이 심해 하루하루를 간신히 지내고 있습니다. 또 새겨 두어야 할 가르침을 주셨는데, 형의 모습을 마주하는 듯하여 두렵고 두렵습니다. 학문을 토론할 때 마음과 눈이 함께 진리에 이르지 못하고, 억지로 추측하는 것이 저의 잘못인데 주신 가르침은 지극하였습니다. 삼가 잘못을 알고서 가슴에 깊이 담아두겠습니다. 사단지설(四端之說)[4]은 이번 편지에서

---

3) 雲長 : 宋翼弼의 字
4) 四端之說 : 人間의 心性을 논하는 학설로『孟子·公孫丑』에 다음과 같이 되어 있다."惻隱之心,仁之端也,羞惡之心,義之端也, 辭讓之心, 禮之端也,是非之心, 智之端也, 人之有是四端也, 猶其有四體也. 有是四端而自謂不能者,自賊者也. 謂其君不能者, 賊其君子也, 凡有四端於我者, 知皆擴而充之矣. 若火之始然, 泉之始達. 苟能充之.足以保四海, 苟不充之.

보여 주신 내용은 지난번의 설과 조금 다릅니다. 과연 이와 같다면 어찌 군더더기 말이 오고가서야 되겠습니까? 당초에는 다만 맹자가 말한 본지(本旨)를 버리고 중절(中節)•부중절(不中節) 사이를 깊이 탐구했더라면 좋았을 터인데 도리어 본말(本末)을 망각하고 잃어버렸습니다. 만약에 사단을 천리(天理)가 나타나 어렴풋이 있는 것이라고 설명하고, 또 여론(餘論)으로 중절•부중절로 반복해서 말하여, 맹자가 말하지 못한 점을 채워 주었다면 어찌 좋지 않았겠습니까? 대체로 맹자는 성선지리(性善之理:인간의 본성이 선하다는 이치)를 드러내어 밝히고 사단을 말하였습니다. 주자(朱子)는 또 맹자가 이미 말한 것을 근거로 해서 맹자의 미비한 점을 밝혔고 세밀한 곳까지 설명하였습니다. 학자들은 주자의 설을 인용해서 뜻을 확대하지 자신의 학설이 없다 해서 근심하지 않습니다. 자신의 학설이 영원한 진리에 해당되는 것도 아닙니다. 모르겠습니다마는 어떻게 생각하십니까? 또 『주자어류(朱子語類)』에 측은(惻隱:남을 불쌍히 여기는 마음)•수오(羞惡:자기의 잘못을 부끄러워하고, 남의 악행을 미워하는 마음), 중절(中節)•부중절(不中節) 등의 말이 있습니다. 만약 측은하지 않은데 측은하고, 수오하지 않은데 수오한다면 곧 이것이 부중절 입니다. 그렇다면 후박경중지설(厚薄輕重之說)은 주자의 뜻이 아닙니다. 후박경중은 아마도 사단이 발하는 곳에서 말하는 것이 타당하지 않을 듯합니다. 모르겠습니다마는 어떻게 생각하십니까? 생각하시어 회답을 주시기 바랍니다. 어떻습니까? 많은 말씀을 더욱 생각해 보아야 되겠습니다. 저는 형의 가르침을 따르지 못하겠습니다. 죄송합니다. 나머지는 형께서 더욱 학문에 충실하시어 참된 이치를 터득하기를 바랍니다. 어리석은 저를 때때로 두드려서 의혹을 풀어주시면 좋겠습니다. 이만 줄입니다. 삼가 답장 보냅니다. 10월 11일. 혼(渾) 돈수(頓首)[5)]

형 집에 손님이 묵을 수 있는 온돌방이 있습니까? 도성에 가면 방문하고 싶습니다.[6)]

요약 : 구봉이 제시한 '사단'에 대해 우계가 다른 견해를 갖고 있음을 밝히며 참된 이치를 구하기 위해 학문에 더욱 정진하자는 마음을 전하고 있다. (진리에 이르는 길)

不足以事父母."

5) 頓首 : 머리를 조아린다는 뜻으로 편지 끝머리에 상투적으로 쓰는 말이다.

6) 『牛溪集』 續集 권3-25에 이편지가 실려 있으며 연대는 庚申年(1560)이다.

元2. 龜峯 ➜ 栗谷

贈答俶獻書別紙

浩原以情純善辨之 時庚申年

北溪陳氏曰,"且如一件事物來接着, 在內主宰者, 是心, 動出來, 或喜或怒者, 是情, 面裡[7]有介物, 能動出來底, 是性運用商量, 要喜那人, 要怒那人, 是意."夫當喜怒而動出來喜怒者, 情也. 不當喜怒而動出來喜怒者, 亦情也, 當而出來者, 善也, 不當而出來者, 不善也, 故善不善皆情也, 苟必發於當而不發於不當, 則皆當而無不當, 意之運用底意安在, 出來之有當不當, 故運用之. 有能使不當者, 當之之功.

朱子曰, "人情易發而難制, 明道云, '人能於怒時, 遽忘其怒,' 亦可見外誘之不足畏," 情只發於善, 而不發於不善, 則朱子難制之戒, 明道外誘之懼, 何指. 夫心者, 該寂感貫動靜, 該而貫之者, 旣得其正, 則感與動, 安得不善, 故情之有善不善, 心之正未正時也, 情之無不善, 心之已正後也, 發皆中節, 則情之無不善也.

朱子曰, "聖人氣淸而心正, 故性全而情不亂耳. 學者當存心以養性而節其情也."所謂聖人之情不亂者, 非不謂皆善也. 所謂學者之節其情者,非不謂或有不善耶. 不能皆善, 故貴聖人之不亂, 時有不善, 故訓學者以節之.

或問 "'性善而情不善乎.' 程子曰, '情者,性之動也, 要歸於正而已. 亦何得以不善名之.'"

所謂何得以不善名之者, 不可以專言不善也. 原於性命之正者, 固無不善. 原於形氣之私者, 亦何能皆善. 惟聰明睿智者, 情無不善, 以能盡其性也. 自其下, 則有善有不善. 旣擧先儒之說. 而以己意, 明其義, 又申之以己說焉. 夫未動是性, 已動是情. 而包未動已動者, 爲心. 心所以統性情也. 譬之水, 心, 猶水也, 性, 水之靜也, 情, 水之動也. 四端, 單擧其流也, 七情, 竝言其派也. 水不能無流, 而亦不可無波. 派之在平地而派之溶溶者, 派之得其正也. 派之遇沙石而派之洶洶者, 派之不得其正也. 雖然豈以溶溶者爲派, 而洶洶者不爲派哉. 故曰情有善不善也. 夫引平地溶溶之派而返走沙石者, 意也. 引沙石洶洶之派而還走平地者, 亦意也. 是以聖人之情, 無沙石洶洶之時. 顔子之情, 雖或洶洶, 於三月之後, 亦能使洶洶者溶溶焉. 常人之情, 一洶洶一溶溶. 而可使爲洶洶, 可使爲溶溶. 盜跖之情, 旣在沙石, 又引沙石, 洶洶焉, 無溶溶之小間. 然而四端之流, 無時或息. 情之無不善云者, 拈出四端也. 情之[8] 有善不善云者, 統言七情也.

해 증답숙헌서별지(贈答俶獻書別紙:李珥에게 대답하는 별지)

호원(浩原:성혼)은 정(情)은 순선(純善)한 것이라고 논변하였음. 때는 경신(1560)년 북계(北溪) 진씨(陳氏)[9]가 말하기를

"가령 한 건의 사물(또는 사건, 일)이 와 부닥칠 때 몸 안에서 주재(主宰)하는 것은 심(心:마음)이다. 움직여 바깥으로 나갈 때 희(喜:기뻐하다), 또는 노(怒:성내다)하는 것은 정(情:감정)이다. 이면(裡面)에는 개물(介物)이 있어 움직여 나가는 것이 성(性)이다. 헤아려 운용해 나가면서 사람을 기쁘게도 만들고, 사람을 노하게도 만드는 것이 의(意)이다."고 하였습니다.

당연히 기뻐하거나 성내어야 할 때, 기뻐하거나 성을 내는 것은 정(情:감정보다는 포괄적인 개념)입니다.

기뻐하거나 성을 내어서는 당연히 안 되는데, 기뻐하거나 성을 내는 것도 역시 정(情)입니다.

합당한 경우에 기뻐하거나 성내는 것은 선(善)입니다.

합당하지 않은 데도 기뻐하거나 성내는 것은 불선(不善)입니다.

그러므로 선(善)•불선(不善) 모두 정(情)입니다.

만약에 합당할 경우에만 반드시 정이 일어나고, 합당하지 않을 경우 정이 일어나지 않으면 즉 모두 합당하고, 합당하지 않음이 없습니다. 의(意)가 정을 운용한다는 의미는 어디에 있습니까? 정이 나타날 때 당(當:그 상황에, 또는 도리에 합당한 것)•부당(不當:그 상황에, 또는 도리에 합당하지 않은 것)이 있으므로 의가 정을 운용합니다. 의는 정을 드러내어서는 합당하지 않을 때 합당하도록 만드는 공로가 있습니다.

주자가 말하기를

"인정(人情:사람의 감정 또는 마음)은 나타내기는 쉬우나 통제하기는 어렵다. 명도(明道)[10]가 말하기를 '사람이 성낼 때는 갑자기 그 성내는 것을 잊는다.' 역시 외부의 유혹은 두렵지 않음을 알 수 있다."
고 하였습니다.

---

7) 面裡 :『龜峯集•玄繩編』에는 裡面으로 되어 있다.

8)『龜峯集•玄繩編』, 권4-3에 실려 있다. '之有善不善云者, 統言七情也'는 편지에 실려 있지 않으나 물집에 실린 것으로 보충하였다.

9) 陳氏 : 宋의 학자인 陳淳을 말한다. 字가 安卿, 號가 北溪이다. 朱子의 제자이며, 저서로『北溪字義』가 있다.

10) 明道 : 北宋의 저명한 학자인 程顥의 호가 明道이다. 아우 頤(호는 伊川)와 더불어 송대를 대표하는 학자이다.

정(情)은 단지 선(善)한 곳에서 일어나고, 불선(不善)한 곳에서는 일어나지 않는다면, 즉 주자의 통제하기 어렵다는 가르침과 명도의 외부유혹의 두려움이라는 것은 무슨 의미입니까? 심(心)이란 적감(寂感)을 포함하고 동정(動靜)을 관통하는 것입니다. 포함하여 관통하는 것이 그 올바름을 얻는다면 감(感)과 동(動)은 어찌 불선(不善)하겠습니까? 그러므로 정(情)에 선(善)•불선(不善)이 있음은 심(心)이 바르고 바르지 않을 때입니다. 정(情)이 선할 경우는 심(心)이 이미 바르게 된 이후입니다. 정이 드러나 모두 중절(中節)하다면 즉 정이 선한 것입니다.

주자가 말하기를

"성인은 기(氣:기질)가 맑고 심(心)이 바르다. 그러므로 성(性)이 온전하고 정(情)이 어지럽지 않다. 학자는 심(心)을 보존해서(또는 살펴서) 성(性)을 기르고 그 정(情)을 절제해야 하는 것이다."고 하였습니다.

소위 성인의 정(情)이 어지럽지 않다는 것은 모두가 선하다는 것이 아닙니다. 소위 학자들이 그 정(情)을 절제해야 한다는 것은 간혹 불선(不善)한 것이 있는 것이 아닐까요? 모두가 선하지 못하므로 성인의 정이 어지럽지 않음을 귀하게 여기는 것입니다. 때때로 불선(不善)이 있으므로 학자들은 절제해야 한다고 훈계한 것입니다.

어떤 사람이 묻기를

"'성(性)은 선하고 정(情)은 불선(不善)한가요?'라고 하자,

정자(程子)가 말하기를 '정(情)은 성(性)이 움직인 것이다. 요컨대 올바름으로 돌아갈 뿐이다. 어찌 불선(不善)이라 이름 붙일 수 있는가?'"
라고 하였습니다.

소위 "어찌 불선(不善)이라 이름 붙일 수 있는가?"라고 한 정자의 말은 오로지 불선(不善)으로만 불러서는 안 된다는 것입니다. 성명지정(性命之正: 성명의 올바름, 공명정대한 본성)에 근원을 둔 것은 본래 선하지 않음이 없습니다. 형기지사(形氣之私:형기의 사사로움, 사적인 욕망이 깃들인 육체)에 근원을 둔 것은 어찌 모두 선하겠습니까? 오직 총명예지(聰明睿智)한 사람만이 정(情)에는 선하지 않음이 없는 것은, 그 성(性)을 철저히 밝혔기 때문입니다. 총명예지한 이하의 사람들은 정(情)에 선(善)도 있고 불선(不善)도 있습니다.

이상의 글에서 선유(先儒)들의 선을 열거하였습니다.

그리고 내가 터득한 의미로 선유들의 뜻을 분명히 하였고, 또 나의 설을

거듭 밝혔습니다.

미동(未動:마음이 움직이지 않은 상태)이 성(性)이요, 이동(已動:마음이 이미 움직이고 난 상태)이 정(情)입니다. 그리고 미동•이동을 포함한 것이 심(心)입니다. 심이 성과 정을 통괄하는 것입니다. 물에 비유하자면, 심은 물이고, 성은 물이 고요한 것이고, 정은 물이 움직이는 것입니다. 사단(四端)은 그 물살을 단순히 열거한 것이요, 칠정(七情)은 그 파도를 아울러 말한 것입니다. 물은 흐르지 않으면 안 되고 또한 물결이 없어서도 안 됩니다. 파도가 평지에 있을 때 파도가 세차지 않고 조용히 흐르는 것은 파도가 그 올바름을 얻은 것입니다. 파도가 돌에 부닥쳐 파도가 세차게 흐르는 것은 파도가 그 올바름을 얻지 못한 것입니다. 그렇지만 어찌 조용히 흐르는 것은 파도가 되고, 세차게 흐르는 것은 파도가 되지 않는단 말인가? 그러므로 정(情)에는 선(善)•불선(不善)이 있다고 말합니다. 평지에서 조용히 흐르는 파도를 끌어다가 도리어 돌에 달리도록 하는 것은 의(意)입니다. 돌에 부딪쳐 세차게 흐르는 파도를 끌어다가 도리어 평지로 달리도록 하는 것도 또한 의(意)입니다. 이런 까닭에 성인의 정(情)에는 파도가 돌에 부딪쳐 세차게 흐를 때가 없습니다. 안자(顔子)의 정은 세차게 흐르다가도 석 달이 지난 후에는 역시 세차게 흐르는 것을 조용히 흐르도록 만드는 것입니다. 보통사람의 정은 한 번은 세차게 흐르고, 한 번은 조용히 흐릅니다. 그리고 세차게 흐르게 만들 수도 있고, 조용히 흐르게 만들 수 도 있습니다. 도척(盜跖:춘추시대의 유명한 도적)의 정은 이미 돌멩이에 있는데도 또 돌멩이를 끌어와 세차게 흐르니 짧은 시간이라도 조용히 흐를 때가 없습니다. 그러니 사단(四端)의 흐름은 잠시라도 쉼이 없습니다. 정(情)이 선하지 않음이 없다고 하는 것은 사단(四端)만을 끄집어내었기 때문입니다. 정에 선(善)•불선(不善)이 있다고 하는 것은 칠정(七情)까지 통 틀어서 말했기 때문입니다.

요약 : 정(情)과 의(意) 그리고 선(善)에 대하여 구봉이 율곡에게 보낸 편지로 우계를 포함한 세분이 공통된 주제에 관한 의견을 공유하고 토론하고 있었음을 보여준다. 정(情:마음의 드러남)이 순수하고 선한 것이라는 우계의 주장에 대해 구봉은 정이 선하기도 하고 선하지 않을 수도 있어 이는 의(意:뜻,생각)에 따라 구분된다고 밝히고 있다.

元3. 龜峯 ➜ 栗谷

尊兄以『綱目』爲經朱子手，而欲盡信之，恐未然也．『綱目』只以凡例規模，屬人爲之，其未照管處甚多．又碑文之不似伯喈作，亦無據．東漢文章體段類如是，亦未可輕易斷定．後人若效蔡作，則其年次，宜傍史而不須差違，以起後疑也．只合闕疑，以俟知者之辨，如何如何[11]

해 존형(尊兄:서간문에서 상대방을 높여 부를 때 씀)께서 『강목(綱目)』[12]을 주자의 손을 거친 것이라 생각하시고 모든 내용을 믿고자 하는 것 같은데 제 생각으로는 그렇지 않습니다. 『강목』은 다만 범례(凡例)와 규모(規模) 등은 남에게 부탁해서 지었고 주자 자신이 직접 보지 않은 곳이 매우 많습니다. 또 비문(碑文) 가운데 백개(伯喈)[13]의 저작이 아니라고 한 것도 근거가 없습니다. 후한(後漢)시대 문장의 체제가 이와 같다는 것 등도 역시 경솔히 단정할 것이 아닙니다. 후대사람이 만약 채옹(蔡邕)의 저작을 본받으려고 할 것 같으면 연대 등은 역사를 두루 섭렵해야 하며, 시대가 어긋나서 후대 사람들의 의혹을 일으켜서는 안 됩니다. 다만 의심나는 점에 대해서는 학식 있는 사람들이 변별하고 판단하기를 기다려주어야 합니다. 어떻게 생각하십니까?

요약 : 학습의 자세란 송나라의 유학자 주자(朱子)가 편찬한 강목(綱目)이라는 책에 실린 내용이 모두 주자의 저술은 아니니, 받아들이는데 있어 신중해 줄 것을 당부하고 있다.

---

11) 『龜峯集·玄繩編』, 권4-5.
12) 『綱目』 : 『資治通鑑綱目』을 말한다.
13) 伯喈 : 後漢의 학자인 蔡邕의 字이다.

元4. 牛溪 ➜ 龜峯

겉봉 : 雲長　拜上問

宋生員 謹右

伏問比來, 學履靜養安和否. 馳仰不可言. 前者魚君之訪, 奉承手札, 兼領松花之餌. 其後又拜栗谷抵書. 展讀三復, 益深傾馳. 第審賢胤未康, 入城省視. 優念作客之餘, 未委起居何如. 仰慮仰慮. 即日冬溫, 想疾虞俱安, 已返田廬否. 渾奉別之後, 一向勤慕, 殆同新契. 亟欲奉一書相聞. 而村中催科如蝟毛, 未得便暇. 及承來喩, 始如入城. 而貞陵舊里, 亦無諳委之人, 是以遷延未能, 愧恨無已. 道窟之事, 謹悉來教. 尙恐期日太遠, 人謀或有遷就也. 竊觀古人, 雖大賢之資, 尙不能無待於師友之旁助. 況後學之踈略乎.如渾廢疾, 終日昏昏, 摧頹消沮於窮獨之中者, 日甚一日. 間或奉接於一世之賢俊, 則慨然有竪立之意, 稍覺數日氣味之厚. 豈此吾之所能自辦耶. 不論講論之益, 而扶植本原之功, 爲尤重也. 賢兄高明超邁, 獨至無助. 然道體易偏, 人見無盡. 安可謂無所資於人耶. 頃與叔獻相語以此意, 渠亦竦然. 倘使道窟屋成, 賢兄掛牌秉拂於其中, 與後生輩周旋, 則教學相長之益, 不可誣也. 其與遠入長山, 滅跡於麋鹿之鄉者, 得失相萬矣. 伏願前定不跲, 築室先鄉, 以爲不動之計. 然後道窟亦可成矣. 來書有觀此事, 以爲去留. 此恐位倒說, 心慮心慮. 道窟亦非湖湘之地. 然叔獻時來參尋, 四方之士, 亦當有至者. 渾則陪追於下席, 竊自比於答問之一, 豈非吾之大幸耶. 伏惟深諒之. 幸甚幸甚. 松花良餌, 珍感無比. 近看『本草』有收花難久之言. 恐此爲稍失眞性. 修服多年, 宿諳其性, 幸有以更教也. 兎絲子三升送上. 一升半爲新採, 其餘入小帒者, 爲前歲之收. 收藏謹密, 無所損也. 試服之爲祝. 餘外不宣. 謹拜上問. 丙子十月念一日. 渾拜. 同封寄魚君書, 煩爲致之. 病困草草. 恐悚[14]

해 삼가 묻습니다. 근래 학리(學履)[15]께서 몸 보충 잘하시고 편안하신지요? 그리움이 가슴에 사무칩니다. 일전에 어군(魚君:魚彥休)의 방문을 통해 주

14) 『龜峯集·玄繩編』, 권4-5.

15) 學履 : 상대방을 말한다. 상대방이 學問에만 전념하기 때문에 '學'을 쓴다. 관리로 있을 경우는 '政履'라고 한다.

신 편지를 아울러 송화떡(송화가루로 만든 떡)도 받았습니다. 그 후에 또 율곡(栗谷)이 편지를 보내 주었습니다. 펼쳐서 세 번이나 읽으니 더욱 그리움이 깊습니다. 주신 글을 통해 현윤(賢胤:상대방의 아들)이 건강하지 못해 형께서 도성에 들어가 보살피고 있음을 알았습니다. 근심스런 생각에 형께서 어떻게 지내는지 모르겠습니다. 걱정됩니다. 요즈음 겨울치고 따뜻하니, 자제분이나 형이 모두 편안하여 시골집으로 돌아갔으리라 생각합니다. 저는 이별한 후에 계속해서 그리움이 간절하여 거의 새신랑과 같습니다. 빨리 편지 한 통 보내서 소식 주시기를 바랍니다. 그리고 제가 있는 시골에서는 과거 보기를 재촉하기를 위모(蝟毛:고슴도치 털. 수가 많다는 뜻)같이 하지만 여가가 없습니다. 주신 글을 받고서야 형께서 도성으로 들어갈 줄 알았습니다. 그리고 정릉(貞陵)의 옛마을에는 맡길 만한 알 만한 사람이 없어 이런 까닭에 지연되어 하지 못했다고 하니 부끄러움이 끝이 없습니다. 도굴지사(道窟之事)[16]는 주신 글을 통해 알았습니다. 하지만 기일이 너무 아득해 사람들의 계획이 멀어질까 걱정됩니다. 고인(古人)을 살펴볼 것 같으면 비록 대현(大賢)의 자질이 있다 하더라도 사우(師友)들의 도움이 없을 수가 없습니다. 하물이 볼품없이 후학들에 있어서랴? 저는 고칠 수 없는 질병에 하루 내내 멍청하게 지내고, 곤궁하고 외로운 가운데서 외부와 소식을 끊고 지내는 것이 나날이 심합니다. 간혹 한 시대의 뛰어난 사람과 만나면, 의기가 솟구치는 듯이 뜻을 세우고자 하는 마음이 있고 여러 날은 기운이 나는 것을 조금씩 느낍니다. 하지만 어찌 이것이 내가 할 일이겠습니까? 학문을 연구하는 유익함은 언급할 필요조차 없고, 근원적인 공적을 돕고 세우는 것이 더욱 중요합니다. 형께서는 고명(高明)하고 남보다 뛰어나 독자적으로 남의 도움을 받지 않는 곳까지 도달했습니다. 그러나 도체(導體)[17]는 편벽되기 쉽고 사람의 견해는 무진장합니다. 어찌 다른 사람의 도움을 받지 않을 수가 있습니까? 근래 숙헌(俶獻:栗谷 李珥의 字)과 이런 뜻으로 대화를 나누니 그도 놀라는 듯 하였습니다. 만약 도굴(道窟)에 집이 완성되면 형께서는 문패를 내 걸고 불자(拂子)를 쥐고서 후배들과 교류를 할 터이니 교학상장(敎學相長)의 유익함은 속일 수가 없습니다. 아득히 깊숙한 산에 들어가 사슴들이 뛰노는 오지(奧地)에서 자취를 숨기고 사는 사람과는 득실(得失)에 큰 차이가 있습니다. 미리 결정하면 나중에 차질이 없을 것이니 형의 고향에서 집을 짓고 흔들리지 않는 계책을 세우시기를 바랍니다. 그런 후에야 도굴(道窟) 역시 완성될 수 있습니다. 주신 편지에서 이 일과 관련된 사항을 본 적이 있어 마음에 두었습니다. 혹시나 말이 잘못될까 매우 걱정됩니다. 도굴(道窟) 역시 사람이 찾아 갈 수 없는 곳이 아닙니다. 그러나 숙헌이 때때로 와서 찾아준다면 사방의 선비들 역시 당연히 찾아올 것입니다. 저는 말석이나마 얻어 문답하는 자리에서 한 번이라도 끼이게 된다면 어찌 나의

16) 道窟之事 : 坡山의 熊膽이라는 곳에 집을 짓는 일을 말한다.
17) 導體 : 在野에서 道만 닦거나 공부만 하는 사람.

큰 행운이 아니겠습니까? 깊이 양해해 주시기를 원합니다. 다행입니다. 송화떡이 맛이 있으니 감사함을 어디 비교할 데 없습니다. 근래 『본초(本草)』[18]를 보니, 거둔 꽃은 오래 가기가 어렵다는 말이 있습니다. 아마 참된 본성을 조금씩 잃어버려 그런 것 같습니다. 여러 해에 걸쳐 복용하였으니 그 성질을 익히 알고 있습니다. 가르침을 주시기를 바랍니다. 토사자(兎絲子:토사라는 풀의 씨) 세 되를 보냅니다. 한 되 반은 새로 딴 것이고, 그 나머지는 작은 포대에 넣었는데 지난해에 수확한 것입니다. 수확한 대로 잘 보관하였으니 손상은 없습니다. 시험 삼아 복용하시기를 바랍니다. 나머지 이야기는 이만 줄입니다. 삼가 안부 올립니다.
병자(1576) 10월 21일. 혼(渾) 배(拜).

어군(魚君)에게 보내는 편지를 동봉하오니 번거롭지만 그에게 보내 주십시오.

병이 들어 피곤하여 대충대충 썼습니다. 죄송합니다.

요약 : 도굴지사(道窟之事)를 꿈꾸며 율곡과 구봉 등이 파산(현,파주)의 웅담(熊潭:파주법원읍)에 집을 지으면 함께 살며 학문을 닦아 나가자는 계획에 대한 우계의 기대가 담겨 있는 글.

元5. 栗谷 ➜ 龜峯

겉봉 : 雲長 拜上問
宋生員 侍史

謹問. 侍候何如. 戀仰戀仰, 珥受由來坡. 期限甚促, 雖欲歷拜, 不可得也.可恨, 麋鹿受羈, 不知能忍幾許時耶. 熊潭事, 切欲一見方叔細論, 而迄 不能得. 可知卯酉無暇也. 若此度却光陰, 終至做什麽事乎. 初二日欲與浩原作夜話. 君若健人, 則或可臨陋, 奈不能冒寒何. 可嘆可嘆 . 伏惟下照. 謹拜問 十一月二十九日. 珥拜.[19]

㉻ 삼가 묻습니다. 부모님 모시고 잘 계시는지요. 그립고 그립습니다. 저는 휴가를 얻어 파주로 왔습니다. 기간이 매우 촉박하여 방문하고 싶어도 하지를 못했습니다. 안타깝습니다. 관직에 얽매어 있으니 얼마나 참을 수 있을는지는 모르겠습니다. 웅담사(熊潭事)[20]는 방숙(方叔)[21]을 한번 만나 세세히

---

18) 『本草』 : 書名. 明의 李時珍이 지은 『本草綱目』으로 추정된다.

19) 『龜峯集·玄繩編』, 권4-7. 연대는 적혀 있지 않으나 전후 내용으로 살펴 보건대 병자년(1576)으로 추측된다. 『栗谷全書』 권11-22에도 실려 있다.

토론하고 싶었으나 아직껏 하지를 못했습니다. 시간이 없음을 알 수 있습니다. 만약 시간을 뒤로 돌아가게 할 수 있다면 끝내는 어떤 일을 할 수 있을까요? 초이튿날에 호원(浩原:성혼)과 밤새 이야기를 할 까 합니다. 그대가 건강한 사람으로 누추한 곳을 찾아 주신다면 추위 정도야 아무 것도 아니겠지요. 탄식만 나옵니다. 읽어주십시오. 삼가 안부 묻습니다. 11월 29일. 이(珥) 배(拜).

元6. 栗谷 ➜ 龜峯

겉봉 : 雲長　拜上策
龜峯　侍下

謹問. 邇來道況何如. 戀仰戀仰, 頃者奴來, 得承兩度手簡. 甚慰遠懷. 珥緣妻妾避寓山中, 屋舍虧踈, 婦人多畏, 不能棄還坡山. 必待新築稍成, 可使妻妾入接, 然後乃可還也. 還期當在孟秋之末. 相奉似遠, 思之悵惘. 姪輩進學座下, 誠得其所. 第慮俯敎費力耳. 安峽溪山, 誠可愛玩. 田土亦肥, 可以考槃. 事之成不成, 在於力之何如耳. 魚君已還耶. 此君定居, 則兄業亦成矣. 珥則初無移卜之計. 但兄弟當會坡山, 人夥糧少, 故欲作農墅, 以添數月之糧. 兄爲卜居, 則珥亦築數間, 以爲相從之所爲計. 見得季鷹書, 無意移居, 可嘆. 卜居之事, 須是自定. 魚君若還, 則伏冀同往更見. 早定何如. 季鷹答書適便忙, 當俟後便. 伏惟下照. 謹拜候. 丁丑四月十九日. 珥拜.[22]

해 삼가 묻습니다. 근래 도황(道況)[23]이 어떠하신지요? 그립고 그립습니다. 근래 하인이 와서 두통의 편지를 받았습니다. 멀리 있는 사람의 마음이 매

20) 熊潭事 : 坡山의 熊潭이라는 곳에서 집을 짓는 일을 말한다.
21) 方叔 : 沈義謙(1535~1587)의 字이다.
22) 『龜峯集·玄繩編』, 4-7.
23) 道況 : 상대방을 뜻함. 상대방이 道만 닦고 있는 상황이므로 그렇다. 즉 도를 열심히 닦고 있는 형편정도이다.

우 위로됩니다. 저는 처첩(妻妾)이 산 속으로 피신해서 살고 있기 때문에 집이 쓸쓸합니다. 아녀자들은 두려움이 많아 파산(坡山:파주)로 돌아갈 수 없습니다. 반드시 새로 지은 집이 조금이라도 완성이 된 후에 처첩들을 들어와 살게 하고 그런 후에야 돌아갈 수 있을 것 같습니다. 돌아갈 기일은 맹추(孟秋) 끝이나 되겠습니다. 만날 길이 먼듯하니 생각하면 서럽습니다. 조카들이 형에게 가 공부하고 있으니 참으로 제자리를 찾은 듯합니다. 다만 그 아이들을 가르치느라고 힘을 낭비할까 걱정됩니다. 안협(安峽)[24]의 계곡과 산은 참으로 감상할 만합니다. 토지 또한 비옥하니 은거할 수 있겠습니다. 일이 되고 안 되고는 능력이 어떠한 가에 달려 있습니다. 어군(魚君)은 벌써 돌아갔는가요? 이 사람이 거주지를 정하면 형(兄)의 일도 역시 이루어질 것입니다. 저는 애당초 옮겨 살고 싶은 계책이 없었습니다. 다만 형제가 파산에 모이게 되면 사람은 많고 양식은 적으므로 농사나 지으면서 수개월의 양식을 더하고 싶었습니다. 형께서 만약 거주지를 옮긴다면 저도 역시 두 어 칸 집을 짓고 상종(相從)하는 계책을 만들 수 있습니다. 계응(季鷹)[25]의 편지를 보니 거주지를 옮길 뜻이 없으니 안타깝습니다. 거주지 옮기는 일은 스스로 결정하시기를 바랍니다. 어군(魚君)이 만약 돌아온다면, 어군과 동행하여 오시어 다시 만나기를 바랍니다. 일찍 결정하심이 어떠하신지요? 계응(季鷹)에게 보내는 답장은 마침 인편(人便)이 바쁘다고 하기에 나중의 인편을 기다리기로 했습니다. 읽어 주십시오. 삼가 글 올려 안부 물었습니다. 정축년(1577) 4월 19일. 이(珥) 배(拜).

24) 安峽 : 京畿道 伊川郡 安峽面
25) 季鷹 : 宋翼弼의 동생인 翰弼의 號.

元7. **龜峯 ➜ 牛溪**

道窟，則坡山之熊潭也．水石不淸曠，土又不饒，棄之．與叔獻更卜于安峽之于麋，而先築書室于龜山之松楸下．其後安峽亦未得成就焉．初以龜山濱海多風，不宜病人．欲卜得好山水，或雲谷或屛巖或上院，點指十餘區．旣無物力，又嬰疾病，竟未一遂焉.[26]

해 도굴(道窟)은 즉 파산(坡山)의 웅담(熊潭)입니다. 물도 맑지 않고 돌도 넓지 않으며, 토지도 또한 척박하여 버려두었습니다. 율곡과 함께 안협(安峽)의 우미(于麋)로 다시 옮길까 하여 구산(龜山)의 송추(松楸)[27]아래 서실(書室)을 먼저 지었습니다. 그 후에 안협 역시 성취를 보지 못하였습니다. 애초 구산은 바다와 가깝고 바람이 많아 병든 사람에게는 적합하지 않습니다. 좋은 산수(山水)를 찾고자 한다면 운곡(雲谷)이나 병암(屛巖) 또는 상원(上院) 등 십 여 곳을 지적할 수 있습니다. 물자도 부족하고 또 병에 걸려 마침내 한 가지도 이루지 못했습니다.

元8. **栗谷 ➜ 龜峯**

겉봉 : 雲長 拜謝復
宋生員 侍史

魚公之來，獲承惠手簡．披閱欣感，如對雅儀，第審調況尙未康復，戀慮亦極．珥緣客煩，不能邀浩原．昨日投宿厥家，今日始還耳．熊潭事若成，則幸可言耶．當扣方叔，若蒙許諾，則築室之費，珥亦略助爲計．且下示進退之義，是平日鹵莽所講也．敢不敬佩．第念久速有義．雖不可貪戀，亦不可悻悻．此事言不可悉也．伏惟下照．忙不宣．謹拜謝復．十二月三日.珥 拜.[28]

---

26)『龜峯集·玄繩編』권4-10.
27) 松楸 : 先塋. 산소 주위에 소나무와 가래나무를 많이 심었다.
28)『龜峯集·玄繩編』권4-8. 전후 내용을 살펴 보건대 병자년(1576)에 보낸 것으로 추측된다.

㉱ 어공(魚公)이 왔는데 보내주신 편지를 받았습니다. 펴서 읽어보니 기쁜 감정이 형을 직접 대면한 듯합니다. 다만 건강이 여전히 좋지 않다고 하니 걱정이 됩니다. 저[율곡]는 손님을 맞이하는 번거로움 때문에 호원(浩原:成渾의 字)을 초청하지 못했습니다. 어제 그의 집에 투숙하였다가 오늘 돌아왔습니다. 웅담사(熊潭事)가 만약 이루어질 것 같으면 그 즐거움을 무어라 말하겠습니까? 방숙(方叔:沈義謙의字)에게 물어서 허락을 받는다면 집을 짓는 비용은 저 역시 약간 돕기로 계획하였습니다. 또 진퇴(進退)의 의미에 대해 가르침을 주셨는데 이것은 평소에 제가 연구한 것입니다. 삼가 가슴에 새기도록 하겠습니다. 다만 오래하고 빨리 하는데 의미가 있다고 생각합니다. 비록 바라는 것은 아니지만 또한 화를 내어서도 안 됩니다. 이 일은 모두 다 말할 수 없습니다. 읽어 주십시오. 바빠서 이만 줄입니다. 삼가 답장 올립니다. 12월 3일. 이(珥) 배(拜)

元9. 牛溪 → 龜峯

겉봉 : 雲長　拜復狀
宋生員 謹右

思慕比切，伏承手札，奉旣慰浣．恭審近況未復，馳慮實深．渾殘生垂盡．徒有空心欲訪之計，兄亦知其不足信也．叔獻近留津上．欲於鄙室稍寬處，作四五日文會,講得『大學』·『論語』音釋．非兄臨決於其間，無所取正也．深願兄撥置些小世故，一作閑行．不須宿栗谷，直爲進涉牛溪，則區區欣聳之幸，曷勝言耶．千萬察納，至祝至祝．察識推明，以極其至，亦不無有助於高明也．伏惟尊亮．謹奉狀 丁丑後八月卄七日．渾拜．

兄若不許此會，而但至栗谷，則渾亦往拜耳.[29]

㉱ 그리움이 간절하던 차에 주신 편지를 받으니 위로됩니다. 근래 형편이

29)『牛溪集』續集 권3-27에 일부.

좋지 않음을 알았으니 근심이 참으로 깊습니다. 저[성혼]는 남은 생명이 거의 다 되어 갑니다. 다만 사심 없는 마음으로 방문하고픈 계획이 있다고 한다면 형께서도 믿기가 어려움을 아시겠지요. 숙헌[이이]이 근래 진상(津上)[30]에 머물러 있습니다. 나의 집 조금 넓은 곳에서 사 오일 정도 공부하는 자리를 만들어 『대학』과 『논어』의 음석(音釋)[31]을 연구하고 싶습니다. 형께서 이 자리에 오셔서 결정을 내려주지 않는다면 올바름을 취할 수 없습니다. 형께서 사소한 세상일을 팽개치고 한 번 나들이 해 주시기 간절히 바랍니다. 율곡(栗谷:이이가 사는 장소, 또는 이이 집)에서 머물지 마시고 곧장 우계(牛溪:성혼이 머무는 장소, 또는 성혼 집)로 오신다면 솟구치는 저의 기쁨을 어찌 다 말하겠습니까? 제발 살펴서 받아들여 주시기를 바라고 바랍니다. 아는 것을 살펴서 지혜를 추구하고 지극한 곳까지 도달한다면 역시 고명(高明:상대방을 말함)에게도 도움이 없는 것은 아닙니다. 삼가 헤아려 주십시오. 삼가 글 올립니다. 정축년(1577) 8월 27일 혼(渾) 배(拜).

형이 만약에 이 모임에 오지 않고 다만 율곡으로 간다면 저도 또한 그리로 갈 것입니다.

元10. 牛溪 ➜ 龜峯

겉봉 : 雲長　問狀
宋生員 謹右

交年積雪. 不審學履靜養何如. 比月阻絶. 戀慕彌禁. 恭惟懿殿禮陟, 痛纏一國. 草野賤臣, 何勝悲號. 想尊兄與之同此哀也. 渾有疑晦, 不能有見, 敢專使仰稟. 大抵國喪卒哭之前, 大小祀並停. 故國家陵寢香火亦絶. 然則人民在畿甸之內者, 如正朝寒食等節祠, 可以祭其先墓乎. 此義殆未安. 而亦無所見於禮經. 疑而未能斷也. 時祭, 吉祭也. 雖非朝官, 服衰者, 固不敢行也. 至如朔望參忌祭, 亦可略設時物, 行奠獻於家矣. 以此推之, 墓祭亦可倣. 此而以陵寢廢祭, 臣民獨擧爲未安, 尊兄有見於禮經

30) 津上 : 나루터. 어떤 강가인지 알 수 없다.
31) 音釋 : 음을 달고 해석을 하는 것. 經典註釋의 한 方法.

可据者，示以定論，至祝至祝．嘗見『禮記』，被私喪而服君喪者，不敢行練喪之制.俟君喪畢，卜日追行，無官者，不在此類．然則朝官與士民固異．然畿甸之士又與居遠方者不同．目見陵寢廢祭，而擧先墓之節祠，亦有未可乎．伏願詳證[32]而回敎．至祝至祝．季鷹無恙否．亦願以鄙意扣之，取其答語相示，幸甚．季涵尊兄今在何處．倘與通書，併及之，博采衆見，何如．乙亥年渾會不敢祭寒食．如今再思未定，敢用伻問[33]．伏惟尊照．謹拜狀．不宣 丁丑十二月初九日．渾 拜.[34]
魚彦休無恙否．傳布鄙問幸甚．渾方患虛寒，偏頭齒痛大作，僅僅草問．餘不多及．

解 한 해가 바뀌는 요즈음에 눈이 쌓였습니다. 형께서는 건강이 어떠하신지 모르겠습니다. 근래 몇 달 사이에 소식이 끊겼습니다. 그리움이 가슴에 가득합니다. 생각건대 의전예척(懿殿禮陟)[35]하여 슬픔이 온 나라를 감싸고 있습니다. 초야의 미천한 백성들은 비탄에 빠진 슬픔을 어떻게 감당하겠습니까? 생각건대 형께서도 백성들과 슬픔을 함께 하리라 봅니다. 저는 의심스런 점이 있으나 견해를 가지지 못해 감히 사람을 보내어 물어 보고자 합니다. 대체로 국상(國喪)이 났을 경우 졸곡(卒哭)이전에는 크고 작은 제사가 모두 정지됩니다. 그러므로 국가의 능침(陵寢)에 올리는 향불도 모두 끊습니다. 그렇다면 경기도 지역 이내에 있는 백성들은 정월 초하루나 한식(寒食) 등의 계절 제사에 조상의 묘소에 제사를 지낼 수가 있습니까? 이러한 행동은 아마 옳지 않은 듯합니다. 그런데 예경(禮經)[36]에는 견해가 없습니다. 의심은 가지만 결단을 내릴 수 없습니다. 시제(時祭)는 길제(吉祭)입니다. 비록 조정의 관리가 아니라도 상복을 입는 자는 참으로 행할 수가 없습니다. 삭망(朔望)에 기제(忌祭)에 참석하는 정도는 대략 계절에 나는 음식물을 진설하여 집에서 제수(祭需)를 올릴 수 있습니다. 이것으로 미루어 본다면 묘제(墓祭) 또한 여기에 따를 수 있습니다. 그런데 능침(陵寢) 제사도 금지하는 마당에 신민(臣民)만이 거행함은 타당하지 않은 듯합니다. 형께서 근거할 만한 예경에서 의견을 가지고 계신다면 정론(定論)을 보여 주시기를

32) 詳證 : 편지는 글씨가 뭉개져서 보이지 않으나 『龜峯集』(권 6-21)을 근거로 두 글자를 넣는다.
33) 伻問 : 일부러 사람을 보내어 물어보거나 서신을 전달할 때 '伻'을 쓴다.
34) 『牛溪集』 권4-42에 일부 수록. 『龜峯集』 권 6-21.
35) 懿殿禮陟 : 왕비가 昇遐한 것을 말한다. 당시 仁宗妃인 仁聖王后(1514~1577)가 昇遐하였다.
36) 禮經 : 禮와 관련된 經典. 즉『禮記』, 『周禮』, 『儀禮』 등.

바라고 바랍니다. 예전에 『예기』를 본적이 있는데 개인적인 상을 당하고 그리고 임금의 상을 입은 자는 연상(練喪:小祥과 大祥)을 치르지 못하고 임금의 상이 끝나기를 기다렸다가 날을 택하여 나중에 지내고, 관직이 없는 자는 이런 종류에 있지 않다고 하였습니다. 그렇다면 조정의 관리와 일반 백성은 참으로 다릅니다. 그리고 경기지방의 백성과 먼 지역에 거주하는 사람도 같지 않습니다. 능침의 제사를 폐하는 것을 직접 보고서도 선조 묘소의 계절 제사를 거행하는 것은 옳지 않은 듯합니다. 바라건대 상세히 증명하여서 가르침을 주시기 바랍니다. 계응(季鷹:송한필)은 별 탈 없으신지요? 또한 저의 뜻을 물어보아 주시고 그의 답을 얻어 회답을 주시기 바랍니다. 계함(季涵:정철)[37] 형은 지금 어디에 있습니까? 만약 연락이 될 것 같으면 아울러 물어보셔서 많은 사람들의 견해를 널리 구함이 어떻겠습니까? 을해년(1575)에 저는 한식날에 제사를 지내지 않았습니다.[38] 지금 거듭 생각해도 결정할 수 없으므로 감히 사람을 보내어 물어보는 것입니다. 읽어 주시기 바랍니다. 삼가 글 올립니다. 이만 줄입니다.
정축년(1577) 12월 9일 혼(渾) 배(拜).

어언휴(魚彦休)는 별 탈 없으신지요? 저의 질문을 그에게도 알려주시기를 바랍니다. 저는 지금 감기로 앓고 있는데 편두통과 치통이 크게 발작하여 간신히 대충 편지를 써서 안부를 묻고 있습니다. 나머지는 이만 줄입니다.

---

37) 季涵 : 鄭澈(1536~1593)의 字. 호는 松江이다.
38) 당시 明宗 妃인 仁順王后(1532~1575)가 昇遐한 것을 말한다.

元11. 龜峯 → 許公澤

許公澤曰, "『近思錄』論政十一板有曰, '須是就事上學至, 何必讀書然後爲學.' 此端文義, 殊不可曉. 若如此說, 臨事商量, 處得其理, 是就事上學. 讀書窮思, 講明義理, 是讀書上學, 判爲兩行. 恐未穩."

答. 非曰. 讀書應事爲兩件事也. 亦非教人不讀書也. 如今世一樣人, 或坐能讀書而出昧應事者, 是雖讀書, 而亦何所取用. 讀書窮理, 本欲應事接物之各當其理也. 此段, 只言重在應事處也. 如此看. 如何如何[39].

解 허공택(許公澤)이 말하기를

"『근사록(近思錄)』 논정(論政) 열한 번째 부분에 '일상적인 생활에서 시작하여 배움으로 나아간다. 독서한 이후에 학문을 할 필요가 있는가?"라고 하였습니다. 이 항목 문장의 뜻을 깨닫지 못하겠습니다. 만약 이 같은 설이라면 일마다 생각하여 곳곳에서 이치를 얻을 수 있으니 이것이 일상적인 일에서 시작하여 배움으로 나아간다는 것입니다. 독서하면서 이치를 연구하고, 의리(義理)를 철저히 밝히는 이것은 독서하면서 배움으로 나아가는 것이니 분명히 두 가지 일입니다. 타당하지 않은 듯합니다."

라고 하였습니다.

대답하기를 그런 것이 아니다. 독서와 응사(應事:주어진 일에 대응하는 것)는 두 가지 일이다. 또한 독서하지 말라고 사람에게 가르치는 것이 아니다. 만약 지금 어떤 사람이 정좌하여 독서하고 밖에 나가서 응사가 서툴다면, 이런 사람은 비록 독서를 한들 또한 취할 바가 무엇이 있겠는가? 독서하고 궁리(讀書)함은 본래 응사하고 접물(接物:사회생활, 또는 인간관계를 맺는 것)할 때 각각 그 이치에 합당하게 하고자 함이다. 이 항목은 다만 응사가 중요함을 말한 것이다. 이런 방법으로 본다면 어떻겠는가?

---

39) 『龜峯集·玄繩編』 권4-31.

元12. 栗谷 ➜ 龜峯

別後消息杳茫．戀想何可勝言．未諳道況卽今何如．仰慮仰慮．珥孤露餘隻，遭國恤，罔極何言．頃得寒疾甚苦，今始差息耳．杜門靜居，有足樂者．只是傍無畏友，無警發之益，是可憂耳．想惟閑候冲裕，沈潛義理，日有新得．向風竦厲．時垂警誨，以發昏惰，切仰切仰．伏惟下照．不宣．謹拜狀．丁丑十二月二十日．珥拜．(上缺)

해 이별 후 소식이 아득합니다. 그리움을 어찌 말로 다 할 수 있겠습니까? 형께선 지금 어떻게 지내시는지 궁금합니다. 생각나고 생각납니다. 저는 의지할 곳 없는 외로운 몸에 국휼(國恤:仁聖王后의 昇遐)을 만났으니 끝없는 슬픔을 무어라 말하겠습니까? 근래 감기에 걸려 매우 고생하였는데 요즈음 조금 나아졌습니다. 문을 걸어 잠그고 조용히 지내는 것도 즐거움이 있습니다. 다만 곁에 친구가 없어 나를 깨우쳐주는 유익함이 없으니 이것이 걱정입니다. 형께서는 느긋이 지내시고 의리(義理)를 깊이 연구하여 나날이 새로 터득함이 있으리라 생각합니다. 바람이 매섭습니다. 때때로 가르침을 주시어 어리석은 저를 깨우쳐 주시기를 간절히 바라고 바랍니다. 읽어 주십시오. 이만 줄입니다. 삼가 글 올립니다. 정축년(1577) 12월 20일. 이(珥) 배(拜).

元13. 栗谷 ➜ 龜峯

겉봉 : 雲長 上柬
龜峯 侍下

近日霾熱甚劇，未知道況卽今何如. 曾承六月念七日下書，厥後更無音問. 向念悠悠. 承聃甥侍學有可教之勢云，幸甚. 珥僅保. 但妻妾在山中，無止泊處. 必築室修粧，移入然後，可歸坡山. 人事不如意. 還期似在仲秋之晦. 可嘆. 希元來此纔二旬. 厥嚴天召去，寂寞之中，更無相長者. 甚恨甚恨. 安峽之卜，季氏不遷，則事恐不成. 未知魚彦休之計，今則如何. 且甥舅之間，爲師弟子. 若眞有所授受者，則可稱先生. 今者，聃也，於珥，有何所得而稱先生乎. 不如從俗稱叔姪之爲愈也. 伏惟下照. 餘祈自愛加嗇. 謹拜問. 丁丑七月二十日 珥 拜. 魚彦休及季鷹，令簡銘傳何如.[40]

[해] 근래 더위가 극성을 부리는데 형께선 지금 어떻게 지내시는지 모르겠습니다. 지난 6월 27일 보내신 편지를 받은 이후로는 소식이 없습니다. 그립습니다. 조카 담(聃)[41]이 가르칠만하다고 하니 다행입니다. 저는 근근이 지내고 있습니다. 다만 처첩(妻妾)이 산 속에 있어 머무를 곳이 없습니다. 반드시 집을 짓고 수리하여 새 집으로 들어간 후에 파산(坡山)으로 돌아갈 수 있습니다. 사람일이란 뜻대로 되지 않습니다. 돌아갈 기일은 중추(仲秋) 그믐이나 될 것 같습니다. 애가 탑니다. 희원(希元) 김장생(金長生)[42]은 여기에 와 20일을 머물렀습니다. 그도 임금님의 부름을 받고 가버렸으니 적막한 가운데 도와줄 이 없습니다. 매우 안타깝습니다. 안협(安峽)으로 옮기는 계책은 아우가 옮기지 않으니 일이 아마도 성사되지 않을 것 같습니다. 모르겠습니다마는 어언휴(魚彦休)의 계책은 지금 어떠합니까? 또 조카와 삼촌 사이가 사제(師弟)사이가 되었습니다. 참으로 전수할 것이 있다면 선생이라 부를 수 있습니다. 지금 담(聃)은 저에게 있어서 무슨 소득이 있어 선생이라 부르겠습니까? 관습에 따라서 숙질(叔姪)로 부르는 것이 낫습니다.

40) 『栗谷全書』 권11-23.
41) 聃 : 栗谷의 조카(누이 아들)인데, 당시 宋翼弼에게 보내어 공부시켰다.
42) 金長生(1548~1631) : 본관은 光山, 號는 沙溪, 字는 希元. 宋翼弼에게 배웠으며 禮學의 大家이다. 〈三賢手簡〉의 모든 면마다 「黃岡•沙溪•滄洲古家」라는 도장이 찍혀있는데 김장생이 송익필과 이이의 제자라는 점과 관련지어 생각해 볼 수 있다.

읽어 주십시오. 나머지는 몸 보충 잘 하시기를 바랍니다. 삼가 글 올립니다. 정축(1577) 7월 20일 이(珥) 배(拜).

어언휴(魚彦休)와 계응(季鷹)에게도 저한테 소식 전하라고 해 주십시오.

元14. 牛溪 ➜ 龜峯

겉봉 : 雲長　拜謝狀
宋生員 謹右

前者承拜賜札，敬奉莊閱．恭審靜履淸勝．欣傃之至．比日跂待伻來．懸望之久，忽領手書．三復欣慰．第悉往來漢上，憂擾未絶．馳慮良深．前者喩及墓祭之禮，深合鄙見．卽奉書宗兄以請祖墓之奠，則宗兄力主不祭之見，無如之何．先墓同在一山，祖墓不祭，而獨祭父墓亦不敢．是以幷不敢祭也，良嘆良嘆．功緦從受服計月，初不敢斷定．再被批諭，似有所見．然願擧似季氏以質之也．論語民信之說，以信於上信其上二端奉稟．而來旨終歸於信其上說，亦非大註信於上之義也．信於上者，有信於上，不離叛也．再加詳訂而示之，至祝．別紙略具條對以稟．來書與別紙，當送石潭矣．叔獻夫人生女無恙．安有如此．幸心．事得女初，非所恨也．眉岩'論語'吐釋，在渾者三卷封納．伏願一覽，以紙籤標，改可改處，而粘于其傍．如何．李誠甫所讀，方所歸其家，不得送也．時方讀之，豈得出耶．前示活人心，治齒痛方，不勝感荷．尊兄眷與之厚，深所感佩．淸胃荊防兩藥方文，深浴往乞，而自劑之．若夫成藥，則兄處亦乏矣，不願分也．活人心一冊，方奉閱，未領其要，敢留于鄙棲．當以專使回納焉．勿咎勿咎．爲學之方，欲取朱子成說，示諸童丱，非敢抄錄也．外舍一生，有小薄細冗，無他本取而奉送．渠甚願早公回賜也．一覽而擲還，幸甚．爲學之方，當熟觀朱書，詳訂而備錄之．不但如此可也．願兄任之何如．渾近以出寒入汗，澌頓漸深．昨日大汗，透衣困乏．擧頭僅僅布謝．如兄枉訪之計，非不有之，亦未蒙果決，何敢望耶．謹拜復狀．不宣．丁丑十二月二十七日．渾拜．

해 일전에 주신 편지를 받고 삼가 잘 읽었습니다. 형께서도 잘 지내심을 알았습니다. 매우 위로 됩니다. 근래 하인이 올까하고 기다렸습니다. 오랜 기다림 끝에 갑자기 편지를 받았습니다. 세 번이나 읽으니 기쁘고 위로됩니다. 형께서 한양을 오가느라고 근심이 끊이질 않다는 이야기를 들었습니다. 걱정이 참으로 깊습니다. 일전에 가르쳐 주신 묘제(墓祭)와 관련된 예(例)는 저의 의견과 매우 들어맞습니다. 주신 편지에는 종형(宗兄:嫡長子)이 조묘(祖墓)의 제사를 청한다면 즉 종형은 제사를 주관할 수 없다는 견해는 옳지 않은 듯합니다. 조상의 묘가 같은 산에 함께 있을 경우 조묘(祖墓)에 제사 지내지 않고 부묘(父墓)에만 제사지내는 일은 감히 하지 않는다. 이런 까닭에 모두 제사지내지 않는다고 하였는데, 참으로 안타깝습니다. 공시(功緦)[43]는 복(服)을 입는 사람에 따라 달수를 정하지 애초 단정을 하지 않습니다. 주신 가르침을 거듭 받고 나니 견해가 될 듯도 합니다. 그러나 계씨(季氏:송한필)에게 질문해 주시기를 바랍니다. 『논어•안연(顔淵)』의 민신지설(民信之說)[44]은 신어상(信於上:윗사람에게 신뢰를 받는다)과 신기상(信其上:윗사람을 신뢰한다) 두 가지로 질문을 올렸습니다. 그런데 주신 가르침은 신기상(信其上)으로 마침내 결론을 지었으니 역시 대주(大註)[45]의 신어상(信於上)의 의미가 아닌 듯합니다. 신어상(信於上)은 윗사람에게 신뢰를 받으면 이반(離叛)을 하지 않는다는 것입니다. 거듭 상세히 연구하여 가르쳐 주시기를 간절히 바랍니다. 형께서 보내신 별지(別紙)에는 조목별로 대략 갖추어서 있었습니다. 보내주신 편지와 별지(別紙)는 석담(石潭:이이를 말함)으로 보내겠습니다. 이이의 부인이 탈 없이 딸아이를 낳았다고 합니다. 어찌 이런 일이 있습니까? 다행입니다. 일이 처음과 같이 되었으니 안타까운 것도 아닙니다. 미암(眉岩)[46]이 한 『논어』의 토(吐)와 해석은 제가 세 권을 가지고 있는데 보내드립니다. 한 번 보시고서 첨(籤)을 붙여 고칠 만한 곳은 고쳐서 책 옆에 붙여주시기 바랍니다. 어떻겠습니까? 이성보(李誠甫)[47]가 읽은 것은 그의 집으로 되돌려 주었으므로 보내지 못합니다. 지금 한창 읽고 있을 터인데 어찌 가져올 수 있습니까? 이전에 『활인심(活人心)』[48]과 치통(齒痛)을 낫게 하는 방법을 가르쳐 주셨는데 감사함을 무어라

---

43) 功緦 : 大功, 小功과 緦麻.
44) 民信之說 :『논어•안연』의 "子貢問政, 子曰, 足食, 足兵, 民信之矣"에서 民信之에 관련된 설을 말한다.
45) 大註 : 朱子가 한 주석을 의미하는 듯하다. 주자는 '民信於我, 不離叛也'라 하였다.
46) 眉岩 : 柳希春(1513~1577)의 號. 학문에 뛰어났으며 經書를 諺解하였다고 알려져 있다.
47) 李誠甫 : 이경진(李景震)의 字가 誠甫이다.
48) 活人心 : 書名, 의학서, 중국 朱權(1378~1448)이 쓴 의학서. 『活人心法』(上,下)권을 1541년 順興에서 간행하였는데 그 책으로 여겨진다.

말할 수 없습니다. 형께서 저에게 주신 큰 은혜는 깊이 마음에 새겨 두었습니다. 청위(淸胃)와 형방(荊防) 두 약방문(藥方文)은 가서 구하여 직접 만들고 싶습니다. 약이 완성되면 형이 있는 곳은 부족한 상황이 되더라도 나누어 드리고 싶지는 않습니다. 『활인심』 한 책은 한참 읽고는 있으나 요점을 깨치지 못해 저의 집에 두었습니다. 사람을 시켜서 보내도록 하겠습니다. 나무라지 마십시오. 학문하는 방법은 주자(朱子)가 완성한 학설을 취해서 아이들에게 보여주는 것이지 감히 제가 초록한 것은 아닙니다. 바깥채에 있는 아이 한 명이 어린데다 재주도 없고 달리 취할 곳도 없어 돌려보냈습니다. 그 아이가 매우 형의 가르침을 원합니다. 한 번 본 뒤에 돌려보낸다면 다행이겠습니다. 공부하는 방법은 주자가 저술한 책을 열심히 보고 상세히 고증하며 철저히 기록합니다. 이같이 하는 것이 옳은 것만은 아닌 듯합니다. 바라건대 형께서 맡아주시면 어떠하겠습니까? 저는 근래 한기(寒氣)와 땀 사이를 오가면서 몸이 점차로 쇠약해 졌습니다. 어제는 땀을 비오듯 흘려 옷에 다 스며들었습니다. 머리를 근근이 드는 것도 고마워해야 할 정도입니다. 형이 저를 방문할 계획이 있다하더라도 역시 받아들일 수 없는 상황이니 어찌 감히 바라겠습니까? 삼가 답장을 올립니다. 이만 줄입니다. 정축년(1577) 12월 27일 혼(渾)(배(拜).

元15. 龜峯 ➜ 牛溪

(上下皆斷)
靜極復動之復. 初以陽復. 欲音入聲. 更思之, 則動靜無端, 陰陽無始. 音以去聲[49]爲是, 以其不一動也. 如何如何.[50]

(위아래 다 잘렸다.)

[해] 정(靜)이 극에 달하면 다시 동(動)으로 돌아옵니다. 처음은 양(陽)으로 돌아옵니다. 음(音)을 입성(入聲)으로 여겼습니다. 다시 생각해보니 즉 동정(動靜)은 단서가 없고 음양은 시작이 없습니다. 음(音)은 거성(去聲)이 옳은데 그것이 한결같이 움직이는 것이 아니기 때문입니다. 어떻게 생각하십니까?

---

49) 음이 거성(去聲)일 때는 음의 뜻이 된다.
50) 앞뒤가 잘려서 완전한 모습은 보기 어렵다. 『龜峯集·玄繩編』권지5~14에 『與浩原書』라는 제목으로 앞부분이 조금 더 실려 있다.

元16. 龜峯 ➜ 牛溪

浩原問 : 古云, 聖人與天合德, 而天多可疑. 治亂之不常, 聖人之不得位不得壽. 天之如是何也. 深有惑焉云云.
答 : 不得其常爲變. 處變爲權. 在聖人有處變之權. 而天則無是. 天普萬物而無心故也.[51]

해 호원문 : 옛말에 이르기를 "성인은 하늘과 덕(德)을 함께한다."[52] 고 하였습니다. 그런데 천(天)의 의심할만한 점이 많습니다. 태평한 시대와 혼란한 시대가 일정하지 않고, 성인이면서도 지위를 얻지 못하거나 오래 살지도 못합니다. 천(天)이 이와 같은 것은 무엇 때문입니까? 매우 의혹이 있습니다.

답 : 일정한 법칙을 얻지 못함을 변(變)이라고 합니다. 변에 대처하는 것을 권(權)[53]이라 합니다. 성인은 변에 대처하는 권도(權道)가 있습니다마는 천(天)은 없습니다. 천(天)은 모든 만물에 공평하고 사심이 없기 때문입니다.

---

51) "龜峯集·玄繩編"권지4~13,에
52) "周易·乾卦"에 '大人者, 與天地合其德'이라 하였다.
53) 權 : 權道. 현실 상황에 합당하게 대응하는 방법, 형수와 시동생은 손을 잡지 않은 것이 예이다. 하지만 형수가 물에 빠졌을 때는 손을 잡아서 살려야 한다. 이런 것이 권도이다.

元17. 牛溪 ➜ 龜峯

겉봉 : 奉謝狀
宋生員 謹右

別來懸慕日劇. 忽承手札, 翫而復之. 恭審道履[54]愆違. 仰慮殊甚. 渾自兄還後, 一向虛損, 殆不復支. 誨日得齒痛, 晝夜大痛. 出入息不及廻旋, 氣息垂絶. 病人精力餘在者幾許. 日苦如此, 不如無生之便利. 可嘆可嘆. 兼又家僕臥病垂死, 日日爲走避之計. 所以欲伻人取藥而未果. 數日以來, 粗爲安泊耳. 通津行未嘗一日忘. 渾若未死, 終必得之. 此時信宿齋下, 乃大願也. 前書處變爲權四字, 精深簡當, 不勝服義. 渾當納一拜於老兄矣. 獲聞斯義, 諸兄之賜也. 天眞丸拜賜, 珍感珍感. 無以報也. 叔獻無事生事, 資糧已竭. 坐滯津上, 兼有暑疾, 殊可念也. 伯生遠致專問, 此友相厚之義殊篤. 無以爲報也. 鄙人每仰渠踈淡. 自與鄙夫患失氣象不類, 而盡心王室, 爲時淸流. 補益不小. 豈不可好耶. 第少堅凝力量. 凡於傾危交煽之言. 未能不動. 深恐棄之, 而去益無可恃也. 願兄力扶護之. 至祝至祝. 此在世道, 差非小益. 所以出位言之, 願有以會我意也. 魚彦休前還布謝悃, 願亦傳告. 伏惟尊照. 朝虛草謝. 不一. 謹拜謝狀. 戊寅 六月初五日. 渾 拜.[55]

해 이별한 이래 나날이 그리움이 심합니다. 주신 편지를 받고 읽어보았습니다. 형께서 건강이 좋지 않음을 알았고 매우 근심이 됩니다. 저는 형께서 돌아가신 이후로 계속해서 건강이 상하여 거의 지탱할 수 없을 지경이었습니다. 그믐날에는 이가 아파 낮밤으로 크게 앓았습니다. 숨도 제대로 못 쉬고 기운과 호흡이 거의 끊어질 정도 였습니다. 병든 사람의 남아 있는 힘이 얼마나 되겠습니까? 매일 고생하는 것이 이와 같으니 죽어서 편리하게 되는 것이 낫겠습니다. 안타깝고 안타깝습니다. 아울러 집안 하인이 병으로 다 죽게 되어 매일 달아날 계책을 세우고 있습니다.[56] 그래서 사람을 보내어 약을 구하려고도 했지만 실행하지는 못했습니다. 여러 날이 지나자 겨우

---

54) 道履 : 상대방을 지칭하는 말, 은거하면서 수양중일때 '道'를 쓴다. 학문에 전념한다면 '學履'를 쓴다. 관직에 있다면 '政履'를 쓴다. 당신, 그대라 할 수도 있고, 여기서는 형이라고 쓴다.
55) 『龜峯集·玄繩編』권지4~14, 『牛溪續集』 권3-28에 일부.
56) 전염병일 가능성이 많다.

안정은 되었습니다. 통진(通津) 나들이는 하루도 잊은 적이 없습니다. 저가 죽지 않는다면 반드시 찾아가겠습니다. 그 때는 형의 집에서 머무는 것이 큰 소원입니다. 지난 번 편지에 '처변위권(處變爲權:변화에 대처할 때는 권도로 한다)[57] 네 글자는 정밀하고도 간단하여 탄복을 금하지 못합니다. 저는 형께 절이라도 한 번 올려야 되겠습니다. 이런 뜻을 얻을 수 있음은 형께서 주신 것입니다. 보내주신 천진환(天眞丸)은 감사하고 감사합니다. 무어라 할 말이 없습니다. 숙헌 이이가 살아갈 방도가 없고 양식이 이미 고갈되었다고 합니다. 나루터에 머물러 있으면서 더운 날씨에 병까지 얻었으니 딱한 일입니다. 백생(伯生)[58]이 멀리서 사람을 보내어 안부를 물으니 이것은 친구 간에 의리가 매우 두터운 일입니다. 할 말이 없습니다. 저는 항상 그들의 담백한 사귐을 부러워합니다. 숙헌은 저와 함께 건강이 좋지 않을 때부터 국가를 위해서 마음을 다 바쳤으니 이 시대의 청류(淸流)입니다. 나라를 위해 도운 일도 적지 않으니 어찌 좋지 않습니까? 숙헌은 다만 역량을 응집시키지 못합니다. 국가의 안위에 대해 선동하는 말에 대해서는 행동하지 않음이 없습니다. 사람들이 숙헌을 버린다면 더욱더 의지할 곳이 없어질까 매우 걱정됩니다. 바라건대 형께서는 숙헌을 도와주시기를 바라고 바랍니다. 이것이 세상을 살아가는 도리이니 약간은 도움이 될 것입니다. 그래서 사회적인 위치를 가지고 말을 한 것이니 나의 뜻을 헤아려 주시기를 바랍니다. 어언휴(魚彦休)는 먼저 돌아가면서 감사의 뜻을 표시하였고, 또한 형께서 소식 전해주기를 바랐습니다. 읽어 주시기 바랍니다. 아침이라 속이 비어서인지 대충 씁니다. 일일이 쓰지 못합니다. 삼가 감사의 글 올립니다. 무인년(1578) 6월 5일 혼(渾) 배(拜).

---

57) 바로 앞 편지에 나오는 말.
58) 伯生 : 李純仁(1543~1592)의 자이다.

元18. **牛溪 ➜ 龜峯**

前日季父之喪，所見如今不定．而又諸兄之在上，有所拘礙，未能制服．今則欲制服，而義服情有所未盡，而又疑於法也．但欲服布帶一月，厥後白衣素帶，終其月數矣．未知如此處置．無大悖理否．伏乞詳訂批誨．渾今遭重服．以禮揆之，且當廢業．而一家常有外客，爲賓主．極爲未安．欲於卒哭之前．姑令外舍諸君，歸其家，未知此意如何．伏乞訂誨．
朱子語錄,[59] 有問遭服而祭於祠堂者．答以重服百日前，難於祭．至於期功緦．今法上日子甚少，可以入家廟燒香拜云云，然則似是斷喪也．
浩原問答在禮答問別錄

일전에 계부(季父)[60] 상(喪)에 대한 견해가 아직도 결정되지 않았습니다. 그리고 여러 형들도 위에 있어 구애를 받으므로 복제(服制)를 결정짓지 못하였습니다. 지금 복제를 결정하려고 하는 데 의리상 복(服)을 입자니 정리상 미진한 것이 있고 또 예법(禮法)에도 의문이 있는 듯합니다. 다만 포대(布帶)를 한 달 입고, 그 후 백의(白衣)와 소대(素帶)로 여러 달을 마칠 수 있습니다. 이런 조치가 어떨는지 모르겠습니다. 도리에 어긋나는 것은 아닌지요. 상세한 가르침을 바랍니다.

저는 지금 중복(重服)을 만났습니다. 예법으로 헤아려 보더라도 당연히 하던 일을 고쳐야 합니다. 그러나 온 집안이 항상 바깥에 있어 빈주(賓主)가 되니, 매우 타당하지 않습니다. 졸곡(卒哭) 이전에 바깥채에 있는 여러 사람들을 집안으로 돌아가게 하고 싶은데 이렇게 하는 것이 어떠할는지 모르겠습니다. 가르침을 바랍니다.

『주자어록(朱子語錄)』에 상을 당했을 경우 사당에 제사지내도 되느냐고 물어보는 사람이 있었습니다. 대답하기를 중복(重服)은 100일 이전에는 제사지내기 어렵다. 기년복(期年服)•대공(大功)•소공(小功)•시마복(緦麻服)은 지금 제도상으로 날짜가 매우 적은데 가묘(家廟)에 들어가 분향하고 참배할 수 있다는 등등입니다. 그렇다면 이것은 단상(斷喪)인 듯합니다.

호원(浩原)과의 문답은 「예문답별록(禮答問別錄)」[61]에 있다.

---

59) 朱子語錄 : 書名(朱子語類)
60) 季父 : 大谷 成運(1497~1579)을 말함.

元19. 牛溪 ➜ 龜峯

겉봉 : 雲長 尊兄 座前

尊兄何日返故里乎. 歸袖飄然, 正不可及. 韻想風味, 亦豁病懷耳. 伏惟下照. 謹奉狀. 不宣. 渾拜. 答魚彦休書傳送如何.

解 형께서 어느 날에 옛 고향으로 돌아오십니까? 옷소매를 펄럭이며 돌아오시는 모습이 눈에 선합니다. 형의 모습을 고요히 생각해 보니 병든 나의 마음이 한결 시원해집니다. 읽어 주십시오. 삼가 글 올립니다. 이만 줄입니다. 성혼이 드립니다. (혼(渾) 배(拜))

어언휴에게 답장하는 편지를 전달해 주었으면 합니다.

元20. 牛溪 ➜ 龜峯

(中多決裂)

姊妹夫, 以姊妹之年紀而爲之序. 此於義理何如. 尹聃之夫, 年後於叔獻, 而叔獻呼之爲兄, 坐之在上云, 極未安. 鄙見以爲姊妹爲一位, 以年而坐. 壻與男子兄弟爲一位, 以年而坐, 恐得倫理之正也. 乞批誨, 何如. 答在禮答問別錄.

(중간에 누락되었거나 찢겨진 부분이 많다.)

자부(姊夫:누나의 남편)나 매부(妹夫:여동생의 남편)는 누나나 여동생의 나이를 기준으로 서열을 정합니다. 이것은 의리상(義理上) 어떠합니까? 윤담(尹聃)의 아버지[62]는 숙헌(俶獻:이이)보다 나이가 적습니다. 그런데 숙헌은 그를 형(兄)이라 부르고 그를 윗자리에 앉힙니다. 매우 타당하지 않습니다. 저의 견해로는 자매는 동일한 지위이니 나이대로 앉습니다. 사위와 남자형제도 동일한 지위이니 나이대로 앉는 것이 올바른 이치라고 여겨집니다. 가르침을 부탁드립니다. 어떻게 생각하십니까?[63]

대답은 「예담문」 별록에 있다.[64]

---

61) 『龜峯集』권6의 禮問答에 있다는 말,

62) 율곡 형제는 4남 3녀, 두 분의 누나 중 바로 윗 누나 남편이 尹涉이고 조카는 尹聃이다.

63) 성혼(成渾)의 물음 : 시집간 누나의 남편이 남동생보다 나이가 작다면 누나의 남편이라고 해서 형이라고 부르는 것이 아니라 사위와 남자형제는 동일한 신분이니 나이대로 하자는 것을 송익필(宋翼弼)에게 물어보는 것이다.

元21. 牛溪 ➜ 龜峯

겉봉 : 上狀[65]

雲長　尊兄　座前

伏問就城道履何似. 馳仰轉切. 十三日奉狀于龜峯還報, 今朝入城, 令人悵然, 當初吾兄意有枉顧, 愚以爲不敢望也, 答書云云. 然內情或庶冀一承淸款, 而今絶望矣. 奈何奈何. 且問. 寓居申都事江舍否. 右舍臨鬧地, 不明郞而多風. 必不愜於靜養矣. 前日更問申樸以居停許否, 則答以不許. 故前書云云. 亦聞申都事無阻意, 而淸駕已發行. 深恨. 鄙報之妄也. 且見叔獻錄示答尊兄論庶母禮書. 其言多主於情而不据於禮. 又忽忽說過, 欠精詳, 殊可恨也. 未委今已達闕聽否. 渠於此少虛心採納之意. 要須博考前書, 据故實, 以屈之, 難以口舌爭也. 渠所謂舜受瞽瞍朝之喩, 恐不然. 家長生時, 妾有生子娶婦者, 子婦則在諸子婦之列, 而妾則不得與於其間, 則平日之禮. 有時而子在正位矣. 在私室則自可盡尊敬之禮. 而陪家長則恐不然. 然則婢妾立婦女之後者, 不獨喪禮爲然也. 鄙見如此, 未知如何. 人倫上有父母, 下有子婦. 其間若著妾位, 則爲逼於嫡, 而爲剩位矣. 叔獻平日每疑喪禮立婦女後之語, 欲着庶母於主婦之前. 從前所見如此, 非今日也. 其不誤哉. 伏惟批誨何如. 前書所稟喪禮, 乞人風答示, 幸心. 渾數日來困乏益甚, 可悶. 季鷹尊兄今在何處. 所布如右. 不能別狀也. 謹拜狀. 不宣. 後四月十八日 渾 拜.[66] 答浩原叔獻問庶母禮, 在豫答問別錄

解 도성으로 들어갔다고 들었는데 형께서는 어떻게 지내시는지요? 그리움이 더욱 간절합니다. 13일날 구봉(龜峯)으로 글을 보냈는데 오늘 아침 도성으로 들어갔다고 하시니 사람을 서럽게 만듭니다. 당초 형께서는 저를 직접 방문한 뜻이 있었고, 저도 감히 바랄 수 없는 일이라고 생각한다고 답서(答書)에서 운운하였습니다. 그리고 속마음으로는 한 번 만나기를 은근히 바랐는데 지금 희망이 끊어졌습니다. 어떻게 하겠습니까? 또 묻겠습니다. 신도사(申都事)의 강가 집에서 머물고 계시는지요? 오른쪽 집은 시끄러운 지역에 있고 환하지도 않고 바람이 많습니다. 조용히 정양(靜養)하는 데는 적합

64) 『龜峯集』권지6~30, 『牛溪集』권4-32.
65) 상장(上狀) : 공경하는 뜻이나 조상(弔喪)하는 뜻을 나타내는 편지
66) 『牛溪集』권4-42에 일부가 실려 있다. 『龜峯集·玄繩編』권지4~28에 차견(且見) 叔獻부터

하지 않을 듯합니다. 일전에 신박(申樸)에게 머무는 일에 대해 허락 여부를 물었더니, 허락하지 않는다고 대답하였으므로 지난번 편지에는 그렇게 말한 것입니다. 또 신도사는 막겠다는 뜻이 없다고 하여 형의 행차가 이미 출발하였다고 들었습니다. 매우 안타깝습니다. 저의 대답이 멍청했습니다. 또 숙헌[이이]이 서모(庶母)에 대한 예(禮)를 논하면서 형에게 보낸 편지를 읽어보았습니다. 숙헌의 논지는 정(情)을 앞세우고 예(禮)에 근거하지 않은 것이 대부분입니다. 또 대충대충 설명하였기 때문에 정밀하고 상세함이 결여되어 자못 안타깝습니다. 그 일과 관련해 들은 일이 있는지 모르겠습니다. 숙헌도 조금은 마음을 비우고 다른 사람들의 의견을 받아들여야 합니다. 요컨대 전대의 서적을 널리 연구하고 전고(典故)가 될 만한 사실에 근거해서 깊이 들어가야지 말로만 겨루어서는 힘듭니다. 순(舜)임금이 고수(瞽瞍:순임금 아버지)의 조회를 받았다는 비유를 들었는데 아마도 그렇지 않은 듯합니다. 가장(家長)이 생존 시에 자식이 있어 며느리를 본 첩(妾)이 있을 경우에 자부(子婦)[67]는 제자부(諸子婦)[68]의 항렬에 있지만 첩(妾)은 그들 사이에 참여하지 못하는 것이 일상적인 예입니다. 때때로 첩의 자식이 정위(正位)[69]가 되기도 하며 사실(私室)에 있을 때는 존경(尊敬)의 예를 극진히 하지마는 다른 자식들과 가장(家長)을 모실 때는 그렇지 않습니다. 그렇다면 며느리의 위치 뒤에 있는 비첩(婢妾)들은 상례(喪禮)에서만 그런 것이 아닙니다. 저의 의견은 이러한데 어떨는지 모르겠습니다. 인륜(人倫)은 위로는 부모(父母)가 있고 아래는 자부(子婦)가 있습니다. 그 사이에 첩이라는 자리가 있는데 적(嫡:正室, 본부인)에게 위축되는 잉위(剩位)입니다. 숙헌도 평소에 항상 상례(喪禮)에 있어서 '입부녀후(立婦女後)'라는 말을 의심하고 서모(庶母)를 주부(主婦)[70]의 앞에 두려고 하였습니다. 예전부터 견해가 이와 같았으며 오늘만 그런 것이 아닙니다. 어찌 잘못이 아닌가요? 형께서 가르침을 주심이 어떠할는지요? 일전에 보낸 편지에서 상례에 관해 질문을 올렸는데 인편(人便)을 통해서라도 답장을 주시기 바랍니다. 저는 여러 날 동안 기운이 없어 심하게 고생하였는데 딱한 일입니다. 계응(季鷹:송한필) 형은 지금 어디에 계시는지요? 알리는 말이 이와 같습니다. 따로 글 올리지 않겠습니다. 삼가 글 올립니다. 이만 줄입니다. 4월 18일 혼(渾) 배(拜).

답호원숙헌문서모례(答浩原叔獻問庶母禮)는 「재례답문별록(在禮答問別錄)」[71]에 있다.

---

67) 자부(子婦) : 여기서는 첩 아들의 며느리.
68) 제자부(諸子婦) : 정실자식의 며느리.
69) 정위(正位) : 적장자로서의 지위로 이해된다.
70) 주부(主婦) : 한집안의 주인의 아내, 또는 제사를 받드는 사람의 아내.
71) 『龜峯集』 권6-33 '餘浩原論叔獻待庶母禮'라는 글을 말함.

元22. 牛溪 → 龜峯

賜諭別紙，複玩數過，極有說到處．不承嘆服．竊以禮家無庶母之位，非無位也，朔望參．溫公儀，婢妾在家衆之中．凡祭禮，在執事之列，故不序庶母位也．若果異位，而不可不序其隆殺．則聖賢之制名物度數，至纖至悉．豈有遺此一節，使後人無所承用耶．鄙意，禮無庶母位者．乃在婢妾之列，已明言之也．如明誨極分明．叔獻見之，必起疑端．未知答書以爲如何也．且鄙見欲參於餕與宴者，祭與朔望參．乃禮之嚴敬處．不可以父之婢妾，尊於其間．餕與宴，乃一家合同和豫之禮．雖旁親賓客，自外而至，亦可序坐．故庶母可出參禮，以展親愛之情耳．雖然禮學精深，未易窮原．豈可今据所見，以爲斷定．禮有婦呼庶母爲小姑．而有服者，要當深考禮經，參合思繹，博觀古事，且待吾學之進，可也．不敢妄爲之論也．如何如何．別紙願更賜來．俾得玩繹於後日也．渾 拜上.[72]

解 별지(別紙)에서 주신 가르침을 여러 차례 반복해서 읽었는데 이론이 대단히 잘 갖추어져 있습니다. 감탄을 견디지 못하겠습니다. 제 생각으로는 예법이 있는 집안은 서모(庶母)라는 지위가 없을 듯 합니다마는 지위가 없는 것도 아닙니다. 초하루나 보름제사에 참여합니다. 『온공의(溫公儀)』[73]에서도 "비첩(婢妾)은 가족 가운데 있다. 제례(祭禮)에서는 집사(執事)의 항렬에 있다."고 하였습니다. 그러므로 서모의 지위에 대해 순서를 매기지 않은 것입니다. 만약 특이한 지위라면 서모를 높이거나 낮추어서 순서를 매기지 않을 수 없습니다. 성현이 명물도수(名物度數)[74]를 제정함에는 지극히 섬세하고 지극히 자세합니다. 어찌 이 한 구절을 남겨 후세사람들로 하여금 성현이 제정한 제도를 받들어서 사용할 수 없게 하겠습니까? 제 견해는 예(禮)에는 서모(庶母)라는 지위가 없습니다. 즉 비첩(婢妾)의 항렬에 있다고 이미 분명히 말하였습니다. 형께서 지극히 분명히 가르쳐 주신 가르침과 같습니다. 숙헌(叔獻) 이이(李珥)가 본다면 반드시 의심을 일으킬 것입니다.

---

72) 『龜峯集』권지6~37, "牛溪集"권4-43.
73) 『溫公儀』 : 禮書. 송(宋)의 司馬光이 지었다. 『書儀』 또는 사마서의『(司馬書儀)』라고 한다.
74) 『名物度數』 : 각종 예법과 제도, 사물의 명칭에 대한 해석 등을 말한다.

답서(答書)에는 어떻게 되어 있는지 모르겠습니다. 또 저의 견해로는 준(餕)[75]과 연(宴)[76]은 온 집안이 함께 하는 화목하고 즐거운 예(禮)입니다. 외부에서 찾아오는 친척이나 빈객(賓客)도 역시 서열대로 위치합니다. 그러므로 서모도 예식에 참여하여 친애(親愛)하는 마음을 나타냅니다. 그렇지만 예학(禮學)은 정밀하고도 심오하여 근원을 파고 들기가 쉽지 않습니다. 어찌 현재 자신이 가진 견해에 근거해서 단정(斷定)지을 수 있을까요? 예법에는 부(婦:며느리)가 서모(庶母)를 소고(小姑)라고 부르는 경우도 있습니다. 그러나 복(服)을 입은 사람은 예경(禮經)을 연구하고 깊이 생각하고, 고사(古事)를 두고 보고, 우리들의 학문이 진보되기를 기다리는 것이 옳습니다. 함부로 논리(論理)를 펴서는 안 됩니다. 어떻게 여기시는지요? 별지(別紙)에서 다시 가르침을 주시기를 원했습니다. 훗날 깊이 연구하는데 참고할 까 합니다. 혼(渾) 배상(拜上).

元23. 牛溪 → 龜峯

出嫁女期喪畢月, 欲製淡甘察. 蓋頭淡甘察髮縱, 白布長衣, 以易喪服而哭之, 以此居心喪. 未知此制無大悖否. 伏乞一一批誨. 所答詳在禮答問別錄

해 시집간 딸이 기년상(期年喪)을 마치고 담감찰(淡甘察)[77]을 짓고자 합니다. 대개 머리는 담감찰에 발종(髮縱:댕기) 그리고 백포장의(白布長衣:장의)를 입고 상복(喪服)을 바꾸고 곡(哭)하여 심상(心喪)[78]으로 지내고자 합니다. 이런 제도는 도리에 크게 어긋나지는 않는지 모르겠습니다. 일일이 가르침을 주시기를 바랍니다.

대답은 「예답문별록(在禮答問別錄)」[79]에 상세히 있다.

---

75) 준(餕) : 제사를 지내고 음복을 하거나 음식을 같이 먹는 행위로 이해된다.
76) 연(宴) : 연회, 또는 잔치.
77) 담감찰(淡甘察) : 甘察은 다갈색을 말함. 즉 옅은 다갈색의 喪服을 말한 것 같다.
78) 심상(心喪) : 탈상한 뒤에도 마음으로 슬퍼하여 상중에 있는 것 같이 근심 하는 일. 또는 상복은 입지 않되 슬픈 마음으로 애모하는 일. 보통 스승에 대해 제자가 심상(心喪)을 3년 한다고 한다.
79) 『구봉집(龜峯集)』 권 6-28.

형첩 (**亨帖**)

순	原文	발 신	수 신	연 대	출 전 유 무
1	*38*	우계牛溪	구봉龜峯	1579	'龜峯集·玄繩編' 4-22
2	*39*	구봉龜峯	우계牛溪		'龜峯集·玄繩編' 4-23
3	*41*	우계牛溪	구봉龜峯	1579	'龜峯集·玄繩編' 4-21
4	*43*	우계牛溪	구봉龜峯		'龜峯集·玄繩編' 4-22
5	*43*	우계牛溪	구봉龜峯	1579	
6	*45*	율곡栗谷	구봉龜峯	1579	
7	*47*	우계牛溪	구봉龜峯	1579	
8	*48*	우계牛溪	구봉龜峯	1579	'龜峯集·玄繩編' 4-27 '龜峯集'6-23 일부
9	*51*	우계牛溪	구봉龜峯	1580	
10	*53*	우계牛溪	구봉龜峯	1580	'龜峯集·玄繩編' 4-31
11	*55*	구봉龜峯	우계牛溪	1580(?)	'龜峯集·玄繩編' 4-32
12	*57*	우계牛溪	구봉龜峯	1580	
13	*59*	구봉龜峯	許公澤		'龜峯集·玄繩編' 4-33
14	*60*	구봉龜峯	우계牛溪		'龜峯集·玄繩編' 4-33
15	*61*	우계牛溪	龜峯,季鷹	1580	'牛溪集·續集' 3-30일부
16	*63*	우계牛溪	구봉龜峯	1580	'龜峯集·玄繩編' 4-27
17	*65*	구봉龜峯	우계牛溪		'龜峯集·玄繩編' 4-13
18	*65*	구봉龜峯	우계牛溪		'龜峯集·玄繩編' 4-25
19	*66*	우계牛溪	구봉龜峯	1580	'龜峯集·玄繩編' 4-25
20	*67*	구봉龜峯	우계牛溪		'龜峯集·玄繩編' 4-26
21	*69*	구봉龜峯	우계牛溪		'龜峯集·玄繩編' 4-24
22	*70*	구봉龜峯	율곡栗谷		'龜峯集·玄繩編' 4-35
23	*73*	율곡栗谷	구봉龜峯		
24	*73*	구봉龜峯	우계牛溪		'龜峯集·玄繩編' 4-29
25	*74*	우계牛溪	구봉龜峯		
26	*76*	구봉龜峯	金長生		'龜峯集·玄繩編' 4-39

2. 형첩(亨帖) 26통

亨1. **牛溪 ➜ 龜峯**

겉봉 : 雲長 尊兄 上狀
龜峯 書室

冬寒始盛. 伏惟靜養神相冲勝. 區區懷仰之私, 蓋不可以言喩. 自向陽奉別以還, 專使馳問之計, 未嘗一日忘. 而田家收稼催租之務極冗, 又堂兄歸葬諸役, 皆由此辦. 是以尤不能送人. 殊負宿志, 愧嘆千萬. 比來冬溫舒解, 病人最難將理. 數月忽成嚴冱, 尤不可抵當寒勢. 未委尊兄近日起居稍勝於奉拜之時否乎. 叔獻尊兄書, 來此旣久. 今乃送納. 其時蒙許開坼. 故敢發封一讀. 知渠鋒穎, 專屈於老兄. 意味平和, 極可慰也. 且向陽一會, 自是難得之事. 而客至未靜, 似不成模樣, 殊可恨也. 然奉兄數日, 有以服仰尊兄英發不可及處. 旣別而思, 殊警昏蔽. 不勝感幸也. 第病物昏昏垂死. 每愁沮於憂患, 物欲之侵, 不能自拔. 則安得日日相從於東阡北陌之間, 以攄欲見不見之懷乎. 言不可盡. 臨書悵惘而已. 別紙有小稟正. 伏惟尊察. 謹奉狀. 不宣. 己卯十一月 初六日 渾 再拜.[80]

[해] 겨울 추위가 세차기 시작합니다. 조용히 수양중인 형께서도 잘 계시리라 생각합니다. 간절한 그리움을 말로 표현할 수 없습니다. 향양(向陽)에서 헤어진 이후 사람을 보내어 안부를 물어 본다는 계획은 하루도 잊은 적이 없습니다. 그런데 시골에서 추수하고 세금 독촉하는 일 등이 바쁘고 당형(堂兄:사촌형)의 장지(葬地) 옮기는 일도 모두 제가 해야 합니다. 이런 까닭에 더욱 사람을 보내지 못했습니다. 옛적의 약속을 어겼으니 매우 부끄럽습니다. 근래 겨울 날씨가 따뜻하게 풀리기 시작하는데 병든 사람이 가장 처리하기 어렵습니다. 여러 달 맹추위가 기승을 부린다면 추운 기세를 더욱 감당할 수 없습니다. 존형께서 근래 건강이 예전에 만났을 때 보다 조금 나아지셨는지 모르겠습니다. 형에게 보내는 숙헌형의 편지가 여기에 온지 오래 되었습니다. 지금 보냅니다. 그 당시 뜯어도 좋다는 허락을 받았습니다.

---

80) 『龜峯集·玄繩編』권지4~22.

그러므로 감히 뜯어서 한 번 읽어보고서는 숙헌의 봉영(鋒穎)[81]도 형에게는 오로지 굽힌다는 것을 알았습니다. 편지의 내용도 부드러우니 매우 위로가 됩니다. 향양(向陽)에서 한 번 만나자고 하였는데 이루기 어려운 일이 되었습니다. 그리고 객도 찾아와 조용하지 못하고, 모양새도 갖추지 못한 듯하니 매우 안타깝습니다. 그리고 형을 여러 날 동안 만나고서 형의 총기에는 따라갈 수 없음에 감탄하였습니다. 헤어진 후에 생각하니 저의 어리석음을 깨우쳐 주었습니다. 감사함을 견딜 수 없습니다. 저는 병든 몸에 기력이 혼미해져 죽음이 다가왔습니다. 항상 우환 속에 살다가 근심하고, 물욕(物欲)이 들이 닥치면 스스로 벗어나지도 못했습니다. 그런즉 어떻게 매일 시골길 사이를 따라다니면서 보고 싶어도 보지 못하는 간절한 그리움을 나타낼 수 있겠습니까? 말을 다할 수 없습니다. 편지를 앞에 대하니 서러움 뿐 입니다. 별지(別紙)에 형의 올바른 의견을 요구하는 작은 글이 있습니다. 설펴주시기 바랍니다. 삼가 글 올립니다. 이만 줄입니다. 기묘년(1579) 11월 6일 혼(渾) 재배(再拜)

亨2. 龜峯 ➜ 牛溪

答浩原

伏奉今月八日書三紙，繼承六日專使二紙書．情義俱深．石潭兄書並至．開緘三復，病若去體．不但心知處長進而已．謝仰謝仰．衰叔謗毁，或有自家致之者．或有自他倘來者．自家之致，宜加戒愼．而自他倘來，亦不能無少助惕畏． 則苟善用之， 何莫非爲吾勸勉之地． 石潭兄容受人言， 若有過人處．非物我無阻，氣象平和，能若是耶．衰年斷慾養生要訣之示．不但形體是護， 亦有克去物欲之誨． 深仰靜冲所得． 此一節， 僕每戒以循理之自然，不容人爲，而未免人欲之勝．可歎可歎．何必以微過爲人欲乎．自家袵席之上，天理人欲分界，亦甚分明．而未能一任天理，可畏也已．且永斷，亦異術也．非吾儒合理事也．旣不能動以天理，則欲之出於形氣者從之，欲之生於胸臆者克去，庶乎合理．食亦同色，食亦不須勉加，任其適宜而已．患不在不足而在於多．古人加餐飯之語，恐未合理也.[82]

해 호원에게 답함.

---

81) 봉영(鋒穎): 창끝, 뛰어난 재주, 타인과 융화가 잘 안되고 모가 난다는 뜻, 율곡의 성격.
82) 『龜峯集·玄繩編』권지4~23.

이번 달 8일에 주신 석 장의 편지를 받고, 이어서 6일날 사람을 보내어서 주신 두 장의 편지도 받았습니다. 정의(情義)가 모두 깊습니다. 석담(石潭:이이를 말함)형께서 보낸 편지도 아울러 왔습니다. 뜯어서 세 번이나 읽어보니 병든 몸이지만 몸뚱이를 벗어버린 듯합니다. 마음만 좋아지는 정도가 아닙니다. 감사하고 감사합니다. 쇠약하다는 비방은 혹 집안에서 했을 수도 있고 혹은 다른 곳에서 왔을 수도 있습니다. 집안에서 했다면 조심하라고 타이르는 것이 옳습니다. 다른 곳에서 왔다면 역시 걱정이 아닐 수가 없습니다. 참으로 잘 대처해 나가는 것이 어찌 우리 들이 힘써야 할 일이 아니겠습니까? 석담형이 다른 사람의 말을 인정하여 받아들이는 데는 남보다 지나침이 있는 듯합니다. 타인과 내가 장벽이 없고 기상(氣象)이 평화롭지 않다면 이처럼 될 수 있겠습니까? 늙은 나이에 욕망을 끊고 양생(養生)하는 요점에 대해 가르침을 주었습니다. 육체를 보호할 뿐만 아니라 또한 물리적인 욕망도 제거할 수 있다는 훈계가 있었습니다. 고요한 속에서 터득한 것이 있어 깊이 감사드립니다. 그런 말씀에 대해 저는 항상 순리(循理)대로 자연스럽게 해야 하고, 인위적인 것은 받아들이지 못하지만, 인간의 욕망이 기승을 부릴 때는 벗어나지 못했습니다. 안타깝습니다. 어찌 미와(微渦:보조개)를 가지고 인욕(人欲)이라 할 수 있습니까? 바로 눈앞에서 천리(天理)와 인욕(人欲)의 분계가 또한 매우 분명합니다. 그런데도 한결같이 천리(天理)를 따르지 못한다니 두려울 뿐입니다. 또 인욕을 영원히 끊는 것도 또한 이술(異術)입니다. 우리 유자들의 합리적인 일이 아닙니다. 천리(天理)대로 움직일 수 없다면, 형기(形氣)에서 나오는 욕망은 따르고, 흉억(胸臆)에서 나오는 욕망은 제거한다면 합리적인 듯합니다. 식(食)은 또한 색(色)과 같습니다. 식(食) 또한 억지로 노력하는 것이 아니라 알맞게 되는대로 맡겨둘 따름입니다. 걱정은 부족한 곳에 있지 않고 많은 곳에 있습니다. 옛 사람들의 '가찬반(加餐飯:밥 많이 드십시오)'이라는 말은 합리적이 아닌 듯 합니다.

亨3. 牛溪 ➜ 龜峯

겉봉 : 雲長　拜問
宋生員 謹右

謹問. 侍況何似. 馳仰馳仰. 城裏勤訪, 乃蒙舊意, 而病既困乏, 境又煩囂. 雖荷提誨之賜, 而未猝領解. 且多有發端而未竟之說. 歸來尋繹, 良增追慕. 竊以所講之義, 只爲下語輕重之際. 鈍根者有所窒礙而未達. 如其叔獻之超然. 則一語之外, 不用言句太多矣. 渾更於此, 粗解語意. 後日之見. 當以奉質焉. 就中, 春川大丈之事, 其時直述所由而已. 退而思之, 頗爲未可. 幸乞審察鄙意. 不至再擧言議. 何如. 渾在城時, 客有吟君僧到何山宿未廻之句. 渾竊愛其蕭然出塵. 願於閑中時時吟詠瓊什, 以發我淸曠之氣. 幸一吟卑棲寬閑寂寞之趣, 以寄山中也, 求尋山水之行, 未知作於今秋耶. 如蒙歸路, 枉顧於牛溪, 則可以從容一室陶寫不盡之懷矣. 深企深企. 季鷹侍下. 未能各狀. 懷鄙如右. 謹拜問. 不宣. 己秋　八月四日. 渾　病草.[83]

解 삼가 안부 묻습니다. 부모님 모시는 근황이 어떠하신지요? 그립고 그립습니다. 도성에서 방문해 주셔서 옛 정의(情誼)를 받았으나 병든 몸에 피곤도 하고 또 주위가 시끄러웠습니다. 비록 자세한 가르침을 받기는 하였으나 끝내는 이해하지 못했습니다. 또 문제를 끄집어내기는 했지만 끝내지 못한 부분이 많이 있었습니다. 돌아와서 곰곰이 따져보니 참으로 사모하는 마음만 더합니다. 강의하여 주신 뜻 가운데 마지막 말인 경중지제(輕重之際)가 생각납니다. 자질이 둔한 자는 막힌 것이 많아 이해하지 못하지만 재주가 뛰어난 숙헌(俶獻) 이이(李珥)같은 사람은 한마디 말 이외에 많은 말을 하지 않아도 될 것 같습니다. 저는 다시 여기에서 말씀하신 대략 이해는 하였습니다. 후일에 견해가 있으면 당연히 질문을 올리겠습니다. 다름이 아니라 춘천(春川) 대장(大丈)의 일[84]은 그 당시에 원인을 직접 진술했을 뿐입니다. 물러나서 생각해보니 약간은 옳지 않은 듯 합니다. 저의 의견을 자세히 살피어 다시 거론하는 일이 없기를 바랍니다. 어떻게 생각하십니까? 제

83)"龜峯集·玄繩編"권지4~21.
84) 구체적으로 어떤 일인지 알기 어렵다.

가 도성에 있을 때 손님 가운데 형의 시 구절인 '승도하산숙미회(僧到何山宿未廻:스님이 어떤 산에 도착하였나? 머물고서 돌아오지 않는다)'를 외우는 사람이 있었습니다. 저도 세상을 떠난 듯한 탈속한 그 시를 사랑합니다. 조용한 가운데 때때로 외워서 나의 맑고도 넓은 기운을 펼치고 싶습니다. 제가 있는 이곳의 조용하고 적막한 운치를 한 번 시로 지어서 보내주시기를 바랍니다. 산수(山水)로 여행을 하신다고 하던데, 모르겠습니다만 이번 가을로 결정하였는지요? 만약 돌아오는 길에 제가 있는 우계(牛溪)로 방문해 주신다면 조용한 방에서 끝없는 회포를 풀 수 있을 것 같습니다. 매우 기대되고 기대됩니다. 계응(季鷹:송한필)에게는 따로 편지를 전하지 못했습니다. 저의 생각은 지금 말한 대로입니다. 삼가 안부 묻습니다. 이만 줄입니다. 기(己:1579)년 8월 4일. 혼(渾)이 병중이라 대충 쓰다.

亨4. 牛溪 → 龜峯

先儒之於詩, 朱子詩最多. 是所謂無所不通也. 明道詩淸曠, 而傳者無多. 伊川則以不欲作閑言語止之. 後學終不能學朱子, 則莫如不爲之爲得.[85)]

[해] 선유(先儒)들은 시(詩)에 있어서는 주자(朱子)의 시가 가장 많다고 여겼습니다. 이것이 소위 주자의 학문이 '무소불통(無所不通:두루 통하지 않은 데가 없다. 모두 다 달통하였다)이라는 것입니다. 명도(明道)의 시는 깨끗하고도 넓지만 전해지는 것이 많지 않습니다. 이천(伊川)은 즉 시를 짓고자 하지 않았습니다. 후학(後學)들이 주자를 죽을 때까지 공부해도 이해할 수 없다면, 차라리 공부를 하지 않는 편이 낫습니다.

85) "龜峯集·玄繩編"권지4~22,

亨5. 牛溪 ➜ 龜峯

걷봉 : 雲長 拜謝復
龜峯 書室

嚮往之深，伏勝專使手札．翫而復之，恭審新年道德愈新．拜賀拜賀．第惟舊患未能脫祛，尙阻先隴之拜．其爲畏寒，俯同病物，令人發嘆．渾不覺之間，年垂五十．始願不及此．而靜循初心，何知無所成，一至於此哉．慨嘆之懷，方切于中．思得一承淸論，以滌煩襟，而不可得也．溪上春暄．願不負宿諾，以成鄙望．千萬之祝．鄙人亦知老兄肯爲過袁閬之室86)也．叔獻事狀，當以傳達別紙條稟來語．幸一垂定論也．星州鄭道可到江外四五里，晋山崔孝元在碧蹄墳菴．病物欲往從之，而不可開蟄，憤嘆憤嘆．病有好時節，吾不好時節．如此等時，尤知其不好也．治人心方，久未回納．愧仄愧仄．今如所戒奉送也．叔獻喜變通，自是渠病．今之謗議，自家當與外人，平分其過，可也．如何如何．靑魚數箇，包紙中奉呈．水浸爛烹，却勝菜根，敢以獻於兄也．伏惟照諒．謹拜謝復．己卯元正旬一．渾 拜．
臂痛有凝結耶．以芥子作末，和水付之爲妙．又以針針洩氣亦妙．曾學得於先君患此疾時矣．

解 그리움이 간절하던 차에 사람을 시켜 보내주신 편지를 받았습니다. 거듭 읽고서는 새해에는 학문과 수양이 더욱 새로워 졌음을 알았습니다. 축하드립니다. 저는 오래된 병을 떨치지 못하여 아직껏 선영(先塋)에 참배도 못했습니다. 추위를 겁내는 것이 병물(病物:병든 물건. 자신을 지칭함)과 똑같아서 사람을 안타깝게 만듭니다. 저는 느끼지도 못하는 사이에 나이 쉰이 되었습니다. 애당초 이 나이까지 있으리라고 바라지도 않았습니다. 그런데 초심(初心)을 조용히 따라가니 아무 것도 이룬 것 없이 이런 지경에 이를 줄이야 알았습니까? 안타까운 생각이 마음에 절실합니다. 형의 고상한 말씀을 한 번 얻어서 번잡한 나의 가슴을 씻어버리려고 생각도 해 보았습니다마는 이루지를 못했습니다. 강가에 봄빛이 따뜻합니다. 지난날의 약속을 저

86) 袁閬之室 : 袁閬(원랑)은 後漢사람이다. 친구의 집이란 뜻으로 쓴 것 같다.

버리지 마시고 저의 바램을 이루어 주시기를 원합니다. 간절히 바랍니다. 저도 역시 형(兄)께서 저의 집을 방문해 주시리라 알고 있겠습니다. 숙헌(俶獻)과 관련된 일은 별지(別紙)로 전달해서 그가 나한테 보낸 말에 대해 조목조목 나의 의견을 보내었습니다. 형께서도 정론(定論)을 주시기를 바랍니다. 성주(星州)의 도가(道可) 정구(鄭逑)[87]는 강 바깥 4•5리에 도착했고, 진산(晋山:진주)의 효원(孝元) 최영경(崔永慶)[88]은 벽제(碧蹄)의 분암(墳菴)에 있습니다. 병든 저도 가고는 싶지마는 자리를 털고 일어나지 못하니 안타깝고 안타깝습니다. 병중에 호시절이 있건만 저는 호시절이 아닙니다. 요즈음 같은 때에 더욱 좋지 않음을 알겠습니다. 『치인심방(治人心方)』[89]을 오랫동안 보내지 못했습니다. 죄송하고 죄송합니다. 지금 형이 부탁한대로 보내드립니다. 숙헌은 변통(變通)을 좋아하는데 그의 병입니다. 현금의 비방하는 논의도 다른 사람과 함께 그 과오를 공평히 나누어야 옳습니다. 어떻게 생각하시는지요? 청어(靑魚) 몇 마리 종이에 싸서 보냅니다. 물이 들어가 좀 상하기는 했지마는 채소보다야 나은 듯하니 감히 형께 보냅니다. 양해해 주시기 바랍니다. 삼가 답장을 올립니다. 기묘년(1579) 정월 열하루. 혼(渾) 배(拜).

팔의 통증은 피가 응고된 것인가요? 겨자씨를 잘게 부수어 물과 섞어 바르면 괜찮다고 합니다. 또 침을 놓아 나쁜 기운을 빼는 것도 역시 좋다고 합니다. 예전에 선군(先君)께서 이 질병에 걸려 고생할 때 배운 적이 있습니다.

---

87) 鄭逑(정구,1543~1620) : 본관은 晴州, 字는 道可, 號는 寒岡. 禮學의 大家이다.
88) 崔永慶(최영경,1529~1590) : 본관은 和順, 字는 孝元, 號는 守愚堂이다.
89) 治人心方(치인심방) : 書名. 사람의 마음을 다스리는 방법과 관련된 처방이 있는 듯하다.

亨6. 栗谷 ➜ 龜峯

龜峯 雲長 尊兄 座前

歲云徂矣. 伏惟閑居味道, 起處萬福. 近日未聞徽音, 窃糾日切. 昨者, 尹聃傳致尊兄所送詩鈔, 恨不見手字耳. 曾見兄書, 修鄙答, 倩浩原傳上, 未知達否. 去秋, 得季氏書. 深感且慰. 性成之說, 季氏則作氣質看矣. 兄今更思耶? 且聞移家入加平云, 信然否? 中年以後, 未免鍾情, 而朋友星散, 踽踽斯世, 有何樂事耶? 可嘆可嘆. 明春欲歸坡掃先塋. 此時倘蒙兄訪于牛溪, 同處數日,則實是大幸. 豫爲之圖. 幸甚幸甚. 珥粗保. 但庶母以風證甚苦痛. 可悶. 餘冀爲道益珍.謹拜狀. 己卯 十二月八日 珥 拜

解 한 해가 저뭅니다. 생각건대 한가히 지내면서 도를 음미하고 많은 복을 누리리라 생각합니다. 근래에 소식을 듣지 못해 그리움이 나날이 간절합니다. 일전에 윤담(尹聃)이 형이 보내신 시초(詩鈔)를 가지고 왔지만 편지는 보지 못해서 섭섭했습니다. 지난번에 형의 서찰을 보고 답장을 써서 호원(浩原:성혼)에게 전달을 부탁하였는데 받아보셨는지 모르겠습니다. 지난 가을 계씨(季氏:송익필 아우 송한필)의 글을 받았습니다. 매우 감사하고 위로됩니다. 성성지설(性成之說)[90]은 계씨는 즉 기질로 보는 것 같습니다. 형께서는 지금 다시 생각을 하고 계시는지요? 또 듣건대 가족을 데리고 가평(加平)으로 가신다고 하던데 과연 그러한지요? 중년이후는 가족에 대한 사랑을 벗어나기 어렵고 벗들도 별처럼 흩어져 있으니 이 세상 외로이 살면서 무슨 즐거움이 있겠습니까? 탄식만 나옵니다. 내년 봄에 파주(坡州)로 돌아가 선영(先塋)에 성묘나 할 까 합니다. 그 때 형께서 우계(牛溪)로 방문하여 여러 날을 함께 보낸다면 참으로 큰 행운입니다. 미리 기대해 봅니다. 다행입니다. 저는 근근히 지내고 있습니다. 다만 서모(庶母)가 중풍으로 매우 고통스러워합니다. 민망한 노릇입니다. 나머지는 형께서 도(道)를 닦으시고 더욱 잘 계시기를 바랍니다. 삼가 글 올립니다.

기묘년(1579) 12월 8일 이(珥) 배(拜).

---

90) 性成之說(성성지설) : 인간의 본성이 어떻게 이루어지느냐에 대한 학설.

亨7.	牛溪 ➜ 龜峯

겉봉 : 上狀

雲長 尊兄 座前

冬暖如春. 伏惟道履靜養超勝. 惟是瞻馳之私, 與日俱積. 頃者有過去之便, 仰承賜札. 三復感玩, 卽拜謝書, 以付其人. 未委呈徹否乎. 渾以風日舒燠, 神氣不收, 昏耗憒亂. 益底澌頓, 殆不自持耳. 冬雷之後, 愆陽至此, 此是大變異. 誰任其憂. 愚賤非分, 自不能安於心. 可笑可嘆. 想惟尊兄茅齋, 閑適黙坐, 切深虛靜, 所得又日深矣. 如渾者, 心氣散亂, 痼疾又從而害其氣. 內外本末無一可恃, 而事隨日生, 汨汨於應俗. 不如尊兄蕭然淸絶, 自可以養性而專學也. 渾有二害, 兄有二得. 生死路頭, 自此而分. 末流得失, 相去天淵矣. 羡慕之不足言, 不能喩其意也. 且肉蓯蓉已送京, 求市而迄不來. 來則當則馳納矣. 且中別紙所稟, 幸白于交河使君. 早晩示報何如. 此亦不能謝事之一病. 然一念濟物, 未能忘情. 所以不覺無事生事, 而又不避煩瀆也. 伏惟垂誨其得失何如. 謹奉狀. 不宣. 己卯十二月十二日. 渾 拜.

해 따뜻한 겨울 날씨가 봄 같습니다. 형께서도 조용히 정양하시며 잘 지내고 계시리라고 생각합니다. 보고 싶은 간절한 생각만 세월과 함께 쌓입니다. 근래에 지나치는 인편(人便)이 있어서 보내주신 편지를 받았습니다. 세 번이나 읽어보았습니다. 즉시로 답장 편지를 써서 그 사람에게 주었습니다. 저의 편지를 읽어보셨는지 모르겠습니다. 저는 따뜻한 날씨에도 정신과 기운을 수습하지 못해 몽롱한 상태로 피곤하게 지내고 있습니다. 더욱 힘이 빠져 거의 몸을 지탱할 수 없을 정도입니다. 겨울 우레가 친 이후에도 겨울 날씨 치고 이렇게 따뜻하니 이것은 큰 변이(變異)입니다. 누가 그 근심을 감당하겠습니까? 저는 친한 사람이라 제 자신이 마음으로 안정하지 못합니다. 우습고도 안타깝습니다. 생각건대 형(兄)께서는 시골집에는 한가로이 지내다가 묵묵히 정좌(靜坐)하며 마음을 텅 비우신다고 하니 터득한 것이 나날이 깊어지겠습니다. 저 같은 사람은 심기(心氣)가 산란하여 고질병이 또 잇달아서 기운을 해칩니다. 내외본말(內外本末) 믿을 것이 하나도 없는데 일이 날마다 생기고, 세상사에 부대끼느라 바쁘게 지냅니다. 속세에서 벗어나 조용히 살며 인격을 도야하고 학문을 전념하시는 형과 같지가 못합니다. 저는 두 가지 해로움이 있는데 형께서는 두 가지 이로움이 있습니다. 삶과 죽음과 갈림길이 여기서 갈라집니다. 세상을 사는 득실(得失)이 하늘과 땅 차이입니다. 부러움을 말할 수도 없고 그 의미를 알지도 못하겠습니다. 또 육종용(肉蓗蓉)[91]은 이미 사람을 서울로 보내어 시장에서 구하라고 하였는데 아직도 오지 않았습니다. 오는 대로 즉시 보내드리겠습니다. 별지(別紙)에서 제가 부탁한 것은 교하(交河) 사군(使君)[92]에게 알려주시기를 바랍니다. 조만간 회답을 주심이 어떠하신지요? 이것 또한 감사드릴 수 없는 하나의 병입니다. 그러나 생각을 한결같이 하여 만물을 똑같이 보더라도 정(情)을 잊을 수는 없습니다. 그래서 자기도 모르는 사이에 일이 없는 속에 일이 생기고 또한 번거로움을 피할 수도 없습니다. 그 득실에 대해 가르침을 내려주심이 어떠하신지요? 삼가 글 올립니다. 이만 줄입니다. 기묘년(1579) 12월 12일. 혼(渾) 배(拜).

亨8. 牛溪 → 龜峯

겉봉 : 上狀

雲長 尊兄 座前

此日寒嚴. 伏惟道理保攝何似. 前承十四日手札, 恭審有腹中之疾. 不勝馳念. 卽今已就康復否耶. 肉蓯蓉, 自城來, 只是三兩半. 今使馳獻矣. 此蒙下饋獐脯十脡, 珍感珍感. 則以獻享望參, 尤所摧謝. 以水村幽居而饋此山樊之珍羞. 深荷情貺. 無以爲報也. 此竊念今時祭禮設饌, 無一定之規. 如吾黨數人家, 亦有異同處. 殊欲講究十分精當, 以定垂後之規. 伏願詳示尊兄宗家祭饌數, 作小圖以送, 至祝至祝. 欲据爲增損之制也. 魚肉恐非生魚生肉. 兄用何許乎. 前見鄭道可, 言 “『家禮祭饌圖』脯醢蔬菜用六品, 却是古意, 非俗饌也. 是以吾用脯二器·醢二器·蔬菜二器. 而不用今俗盤床之羞. 去淸醬不陳云云.” 未知此言如何. 鄙人以爲脯醢蔬菜相間次之者, 却是宋時之羞也. 於何見得古意乎. 去淸醬不陳, 則時羞有未備耶. 渠却不以爲然矣. 又“欲作正寢于祠堂之前, 以太廟祫享. 昭穆位配

---

91) 肉蓗蓉(육종용) : 약초이름, 패병을 치료 하는데 쓰인다고 함.
92) 使君(사군) : 그 지방을 다스리는 수령.

列，高祖居奧而東向．其餘，昭居北，穆居南以祭之云．” 同堂西上之制，雖因習之陋，而程朱以國家未復古，故不敢私爲古禮之正．則今日行之，無有干僭未安之義者乎．伏願批誨，何如．示喩明道伊川事，誠爲未安．鄙人日前，疑未解者，以此也．伊川之子，不體傳家之學，處之悖義．自是後來事，無乃不干伊川乎．然子之失禮，亦伊川之過也．如何如何．伏惟照察．氣甚乖違，草草奉狀．不宣．己卯十二月十九日．渾 再拜.[93]
答在禮答問別錄
答季鷹書同封傳送．伏望交河宰營鄙書否．有賫則付此奴也．魚肉片，四雉，肉小許奉獻．一嘗如何．

해 근래에 날씨가 매우 찹니다. 생각건대 형은 어떻게 지내시는지요? 14일 보내신 편지를 받고 형께서 배[腹]속에 병이 있음을 알았습니다. 솟구치는 걱정을 감당치 못하겠습니다. 지금은 회복 되셨는지요? 육종용(肉蓯蓉:약초 이름)은 서울에서 왔는데 다만 세 냥 반입니다. 지금 사람을 시켜 빨리 보냈습니다. 또 보내주신 노루고기포 십정(十脡)[94]을 받았는데 참으로 감사하고 감사합니다. 그런데 제사에 참석하느라고 감사하다는 답장의 편지를 보내지 못했습니다. 물마을 조용한 곳에서 사시면서 산간지역에서도 귀한 음식을 보내주셨습니다. 마음에서 우러나온 선물인줄 알고 감사히 받겠습니다. 무어라 할 말이 없습니다. 생각해보니 요즈음 제례(祭禮)에 음식을 진설할 때 일정한 규칙이 없습니다. 우리 집안의 여러 사람들 역시 같고 다름이 있습니다. 철저히 연구하여 후세에 남길만한 규칙을 정하고 싶습니다. 형께서는 종가(宗家)집에서 제사지낼 때의 반찬 수를 소도(小圖:작은 도표)로 만들어서 보내주시기를 바라고 바랍니다. 그것을 근거로 더하거나 빼어서 체제를 만들고자 합니다. 어육(魚肉)은 아마도 생어(生魚)•생육(生肉)이 아닌 듯 합니다. 형께서도 어떤 것을 사용하십니까? 일전에 도가(道可) 정구(鄭逑)를 만났는데 다음과 같이 말하였습니다.

“「가례제찬도(家禮祭饌圖)」에는 포(脯:말린고기)•해(醢:고기젓갈)•채소(菜蔬) 등 여섯 가지를 사용하니 이것이 고의(古意)이고 일반적인 반찬이 아닙

93) 今時祭禮設饌부터 伏願批誨何如까지가 龜峯集 권6-23에. 示喩明道伊川事에서 渾 再拜까지가 龜峯集·玄繩編 권4-27에 나누어져 실려 있다. 첫 부분에서 此竊念까지, 그리고 渾 再拜이후부터 끝까지는 탈락되었다. 본 편지를 통해서 牛溪가 보낸 글 내용을 온전히 알 수 있다.
94) 脡(정) : 표, 말린 고기를 세는 단위.

니다. 이런 까닭에 우리도 포(脯) 두그릇, 해(醢) 두 그릇, 채소 두 그릇을 사용합니다. 요즈음 풍속인 밥상에 올리는 음식은 사용하지 않으며, 청장(淸醬:진하지 않은 간장)도 올리지 않고 뺀다."고 운운하였습니다. 이 말이 어떤 것인지 모르겠습니다. 제 생각으로는 포•해•채소를 간격을 띄워 차례로 두는 것이 도리어 송대(宋代) 때의 제수(祭需)입니다. 어느 곳에 고의(古意)를 볼 수 있습니까? 청장을 빼고 진설하지 않는 것은 시수(時羞:제사에 쓰이는 그 철에 나는 음식물)에도 미비점이 있는 것입니다. 그는 도리어 청장을 올리는 것이 옳다고 여기지 않았습니다.

그는 또 "사당(祠堂) 앞에 정침(正寢)을 만들어 태묘(太廟)를 함께 제사지낸다. 소목(昭穆)의 자리 배열은 고조(高祖)가 오(奧)[95]에 있으면서 동쪽을 향한다. 그 나머지 소는 북쪽에, 묵은 남쪽에 모시면서 제사를 지낸다."고 하였습니다.

같은 방에서 서쪽이 윗자리라는 체제는 비록 옛 관습을 따르는 고루한 일이지만 정자와 주자도 고례(古禮)를 복원하지 못하였기 때문에 감히 개인적으로 올바른 고례(古禮)를 실행하지 않았습니다. 그런데 오늘날 실행한다고 하니 옳지 않은 의리를 범하는 것이 아니겠습니까? 가르침을 주시기를 바랍니다. 어떻게 생각하십니까?

가르침을 주신 명도(明道)와 이천(伊川) 일은 참으로 옳지 않은 듯합니다. 제가 일전에 풀리지 않은 의심을 가진 것도 이 때문입니다. 이천의 아들은 집안 대대로 내려오는 학문을 익히지 아니하여 의리(義理)에 어긋나는 일을 하였습니다. 후대의 일이라고는 하지만 이천을 범한 것이 아닐까요? 그러나 아들이 예를 잃은 것은 역시 이천의 잘못입니다. 어떻게 생각하십니까? 살펴주시기를 바랍니다. 몸 상태가 매우 좋지 않아 대충대출 글을 써 올립니다. 이만 줄입니다. 기묘년(1579) 12월 19일 혼(渾) 재배(再拜)

대답은 「예문답별록(禮答問別錄)」[96]에 있다.

계응(季鷹)에 대답하는 편지도 아울러 동봉하여 보냅니다. 교하(交河) 관청에도 저의 편지를 전해주실 수는 없을까요? 보내실 물건이 있으면 이 하인에게 주십시오. 어육(魚肉) 저민 것과, 꿩 네 마리와, 고기 약간 보냅니다. 한 번 맛을 보십시오.

---

95) 奧(오) : 방의 가장 깊숙한 곳으로 서남쪽 모퉁이를 말한다.
96) 『龜峯集』권지6~24에 있다.

亨9. 牛溪 ➜ 龜峯

雲長 尊兄 座前

伏承專使手札．複玩慰豁．恭審新年道履萬福．欣賀千萬．日者人還，伏讀敎墨．感發深矣．第惟燥居左之義，終是未瑩．當初家禮作圖，只是時羞，則未必以燥左之義，定位於其中也．叔獻尊庶母之儀，恐於名分上有些未安，而亦不得据經辨駁．玆承來誨．不干名位，而亦申尊奉之禮變．而不失其中．甚是的當．曾以此項處置，泛然稟訂於鄭道可，未知渠答以爲如何．春間果與諸兄相聚溪上，則亦好商量．使叔獻改而從之，可也．祭饌損益，終是豊約不同．幸諸兄極與訂正，以歸於一，則尤所望也．蓯蓉前品收置渾處．曾聞醫說，此藥所從來，元不可辨其眞僞．況望擇其善惡乎．若議於醫，代以他藥之近似者，則猶愈於亂眞之僞味也．如何如何．交河使君饋麴生過望，感荷實深．此是一村永遠之利．得此弘濟，其爲及物遠矣．不能私謝，同此一村之喜而已．見喩市炭，何不可之有．平一石價，荒租一斗五升或二斗云．渾有炭，姑令來使負去，力微不勝一太石，殊可恨也．伏惟尊照，餘外不宣．謹奉謝狀．庚辰元正八日．渾 拜．
片脯小許謹呈．幸與兒輩．

해 사람을 시켜 보내주신 편지를 받았습니다. 반복해 읽으니 위로가 됩니다. 새 해에도 형에게 많은 복이 있음을 알겠습니다. 여러 가지로 축하드립니다. 근래 사람이 돌아와서 형이 주신 가르침을 읽어보았습니다. 감동이 대단합니다. 다만 조거좌지의(燥居左之義)[97]에 대해서는 끝내 이해를 하지 못했습니다. 당초 『가례(家禮)』에서 도(圖)[98]를 만든 것은 다만 시수(時羞)이니, 고기를 좌측에 둔다는 의미도 반드시 제사상에서 정해진 위치는 아닌 듯합니다. 숙헌(俶獻)이 서모(庶母)를 높이는 행동도 명분상으로는 약간 타당하지 않지만 경전에 근거해서 논박을 하지 못했습니다. 주신 가르침을 받으니 명예와 지위를 범하지도 않고 또한 거듭 예(禮)의 변용된 것이라고 하여 그 올바름을 잃지 않았으니 매우 적당합니다. 예전에 이런 미묘한 문제를 도가(道可) 정구(鄭逑)에게 물어 대답을 요구하였더라면 그의 답이 어떨

---

97) 燥居左之義(조거좌지의) : 조를 왼쪽에 둔다는 의미.(燥는 고기를 가늘게 썬 것.)
98) 圖(도) : 家禮祭饌圖(가례제찬도)를 말함.

게 나왔을는지는 모르겠습니다. 봄날에 여러 학형들과 계곡에서 만나는 것도 또한 좋은 계획입니다. 숙헌더러 그의 잘못된 생각을 고쳐 따르게 한다면 좋을 듯합니다. 제수를 덜고 더하는 것도 끝내는 음식이 풍성 하냐 간략하냐 하는 문제인 만큼 동일하지는 않습니다. 여러 학형들과 함께 바로 잡아 고쳐서 하나로 통일하는 것이 더욱 바라는 바입니다. 종용(蓯蓉:육종용을 말함) 예전 물품은 저의 집에 모두 두었습니다. 예전에 의원의 이야기를 들은 적이 있는데, 이 약은 출처부터가 원래 그 진위(眞僞)를 구별할 수가 없다고 하였습니다. 하물며 그 좋고 나쁨을 가리기를 바랄 수 있습니까? 의원에게 물어보니, 육종용과 비슷한 다른 약으로 대신할 것 같으면 진짜를 구별하기 어려운 가짜 약 보다는 나을 것이라고 합니다. 어떻게 하면 좋겠습니까? 교하(交河) 수령이 과분하게도 국생(麴生:술)을 보내왔는데 참으로 감사합니다. 이것은 온 마을의 영원한 이로움입니다. 이것으로 널리 구제할 수 있으니 멀리까지 타인에게 도움이 미치는 것입니다. 개인적으로 감사해야할 일이 아니고 온 마을에서 함께 기뻐해야 합니다. 숯에 대해 언급하신 것을 보았는데 어찌 가지고 계시지 않습니까? 보통 한 가마 가격은 황조(荒租:까끄라기가 그대로 있는 거친 벼) 일두(一斗) 오승(五升) 혹 이십(二十)이라고 합니다. 저도 숯이 있어서 심부름 온 사람더러 지고 가라고 하니 힘이 딸려 한 가마도 지고 가지 못합니다. 안타깝습니다. 읽어 주시기 바랍니다. 나머지는 이만 줄입니다. 삼가 감사의 글 올립니다. 경진년(1580) 정월 8일 혼(渾) 배(拜).

편육 조금 보내 드립니다. 아이들에게 주시기를 바랍니다.

亨10. 牛溪 ➜ 龜峯

겉봉 : 上狀

雲長 尊兄 座前

積雨初晴. 伏惟道履起居支勝. 阻絶已久. 不勝馳情. 渾前月之初, 來修歲事于先堂, 因値大雨. 道不通, 不得還寓舍. 昨日般家來此. 自是益與宅里脩隔, 令人尤悵然也. 前月叔獻書來. 而大霖雨, 山崩谷夷, 道路漂塞, 是以迄未得送, 今始賫納也. 欲見庶母論禮處, 敢開封矣. 不罪, 幸甚幸甚. 渾比來尤毁瘠骨立. 暫爾勞動, 輒生虛損. 看書寫字, 亦不得終日致勤, 殊悶然也. 如此生活, 雖百歲何益哉. 今年水災, 民生可哀, 未知何以攸濟也. 田禾皆卷沙石, 濱江累日沈沒, 無望於西成. 叔獻石潭家前亭舍三間, 爲狂瀾所卷而去. 田禾隨流者, 幾五十餘石. 秋間立見飢餓. 天乎, 何困賢者之若是乎. 沈歎沈歎. 且叔獻徵余小學跋語, 不敢辭之. 敢效嚬于尊兄. 謹以先稟座前. 乞賜斤正何如. 文字固是本色蕪拙, 無所復請. 所欲望於鐫誨者, 乃其議論如何耳. 伏乞批還. 何如. 前來盛魚物來三器, 今始回納. 牛脯七乾魚片一, 在柳笥中矣. 伏惟笑察何如. 季氏自椒井回, 果有神功否. 餘外千萬, 不宣. 秋間當久留向陽. 敢欲奉邀淸駕, 作三四日深款. 祈望之切, 在於此也. 伏惟尊照. 謹奉狀. 庚辰 七月 初三日. 渾 拜.[99]

[해] 비가 계속 내리더니 처음으로 맑게 개였습니다. 형께서도 잘 지내시리라 생각합니다. 소식이 막힌 지가 오래되었습니다. 솟구치는 그리움 견딜 수가 없습니다. 저는 지난달 초에 조상 사당에 제사지내러 왔다가 마침 큰 비를 만났습니다. 길이 통하지 않아 집으로 돌아가지도 못했습니다. 어제는 집안 식구를 데리고 이곳에 왔습니다. 앞으로는 그대로 집과는 거리가 더욱 멀어지는 사람을 더욱 슬프게 합니다. 지난달에 숙헌(俶獻) 이이(李珥)가 형에게 보내는 편지가 저에게 왔습니다. 그런데 장마가 드세어 산과 계곡이 무너지고 길도 떠내려가 막혔기 때문에 까닭에 여태껏 보내지 못하다가 지금에야 비로소 보낸다고 하였습니다. 숙헌이 서모(庶母)에 대하여 예(禮)를 논한 곳이 보고 싶어 감히 뜯어보았습니다.[100] 나무라지 마시기를 바라고

99) "龜峯集·玄繩編"권지4~31,

100) 栗谷이 龜峯에게 보내는 편지를 우계가 가지고 있다가 庶母에 대한 栗谷의 생각이 궁금하

바랍니다. 저는 요즈음 몸이 많이 상하여 뼈만 남았습니다. 잠시 동안 일하여도 곧 피로가 옵니다. 책을 보거나 글자를 쓰는 것도 역시 종일토록 하지 못하니 딱한 일입니다. 이와 같은 삶을 100년 동안 산들 무슨 도움이 있겠습니까? 금년 수재(水災)에 백성들이 딱한데 어떻게 그들을 구제해야 할는지 모르겠습니다. 밭의 벼는 모두 모래와 자갈에 쓸려가고, 강 근처 논은 여러 날 물에 잠겨 가을 추수를 기대할 수 없습니다. 석담(石潭)에 있는 숙헌의 집 서 너 칸도 세찬 물결에 쓸려갔다고 합니다. 물에 쓸려간 벼가 거의 50여 섬이라고 합니다. 가을이 되자마자 굶주림을 당해야 될 것 같습니다. 하늘은 어찌하여 어진 사람에게 이 같은 괴로움을 주시는 것입니까? 탄식하고 탄식합니다. 또 숙헌이 저에게 『소학(小學)』 발문(跋文)을 부탁하여 거절하지도 못했습니다.[101] 감히 형을 본받고자 합니다. 삼가 형에게 먼저 자문을 구하려고 합니다. 올바른 가르침을 주시기를 바랍니다. 어떻게 생각하십니까? 글 짓는 일은 본래 솜씨가 서툰 일인 만큼 다시는 부탁을 드리지는 않겠습니다. 형에게 가르침을 바라는 것은 논의를 해 보자는 것입니다. 어떻습니까? 저의 글에 대하여 비평을 한 다음 되돌려 주시기를 바랍니다. 어떻게 생각하십니까? 일전에 물고기를 담아서 보내주신 그릇 3개는 지금에서야 돌려보냅니다. 소고기 포 일곱 덩어리와, 말린 물고기 하나는 대나무 광주리에 들어 있을 것입니다. 웃으면서 살펴주시기를 바랍니다. 계씨(季氏:송익필의 동생인 한필)이 초정(椒井)에서 돌아왔다고 하는데 과연 대단한 공부가 있는지요? 나머지 여러 가지 할 말은 많으나 이만 줄입니다. 가을에 향양(向陽)에 오래 머무를 것 같습니다. 형이 타고 오는 수레를 맞이하여 삼사일 깊은 정을 나누고 싶습니다. 간절한 바램은 바로 여기에 있습니다. 읽어 주십시오. 삼가 글 올립니다. 경진년(1580) 7월 2일 혼(渾) 배(拜).

여 龜峯의 허락도 없이 미리 뜯어보았다는 뜻이다.

101) 栗谷 李珥가 小學에 대한 여러 학자들의 注釋을 모아 小學諸家集說을 지었는데 成渾이 발문을 쓴 것이다. 牛溪集 권6-41에 小學集註跋이라는 글이 있는데 쓴 시기는 1580년이다.

亨11. 龜峯 ➜ 牛溪

答浩原

日者，承專傳交河書，慰豁之餘．聞獨入溪上．阻水無歸，深用憂慮．今承委示．內外同堂謁祠廟，撫卑幼．灑掃門庭，家庭如舊．賀仰賀仰．雨霽凉生．方圖就近會向陽論講，旋聞深入．道里隔遠深恨．向慕不勤．後時致慢也．僕轉覺衰慕．眼眩神乏．聰明日退．是誠不學之致．遙想吾兄克嚴克勤，病日蘇氣日健．而毁瘠之喩．乃至此極．奉示疑歎．海溢山崩，沈壑死傷，遠近相望．致灾者非民，而當灾者小民爲先，可哀也已．叔獻豐世中窮民也．漂家流粟，天困最劇云．深念深念．聞兄居稼穡．亦頗沈沒．言未及此．只憂叔獻．兄可謂爲人誠深，於已淡然者也．聞經席以叔獻爲鄕居致富之問．久侍經幄．上下不相知，果如是耶．可歎可歎．後有以海土不干叔獻，而食貧艱困，解釋上疑之近臣云．嗚呼，亦末矣．不於其初，而欲求其末，亦何益矣．垂示小學集註跋，辭旨平和，可嘉．但此是小學跋，而集註意似欠．更須點綴數語，使合本意，如何．改得文字，不敢承敎，敢空還．叔獻論庶母爲次，講禮甚疎．猶守已見．欲待一對歸正耳．寄來前後魚肉．懃懇至此．仰荷盛念，寄李生書，時未得奉．餘在後便．謹復.[102]

[해] 호원에게 답함.

근래에 교하(交河)에서 온 편지를 받았는데 넉넉히 위로됩니다. 홀로 계곡에 가셨다 물에 막혀 돌아가지도 못했다고 들었는데 매우 걱정됩니다. 지금 보내주신 글을 받고 내외(內外) 형제 들이 사당(祠堂)을 참배하고 어린 이들을 데리고서 문과 뜰을 청소하며 집안이 예전처럼 되었음을 알았습니다. 축하드립니다. 비가 그친 후로 공기가 싸늘합니다. 가까운 시일 내에 향양(向陽)에서 만나 강론(講論)할 까 했는데, 형은 깊이 들어가 있다고 들었습니다. 길이 멀리 떨어져 있으니 매우 안타깝습니다. 그리움이 간절합니다. 뒤늦게 온 게으름의 소치입니다. 저는 몸이 쇠약해짐을 점점 느끼고 있습니다. 눈이 어지럽고 정신도 혼미하고 총기도 나날이 줄어듭니다. 이것은 참으로 공부를 게을리한 소치입니다. 형께서는 근엄하고 부지런히 지내면서 병중에도 기운이 회복하여 나날이 건강하게 지내시리라고 생각을 하였습니다. 그런데 몸이 상했다는 비유[103]를 이런 지경에까지 하시다니 주신 편지

102) 『龜峯集·玄繩編』권지4~32,

를 받고 안타까웠습니다. 바닷물이 넘치고 산이 무너지고 계곡에서 죽거나 몸을 다친 사람이 원근(遠近)에 이어져 있습니다. 재앙을 일으킨 자는 백성이 아닌데, 재앙을 당하는 자는 불쌍한 백성이 앞서니 슬픕니다. 숙헌은 풍년이 들었을 때에도 곤궁하게 지내는 사람이었습니다. 집과 곡식이 물에 떠내려갔으니 하늘이 준 곤경이 가장 심합니다. 걱정되고 걱정됩니다. 형이 거처하는 곳의 농사도 역시 제법 물에 잠겼다고 들었습니다. 자신의 일에 대해서는 언급하지 않고 다만 숙헌을 걱정하고 있습니다. 형을 평가한다면, 남을 위한 정성은 깊고 자신에 대한 일은 담담하게 처리하는 사람이라고 할 수 있습니다. 듣기로는 경석(經席)[104]에서도 숙헌을 두고 고향마을에서 치부를 했느냐고 물었다고 합니다. 숙헌은 경악(經幄)에서 임금님을 오랫동안 모셔 상하 서로 모를 터인데 과연 이와 같겠습니까? 탄식만 나옵니다. 나중에는 토지를 숙헌에게 주지 않아 숙헌이 먹을 것이 없어 곤란한 지경이 되자, 임금께서 근신(近臣)들을 의심한 일을 해명하였다고 합니다. 오호! 역시 어지러운 세상입니다. 그 근원적인 일을 따지지 않고 그 드러난 현상만 따지면 무슨 도움이 있으리오. 제가 지은 「소학집주발(小學集註跋)」에 대해 가르침을 주셨는데 말과 뜻이 부드러워 좋았습니다. 그러나 이것은 『소학(小學)』 발문이고, 『집주(集註)』[105]에 대한 뜻은 결여되어 있는 것 같습니다. 몇 마디 말을 엮어 『집주(集註)』를 지은 본래의 뜻과 일치하게끔 해 주시기를 바랍니다. 어떻게 생각하십니까? 보내주신 글은 가르침을 받을 수 없어 감히 그대로 돌려보냅니다. 숙헌이 서모(庶母)의 위치에 대해 논하면서 예(禮)를 연구하였지만 대단히 소략합니다. 그런데도 자기의 의견을 고집합니다. 한 번 대면하여서 올바른 곳으로 이끌어 주시기를 바랍니다. 여러 차례 어육(魚肉)을 보내주셨습니다. 간절한 정성이 여기까지 이르렀습니다. 깊이 생각해 주시는 마음을 잘 받겠습니다. 이생(李生)에게 보냈다는 편지는 아직까지 받지 못했습니다. 나머지 이야기는 다음에 하겠습니다. 삼가 올립니다.[106]

---

103) 牛溪가 龜峯에게 보낸 바로 앞의 7월3일편지에서 '渾比來尤毁瘠骨立'이라는 내용을 말한 것으로 '근래에 몸이 상하여 뼈만 남았습니다.라는 말이다. '毁瘠은 보통 喪을 당했을 때 너무 슬퍼하여 몸이 상했을 때 쓰는 말이다.

104) 經席(경석) : 임금을 모시고 經書를 공부하는 자리.

105) 栗谷이 지은 小學諸家集註에 牛溪가 발문을 지어 좀 보아 달라고 龜峯에게 부탁하였다. 그런데 구봉은 小學에 대한 언급만 하고 栗谷의 小學諸家集註에 대해서는 언급하지 않았기 때문에 다시 부탁을 한 것이다.

106) 편지 쓴 연대가 없지만 내용상 바로 앞 편지와 이어짐으로 1580년 7월정도로 추정된다.

亨12. 牛溪 ➜ 龜峯

겉봉 : 上狀

雲長　尊兄　座前

金希元過訪. 伏見手札. 備審體中未康. 不勝馳慮. 未委卽今已得汗復常否. 希元賫鄙狀以去, 其已呈徹也. 令門生尋醫劑藥, 正不可浸. 未知已有任其責者否. 疾者. 人道所宜愼. 若夫窮村下俚之人勢不及於醫藥者, 隨分安之可也. 如尊兄可以爲之, 而反不爲, 則還爲儉僻之道, 不足多也. 況參蘇. 飮虛人, 不宜多服, 反以益其虛. 不如補中益氣湯專治內傷而兼解外感也. 願與名醫通議, 何如. 渾澌瘁轉甚, 而未成歸計, 歲事不修, 尤所悶嘆耳. 庶母, 父妾也. 妾不入正位. 其理甚明. 比來思玩. 益知高見不可易. 而叔獻方專守己志, 不少回頭, 殊可恨也. 且中五味子少許送上. 幸備堂中茶飮之用也. 謹此遣人專候起居. 欲得安信以慰遠懷. 餘外不宣. 謹狀. 庚辰 五月 十四日. 渾 再拜.
新脯小脡三幷獻. 一常所如.

解 희원(希元) 김장생(金長生)이 지나치는 길에 들렀습니다. 형의 편지를 보고 건강이 좋지 않음을 알았습니다. 근심을 감당할 수 없습니다. 모르겠습니다마는 지금은 회복되셨는지요? 희원이 저의 편지를 가지고 갔는데 이미 읽었으리라 여깁니다. 문하생을 시켜 의원을 찾아 약을 지어 오라고 해도 참으로 늦은 것이 아닙니다. 이미 책임지운 사람이 있겠지요? 질병은 사람이 살아가면서 조심해야 하는 것입니다. 의원이나 약을 쓸 수 없는 시골 사람이야 분수대로 사는 것이 좋습니다. 하지만 형같은 분이야 의원이나 약을 쓸 수 있는데도 도리어 쓰지를 않고 있으니 검소한 생활이라고 칭찬할 수도 없습니다. 하물며 삼소(參蘇)[107]는 몸이 허한 사람에게 먹일 경우 많이 마시게 하면 도리어 그 허한 곳을 더 심하게 합니다. 보중익기탕(補中益氣湯)으로 오로지 내상(內傷)을 치료하고, 겸해서 외부 증세를 풀어버리는 것이 좋습니다. 바라건대 명의(名醫)와 의논하심이 어떻습니까? 저는 약해진 몸이 더욱 심해져 귀향할 계획도 세우지 못하고 한 해에 해야 할 일도 하지 못했으니 더욱 민망합니다. 서모(庶母)는 아버지의 첩(妾)입니다. 첩은

107) 參蘇(삼소) : 일종의 약재인 것 같다.

정위(正位)에 들어가지 못하는데 그 이치가 매우 분명합니다. 근래 생각해 보아도 더욱 형의 고견(高見)을 바꿀 수 없음을 알았습니다. 그런데 숙헌은 오로지 자기 의견을 묵수하고 조금도 바꾸려 들지 않으니 자못 안타깝습니다. 오미자(五味子) 조금 보냅니다. 집에서 차 마시는 용도로 두시기 바랍니다. 삼가 사람을 보내어 안부를 물어봅니다. 잘 계신다는 소식을 들어 멀리 있는 저의 마음이 위로되었으면 합니다. 나머지 이야기는 이만 줄입니다. 삼가 글 올립니다. 경진년(1580) 5월 14일. 혼(渾) 재배(再拜).

고기 포 세 덩어리 아울러 보내 드립니다. 평상시대로 드십시오.

亨13. 龜峯 ➜ 許公澤

許雨公澤問: 張子曰, "由太虛有天之名, 由氣化有道之名. 合虛與氣有性之名, 合性與知覺有心之名." 雨於上三句. 粗識其義. 下一句, 未能覺得. 既曰性則知覺運動, 盡是性中物事. 今曰合性與知覺, 何也.

答 : 性是理. 知覺是氣. 性是靜, 知覺是動. 性是性, 知覺是情. 所以知覺之理, 雖在乎性, 所以知覺者, 氣也. 看心統性情之說可知.[108]

해 공택(公澤) 허우(許雨)[109] 문 : 장자(張子)[110]가 말하기를

"태허(太虛)에서부터 천(天)이라는 명칭이 있으며, 기화(氣化)에서부터 도(道)라는 명칭이 있다. 태허와 기를 합쳐 성(性)이라는 명칭이 있으며, 성(性)과 지각(知覺)을 합쳐 심(心)이라는 명칭이 있다."

저는 위의 세 구절은 대략이나마 그 뜻은 알겠지만 아래 한 구절은 깨닫지 못하겠습니다. 성(性)이 지각운동(知覺運動)이라고 하였으며 모두 성(性) 속의 일입니다. 지금 '합성여지각(合性與知覺)'이라고 말하는 것은 무엇 때문입니까?

답 : 성(性)은 리(理)이고 지각(知覺)은 기(氣)이다. 성(性)은 정(靜)이고 지각(知覺)은 동(動)이다. 성(性)은 성(性)이고 지각(知覺)은 정(情)이다. 지각하는 이치는 비록 성(性)에 있지만, 지각하는 것은 기(氣)이다. 심통성정(心統性情)에 대한 설을 보면 알 수 있다.

---

108) 『龜峯集·玄繩編』권지4~33.
109) 許雨(허우) : 龜峯의 제자로 추정되나 자세한 기록은 미상이다.
110) 장자(張子) : 宋代의 저명한 사상가. 자는 子厚, 보통 橫渠先生이라 부른다.

亨14. 龜峯 → 牛溪

答浩原問

浩原問: "朱子樂記動靜說曰. 物至而知者. 心之感也. 好之惡之者, 情也. 形焉者. 其動也."今以幾善惡之幾字. 屬之於心感之初乎. 抑屬之於情動乎.
答 :幾與感, 是一事也. 皆屬乎動. 朱子以好惡之情, 差後於感與氣者. 此於動上極論等級也. 今人每欲以幾屬靜, 論多未盡. 伏惟深察焉.111)

해

호원 물음에 답함

호원문:

주자의 「악기동정설(樂記動靜說)」에서 말하기를

"외물(外物)이 이르러서 아는 것은 마음이 감응해서이다. 좋아하고 싫어하는 것은 정(情)이다. 형태로 나타나는 것은 움직임이다."고 하였습니다.

지금 기선악(幾善惡)의 '기(幾)'자를 심감(心感)의 앞에 두어야 하는지, 아니면 정동(情動)에 두어야 하는 것입니까?

답:

기여감(幾與感)은 한 가지 일입니다. 모두 동(動)에 속합니다. 주자는 호오지정(好惡之情:좋아하고 싫어하는 감정)을 감여기(感與氣)보다 조금 뒤에 둔 것은 동(動)에서 등급을 논했기 때문입니다. 요즈음 사람은 기(幾)를 정(靜)에 갖다 붙이려고 하는데 대부분의 논의가 미진합니다. 철저히 살펴주시기 바랍니다.

---

111) 『龜峯集·玄繩編』권지4~33.

亨15. 牛溪 ➜ 龜峯·季鷹

겉봉 : 上狀

雲長 季鷹 尊兄 座前

安習之傳送手札. 三復奉玩, 恭審向熱兩兄學履萬福. 欣慰之深, 殊豁窮懷. 渾澌頓之勢, 得夏愈甚. 理勢之然, 無足念者. 家傍瘟疫見逼. 擧家奔播於向陽. 諸兄不佳, 方在逆境中. 然亦復任之而已. 賜喩不可磯之說, 鄙見亦同於明誨. 但來語有曰, "故乃不孝. 一磯雖激水, 不至叫呼處怒耳." 數句竊未曉解, 茫然增愧也. "志壹動氣,氣壹動志." 叔獻謂 "先儒謂春秋獲麟, 是志一動氣. 且疾病之來, 聖賢所不免, 則疾而心不寧. 是氣動志云."是說以爲得之也. 大抵動志動氣, 皆兼善惡看爲得. 孟子所言, 只是泛言凡例耳. 何謂做病說乎云云. 別紙庶母之論, 極有說到處. 叔獻見之以爲如何. 復願更示. 渠回意也. 別紙後敢以鄙見錄稟. 伏願再敎也. 渾今姑安汨向陽, 無入城之計. 倘意外連累京家之外, 更無去處. 然澌瘁不堪應接, 豈合開門坐受人來添病添謗耶. 萬萬無此理也. 然則與兩兄相見可得矣. 而未知果入城也. 往浴溫泉. 恐致虛損之患. 今想決計, 未感止之. 未委何時言歸龜峯耶. 今日一遭相見, 誠非不可望, 書尺之傳, 亦是難得. 人生此境, 殊少歡悰. 跧伏窮廬, 但爲自遣之計耳. 伏惟尊察. 謹奉狀. 不宣. 庚辰 四月 二十四일. 渾 再拜.[112]

解 습지(習之) 안민학(安敏學)[113]이 편지를 전달해 주었습니다. 세 번이나 읽고서 더워가는 날씨에 두 분 형께서 잘 지내심을 알았습니다. 매우 기쁘고 위로되고 자못 마음이 트입니다. 저는 건강이 좋지 않은데 여름이 되자 더욱 심합니다. 자연적인 형세이니 신경 쓸 것도 없습니다. 집 근처에 전염병이 돌아 곤경에 처해있습니다. 온 집안이 향양(向陽)으로 옮겼습니다. 여러 가지로 상황이 좋지를 않아 어려운 형편에 있습니다. 그러나 운명에 맡길 뿐입니다. 가르침을 주신 '불가기지설(不可磯之說)'[114]은 저의 의견과 주신 가르침과 역시 같습니다. 다만 주신 가르침에서 말하기를 "그러므로 불

112) 『牛溪集』 續集 권3-30에 일부 수록.
113) 安敏學(1542~1601) 本貫은 廣州, 字는 習之, 號는 楓崖, 李珥의 제자이다.
114) 不可磯之說: 『孟子·告子』하의 "親之過小而怨,是不可磯也"에서 磯字의 해석에 대해 질문이 오고간 듯 하다.

효(不孝)이다. 일기(一磯)는 비록 물에 부딪치는 것이나 울부짖고 성내는 것에까지 도달하지는 않는다."고 하였습니다.

여러 구절은 이해하지를 못했으니 멍청히 부끄러움만 더할 뿐입니다. 『맹자(孟子)·공손추(公孫丑) 상』에 "지(志)가 한결 같으면 기(氣)를 움직이고, 기(氣)가 한결같으면 지(志)를 움직인다."고 하였습니다.

숙헌(俶獻)은 말하기를

"선유(先儒)들은 『춘추』의 획린(獲麟)에 대해 평가하기를 이것이 지(志)가 한결같아 기(氣)를 움직인 것이다. 또 오는 질병은 성현(聖賢)도 피할 수 없으니 질병이 오면 마음이 편하지 못하다. 이것은 기(氣)가 지(志)를 움직인 것이다."

고 하였습니다. 이 설(說)이 제대로 이해한 듯합니다. 대체로 동지동기(動志動氣)는 모두 선악(善惡)을 겸해 보아서 이해한 것입니다. 맹자가 말한 것은 일반적인 예를 두루뭉술하게 말했을 뿐입니다. 무엇 때문에 병과 관련된 말을 지어서 운운하는 것입니까? 별지(別紙)의 서모(庶母)에 대한 논의는 지극히 타당한 설명이 있습니다. 숙헌이 이 글을 본다면 어떻게 생각할까요? 숙헌(叔獻)스스로 생각을 돌리도록 거듭 가르쳐 주시기 바랍니다. 별지 뒷면에 감히 저의 의견을 적어 올립니다. 다시 가르침을 주시기를 바랍니다. 저는 지금은 일단 향양(向陽)에 머물기로 하였고, 도성으로 들어갈 계획이 없습니다. 만약 뜻밖에 서울 이외 지역에서도 계속 누를 끼친다면 갈 곳이 없습니다. 그러니 쇠약한 몸에 사람들을 접대하는 일도 감당하지 못하는데 어찌 문을 열고 앉아서 찾아오는 사람들의 험담과 비방을 받는단 말입니까? 도저히 이런 이치는 없습니다. 그렇지만 두 분 형과는 만날 수가 있습니다. 그러나 과연 도성으로 들어갈는지는 모르겠습니다. 형께서 온천에 가신다고 하는데 몸의 기운을 해치는 근심이 있을까 걱정이 됩니다. 결정한 계획이라면 감히 중단시키지 못하겠습니다. 어느 때 구봉(龜峯)으로 돌아가시는지 모르겠습니다. 오늘 한 번 만나보는 것도 참으로 희망이 없는 것도 아닙니다만 편지를 전하는 것도 또한 때로는 어렵습니다. 사람이 이런 환경에 사니 즐거운 일이 적습니다. 초라한 집에서 지내며 단지 앞으로 지낼 계획만 세울 뿐입니다. 읽어 주시기 바랍니다. 삼가 글 올립니다. 이만 줄입니다. 경진년(1580) 4월 24일 혼(渾) 재배(再拜).

亨16. 牛溪 ➜ 龜峯

겉봉 : 上狀

雲長　尊兄　座前

向熱. 伏惟道履萬安. 瞻馳之切, 到近境而愈深. 前承兩度賜札. 三復感幸. 慰豁無量. 每欲伴候起居. 少申慕用之懷. 而外舅疾作, 荊布寧親于京, 寓居益窘, 迄未之果. 良歎良歎. 渾獨與二兒女居. 諸況益不佳, 羸瘁轉添. 古人言“當學處患難,”渾今年眞試一着矣. 且申檏報申都事之意云, 江舍已借于他人. 蓋申都事外姑未亡前, 借其姪云. 伏願諳委何如. 此處未諧, 殊可恨. 未知何以爲計. 送京鄙狀, 今已呈徹否. 近來風日, 不甚炎熱. 倘蒙戒小車徐行出野, 因顧窮廬否. 望切, 而亦不敢言也. 尊伯氏丈人前, 奉狀陳謝, 幸達下懷. 何如. 且渾遭甥女喪, 死在前月++八. 翌日聞訃, 今月初三日服布帶矣. 大抵五服, 從聞訃日計月乎. 抑從成服日計月乎. 又見禮經, 有異姓無出入降之文. 是以不降從緦, 而服元服小功矣. 右二段伏乞批誨定論, 至祝至祝. 伏惟尊察. 謹奉狀. 不宣. 庚辰後 四月十三日. 渾 再拜. 築底二字未知何義. 底字是實字是虛字. 乞詳示其訓.[115]

해 날씨가 더워집니다. 형께서 잘 지내시리라 생각합니다. 그리움이 간절하던 차에 근처에 이르니 더욱 심합니다. 일전에 보내주신 두 통의 서찰은 받았습니다. 세 번이나 읽어보았습니다. 위로됨이 끝이 없습니다. 항상 사람을 보내어 안부를 묻고서 사모하는 마음을 조금이나마 펴 보이고 싶었습니다. 그런데 외삼촌이 병이 나고, 아내가 서울 친정나들이 가서 저의 형편이 더욱 궁핍하여 아직껏 실천하지 못했습니다. 참으로 안타깝습니다. 저는 두 딸과 함께 살고 있습니다. 여러 가지 형편이 더욱 좋지 않아 쇠약한 몸만 더욱 심해집니다. 고인이 말하기를 “배우는 곳에는 당연히 어려움이 따른다.”고 하였는데 제가 금년에 참으로 한 번 겪고 있습니다. 또 신박(申檏)이 신도사(申都事)의 뜻을 알려왔는데, 강가 집은 벌써 다른 사람에게 빌려주었다고 합니다. 대개 신도사(申都事)의 장모가 죽기 전에 질녀에게 빌려주었다고 합니다. 알고나 있기를 바랍니다. 이곳이 화합되지 않으니 자못 안타깝습니다. 어떻게 계책을 세워야 할지 모르겠습니다. 서울로 보낸 제 편

115)“龜峯集·玄繩編”권지4~27.

지를 지금을 읽어 보셨는지요? 요즈음은 바람이 불어서인지 더위가 대단하지 않습니다. 혹시나 수레를 타고 천천히 교외로 나와 저의 집을 방문해 주실 수는 없는지요? 간절히 바랍니다만 감히 말을 하지 못하겠습니다. 존백씨(尊伯氏) 장인(丈人)116)에게 글을 보내어 감사함을 전하고 싶은데 저의 생각을 좀 전해주십시오. 어떻습니까? 또 저는 외손녀 상(喪)을 당했는데 지난 달 28일에 죽었습니다. 다음날 부음을 듣고 이번 달 3일에 포대(布帶)117)를 입었습니다. 대체로 오복(五服)118)은 부음을 들은 날로부터 달수를 계산하는 것입니까? 아니면 성복(成服)한 날부터 달을 계산하는 것입니까? 또 예경(禮經)을 보더라도 이성(異姓)간에는 친소의 차이에 따라 복을 내려 입는다는 글이 없습니다. 이런 까닭에 시마(緦麻)로 내리지 않고 원래의 복인 소공(小功)으로 하였습니다. 이상의 두 가지 사항에 대해 가르침을 주시어 논의를 결정하여 주시기를 바라고 바랍니다.
읽어 주시기 바랍니다. 삼가 글 올립니다. 이만 줄입니다.
경진년(1580) 4월 13일. 혼(渾) 재배(再拜).

축저(築底) 두 글자는 무슨 뜻인지 모르겠습니다. 저(底)자는 실자(實字)119)입니까? 허자(虛字)입니까? 그 의미에 대해 상세한 가르침을 주시기를 바랍니다.

亨17. 龜峯 → 牛溪

答浩原

示留爲外懼者，謂雖留此患，不至云亡者也．厶病異此．病存則身亡．病去則身在．一存一亡，不可與同者也．何可以是爲比．止謗之道．亦豈身入長山大谷，絶跡人世然後爲得也．近來深思．治病莫如無慾．藥物爲下．止謗莫如時然後言．避世爲外．苟不治原．藥何有爲，避何有補哉．此外禍福一任聽天之爲而已．又何慮爲．120)

116) 뒷글에서도'尊伯氏'라는 말이 자주 나오는데 龜峯의 형으로 추측된다.
117) 布帶 : 喪服의 하나, 외손녀가 죽었기 때문에 입는 것이다.
118) 五服 : 다섯 등급의 喪服, 斬衰(3년), 齊衰(1년), 大功(9개월), 小功(5개월), 緦麻(3개월)을 말한다. 죽은 이 와의 親疎에 따라 달라진다.
119) 實字 : 실질적으로 의미를 가지는 글자. 底는 보통 독립해서는 의미를 갖지 못하고 다른 단어와 붙어서 '~의'라는 의미로 쓰인다. 이런 글자를 보통 虛字 또는 虛辭라고 한다.

해 호원에게 답함.

'시류위외구(示留爲外懼)'는 병환을 가지고 있더라도 사망까지 이르지 않는 것을 뜻합니다. 저의 병은 이와는 다릅니다. 병이 있으면 몸은 죽고, 병이 떠나면 몸은 삽니다. 한편으로는 죽고 한편으로는 사는 것이니 함께 할 수가 없는 것입니다. 무엇으로써 비유를 할 수 있을까요? 비방을 멈추는 방법이 어찌 깊은 산 큰 계곡에 들어가 인간세상과 자취를 끊은 후에야 가능한 것입니까? 요즈음에 깊이 생각하니 병을 치료하는데는 무욕(無慾)이 제일이고 약물(藥物)은 하급입니다. 비방을 멈추게 하는 것은 때가 지난 후에 말하는 것이 좋습니다. 세상을 피하는 것은 방외인(方外人)입니다. 참으로 근원을 치료하지 않으면 약은 무엇에 쓰며 세상을 피한들 무슨 도움이 있겠습니까? 이 이외의 화복(禍福)은 모두 천명(天命)에 맡길 뿐입니다. 다시 무엇을 걱정하리오?

亨18. 龜峯 → 牛溪

答浩原
示銀娥傳，傳信後世，以昌風化，宜憑五兄雅望．豈淺淺者所堪當也．只爲娥行有未盡載於兄所傳者．又重違勤敎，敢此草上．刪敎如何.[121]
銀娥傳在他錄，復憑此傳上聞，而旌娥似.
此書上斷

해 보여주신 「은아전(銀娥傳)」은 후세에 전하여 교화를 이끌어 나가는 것은 형의 평소 바램에 부응하는 것입니다. 어찌 하찮은 사람이 감당하겠습니까? 다만 형이 전한 것에는 은아의 행실이 모두 다 실려 있지 않습니다. 또 간절한 부탁을 어기기가 힘들어서 감히 초고를 씁니다. 산삭(刪削)해 주십시오.

「은아전」은 다른 기록에 있습니다마는 다시 이 전(傳)에 근거하여 나라에 보고하여 은아를 표창해야 하겠습니다.

이 편지는 윗부분이 잘라졌다.

120) 『龜峯集·玄繩編』 권지4~13,
121) 『龜峯集·玄繩編』 권지4~25,

亨19. 牛溪 → 龜峯

겉봉 : 尊兄　拜狀
龜峯　書室

伏承初三日手札，恭審署雨道履如宜．極慰阻絶之憂．渾每謂兄作浴沂之行也．但以未得聞安信爲慮．而安知其輟行也．前月之晦，奉狀以獻五味子數升，又答季氏書同封，託習之以傳．其未呈徹耶．習之其已還耶．音問之阻，一至於此．良嘆良嘆．渾家門不幸，從叔父大谷先生．考終于報恩，千里承訃，不勝號痛．先君子堂兄弟於今無在世者矣．山林高義，從此寂寞，摧慟之情．曷已曷已，見示銀娥傳改草文字，一讀之不覺嘆服．兄之筆力，金淸玉潤，可謂作者之手也．鄙人所述，眞廝僕之下者，安足云云耶．且惟轉語士友間，使娥之義烈，照著於世．此事所繫，豈但發潛德之幽光而已耶．其有助於世敎，豈小小哉．更願力加表章，使善善有終，則幸甚．叔獻上章，未知何以有此．殊切嘆息．其言之得失．口噤不敢道，尤令人介介耳．渾病深，何能一進闕下耶．況又衆口汚衊，不直一淺．自古山林之下．寧有是耶．愧仄愧仄．伏惟尊照．謹奉狀，上謝．不宣．六月十四日．渾 伏．便遽草恐.[122]

해 3일 날짜로 보내주신 편지를 받고서 더위와 장마에도 형께서 잘 지내심을 알았습니다. 소식이 막혀 근심하던 차에 매우 위로됩니다. 저는 형께서 욕기지행(浴沂之行)[123]간 줄로 생각했습니다. 다만 편안하다는 소식을 듣지 못해 걱정하였습니다. 어찌 여행을 멈출 줄을 알기나 했겠습니까? 지난 달 그믐께 오미자 서 너 되를 보내었고[124] 또 계씨(季氏:송한필)에게 보내는 답장 편지도 동봉하여 습지(習之) 안민학(安敏學)에게 부탁하여 보내었는데 읽어보셨는지요? 습지는 벌써 돌아왔는지요? 소식이 끊긴 것이 이런 지경에 도달했습니다. 참으로 안타깝습니다. 저는 집안이 불행하여 종숙부이신 대곡선생(大谷先生)[125]이 보은에서 운명하셨습니다. 천리 먼 곳에서

---

122) 『龜峯集·玄繩編』권지4~25, 『牛溪集』續集 권3-31에 일부, 庚辰年(1580)이라 되어있음.
123) 浴沂之行:論語 先進에 浴乎沂,風乎舞雩라 하였다. 기수에서 목욕하고 풍우에서 바람쐰다. 즉 나들이 가는 뜻으로 이해된다.
124) 1580년 5월14일 보낸 편지(亨12)에 오미자를 보냈다는 기록이 있다.
125) 大谷先生: 成渾의 삼촌인 成運(1497~1564)의 호가 大谷이다. 보은 俗離山에서 은거하

부름을 들었으니 애통함을 견디지 못하겠습니다. 돌아가신 아버님[126]의 사촌형제분으로 세상에 살아있는 사람으로는 지금 아무도 없습니다. 산림(山林)의 고상한 의리가 이제부터 적막하게 될 터인데 애타는 심정 어찌 그칠 수가 있으리오? 보여주신 「은아전」 개정본은 한 번 읽어보고서 나도 모르게 탄복하였습니다. 형의 필력(筆力)은 금처럼 맑고 옥처럼 윤택이 있어 문장가의 솜씨라고 할 수 있습니다. 저의 글 솜씨는 참으로 하수들 중에서도 하수이니 어찌 무슨 말을 하겠습니까? 또 형께서는 친구들 간에도 이야기를 퍼뜨려 은아(恩娥)의 의로움과 절개를 세상에 알려서 퍼뜨려야 합니다. 이 일과 관련된 것이 어찌 알려지지 않은 덕행을 드러내는 것뿐이겠습니까? 세상의 교육에도 도움 되는 것이 있으니 어찌 작다고만 할 수 있습니까? 다시 바라는데 형께서는 표창(表彰)하여 착한이로 하여금 유종의 미를 거둘 수 있게 해 준다면 다행이겠습니다. 숙헌이 글을 올렸는데 무엇 때문인지는 모르겠습니다. 탄식만 나옵니다. 득실(得失)을 말한다면 입 다물라고는 감히 말하지 못하겠지만 더욱 사람으로 하여금 혼자 잘난척한다고 여겨지게끔 합니다. 저는 병이 심하니 어찌 도성에 한 번 갈 수 있겠습니까? 많은 사람들이 험담하더라도 한 푼 가치조차 없습니다. 자고로 산림(山林) 아래에 어찌 이런 일이 있습니까? 부끄럽고 부끄럽습니다. 읽어 주시기 바랍니다. 삼가 글 올려 감사의 뜻을 올립니다. 이만 줄입니다. (1580년) 6월 14일. 혼(渾) 복(伏). 인편이 급하다고 하기에 대충 적어보았습니다.

며 학문에 정진하였다.

126) 청송 성수침(1493~1564)을 말한다.

亨20.	龜峯 ➜ 牛溪

贈浩原

遙想疊有疚懷．修養有愆，瞻慮瞻慮．厶寒疾轉苦．深閉一床．人事斷隔．一味淸苦．有時心或有定，病若去體．靜裏有些少好意思．是知養心養病，同一法也．石潭書信似阻，念深念深．銀娥里人及太守轉報娥行文字送上，一覽如何．此乃憑僕傳爲報者也．只慮末路好善不優．方伯遲滯，使皎皎之行，淪於草間也．僕送石潭一西，聞人有傳看者云．末端伊川家奉祀一事，兄見以爲如何．垂示爲幸．僕今欲參集古禮，以釋家禮之未解處，以爲家塾中後學之覽．季涵所送自希元處來禮雜錄一冊，命送如何．或有考事．敢仰.[127]

解 호원(浩原)에게 보냄.

생각건대 거듭 건강이 좋지 않은 듯 합니다. 수양(修養)도 잘 안 된다고 하니 걱정되고 걱정됩니다. 저는 한질(寒疾:추어서 벌벌 떠는 병)이 더욱 심해져 방문을 꽉 닫아 버렸습니다. 세상과 단절해 지내며 계속해서 어려움을 견뎌내고 있습니다. 때때로 마음이 안정될 때는 질병이 몸에서 떠나는 듯합니다. 조용한 가운데서 약간의 좋은 생각이 떠오르는데 양심(養心)과 양병(養病)이 동일한 방법임을 알았습니다. 석담(石潭)과의 서신이 끊긴 듯한데 매우 걱정되고 걱정됩니다. 은아리(銀娥里)의 사람들과 태수(太守)가 은아의 행실을 적은 글을 보내왔는데 한 번 보심이 어떨는지요? 이것은 곧 저의 전(傳)[128]에 근거해서 보고한 것입니다. 다만 마지막 부분에서 표현이 넉넉하지 못하고 방백(方伯:관찰사)이 지체하여 고결한 행위가 수풀더미 사이로 매몰될까 걱정입니다. 제가 석담에게 보낸 서찰 한 통이 있는데 사람들의 말로는 석담이 보았다고 합니다. 끝 부분의 이천(伊川) 집안의 봉사(奉祀)[129]는 형께서 보시기에 어떻게 생각하십니까? 가르침을 주신다면 감사합니다. 저는 이번에 고례(古禮)를 모으고 참고해서 『가례(家禮)』 중에 해결하지 못한 점을 풀어서 집안의 후학(後學)들에게 볼거리로 만들려고 합니다. 계함(季涵) 정철(鄭澈)[130]이 희원(希元) 김장생(金長生)에게서 가지고온 『예잡록(禮雜錄)』 한 책을 저에게 보내라고 부탁 좀 해 주시는 것이 어떠하신지요? 참고할 일이 있을 듯합니다. 부탁드립니다.

127) 『龜峯集·玄繩編』권지4~26,
128) 傳: 龜峯이 銀娥라는 사람의 행실을 적은 銀娥傳을 가리키는 듯하다.
129) 亨8의 편지 1579년 12월 19일에 보낸 것을 말한다.
130) 鄭澈(1536~1593) : 본관은 延日. 호는 松江, 자는 季涵이다.

亨21. 龜峯 ➜ 牛溪

謝浩原書

今冬寒暖，闔闢無常．病人將息極艱．伏未審信後靜養如何．弼未死，一事尙同前日．杜戶呻痛，他又何言，日者抽一使．襄事忽迫之餘，遠誨懇懃，起懦滌煩，爲賜不淺．弼形體之疾與心性之病，爲朋相煽，昏昏終日，未見淸明．止定之界，控手默坐，有時收聚．一物來觸，便覺散渙．動上之靜，竟不可得．其所謂收斂，反同禪學．理不勝氣．衰老又迫．多愧尊兄山中住久，定性愈光，弱質還健也.[131]

解 호원(浩原) 성혼(成渾)에게 보내는 편지

금년 겨울 날씨가 추웠다 따뜻해졌다 하는 것이 일정치가 않습니다. 병든 사람이 몸 조섭(調攝)하기가 참으로 어렵습니다. 편지 보내신 후 조용한 수양은 어떠하신지 모르겠습니다. 저는 죽지도 못하고 모든 일이 예전과 거의 같습니다. 문을 닫고 신음하고 있으니 다른 일은 새삼 무어 말하겠습니까? 근래 심부름꾼 한 사람을 뽑았습니다. 양사(襄事:葬禮 치르는 일)가 급박한데 멀리서 은근한 가르침을 주시어 저의 번잡한 고민을 시원스럽게 해결해 주셨으니 은혜가 적지 않습니다. 저는 몸의 질병과 마음의 병이 짝이 되어 괴롭혀 하루 내내 답답하게 지내고 정신이 맑지가 못합니다. 욕망이 그치고 마음이 안정된 상태에서 손을 잡고 묵묵히 앉아 있으니 때때로 얻는 것이 있습니다. 일물(一物)[132]이 와 부딪쳐도 곧 흩어짐을 느낍니다. 동(動)에서 정(靜)으로 가는 경지를 끝내는 터득하지 못했습니다. 이른바 수렴(收斂)이란 도리어 선학(禪學)과 같습니다. 이(理)는 기(氣)를 이기지 못합니다. 쇠약함이 노년에 또한 절박하게 다가옵니다. 형께서는 산중에 오래 머물면서 마음이 안정되고 더욱 빛을 발휘하고, 약한 몸이 다시 건강해졌다고 하니 대단히 부끄럽습니다.

131) 『龜峯集·玄繩編』 권지4~24.
132) 一物 : 외부에서부터 나에게 다가오는 하나의 일이나 사건.

亨22. 龜峯 → 栗谷

寄叔獻

仲秋承尊兄二札. 修答憑浩原傳上. 踰兩月未見報. 深慮滯中道入他眼. 聞尹生來洛. 思兄不得見, 思見尹如兄焉. 傳得尹報, 今歲取少用多, 無以卒勢. 君子所念, 雖不在此, 亦不能無念焉. ㄙ雲谷結廬, 未遂趁冬計. 還來龜村, 閉戶呻吟. 左體不仁, 歲晏愈劇. 屈伸俯仰, 只任一邊. 一身分二, 一死一生, 可憐. 湖西良士, 病艱就遠, 守飢一隅. 人世飲啄, 可莫非命. 日者, 與浩原相會于向陽. 見兄親編詢言一秩, 似爲才氣所使. 爲兄致疑焉. 抑無乃朱誨庵『參同契』遺意耶. 重爲世道興歎. 屈異而欲同之, 失老子本旨, 而於吾道, 亦有苟同之嫌. 註又牽合. 兄以繼絶爲期. 宜日不暇及. 而弄文墨於餘地, 非吾所望於兄也. 又籍家問舊書, 欲試浩原. 是雖前言之戱, 恐非待人以誠也. 又兄所輯註小學, 亦多未盡處. 如子之事親, 三諫不聽, 則號泣以隨之. 兄註以隨行. ㄙ以微子言, 斷其不然. 稽古微子曰, 子三諫不聽, 則隨而號之. 人臣三諫而不聽, 則其義可以去矣, 隨之只不去之云也. 行字恐非本義. 又曲禮全文云. 爲人臣之禮, 三諫而不聽, 則逃之. 子之事親也. 三諫而不聽, 則號泣而隨之. 本文之意如是. 如此處多, 俟相見講磨, 然後印行爲妙. 聞兄許印擊蒙要訣. 要訣中俗禮處, ㄙ常多不滿之意. 未知兄其加删正耶. 不然則只可爲一家子弟之覽, 恐不可爲通行之定禮也. 小學之印, 更須十分商議, 無如擊蒙之易. 千萬幸甚. 兄常疑伊川之不歸宗於明道之子. ㄙ今看家禮云, "今無立嫡之法. 子各得以爲後, 長子少子不異." 又朱子歎自漢及今, 宗法之廢. 又"儀禮經傳" "宋石祖仁之祖父中立亡. 叔父從簡成服而繼亡. 祖仁請己乃嫡孫, 欲承祖父重服." 以此觀之, 雖有嫡孫, 而庶子得爲父後. 宗法之廢久矣. 時制旣如是. 伊川家恐未能擅改也. 『家禮』之宗法, 朱子亦以愛禮存羊爲說,則雖載家禮, 而其不得行, 亦可知矣. 尊兄以爲如何. 家禮中"庶子父得爲長子三年不必然也" 之文. 久未曉得. 今因伊川事竝知之. 噫. 一有實見, 他疑亦釋, 一朝見理, 苟有其實. 想條分縷析,自無難事, 而病廢一床, 近死猶昏, 復何有望. 小學註已表己見, 送在浩原. 跋從當成上. 又游酢書明道行狀後云, "鄂州從事旣孤而遭祖母喪, 身爲嫡孫, 未果承重. 先生推典告之, 天下始習爲常云." 則明道旣行古法, 而伊川家不行之, 亦不能無疑焉. 豈非程大中因國法, 遺命伊川使主之耶.133)

해

숙헌(叔獻) 이이(李珥)에게 보냄.

한가위에 형의 서찰 두 통을 받았습니다. 답장을 써서 호원(浩原)에게 부탁하여 전달하도록 하였습니다. 두 달이 지나도록 답장을 보지 못했습니다. 중간에 다른 사람에게 들어갔는지 대단히 걱정됩니다. 윤생(尹生)[134]이 서울에서 왔다고 들었습니다. 형을 생각하다가 만나지 못하였지만, 윤생을 보니 형을 대한 듯합니다. 윤생이 가져오는 소식을 전달받았습니다. 올해는 얻은 것이 적고 쓸 것은 많아 한해를 마칠 수가 없습니다. 군자 생각이 이런 곳에 있지 않다 하더라도 역시 이런 일에 생각이 없기란 불가능합니다. 저는 운곡(雲谷)에 집을 지어 겨울을 지낼 계획을 이루지 못했습니다. 구촌(龜村)에 돌아와 문을 닫고 신음하고 있습니다. 몸의 왼쪽이 편안하지 못한데 연말이 되니 더욱 심합니다. 이리 저리 몸을 움직이는 것도 다만 몸 한쪽에만 맡겨 둘 뿐입니다. 몸은 하난데 둘로 나누어져, 한편으로는 죽고 한편으로는 살아있으니 딱한 일입니다. 호서(湖西)지방의 질 좋은 토지에서도 병과 고난이 더욱 심해 한 모퉁이에서 굶주리고 있습니다. 사람이 음식을 먹고 세상을 살아가는데 어느 것인들 운명이 아님이 없습니다. 일전에 호원과 향양(向陽)에서 만났습니다. 형이 직접 편찬한 순언(詢言)[135]을 보았는데 재주를 부린 듯합니다. 형을 위해서도 의아스럽게 여깁니다. 『참동계(參同契)』[136]를 이어서 저술한 주회암(朱晦庵)의 뜻이 있는 것인가요? 거듭 세도(世道)를 위해서도 안타깝습니다. 기이한 것을 굴복시키고자 하면서 도리어 같이 되고자 하면 노자(老子)의 본뜻을 상실합니다. 그리고 오도(吾道)에 있어서도 구차하게 같이 된다는 혐의가 있습니다. 주석(註釋)은 또 견강부회(牽强附會)[137]하였습니다. 형께서 끊어진 맥을 잇기로 기약했다면 날짜가 부족한 것은 당연합니다. 그런데 글 장난을 하시니 우리들이 형께 바라던 것이 아닙니다. 또 장서가(藏書家) 집안의 오래된 서적에 대해 호원이 직접 가서 보라고 하신 듯합니다. 이것이 예전에 장난삼아 한 말이더라도 정색을

133) 『龜峯集·玄繩編』권지4~35,

134) 尹生 : 栗谷 작은누이의 아들인 尹聃(윤담)으로 이해된다.

135) 詢言 : 물어보는 말, 율곡의 의심나는 곳을 묶어서 정리한 것이라고 여겨진다. 구체적으로 어떤 내용인지 알 수 없지만 구봉과 우계가 비판을 하고 있다.

136) 『參同契』 : 書名, 漢의 魏伯陽이 지은 저서로 神仙術과 관련된 설이 많다. 朱子가 參同契考異를 지었다.

137) 牽强附會 : 억지로 끌어대기(가당치도 않은 말을 억지로 끌어다 붙여 조건이나 이치에 맞추려고 함.)

하고서 남에게 대하는 태도는 아닌 듯합니다. 또 형께서 『소학』에 대한 여러 학자들의 주석을 모은 것도 역시 미진한 곳이 많습니다. 예를 든다면 “자지사친, 삼간불청, 즉호읍이수지(子之事親, 三諫不聽, 則號泣而隨之)[138]가 있습니다. 형은 수행(隨行)이라고 주석하였습니다. 제 생각은 미자(微子)가 한 말은 결단코 그렇지 않은 듯합니다. 『소학•계고(稽古)』에 미자가 말하기를” 자삼간불청, 칙수이호지, 인신삼간불청, 칙기의가이거의(子三諫不聽, 則隨而號之, 人臣三諫不聽, 則基義可以去矣)[139]라 하였습니다. ‘수지(隨之)’는 다만 부모를 떠나지 않는다는 뜻입니다. 형은 행(行)이라고 하였는데 아마 본의(本義)가 아닌 듯합니다. 『예기(禮記)•곡례하(曲禮下)』의 전문(全文)은 다음과 같습니다. “위인신지례, 삼간이불청, 즉도지, 자지사친야, 삼간이불청, 즉호읍이수지(爲人臣之禮, 三諫而不聽, 則逃之, 子之事親也, 三諫而不聽, 則號泣而隨之)[140] 본문의 뜻은 이와 같습니다. 이와 같은 곳이 많이 있습니다. 서로 만나 토론하고 연구한 뒤에 책을 간행함이 묘(妙)할 듯합니다. 형께서 『격몽요결(擊蒙要訣)』 간행을 허락했다고 들었습니다. 『격몽요결』 가운데 속례(俗禮)와 관련된 곳에서는 저는 항상 불만(不滿)의 뜻이 많습니다. 형께서 산삭(刪削)하여 바로잡으심이 어떠하신지요? 그렇지 않다면 다만 한 집안의 자제들이 볼만한 책이지, 아마도 널리 행해지는 결정된 예(禮)는 아닌 듯합니다. 『소학』의 간행은 충분히 상의(商議)하시기를 다시 바라며, 『격몽요결』처럼 쉽게 하지 마십시오. 간절히 바랍니다. 형은 이천(伊川:明道 弟)은 명도(明道)의 자식에게 종통(宗統)을 돌리지 않았다고 항상 의문을 가졌습니다. 제가 지금 『가례(家禮)』를 보니 다음과 같이 되어 있습니다. “지금은 적자(嫡子)를 세우는 법이 없다. 자식들을 각각 얻어 후사(後嗣)로 삼으며 장자(長子)와 그 이하 자식들에 대해 차이를 두지 않는다.”고 하였습니다. 또 주자는 한(漢)에서 지금까지 종법(宗法)이 무너졌다고 탄식했습니다. 또 『의례경전(儀禮經傳)』[141]에서 “송(宋)의 석조인(石祖仁)의 조부(祖父) 중립(中立)이 세상을 떠나자 숙부(叔父)가 간편하게 성복(成服)하고 후사가 되었다. 조인(祖仁)은 자신이 적손(嫡孫)이 되어야 한다

---

138) 자식이 부모를 모시면서 세 번 諫해서 부모가 듣지 않는다면 눈물을 흘리더라도 부모를 따른다.
139) 자식이 세 번 간해서 부모가 듣지 않으면 부모를 따라가면서 원통해한다.
신하가 세 번 간해서 임금이 듣지 않으면 그때의 의리는 떠날 수 있다.
140) 신하의 예는 세 번 간해서 임금이 듣지 않으면 떠난다. 자식이 부모를 섬김에 세 번 듣지 않으면 눈물을 흘려서라도 따른다.
141) 『儀禮經傳』: 書名, 주자의 저서인 『儀禮經傳通解』로 이해된다.

고 청했으니 조부(祖父)를 승중(承重)하고자 하였기 때문이다."고 하였습니다. 이런 사실을 두고 본다면 비록 적손(嫡孫)이 있다 하더라도 서자(庶子)[142]도 아버지의 후사가 될 수 있습니다. 종법이 무너진 지 오래되었습니다. 현재의 제도도 이와 같습니다. 이천(伊川) 집안에서도 제 마음대로 바꾸지는 않았을 것입니다. 『가례』의 종법에서 주자 역시 애례존양(愛禮存羊)[143]으로 설(說)을 만들었습니다. 비록『가례』에 실려 있더라도 실행되지 않았음을 역시 알 수 있습니다. 형께서는 어떻게 생각하시는지요? 『가례』 가운데 "서자부득위장자삼년불필연야(庶子不得爲長子三年不必然也)"라는 문장을 오랫동안 이해하지 못하였는데 오늘 이천(伊川)집안의 일을 통해 모두 알았습니다. 아! 일단 진실한 견해가 있으면 다른 의심들 역시 풀립니다. 하루아침에 이치를 터득하면 참으로 그 진실 된 내용을 가집니다. 갈래갈래 나누어 분석하더라도 어려운 일이 없습니다. 그런데 저는 병상에 있으니 죽음이 다가오고 머리도 흐릿하니 다시 바랄 일이 무엇이겠습니까?
『소학』 주석에서 이미 나의 의견을 표명하여 호원에게 보냈습니다. 발문도 완성하는 대로 보내겠습니다. 또 유조(遊酢)[144]가 명도(明道)의 행장 뒤에 쓰기를 "호주종사(鄠州從事)가 고(孤)[145]가 되었는데 조모상(祖母喪)을 당했습니다. 자신이 적손(嫡孫)인데도 승중(承重)을 하지 못했습니다. 선생께서는 법전에 근거해 알려주십시오. 천하는 이제 막 일어나는 일이 관습이 되었습니다."라고 하였습니다. 즉 명도(明道)는 고법(古法)을 행했는데 이천(伊川) 집안에서 실행하지 않았음을 의심하지 않을 수 없습니다. 정대중(程大中)이 국법에 따라 이천(伊川)더러 종통(宗統)을 주관하라고 명(命)을 내리지 않았겠습니까?

---

142) 庶子 :妾의 자식이라는 개념이 아니라 長男을 제외한 다른 자식을 뜻한다.
143) 愛禮存羊: 禮도 아끼고 羊을 보존한다. 子貢이실질적인 내용 없이 羊이 없어지는 것을 아까워하였다. 그러나 禮가 폐지되더라도 羊이라도 남아 있으면 오히려 기억하여 예를 복구할 수 있다는 것이 朱子의 說인듯하다. 『論語·八佾』에 "子貢欲去告朔之餼羊.子曰, 賜也. 爾愛其羊.我愛其禮"이라 하였다.
144) 游酢 : 程氏門中의 제자. 呂大臨, 謝良佐, 楊時와 함께 程門四先生이라 한다.
145) 孤 : 보통 아버지가 돌아가신 사람을 말한다. 어머니가 돌아가시면 哀. 모두 돌아가시면 孤哀라고 한다.

亨23. 栗谷 ➔ 龜峯

思浴溫浴冷，皆是危道．不如調攝服藥之爲得也．賢胤年長而未得成童，此殊可怪歎．莫非命也．奈何奈何．奉訴乃至謄送．深荷深荷．言維巫罔，大槪是鄙人自取，尙可恐尤．古人有毁命而揚弟之聲使之得仕者．珥亦毁名而救兄之飢，良所甘心．且審．

解 온욕(溫浴)과 냉욕(冷浴)을 생각해 보니 모두 위험한 방법입니다. 약을 먹고 몸조리를 하는 것이 나을 듯합니다. 형 아들이 장성하였는데도 아직 아이가 없다고 하니 자못 괴상한 일입니다. 운명이 아닌 것이 없습니다. 어떻게 하겠습니까? 보내신 소송문(訴訟文)은 베껴서 다시 보냅니다. 형의 은혜를 깊이 입었습니다. 말이 거짓된 것은 대개가 제 자신이 취한 것이니 누구를 원망하고 탓하겠습니까? 고인(古人) 중에서도 자신의 명성을 훼손시키면서 동생의 명성을 높여 동생을 벼슬시킨 사람이 있습니다. 저도 자신의 명성을 훼손시키면서 형의 갈망(渴望)을 구제할 수 있다면 참으로 즐거이 하겠습니다. 또 알았습니다.[146]

亨24. 龜峯 ➔ 牛溪

答浩原
旣奉傳自洛中書，又奉專使致札，益感厚意．獨滯荒寓，護良兒女，反學處患之道云．一慰一賀．何莫非學．異姓無降之問，固當終禮．遭服於月將晦，以成服月計月數之問，恐未可也．期爲重服．而旣以死月計月數，則他又何疑．且不可引而長之．叔獻奉庶母禮，前後往復，連作一通以上．叔獻情勝禮失．奈何奈何.[147]

解 호원에게 답함.
서울서 보내주신 편지를 받았고, 또 사람을 보내고 편지를 보내 주셨으니

146) 편지 뒤의 일부가 缺落(결락)되었다.
147) 『龜峯集·玄繩編』권지4~29,

후의(厚意)에 더욱 감사드립니다. 홀로 시골집에 머물면서 딸아이를 돌보고 있으니 우환에 대처하는 방법을 도리어 배우는 것이 아닐까요? 한편으로는 위로되고 한편으로는 축하할 일입니다. 무엇인들 배우는 것이 아님이 없습니다. 이성(異姓)간에는 복(服)을 줄여서 입지 않는다고 물어보셨는데 참으로 예(禮)를 따르도록 하겠습니다. 그믐께 상(喪)을 당했다면 성복(成服)한 달로써 달수를 계산해야 된다는 물음은 옳지 못한 듯합니다. 기년상(期年喪)은 중복(重服)입니다. 이미 죽은 달로 달수를 계산했다면 다른 것을 무어 의심합니까? 또 늘여서 길게 해서는 안 됩니다. 숙헌이 서모(庶母)를 모시는 예에 대하여 전후로 편지를 주고받았으며 1통 이상도 연이어 쓴 적도 있습니다. 숙헌이 감정이 지나쳐 예를 잃은 듯합니다. 어떻게 하면 좋겠습니까?

亨25. 牛溪 → 龜峯

겉봉 : 上狀
雲長　尊兄　座前

中夏毒埶. 伏惟道履靜養超勝. 頃日趙汝式之訪. 伏見手札之賜. 三復慰豁. 備審自城初還, 起居循常. 尤以欣慶也. 渾澌瘁轉深. 當晝畏埶, 朝晡重襲. 虛損之勢, 不可支撑, 可悶可悶. 前日李嶸之還, 奉一狀以答, 其已呈徹否. 太極圖說註, 精粗本末, 無彼此也. 以精粗分作太極陰陽看乎, 抑以精粗本末, 皆作陰陽動靜看乎, 伏願批誨也. 且客有來言, 安習之輩八九人皆陞拜六品職云. 而旋聞上教姑置之云云. 未知事境如何也. 如有所聞, 下示何如, 渾服藥酒盡窘甚. 往乞交河使君座前. 因託此書傳至兄所. 餘外不能盡懷. 謹奉狀. 六月二日. 渾 再拜.
季鷹何日還耶. 示及.

해 한 여름 더위가 극성입니다. 형께서 조용히 수양하며 잘 계시리라 생각합니다. 근래 여식(汝式) 조헌(趙憲)148)의 방문을 통해 보내주신 서찰을 보았습니다. 세 번이나 읽으니 위로됩니다. 형께서도 도성에서 돌아와 평상시

148) 趙憲(1544~1592) : 본관은 白川, 호는 重峯, 자가 汝式이며, 李珥,成渾의 제자이다.

처럼 잘 지내심을 알았습니다. 더욱 기쁩니다. 저는 건강이 점점 나빠집니다. 대낮에는 더위가 겁나고 아침저녁으로는 옷을 두 겹 입습니다. 온몸에 힘이 빠져 지탱할 수 없을 정도이니 딱하고 딱한 일입니다. 일전에 이영(李嶸)149)이 돌아갈 때 답장 편지 한 통 보내었는데 이미 읽어 보셨겠지요. 「태극도설(太極圖說)」 주석의 정조본말(精粗本末)은 이것저것이 없습니다. 정조(精粗)로 나누어서 태극음양(太極陰陽)을 보겠습니까? 아니면 정조본말(精粗本末)로 음양동정(陰陽動靜)을 보겠습니까? 가르침을 주시기를 바랍니다. 또 객(客)이 와서 하는 말이 "습지(習之) 안민학(安敏學) 등 8, 9명이 모두 육품직(六品職)으로 올랐으나, 곧 이어 그냥 두라는 임금의 전교가 있었음을 들었다."고 하였습니다. 일이 필경에는 어떻게 될지 모르겠습니다. 만약 형께서 들은 것이 있으시다면 가르침을 주심이 어떠할는지요? 저는 약도 먹지만, 술이 다 떨어져 궁핍합니다. 교하(交河) 수령에게 구걸도 하고, 그리고 이 편지를 형이 계신 곳으로 전해달라고 부탁했습니다. 나머지는 모두 다 말하지 못하겠습니다. 삼가 글 올립니다. 6월 2일 혼(渾) 재배(再拜).

계응(季鷹)은 어느 날 돌아오는지요. 가르쳐 주십시오.

亨26. 龜峯 ➜ 希元

答希元心經問目

希元問曰 : 道心惟微. 朱子曰, "微妙而難見." 栗谷先生云, "惟理無聲臭. 可言微而難見, 故曰微." 譬如此遠山. 本微而難見. 目暗人見之, 則微者愈微, 明者見之. 則微者著. 愚見則不然. 道心之發, 如火始然, 如泉始達, 所發者小, 故微而難見. 不知所以治之, 則微者愈微. 使人心常聽命於道心, 則微者著. 所謂擴而充之也.

解 희원(希元) 김장생(金長生)의 『심경』 물음에 답함

희원(希元)문: 도심유미(道心惟微)150)에 대하여 주자는 "도심은 미묘하여

---

149) 李嶸(1560~?) : 본관은 全州, 자는 顯父, 호는 葛裘(갈구)

150) 道心惟微 : 도심은 은미하다. 『書經·大禹謨』에 人心惟危.道心惟微.惟精惟.允執闕中에 대한 해설을 말한다. 인심은 위험하고 도심은 은미하다. 오직 정신을 집중하고 한 결 같이 하여 참으로 그 가운데를 잡아야 한다. 인심은 인간의 욕망이 게재된 순수하지 못한

보기 어렵다"고 하였습니다. 율곡선생은 "오직 이(理)는 소리와 냄새가 없다. 은미하고 보기 어렵다고 말할 수 있으므로 미(微)라고 한다. 비유하자면 멀리 있는 산과 같다. 본래 희미하여 보기 어렵다. 눈이 어두운 사람이 보면 희미한 것이 더욱 희미해지고, 눈이 밝은 사람이 보면 희미한 것이 뚜렷해진다."라고 하였습니다.

저의 견해는 그렇지 않다고 여깁니다. 도심(道心)이 나타나는 것은 불이 처음으로 불붙고, 샘이 처음으로 흘러나오는 것과 같습니다. 드러나는 것이 작으므로 은미하여 보기 어렵습니다. 다스리는 방법을 알지 못하므로 은미한 것은 더욱 은미해 집니다. 인심(人心)을 항상 도심(道心)의 명령을 듣도록 한다면 은미한 것이 또렷해집니다. 소위 확이충지(擴而充之:넓혀서 채운다)입니다.

答 : 二說皆微盡. 理本不微. 在氣中. 故微而難見, 此在衆人說. 在聖則何嘗有微. 氣質之品, 千萬不同. 自聖以下之道心有微者, 有微而又微者, 有又微而又微者. 雖或至微而終無泯滅之理. 苟能充之. 還與上聖同其著. 此朱子之所謂微者著也. 聖人之不微. 益可知也. 聖人全其著者也. 學者求其著者也. 自微至著. 我無加損. 則是果本微者乎. 莫著乎理, 而以在氣中故微. 叔獻以理無聲臭, 而云理本微. 公亦只言所發之微小, 而不言所以微小之故, 皆有所失. 且道心之微著與人心之安危. 相爲消長. 人心之危者.道心微. 道心之著者, 人心安.

답 : 이설(二說)은 모두 미진합니다. 이(理)는 본래 은미하지 않습니다. 기(氣) 속에 있으므로 은미하여 보기가 어렵다는 것은 일반적인 사람들의 학설입니다. 성인(聖人)에 있어서는 어찌 은미함이 있겠습니까? 기질(氣質)의 종류는 천차만별 같지가 않습니다. 성인 이하로 도심(道心)이 은미한 사람이 있고, 은미한 가운데 더욱 은미한 사람이 있고, 더욱 은미한 가운데 더 더욱 은미한 사람이 있습니다. 비록 지극히 은미하더라도 끝내는 민멸(泯滅)될 이치는 없습니다. 진실로 도심을 확충시킨다면 도리어 위의 성인과 함께 도심이 드러납니다. 이것이 주자가 말한 "미자저야(微者著也:은미한 것이 드러난다)"입니다. 성인은 은미하게 여기지 않음을 더욱 알 수 있습니

마음이고, 도심은 도를 깨우칠 수 있는 순수하고 깨끗한 마음을 말한다.

다. 성인은 그 드러난 것을 온전히 하는 사람입니다. 학자(學者)는 그 드러난 것을 추구해야 합니다. 미(微)에서 저(著)까지 나는 더하거나 덜 수도 없으니 이것이 과연 은미한 것입니까? 이(理)에 나타나지 않음이 없으나 기(氣) 속에 있으므로 은미하게 됩니다. 숙헌은 "이는 소리나 냄새가 없다."고 했는데 이(理)가 본래 은미하다고 본 것입니다. 공도 또한 드러난 것이 은미하고 작은 것을 말하였지, 은미하고 작게 된 원인을 말하지 않았으니 모두 잘못이 있습니다. 또 도심(道心)의 미저(微著)와 인심의 안위(安危)는 서로 소멸하면서 성장하고 있습니다. 인심(人心)이 위태로운 것은 도심(道心)이 은미하기 때문입니다. 도심(道心)이 드러나면 인심(人心)이 편안합니다.

問 : 二者雜於方寸之中. 愚意或有因形氣而發之時, 或有因性命而發之時. 二者所發, 皆出於方寸之中. 故謂之雜. 栗谷先生曰, "人心道心, 皆指用而言之, 若如前說, 犯未發之境. 二者所發, 皆在於一事. 有發於人心而爲道心者, 有發於道心而爲人心者云云" 發於人心而爲道心則可, 發於道心而爲人心則似未穩. 若以道心而轉爲人心, 則卽爲人慾也. 凡言人心亦可兼言人慾. 而此書則朱子不雜以人慾爲言也. 未知如何.

문: 인심•도심이 방촌(方寸:心, 마음) 가운데 섞여있다[雜]고 하였습니다. 저의 의견은 형기(形氣:육체적인 기질)에 따라서 나타날 때도 있고, 성명(性命)에 따라서 나타날 때도 있습니다. 인심•도심이 나타날 때는 모두 방촌가운데서 나타나므로 '잡(雜)이라고 합니다. 율곡선생도 "인심•도심은 모두 용(用)을 가리켜 말한 것이다. 예전의 학설대로라면 미발(未發)의 경우도 범한다. 인심•도심이 나타나는 것은 모두 일사(一事:하나의 일, 또는 하나의 사건)에 있다. 인심에서 나와 도심이 되는 것도 있고, 도심에서 나와 인심이 되는 것도 있다."고 말씀하셨습니다. 인심에서 나와 도심이 되는 것은 옳지만, 도심에서 나와 인심이 되는 것은 온당치 못한 듯합니다. 만약 도심이 바뀌어 인심이 된다면 즉 인욕(人慾)입니다. 일반적으로 인심을 말할 때는 인욕(人慾)을 겸해서 말합니다. 그런데 이 책〔심경〕에서는 즉 주자는 인욕(人慾)을 섞지 않고서 말했습니다. 어떻게 생각하시는지 모르겠습니다.

答 : 吾賢所論發之之時等說不可, 故似犯未發之境. 叔獻所言二者皆發於一事, 殊不可知. 二者. 只一心之發, 故謂之雜. 聲色臭味之爲, 謂之人心. 仁義禮智之出. 謂之道心. 能治則公勝私而道心爲主. 不能治則私勝公而人心爲主. 轉爲人慾而莫之禁焉. 今心經則去善惡, 而只公言道心人心之發爾. 何可如此說. 且賢以叔獻之發於人心而爲道心之說爲可云, 亦不可. 人心, 亦聖賢合有底心. 何必變爲道心也. 然則聖人無人心耶.

답: 그대가 발(發)할 때를 논한 설(說)은 옳지 않으므로 미발(未發)의 경지를 범한 듯합니다. 숙헌이 인심•도심은 모두 일사(一事)에서 드러난다고 말 한 것은 무슨 뜻인지 모르겠습니다. 인심•도심은 다만 일심(一心)에서 나타나므로 '잡(雜)'이라고 합니다. 성색취미(聲色臭味)가 나오므로 인심(人心)이라 합니다. 인의예지(仁義禮智)가 나오므로 도심(道心)이라 합니다. 마음을 다스리면 공(公)이 사(私)를 이겨 도심(道心)이 주가 됩니다. 마음을 다스리지 못하면 사(私)가 공(公)을 이겨 인심(人心)이 주가 됩니다. 바뀌어서 인욕(人慾)이 되므로 막을 수가 없습니다. 지금의 『심경』은 선악을 없애고 다만 도심과 인심이 나타나는 것을 공공연히 말하였을 뿐입니다. 어찌 이 같은 설을 옳다고 할 수 있을까요? 또 그대는 숙헌의 인심에서 나타나 도심이 된다고 하는 설을 옳다고 여겼는데 역시 옳지가 않습니다. 인심 역시 성현도 함께 가지고 있는 마음입니다. 무엇 때문에 변하여 도심이 되겠습니까? 그렇다면 성인은 인심이 없다는 것인가요?

問 : 道心, 四端也. 人心, 四端七情之總稱也. 七情則兼善惡. 而朱子之訓人心, 專言善而不言惡, 何也.

문: 도심(道心)은 사단(四端)입니다. 인심(人心)은 사단칠정(四端七情)의 총체적인 명칭입니다. 칠정(七情)은 즉 선악(善惡)을 겸하고 있습니다. 그런데 주자가 인심(人心)을 해석할 때 오직 선(善)만 말하고 악(惡)을 말하지 않은 것은 무엇 때문입니까?

答 : 朱子只擧形氣上雖聖賢不可無之心, 以訓人心. 而又着危殆字, 則善惡之雜出, 可知也.

답: 주자는 형기상(形氣上) 성현이라도 마음이 없을 수 가 없다는 사실을 들어 인심을 해석하였습니다. 그리고 또 '위태(危殆)'라는 글자에 착안하였으니 선악(善惡)이 섞여 나옴을 알 수 있습니다.

問 : 西山眞氏曰, "聲色臭味之欲, 皆發於氣, 所謂人心也. 仁義禮智之理, 皆根於性, 所謂道心也." 愚謂道心, 心之用也. 仁義禮智, 心之體也. 不可以仁義禮智爲道心也. 且曰, "仁義禮智之理, 根於性." 四者之外, 又別有所謂性乎. 不可言根於性也. 且人心道心所發, 分屬理氣, 恐未可也.

문: 서산(西山) 진씨(眞氏)[151]가 말하기를 "성색취미(聲色臭味)에 대한 욕망은 기(氣)에서 나오니 인심(人心)이다. 인의예지(仁義禮智)에 대한 윤리(倫理)는 모두 성(性)에 뿌리를 두고 있으니 도심(道心)이다."고 하였습니다. 제 생각으로는 도심은 심지용(心之用)입니다. 인의예지는 심지체(心之體)입니다. 인의예지를 도심으로 보는 것은 옳지 않은 듯합니다. 또 말하기를 "인의예지에 대한 윤리는 성(性)에 뿌리를 두고 있다."고 하였습니다. 네 가지 이외에 따로 성(性)이 있는 것인가요? 성(性)에 뿌리를 두고 있다는 것은 옳지 않은 듯합니다. 또 인심•도심이 나타나는 것을 이기(理氣)로 나누어서 소속시켰는데 옳지 않은 듯합니다.

答 : 眞氏說理字, 不是以理字作端字看則是. 心是理氣之合. 而人心道心, 皆發於此心, 則固不可以理氣分屬而言. 人心道心知覺之不同處. 則亦不可不以形氣性命分言也. 西山之說. 下字有未穩處, 亦恐傳寫之誤也.[152]

답: 진씨(眞氏)가 이자(理字)를 설명할 때 이자(理字)를 단자(端字)로 보지 않는 것은 즉 옳습니다. 심(心)은 이기(理氣)의 합입니다. 그리고 인심•도심은 모두 심(心)에서 나오니 이기를 인심•도심으로 나누어 소속시켜 말하는 것은 옳지 않습니다. 인심•도심은 지각이 같지 않습니다. 그러니 형기성명(形氣性命)으로 나누어서 말하지 않을 수 없습니다. 서산의 설명은 하자(下字)에 온당치 못한 점이 있는데 아마 전사(傳寫)의 잘못인 듯합니다.

---

151) 眞氏 : 宋代의 哲學者인 眞德秀를 말한다. 세상에서 西山先生이라고 한다.
152) 『龜峯集·玄繩編』권지4~39,

이첩 (**利帖**)

순	原文	발 신	수 신	연 대	출 전 유 무
1	*82*	우계牛溪	구봉龜峯	1580	'牛溪集'4-44일부
2	*83*	율곡栗谷	구봉龜峯		
3	*85*	우계牛溪	구봉龜峯		'牛溪集' 續集3-32 일부
4	*86*	우계牛溪	구봉龜峯		
5	*87*	우계牛溪	구봉龜峯		
6	*90*	구봉龜峯	우계牛溪		'龜峯集·玄繩編' 5-2
7	*90*	구봉龜峯	율곡栗谷	1569 ?	'龜峯集·玄繩編' 5-2
8	*93*	우계牛溪	구봉龜峯	1581	'龜峯集·玄繩編' 5-3
9	*95*	우계牛溪	구봉龜峯		
10	*97*	구봉龜峯	우계牛溪		'龜峯集·玄繩編' 5-4
11	*97*	우계牛溪	구봉龜峯	1583	'牛溪集' 續集3-36 일부
12	*99*	우계牛溪	구봉龜峯	1582	'牛溪集' 續集3-34 일부
13	*101*	구봉龜峯	율곡栗谷		'龜峯集·玄繩編' 5-7
14	*102*	우계牛溪	구봉龜峯	1581	'牛溪集' 續集3-33 일부
15	*104*	우계牛溪	구봉龜峯		'龜峯集·玄繩編' 5-8
16	*107*	구봉龜峯	율곡栗谷		'龜峯集·玄繩編' 5-10
17	*108*	율곡栗谷	구봉龜峯	1581	'栗谷全書' 11-35
18	*110*	구봉龜峯	율곡栗谷		'龜峯集·玄繩編' 5-7
19	*111*	율곡栗谷	구봉龜峯		'龜峯集·玄繩編' 5-7
20	*112*	율곡栗谷	구봉龜峯	1583	'栗谷全書' 11-37
21	*114*	율곡栗谷	구봉龜峯	1583	'栗谷全書' 11-38
22	*115*	우계牛溪	구봉龜峯	1583	'龜峯集·玄繩編' 5-11
23	*119*	구봉龜峯	우계牛溪	1583(?)	'龜峯集·玄繩編' 5-13
24	*120*	구봉龜峯	우계牛溪		'龜峯集·玄繩編' 5-14
25	*121*	우계牛溪	구봉龜峯	1583	'龜峯集·玄繩編' 5-16
26	*122*	우계牛溪	구봉龜峯	1583(?)	'龜峯集·玄繩編' 5-16

(元23+亨26+利26+貞23=98) ※ 98통의 글 중 오직 이곳에만 있는 16통과 일부만 실려 있는 것이 15통이며, 이 삼현수간은 보물 제**1415**호로 지정되어 있다.

3. 이첩(利帖) 26통

利1. 牛溪 ➜ 龜峯

겉봉 : 答上狀
宋生員　尊兄　座前

伏承賜札. 三復慰豁. 恭審嚴寒道履循常. 不勝欣㥿. 渾今被聖旨, 復加非常之恩. 使之必赴天陛. 揆以愚賤之分, 夫豈敢當. 朝廷之禮愈厚而其責愈重. 則篤服驅馳於皇路, 豈無僨車之辱耶. 此則非但私憂, 寔爲公共之耻. 渾今悶迫者, 只是虛汗長流, 衣巾通濕. 少出寒冷, 輒作寒戰徹骨之證. 旋違調適, 立生危惡之侠. 渾欲感奮自力, 氈車登載, 而亦不可得也. 奈何奈何. 尊兄垂喩之說, 恐非知我之言也. 古語有曰, 孔子豈不是至聖血誠, 孟子豈不是麤拳大踢,[153] 而到處無着手處. 然則如渾昏愚, 是何等滓穢, 而勸之使任正君之責耶. 此言出口, 有識者聞之, 豈不相笑耶. 渾之僥冒此等恩遇. 只是終始不仕節次推排, 而生出無限驚怕之事. 今應不暇自恤. 當至京師. 以取欺英常秩溢世譏詆之聲. 然卽日登道. 則必至僵仆道路. 生行死歸. 而又非朝廷眷憐收用之本意也. 進退路窮. 坐增煎迫而已. 叔獻先聲, 今亦未聞. 若賜答書, 當爲傳致也. 伏惟尊察. 謹奉狀. 陳謝不宣. 庚辰 十二月 旣望 渾. 再拜.
尊伯氏座前承問. 仰感之意. 傳達何如. 季氏前答狀亦乞傳布.[154]

解 주신 편지를 받고 세 번이나 읽으니 위로가 됩니다. 세찬 추위에 형께서 평상시처럼 잘 지내심을 알았습니다. 그리움을 견디지 못하겠습니다. 저는 지금 성지(聖旨:임금의 교지)를 받았는데 재차 대단한 은전(恩典)이 더해졌습니다. 저더러 궁궐에 반드시 가라고 하지만 어리석고 천한 저의 분수를 헤아리자면 어찌 감당할 수 있겠습니까? 조정의 예(禮)가 더욱 후할수록 책임이 더욱 중요합니다. 즉 제가 궁궐로 말을 몰고 가더라도 어찌 수레가 넘

153) 麤拳大踢(추권대척) : 큰 주먹으로 세게 친다. 온몸으로 이상을 펼치기 위해서 노력하는 일이라고 여겨짐.
154) 『牛溪集』 권4~44에 일부.

어지는 모욕이 없겠습니까? 이것은 개인적인 근심일 뿐만 아니라 참으로 공적으로도 수치입니다. 저는 지금 딱한 것이 몸이 허해 땀이 항상 흘러 옷을 흥건히 적십니다. 조금이라도 차가운 기운을 만나면 곧 뼈 속까지 스며드는 추위 증세가 있습니다. 몸조리도 하지 못해 건강이 좋지 않은 상태에서 살고 있습니다. 저는 분발하여 수레를 타고자 해도 그렇지가 못합니다. 어찌하면 좋습니까? 형께서 내려 주신 가르침은 나를 아는 말이 아닌 듯합니다. 옛말에 "공자는 어찌 지극한 성인에 지극한 정성을 가진 사람이 아니며, 맹자는 어찌 이상(理想)을 펼치기 위해 노력한 것이 아닙니까? 그런데 가는 곳마다 착수한 곳이 없다."고 하였습니다. 그런데 어리석은 저에게 임무를 맡겨 임금을 바로잡으라는 책임을 지우는 것입니까? 이런 말이 입으로 나가면 알 만한 사람이 듣고서는 비웃지 않을까요? 저는 요행히도 임금님의 은혜를 입었습니다. 다만 시종일관 출사(出仕)하지 않겠다는 절차를 따지면 한없는 놀랄 일이 생깁니다. 지금 내 자신을 돌볼 겨를도 없습니다. 서울에 당도 할 것 같으면 번영(樊英)[155]이 그랬던 것처럼 세상에 넘쳐흐르는 비방을 가질 것입니다. 그러나 지금 즉시 길을 떠나면 반드시 길에서 쓰러질 것입니다. 살아서 가 죽어서 돌아온다면 조정에서 사람을 아끼고 거두어 쓴다는 본래의 뜻이 아닙니다. 앞으로 가나 뒤로 물러서나 곤궁하니 앉아서 애만 탈 뿐입니다. 숙헌이 먼저 소식을 보냈다고 하는데 아직 듣지 못했습니다. 만약 답장을 주신다면 숙헌에게 전해주도록 하겠습니다. 읽어 주시기 바랍니다. 삼가 글 올립니다. 이만 줄입니다. 경진년(1580) 12월 16일 혼(渾) 재배(再拜).

존백씨(尊伯氏)가 보내주신 편지를 받았습니다. 감사하다는 뜻을 전달해 주심이 어떨는지요? 계씨(季氏) 앞으로 보내는 답장도 역시 전해 주시기를 바랍니다.

---

155) 번영(樊英) : 後漢人. 자는 季齊. 학문에 뛰어났다. 번영이 順帝의 부름을 받고 조정에 가 여러 가지 대책을 올렸으나 대단한 것이 없어 많은 사람들이 실망하였다고 한다. 우계 자신도 조정에 가보았자 번영처럼 될 것 같다는 의미로 이해된다.

利2. 栗谷 ➜ 龜峯

겉봉 : 奉答狀

雲長　尊兄　座前

春寒尙嚴. 伏惟閑況珍勝. 謹承垂問, 感慰深仰, 珥感天眷, 姑作留計. 大望者積誠回天, 小望者調和士林. 此非數月之內可決, 不敢速退. 而家屬在山中, 頻被偸兒窺覘. 婦人輩 驚動涕泣. 夜不能寐. 玆出般家之計. 後日必致大段浪狽, 可憂可憂. 浩原得寒疾臥吟, 尙未謝恩, 以日子過限, 遂呈辭, 可嘆. 鄭君事有碍, 不能折簡, 深恨深恨. 前日下示要訣誤處, 頗有合商量者. 當俟後便入城來. 連有來客應接甚煩. 書冊束閣, 是不可耐也. 祿米菽各二斗汗呈. 帒則因便還送如何. 伏惟下照. 謹拜狀. 正月 十三日. 珥 拜.

해 봄추위가 여전히 대단합니다. 형께서도 잘 지내시리라 생각합니다. 주신 편지를 받으니 감사하고 위로됨이 깊습니다. 저는 임금님의 은혜에 감동되어 일단 머무르기로 하였습니다. 큰 희망은 정성을 쌓아 임금님의 마음을 돌리는 것이고, 작은 희망은 사림(士林)을 조화시키는 것입니다. 이것은 여러 달 내로 결정할 것도 아니요 속히 물러설 일도 아닙니다. 집안 식구들이 산 속에 있는데 여러 차례 도둑들이 엿본다고 합니다. 아녀자들이 놀라 눈물을 흘리고 밤에도 잠을 못 잔다고 합니다. 그리하여 집을 옮길 계획을 세웠습니다. 훗날 대단한 낭패를 보게 될 것 같은데 걱정되고 걱정됩니다. 호원(浩原)이 감기에 걸려 드러누워 여태껏 사은(謝恩)[156]하지 못한 채 날짜가 지나가 마침내 사직소를 올렸다고 하니 안타깝습니다. 정군(鄭君)의 일은 장애가 있어 편지를 보내지 못했으니 매우 안타깝습니다. 일전에 『격몽요결(擊蒙要訣)』의 잘못된 곳에 대해 가르침을 주셨는데 자못 저의 생각과 일치하는 점이 있습니다. 다음 인편(人便)이 도성으로 오기를 기다리겠습니다. 계속해서 찾아오는 손님이 있어 접대하기가 매우 번거롭습니다. 서책(書冊)을 묶어 둘 지경이니 이것은 참지 못하겠습니다. 봉급으로 받은 쌀과 콩 두 되를 부끄럽지만 보냅니다. 포대는 제가 보낸 사람이 돌아올 때 보내주심이 어떠하신지요? 읽어 주시기 바랍니다. 삼가 글 올립니다. 정월 13일. 이(珥) 배(拜).

---

156) 謝恩 : 관직에 임명된 자가 왕의 은혜에 감사하는 일. 보통 謝恩肅拜로 붙여 쓴다.

利3. 牛溪 ➜ 龜峯

겉봉 : 上狀
雲長　尊兄　座前

秋日淸暄. 伏惟道況益勝. 羨慕不可言. 渾念一日發向陽到大慈寺, 則曾有恒坐. 末樓風冷. 積傷之餘, 中道煩熱, 飮冷酒脫衣, 則增寒, 頭痛齒痛, 痢疾俱發. 以除官日子已多. 不得已呈所志高陽, 以乞遞免矣. 且竊惟念, 再被召旨, 辭極溫厚. 雖非出於九重, 而君命如此. 只得呈所志而去, 於賤臣之心, 看戚戚不寧者, 欲拜章陳乞呈高陽而去, 未知此義爲如何. 切願老兄批誨也. 上疏每不得請, 且恐別有難處之患. 然事若可爲, 則臣子何敢豫 擬其身難處, 而遂轍不爲乎. 伏願參訂賜諭, 至祝至祝. 此地望門墻不遠. 不能奮往投拜神爽飛趁. 嘆恨交切. 奈何奈何. 伏惟尊照. 謹奉狀. 不宣. 八月二十五일. 渾 再拜.[157]
前因來生仰稟, 招魂成葬可否, 乞幷回示.

解 가을 날씨가 맑고 따뜻합니다. 형께선 더욱 잘 지내시리라 생각합니다. 부러움을 무어라 말을 할 수가 없습니다. 저는 21일 향양(向陽)을 출발하여 대자사(大慈寺)에 도착하였는데, 예전에 머물렀던 적이 있습니다. 절 바람이 차갑습니다. 상처가 누적되고 가슴이 답답하고 열이 나서 시원한 술을 마시고 옷을 벗었더니, 추위를 먹어 두통•치통에 설사까지 한꺼번에 일어났습니다. 관리로서 부임해야 할 날짜를 채우지 못한 것이 벌써 많습니다. 부득이 고양(高陽)으로 사직소(辭職疏)를 올려 교체를 요청했습니다. 또 생각해 보니, 거듭 소지(召旨:임금이 부르는 교지)를 받았습니다. 말이 지극히 온화하고 정이 넘칩니다. 궁궐에서 나온 말이 아니더라도 군명(君命)이 이와 같습니다. 다만 사직소를 올리고 떠나려고 하니 저의 마음에는 근심스럽고 편안하지 못한 점이 있습니다. 배장(拜章)[158]하고 고양(高陽)으로 사직소를 올리고 떠나고 싶은데, 이런 뜻이 어떠할는지 모르겠습니다. 형께서 가르침을 주시기를 간절히 바랍니다. 사직소를 올려도 매번 요청대로 이루어지지 않

157) 『牛溪集』 속집 권3-32에 일부.
158) 拜章 : 임금이 보낸 글에 감사의 뜻을 아뢰는 글. 보통 관직 임명 시에 많이 함.

으니 난처한 우환이 있을까 걱정됩니다. 그러나 할 만한 일이라면 신하가 무엇 때문에 그 자신의 처신을 주저하며 마침내는 하지 않겠습니까? 참고하셔서 가르침을 주시기를 바라고 바랍니다. 여기서는 문장(門墻)159)과 거리가 멀지 않은데 바삐 달려가 인사를 드리지 못했습니다. 안타까움과 서러움이 교차합니다. 어떻게 하겠습니까? 읽어 주시기 바랍니다. 삼가 글 올립니다. 이만 줄입니다. 8월 25일. 혼(渾) 재배(再拜).

일전에 온 사람을 통해 초혼(招魂)과 성장(成葬) 여부를 물어 보았는데 가르침을 주시기를 바랍니다.

利4. 牛溪 → 龜峯

渾哭外舅，京師初終三日與吏曹參判鄭芝衍共治喪．蓋鄭卽渾外姑兄子也．初三日入侍經席，臺諫論駁吏曹徇私不能用人之失．鄭出而待罪，因言人子衰少，必須收指然後乃可．又言成渾必須召見云云．領相又出而言之．入侍諸臣俱出言之．是以爲此新除矣．渾初不爲旨呈所志辭免．則上教政院再下出召之故．政院撫辭爲學問高明德篤成就之語．其內拙撫，皆極未安．曲折如此，故欲拜疏，陳乞不能進之意而去，未知如何．

解 저는 외삼촌 상을 당해 서울에서 초상기간 삼일 동안 이조참판 정지연(鄭芝衍)160)과 함께 초상을 치렀습니다. 정지연은 즉 저의 외고형(外姑兄)161)의 아들입니다. 초삼일 경연(經筵)에 입시 하였을 때 대간(臺諫)들이 이조(吏曹)를 논박하기를, 사사로운 정을 따르고 사람을 제대로 쓰지 못하였다고 하였습니다. 정지연은 나가 대죄(待罪)162) 하면서 말하기를, 사람이 어리고 쇠약하면 반드시 가르침을 받는 것이 옳다고 하였습니다. 또 말하기를, 성혼(成渾)을 반드시 불러들여야 된다고 운운하였습니다. 영의정 또한

---

159) 門墻 : 스승집의 문, 보통 스승을 의미하는 말로 쓰임.
160) 鄭芝衍(1527~1583): 본관은 東萊, 자는 衍之, 호는 南奉이다.
『論語·子張』에 "夫子之墻數仞，不得其門而入，不見宗廟之美，百官之富"라 하였다.
161) 外姑兄 : 外姑는 丈母이다. 즉 부인 어머니(丈母)의 누나를 말하는데 부인의 큰이모이다.
162) 待罪 : 죄받기를 기다린다는 뜻으로, 관리가 관직에 있는 것을 겸손히 이르는 말.

그렇게 말하고, 입시한 여러 신하들 모두 그렇게 말했습니다. 이런 까닭에 새로이 관직을 제수(除授)받았습니다. 저는 애초 사직소를 올리려고 하지 않았습니다. 임금께서 불러들이라고 승정원에 거듭 하교하였기 때문에, 승정원에서 '학문고명, 덕독성취(學問高明, 德篤成就:학문이 고명하고 덕을 돈독히 성취하였다)' 등의 말을 만들었습니다. 그들이 한 말은 모두 타당하지 않습니다. 곡절이 이와 같기 때문에 사직소를 올려, 나아가지 못하겠다는 뜻을 간절히 말하여 떠나려고 합니다. 어떻게 생각하실는지 모르겠습니다.

利5. 牛溪 ➜ 龜峯

겉봉 : 上狀
雲長 尊兄 座前

秋堂寒生. 不審道兄何似. 馳仰實深, 渾寓寒後, 四體如束. 諸疾瓦攻, 殆不能支撑, 悶不可言耳. 今月十八日, 上第四疎乞骸. 聖批有曰, "每以辭退爲言, 卽用缺然, 毋竪高尙之志, 以副仄席之意云." 賤臣不勝惶怖, 罔知所措. 今欲冒昧一進榻下, 自陳無狀, 不能借一日之職. 今來經帷之下, 非敢自爲就列以疎章, 不敢每瀆. 則欲面陳癃廢, 冀被恩許而已. 以此爲論頭, 而痛切口言求退而出. 雖不蒙快許, 當閉臥旅舍, 至風日極寒之時, 輿歸于家切計. 未知如此自處. 於兄見何如. 伏願賜誨何如. 至祝至祝. 且乞身之後, 自陳蒙恩罔極. 歸死溝壑, 無路報答, 則敢陳一言而去. "今日之事, 本原未立, 大體未正. 用人乖當. 民生愁寃. 要須急急收整. 以爲迓續天命之功然後. 小康可冀云云."此渾由來眷戀之心. 而第恐與乞身之事, 不相接續. 深慮語默之節, 有失其分也. 幷乞明誨, 幸甚. 又思自古人臣, 安有求退得請而後去乎. 鄙人如此遲回不敢早歸者, 無乃昏謬錯誤大段悖妄乎. 伏承三思見教何如. 渾蒙恩旣深. 不敢更念其身, 以求安逸. 今日湛身碎首, 亦不足以仰答萬一. 豈不欲留仕京師竭思彈智, 以展寸草之忱? 而筋力委頓, 受命每至於不行. 精神最耗昏昏然, 如在夢寐. 有時澌然行盡, 將滅滅於俄境之間, 如風燈之危迫. 以如此之形神, 安能自效

於王庭耶. 朝廷處置, 每使渾長占便宜, 極其倰逸. 而渾猶且不能承應, 則久留不去偃然, 當優賢之禮, 豈非猥濫無耻之甚耶. 伏願細入商量, 明以回教, 至祝至祝. 與叔獻相訂, 使我過冬於都下. 此兄所見, 伈伈悶悶, 殊可恨也. 且季鷹之子, 至有諫院論章, 駭嘆無已. 然老兄想安於義命, 而無所恨也. 伏惟尊照. 謹奉狀. 不宣. 九月 二十八일. 渾 再拜.

해 가을 집에 차가운 기운이 생깁니다. 형께서는 어떻게 지내시는지 모르겠습니다. 그리움이 참으로 깊습니다. 저는 추운 날씨를 당한 후로 온 몸이 묶인 듯합니다. 여러 질병이 서로 공격하여 거의 지탱을 하지 못하겠습니다. 민망하여 무어라 할 말이 없습니다. 이번 달 16일에 네 번째 사직소를 올려 사직(辭職)하기를 청했습니다. 임금님의 대답이 "항상 사직소를 올려 벼슬을 그만 둔다는 내용이니 섭섭하다. 고상(高尙)한 뜻을 견고히 하지 말고 나의 곁에 있을 뜻으로 부응하라."고 하였습니다. 저는 황공함을 감당치 못하여 어떻게 해야 할지를 모르겠습니다. 지금 어전(御前)으로 한 번 가서 나의 재주 없음을 이야기하고 하루라도 임무를 수행할 수 없다는 뜻을 알리고 싶습니다. 지금 경유지하(經帷之下)[163]에 왔습니다만, 감히 대신의 반열에 서서 사직소를 올리려 함도 아니요, 임금님을 번거롭게 함도 아닙니다. 임금님 앞에서 저의 건강이 좋지 않음을 직접 말씀드려 임금님의 허락을 받기를 바랄 뿐입니다. 이런 뜻으로 논지의 서두를 잡아 물러나고 싶다고 통절하게 말하고 싶습니다. 비록 시원스럽게 윤허를 받지 못한다 하더라도 여사(旅舍)에 머물면서 바람과 추위가 극심한 때 집으로 돌아갈 계책을 세우고 싶습니다. 이같이 처신하는 것이 어떨지 모르겠습니다. 형의 고견이 어떠하신지요? 가르침을 주시기를 바라고 바랍니다. 또 사직한 후에도 임금님의 끝없는 은혜를 입은 것에 대해 글을 올렸습니다. 돌아가다 구렁창에서 죽어도 보답할 길이 없어 감히 한 마디 하고 떠나려는 것입니다. 즉 "요즈음의 시국상황은 근본이 서 있지 않고 전체적인 체제가 바르지 못합니다. 사람을 쓸 때도 이치에 어긋나 백성들이 근심하고 원망합니다. 빨리 수습하여 하늘이 부여한 임무를 받들어서 이어간 연후에 조금은 안정된 세상을 바랄 수 있을 것입니다."는 등의 내용입니다. 저는 임금님을 사모하는 마음이 있지마는 다만 사직소를 올린 일과는 상호 관련된 일이 아니므로 걱정이 됩니다. 잠잠히 깊이 생각해 보아도 제 분수를 잃은 듯합니다. 명쾌한

163) 經帷之下 : 임금과 함께 經書를 공부하는 자리.

가르침을 주시면 매우 감사하겠습니다. 옛날의 신하를 생각해 보더라도 어찌 사퇴를 요구하여 수락을 받은 다음 떠난 일이 있는가요? 제가 이처럼 머뭇거리고 빨리 귀향하지 못함은, 어리석어 착오가 있고 대단히 도리(道理)에 어긋나지 않은가요? 많이 생각하셔서 가르침을 주시기를 바랍니다. 저는 임금님께 받은 은혜가 너무 깊어 저 자신의 일로 안일(安逸)을 구하지는 않습니다. 오늘 몸이 부서져 죽더라도, 역시 만에 하나라도 보답하기는 부족합니다. 어찌 서울에 머물면서 생각과 지혜를 다해서 작은 정성이나마 바치고 싶지 않겠습니까? 그러나 근력(筋力)도 약해 임금님의 명을 받아도 항상 실행하지 못합니다. 정신도 흐릿흐릿해 꿈결에 있는 듯합니다. 때때로 온 힘이 빠져 순식간에 생명이 끊어질 듯한 것이 바람 앞에 등불처럼 급박합니다. 이 같은 육체와 정신으로 어찌 나라에 힘을 쏟을 수가 있겠습니까? 조정에서 저를 처리하기를, 성혼(成渾)은 항상 편리한 곳만 오래 차지하고, 자신의 뛰어난 점만 부각시키는 사람이라고 하였습니다. 그렇지만 저는 오히려 명령에 응하지도 못하면서 서울에 머물러 떠나지 않으면 현자를 우대하는 예가 어찌 함부로 낭비되고 염치없는 일이 아니겠습니까? 찬찬히 생각하셔서 분명한 가르침을 내려 주시기를 바라고 바랍니다. 숙헌과 상의하여 나로 하여금 서울에서 겨울을 지내라고 하였습니다. 이것이 형의 의견이라고 하니 섭섭하고도 매우 한스럽습니다. 또 계응(季鷹) 아들이 사간원에 글을 올렸다고 하니 놀라움이 그치지를 않습니다. 그러나 형께서는 의리와 명분 속에서 안분(安分)할 것을 생각한다면 한스러울 것도 없습니다. 읽어 주시기 바랍니다. 삼가 글 올립니다. 이만 줄입니다. 9월 28일. 혼(渾) 재배(再拜).

利6. 龜峯 ➔ 牛溪

答浩原

遠問頻辱，慰謝慰謝．謹審再承安車之命．鑿氷開道，舁疾赴闕．重義輕生．一喜一憂．遙想聖朝，傾佇十載．起敬前席，左右寂黙，天語丁寧．當此之時，本原澄澈，物欲消退．兄乘此幾，陳正議匡世道．在此一擧．叔獻承命趨洛．道中有書，奉來爲幸．今日獲見二兄同朝之盛事，深以爲賀．而反以爲憂者，本根無恃，而末抄是崇耳．叔獻前，未暇別裁．將此意．相勉之．幸甚．幸甚.[164]

해

호원에게 답함.

멀리서 자주 안부를 물어주시니 위로되고 감사합니다. 임금님의 명령을 두 번이나 받았다는 사실을 알았습니다. 험난한 길을 헤치면서 병든 몸을 이끌고 대궐로 가리라고 생각합니다. 의리를 중요시하고 생명을 가벼이 하니 한편으로는 기쁘기도 하고 한편으로는 걱정도 됩니다. 임금계신 조정을 멀리서 생각하니 10년이나 된 듯합니다. 앞자리에서 일어나 공경한 모습으로 있으면 좌우가 조용하고 임금님 말씀만 거듭 간절합니다. 이러한 때에 근원이 맑으면 물욕(物慾)이 소멸되고 물러납니다. 형께서는 이러한 기회를 타서 정의(正義)를 펼치고 세상의 도를 바로잡아야 합니다. 이번의 한 차례 행동에 달려있습니다. 숙헌은 임금님의 명을 받고 서울로 갔습니다. 도중(道中)에 편지를 보냈었는데 받았으니 다행입니다. 오늘 두 분의 형께서 조정에 함께하는 성대한 일을 보게 되었으니 매우 축하를 드립니다. 그러나 도리어 근심이 되는 것은 근본적인 것은 믿지를 않고 지엽적인 것만 높이 숭상한다는 것입니다. 숙헌 앞으로는 따로 편지를 보내지 못했습니다. 이상과 같은 뜻으로 서로 노력하여 주십시오. 다행입니다.

164) 『龜峯集·玄繩編』 권5~2,

利7. 龜峯 ➜ 栗谷

答叔獻書
謹承今月八日書. 慰懷慰懷. 頃得家兄報, 兄將分祿相貺云. 是兄欲久留意, 兄非素飧[165]者也. 深賀深賀. 前書所謂“積誠廻天”庶有其日. 擧國其蘇. 豈但病僕忝分祿苟活而已. 第目見農家, 疊遭饑荒, 流亡過半. 上元占月, 老農亦以極凶爲報. 今歲雖登, 未見新穀之前, 民將塡壑殆盡. 若又逢秋不稔, 則餘存無幾, 國何以爲國. 吾兄亦此民之一也. 曾身經困乏, 而然未若弼之困乏又甚於兄. 而能詳知此間情狀, 故聊復云云. 噫. 蚩蚩之中, 能守飢處命, 不怨不尤者幾人. 厭死爲盜, 則不可盡誅. 而外寇乘釁, 則勢將罔措. 爲民父母, 可不動心. 登對前席之餘, 思所以處之道, 如何如何. 失稔等郡, 進上雖減, 而八珍之設, 所蠲不多. 租賦雖除, 而經費之外, 節用則可給. 古昔帝王遇凶修省之道. 如君食不兼味, 臺榭不塗, 弛侯迎道不除, 百官修而不封, 鬼神禱而不祀, 散貨利, 薄征緩刑, 弛力舍禁, 去幾省禮, 殺哀蓄樂, 多婚, 索鬼神, 除盜賊, 節目雖多, 大概貶損自奉, 責己事天, 杜絶無用之費, 多設賑救之策而已. 又如勸富民獻米補資. 在朱子, 亦不得不爲者也. 今不一設. 是見幼子入井, 而無惻隱之心也. 可不寒心. 大人格君心. 此固在吾兄第一事之後. 而吾兄今日之事, 實異乎孟子之於齊梁. 則何可受國恩立本朝, 而不思所以報之者乎. 子就大今年十五. 欲加冠於首, 爲字說以勸是望. 子雖無所敎, 無他世累, 只合自修終身者也. 只祈賴兄賜成始成終者耳. 謹復.[166]

해 숙헌에게 대답하는 편지.

이번 달 팔일 날짜로 보내주신 편지 잘 받았습니다. 마음에 위로됩니다. 근래 가형(家兄:구봉 형)으로부터 소식을 들었는데, 형께서 국록(國祿)을 나누어 ~~저에게~~ 보내주신다고 하였습니다. 이것은 형께서 오랫동안 서울에 머물고자 하시는 뜻인데, 형께서는 하는 일 없이 국록을 축내는 사람이 아닙니다. 매우 축하드립니다. 지난 번 편지[167]에 형께서 “정성을 쌓아 임금님

165) 素飧(소손) : 관직에 있지만 하는 일 없이 國祿만 축내는 사람. 尸位素餐이라고 한다.
166) 『龜峯集·玄繩編』 권5~2,
167) 利帖 : 두 번째 보낸 편지에서 “大望者積誠回天, 小望者調和士林”이라고 하였다.

의 마음을 돌리겠다."고 하였습니다. 그런 날이 있기를 바라겠습니다. 온 나라가 소생할 것입니다. 어찌 병든 제가 외람되게 나누어 주는 녹을 가지고서 구차하게 살아야 하겠습니까? 다만 농촌을 보니 거듭 흉년을 당해 도망친 사람이 반이 넘습니다. 정월 보름에 달을 보고 점을 치니 "나이든 농부도 역시 매우 흉하다"는 괘가 나왔습니다. 금년이 비록 풍년이라고는 하였지만, 햇곡식을 보기도 전에 백성들은 도랑에 쓰러져 거의 죽을 것입니다. 만약 또 가을이 되어도 곡식이 여물지 않으면 남아 있는 사람이 거의 없을 터이니, 나라는 무엇으로써 나라를 다스리겠습니까? 형도 역시 백성 중에 한 사람입니다. 예전에 어려운 생활을 겪었다고는 하지만, 형보다 살림이 어려운 저의 궁핍함 같지는 않을 것입니다. 저의 실정을 상세히 아시기에 다시 알리는 것입니다. 아! 어려운 생활 속에 굶주림을 견디고 운명대로 처신하며, 남을 원망하지도 않고 남을 탓하지도 않는 사람이 몇 명이나 되겠습니까? 죽기가 싫어 도적이 되었다면 모두 다 죽일 수는 없습니다. 그리고 외부의 도적도 기회를 엿볼 것이니 형세상 방법을 찾기도 어렵습니다. 백성의 부모가 되어서 마음을 쓰지 않을 수가 있는지요? 조정의 앞자리에 나아갔을 때 대처할 방도를 생각해 보심이 어떠하신지요? 농사를 망친 여러 고을은 진상할 물품을 줄인다 할지라도, 임금이 드시는 음식 가지 수는 많이 줄어들지 않았습니다. 세금은 감면한다 할지라도 나라의 경상적인 지출이외에도 경비 절약을 해야 합니다. 옛날의 제왕(帝王)이 흉년을 만났을 때 수양하고 반성하는 방법은 다음과 같았습니다. 임금의 음식에는 맛있는 음식을 올리지 않고, 대사(臺榭)는 도료를 칠하지 않고, 임금을 맞이할 때 벽제(辟除)를 하지 않고, 모든 관리는 직무에 충실할 뿐 토지를 따로 주지 않고, 귀신에게는 기도만 드리지 제사는 지내지 않고, 재물을 나누어주고, 세금을 작게 매기고 형벌을 완화하며, 부역을 줄이며, 시장(市場)의 세금을 없애고, 번거로운 예를 줄이고, 슬픈 일은 줄이고 즐거운 일은 쌓아두고, 혼례를 장려하고, 귀신을 찾으며, 도적을 제거하고, 지켜야 할 항목(項目)이 많더라도 대개는 줄여서 실행하며, 자신에게 책임을 돌리면서 하늘을 섬기고, 쓸데없는 낭비는 막고 백성을 구제할 계책을 많이 세울 뿐입니다. 또 부자에게는 쌀을 풀어서 가난한 사람을 도와주라고 권합니다. 주자(朱子)도 역시 하지 않을 수 없던 일입니다. 지금은 하나도 실행하지 않고 있습니다. 이것은 어린 아이가 우물에 들어가는 것을 보고서도 측은한 마음이 없는 것과 같습니다. 한심한 일입니다. 대인(大人)은 임금의 마음을 바로 잡아야 합니다. 그런데 이것이 참으로 형께서 할 첫 번째 일 다음으로 미루어 졌습니다. 그리고 형께서 하는 오늘날의 일은 참으로 맹자가 제(齊)나라 양(梁)나라에서 한 일과는 다릅니다. 그런데 어떻게 나라의 은혜를 받고 조정에 있으면서도 보답할 방도를 생각하지를 않습니까? 아들 취대(就大)가 금년 나이 열다섯입니다. 머리에 관(冠)[168]을 올리고 자설(字設)을 지어 주는 것이 바램입니다. 아들이 비록 배운 바는 없으나 별달리 세상에 누를 끼친 적도 없고 다만 스스로 수양하며 한 평생 마칠 아이입니다. 다만 형께서 시종일관 돌보아 주시기를 바랄 뿐입니다. 삼가 글 올립니다.

利8. 牛溪 ➜ 龜峯

答謝上狀

雲長 尊兄 座前

伏承今月六日手札，翫而復之．恭審春和靜養超然．不勝羨慕之深．況辭旨脫灑，足以喚醒昏憒．展讀以還，佩服無已．渾入城凡留七十餘日．人事擾擾，精神日澂．比之在家，什損七八．靜而每堪羸瘁者，驟動而至於此，亦宜也．第遇國家不擇人，而加以殊禮．渾爲束縛之勢所逼，手足盡露，惶駭無地．欲歸不得，欲留不安．揆此事勢，誠可憂嘆也．數日之後，欲而封事上聞而歸．歸臥向陽，當與兄相聞也．淸詩[169]，意到之作，辭句超邁，非可及也．複玩吟繹，珍謝無已．叔獻得眩疾，略如淸州時．今雖赴衙，氣亦不淸．非但身疾，朝紳間有危機敗證，恐不可收拾者．此兄之憂，容爲旣耶．世事付之于天，亦甚省事．然內外本末，少可靠處．使渾身健作什，亦必得心恙矣．伏惟下察．此言秘之，勿廣可也．登對榻前語，極無論次，何足觀耶．還家日，當偕封事草封納．伏惟下照．謹拜狀．辛巳 三月二十一日．渾 再拜.[170]

해 이번 달 6일에 보내주신 편지를 받고 읽어 보았습니다. 따뜻한 봄 날

168) 冠禮를 말한다. 일종의 成人式이라고 할 수 있다. 이때 '字'를 지어주어 평생토록 '字'와 일치하는 생활을 하라고 한다.
169) 淸詩 : 맑고 깨끗한 시, 여기서는 상대방이 지은시를 말한다.
170) 『龜峯集·玄繩編』 권5~3,

씨에 조용히 수양하면서 세상과 떨어져서 지내심을 알았습니다. 부러움을 견딜 수 없습니다. 하물며 보내주신 글 의미가 깨끗하여 저의 어리석음을 충분히 깨우쳐 줍니다. 읽어본 후에도 감동이 끊어지지를 않습니다. 저는 도성에 들어 간지가 어언 70여 일이 되었습니다. 인사(人事)문제로 시끄럽고 정신도 나날이 과격해 집니다. 집안에 있는 것과 비교한다면 열에 일곱 여덟은 손상되었습니다. 조용히 지내면서 쇠약한 몸이나 지탱해야 할 사람이 소동 속에서 이 지경이 된 것도 역시 당연한 일입니다. 다만 나라에서는 제대로 된 사람을 택하지 않고 저에게 특별한 은혜를 내렸습니다. 저는 온몸이 꽁꽁 묶인 듯 구속되고 손발이 모두 드러나 황공하고 놀랄 뿐입니다. 고향으로 돌아가고 싶어도 돌아가지 못하고 도성에 머물러 있고자 하여도 불안합니다. 일의 형세를 헤아려 보더라도 참으로 근심과 탄식뿐입니다. 수일 후에는 봉사(封事)[171]를 임금님께 올리고 돌아가려고 합니다. 향양(向陽)으로 돌아가 형과 더불어서 이야기나 하고 싶습니다. 보내주신 시(詩)는 마음먹은 대로 지어져서인지 문장이 뛰어납니다. 제가 미칠 수 있는 경지가 아닙니다. 다시 읽고 음미해도 한없이 대단합니다. 숙헌은 현질(眩疾)[172]에 걸렸는데 청주(淸州)에 있을 때와 대략 같습니다. 지금 비록 관청에 가더라도 기운이 맑지 못하다고 합니다. 몸에 질병뿐만이 아니라 조정에 관료들도 위험하다고 하는 증거가 있으니 아마 수습할 수 없을 듯합니다. 이것이 형의 근심인데 어찌 끝이 있겠습니까? 세상일을 하늘에 맡기고 또한 일을 매우 줄여야 합니다. 그러나 안팎으로 의지할 곳이 적습니다. 가령 저로 하여금 관리로 나가라고 한다면 역시 마음의 병이 생길 것입니다. 읽어 주시기 바랍니다. 이 말은 비밀로 부치고 퍼지지 않도록 함이 좋습니다. 탑전(榻前: 御前)에 올라 임금님을 마주보며 이야기를 나눌 때 한 말은 논리가 매우 없어 볼 것이 없습니다. 형께서 집으로 돌아가시는 날에 봉사(封事)한 초고를 보내겠습니다. 읽어 주시기 바랍니다. 삼가 글 올립니다. 신사년(辛巳:1581) 3월 21일 혼(渾) 재배(再拜).

---

171) 封事 : 남에게 漏泄되지 않도록 密封하여 임금에게 바치는 글. 구체적으로는 어떤 내용인지 알 수 없다.

172) 眩疾 : 현기증이 나는 병. 어지럼증.

利9. 牛溪 → 龜峯

겉봉 : 雲長 尊兄 拜問狀
龜峯 行史

伏惟，沂上詠歸之趣超勝，欣慕不可言．且問浴罷舊患失去久矣．自此而體中益適，無任羡仰之懷也．渾旅宿半月餘，不堪澌頓之苦．十一日蒙回諭後，還歸舊棲．唯是憂惶，不可掉脫．今日長羡兄超然無繫累也．渾上章發落有大恩旨．洛下傳說以爲異數．賤臣惶恐感激，不知所以自處也．渾穿窬之智，到此成趣，入此塗轍．無人訶付．則朝家處之以待賢者之道，而渾便偃自處以賢者矣．時後日增，不待人之笑也．老兄其使我．將何以應命乎．願有以見敎也．近日得痢疾尤瘁．閏月以後署盛．難於扶病入城．未知此事究竟在何時也．遲一日爲一日之罪．如其當行，則不如早行之爲得．渾亦知之．而無如之何矣．聞季鷹有少愆．就醫藥干城．深慮不已．未委今已康復否．因風示破．遠念幸甚．五味子一封呈．以餘外伏惟下照．謹拜問狀．不宣．五月 二十二日．

[해] 기수(沂水)173)에서 시를 읊고 돌아오며 뛰어난 운치를 생각하니 말할 수 없이 부럽습니다. 아울러 목욕 후에 오래된 병이 떨어졌는지 묻고 싶습니다. 앞으로는 몸이 더욱 좋아질 것이니 부러움을 견딜 수 없습니다. 저는 여사(旅舍)에서 반 달 남짓 머물렀는데 쇠약해진 몸의 고통을 견디지 못하겠습니다. 11일에 돌아가도 좋다는 임금님의 말씀을 듣고 옛 집으로 돌아왔습니다. 근심과 죄송스런 마음 벗어날 수 없습니다. 오늘은 형께서 초연히 세상에 얽매이지 않는 모습이 부럽습니다. 저는 사직소를 올리고 난 뒤 임금님께서 허락하신 큰 은혜를 입었습니다. 서울에서도 기이한 운수라고 말들 합니다. 저는 황공하고 감격하여 어찌할 바를 몰랐습니다. 저는 하찮은 지혜로 이렇게 재수 좋게 되었으나 길가에 들어서도 헐뜯는 사람이 없습니다. 즉 조정에서 현자(賢者)를 우대하는 방법으로 대처한 것이지 제가 주제넘게 현자로 자처하겠습니까? 시간이 흐르더라도 타인의 웃음거리는

---

173) 沂水 :『論語·先進』에 浴乎沂, 風乎舞雩라 하였다. 기수에서 목욕하고 풍우에서 바람 쐰다. 여기서는 龜峯이 살고 있는 근처의 溪谷정도로 이해된다.

되지 않습니다. 형께서는 어떤 방법으로 나로 하여금 임금의 명에 대처하게 하겠습니까? 가르침을 주시기를 바랍니다. 근래에 설사가 더욱 심합니다. 윤달 이후에는 더위가 극성을 부려 병든 몸을 이끌고 서울로 들어가기는 어렵습니다. 이 일이 어느 때 끝을 맺을는지 모르겠습니다. 하루가 늦어도 하루의 죄가 됩니다. 당연히 가야한다면 일찍 가는 것이 낫습니다. 저 또한 그렇게 알고 있습니다마는 어떻게 해 볼 수가 없습니다. 계응(季鷹)의 건강이 좋지 않다고 들었는데 서울에서 치료방법과 약을 알아보겠습니다. 걱정이 떠나지를 않습니다. 지금은 회복하였는지 모르겠습니다. 풍문(風聞)을 통해서라도 나의 근심을 깨쳐준다면 멀리서나마 다행입니다. 오미자(五味子) 한 봉지 보냅니다. 나머지는 이만 줄이니 읽어 주시기 바랍니다. 삼가 글 올립니다. 이만 줄입니다. 5월 22일.

利10. 龜峯 → 牛溪

答浩原書

動靜一道, 而者自兄之出, 無一日敢忘. 吾兄無乃動或有難於靜時者耶. 聞晋接之後. 天意有歸. 使之起坐, 廩人繼粟. 聖代敬賢之禮, 自吾兄始. 爲賀爲賀. 久欲修一狀相報, 聞兄處多事. 又兄所動作. 人人來傳. 非如山中時必得書札, 始知消息. 今姑欲停, 幸勿爲訝. 聞兄以不札責我, 敢陳吾抱.[174]

해

호원에게 답장함.

동정일도(動靜一道)[175]는 형한테서 나왔는데 하루도 잊은 적이 없습니다. 형께서는 동(動)이 혹 정(靜)보다도 어려움이 있다고 보는 것은 아닙니까? 대궐에 들어가 임금님을 만난 후에 임금님께서 고향에 돌려보낼 뜻이 있다고 들었습니다. 모든 관리들을 자리에서 일어나게 하고 늠인(廩人)[176]으로 하여금 곡식을 계속 보내라고 하였습니다. 성인의 시대에 현자를 공경하는

174) 『龜峯集·玄繩編』 권5~4, ㉚

175) 動靜一道 : 동(動)과 정(靜)은 같은 길이다. 인간의 마음이 움직일 때나 잠잠할 때나 똑같은 마음에서 움직인다는 것으로 이해된다.

176) 늠인(廩人) : 周나라 때 쌀의 출납을 맡은 벼슬. 여기서는 우계가 벼슬을 그만 두더라도 계속해서 먹을 양식은 보내주라는 의미로 이해된다.

예 가 형에게서 시작되었습니다. 축하드립니다. 한 통 편지를 써서 소식 알리려 하였는데, 형이 있는 곳은 일이 많음을 들었습니다. 또 형의 움직임을 사람들이 와서 전해줍니다. 산 속에서 억지로 편지를 얻어 소식을 아는 것과는 다릅니다. 앞으로는 편지를 정지할 터이니 의아스럽게 여기지 말아주십시오. 편지 안 한다고 형께서 저를 나무란다고 들었기에, 감히 저의 생각을 알려드립니다.

利11. 牛溪 ➜ 龜峯

겉봉 : 雲長 尊兄 座前

伏承前後賜札三復. 感慰. 備審新秋靜況佳勝, 令人羡慕. 渾七月例忝柴毁, 而今年則已到九分地位. 玆是精神昏耗, 氣力則尤不可支撑. 可嘆可嘆, 十五日已前病勢深重, 不能入闕 拜章. 今則反有以大激事變. 兩司方彈渾與栗谷·思菴爲沈義謙之黨. 其言之慘, 無所不至矣. 渾不得騎馬, 未能猝行. 擬於明曉起程. 雖得不死還家, 豈能往會栗谷耶, 然若能堪生, 豈不欲爲耶. 宜聞今往全州. 來簡回納. 所求不利. 良恨良恨. 朋友間每以畏禍二字相疑, 是渾無足取信處. 然至今不知可以言可以不言之分. 其爲愚蔽, 不亦甚乎. 伏惟下照. 謹奉狀. 不宣. 七月十八日. 渾 拜.[177]

전후로 보내주신 서찰을 받고서는 거듭 읽어보았습니다. 감사하고 위로됩니다. 주신 편지를 통해서 초가을에 조용히 지내시며 잘 계심을 알았습니다. 부럽고 그립습니다. 저는 7월에 관례적으로 몸이 많이 상하는 편인데 금년에도 이미 구분(九分)의 위치까지 올랐습니다. 정신이 어찔하고 기력(氣力)은 더욱 지탱하지 못하겠습니다. 안타깝습니다. 15일 이전에도 병세가 매우 깊어 대궐에 들어가 배장(拜章)도 하지 못하였습니다. 지금은 도리어 아주 큰 일이 생겼습니다. 양사(兩司:사헌부와 사간원)에서 저와 율곡(栗谷) 그리고 사암(思庵) 박순(朴淳)[178]이 심의겸(沈義謙)[179]의 당이라고 탄핵을

177)『牛溪集』 속집 권3-36에 일부 수록, 癸未年(1583)으로 되어 있음.
178) 朴淳(1523~1589) : 본관은 忠州, 자는 和叔, 호는 思菴이다. 領議政을 지냈으며 문장과 글씨에 뛰어났다. 당시 李珥,成渾을 편들다 西人으로 지목되어 白雲山에 은거하였다.
179) 沈義謙(1535~1587) : 본관은 靑松, 자는 方叔, 호는 巽菴이다. 李滉의 문인, 金孝元과

하였습니다. 그들이 하는 참혹한 말은 못하는 말이 없습니다. 저는 말도 타지 못해 갑자기 떠나지 못했습니다. 내일 아침에 길을 떠날까 생각하고 있습니다. 비록 죽지 않고 집으로 돌아가더라도, 율곡(栗谷)을 찾아가 만날 수가 있겠습니까? 그러나 참고 사는 것도 어찌 바라지 않겠습니까? 지금 전주(全州)가신다고 들었습니다. 보내주신 편지는 돌려보냅니다. 구하고 계신 것도 이롭지 않습니다. 참으로 안타깝습니다. 친구 간에 항상 '외화(畏禍): 화를 조심하라)' 두 글자를 가지고 서로 의심하니 이것은 저가 친구들 간에 신뢰를 받지 못한 까닭입니다. 그리고 지금도 말을 해야 할지, 말을 하지 말아야 할지의 구분을 알지 못합니다. 어리석음이 너무 심한 것이 아닐까요? 읽어 주십시오. 삼가 글 올립니다. 이만 줄입니다. (1583년) 7월 18일 혼(渾) 배(拜)

利12. 牛溪 ➜ 龜峯

겉봉 : 上狀

雲長　尊兄　座前

秋老風剛. 伏惟靜裏起居佳勝. 欣慕不可言. 前者承見手札於李二相之傳. 慰豁無比. 卽拜書爲謝, 以託二相處. 未委呈徹否. 渾秋間煩熱, 似加因秋燥. 今無一日之安. 偏頭痛長作, 是以不能早出向陽. 今日始力疾而出, 流汗滿身, 偏頭甚痛. 殘生垂盡, 苦不可言耳. 每想老兄身無疾痛, 氣力完健, 日與學者沈潛乎仁義之府, 不覺羨慕, 繼之心喟然也. 渾今者之來, 專爲尊兄期會. 伏乞枉駕, 爲數日之款, 不勝至祝至祝. 謹具饔飧以俟耳. 且今番好相對, 欲以極陳所聞於人者, 且以請我在中之慝, 以爲垂死自靖之助也. 至禱至禱. 且士大夫喪入棺未及於三日. 至四日則成服, 與之同日可乎. 抑明日爲之乎. 頃者安景說丈遭兄喪, 來問於渾. 渾無所見, 以大斂與成服不可同日爲對. 其後聞城中所已行者, 則同日爲之云. 未知於禮經有据耶. 伏乞先以明教何如. 且願回示. 下臨之日, 俾渾專一承望也. 伏惟.180)

이조정랑자리를 다투면서 東西分黨을 일으켰다. 沈義謙은 西人, 金孝元은 東仁이다.

180) 『牛溪集』 續集 권3-34에 일부 수록. 임오 구월이라 하였음.

[해] 늦가을 바람이 세찹니다. 조용히 계시는 가운데도 건강이 좋으시리라 생각합니다. 부러움을 이루 다 말할 수 없습니다. 일전에 이이상(李二相)이 전해주는 서찰을 받아보았습니다. 위로됨과 마음의 시원함이 비할 바가 없습니다. 즉시로 답장을 써서 이상(二相) 편으로 보내었습니다. 받아보셨는지 모르겠습니다. 저는 가을에 몸이 답답하고 열이 있는데 아마 가을이 건조한 탓인 듯합니다. 지금도 하루가 편안할 날이 없습니다. 편두통(偏頭痛)이 항상 발작하기 때문에 향양(向陽)으로 진작 출발하지 못했습니다. 오늘은 병든 몸을 이끌고 떠나려 하는데 흐르는 땀이 몸에 흥건하고 편두통 때문에 매우 고통스럽습니다. 남은 생명도 거의 다 되었으니, 괴로움을 말할 필요도 없습니다. 항상 형께서 몸에 질병이 없고 기력이 건강하여 날마다 학자들과 더불어 인의(仁義)에 침잠하는 모습을 생각하노라면, 나도 모르게 부럽고 감탄이 이어집니다. 제가 지금 오는 것은 오로지 형을 만나고자 기대하는 것입니다. 바라건대 왕림해 주셔서 몇 일간 머물러 주시기를 바라고 바랍니다. 삼가 음식을 차려 놓고 기다리고 있겠습니다. 또 이번의 좋은 만남은 남에게 들은 이야기를 남김없이 말 하려는 것은, 간악한 무리들 속에서 거의 죽어 가는 몸을 구제해 주었기 때문입니다. 감사하고 감사합니다. 또 사대부의 상(喪) 입관(入棺)은 죽은 지 3일 이전에는 하지 않습니다. 4일 되는 날 성복(成服)[181]하는데, 성복과 입관을 같은 날 해도 옳은지요? 아니면 다음날 성복을 하는지요? 근래 안경열(安京說)이 친형 상을 당해 저에게 물어 보러 왔었습니다. 저도 견해가 없어서 대렴(大斂)과 성복(成服)은 같은 날 하지 않는 것으로 대답했습니다. 그 후에 도성 안에서 이미 장례를 치른 사람에게 물어보니 즉 같은 날 한다고 하였습니다. 예경(禮經)에 근거를 두었는지 모르겠습니다. 명쾌한 가르침을 주심이 어떠하신지요? 회답을 주시기를 바랍니다. 오시는 날 오로지 저 만 가르침을 받기를 바랍니다. (1582년) 복유(伏惟).

---

181) 小殮은 죽은 지 다음날 壽衣를 입히는 일. 大斂은 小殮 다음날 入棺하는 일. 成服은 두 가지 설이 있는데 牛溪 당시에도 일정하지 않은 것 같다.
① 大斂과 동시에 成服함. ② 大斂 다음날 成服함. 부모님이 돌아가시고 난 뒤 다시 蘇生할까 3일은 그냥 지나가고, 3일이 지난 후에야 喪服을 입는데 이것이 成服이다. 이것도 죽은 당일 날에서 3일이냐, 다음날부터 3일냐 논란이 있다.大斂(대렴)과 동시에 成服하면 3일이 되고, 大斂한 다음날 成服하면 4일이 된다.

利13. 龜峯 ➜ 栗谷

答叔獻

聞吾兄旣典文衡，又將卜相．文衡之任，重在扶植斯文．豈但尙詞華應世求而已．且三代以下．未見以儒作相者．三代以下，更無三代之治故也．儒若作相，則豈無三代之治，所貴乎儒者，一行一止．必以其道，無一毫謀利計功之念．不以三代事業爲己任，則不敢在其位．苟或不然，是王良之詭遇，而大匠之改規矩．能不寒心？每看後世之儒，靜則談道守義，一動便失初志．敢陳鄙抱．謹拜.[182)]

解 형께서 문형(文衡:대제학)에 임명되고, 또 앞으로는 재상이 될 것이라 들었습니다. 대제학(문형)의 임무는 나라의 학문을 세우는데 중대함이 있습니다. 어찌 문장을 숭상하고 세상의 요청에 응대하는 그런 일입니까? 삼대(夏•殷•周) 아래는 유자(儒者)로 재상이 된 사람을 보지 못했습니다. 삼대 아래는 삼대의 정치가 없었기 때문입니다. 유자가 만약 재상이 된다면 어찌 삼대의 다스림이 없겠습니까? 고귀한 것은 유자이니 행동거지 하나하나에 반드시 도(道)로서 실천하고 아주 사소한 것이라도 이익을 도모하거나 공을 세우겠다는 생각을 하지 말아야 합니다. 삼대의 업적을 자기 임무로 하지 않는다면 그런 지위에 감히 있어서는 안 됩니다. 만약 그렇게 하지 못한다면 이것은 말 잘 모는 왕량(王良)이 속임수로 말을 몰고, 뛰어난 목수가 규구(規矩. 콤파스와 자)를 고치는 것입니다. 어찌 한심하지 않습니까? 후대의 유자를 살펴본다면 가만히 있을 때는 도를 논하고 의리를 지키다가, 한 번 움직이면 초지(初志)를 곧 잃어버립니다. 미천한 자의 의견이라도 귀기울여주시면 좋겠습니다. 삼가 글 올립니다.

182) 『龜峯集·玄繩編』 권5~7.

利14. 牛溪 ➜ 龜峯

方切瞻馳，仰承賜札．急披疾讀，恭審冬寒道履靜養閑泰．無任欣慶之至．渾不進不退．久在都下．悶迫無已．乃於頃日奉一狀仰稟，批誨其未逢耶．託書仲宅，恨其莫往莫來也．渾昨冒昧入侍，“先陳癃廢之狀．次陳聖志未回，根本不立，政事之間，大體未正．次陳察於小．而遺於大．徒以勞傷精神．刑罰之際，收恕物情，多從末減，所以人不畏法，紀綱不立.次陳求賢論相，最當若用精神．次陳田稅輕而貢物重，民力困竭，國計至乏，最宜損益貢物，以裕民力，然後稍增田稅，依先王三等之稅．則於國於民，皆得其宜云云.”自上不甚契，小酬酢，退而悶默，數夜不能眠矣．自惟癃廢之人，精神昏耗，筋力委頓，退死溝壑之外，更有何說．已爲決計，望間欲歸矣．叔獻若勸我留連，而兄說又如此．乃知道理爲可如此，而廢疾之分，則鄙見爲不遠也．如何如何．伏惟更覩，何如．季氏家事，未知已繼未否．深念深念．對客言不盡．謹伏惟尊照．謹狀．渾 再拜.[183)]

[解] 그리움이 간절하던 차에 주신 서찰을 받았습니다. 급하게 겉봉을 뜯어 재빨리 읽었습니다. 겨울 추위에 형께서 조용히 수양하며 편안히 지냄을 알았습니다. 부러움을 견딜 수 없습니다. 저는 나아가지도 못하고 물러나지도 못한 채 오랫동안 도성에 머물러 있으니 민망하기 짝이 없습니다. 근래 편지 한 통 써서 형께 질문을 올렸는데 아직 회답을 받지 못했습니다. 중택(仲宅)[184)]으로 편지를 보내 형께 전해 달라고 부탁하였는데 왕래가 전혀 없으니 안타깝습니다. 저는 죽음을 무릅쓰고 어제 궁궐로 들어가 “저의 병든 상태를 먼저 아뢰었습니다. 다음으로는 임금님의 뜻이 돌아오지 않았으며 근본이 서 있지 않고, 정치적인 문제는 전체적인 체제가 바르지 못하다고 아뢰었습니다. 다음으로는 작은 것을 살피고 큰 것을 버리고, 다만 정신을 피로하게 하고, 형벌을 내릴 때는 인정에 기울어 대부분 감형 쪽으로 하여 사람들이 법을 두려워하지 않으며, 기강(紀綱)이 서지 않음을 아뢰었습니다. 다음으로는 어진 사람을 구하고 재상의 일을 논할 때 가장 정신을 기울어

183) 『牛溪集』 속집. 권3-33에 일부수록. 辛巳年(1581) 十月로 되어 있다.
184) 仲宅 : 龜峯의 작은형으로 이해된다.

야 한다고 아뢰었습니다. 다음으로는 전세(田稅)가 가볍고 공물(貢物)이 무거워 백성들의 힘이 고갈되어 나라의 계획이 빈곤한 상태에 도달했으니, 공물을 줄이고 백성들의 힘을 여유 있게 한 연후에 전세(田稅)를 조금씩 늘려야 하며, 선왕(先王)들의 삼등지세(三等之稅)[185]에 따른다면 나라와 백성 모두가 잘 될 것이라고 아뢰었습니다." 임금과 저의 뜻이 들어맞지 않고, 응답도 적어 물러나 답답하게 지냈으며 여러 날 잠을 자지 못하였습니다. 스스로 생각건대 건강이 좋지 않은 사람이 정신도 흐릿하고 근력도 약해지는데 고량에서 죽어도 다시 무슨 할 말이 있겠습니까? 이미 계획을 세웠는데 보름 정도에 귀향할까 합니다. 숙헌은 계속 머물러 있으라고 억지로 권하고, 형의 말도 또 이와 같습니다. 도리를 따진다면 어떻게 함이 좋겠습니까? 그리고 저의 의견이 고원(高遠)하다고 생각하지 않습니다. 어떻게 하면 좋겠습니까? 바라건대 다시 보아주었으면 합니다. 어떻습니까? 계씨(季氏: 송한필) 집안의 일은 계속해서 하는지 모르겠습니다. 매우 염려됩니다. 손님을 맞이하느라고 말을 다하지 못합니다. 읽어 주시기 바랍니다. 삼가 글 올립니다. (1581년) 혼(渾) 재배(再拜).

利15. 牛溪 → 龜峯

겉봉 : 上答狀

雲長　尊兄　座前

相念之深。伏見前月念八手札。三復慰豁。不勝感愧。恭審冬序。道履靜養萬安。欣慶之至。不容于懷。渾二十八日出　國門。寓居迎曙尹沔川農舍耳。坡山，向陽兩處俱病。家屬再遷入城。渾彷徨無所於帰。乃來此地。病人失所於冬寒之月。安危置之度外耳。渾前月初一日上章陳乞。　聖旨欲遣歸。下大臣収議。大臣建請勿遣。至於邀求陞職。聖意不悦。然姑従之。超陞資窮。大臣又請給薪炭。又許之。當初乞骸有必帰之志者。冬寒癃蟄。不供厥職。而空受　國恩。爲不可留一也。出入　経筵。雖有命而無名位。渾則匪人也。固不足論矣。然　國家開此好門路。以待後之賢者。渾首先居此。不敢苟且冒進於其間。使後之真賢。不得正其始。則莫大之恥也。其不可留二也。

185) 三等之稅 : 전답의 비옥도에 따라 上中下로 나누고 10분으로 1을 세금으로 정하는 제도.

其於所陳瞽說。無採納之望。則不敢言也。不意因此睹得 國家優賢之盛典。題給薪炭。而求退得進。超陞職名。揆之私義。断不可拜受。惶窘悶迫。不知所出。二十日。乃上辞免陳乞之章。殫竭情状。而其末款。有曰"臣勢窮理極。寧為匹夫逃遁之行。延頸違 命之誅。以求私義之所安者。臣之志決矣云云." 聖批依前不允。渾晝夜苦思。以冬寒癃蟄。日享 聖眷。而安臥病坊。甘心 恩豢者。全無義理。不如只据逃遁之語。舁疾出 国門。為足以略成初心。而稍勝留京。故決退於此矣。然 君恩罔極。而莫報涓埃。眷戀慚惶。情未能忘。中心豈能安乎。嗚呼。賎臣負 国。至此而極矣。留此欲待向陽稍安。舁帰于彼耳。且既出国門。可以欣快。而不能忘情如許。不如在野之無事。可笑物情何以如此乎。苦事苦事。不足為高閑道也。冬暖。癘気大行。處處皆然。坡山舊廬。人死者三。尽室奔竄。祭祀久廃。不勝感傷。躊躇路岐。引領瞻思而已。治癘之薬。今無所将。但聞忍冬草濃煎。痛飲於初発。三四次出汗。則全愈云。清遠香数枝送呈。伏惟尊照。渾所寓。乃入城之路也。倘因来京。一宿穏討而行。則残生垂盡。幸何言耶。謹拜謝狀,不宣。十二月朔。渾拝。招魂葬事。其時。渾以不可告其家。故其家不為起墳矣。叔献近為公私劇務所困。虚眩復作。呈告不出云。願兄時恵警責。勿使作随時宰相 則幸甚[186]

解 그리움이 간절합니다. 지난 달 28일 보내주신 편지는 받았습니다. 세 번이나 읽으니 위로되고 가슴이 트입니다. 부끄럽고 감사함을 이루 다 말할 수 없습니다. 겨울에 형께서 조용히 수양하고 계시며 모든 일이 편안함을 알았습니다. 매우 기뻐서 마음에 담을 수도 없습니다. 저는 28일 도성을 출발하여 영서(迎曙) 윤면천(尹沔川)의 집에 임시로 머물고 있습니다. 파산(坡山)과 형양(向陽) 두 곳 다 모두 병이 들어 가족들이 다시 도성으로 옮겼습니다. 저는 갈 곳이 없어 방황하고 있다가 이곳으로 왔습니다. 병든 사람이 추운 겨울에 머물 곳이 없어 안위(安危)는 버려두고 도외시하기로 했습니다. 저는 지난달 1일날 사직소를 올렸습니다. 임금님께서는 귀향해도 좋다고 하시면서 대신들의 의견을 거두어 보라고 하였습니다. 대신들은 보내어서는 안 된다고 건의를 하고, 심지어 직급을 올려주어야 한다고 했습니다. 임금께서는 즐거워하지 않으셨으나 일단 대신들의 의견을 따라 신하로서 최고에 이르는 직급까지 초과해서 올려주었습니다. 대신들이 또 땔나무도

186)『龜峯集·玄繩編』권5~8,

주어야 한다고 하자 또 허락을 하셨습니다. 당초 사직소를 올려 반드시 귀향하는데 뜻을 둔 사람이 겨울 추위로 몸이 움추려 들어 그 직책도 수행하지 못한 채 헛되이 나라의 은혜를 입었으니 머물 수 없는 첫 째 이유입니다. 경연(經筵:임금과 더불어 경전을 공부하는 자리)에 출입하면서 비록 임금 명이 있기는 하지만 직위가 없으니 저는 적당한 사람이 아니라는 것은 참으로 논할 만한 것이 못됩니다. 그러나 나라에서는 좋은 길을 열어 어진 사람을 대접하고자 합니다. 제가 제일 먼저 그 자리를 차지하긴 했지만 구차스럽게 나아가려고 하지 않았습니다. 만약 후대의 참된 현자에게 그 시작부터 바르게 만들어 주지 못할 것 같으면 막대한 수치입니다. 제가 머물 수 없는 두 번째 이유입니다. 제가 임금님께 올린 말은 받아들일 희망이 없으니 감히 말하지 않겠습니다. 뜻밖에 나라에서 현자를 우대하는 특전을 받고 땔나무도 준다고 합니다. 물러나려다가 나아가게 되었으며 직급과 명예도 초과해서 승진했습니다. 개인적인 의리로 헤아려 보아도 결단코 받을 수가 없습니다. 황송하고 민망하여 어찌할 줄을 모르겠습니다. 20일날 곧 사직소를 올렸습니다. 내 마음의 참 모습을 다 표현하였는데 끝머리에 “저는 운세가 다 되었습니다. 차라리 필부(匹夫)로 달아나서 명을 어겨 목을 내놓고 죽을지언정, 개인적으로는 편안함을 구하고 싶습니다. 저의 의지와 결심입니다.”라고 하였습니다. 임금께서는 여전히 허락을 하지 않았습니다. 저는 밤낮으로 고심하였습니다. 겨울 추위에 날마다 임금님의 은혜를 받고서 편안히 지내며 임금님의 보살핌을 달게 여기는 것은 전혀 도리(道理)가 아니라, 달아나고 싶다는 말보다도 못합니다. 병든 몸을 이끌고 도성 문을 나서서 초심(初心)을 대략이나마 이루어 만족함이 서울에 머무는 것보다는 낫습니다. 그러므로 물러나기로 결심하였습니다. 그러나 임금님의 은혜는 한이 없는데 조금도 갚지를 못했습니다. 부끄럽고 황송하며 임금께서 주신 은혜를 잊지를 못하니 마음이 어찌 편안하겠습니까? 오호! 미천한 제가 나라의 은혜를 저버리고 이 지경에 이르렀습니다. 여기에 머물면서 향양(向陽)이 조금 안정되기를 기다렸다가 그쪽으로 가고자 합니다. 이미 도성 문을 나서서 기분이 좋기는 합니다. 어느 정도는 잊을 수가 없기는 하지만 일 없는 시골에 있는 것이 나을 듯합니다. 우스운 일입니다. 사람의 마음 씀씀이가 어떻게 이처럼 될 수 있는지요? 괴롭고 괴롭습니다. 형에게 말할 수도 없습니다. 겨울이 따뜻해 전염병 기운이 크게 도는데 곳곳이 모두 그러합니다. 파산(坡山) 옛 집에서도 죽은 사람이 셋이나 됩니다. 온 집안이 멀리 떠나

제사도 끊은 지 오래되니 애달픈 마음 견딜 수가 없습니다. 갈림길에서 머뭇머뭇하다가 목을 빼고 쳐다 볼 뿐입니다. 전염병 치료약은 지금 가진 것이 없습니다. 다만 인동초(忍冬草)를 진하게 다려서 병이 처음 발병했을 때 마셔 서너 차례 땀을 내면 완전히 낫는다고 들었습니다. 청원향(淸遠香) 몇 가지 멀리서나마 보냅니다. 읽어 주시기 바랍니다. 저가 머무는 곳은 도성으로 진입하는 길입니다. 혹시 서울 오시는 길에 하루 머무르면서 조용히 대화를 나누다가 가신다면 얼마 남지 않은 목숨이나마 얼마나 다행이겠습니까? 삼가 글 올립니다. 이만 줄입니다. 12월 그믐. 혼(渾) 배(拜).

초혼장사(招魂葬事)[187]는 당시 제가 그 집안에 알리지 않았습니다. 그러므로 그 집안에서는 무덤을 만들지 않았습니다. 숙헌은 근래로 공사(公私)로 극심한 업무로 피곤하기 때문에 몸이 허해지고 어지럼증이 생기는 증세가 다시 발작하였습니다. 사직소를 올렸는데 비답이 내려오지 않았다고 합니다. 형께서 때때로 가르침을 내려 숙헌이 수시재상(隨時宰相)[188]이 되지 않도록 해 주신다면 감사하겠습니다.

利16. 龜峯 ➜ 栗谷

謹承外事勞撓(擾)。致疾非輕。遥慮遥慮。今日陰陽進退。生民休戚。咸繫吾兄一身。屬望甚重。十分愼攝。恵墨。多荷深眷。用記身過。以為規戒。今見浩原寄僕書。慮兄之作随時宰相。屬僕相警。随時宰相。乃随時俯仰者也。兄豈容有是模樣。但僕處荒野。與兄日遠。浩原共躡朝端宜。相知近間事而乃云云。無乃吾兄作事。欲平易得中。而反少嚴毅愼重凛然不可犯之気像耶。達不離道。古人所難。更仰公退之暇。日讀経籍。毋負初志。幸甚幸甚。大小清濁。並得容接。焉有是理。更須商量。謹復.[189]

해

숙헌에게 답함.

주신 편지 받았습니다. 바깥 일로 몸이 피곤하고 병도 가볍지 않다고 하

187) 招魂葬事 : 이유도 없이 억울하게 죽었을 경우 죽은 사람의 혼을 부르고 옷을 입혀 장사 지내는 일.
188) 隨時宰相 : 자신의 주관 없이 남이 시키는 대로 그저 따라만 하는 재상.
189) 『龜峯集·玄繩編』 권5~10.

니 멀리서 걱정되고 걱정됩니다. 요즈음 일기(日氣)가 불순하고 백성들의 편안함과 근심이 모두 형 한 몸에 달려 있으니, 형에게 거는 기대가 대단히 막중합니다. 매우 신중하시고 조심하시기를 바랍니다. 먹을 보내주셨는데 깊은 마음 씀씀이로 여기고 잘 받겠습니다. 이 먹을 사용하여 제 자신의 잘못을 기록하여 가르침으로 삼겠습니다. 지금 호원이 저에게 보내온 서찰을 보았는데 형께서 수시재상(隨時宰相)이 되지나 않을까 염려하면서, 저에게 부탁하기를 형을 좀 조심시키라고 하였습니다. 수시재상은 수시로 이리저리 움직이는 자입니다. 형께서 이런 모양을 용인해서야 되겠습니까? 다만 저는 시골에 있으니 형과는 나날이 멀어집니다. 호원과는 함께 조정의 일을 하였으니 서로가 근간에 일어난 일을 알리라고 봅니다. 형께서 일을 하실 때는 평이하게 하면서 딱 들어맞게 하며, 그러면서도 엄숙하고 굳센 모습은 줄이고, 신중하고 늠름하여 범접할 수 없는 기상(氣象)이 아닌가요? 통달하면 도(道)와 떨어지지 않는데 옛 사람도 어렵게 여겼습니다. 형께서는 공무를 마치고 퇴근한 여가에는 나날이 경서(經書)를 읽고, 초지(初志)를 잃지 마시기를 거듭 바랍니다. 그렇게 한다면 다행이고 다행입니다. 대소 청탁(淸濁)을 모두 받아들인다면 어찌 이런 이치가 있습니까? 다시 생각하기를 바랍니다. 삼가 답장 올립니다.

利17. 栗谷 ➜ 龜峯

겉봉 : 上答狀
龜峯 尊兄 座前

謹承情翰. 示戒丁寧, 感佩不已. 卽今道況平善否, 珥入城以來, 自爾多故, 迄未一伻, 深負深負, 李僉知事. 年則無憾, 但戀憶女息. 而竟不得相訣. 是可悲悼. 珥謝恩之日. 果承引見, 天眷非無意. 而恨珥非承當者耳. 建白施設. 不可率爾. 今日之務, 當在積誠回天. 其次則調和士林. 第珥孤蹤踽踽, 而浩原非久於京師者. 只恐有願未遂. 仰恃者. 蒼蒼而已. 浩原迄未謝恩. 僊臥旅舍. 可悶. 汝式何自來高屛耶. 便忙未答厥書. 今尙在耶. 伏惟下照. 謹拜狀. 正月 八日 珥 拜.

해 주신 편지 받았습니다. 간절하신 가르침 가슴 속에 깊이 간직하겠습니다. 지금 형께서는 잘 지내시는지요? 저는 도성에 들어온 이래 여러 가지 일로 여태껏 한 차례도 사람을 보내어 안부를 묻지 못했습니다. 형의 기대를 매우 저버렸습니다. 이첨지(李僉知) 일은 금년에는 유감이 없습니다. 다만 딸아이가 걱정되어 끝내 결별하지 못했습니다. 슬픈 일입니다. 저는 사은(謝恩)하는 날에 과연 임금님을 만나 뵈었습니다. 임금님도 뜻이 없는 것은 아니지만 다만 제가 명을 받들 수 없음이 안타까워하였습니다. 설치하자는 일을 건의하는 일은 경솔히 할 수 없습니다. 오늘날의 일은 정성을 쌓아 임금님의 마음을 돌리는데 있습니다. 그 다음은 사림(士林)을 조화시켜야 합니다. 저는 외로운 몸이고 호원도 서울에 오래 머물 사람이 아닙니다. 다만 걱정되는 일은 나의 바램을 이루지 못한다는데 있습니다. 우러러 믿는 것은 오직 하늘입니다. 호원은 아직까지 사은(謝恩)하지 못하고 여사(旅舍)에 괴롭게 머물러 있으니 민망한 일입니다. 여식(汝式) 조헌(趙憲)은 어느 날에 고병(高屛)에서 오는지요? 인편이 바쁘다고 하기에 답장을 하지 못했습니다. 아직도 있을까요? 읽어 주시기 바랍니다. 삼가 글 올립니다.

(1581년)[190] 정월 8일 이(珥) 배(拜)

보내주신 종이는 전해주겠습니다.

利18. 龜峯 ➜ 栗谷

겉봉 : 答 叔獻

聞兄疏中政乱浮議一條。至斥為非君子之言。其他指摘。為謗非一云。出無所事。反遭排擯。林下読書。自有好境界。何必廻遲眷顧。内損己德。外招羣忌。古人出処。恐不如是。 聖君礼遇雖殊。計不見施。斯亦不可謂知遇。[191]

190) 편지에는 연대가 없으나 『栗谷全書』 권11-35에 이 편지가 실려 있고 辛巳年(1581)이라 되어있다.

191) 『龜峯集·玄繩編』 권5~7,

해

숙헌에게 답함.

형이 올린 소(疏) 중에 '정란부의(政亂浮議)' 한 조목에서 "남을 배척한다고 함은 군자가 할 말이 아니고, 그 나머지 지적(指摘)하여 비방으로 삼은 것은 하나가 아니다."고 들었습니다. 근거 없는 일을 발출하면 도리어 배척을 받습니다. 숲에서 글을 읽는 것도 저절로 좋은 경계가 있습니다. 하필이면 머뭇머뭇 눈치를 보고, 안으로는 자신의 인격을 손상시키고 밖으로는 여러 사람들의 시기를 초래하는지요? 옛 사람의 처신은 아마도 이렇지는 않을 것입니다. 임금께서 예우(禮遇)하심이 특별하더라도 실질적인 은혜를 입지 못한다면 이것 역시 지우(知遇)라고 할 수 없습니다.

利19. 栗谷 ➜ 龜峯

龜峯 尊兄 座前

謹承垂翰。感慰。頃承手字。還上復書。且寄乾魚。未知尙未達否。珥役役逐隊。他無可言。示諭儒者事業。固是如此。敢不佩服。但道理。千差萬別。古人有以天民自處。必見斯道之大行。然後乃出者。亦有漸救世道。納約自牖者。若遽以三代之政。羅列建請。而不得施則輒引去。恐非今日之時義也。浩原一向求退。亦恐太執。大抵億萬蒼生。在漏船上。而匡救之責。実在吾輩。此所以惓惓不忍去者也。示事。若見豊川。則當曲囑。伏惟下照，謹拜復狀. 十一月十五日。珥拜。[192]

해 삼가 주신 서찰을 받았습니다. 감사하고 위로됩니다. 근래 주신 글을 받고, 답장을 써서 보내었고 아울러 말린 물고기도 보내었는데 받아보셨는지 모르겠습니다. 저는 축대(逐隊)[193]에 골몰하느라 달리 할 말이 없습니다. 가르침을 주신 유자(儒者) 사업[194]은 참으로 이와 같으니 감히 마음에 깊이 새겨두지 않을 수 있겠습니까? 다만 도리(道理)가 천차만별입니다. 옛사람

192) 『龜峯集·玄繩編』 권5~7,

193) 逐隊 : 군대를 따라간다는 의미인데 여기서는 어떤 의미로 쓰였는지 정확히 알 수 없다.

194) 利帖 13번 째 편지 내용을 말한다.

도 천민(天民)으로 자처하면서 반드시 사도(斯道)가 크게 행해지는 본 연후에 나오는 사람도 있고 또한 세도(世道)를 점차 구제하면서 자신을 단속하는 사람도 있습니다. 갑자기 삼대(하•은•주)의 정치를 나열하여 건의해서 시행하지 못하면 곧 거두어 버려야 하니 오늘날에 시행할 뜻은 아닌듯합니다. 호원은 계속해서 물러나기를 요구하는데 고집이 너무 센 것 같습니다. 대체로 수많은 백성들은 물새는 배에 있는 것과 같습니다. 그러니 그들을 구제할 책임은 참으로 우리들에게 있습니다. 이것이 마음에 절실하여 차마 떠나지 못하는 것입니다. 읽어 주시기 바랍니다. 가르쳐 주신 일은 만약 풍천(豊川)에게 보이신다면 완곡히 나마 부탁할 수 있습니다. 헤아려 주시기 바랍니다. 삼가 답장 올립니다. 11월 15일[195] 이(珥) 배(拜)

利20. 栗谷 ➜ 龜峯

邊城被陷，國恥大矣．文恬武嬉，百有餘年．無兵無食，百計無策．眞所謂善者無如之何矣．見兄貽舍弟書．浴使珥長宿本司，此固然矣．但此邊報寢息間，廷臣之會議者．必至滿月．鄙人雖宿本司，必待大臣之來始議事．則獨宿無益也．況病骨，亦當調保爲可繼之道矣．極邊無人，殘堡被賊陷入，而兵官先自動搖，亦太怯矣．第因此上心遽變，欲爲更張改紀之計，此實宗社之福也．此時有策，則可以進言，願兄罄示所懷也．天下事得成爲幸．出於己，出於人，何異哉．伏惟下照．謹奉問狀．珥 (종보 5호 36쪽)

解 여진족의 침입으로 변방의 성이 함락되었으니 나라의 수치가 큽니다. 문신들은 안일하고, 무신들은 유희에 젖어 조용히 기뻐하면서 지낸 지가 백여 년이 되었습니다. 병사도 없고 군량미도 없으니 온갖 방법을 동원해도 대책이 없습니다. 참으로 '어떻게 해 볼 대책이 없다.'는 그런 경우입니다. 형께서 저의 동생에게 보낸 편지를 보니, 저로 하여금 오랫동안 본사(本司)[196] 수장(首長)으로 있으라고 하였는데 이것은 참으로 당연합니다. 그렇지만 변방의 보고는 순식간이고, 조정 신하들의 회의는 반드시 한 달이 되

195) 편지 쓴 연대가 있지는 않으나 1581년 이후로 추측할 수 있다.
196) 本司 : 어떤 행정부서인지 알 수 없으나 兵曹로 생각해 볼 수 있다.

어야 합니다. 제가 비록 본사에 있기는 하지만 반드시 대신들이 와 사에 대해 논의하기를 기다려야 하니, 저만이 본사를 지킨다 하더라도 도움이 되지 않습니다. 하물며 저는 병골(病骨)인지라 몸을 조리하고 보호해야 계속적인 방도를 만들 수 있습니다. 변방에는 제대로 된 사람이 없고, 진지는 적에게 함락되었으며, 장교들이 먼저 동요하니 역시 너무 비겁한 일입니다. 이런 까닭에 임금님께서는 급작스런 변화 때문에 국가의 기강을 다시 세우는 계획을 마련하고자 하시는 것입니다. 참으로 이것은 나라의 복입니다. 지금이나마 대책이 있으면 진언(進言)할 수 있으니, 바라건대 형께서는 품은 생각을 남김없이 알려주십시오. 천하의 일이 제대로 된다면 다행입니다. 대책이 자신에게 나온들 남에게 나온들 무슨 차이가 있습니까? 읽어 주시기 바랍니다. 삼가 글 올립니다. (1583년) 이(珥)[197]

利21. 栗谷 ➜ 龜峯

겉봉 : 答上狀
龜峯 侍史

承審將歸別墅. 恨不一奉也. 自上責邊籌之無可觀者. 是泛言. 而以爲失策者. 欲不誅金璲, 請遞李濟臣. 玆二事也. 此議則珥適不參矣. 昨日循例待罪. 則上曰, "非卿則國事去矣. 今予與之謀議者, 非卿而誰. 卿可安心." 其慰安如此. 感激罔極. 因上圖治養兵之策, 凡六條. 大目. 則曰任賢能. 曰養軍民. 曰足財用. 曰固藩屛. 曰備戰馬. 曰明敎化. 若自上盡用此策. 則東方萬世之幸也. 治亂亦關天運, 似非人力可爲. 今日邊籌. 別無長策. 旣送將帥. 使之乘機進退矣. 後則不過募兵戍守而已. 募兵無他策. 只有通庶孼免賤隸一策. 而兩司方攻擊不已. 是欲棄六鎭也. 可嘆可嘆. 自上洞照弊法之可革, 而群臣不能將順. 可謂有君無臣矣. 奈何奈何. 鄭希玄取才. 失數若十三失. 則可收取. 不然則難取也. 私請如麻. 皆以武才卓越爲言. 若一開法外之例. 無以止群謗矣. 若果可用之人. 則豈無收用路乎. 伏惟下照. 謹拜謝狀. 珥.

197) 편지에는 연대가 적혀있지 않다. 『栗谷全書』 권11-37에 이 편지가 실려 있는데 癸未年(1583)이라 되 어있다.

해 주신 편지를 보고 시골로 돌아가려고 함을 알았습니다. 한 번 만나지 못해 안타깝습니다. 임금님께서 변방 계책을 볼만한 것이 없다고 꾸중하고 나서부터는 거짓말이 되었습니다. 그런데 실책(失策)한 사람은 김수(金璲)를 벌주지 않고 이제신(李濟臣)[198]을 교체하려고 합니다. 이 두 가지에 사건에 대하여 의리상 저는 참여하지 않았습니다. 어제는 관례에 따라 대죄(待罪)하고 있으니 임금께서 말씀하시기를

"경(卿)이 아니면 국사(國事)가 사라졌을 것이다. 지금 내가 그대와 더불어 의논하려고 하는 데 경(卿)이 아니면 누구와 한단 말인가? 경은 안심하라."고 하셨습니다. 임금께서 위로하여 주시고 안심시켜 주심이 이와 같아 임금님의 끝없는 은혜에 감격하였습니다. 그리하여 양병(養兵)에 대한 대책을 올렸는데 모두 육조(六條)입니다. 큰 줄거리는

'임현능(任賢能:능력있는 사람을 임용한다)'

'양군민(養軍民:군사를 양성한다)'

'족재용(足財用:국가재정을 넉넉히 한다)'

'고번병(固藩屛:변방을 굳건히 한다)'

'비전마(備戰馬:싸움용 말을 준비한다)'

'명교화(明敎化:교화를 밝힌다)'

만약 임금께서 이 계책을 모두 운용하신다면 우리나라의 영원한 행복입니다. 치란(治亂)역시 하늘이 운수와 관련되느니 만큼 인력(人力)으로 할 수 있는 일이 아닌 듯합니다. 오늘날 변방에 대한 대책은 별로 뾰족한 계책이 없습니다. 장수를 파견하였으니 그로 하여금 기회를 잡아 진퇴(進退)시켜야 합니다. 나중에는 병사를 모집하여 지키는 것뿐입니다. 병사 모집은 별다른 대책은 없고 다만 서얼(庶孼)을 통하게 하고 천예(賤隷)를 면하게 해 주는 것이 하나의 대책입니다. 그런데 양사(兩司)에서 공격을 그치지 않으니 이것은 육진(六鎭)을 버리고자 함입니다. 안타깝습니다. 임금께서는 혁파할 나쁜 제도를 환히 꿰뚫고 계신데 신하들이 따르지 않습니다. '임금은 있는데 신하는 없다고 말할 수 있습니다.' 이 일을 어떻게 합니까? 정희현(鄭希玄)이 무과시험을 치르면서 쏜 화살 수가 무려 13개입니다. 쓸 만한 재주라면 거두어 쓰는 것이 마땅하겠지요. 그렇지 않다면 쓰기가 어렵습니다. 개인적인 요청들이야 난마(亂麻)와 같지만 모두 무예와 재주가 탁월한 것은 아닙

198) 李濟臣(1536~1584) : 본관은 全義,자는 夢應, 호는 淸江. 문장과 글씨에 뛰어났다. 저서로 淸江集이 있다.

니다. 만약 청탁이 있어 예외를 둔다면 많은 사람들의 비난을 막을 수 없습니다. 만약 재주가 쓸 만한 사람이라면 어찌 거두어 쓸 만한 길이 없겠습니까? 읽어 주시기 바랍니다. 삼가 글 올립니다. (1583년) 이(珥)[199]

利22. 牛溪 ➜ 龜峯

겉봉 : 上狀

宋生員　尊兄　服次

夏氣漸熱。伏惟服次起居何如。仰慮仰慮。頃者。伏見初七日所賜手札。三復感慰。第審京外癘発。盡室般移于亀村。令人深念。未委凡百安泊。無大憂患否耶。渾自津寬流寓後。大段柴毀。冬日亦不能少(甦)蘇。入春来骨立癃瘁。見者(嗇)驚嗟。但未沈綿床席耳。荊布治疾入城。初帰之後。萎(茶)薾仆地。今亦未(甦)蘇。此疾何能望其存活耶。兩病各處。不能相養。諸況益窘。所以羸頓增添。形容焦枯。却不如前年夏日臨訪之時矣。閑居其家。尚不能支撑。而被　下書招延者。于今三度。　聖旨丁寧懇至。如家人父子。賎臣読之。不覚感泣。但癃廃如許。則本不敢承当　厳旨。但人臣分義。不敢堅臥于家。欲扶輿至京。控辭于闕下矣。雖然。以賎疾而言。則入京則必死。何則。以在家不能久坐。久坐則面青気竭。不自支撑故也。以如此之疾。而乃敢入京。其為叨冒之罪。抑又甚矣。如栗谷。寛綽日甚。本不足與言。苦勸鄙人必来京城。責以人臣不当如是云云。斯言恐不是也。昔崔與之之被召也。至於十三疏而不就。與之大臣也。所(拜)拝丞相也。以大臣而被召。尚且如此。況萎(茶)薾將死之一匹夫乎。義理精微。随所遇而不同。何嘗有定本乎。出處進退。(唯)惟義所在而已。何必以聞命奔走。爲人臣分義之當然乎。今渾疾如許。而必欲為生行死歸之計。則初非捨生取義之地。而區區顚仆於朝著之間。豈非清世之一大羞辱也哉。是以。三思未定。心欲不行。今以就決於兄。願為我決之何如。一以義理之正。救拔垂死之人。至祝至祝。二度聖旨。謄(出)書送上。幸一覧之何如。

---

199) 연대가 나와 있지 않으나 앞의 편지와 상관시켜 생각 한다면 癸未年(1583)으로 생각할 수 있다. 『栗谷全書』 권11-38에 실려 있다.

聖主蓋欲用愚臣矣。被疾如許。無路報答。只得中宵潛悲。慨然流涕而已。伏惟尊察，謹奉狀．不宣。癸未 四月 二十一日。渾 拜 。

渾事終難處置者。非但此召命而已。今番雖上疏陳乞。得蒙 開允。而堂上重秩。未蒙改正。則在家一疏。陳乞改正。似無即從之望。然則當臥家而紛紛拜章耶。若以在家爲未安。則終至於控辞 闕下矣。闕下三四章之後。若不蒙恩。則棄而歸家。亦不敢爲。拜命受爵。則又非初心。此等節目。種種至難。除非速死。無可安頓處。殊以爲憫也。願兄指示平坦一路。(毋)無使病人煎迫於無益之愁也。至祝至祝。

第二疏 批答。
觀爾前後上疏。予心(缺)欠然。今予待爾経綸。欲與共濟時艱。此志士有爲之日也。爾其飜然改圖。斯速乗馹上來云云。

第三疏 批答。
觀爾上疏。知爾有病。未即上來。今日氣和暖。爾須調理上来。雖臥而謀猷。亦何所妨。予之待爾。正如飢渴。長往不返。豈爾所願。況今兵判。乃爾之舊友也。予今擢爾為参知。豈無其意。同心同徳。正在今日。爾何不飜然上来。以副予側席之望耶。爾宜勿計他念。勉強登道云云。[200)]

[解] 여름 날씨가 점차로 더워지고 있습니다. 복차(服次)[201)]께서는 어떻게 지내시는지요? 걱정되고 걱정됩니다. 근래 7일날 보내주신 서찰을 보았습니다. 세 번이나 읽어보니 고맙고 위로되었습니다. 주신 글을 통해서 서울에 전염병이 돌아 온 집안이 구촌(龜村)으로 옮겼음을 알았습니다. 사람을 매우 걱정되게 합니다. 모든 일이 편안하고 큰 우환이 없는지 모르겠습니다. 저는 진관(津寬)에서 타향살이를 한 후에 매우 시훼(柴毁)[202)]하였습니다. 겨울에도 역시 조금도 회복하지 못하였고 입춘(立春)이 지난 후에도 뼈만 앙상히 있습니다. 보는 사람들도 안타까워합니다. 그렇지만 이부자리에만 계속 있는 것은 아닙니다. 형포(荊布:아내)[203)]가 병 치료차 도성으로 들

---

200) 『龜峯集·玄繩編』 권5~11,
201) 服次 : 수신인 즉 龜峯이 喪中에 있기 때문에 '服' 이라는 단어를 쓴다.
202) 柴毁 : 喪中에 너무 슬퍼하여 건강이 크게 나빠지는 일. 哀毁라고도 한다.

어갔습니다. 돌아온 후에도 몸이 쇠약하여 땅에 넘어지곤 하였는데 지금도 회복되지 않았습니다. 이 질병에 걸린 사람 치고 어찌 살아날 희망이 있을까요? 각기 다른 곳에서 두 사람 모두 병에 걸려 서로 돌보아 주지 못합니다. 여러 상황이 더욱 군색합니다. 그래서 피로만 겹치고 모습이 초췌하여 도리어 지난 해 여름에 방문해 주셨을 때의 모습보다 못합니다. 집에 한가하게 있어도 오히려 몸을 지탱하지 못하는데도 나라에서 부르는 글을 지금까지 세 번이나 받았습니다. 임금님의 뜻이 참으로 간절하여 집안의 부자(父子)와 같습니다. 미천한 제가 읽더라도 모르는 사이에 감격하여 눈물을 흘립니다. 다만 병 걸려 쇠약한 몸이 이와 같아 원천적으로 임금님의 뜻을 받들지 않기로 하였습니다. 그러나 신하의 분수와 의리로 보건대 집에만 굳건히 있을 수도 없습니다. 수레를 타고 서울로 가 대궐에다가 사직소를 올릴까 합니다. 비록 병 걸린 사람이 하는 말이지만 서울에 가면 반드시 죽을 것입니다. 무엇 때문이겠습니까? 집에 있어도 오랫동안 앉아있지 못하고, 오랫동안 앉아 있으면 얼굴이 파래지고 기운이 고갈되어 스스로 지탱할 수 없기 때문입니다. 이런 병에 걸린 사람이 감히 서울로 들어가고자 합니다. 분수에 넘치게 벼슬을 탐한 죄가 또한 심합니다. 율곡은 관대함이 나날이 심해져 본래는 함께 말하고 싶지 않았습니다. 저보고 반드시 서울로 가기를 힘들게 권유하면서 신하로서 시골에 머물러 있으면 안 된다고 나무라기도 했습니다. 이 말은 그렇지는 않은 듯합니다. 옛적 최여지(崔與之)가 나라의 부름을 받았을 때 13회나 사직소를 올리고 취임하지 않았습니다. 여지(與之)는 대신(大臣)입니다. 승상(丞相)으로 임명하였습니다. 대신으로 나라의 부름을 받았을 때 이처럼 하였는데, 하물며 몸이 약해 죽어가는 한 사람의 필부에 있어서랴! 의리(義理)는 정미(精微)하고 만나는 곳에 따라 같지가 않습니다. 어떻게 정해진 것이 있습니까? 출처진퇴(出處進退)는 오직 의(義)에 있을 뿐입니다. 명령을 듣고 바삐 달려가는 것이 신하된 자로서 당연히 해야 하는 분수와 의리이겠습니까? 지금 저의 질병은 이러합니다. 살아서 가 죽어서 돌아올 계책[生行死歸之計]을 세운다면 애당초 생명을 버려서 의(義)를 취한다는[捨生取義] 취지가 아닙니다. 그러니 제가 조정에서 쓰러진다면 태평한 세상에 하나의 큰 치욕이 아니겠습니까? 이런 까닭에 세 번이나 생각해도 결정하지 못하였으니 반드시 가지 않으려고 합니다. 지금 형께

203) 荊布 : 荊釵布君. 가시나무의 비녀와 베치마, 부인의 검소한 생활을 말하는데 보통 자신의 아내에 대한 겸칭으로 쓰인다. 荊妻라고도 한다.

서 나를 위하여 결정을 내려주심이 어떠합니까? 한결같이 올바른 의리(義理)는 죽음이 다가오는 사람을 구원할 수 있습니다. 바라고 바랍니다. 두번째 내려온 임금님의 말씀을 베껴 써서 보냅니다. 한 번 보아주심이 어떠하신지요. 임금께서는 우둔한 저를 등용하고자 하십니다. 병든 몸이 이와 같이 보답할 길이 없습니다. 다만 밤중에 남몰래 슬퍼하고 서럽게 눈물만 흘릴 뿐입니다. 읽어 주시기 바랍니다. 삼가 글 올립니다. 이만 줄입니다.

계미(1583) 4월 21일.
곤란한 일은 비단 나라에서 부르는 명뿐만이 아닙니다. 이번에 올린 사직상소에 임금님의 윤허를 받는다 해도, 직위 높은 당상관들이 허락을 하지 않으면 집에 있는 일소(一疏:첫번째 올린 사직소)도 개정(改正)을 해야 하니, 따르고 싶은 가망이 없는 듯합니다. 그렇다면 집에 누워서 번거롭게 배장(拜章)해야 합니까? 만약 집에 있는 것이 미안(未安)한다면 끝내는 대궐에다가 사직소를 올려야 합니다. 대궐에서 서 너 번 사직소를 올린 후에도 만약 윤허를 받지 못하면 내팽개치고 집으로 돌아가야 하는데 또한 감히 할 수 없습니다. 임금의 명을 받고 관직을 받는 것이 또한 저의 초심(初心)이 아닙니다. 이러한 절차는 종종 지극히 어렵습니다. 속히 죽는 것을 제외하고는 편안히 있을 곳이 없으니 참으로 딱합니다. 바라건대 형께서는 쉬운 한 갈래 가르침을 주시어, 병든 저가 무익한 근심에서 초조하게 지내지 않도록 해 주십시오. 바라고 바랍니다.

제이소비답(第二疏批答:두 번 째 올린 사직소에 대한 임금님의 대답)
경이 전후로 올린 사직소를 보았는데 나의 마음이 섭섭하다. 지금 나와 경의 경륜(經綸)을 기대하며 경과 더불어 시국의 어려움을 구제하려고 한다. 이것이 뜻 있는 사람은 일을 해야 할 날이 온다는 것이다. 경은 사직하려는 마음을 고치고 즉시 말을 타고서 서울로 올라 오라.

제삼소비답(第三疏批答:세 번 째 올린 사직소에 대한 임금님의 대답)
경이 올린 사직소를 보고 경이 병이 있어 즉시 서울로 오지 못함을 알았다. 오늘은 날씨가 따뜻하니 경은 몸을 조리해서 올라오도록 해라. 병이 들었다고는 하지만 계획을 도모하는데 무슨 방해가 되겠는가? 내가 경을 기다리는 것은 참으로 굶주리고 목이 마른 듯하다. 가서는 돌아오지 않으니 경이 바라는 것이 있는가? 하물며 지금 병조판서는 경의 오래된 친구이다. 내가 지금 경을 발탁하여 참지(參知)로 삼으려고 하는데 어찌 의미가 없는가? 마음을 같이하고 덕을 같이함은 바로 오늘에 있다. 경은 어찌 나는 듯이 서울로 와서 기다리는 나의 기대에 부응하지 않는가? 경은 다른 생각은 갖지 말고 출발에 힘쓰라.

利23. 牛溪 ➜ 龜峯

答浩原

長夏江村。晝掩柴扉。情使遠到。滿紙苦語。皆進退難安之義。憂念憂念。(ム)弼以昏迷。今奉三思不定之問。惘然不知爲報也。兄疾可堪安車到洛。調息入対。兄安敢蒙無前殊異之礼。揮謝自逸耶。苟或不然。雖欲入拜。自不能得。又不待問人而知深。想尊兄所以難処靡定之旨。以崇遇難當。而亦恐進無所事。顚頓狼狽。以乖初志。不但憂疾而已。伏見前後 聖批。兄若不起。是當代無前之好事。自兄而沮。不亦未安耶。一入陳大計。可留則留。不可留則還。亦何所不可。趑趄於善幾之発。疑遲於陽復之初。恐未盡善也。吾人所事。平坦底中。自有道理。願兄勿深思逆探。憂瘁於一行一止之間而枉費精力也。僕避病來歸。單瓢初定。静坐深室。耳邊不聞人聲。雨余緑樹。唯山鳥時鳴而已。從此城市漸遠。不但避病也已。崔嘉運，尹士初。俱以少日親舊。強健無疾。相継不寿。白首衰病。又何能久於斯世耶。一爲死者痛。一爲生者憂。謹復。204)

해

호원에게 답함.

긴긴 여름 강 마을에는 대낮에도 사립문을 잠가 두었습니다. 정사(情使)205)가 멀리서 도착하였습니다. 종이를 가득 채운 괴로운 말씀은 모두 나아가나 물러나나 편안하지 않다는 뜻입니다. 걱정되고 걱정됩니다. 저는 어리석은데 지금 삼사부정(三思不定)206)에 대한 물음을 받고서 당황되어 대답

204) 『龜峯集·玄繩編』 권5~13,
205) 情使 : 심부름꾼을 말하는데 편지를 가져왔을 것임.

할 바를 모르겠습니다. 형께서 병을 견딜만 하다면 안거(安車)[207]를 타고 서울에 도착하여 몸조리하면서 궁궐에 들어가 임금님을 대면할 수도 있습니다. 형께서는 어찌 예전에도 없는 특이한 예우를 받았으면서도 거절하여 자신의 편안함만 도모하십니까? 참으로 그렇지는 않겠지요. 궁궐에 들어가 관직을 받고자 하여도 자신이 감당할 수 없으면 남에게 묻거나 알 필요도 없습니다. 형께서 대처하기 어렵고 결정할 수 없다는 뜻은, 임금님의 융숭한 대접을 감당하기 어렵고 또는 등용되더라도 해야 할 일이 없는데 대한 걱정이 앞선다는 것이겠지요. 일이 잘못되어 초지(初志)와 어긋나면 단지 질병에 대한 근심뿐 만은 아닙니다. 전후 임금께서 내리신 비답(批答)을 보니 형이 만약 취임하지 않는다면 이것은 당대에 없던 호사(好事)입니다. 형에서 시작하여 멈춘다면 미안(未安)하지 않습니까? 한 번 궁궐에 들어가 대계(大計)를 말씀드려 머물만 하면 머물고, 머물 수 없을 것 같으면 돌아오는 것도 안 될 것도 없습니다. 좋은 기회인데도 머뭇거리고, 화평한 기운이 돌아오는 초기에 의심하여 미적거리는 것도 좋지는 않은 듯합니다. 우리들의 일이란 평탄한 가운데 도리(道理)가 있습니다. 바라건대 형께서는 너무 깊이 생각하거나 미리 헤아리지 마시기를 바랍니다. 한 번 가고 한 번 머무는 사이에 근심과 병이 든다면 정력(精力)만 헛되이 낭비하는 것입니다. 저는 질병을 피하여 돌아온 이래 단표(單瓢)[208]로 작정하고 방에서 정좌(靜坐)하니 귀에는 사람들의 소리가 들리지 않았습니다. 비온 뒤 푸른 나무에는 오직 산 새가 때때로 지저귈 뿐입니다. 앞으로는 도심지가 점점 멀어질 것이니 단지 병을 피하기 위함만은 아닙니다. 최가운(崔嘉運)•윤사초(尹士初)는 모두 젊었을 적의 친구로 몸이 튼튼하고 병이 없는데도 오래 살지 못하고 차례차례 죽었습니다. 흰 머리에 병 있는 사람이 이 세상에 어찌 오래 살겠습니까? 한편으로는 죽는 다는 것이 애통하긴 하지만, 한편으로는 살아 있는 것도 근심됩니다. 삼가 답장 올립니다.[209]

---

206) 三思不定 : 3번 생각해도 결정을 하지 못했다. 우계가 조정의 부름을 받고 三思不定이라 하여 구봉에게 자문을 구하는 일이 있는데 이 사실을 두고 말한 것이다. 이첩22번째 우계가 구봉에게 보내는 편지에 "是以三思未定。心欲不行。今以就決於兄。願為我決之何如"라고 물어 보았다.

207) 安車 : 편안히 앉아서 타고 가는 수레. 주로 老人이나 婦女子가 탄다.

208) 單瓢 : 한 소쿠리의 밥과 한 그릇의 물, 은자의 검소한 생활을 말한다. 논어,옹야에 공자가 제자인 안회를 칭찬하면서 "자왈.현재.회야! 일단식. 일표음.재누항.인불심기우.회야불개기아락.현재.회야"라 하였다.

209) 편지 쓴 시기가 나와 있지 않지만 앞 편지의 내용이 이어지는 점을 고려한다면 1583

利24. 龜峯 → 牛溪

與浩原書

日者。謹承專使210)相問。深用感佩。前使告忙。身且有疾。復未尽情。追悚追悚。汎言則優褒不一不再。不可不出。而以時事精察之。則非但出無所事。亦恐顚沛又同叔献也。當今唯兄獨全節無欠缺人也。甚爲兄憂慮也。曾嘲叔献每援吾兄。則答以溺人之援人。亦不得不爾云。望吾兄，無爲共溺人也。今年無意相会信宿如去年時。衰境可憐.211)

해 호원에게 보내는 편지.

근래 사람을 보내어서 안부를 물었습니다. 깊이 감사드리며 가슴에 새겨두겠습니다. 앞에 온 심부름꾼은 바쁘다고 하고, 저도 병이 있어서 할 말을 다 하지 못했습니다. 때늦은 감이 있지만 죄송합니다. 사람들이 하는 말이 형께서 넉넉히 받은 은혜가 한 두 번이 아니라고 하니, 출사(出仕)하지 않을 수 없습니다. 그러나 시국상황을 정밀히 살펴본다면 출사하여도 할 일이 없을 뿐만이 아니라 일이 잘못되어 숙헌과 같이 될까 걱정됩니다. 현재 오직 형만이 절개를 온전히 한 흠이 없는 사람입니다. 형을 위해서도 매우 우려됩니다. 예전에 숙헌을 비아냥거릴 때 항상 형을 끌어당겨 익인지원인(溺人之援人)212)이라고 대답하였는데 역시 그렇게 하지 않을 수 없었습니다. 형께서는 함께 물에 빠진 사람이 되지 않기를 바랍니다. 금년에는 지난해와 마찬가지로 서로 만나서 지낼 뜻이 없다고 하니 늙은 나이에 애가 탑니다.

년으로 추측할 수 있다.

210) 專使: 심부름꾼, '傳'의 단어를 쓸 때는 그 일만을 위해서 사람을 보낼 경우에 쓴다. '耑'을 쓰기도 한다.

211) 『龜峯集·玄繩編』 권5~14,

212) 溺人之援人: 물에 빠진 사람이 남을 구한다. 자신이 곤경에 처한 사람이 도리어 남을 구제하려고 한다는 말.

利25. 牛溪 ➜ 龜峯

겉봉 : 宋生員 尊兄 服次 (欽) 歆 (흠) 韻

暑熱方熾。伏想靜居萬安。無任欽慕之至。數日前。承両度手札来自金選仲家。三復展玩。不勝慰豁。渾柴毁日甚。至於臥不能起。不得已辞免至四。則聖旨有曰"爾若不起。當如蒼生何。縦不顧予一人。其不念祖宗乎云云"。承命震怖。驚魂屢散。自欲奉章堅辭。而又念人臣分義。堅臥于家。爲不能自安。乃舁疾起行。今宿碧蹄。倘不死於道路。則欲拜章闕下。以請改正而帰矣。雖然。氣息如(絲)糸。莫保朝夕。如其死於京師。則死猶作無恥之鬼也。可悶可悶。然渾若得過七月。則連命猶可冀也。異日溪上。當有同裯之日也。伏願静養日厚。余外千萬不宣。謹奉狀 癸未 五月 十二日。渾拜.[213]

더위가 한창인데 조용히 지내시는 가운데 모든 일이 편안하리라 생각합니다. 부러움을 견딜 수 없습니다. 수 일 전에 두 통의 서찰이 김선중(金選仲) 집에서 왔습니다. 세 번 읽고서 위로됨을 감당할 수 없었습니다. 저는 상(喪)을 치른 후 건강이 더욱 나빠져 누우면 일어나지도 못합니다. 부득이 하여 사직소를 네 번 이나 올렸습니다. 임금께서는

"경이 만약 일어나지 못하면 이 백성들은 어찌할 것인가? 비록 나 한 사람을 따르지 않는다 할지라도 조종(祖宗)을 생각하지 않는단 말인가?"

라고 하였습니다.

명을 받들고 나니 두려웠으며 놀란 혼(魂)이 자주 흩어지는 것 같았습니다. 내 자신은 굳건히 사양하고 싶지만 신하로서의 분수와 의리를 생각해 본다면 집에서 고집스럽게 있는 것도 편안한 것만은 아닌 듯합니다. 병든 몸을 부여잡고 일어나 지금은 벽제(碧蹄)에서 머물고 있습니다. 만약 길에서 죽지 않는다면 대궐에서 임명장을 받고 개정(改正)을 요청하여 돌아가겠습니다. 그렇지만 호흡은 실낱같아 조석(朝夕)을 지탱하지 못합니다. 만약 서울에서 죽는다면 죽더라도 부끄러움이 없는 귀신이 될 것입니다. 딱하고

213) 『龜峯集·玄繩編』 권5~16,

딱합니다. 제가 만약 7월 달을 넘길 수 있다면 목숨부지를 바랄 수는 있습니다. 어느 날에 계곡에서 같이 지내게 될까요? 조용히 수양하며 나날이 건강하시기를 바랍니다. 나머지 이야기는 이만 줄입니다.
계미년(1583) 5월 12일 혼(渾) 배(拜)

利26. 牛溪 ➜ 龜峯

겉봉 : 宋生員 服次 上狀

霖雨鬱蒸, 未委起居何如?, 戀戀無已, 過高陽時, 奉一狀託太守傳達, 其已呈徹否? 渾到京僵臥十日. 始得赴闕拜疏, 則其日除受吏曹參議. 且賜品帶, 兢惶震越, 狼狽而退矣. 渾今有一事未決, 願兄決之. 吏曹, 初非可仕之地. 決不可供職. 則三上章. 倘未蒙允. 渾欲退而席藁待罪, 以待官限之滿. 而臣子之情. 如此持久, 極爲未安. 或勸 "三辭未得, 則當謝恩, 退而呈辭遞免云." 渾以爲不供職之官, 義難謝恩, 未肅拜而徑遞, 則亦無他路, 殊以爲悶也. 退待限滿與肅拜呈辭, 二者得失, 何如? 伏願垂誨如何? 廢疾不死, 而又遭此事, 上以羞辱朝廷. 不量而入. 固當喫此憂煎也. 愧死愧死. 伏惟尊照謹狀. 五月二十五日. 渾 拜.[214]

해 장마와 더위로 지내기가 어떠하신지요? 그리움이 그치질 않습니다. 고양(高陽)을 지날 때 고을 수령에게 편지 전해주라고 부탁하였는데 받아 보셨는지요? 저는 서울로 올라와 열흘간 누워있었습니다. 처음으로 대궐로 가 배소(拜疏)[215]하고 바로 그날 이조참의를 제수 받았습니다. 또 관복(官服)을 내리시니 두렵고 황공하기도 하여 허둥지둥 물러났습니다. 저는 지금 해결치 못한 일이 하나 있는데 형께서 해결해 주시기를 바랍니다. 이조(吏曹)는 애당초 벼슬할 곳이 아닙니다. 결단코 직책을 맡을 수 없어 사직소를 세 번

---

214) 『龜峯集·玄繩編』 권5~16.
215) 拜疏 : 관직을 받았을 때 임금에게 받는다는 뜻을 아뢰는 글. 拜章이라고도 함.

이나 올렸습니다. 만약 윤허를 받지 못하더라도 저는 물러나 석고대죄(席藁待罪)하여 임기가 차기를 기다리고 싶습니다. 그러나 신하의 마음이 이처럼 질질 끈다면 매우 온당치 못합니다. 어떤 사람은 권하기를 "세 번 사직소를 올려 윤허를 얻지 못하면 일단 사은(謝恩)하고, 물러난 뒤에 사직소를 올려 교체됨이 좋다."고 하였습니다. 제 생각에는 수행할 수 없는 관직은 의리상 사은하기도 어렵고, 숙배(肅拜)[216]도 안 했는데 곧장 관직을 그만 두는 것도 달리 방법이 아닌 것 같습니다. 민망하기 그지없습니다. 물러나 임기가 차기를 기다리는 것과 숙배하고 나서 사직소를 올리는 것, 이 둘 중에 득실이 어떠합니까? 가르침을 내려 주시기를 바랍니다. 병든 몸에 죽지도 못하고 또 이런 일까지 만났으니 위로는 조정을 욕되게 합니다. 내 능력도 헤아리지 못하고 조정에 들어왔으니 이런 근심거리를 겪는 것도 참으로 마땅합니다. 부끄러워 죽을 지경입니다. 5월 25일.[217] 혼 배.

---

216) 肅拜 : 임지로 떠나는 관원이 임금에게 작별을 아뢰고 부임하는 일.
217) 편지 쓴 연도가 나와 있지 않으나 1583년 5월 12일의 편지에 비슷한 내용이 있으므로 1583년으로 추정한다.

정첩 (**貞帖**)

순	原文	발 신	수 신	연 대	출 전 유 무
1	*125*	구봉龜峯	우계牛溪	1583(?)	'龜峯集·玄繩編' 5-15
2	*127*	우계牛溪	구봉龜峯	1583	'牛溪集' 續集3-36 일부
3	*129*	구봉龜峯	鄭喪人		'龜峯集·玄繩編' 5-22
4	*130*	우계牛溪	구봉龜峯	1581	'牛溪集' 4-45 일부
5	*132*	율곡栗谷	구봉龜峯	1583(?)	'龜峯集·玄繩編' 5-25
6	*133*	우계牛溪	구봉龜峯	1585	'牛溪集' 續集3-37 일부
7	*136*	구봉龜峯	金長生		'龜峯集·玄繩編' 5-25
8	*137*	우계牛溪	구봉龜峯	1585	'牛溪集' 續集3-37
9	*140*	구봉龜峯	우계牛溪	1585(?)	'龜峯集·玄繩編' 5-26
10	*141*	구봉龜峯	우계牛溪	1585(?)	'龜峯集·玄繩編' 5-27
11	*143*	우계牛溪	구봉龜峯	1584	'牛溪集' 續集3-36 일부
12	*146*	우계牛溪	구봉龜峯	1585(?)	'牛溪集' 續集3-37
13	*147*	우계牛溪	구봉龜峯	1585	'龜峯集·玄繩編' 5-27
14	*151*	구봉龜峯	우계牛溪	1585(?)	'龜峯集·玄繩編' 5-29
15	*152*	구봉龜峯	李山甫		'龜峯集·玄繩編' 5-30
16	*155*	우계牛溪	구봉(詩)		
17	*157*	구봉龜峯	우계牛溪		'龜峯集·玄繩編' 5-32
18	*158*	구봉龜峯	조헌趙憲		'龜峯集·玄繩編' 5-32
19	*159*	우계牛溪	구봉龜峯	1589(?)	'牛溪集' 續集3-38 일부
20	*161*	구봉龜峯	우계牛溪		'龜峯集·玄繩編' 5-33
21	*163*	우계牛溪	구봉龜峯	1589	'龜峯集' 6-49 '牛溪集'續集3-39 각일부
22	*167*	우계牛溪	구봉龜峯	1593	'牛溪集' 續集3-40
23	*171*	우계牛溪	구봉龜峯		'龜峯集·玄繩編' 5-34

4. 정첩(貞帖) 23통

貞1. 龜峯 → 牛溪·栗谷

答浩原叔獻書

閉戸吟病。遙想方劇。忽承二兄被召入洛。一喜一憂。栗谷兄路中愆和示。爲念爲念。家弟貢疏。驚怪驚怪。弟殊不知易之困有言不信之道也。弟始終無一語及此。日昨有書云。欲獨身當禍不通。是以其身異僕看。愚亦深矣。憂亦憂喜亦喜之理安在。弟僻處深谷。不聞京洛事。如是妄動。奈何奈何。弟非昏庸。而屢失於動。斯亦命矣夫。是皆僕無自修之致。深愧。僉兄來示諸葛孔明之有愧於吾儒者。必欲恢復。而有些謀利計功事。是無學故也。雖然。孔明非知守正安義而不爲者也。不知而不爲者也。所示栗谷兄之意甚正。宜持而勿失。若夫成敗則天也。如或少出入於此。而又復較短長利害。則是孔明之罪人也。更以自守嚴正。使外邪不得窺覘。謙恭礼士等事。仰勉焉。夫市恩掠美。碌碌細人之行。而敢以是有望於左右耶。或人之説。未可知也。牛溪兄當今日。似不可遲廻退托。如承更召。則不俟駕盡心力。是幸。大抵不能守己以正。何可責人以正。當進而不進。或生他念。則是亦非正。更仰精思。謹復。218)

해

호원과 숙헌에게 보내는 편지.

문을 걸어 잠그고 병으로 신음하고 있습니다. 병이 한참 심해진다고 생각하던 차에 두 분 형께서 임금의 부름을 받고 서울로 들어갔다는 소식을 받았습니다. 한편으로는 기쁘고 한편으로는 걱정됩니다. 율곡형께서는 중간에 건강이 안 좋다고 하시니 걱정되고 걱정됩니다. 저의 동생[송한필]도 사직소를 올렸다고 하는데 놀랍고도 괴이합니다. 저는 『주역』 곤괘(困卦)의 "유언불신(有言不信)219)"의 도를 모릅니다. 저는 여기에 대해 시종 한 마디 말

218) 『龜峯集·玄繩編』 권5~15,

219) 有言不信 : 말을 하더라도 남이 믿어주지 않는다. 『周易』 困卦에 나오는 말이다. 이 구절에 대해 해석하기를 "處困求濟, 在于正身修德, 若巧言能辭, 人所不信, 則其道彌

도 하지 않았습니다. 지난번 보낸 편지에 "이 몸은 화를 당해 통하지 못합니다. 이런 까닭에 그 몸이 다릅니다."고 하였습니다. 제가 보기에는 매우 어리석은 듯이 보였습니다. 근심이 있으면 걱정하고, 즐거운 일이 있으면 즐거워하는 이치가 어디에 있습니까? 저는 깊은 산골에 살기 때문에 서울의 소식은 듣지 못합니다. 이 같은 망령된 행동을 어떻게 하겠습니까? 저는 어리석지 않은데도 움직였다하면 자주 실수를 하니 이것 또한 운명입니다. 이러한 일은 모두 제가 수양이 덜된 소치입니다. 매우 부끄럽습니다. 두 분 형께서는 '제갈공명(諸葛孔明)은 우리 유자(儒者)에게 부끄러움이 있으니 반드시 회복(恢復)시키고자 한다.'고 하였습니다. 그렇지만 이익을 따지고 공로를 계산하는 사소한 행위는 학식이 없기 때문입니다. 그렇지만 제갈공명은 수정안의(守正安義)[220]를 알고서 행하지 않은 자가 아니라, 몰라서 실행하지 않은 사람입니다. 가르침을 주신 율곡형의 의견이 매우 올바르니 그 의견을 지니고서 잃지 않음이 좋습니다. 성패(成敗)는 하늘에 달려 있습니다. 혹시나 여기에 약간의 차이가 있어 다시 장단과 이해를 따진다면 제갈공명의 죄인입니다. 다시 엄정(嚴正)한 도로써 자신을 지키고 외부의 사악한 기운이 엿보지 않도록 해야 하며, 사람들에게는 겸손하고 공손히 예우하기를 바랍니다. 남에게 은혜를 베풀어서 그러한 좋은 소문을 훔치는 것은 하찮은 소인배들의 행동이니 감히 두 분 형에게 이러한 일을 바라겠습니까? 어떤 사람의 말인지 알지 못하겠습니다. 우계형은 지금 머뭇머뭇 거리며 물러나기를 빙자해서는 안 될 것 같습니다. 만약 임금의 재차 부름을 받았다면 수레를 기다리지 않고 마음과 힘을 다 바치는 것이 좋습니다. 대체로 수기이정(守己以正)[221]도 하지 못하면서 어떻게 남에게 바른 도리를 지키라고 요구할 수 있습니까? 나아갈 만한데도 나아가지 않고 다른 생각을 품는다면 이것은 올바른 길이 아닙니다. 다시 정밀히 생각하시기를 바랍니다. 삼가 답장 올립니다.[222]

窮. 故誡之以有言不信也."곤경에 처하여 구제를 바라니 몸을 바르게 하고 덕을 닦아야 할 때이다. 만약 말을 교묘히 하고 꾸민다면 남이 믿어주지 않으니 그의 인생이 더욱 곤궁하다. 그러므로 유언불신(有言不信)으로 훈계한 것이다.

220) 守正安義 : 정의를 지키고 편안히 여긴다.

221) 守己以正 : 바른 도리로 자신을 지킨다.

222) 편지 쓴 연대는 없으나 앞 편지와 내용을 고려해 본다면 1583년으로 추측할 수 있다.

貞2. 牛溪 ➜ 龜峯

겉봉 : 上答狀
雲長　尊兄　座前

伏承十三日賜札．展讀以還，恭審靜裏起居冲勝．欣感不可言喩．渾僅得遞命，唯是外多人事，內集憂愧．寢食甚不佳耳．叔獻與約登對日進達賤臣事．而近來三公有設講筵未開，迄未得遂云．坡溪舊居有癘氣，妻子將奔播向陽．諸況益不佳,可嘆可嘆．叔獻取渾祿牌，自遺其奴，受祿送于渾．渾猝然遇之．不勝駭嘆．且見受祿之辭．如渾所自受出者，則無回納之理．不敢閉門不受，姑置外舍矣．此等閑事，右兄令我撓悶．可惜渠見事之拙踈也．渾若留京供職，可以食祿，不然而有此受祿事，豈非大段悖理耶．可恨可恨．且俟叔獻入侍後，決計歸向陽．不待氷雪之日矣．向陽距兄宅頗近，可以奉書相聞也．伏惟尊照．餘外曉起，虛甚不宣．謹奉狀．十月望．渾 拜.[223]

해 13일 날짜로 보내주신 서찰을 받았습니다. 읽은 후에 조용히 지내시는 가운데 건강이 더욱 좋음을 알았습니다. 기쁨을 무어라 말 할 수가 없습니다. 저는 가까스로 교체한다는 명을 받기는 하였지만, 이것 이외에도 일이 많아 마음속으로는 근심이 쌓여 침식(寢食)이 매우 좋지가 않습니다. 숙헌과 함께 임금을 뵙는 날에 저의 일을 말하기로 하였습니다. 그런데 근래 삼공(三公)이 강연(講筵)하는 자리를 열려고 하였는데 열지를 못해 여태껏 수행하지 못했습니다. 파산(坡山) 계곡의 옛 집에는 전염병 기운이 있어 처자(妻子)들이 향양(向陽)으로 옮겨갔습니다. 여러 가지 상황이 좋지를 못하니 탄식만 나옵니다. 숙헌이 저의 녹패(祿牌)[224]를 가져다가 자기 하인에게 주고 저에게 봉록(俸祿)을 보내었습니다. 저는 졸지에 당하는 일이라 놀라움을 금치 못하겠습니다. 또 봉록을 받았다는 수령증도 보았습니다. 저처럼 제멋대로 받아온 사람은 되돌려 줄 길이 없습니다. 문을 걸어 잠그고 받지 않을 수는 없는 일이라 일단 바깥채에 두었습니다. 이처럼 대수롭지 않은

223) 『牛溪集』 속집. 권3-36에 일부수록.
224) 祿牌 : 관리가 俸祿을 받기위해 가지고 있는 패. 이것을 가지고 廣興倉에 가야 俸祿을 받아 온다. 신분에 따라 다르지만 俸祿을 받기위한 일종의 증명서 같은 것으로 이해된다.

일을 가지고 숙헌이 나를 혼란스럽게 합니다. 숙헌의 서툰 일 처리가 애석합니다. 저가 서울에 머물면서 근무하면 봉록을 먹을 수도 있지만, 그렇지 않고 봉록을 받는 일은 대단히 이치에 어긋나는 일이 아니겠습니까? 안타깝고 안타깝습니다. 숙헌이 입시(入侍)하기를 기다렸다가 향양(向陽)으로 돌아갈 계획을 결정하였습니다. 한 겨울까지 기다리지는 않겠습니다. 향양(向陽)은 형 집과 거리가 매우 가까우니 서신을 주고받을 수가 있습니다. 읽어 주시기 바랍니다. 할 말은 많으나 새벽에 일어나 속이 텅 비어 이만 줄입니다. 삼가 글 올립니다. (1583년) 10월 보름. 혼(渾) 배(拜).[225]

貞3. 龜峯 → 鄭喪人에게

与鄭喪人時晦書

聖人制祁。節以天理。以不克喪爲非孝。非義而生。固不可也。非義而死。亦不可也。今得朋友來伝及鳴谷書。経冬襦衣。盛夏不脱。或露坐烈炎中。以助痛楚。如哭泣之過度。毀(慼)瘠之滅性。及奠祭時。小小滌器烹飪等事。必一一身自爲之。不假僕人之助云。無非喪生自盡之道。聞來驚歎。孝侍[226]平日讀書講理。以中正自期待。今臨大事。反爲偏室危迫之行。心甚未安。君子愛人以徳。況僕之於孝侍。非姑爲緩辭。愛其身不愛其祁。只欲其生者耶。望須追思先大人憂疾之念。事死如生。継以慈闈爲念。以滅性爲非義。無爲不孝之歸。天下事無二道。過則非禮。非禮則何可行也。[227]

해

정상인(鄭喪人)에게

---

225) 편지 쓴 연대가 나와 있지 않으나『牛溪集』續集.권3-36에 내용이 일부 실려 있는데 癸未(1583)로 되어 있다.

226) 孝侍: 상대방을 말함. 喪中에 있으므로 孝라 한다. 侍는 어머님을 모시고 있으므로 '侍'라 한다.

227)『龜峯集·玄繩編』권5~22, 鄭喪人은 鄭逑로 추측된다.

성인(聖人)이 예(禮)를 제정한 것은 천리(天理)[228]를 조절하기 위해서입니다. 초상을 잘 치르지 못하면 효(孝)가 아닙니다. 의롭지 못하게 사는 것도 참으로 옳지 않고, 의롭지 못하게 죽는 것도 또한 좋지 않습니다. 지금 친구들이 전해주는 소식과 명곡(鳴谷) 이산보(李山甫)[229]의 서신을 받았는데 다음과 같은 내용입니다. "그대는 겨울을 지낸 솜옷을 한 여름에도 벗지를 않고 혹은 뜨거운 폭염 속에 앉아 고통을 더한다고 합니다. 곡읍(哭泣)이 정도를 넘어 건강을 해쳐 멸성(滅性)[230]에 까지 도달했다고 합니다. 제수를 올릴 때에도 그릇을 씻는다거나 음식을 익히는 등의 자질구레한 일도 반드시 일일이 자신이 직접하며 하인들의 도움을 받지 않는다."고 하였습니다. 이러한 일은 생명을 손상시키며 스스로 죽음에 들어가는 길과 같습니다. 듣고 나서 놀랐습니다. 공(公)은 평소에 독서하고 이치를 연구하여 중정(中正)의 바른 길을 가기를 기대했습니다. 지금 대사(大事:장례 치르는 일)에 임하여 도리어 편벽되고 조급한 행위를 하시니 마음으로 매우 옳지 않다고 여깁니다. 군자는 덕(德)으로 사람을 사랑합니다. 하물며 저는 공에 대해 완곡한 말을 하려는 것이 아닙니다. 자신의 몸만 아끼고 예(禮)를 아끼지 않는 것은 다만 자신의 생명만 바라는 것이 아닐까요? 선대인(先大人:돌아가신 상주 아버지)께서 자식의 질병만을 근심한 것을 생각해 보시기를 바랍니다. 죽은 사람 섬기기를 산사람처럼 한다면 자위(慈闈:어머니) 생각도 해야지요. 멸성(滅性)은 의(義)가 아닙니다. 불효라고 귀착되는 행동은 하지 마십시오. 천하의 일은 두 가지 길이 없습니다. 과즉비례(過則非禮:지나치면 예가 아니다)입니다. 비례(非禮)라면 무엇을 실천할 수 있을까요?

228) 天理 : 다양한 개념이 있으나 자연적인 理法. 또는 인간이 기본적으로 지켜야할 원칙. 인간이 태어나면서부터 가지는 양심 등으로 이해된다.
229) 李山甫(1539~1594):본관은 韓山, 자는 仲擧, 호는 鳴谷이다. 吏曹判書를 역임하였다.
230) 滅性 : 初喪때 너무 슬퍼하여 건강을 크게 해쳐 생명을 위협하는 것.

貞4. 牛溪 ➜ 龜峯

겉봉 : 雲長 尊兄 座前 上謝狀.

伏承初七日手札. 三復以還, 不勝感嘆. 恭審山居靜養萬福. 欣慶無已. 渾初六日登對後. 蒙兄賜札. 卽略陳大略于答狀, 其已呈撤否耶. 渾於榻前, 自陳癃瘵之狀, 而曰“臣不進不退. 萎理無義極矣. 臣今日之進, 非爲經筵供職, 只爲面陳情狀而歸死矣. 臣於去夏得眩運疾. 閉臥經時. 官限三滿. 職名數易而不拜. 超絶異數, 偃然當之而不感. 人於朋伴間, 苟有敬人之心者. 不敢爲也. 況朝廷何也. 而臣敢爲之哉. 當今天日已寒, 臣復蟄藏於深穴, 如裸虫[231]之入地. 復爲夏日之事. 則臣以何心忍爲此乎. 只當歸死溝壑. 使朝廷無有事體不安之事, 無有命令不行之臣也云云.” 啓辭如此. 而今後留京, 則實如白先生先告辭訣而後不能去也. 退溪先生三朝舊臣, 位至大官, 而徑自引退. 則渾以癃廢之人. 布衣微賤, 自知分義. 不敢留仕, 安有不可之理耶. 如老兄所誨. 實與叔獻同矣, 然此乃儒者進退也. 非病人所能堪爲也. 渾已決去志. 則叔獻深以上激聖意, 幷無收用士類之志也. 欲於經席陳渾病不能過冬, 請令歸家養病, 明春後來爲請. 故渾又欲遲留旬浹以待之矣. 倘若上不酬酢, 則自當退歸矣. 伏惟下察而更誨之, 幸甚幸甚. 季氏兒事未定, 深念深念. 謹奉狀. 不宣. 十月初九日. 渾 再拜. 對客草草愧甚. [232]

㉻ 7일날 보내주신 서찰을 받았습니다. 세 번이나 읽고서는 감탄하였습니다. 주신 서찰을 통해 산에서 조용히 수양(修養)하시고 모든 일이 잘 됨을 알았습니다. 기쁨이 끝이 없습니다. 저는 6일날 임금님을 만나 뵌 후 형께서 보내주신 서찰을 받았는데 답장에 전체적인 줄거리를 간략히 진술하였는데 이미 읽어보셨겠지요? 저는 임금님 앞에서 좋지 않은 건강상태를 직접 진술하고 다음과 같이 말하였습니다.

“저는 나아가지도 못하고 물러서지도 못하니[233] 지극히 의리(義理)가 없습니다. 신이 오늘 나온 것은 경연(經筵)에서 직책을 수행하려고 함이 아니

231) 裸虫 : 사람을 뜻하는데 이 문장에서는 벌레로 쓰인 듯하다.
232) 『牛溪集』 권4-45에 일부
233) 즉 벼슬하여 관직에 부임하지도 못하고 은퇴하여 집으로 돌아가지도 못 한다는 뜻이다.

라, 다만 좋지 않은 건강상태를 면전에서 알려 집으로 돌아가서 죽고자 함입니다. 신은 지난여름에 현운질(眩運疾)[234]에 걸려 문을 잠그고 지내면서 시간을 보냈습니다. 관직은 3년을 만기로 하고, 직책도 자주 바뀌는 것 같아서 임명장을 받지 못하겠습니다. 임금님의 특별한 은혜를 입었는데 어떻게 당연시 여기고 느낌이 없겠습니까? 사람이 친구사이에 있어서도 참으로 사람을 존경하는 마음을 가지고 있으면 감히 그렇게 하지는 못합니다. 하물며 조정은 어떠한 곳인데 신이 감히 그렇게 하겠습니까? 지금 날씨가 이미 추우니 신은 깊은 구멍에서 움츠려 지내야 하는 것이 벌레가 땅에 들어가는 것과 같습니다. 다시 여름의 일을 한다 하더라도 신이 무슨 마음으로 차마 이 일을 하겠습니까? 고랑에 돌아가 죽는 것이 마땅합니다. 조정에는 타당하지 않는 일이 있어서도 안 되고, 명령을 따르지 않는 신하가 있어도 안 됩니다." 올린 글이 이와 같습니다. 그런데 지금 서울에 머물러 있는 것은 참으로 백선생(白先生)이 사직한다는 글을 먼저 올린 후에도 떠나지 않는 것과 같습니다. 퇴계(退溪)선생은 세 분의 임금을 모신 오래된 신하이고 높은 관직에 이르렀는데도 곧장 사직하고 물러났습니다. 저는 병든 사람으로 미천한 출신이라 스스로 분수와 의리를 압니다. 서울에 머물면서 벼슬하지 않는다 하더라도 어찌 안 될 이치가 있습니까? 형께서 가르쳐 주신 것은 참으로 숙헌과 같습니다. 그러나 이것은 곧 유자(儒者)의 진퇴(進退)입니다. 병든 사람이 감당할 수 있음이 아닙니다. 저는 이미 떠날 뜻으로 마음을 먹었는데, 숙헌이 위로 임금님의 뜻을 격발시켜 사류(士類)들을 수용할 뜻으로 가닥을 잡았다고 합니다. 경석(經席)에서 겨울을 지내기 힘들다는 저의 병을 말씀드리고 집으로 돌아가 병을 치료하여, 내년 봄이 지난 다음에야 올라오겠다는 요청을 드리려고 합니다. 그러므로 저는 열흘 이상을 계속 머물면서 대답을 기다리고 있습니다. 만약 임금께서 응대가 없으시다면 저는 물러나 돌아가고자 합니다. 저의 글을 읽고서 다시 가르침을 주신다면 고맙겠습니다. 계씨(季氏:송한필)집의 아이 일은 결정되지 않았다고 하니 걱정되고 걱정됩니다. 삼가 글 올립니다. 이만 줄입니다. (1581년) 10월 9일.[235]
혼(渾) 재배(再拜). 손님 접대하느라 대충 씁니다. 죄송합니다.

234) 眩運疾 : 눈이 어질어질 하고 머리가 어지러운 병.
235) 편지 쓴 연대는 없지만『牛溪集』권4-45에 이 편지의 일부가 실려 있는데 辛巳(1581)로 되어있다.

貞5. 栗谷 ➜ 龜峯

겉봉 : 上答狀
龜峯尊兄　座前

屢承手翰。良以爲慰。頃上鄙答。置于尊仲氏。弟未知下照否。浩原誠是不世之　際遇。更無逃義之路。猶懷退縮之計。可(悶)憫。然終必不得歸去矣。承審衰病之相已現。不勝(嘆)歎慮。珥亦世間。百味皆淡。此非學力。乃老相也。任運遷化。奈如之何哉。小學方有所較正。故不能送上。恨無副本也。別錄答上。美味随得随盡。可笑。小文魚二尾。汗表良愧。十二月三日。珥。

鄙人引接後生之說。亦浮于實。而初入京時。多有來見者。到今漸罕矣。氣常不平。仕罷必臥痛。雖欲吐哺。筋力不逮。可(悶)憫。所謂欲引用者。指何人耶。雖欲用某人。豈敢先唱于街路中乎。僕之迂(疎)疏。涵之好酒。原之退縮。皆誠可憂矣。應接務簡。敢不佩服。
此[236]爲始病之書。先知任運遷化。而後月長(遊)逝。每一開見。悲慟如初。[237]

解 자주 서찰을 받으니 참으로 위로됩니다. 근래 답장을 보내 중씨(仲氏:구봉의 작은 형)에게 두었는데 읽어보셨는지 모르겠습니다. 호원은 참으로 세상에도 없는 임금님의 예우를 받았으니 피할 길이 다시는 없을 것입니다. 그런데 물러날 계획을 품고 있다니 딱한 일입니다. 그렇지만 끝내는 반드시 돌아가지는 못할 것입니다. 주신 편지를 받고 쇠약한 모습이 이미 나타났음을 알았는데 놀라움을 견딜 수 없습니다. 저도 역시 세상에 온갖 맛있는 음식은 모두 담담하기만 합니다. 이것은 배움과 관련된 일도 아니니 늙었다는 모습입니다. 임운천화(任運遷化)[238]해야지 어떻게 하겠습니까? 『소학』[239]은

236) 차부터 끝의 여초까지는 율곡의 편지 내용이 아니라 구봉이 느낀 점을 적은 글이다. 즉 이 편지를 받고 난 한 달 후에 율곡이 죽어 안타깝다 고 하였다.
237) 『龜峯集·玄繩編』 권5~25,
238) 임운천화 : 운수에 맡겨 자연의 변화에 따라 간다. 곧 죽음을 뜻한다.
239) 『小學諸家集註』를 말한다.

지금 한창 교정(較正) 중이므로 보내지 못합니다. 부본(副本)도 없는 것이 안타깝습니다. 별록(別錄) 가운데 '맛있는 음식은 얻는 대로 다 먹는다.'고 하였는데 우스운 일입니다. 작은 문어(文魚) 두 마리 보내니 참으로 부끄럽습니다. 읽어주시기 바랍니다. 삼가 답장 보냅니다. (1583?) 12월 2일 이(珥).

제가 후배들의 설(設)을 접해보니 역시 사실보다 과장되어 있습니다. 처음 서울에 들어갔을 때만하더라도 찾아오는 이가 많았는데 지금은 점점 드뭅니다. 기분이 항상 좋지 않고 관청 일만 파하면 반드시 누워서 지냅니다. 비록 토포(吐哺)[240]하고자 하여도 근력(筋力)이 따르지 못하니 딱한 일입니다. 등용하고 싶다고 한 사람은 누구를 가리킵니까? 비록 어떤 사람은 쓰고자 하더라도 어찌 길가에서 먼저 외쳐야 합니까? 저는 현실사정에 어둡고 함(涵:정철)[241]은 술을 좋아하고 원(原:성혼)[242]은 물러나 위축되어 있으니 참으로 걱정됩니다. 손님을 접대할 때 간략히 함에 힘쓰라고 하였는데 가슴에 담아두겠습니다.

위 편지는 율곡이 병이 처음 발생했을 때의 편지다. 죽는 다는 것을 먼저 안 것이다. 그리고 한 달 후에 세상을 떠났다. 매양 이 편지를 볼 때마다 마음이 아프다.[243]

---

240) 吐哺 : 손님에 대한 극진한 대우. 吐哺握髮의 준말. 입속에 있는 밥을 뱉고 머리카락을 움켜쥔다는 뜻.
241) 涵 : 鄭澈의 字가 季涵이다.
242) 原 : 成渾의 字가 浩原이다.
243) 구봉의 말로는 이 편지를 받고 한 달 후 세상을 떠났다고 하는데 이 편지를 율곡이 쓴 시기(연대)는 없지만 1583년으로 추측할 수 있다.

貞6.	牛溪 ➜ 龜峯

겉봉 : 上答狀

雲長　尊兄　座前

索居懷想，抵久而深，忽領手札來自宜仲之投．開緘三復．極慰窮懷．恭審新春謹上寓居靜履萬安．羨慕之至．不任傾馳．渾自春生氣候惱團焦枝，將至畏寒，却甚於冬日，迨未往哭叔獻之墓．擬將開月而往．不論宿草而治中矣．示喩詢誨極感．俯語之勤．令人感發．愧恨不能已也．渾於習之，亦非欲自失，待彼之道，重負故素之義也．當初發書於尊兄時，亦無此意思．但怪渠言語不定．或深或淺，令人疑惑而莫測也．然已置諸不可知之之地．後日倘得相見，亦不敢開口說此言也．來誨極是．使物我之間．各得其所，豈非朋友之職耶．然願以責我者，責習之俾．渠除却怪底氣味．回却忠孝貿實底性情，則幸甚幸甚．聞時論日盛，火色可懼．沈憬·尹三聘輩，斥我以權姦，將待以四凶之科矣．蓋頃日，有一連官上疏曰．“群陰朋結，正論消亡．圖回改紀之望．兆庶同然云云．”今將治以姦凶之律，乃事勢之不容已者．只得任之而已．中心却閑，但有可笑之念．此其所以爲權姦耶．伏惟一覽而去之．春和切願一臨窮谷．開盡懷抱，唯此之望而已．謹拜謝狀．不宣．二月七日．渾 拜．

해 쓸쓸히 지내면서 지난날을 생각해 보니 시간이 흐를수록 그리움이 더욱 간절합니다. 갑자기 의중(宜仲)[244]이를 통해서 온 서찰을 받았습니다. 뜯고 나서 세 번이나 읽고 나니 막혔던 그리움이 매우 위로됩니다. 봄날에 조용히 지내시는 가운데 편안한 줄 알았습니다. 부러움 속에 달려가고 싶은 마음을 견디지 못하겠습니다. 저는 봄날 따뜻한 기운이 감도는데 추위가 두려운 것이 도리어 겨울보다 심해 여태껏 숙헌의 묘에 가서 곡(哭)도 하지 못했습니다. 다음 달이나 가려고 하는데 숙초(宿草)[245]는 따지지 말고 마음이나 위로받아야 되겠습니다. 알려주신 가르침은 매우 감사합니다. 귀에 대고서 하는 듯한 정성스러움은 사람을 감동시키는데 부끄러움이 끝이 없습

244) 宜仲 : 李義傳(1568~1647)의 字인데 李義傳이라고 단언하기는 어렵다.
245) 숙초 : 뿌리를 내린 여러 해 지난 풀. 『禮記·檀弓上』에 “朋友之墓.有宿草而不哭焉”이라 하였다.

니다. 저는 습지(習之) 안민학(安敏學)에 있어서 내 스스로가 잘못하려고 한 것이 아니라, 그의 태도를 기다리려 평소의 우의를 다시 짐 지우려고 한 것입니다. 당초 형에게 편지를 보낼 때는 역시 이런 의사(意思)가 없었습니다. 다만 그의 말이 안정되어 있지 않나 괴이하게 여겼습니다. 어떨 때는 말이 심오하고 어떨 때는 말이 천박하여 사람을 의혹스럽게 만들며 예측을 못하게 합니다. 그러니 알 수 없다는 입장으로 내버려 두었습니다. 훗날 혹시나 서로 만나더라도 이런 말에 대해서는 입도 떼지 말아야 합니다. 알려주신 가르침은 지극히 옳습니다. 상대방과 나 사이에 제각각 갈 길을 찾는다면 어찌 친구가 할 역할이 아니겠습니까? 나를 책망하는 것으로 습지의 비천함을 책망하기를 바랍니다. 습지가 괴이한 기미(氣味)를 버리고 충효하고 진실된 성정으로 되돌린다면 다행이고 다행이겠습니다. 시국과 관련된 의논이 나날이 격해진다고 들었는데 화색(火色)[246]이 두렵습니다. 심경(沈憬)•윤삼빙(尹三聘) 같은 무리들이 나를 권간(權姦)이라고 배척하며 사흉(四凶)의 한 무리로 대하겠다고 합니다. 대개 근래 어떤 현달한 관리가 소(疏)를 올려 말하기를

"많은 음흉한 무리들이 붕당을 결성하여 정론(正論)이 사라졌습니다. 천하를 바꾸고자 하는 바램은 백성들도 모두 그러합니다."라고 하였습니다.

지금 간흉지율(姦凶之律)로 벌주겠다고 하는데 사세(事勢)가 부득이하다면 다만 내버려 둘 뿐입니다. 마음이 도리어 한가롭고 다만 가소롭다는 생각이 있습니다. 이것이 권간(權姦)이 된 까닭입니까? 한 번 보시고서 이 편지를 없애주십시오. 따뜻한 봄날에 저의 집에 한 번 왕림하셔서 가슴 속의 회포를 마음껏 풀기만을 바랄 뿐입니다. 삼가 편지 올립니다. 이만 줄입니다. (1585) 2월 7일 혼(渾) 배(拜).[247]

---

246) 火色 : 당쟁과 관련된 분위기. 혹은 전쟁과 관련된 조짐으로 이해된다.
247) 『牛溪集』 續集 권3-37에 일부가 실려 있고 연대는 乙酉(1585)로 되어있다.

貞7. 龜峯 ➜ 希元

千山白雪。樵汲路絶。守寂寞安淡泊。頗得静中意味。恨不得与同志共之也。洪生袖傳書。謹奉。日間交道之分離。時勢使然也。豈今世全無好底人之致。松江之言。偶爾得中。幸爲我謝之。無以子貢之先見爲多也。自非豪傑之人。莫不勸沮於一時之向背。只恐向時有志之士。日喪前得。而更無収拾於桑楡也。惟僉公卓然有立。定脚跟務眞實。以古人自期待。日有所事。勿以艱危而撓其中。勿以非笑而廻其功。千萬幸甚。鄙人身病与世謗日積。每念溘然夕死。而終無所聞。抱羞於無窮也。敢以自勉而未能者。相勸於僉公也。此外紛紛。固非在我分内事。却既不得。而取之亦難。願勿掛在霊(臺)台而以爲損益也。近觀僉賢書札。每以外患爲憂。而無一語及問學上。質其疑論其得。或慮已爲禁廃。而不能特立於亂流中也。周文演易於幽閉。而僉公在明窗静室中。反欲停之耶。謹復。[248]

해

희원(希元) 김장생(金長生)에게 답함.

온 산에 흰눈이라 나무하러 가는 길과 물 길러 가는 길이 끊겼습니다. 적막(寂寞)을 지키고 담박(淡泊)에 편안하고 자못 조용한 속에서 자못 의미를 터득하였겠지요. 동지(同志)[249]들과 더불어 이런 정경을 함께 누리지 못함이 안타깝습니다. 홍생(洪生)이 직접 서찰을 전해주었는데 잘 받았습니다. 근래 도(道)로서 사귀는 사람들이 떨어져 있는데 시국적인 형세가 그렇게 만듭니다. 어찌 지금 세상에는 호쾌한 사람의 운치가 없는지요? 송강(松江) 정철(鄭澈)의 말은 우연히 들어맞았습니다. 나를 위하여 고맙다고 인사해 주기를 바랍니다. 자공(子貢)이 선견지명이 많다고는 생각하지 마십시오. 자신이 호걸(豪傑)이 아니라면 일시의 향배(向背)에 저촉되지 않음이 없습니다. 다만 지난날의 뜻 있는 사람들이 옛적 터득한 일을 나날이 상실하여 상

248) 『龜峯集·玄繩編』 권5-25

249) 同志 : 뜻을 같이 하는 사람. 여기서는 같이 학문을 하는 사람 정도로 이해된다. 수신인 金長生은 宋翼弼의 弟子이다.

유(桑楡)[250]에서 다시는 수습할 수 없을까 걱정됩니다. 첨공(僉公)[251]들은 우뚝 서서 다리를 올바로 하여 진실을 밝히기를 힘써 옛 사람과 같이 되기를 스스로 기대하십시오. 나날이 해야 할 일이 있을 터인데 어렵고 위험하다고 해서 마음이 동요되지 말고, 남이 비웃는다고 해서 하는 일을 거두는 짓은 하지 마십시오. 제발 바랍니다. 나는 몸에 병이 있는데 세상의 비방이 나날이 쌓여갑니다. 순식간에 죽어 버려 끝내는 아무 것도 듣지 않고 저승에까지 부끄러움을 안고 가려 합니다. 내 스스로 노력하여도 잘 하지 못하는 것을 감히 여러분에게 권면합니다. 이 이외의 일은 분분하여 참으로 나의 분수 내에 있는 일이 아닙니다. 물리치려해도 되지를 않고 가지려고해도 역시 어렵습니다. 바라건대 마음속에 담아두어 손익을 생각하지 마십시오. 요즈음에 여러분들의 서찰을 보니 항상 외환(外患)을 근심하고 학문과 관련된 것으로 즉 의문을 물어보고 깨우친 것을 토론하는 한 마디 말도 없습니다. 이미 금폐(禁廢)되었다고 생각하여 어지러운 세상에서 우뚝 설 수 없다고 생각한 것인가요? 주(周)나라 문왕(文王)은 유폐(幽閉)된 속에서도『주역(周易)』을 연구하였는데 여러분은 밝은 창, 조용한 방에서 도리어 공부를 그만두려 합니까? 삼가 글 올립니다.

---

250) 桑楡 : 해가 지는 곳. 보통 노년. 서쪽. 저녁의 뜻으로 쓰인다. 여기서는 형세가 다한 곤궁한 지경이라는 의미로 쓰인 듯하다.

251) 僉公 : 여러분. 서간문에서 수신인이 한사람이 아니라 여러 사람이 읽어보아도 좋다고 할 경우 '僉'자를 쓴다. 김장생과 같이 공부하는 여러 사람이 읽어도 좋다는 뜻이다.

貞8. 牛溪 ➜ 龜峯

겉봉 : 狀上
宋生員 尊兄 座前

伏承手札之賜. 仰審來親尊姊之疾. 又遭殤殄之慘. 不勝啬慰. 未到亡兒年幾何. 尤劇非嘆. 人世暮境憂迷之集. 亦是常理. 伏願痛以理遣, 不至傷損也. 近來阻信. 思戀倍增. 因人聞避疾去西江. 而未詳所以, 又未見所答之書. 方以爲念. 今承來喩, 始知所憂多端, 何以堪之, 仰慮仰慮. 移居好在盛年, 今則白頭. 徒成勞費. 方知此計不止息. 乃所以困吾兄也. 可嘆可嘆. 渾春夏例添柴頓. 而今年又加一倍. 今方傷寒臥數日. 僅起作此書. 未知竟如何也. 今春山谷. 外客絶不來. 可知風色之可畏. 然以此而閑靜寂寥, 深愜素心. 旣以養痾, 又可以披閱舊書. 如此而生. 且死於溝壑. 無復餘願也. 靑山綠水. 鳥聲花影. 擧皆餉我山客. 天地之厚我深矣. 雖然閑臥之餘, 又以見得世態千變萬化. 親舊間或毁我以求進, 或絶我以示人. 或罵詈以舒忿. 皆極高妙, 不覺發一大笑也. 今又方欲辭職, 且言論者, 以臣罪同於李某. 又言交結外戚. 指士林爲小人. 人臣有此罪名, 名當誠, 豈可復在高位云云. 如此必起鬧端. 然豈可久据正職, 而不辭耶. 季涵自毁素履, 又不能早退. 此兄晩節, 殊可慮也. 叔獻以援此兄之故, 與一世盡爲仇怨, 而此兄爲風色所敢. 百世之下, 必有笑ㅁㅁ. 每一念之, 不覺痛恨也. 所欲言者甚多, 方痛, 不一一. 伏惟尊照. 謹奉狀. 四月十八日 渾 拜.[252] 魚彦休以私行見捕於湖南. 未知果有此耶. 未知罪之輕重. 心慮心慮.

[해] 주신 서찰을 받고 누이가 질병이 있고 또 어린 자식이 죽었음을 알았습니다. 놀라움을 감당치 못하겠습니다. 죽은 아이는 몇 살이나 되었는지요. 더욱 슬픕니다. 세상살이 노년에 근심이 많다고 함은 역시 일상적인 이치입니다. 형께서 순리대로 잘 견뎌내어 몸이 상하지 않기를 바랍니다. 근래 소식이 뜸한데 그리움이 갑절이나 됩니다. 질병을 피하기 위해 서강(西江)으로 갔다고 인편을 통해 들었습니다. 이유를 상세히 모르겠고 또 답장 편지도 보지 못해 한참 걱정하고 있습니다. 지금 주신 편지를 받고서 비로

252) 『牛溪集』 續集 권3-37에 일부가 실려 있으며 연대는 乙酉年(1585)이다.

소 걱정이 많음을 알았습니다. 어떻게 견뎌 나가십니까? 걱정되고 걱정됩니다. 형께서는 옮긴 거주지에서 말년을 잘 보내시고 있지만 지금은 백두(白頭)이니 다만 헛되이 힘만 낭비하는 것은 아닐는지요? 이런 계획은 그칠 수도 없음을 아니 형을 곤혹스럽게 만드는 이유입니다. 탄식만 나옵니다. 저는 봄 여름사이에 습관적으로 건강이 좋지 않은데 금년에는 또 한층 더 합니다. 지금 감기 걸려 여러 날을 누워 있다가 간신히 일어나 이 편지를 씁니다. 필경에는 어떻게 될는지 모르겠습니다. 지금 봄 산 계곡에는 바깥 손님이 일체 오지 않으니 세상인심이 무서움을 알겠습니다. 그러나 이런 조용하고 적막한 풍경은 평소의 마음과 딱 들어맞습니다. 병도 고칠 수 있고 또 묵혀 두었던 책도 펴 볼 수 있습니다. 이렇게 살다가 구렁에 빠져 죽더라도 여한이 없겠습니다. 푸른 산과 푸른 물, 새 소리와 꽃 그림자 모두가 산 손님인 아를 살찌우고 있습니다. 하늘과 땅도 나를 심후하게 만들고 있습니다. 한가로이 지내는 속에서도 또 천변만화하는 세태(世態)를 알 수 있습니다. 친구들 중에 어떤 이는 나를 모함하여 벼슬자리에 나가려고 하며, 어떤 이는 나와 절교하여 남에게 보이고, 어떤 이는 나를 매도하고서 분노를 풉니다. 모두 지극히 고묘(高妙)한 일이라 나도 모르게 한바탕 큰 웃음이 나옵니다. 지금 사직(辭職)하려고 하니 말로 따지는 이들이 저의 죄를 이모(李某)와 같다고 합니다. 또는 외척(外戚)과 결탁했다고 비방하면서 사림(士林)을 소인(小人)이라고 지목합니다. 신하로서 이런 죄명(罪名)을 가지고 있고, 죄명이 참으로 옳다면 어찌 높은 관직에 있겠습니까? 이처럼 시끄럽게 일을 일으킨다면 어떻게 직책에 있으면서 사직하지 않을 수 있겠습니까? 계함(季涵) 정철(鄭澈)은 평소의 지조를 훼손하면서도 일찍 물러나지 않겠다고 합니다. 이것은 형의 노년과 비슷한 상황인데 자못 염려됩니다. 숙헌이 형을 구원하겠다 한 이유 때문에 동시대(同時代)의 사람과는 모두 원수가 되었으며 형도 신세가 손상당하는 결과가 되었습니다. 후대에는 반드시 웃음거리가 될 것입니다. 매양 생각해보아도 나도 모르게 애통스럽습니다. 하고 싶은 말이 많은데 몸이 아파 일일이 쓰지 못합니다. 읽어주시기 바랍니다. 삼가 글 올립니다. (1585) 4월 18일 혼(渾) 배(拜)[253]

어언휴(魚彦休)가 개인적으로 길을 떠나다가 호남(湖南)에서 체포되었다고 합니다. 죄의 경중(輕重)을 모르겠습니다. 걱정되고 걱정됩니다.

---

253) 편지 쓴 연대는 없지만 『牛溪集』 續集 권3-37에 일부가 실려 있어 乙酉年(1585)이다.

貞9. 龜峯 ➜ 牛溪

報 浩原

冬威已嚴。兩成深蟄。遙想如何。苟能遲一死於今冬。則明春趁早。哭奠栗谷枯土。投溪上信宿伏計。世亂客斷。身病事稀。閑中眞味。淡泊愈深。噫。吾人所患。只在自家所養之如何。苟有所楽。外物榮悴無非助我者也。今聞吾兄故人李潑。 経席上。詆斥吾兄等事。怪駭怪駭。鄙人以草野孤蹤。名字亦出入其中云。呵呵。禍福在命。何敢尤人。謹拜謝。[254]

해

호원에게 답함.

겨울 추위가 세찹니다. 우리 두 늙은이 칩거하고 있습니다. 어떻게 지내시는지요? 참으로 이번 겨울에 죽음을 더디게 가도록 할 수 있다면 내년 봄에는 율곡(栗谷)의 메마른 땅에다 제수를 올리고 곡(哭)할 수 있을 것입니다. 계곡에서 며칠 머물면서 계획한 것입니다. 세상이 어지러워 손님도 끊겼고 몸에 병이 있어 하는 일도 드뭅니다. 한가로운 속의 참되고 담백한 맛은 더욱 깊습니다. 아! 우리들의 걱정이란 다만 스스로 수양을 어떻게 하느냐에 달려 있습니다. 참으로 즐기는 것이 있다면 주위의 영욕성쇠는 나를 도와주지 않음이 없습니다. 형의 옛 친구인 이발(李潑)[255]이 경석(經席)에서 형과 관련된 일을 헐뜯었다고 들었는데 괴이하고 놀랍습니다. 저는 외로이 초야(草野)에 지내는 몸이라 명자(名字)도 역시 초야 속에서 출입하고 있습니다. 웃어 주십시오. 화복(禍福)은 운명에 있으니 어떻게 남을 탓하겠습니까? 삼가 글 올립니다.[256]

---

254)『龜峯集·玄繩編』권5-26.

255) 李潑(1544~1589) : 본관은 光州, 자는 景涵, 호는 東菴. 北山

256) 편지 쓴 연대는 없지만 내용상 율곡이 세상을 떠난 것과 앞 편지와의 관계를 고려한다면 乙酉年(1585)이다.

貞10. 龜峯 ➜ 牛溪

日間嚴寒。羲之所謂五十年中所無。以僕難堪。益想吾兄攝養之如何也。屢年吾兄苦於呻痛。寧欲一死。悲歎悲歎。但此非欲之而得。避之而免者也。只合任彼所爲。而不容吾力而已。近間兄札危辭苦語。令人動念。無乃兄於此境界。或不能処順。而先爲之期待耶。雖与世之欲長存久視者。清濁不同。恐非守正聽天之道也。屈指明春。日子尚多。僕亦身病比劇。痿摧黃枯。氣不持體。得相保護。以圖相見於和姸之時。亦未敢爲期也。既到窮谷。回看初志。今日所事。無異背水一戰。惕然兢惶。若無所容措。李生來。玉音頻枉。病懷若蘇。爲賜不淺。謹復。257)

해

호원에게 보내는 편지.

근래 세찬 추위는 왕희지가 말한 대로 50년간 없었던 일입니다. 저는 견디기 힘든데 형께서는 어떻게 몸조리하고 계시는지요? 형께서 신음하며 고생하느니보다는 차라리 죽고 싶다고 하셨는데 슬프고 슬픕니다. 죽음이란 바란다고 해서 얻어지는 일도 아니고 피하고자 해서 면할 수 있는 일도 아닙니다. 다만 되는 대로 맡겨 두는 것이지 우리의 힘으로는 간섭할 수 없을 뿐입니다. 근래 형이 보낸 서찰에는 괴로운 말 뿐인데 사람의 마음을 서럽게 합니다. 형께서는 요즈음의 상황에 순리대로 처신하지 못한 듯한데 기대하는 것이 있습니까? 세상에서 오래 살려고 하는 사람들과 비교하더라도 청탁(淸濁)이 같지 않으니, 올바름을 지키고 하늘의 도(道)를 따르지 못할까 걱정됩니다. 내년 봄을 손꼽아 기다리는데 날짜가 여전히 많이 남았습니다. 저 역시 병이 나날이 심해져 누렇게 말라 기운은 몸을 지탱하지 못합니다. 남의 도움을 받고서야 따뜻한 봄날에 서로 만나기를 도모하고 있는데 역시 기대할 것은 아닙니다. 시골 궁벽한 곳에 도착하여 처음 마음먹었던 뜻을 돌이켜 살펴보니, 요즈음의 일이란 배수진(背水陣)을 치고 일전(一戰)을 벌이는 것과 다름이 없습니다. 두렵고 걱정이 되어 몸 둘 바가 없는 듯합니다. 이생(李生)이 와서 형의 편지를 자주 전해줍니다. 병중에도 소생되는 듯하니 고마움이 적지 않습니다. 삼가 글 올립니다.258)

257) 『龜峯集·玄繩編』 권5-27.

貞11. 牛溪 ➜ 龜峯

겉봉 : 上狀
雲長 尊兄 座前

冬日溫和, 想惟靜養起居超勝, 欣慕不可言, 頃者逢金希元過訪, 聞兄還到龜村. 旣欲奉一書相聞. 而節近冬至. 修歲事于先堂. 凡百多幹. 奴僕又忙. 迄未能也. 回思一念, 豈忘于中耶. 玆者祭事已畢. 乃伻一力. 仰候此時起居耳. 渾還家半歲, 迄未往哭栗谷之墓. 以召命長在故也. 南望含悽. 豈勝悲幸. 希元言, 兄將一來新阡. 仍欲訪渾. 何以此計久未成耶. 仰慮仰慮. 渾自九月. 辭免疏章. 大忤聖意. 不賜回諭. 政院上請, 而乃賜徐爲調理上來之命. 今月旬前書狀辭免, 則只遞提調. 而又不賜批答. 政院又上請, 而下召旨矣. 今將呈所志本州, 以答有旨. 勢所不免. 惶恐惶恐. 大抵受君父罔極之恩, 無絲毫報效. 而又託名受由而去, 以便私計, 其罪已深, 不容于誅. 聖朝之棄損. 不復存錄. 乃寬典也. 惶恐感激, 死亦不安於泉下矣. 今玆欲奔走上京. 待罪闕下. 則雖得臣禮之恭, 而其後癃癈不仕, 依前迄退紛紛. 則其爲惶悚. 又深於今日. 是以絶意不敢爲此矣. 今玆所志啓下. 自棄於明時, 君臣隔絶, 不堪垂泣耳. 雖然明春間倘有召命出於聖意, 則其勢似當一入修門, 備陳下情於榻前, 消得一兩月, 乞歸而退矣. 若然則, 又未到顚頓狼狽, 復惟何事. 一念之至. 不覺心慄也. 老兄爲我對之. 未到以爲如何, 伏願略示高見, 幸甚幸甚. 季涵爲酒色所困, 沈緬日深. 官雖高, 而物情愈不敢, 可憐可憐. 栗谷攀援, 此兄不顧身之危辱. 而畢竟晩節如此. 豈不爲可世之笑耶. 渾以此若痛, 不能自堪也. 且兄爲過冬於龜村耶. 似聞還就漢濱. 因爲遠遁之謀, 未到果有此耶. 舊室雖曰. 多風小柴, 然尙勝於末路人情之險怪. 白首悽遑. 那堪作新遷人耶. 冬日甚溫. 深望一來南村. 因過鄙室. 千萬之祝. 謹奉狀. 不宣. 甲申十一月 卄二日 渾 拜.[259]
季鷹今何在. 戀戀. 尊伯丈前問安

해 겨울날씨가 따뜻한데 형께서는 조용히 수양하시는 가운데 잘 지내시리

258) 편지 쓴 연대는 없지만 내용상 율곡이 세상을 떠난 것과 앞 편지와의 관계를 고려한다면 乙酉年(1585)이다.
259) 『牛溪集』 續集 권3-36에 일부가 실려 있다.

라 생각합니다. 그리움을 말로 다 하지 못하겠습니다. 근래 희원(希元) 김장생(金長生)이 들렀는데 형께서 구촌(龜村)으로 되돌아갔다고 소식 들었습니다. 즉시로 편지 한 통 써서 소식 전합니다. 동지(冬至)가 다 되어 가는데 조상 사당에서 제사를 지내려고 합니다. 여러 가지 할 일이 많은데 하인들이 바빠 여태껏 제대로 하지 못했습니다. 지난날을 회상하더라고 어찌 마음속에 잊겠습니까? 제사가 끝난다면 하인 일력(一力)이를 보내어 안부를 물어보고자 합니다. 저는 집에 돌아온 지 반 년이 안되었지만 아직까지 율곡의 묘에 가서 곡(哭)도 하지 못했습니다. 소명(召命)[260]이 오랫동안 있기 때문입니다. 남쪽을 바라보며 처연한 마음을 품고 있으니 슬픔을 어찌 감당하겠습니까? 희원이 하는 말이 형께서 한 번 신천(新阡)으로 와서 저를 방문하겠다고 하던데 어찌하여 그 계획을 오랫동안 실행하지 않으십니까? 걱정되고 걱정됩니다. 저는 9월에 사직소를 올려 임금님의 뜻을 크게 거역하여 대답을 받지 못했습니다. 승정원에서 요청하니, 천천히 몸조리를 하고 서울로 올라오라는 명령을 받았습니다. 이번 달 열흘 경에 사직소를 올렸는데 다만 제조(提調)로 교체한다고만 하지 비답(批答)은 받지 못했습니다. 승정원에서도 또 요청하니, 불러들이라는 뜻으로 명령이 내려 왔습니다. 지금 본주(本州)[261]에 소지(所志)를 올려 임금님의 뜻에 대답은 하였습니다. 형세상 면하기가 어려울 듯한데 황공(惶恐)할 뿐입니다. 대체로 임금님의 한없는 은혜를 입고서도 실오라기만한 보답도 하지 못했습니다. 그런데 또 핑계를 대고 휴가를 얻어 떠나 제 편리한대로 하였으니 그 죄가 너무 깊어 죽음을 받더라도 용서가 되지 않을 것입니다. 성군(聖君)의 조정에서 버림받았어도 기록에 남아 있지 않는 것은 너그러운 은혜입니다. 황공하고 감격하여 죽어 지하에서도 편안하지 못할 것입니다. 지금 바쁘게 서울로 달려가 대궐에서 죄를 받고자 기다리며 신하로서의 공손한 예를 바친다고 하더라도, 그 후에는 건강이 좋지 않아 관리 생활을 하지 못하고 예전대로 사직소를 올려 시끄럽게 될 것입니다. 황송함이 지금보다 더욱 심합니다. 이런 까닭에 생각을 끊고 감히 하지 않습니다. 지금 올린 소지(所志)에 대한 대답이 내려 왔습니다. 태평한 시기에 스스로 포기하여 군신사이가 단절되었으니 떨어지는 눈물을 감당하기 어렵습니다. 비록 내년 봄에나 혹시 나를 부르는 임금님의 뜻이 있다면, 그러한 형세에는 한 번 대궐에 들어가 임금님

260) 召命 : 나라에서 관직에 취임하라고 부르는 명령.
261) 本州 : 당시 牛溪가 거주하던 주, 坡州로 생각된다.

앞에서 내 마음을 상세히 알리고 한두 달 있다가 사직소를 올리고 물러날까 합니다. 그렇게 된다면 어떤 상황으로 일이 꼬이고 다시 어떤 일이 있을지 모릅니다. 일념(一念)으로 생각하더라도 나도 모르게 마음이 떨립니다. 형께서는 나를 위하여 대답해 주십시오. 어떻게 생각하시는지 모르겠습니다. 간략히 고견을 주신다면 다행이겠습니다. 계함(季涵) 정철(鄭澈)은 주색(酒色)에 깊이 빠져 나날이 심합니다. 관직이야 높다손 치더라도 세상 인정이 더욱 좋지 않으니 딱하고 딱합니다. 율곡의 편이 되어 따르는 것은, 형께서도 자신에게 올 수치를 돌보지 않는 것입니다. 그리고 필경 말년에는 그처럼 될 것인데 어찌 세상의 비웃음거리가 되지 않을까요? 저는 이 때문에 괴롭고 내 자신을 견디지 못하겠습니다. 또 형께서는 구촌(龜村)에서 겨울을 지내시는지요? 또 한강 물가로 돌아가서 멀리 달아날 계획을 세웠다고 듣기도 한 것 같은데 과연 뜻대로 될는지 모르겠습니다. 바람 많고 울타리도 없는 옛 집이라고는 하지만 노년에 세상인심 사나운 것보다는 오히려 낫지 않을까요? 흰머리에 서럽게 바삐 돌아다닌다면 어떻게 신천인(新遷人)[262]을 감당하겠습니까? 겨울 날씨가 매우 따뜻합니다. 한 번 남촌(南村)에 오셔서 저의 집을 방문해 주시기를 간절히 바랍니다. 삼가 글 올립니다. 이만 줄입니다. 갑신(1584) 11월 22일 혼(渾) 배(拜).

계응(季鷹:송한필)은 지금 어디에 있는지요? 그립습니다. 존백장(尊伯丈:구봉의 큰형)께도 안부전해주십시오.

262) 新遷人 : 이사를 자주 다니는 사람. 그러므로 원주민에게 서러움을 많이 받는 것으로 이해된다.

貞12. 牛溪 ➜ 龜峯

겉봉 : 再狀
宋生員　座前

渾前月誨日，往哭栗谷墓．宿草寒烟，與世長隔．無到無覺，長臥大化之中．自未死者而觀，則斯爲好矣．退而閱墳菴僧詩軸，則有詩曰，
欲使心無愧
那堪面目憎
招提草樹裏
寂莫對山僧
乃癸未七月所作．渾書其下曰
世態隨人轉
憂端老更新
那知作死後
披讀一傷神
云云．尊兄來省此墓，亦不可廢．則後日一拜顔範，必由此而得之矣．書中不答此語，故隨後再狀．渾 又拜.263)

解 저는 지난달 그믐날에 율곡 묘에 가서 곡(哭)했습니다. 묵은 풀과 차가운 안개만이 세상과 아득히 떨어져 있었습니다. 율곡은 알지도 못하고 깨닫지도 못하면서 커다란 자연의 조화 속에 길게 누워 있습니다. 산 사람의 입장에서 본다면 이것은 좋아 보였습니다. 물러나 분암승시축(墳菴僧詩軸)을 읽는데 다음과 같은 시가 있었습니다.

욕사심무괴(欲使心無愧) 마음을 부끄럽지 않게 만들어야지
나감면목증(那堪面目憎) 어찌 증오하는 얼굴을 만들랴.
초제초수리(招提草樹裏) 초제(招提:절)는 숲 속에 있고
적마대산승(寂莫對山僧) 적막한 속에서 산 스님과 마주 있다.
계미(1583) 7월에 지은 것입니다. 제가 그 아래에 시를 짓기를
세태수인전(世態隨人轉) 세상 인심 사람 따라 바뀌니
우단노갱신(憂端老更新) 근심은 늙어갈수록 새롭다네.

---

263) 『牛溪集』 續集 권3-37에 일부가 실려 있다.

나도작사후(那到作後死) 그대 죽은 뒤에
피독일상신(披讀一傷神) 그대 지은 시 읽고서 한 번 마음 아파 한다오.

형께서도 이 묘를 찾아오신다면 역시 시작(詩作)을 그만두지 못할 것입니다. 훗날 한 번 만나게 된다면 반드시 이 묘를 통해서 되겠지요. 편지 속에 이 시가 들어있지 않기에 시간이 지났지만 다시 보냅니다. 혼(渾) 우배(又拜).[264]

貞13. 牛溪 → 龜峯

겉봉 : 雲長 尊兄 上答狀
宋生員 座下

千萬望外。忽領李生袖間手札。開緘展讀。不覺喜慰之深。恭審臨到舊宅。起居萬福。欣慕不可喩。渾今年五十一。比前歲更減九分氣力。焦枯柴毁。面如黑鬼。脛如瘦竹。長臥昏昏。不能看一字書。疾痛之苦。旁人亦不能知也。雖然。尙賴一事。得以連命賖死。天公之饒我。於是而極矣。幸甚幸甚。一事云者。自今年來。柴門晝闢。無人來(扣)叩。自朝至暮。無非閑臥之時。願有溪声鳥語。歷於吾耳。此外無(餘)余事也。取一束紙。置諸床頭。以擬書來報答。而近百日不用一片。手之閑可知。而心閑誠可楽也。新造學堂。未完。僅得設板于中央。晝臥其中。清風徐來。天下之勝。亦無以加此矣。城中浪子輩相笑曰。今日安有一人書生往見汝者。方教汝作書院守直。好守窗戶也。僕楽應之曰。是余所欲爲也。今亦臥此堂中。書此書。可謂書院之守戶也。聞季涵今來高陽墓下。旁邊着一紅粧。遲回眷戀。不忍南去。諉曰無僕馬。又曰天熱。想秋冬間必不能渡漢水。天下安有如許極好笑耶。栗谷以此公爲賢。不顧其身之危辱。而与擧國之人相失者。専由此公也。而栗谷死後。遽敗素守。爲後日千

264) 편지 쓴 연대는 없지만 栗谷이 세상을 떠난 1584년 혹은 1585년으로 추정된다. 앞의 시는 栗谷이 지은 것이다.

265) 『龜峯集·玄繩編』 권5-27.

古笑囮。每一念之。不覺痛恨也。安習之處。送弔状後。不見渠答謝之書。未到如何経過。深念深念。渠所謂我負栗谷。亦有事段。後日相見時。當一道之。然遽執此。便待以負死者而自謀脱禍。則豈非待人之薄耶。今日僕其能脱禍乎。大抵此友用心過當。便以姦邪無状。待平日相善之友。而亦不少惜。此爲可(嘆)歎耳。然任渠所爲。何敢一毫分(踈)疏於其前耶。且聞狼川事将不輟計。是天公使兄復作辛苦於老境。不得安也。如僕一生孤獨。獨立山谷中。擧一世無一人相友知者。如兄又遠送狼川山中。亦不得数歳一相接也。信乎命之窮也。奈何奈何。秋來。倘蒙一臨南村孤墳之前。因來一訣病人。則亦幸甚也。李生之回。作書付此。未到能達於左右否也。千萬不能宣寄。(伏惟下照 謹奉狀) 乙酉六月二十二日。渾拜。265)

해 전혀 뜻밖에도 이생(李生)이 직접 전해주는 서찰을 받았습니다. 겉봉을 뜯고 읽으니 나도 모르게 매우 기쁘고 위로됩니다. 보내신 서찰을 통해 옛집으로 도착하여 모든 일이 편안함을 알았습니다. 즐겁고 부러움을 무어라 말로 표현하지 못하겠습니다. 저는 금년에 쉰 한 살입니다. 지난해에 비한다면 기력이 열에 아홉은 줄어들었습니다. 비쩍 말라 쇠약하고 얼굴은 검은 귀신같고 다리는 가는 대나무 같습니다. 혼미한 정신 속에 항상 누워 지내며 글 한 자도 볼 수 없습니다. 병으로 앓는 고통은 옆에 있는 사람도 역시 알지 못합니다. 그렇지만 '일사(一事)'에 의지하여 목숨을 부지하고 죽음을 기다릴 수 있습니다. 하늘이 나의 삶을 풍요롭게 해 준 것은 여기에서 지극합니다. 다행이고 다행입니다. '일사(一事)'란 금년부터 사립문을 낮에도 항상 걸어두더라도 와서 두드리는 사람이 없고, 아침부터 저녁까지 한가로이 누워서 지내며, 오직 물소리 새소리만 나의 귀에 들려오고, 이밖에는 다른 일이 없다는 것입니다. 한 묶음 종이를 가져와 책상 머리맡에 두고 답장 편지를 쓰려고 합니다. 그런데 요즈음 100 여 일 동안은 한 장도 사용하지 않아 손이 한가로움을 알 수 있고, 마음이 한가로우니 참으로 즐겁습니다. 학당(學堂)을 새로 짓는데 완성하지 못하였고 겨우 중앙에 현판만 달아두었습니다. 한낮에는 학당 가운데 누워 있노라면 시원한 바람이 천천히 불어오니 천하의 즐거움이 이보다 더하지는 않을 것입니다. 성(城)안에 젊은이들

이 서로 웃으면서 말하기를

“오늘은 어찌하여 너를 보러 온 한 명의 서생(書生)이 있는가? 너를 서원(書院)의 문지기로 삼으려고 하니 창문과 대문을 잘 지키거라.”

나는 기뻐서 그들에게 응수하기를

“이것은 제가 하고 싶은 것입니다. 지금 여기 학당에 누워서 이것저것 쓰고 있으니 서원의 문지기라고 할 수 있습니다.”

계함(季涵) 정철(鄭澈)이 지금 고양(高陽) 선산으로 간다고 들었습니다. 옆에는 예쁘게 단장한 여인 한 명을 데리고 있는 데 머뭇머뭇 마음 아파하면서 차마 남쪽으로 가지 못한다고 합니다. 말하기를

“하인과 말도 없고 또 날씨가 덥습니다. 생각건대 가을과 겨울에는 한강을 건너지 못할 것 같습니다.”

천하에 어떻게 이처럼 재미있는 우스개가 있을까요? 율곡도 이 때문에 계함을 지혜롭다고 여겼습니다. 자신의 위험과 모욕은 살피지 아니하고 온 나라 사람들과 함께 실수를 저지르는 것은 오로지 이 계함에게 시작된 것입니다. 율곡이 죽은 후에는 갑자기 평소 지키던 것을 잃어버리고 후세의 조롱거리가 되었으니 항상 생각할 때마다 나도 모르게 안타깝습니다. 습지(習之) 안민학(安敏學)이 있는 곳에 조장(弔狀)[266]을 보낸 후에 그의 답장을 보지 못했습니다. 어떤 경로를 거쳤는지 모르겠습니다. 매우 걱정되고 걱정됩니다. 내가 율곡을 저버렸다고 그가 하는 말도 역시 그럴만한 사정이 있겠지요. 훗날 서로 만날 때 한 번 그에게 말하겠습니다. 그런데 고집스럽게 내가 율곡을 저버렸다고 나를 대하면서, 자신만이 화(禍)에서 벗어나겠다고 수작을 부리니 어찌 경박하게 사람을 대우하는 것이 아니겠습니까? 오늘날 제가 화에서 벗어날 수 있을까요? 대체로 이 친구의 마음 씀씀이가 지나칩니다. 그런데 형편없이 간사(姦邪)한 놈으로 평소 잘 지내던 친구를 매도하니 역시 조금도 애석히 여길 것은 아닙니다. 이것이 안타깝습니다. 그러니 그가 하는 대로 내버려두더라도 예전보다 더 소원히 지낼 것도 없습니다. 또 낭천사(狼川事)[267]는 계획을 중단하지 않는다고 들었습니다. 이것은 하늘이 형을 노년에 다시 고생시키고 편안하지 못하게 하는 것입니다. 저 같은 사람은 한 평생을 고독하게 지내며 산에서 홀로 지내고 한 시대에 서로 알고 지내는 친구도 없습니다. 형 같은 분을 낭천 산 속으로 전송해야 하니

266) 弔狀 : 喪主에게 보내는 위로의 편지
267) 狼川事 : 龜峯이 낭천(狼川)으로 가는 일을 말하는 듯하다.

여러 해를 지나도 한 번 상면하지 못하겠습니다. 참으로 운명이 곤궁합니다. 어찌합니까? 가을에 혹시나 남촌(南村) 외로운 무덤에 한 번 오셔서 병든 저와 한 번 만난다면 역시 다행이겠습니다. 이생(李生)이 돌아가길래 편지를 써서 그에게 부탁 하였는데 형께서 받아보셨는지 모르겠습니다. 많은 이야기는 이만 줄입니다. 읽어주시기 바랍니다. 삼가 글 올립니다. 을유(1585) 6월 22일 혼(渾) 배(拜).

貞14. 龜峯 ➜ 牛溪

答浩原

滿紙情語。令人起懶海珍三十。亦念病悴心神形骸。内外受賜。爲謝不浅。僕前月舟返故里。擬哭栗谷新阡。信宿溪上。聞迷子外祖病重。未暇他事。歎恨歎恨。下示季涵事。惕然增愧。屢煩鄙書。規戒微言。不足爲動。觀其辞意。更無以天理人欲。分界相争之道。奈何。更爲亡友愴懐焉。願兄極加嚴辭。不以數爲嫌。不以不聽爲阻。且進退有義。不可毫髪容私。而吾兄每有圖便厭煩之意。致此狼狽。深以爲念。養疾有效。一來陳悃。永辭就閑。於理似穩。已往之悔。追思何益。末路極險。如我衰朽。永斷与親舊通信。宜忘之擲之。不之齒論於短長間也。然且云云云。未知終欲何爲也。謹復。268)

해

호원에게 답함.

종이 가득 채운 다정한 말은 사람의 게으름을 일어나도록 합니다. 해진(海珍)269) 30개는 역시 병으로 비쩍 마른 저의 심신과 몸을 생각한 것입니다. 안팎으로 선물을 받아 고마움이 적지 않습니다. 저는 지난달에 배를 타고 고향으로 돌아왔습니다. 신천(新阡)의 율곡 산소에 가 곡(哭)이라도 하려

---

268) 『龜峯集·玄繩編』 권5-29.

269) 海珍 : 海産物의 한 종류인 듯한데 구체적인 것은 미상이다.

고 물가에서 두어 밤을 머물렀는데 자식 놈의 외조부 병이 위중하다는 소식을 들으니 다른 일에 신경 쓸 여가가 없었습니다. 안타깝고 안타깝습니다. 가르침을 주신 계함(季涵) 일은 창피하고 부끄러움만 더합니다. 저도 자주 편지를 보내어 조심스런 말로 타일렀지만 계함을 움직이기에는 부족하였습니다. 계함의 말뜻을 보니 천리(天理)와 인욕(人欲)의 경계가 나누어지는 곳에서 싸워보려고 하는 길이 없었습니다. 어떻게 하겠습니까? 죽은 친구 율곡을 위해서도 서럽습니다. 바라건대 형께서 준엄한 말을 해 주십시오. 자주 충고한다고 해서 꺼릴 것도 아니고, 듣지 않는다고 해서 그만둘 일도 아닙니다. 나아가고 물러서는 곳에는 명분이 있어야 하며 터럭만 한 사사로움도 용납할 수 없습니다. 그런데 형은 매양 간편함만 도모하고 번거로움을 싫어하는 뜻이 있어 이런 낭패를 초래하였습니다. 매우 유감입니다. 병을 치료하는데 효과가 있다면 한 번 오셔서 정성을 털어놓으십시오. 영원히 이별하여 한가로운 곳으로 가는 것도 이치상으로는 온당합니다. 이미 지나간 일은 후회하고, 나중에 다시 생각해도 무슨 도움이 있겠습니까? 인생 말로가 매우 험난합니다. 저처럼 쇠약한 사람은 영원히 친구와 소식도 끊고 잊어 버려서, 좋고 나쁘고 간에 논쟁거리에 끼이지 않는 것이 좋습니다. 이렇게나마 말씀드립니다. 말년에 무엇을 해야 할는지 모르겠습니다. 삼가 글 올립니다.[270]

---

270) 편지 쓴 연대는 없지만 栗谷의 죽음과 앞 편지와 내용이 이어지는 점에서 1585년으로 추정할 수 있다.

貞15. 龜峯 ➜ 李仲擧

謝嶺南按使李仲擧書別紙

一。風化政刑之源。在吾方寸至密之地。邑宰震慴。惟恐不善。其不在我乎。治人本於自治。正物務在正己。
一。酒色二事。百行之賊。酒以先王之終日不醉為度。色以先正之禽獸不若爲戒
一。監司而邑宰。邑宰而吏胥。以至里正。等数分明。条約厳正。可以成績。
一。列邑之可立而未立之規。可革而未革之弊。令邑宰一一自思而自録之。又各邑各面各里可立規可革弊。令其面其里大少貴賎。各自一一斉議。鄕長有司及凡民之暁事可応対他日訪問者。令各押名署以呈。択其切急。先馳文相報答以施焉。余則咸議定於迎命之時。大則駅聞。小則立変。凡不尽心及或私漏不盡者。摘発治罪。
一。列邑之志學者隠逸及有行者有才者。各其守令各面。雖小必録。即報監司。以待監司之處置。志學。志于道學也。隠逸。抱才徳不出也。有行。孝子順孫烈女孝婦友愛忠信也。有才。畜奇謀遠略能文章善射御也。可致者。當致于公。不可致者。監司親往訪問焉。
一。令列邑。採訪老人男女七十以上及鰥寡孤獨癈疾飢寒無所歸無所養及處子年二十以上過時未婚及已死真儒隠士名宦忠臣義士孝子烈婦子孫及妻妾及墳塋所在。不拘年代遠近。一一詳実録呈。而或設燕尊享之。或以時賑救之。或助禮物勧婚嫁。或送酒食除徭役。表章之。或具酒饌奠祀。而修其廢。等差随宜。連上有遺不實。有罪。
一。爲政。通下情爲急。然惟公可以察之。
一。至誠宜無不服。故古語云。防小人。密於自修。
一。營吏之有才能者。例多恣横。待宜厳明。薛文清公曰。
一。卒頗敏捷。使之稍勤。下人即有趨重之意。余遂逐去之。當官者當正大光明。不可有一毫偏向。此可爲法。
一。勤而廉明。可以済事。廉明之要。在無私心。右十條。想在明公度内。重違勤教。敢録呈。第一條在方寸及末端無私心二事。僕方致功於屋漏而未得者。献於故人而求勉焉。幸勿以人所未能而反求他人爲忽也。弊寓荒涼。草樹茂密。高軒遠臨。無以爲謝。271)

해 영남(嶺南) 안사(按使) 중거(仲擧) 이산보(李山甫)의 별지(別紙)에 답함.

백성들을 교화시키는 것은 정치의 근본으로 나의 마음속 지극히 가까운 곳에 있다. 고을 수령은 조심하고 두려워하며 착하지 못할까 걱정한다. 나에게 있지 아니한가? 남을 다스림은 자신을 다스림에 기초를 두고 있으니, 남을 바르게 하고자 함은 자신을 바르게 하고자 함에 힘쓸 뿐이다.

술과 여자, 두 가지 일은 모든 행동의 적이다. 술은 선왕(先王)이 종일토록 마셔도 취하지 않는 것으로 법도로 하였으며, 여자는 선대의 올바른 신하들이 짐승같이 되지 않도록 훈계를 하셨다.

감사와 수령, 수령과 아전에서 하급 관리에 이르기까지 등급이 분명하며, 각자 해야 할 일이 엄정(嚴正)해야 공적을 이룰 수 있다.

여러 고을 가운데서 세워야 되는데 세우지 않는 규칙과 혁파해야 되는데 혁파하지 않은 폐단은 고을 수령이 일일이 생각해서 직접 기록해야 한다. 또 각읍(各邑)•각면(各面)•각리(各里)에서 세워야 할 규칙과 혁파해야 할 폐단은, 해당되는 면과 리로 하여금 크고 작거나 귀천 없이 제각각 일일이 일체 의논하도록 해야 한다. 향장(鄕長)과 유사(有司) 그리고 훗날 방문하는 사람이 있더라도 응대할 수 있을 정도로 사무에 밝은 사람은 제각각 서명(署名)을 하여 중앙에 보내어야 한다. 절박하고 급한 사항을 우선 문서로 알리고 시행한다. 나머지 모든 건의는 감사를 영접해 명을 받을 때 모두 결정한다. 큰일은 역(驛)을 통해서 알리고, 작은 일은 변고에 대한 대책을 세운다. 최선을 다하지 않거나 개인적으로 누락시키는 자는 적발(摘發)시에 죄를 준다.

여러 고을에 있는 지학자(志學者)•은일자(隱逸者)•유행자(有行者)•유재자(有才者)는 수령이나 각 면 단위로 하여금 소소한 일이라도 반드시 기록하여 감사에게 보고하고 감사의 조치를 기다린다. 지학(志學)은 도학(道學)에 뜻을 둔 사람이다. 은일(隱逸)은 재주와 덕을 갖고 있으면서도 밖으로 드러내지 않은 사람이다. 유행(有行)은 효자(孝子)•순손(順孫)•열녀(烈女)•효부(孝

---

271) 『龜峯集·玄繩編』 권5-30.

婦)가 우애하고 충신함이다. 유재(有才)는 기이한 계책과 원대한 책략을 품고, 문장(文章)에 뛰어나고 활과 말 타는데 뛰어난 사람이다. 데려 올만 한 사람은 조정에 데려가고, 그렇지 못한 사람은 감사가 직접 방문한다.

각 고을로 하여금 남녀 70살 넘은 노인과 환(鰥:홀아비)•과(寡:과부)•고(孤:고아)•독(獨:늙어서 자식 없는 사람) 그리고 병이 들었거나 추위에 굶주려 돌아갈 곳 없거나 의탁할 곳 없는 자 그리고 혼기가 지난 20살 넘은 처녀를 찾아서 방문하게 하고, 그리고 이미 죽은 진유(眞儒)•은사(隱士)•명환(名宦)•충신(忠臣)•의사(義士)•효자(孝子)•열부(烈婦)의 자손과 처첩(妻妾)들의 무덤이 있는 곳을 연대의 멀고 가까움을 따지지 말고 일일이 상세히 기록하게해서 보고 한다. 그리고 혹은 제수를 차려 제사지내 주고, 혹은 때때로 구호품을 주어 구제해 주고, 혹은 예물(禮物)을 도와주어 혼인을 하도록 장려하고, 혹은 술과 음식을 보내주고, 혹은 부역을 면제하여 표창해 주고, 혹은 제사에 올릴 술과 음식을 준비하여 끊어진 제사를 잇게 해 주는데 이 모든 것을 등급에 따라 알맞게 한다. 계속해서 빠뜨린 것이 있고 진실하지 못할 경우에는 죄를 준다.

정치란 백성들의 마음을 꿰뚫어 보는데 뜻을 두어야 한다. 그러나 오직 공평해야만 살필 수 있다.

지극한 정성이면 감복하지 않음이 없다. 그러므로 옛말에 이르기를 “소인을 막으려면 자신을 수양하는 데 주도면밀해야 한다.”고 하였다.

관청 아전들로 재능이 있는 자들은 통상적으로 방자한 사람이 많으니 그들을 엄하고 분명하게 대우해야 당연하다. 설문청공(薛文淸公)[272)]이 말하기를

“졸병 한 사람이 민첩하면 그를 부지런히 일하도록 해야 한다. 하인으로 권세를 따르는 자들은 내가 곧 내쫓아 버린다. 관직에 있는 자는 광명정대(光明正大)해야지 터럭 한 올만큼이나 편향된 마음이 있어도 안 된다.”
고 하였는데 이것을 법도로 삼아야 한다.

---

272) 薛文淸公 : 명의 학자 薛暄(1392~1464)를 말한다. 저서로 薛文淸集이 있다.

勤而廉明，可以濟事．廉明之要，在無私心．

부지런하면서 청렴하고 지혜로우면 일을 수행할 수 있다. 청렴하고 지혜로운 요점은 사사로운 마음이 없는 데 있다.

右十條，想在明公度內．重違勤教，敢錄呈．第一條在方寸及末端無私心二事，僕方致功於屋漏而未得者．獻於故人而求勉焉．幸勿以人所未能而反求他人爲忽也．弊寓荒涼，草樹茂密，高軒遠臨，無以爲謝．[273]

이상의 10가지 조목은 그대의 능력 안에 있다고 생각합니다. 간절한 부탁을 어기기가 어려워 감히 기록하여 드립니다. 제 일 조의 '재방촌(在方寸:마음에 있다)'과 끝의 '무사심(無私心:사심이 없다)' 이 두 가지 일은 제가 남이 보지 않는 곳에서도 노력을 기울였지만 잘 되지 않았습니다. 옛 친구에게 올리니 힘쓰시기를 바랍니다. 사람들이 할 수 없는 일을 가지고서 도리어 사람에게 요구하는 경솔한 짓은 하지 말기를 바랍니다. 저의 집은 황량하여 풀과 나무만 우거졌는데 고헌(高軒:상대방)께서 멀리서 왕림해 주셨으니 무어라 감사함을 말하지 못하겠습니다.

273) 『龜峯集·玄繩編』 권5-30.

貞16. 牛溪 ➜ 龜峯의 詩에 次韻함

書成後, 試拈筆, 效嚬仰次高韻. 拙澁不可觀, 然不敢不書呈. 幸一視漫去之. 幸甚.

閱世身登百尺竿
目覩尖物已能安
明夷隨處稱停熱
義理何言運用難
斷斷夏侯猶授學
肫肫由也又纓冠
丁寧一誦古人事
泣向吾兄伯仲間

病翁拜上, 雲長尊兄座前.
未嘗學此等詞律, 所以尤不能成篇也. 浩原詩.

해 편지를 쓴 후 시험 삼아 붓을 들고 형의 운(韻)을 주제넘게 본받아서 시를 지었습니다. 서툰 솜씨 볼만한 것이 없으나 보내지 않을 수 없습니다. 한 번 보신 후에 없애주시기 바랍니다. 매우 감사합니다.

閱世身登百尺竿 세상 사는 이 몸 백 척(尺) 장대에 오른 듯
目覩尖物已能安 뾰족한 물건만 보아도 편안함을 느낀다.
明夷隨處稱停熱 명이(明夷)[274]는 곳곳에서 은거해 있지만
義理何言運用難 의리(義理)는 무엇 때문에 운용하기 어렵다 말하는가?
斷斷夏侯猶授學 성실한 하후(夏候)[275]는 그래도 학문을 전수 받았건만
肫肫由也又纓冠 정성스런 유야(由也)[276]는 또 벼슬에 얽매였다.
丁寧一誦古人事 간절히도 한 번 고인(古人)의 일을 읊으니
泣向吾兄伯仲間 형을 향하여 눈물 흘리니 백중지간(伯仲之間)이로다.

---

274) 明夷 : 周易의 明夷卦는 賢者가 곤경에 처하고 있는 卦이다. 여기서도 어려움에 처한 賢者정도로 이해된다.
275) 夏候 : 人名, 누구인지 확실하지 않다.
276) 由也 : 人名, 누구인지 확실하지 않다.

병든 늙은이가 운장(雲長) 형(兄) 앞으로 올립니다.
이 같은 글을 배워본 적이 없어 더욱 글을 제대로 이루지 못했습니다.
호원 시.

貞17. 龜峯 → 牛溪

白首爲別。後会無期。千里寄問。慰懷何言。去歲荷盛念。情問疊至。機中巻織之貺。杵下分舂之錫。連辱習坎之中。令胄懃訪不怠。清詩勸戒益深。不寐興歎之教。破家相容之許。猥及無狀。尚闕一謝。雖緣蓬飄南北。輸悃無路。耿耿于中。負恩不淺。僕方圖扁舟浮海。以絶無。生可以追桃源之跡。死終爲魚腹之魂。生逢 聖世。事至此極。未知自處於事理何如也。僕之多病。尊兄所知。静坐一室。亦知死日不遠。何況毒霧瘴(烟)煙。鑿谷架巖。能忍得幾時而徑死耶。如或此計未遂。則一夜投以。長對舊儀。深閉堅坐。主客爲一身。生而入死而出。永無相離之恨。亦一計也。悠悠何既。謹謝。[277]

해

호원에게 답함.

흰머리에 이별하니 훗날 만날 기약이 없습니다. 천리 멀리서 소식을 보내주시니 위로됨을 어찌 말로 다 할 수 있습니까? 지난해에도 은혜를 입었는데 정이 가득한 안부 인사가 거듭 옵니다. 보내주신 옷감은 저로서는 과분한 선물입니다. 습감(習坎)[278] 속에서 거듭 곤욕을 치르는데 형의 아들은 부지런히 저를 방문하고 있습니다. 보내주신 형의 시도 저를 더욱 조심시키고 있습니다. 자나 깨나 지켜야 할 가르침은 아니지만 훼손된 집안에서는 받아들여야 할 계획입니다. 저는 형편없는 사람인데 여태껏 인시 한 번 못했습니다. 남북으로 떠돌아다니기 때문에 심정을 전할 길이 없어 마음으로 걱정되니 형의 보살핌을 저버린 점이 적지 않습니다. 저는 조각배를 타고

277) 『龜峯集·玄繩編』 권5-32.
278) 習坎 : 매우 어려운 상황, 周易의 坎卦를 말하는데 위아래가 다 이다.

바다를 건너 세상과 인연을 끊으려고 합니다. 살아서는 이상향(理想鄕)인 무릉도원(武陵桃源)의 자취를 추구하고 싶고, 죽어서는 굴원(屈原)처럼 고기 뱃속의 넋이라도 되었으면 합니다. 어진 임금의 세상을 만나 살아온 삶이 이런 지경에 이르렀습니다. 어떠한 이치에 따라 처신해야 할지 모르겠습니다. 제가 병이 많음은 형께서도 아시는 것입니다. 조용히 방안에 있노라면 죽을 날이 멀지 않음을 알겠습니다. 하물며 독무(毒霧)와 장연(瘴烟) 속에서 계곡을 뚫어 바위에 집을 짓는다면 그 얼마나 살고 죽을까요? 만약 이 계획이 이루어지지 않으며 한 밤중에 만나서 오랫동안 마주보고, 문 깊이 걸어 잠그고 앉아 있노라면 주인과 객이 한 몸이 됩니다. 살아 들어가고 죽어서 나와 영원히 이별하는 한(恨)이 없다면 역시 하나의 계획입니다. 아득한 그리움 어느 때 그치리오. 삼가 글 올립니다.

貞18. 龜峯 → 趙汝式

吾与兄別。今五載矣。閉身習坎。吟病守寂。罪積于天。萬事何言。曾奉慇懃情訊。出於衆棄之中。不一不再。尚稽一字相報。實非翳桑困乏。都忘舊義而然也。亦非學書不渡淮之古規也。向者。吾兄瀝胆刳肝。扶危於未亡。寧忘吾身而不負吾學。犯諱孤言。猥及無狀。此皆爲国忠憤。大公至正。無一毫有所私念於微物者也。深慮鄙文字一到兄邊。有浼清明直截之氣像。而亦欲自處得叔向無私謝之意也。幸勿爲訝於隔絶多歲也。且聞舊友對僕說數句。亦入兄疏中。兄何從得此耶。至瀆 天聽。惶悚惶悚。朱晦庵曰。"顏子曷嘗敢是(己)已非人。而自安於不還之地哉"。敢以此言爲今日自勉之訓。而交道之分背。不欲興懐耳。但僕禍迫膚髓。孑孑孤影飄落。無所生逢　聖世。人生到此。亦可愧也。聞兄抱戚(令)鴒原。天不(祐)佑仁。何歎何歎。叔献姪女年僅笄。昏便喪夫。造物偏厄吾儕。理不可信。兄使忙迫。書不盡情。[279]

해 여식(汝式) 조헌(趙憲)에게 답하는 편지.

내가 형(兄)[280]과 헤어진지도 어언 다섯 해가 되었습니다. 어려운 환경

---

279) 『龜峯集·玄繩編』 권5-32.

속에 몸을 맡긴 채 병으로 신음하면서 외로움을 지키고 있습니다. 하늘에까지 죄가 쌓여 있으니 만사(萬事)를 어찌 말을 할 수 있습니까? 예전에 은근한 정이 담긴 편지를 받았습니다. 모든 사람이 나를 버린 속에서 나온 것으로 한 두 번이 아닙니다. 여태껏 한 자 답장도 못했습니다. 참으로 예상(翳桑)[281]처럼 곤궁한 것도 아닌데 옛 정의를 망각해서 그런 듯합니다. 글씨를 배우지 않으면 회수(淮水)를 건너지 못한다는 옛 가르침입니다. 접때 형께서는 간과 쓸개까지 다 내어 주고 죽기 직전의 위태로운 나를 도와주었습니다. 차라리 내 몸은 잊을지언정 내가 배운 학문에 대해서는 배반하지 않겠습니다. 제가 볼품은 없으나 이것 모두 국가를 위한 울분에 찬 충성입니다. 공명정대(公明正大)하여 하찮은 일에도 한 올의 실오라기 같은 사사로운 생각도 없습니다. 형에게로 보낸 저의 글을 깊이 생각해 보십시오. 분명하고 솔직함을 더럽힌 듯한 기상은 있지만 숙향(叔向)[282]의 사심 없는 뜻은 가졌다고 자부합니다. 여러 해 동안 소식이 끊겼다고 의아스럽게 여기지 마시기 바랍니다. 옛 친구들이 나에 대해 한 여러 말들이 또한 형의 소(疏) 가운데 있다고 들었습니다. 형은 어디서 이런 이야기를 들었습니까? 임금님의 귀를 어지럽힐 것 같아 황송하고 황송합니다. 주회암(朱晦庵)이 말하기를

"안자(顔子:안회)는 어찌 자기는 옳다하고 남을 그르다고 하여, 나아가지 못하는 입장을 스스로 편안하게 여겼는가?"

라고 하였습니다. 감히 주자의 말로 오늘날 스스로 권면하는 교훈으로 삼아야 합니다. 친구 간에 의리를 배반하는 일을 마음에서 일으키고 싶지 않습니다. 다만 저의 재앙이 몸에 절실히 와 닿고 외로운 몸으로 떠돌아다닙니다. 성인의 시대를 만났는데도 살 길이 없습니다. 사람이 살면서 이런 지경까지 되었으니 역시 부끄럽습니다. 형께서 영원(令原)[283]의 근심을 가졌

280) 兄 : 重峯 趙憲(1544~1592)을 말한다. 趙憲은 栗谷과 牛溪의 제자이다. 兄이라는 칭호는 제자에게도 쓸 수 있음을 알 수 있다. 보통 자기보다 나이 많은 사람에게 老兄, 또는 兄이라고 부르면 缺禮이고, 나이 아래인 사람에게 兄이라는 호칭을 사용한다.
281) 翳桑 : 무성한 뽕나무. 또는 지명. 보통 春秋時代의 靈輒이란 사람을 의미한다. 그가 예상(翳桑)아래서 3일이나 굶어 고생하고 있을 때 魯나라 宣公이 그를 보고 음식을 주었다는 이야기가 左傳에 전한다.
282) 叔向 : 春秋時代 羊舌肸의 字. 박학다식 하였으며, 공자도 정직한 사람이라고 칭찬하였다.
283) 令原 : 조헌의 형제중 한분이 세상을 떠난 것을 말한다. 『詩經·小雅·常棣』에 "鶺令在原, 兄弟急難"(할미새가 들에 있으니 형제가 위급하다.) 보통 형제가 다급하고 어려운 상황에 처했을 경우를 '鶺令在原'이라 한다.

다고 하는데 하늘이 어진 사람을 도와주지 않으니 탄식만 나옵니다. 숙헌의 조카딸도 어린 나이에 혼인하자마자 곧 남편을 잃었다고 합니다. 조물주가 우리들에게만 재앙을 내리는데 이성적으로 말할 수 없습니다. 형의 심부름꾼이 바쁘다고 하기에 마음을 글로 다 표현하지 못합니다.

貞19. 牛溪 ➜ 龜峯

겉봉 : 上答狀
龜峯 尊兄 座前

新年伏惟, 進德日新, 萬福維新. 出於明夷, 快覩天日, 拜賀拜賀. 玆承上元手札之賜, 蹶然而興, 如病得甦. 恭審體履支勝. 千里報喜. 何以踰此. 渾衰老頓添, 而年齒益暮. 昏耗之餘, 不復能自强. 可悲可嘆. 身閑境靜, 可以讀書, 而呻痛不絶. 一日之間, 對黃卷時小. 如此可望於浹洽有得耶. 重以悲嘆. 第門絶來人, 以此有賴於連命耳. 栗谷文集, 自渾發謀已五六年矣, 尙未小有經始. 渾今垂死, 殊深感念. 今夏欲與金希元, 次輯分門, 以草本送於兄, 以請訂正, 願待之也. 初望兄北來, 與共此事. 而兄無早還之計, 尤可悲嘆也. 景魯晩年, 志尙益堅, 正可謂老益壯矣. 令人欽嘆. 旣訪趙汝式, 周其貧乏, 又訪尊兄, 解衣衣之. 風義之重, 求之古人, 亦鮮倫比. 中夜懷思, 不覺向風. 時未造洛, 未知今在何處也. 頃見鄭朝甫, 相與道尊兄不置. 思欲奉狀, 而有一客相猜, 未果. 似聞李台欲作意救兄. 金希元亦以相報, 不勝抃喜. 未知天意竟如何也. 金使君千里聞饋不絶. 此爲最晩相知. 不意其擺脫利害, 向吾輩殷勤也. 洛下接識此君, 見其豪俊, 不近於遜學. 今見其書, 言與兄相從. "聞所未聞, 擊頑開蒙云云." 不覺嘉嘆. 願[284]
(此牛溪書. 此下斷缺)

해 생각건대 금년에는 덕(德)이 나날이 새롭고 만복(萬福)을 받았으리라 생각합니다. 어려운 상황에서 벗어나 하늘의 해를 본 듯하니 축하드립니다. 정월 대보름에 보내신 서찰을 받고 뛸 듯이 즐거웠으며 병에서 소생한 것과 같습니다. 삼가 형께서 잘 지내심을 알았습니다. 천 리 길에서 즐거운

---

284) 『牛溪集』 續集 권3-38에 일부 소재.

소식을 주시니 어느 것인들 이보다 더하겠습니까? 저는 쇠약하고 늙은 몸에 피로가 겹쳤고 나이 또한 더욱 먹어가고 있습니다. 정신이 흐릿하고 몸도 약해 다시는 강건해 질 수 없으니 슬프고도 안타깝습니다. 몸은 한가하고 주위는 고요해 독서는 할 수 있으나 신음과 고통이 끊이지를 않습니다. 하루 사이에도 책을 대할 시간이 적습니다. 이 같은 생활에 공부를 두루 하여 깨달을 희망이 있을까요? 거듭 슬픔에 빠집니다. 다만 찾아오는 이를 끊고서 목숨이나 연명하고 있을 뿐입니다. 율곡문집(栗谷文集)은 제가 계획을 한 지 벌써 5,6년이 되었는데 아직도 시작을 하지 못했습니다. 저는 지금 목숨이 간당간당하니 매우 염려됩니다. 이번 여름에 희원(希元) 김장생(金長生)과 종류별로 나누어서 초고본을 형에게 보내어 정정(訂正)을 부탁드릴까 하는데 기다려 주시기를 바랍니다. 처음에는 형이 북쪽으로 오셔서 이 일을 함께 하기를 바랬습니다. 그런데 형이 일찍 올 계획이 없다고 하시니 더욱 안타깝습니다. 경노(景魯)[285]는 만년에 의지가 더욱 견고하니 참으로 노익장(老益壯)이라고 부를만합니다. 사람을 감탄케 만듭니다. 그는 여식(汝式) 조헌(趙憲)을 방문하였다가 그의 빈곤함을 도와주었고, 또 형을 방문하여 자기의 옷을 벗어 형에게 덮어 주었다고 합니다. 풍모와 의리를 중요시 여겨 고인(古人)을 찾더라도 이와 같은 사람은 드뭅니다. 한 밤중에 생각해 보아도 나도 모르게 그의 풍모에 쏠립니다. 현재 서울에 도착은 안했는데 지금은 어느 곳에 있는지 모르겠습니다. 근래 정조보(鄭朝甫)를 만나 서로 형에 대해서 쉬지 않고 이야기 했습니다. 글 한 통 보내려고 생각하고 있었는데 시샘하는 어떤 객(客)이 있어서 실행하지 못했습니다. 이태(李台)[286]가 형을 도와주려는 뜻이 있다고 들었습니다. 희원(希元) 김장생 역시 이런 뜻을 알려오니 기쁨을 견디지 못하겠습니다. 하늘의 뜻이 필경 어떠할는지 모르겠습니다. 김사군(金使君)[287]이 천 리 먼 길에서 끊임없이 양식을 보내오고 있습니다. 이 사람은 가장 늦게 안 사람입니다. 그가 이해관계를 떠나 우리들에게 친절히 대할 줄은 생각하지 못했습니다. 서울에서 이 사람을 알았는데 그의 호방함을 보니 겸손히 학문하는 사람과는 거리가 먼 듯합니다. 지금 그의 편지를 보니, 형과 서로 만났다고 하면서 "들어보지 못한 말을

---

285) 景魯 : 李希參의 字, 생몰년이 불분명하나 『牛溪集』 續集 권5에 우계가 그에게 보내는 편지가 있는 것으로 보아 친구로 추측된다.

286) 李台 : 대감 李某. 누구인지는 확실하지 않다.

287) 金使君 : 使君은 지방 守令을 말한다. 지방 수령으로 있는 '金某' 라는 뜻인데 누구인지는 확실하지 않다.

듣고, 완고하고 어리석음을 깨부수고 열어주었다고 운운합니다." 나도 모르게 가상히 여깁니다. 원(願)[288]

(이것은 우계의 편지인데, 이 아래는 잘라졌다.)

貞20. 龜峯 → 牛溪

答浩原

千里相望。死在朝暮。三紙情書。忽及於溘死之先。慰懷何言。去春松楸之省。夜行晝止。不測之鋒。迫在前後。非無意一敍。而竟莫之就。下示心語口,不相逢,將永訣之恨。吾豈有浅於吾兄而然哉。耿耿于中。未嘗一日忘于懐也。(ム)某尚闕一字酬答於親舊間。而向於吾兄罄竭下情。無少避諱。寧過切偲而不效囁嚅者。誠為苟知之久而収取之深也。及有生盡鄙見。不相負於冥冥之中。乃僕之心也。今承兄示懃懇。以爲實心相副。未若兄之待僕者然。惕然增愧。不知所云。昔日禍未及焚坑。相期修業進學。以延佇古人心跡。逾月未見書則念之。経時未見面則懐之。逢一事未議則疑之。行一礼未講則憂之。豈燕游拍肩之為比哉。少日同志。亦非不多。而或以文章。或以美爵。交道各異。僕雖無似。与吾兄及栗谷。忝在相觀之末。策駑専心。不以外物嗜欲。有所夭閼者。于今三十年有余矣。不幸栗谷云亡。吾兄爲世所擯。独立無与。僕雖猶生。遑遑中野。未知竟作何山之委骨也。頃憑一答書。吐出誠素。反致未尽之教。噫。至此而苟或未盡。何處盡其心乎。來示如非前言之戲。則無奈勉我不逮。而益欲発我於垂死耶。無以爲措。僕南来。二脚疼痛。不良屈伸。患侵于外。病攻于中。一死無惜。只以於人世有多少未畢事爲慨耳。朱子曰。"孟子自許行王霸不動心。而其原只在識破詖淫邪遁四説病處"。更以此言。爲吾兄一誦焉。伏惟留念。己所未能而反以勉人。尤増靦赧。[289]

해

호원에게 답함.

천 리 거리를 두고 바라만 보고 있는데 죽음이 아침저녁으로 있습니다.

---

288) 편지 쓴 연대를 알 수 없으나 栗谷文集 간행을 기도한지 6년이 되었다고 하였다. 栗谷이 돌아가신 1584년을 기점으로 계산하면 1589년이나 1590년 정도로 생각해 볼 수 있다.

289) 『龜峯集·玄繩編』 권5-33.

정(情)으로 보내주신 세 장의 서찰은 죽기 직전에 갑자기 도달했습니다. 위로됨을 어떻게 말하겠습니까? 지난봄 조상 산소 성묘하러 가는 길에 밤에는 걷고 낮에는 쉬었는데, 예측할 수 없는 칼날[290]이 앞뒤로 가까이 있었기 때문입니다. 한 번 글을 올릴까 하고 생각하지 않은 것도 아닌데 끝내는 하지 못했습니다. 형께서는 마음속의 말을 다하여 가르침을 주셨는데 서로 만나지 못했습니다. 앞으로 영원히 이별하는 한(恨)이 있다면 내가 어찌 형보다 작다고 하겠습니까? 마음으로 걱정이 되어 하루라도 가슴에서 잊은 적이 없습니다. 저는 친구사이라 하더라도 글을 주고받을 때 한 자 정도는 숨겨두는데, 형에게는 마음을 다 털어놓고 조금도 숨기는 것이 없습니다. 차라리 지나칠 정도로 간절히 권면(勸勉)하고 머뭇머뭇 거리지 않는 것은, 참으로 지우(知遇)를 입은 지 오래고 깊이 저를 아껴주는 마음이 깊었기 때문입니다. 살아있을 때는 저의 견해를 다 말씀드리고 죽어 저승에서도 배반하지 않는 것이 저의 마음입니다. 지금 형의 은근하고 간절한 가르침을 받았는데 진실된 마음이 서로 딱 들어맞는 듯합니다. 형이 저에게 대하는 태도가 아닌 듯합니다. 두렵고 부끄러워 무슨 말을 해야 할지 모르겠습니다. 지난날 화(禍)가 분갱(焚坑)[291]에 까지 미치지 못할 때는 학업에 정진하여 고인의 마음과 자취를 바라보고자 기대하였습니다. 달이 지났는데도 서신을 보지 못하면 생각하였고, 때가 지났는데도 얼굴을 보지 못하면 그리워하였고, 한 가지 일을 당해 의논하지 못하면 의문점을 가졌고, 한 가지 예를 실천할 때도 토론하지 않으면 근심하였습니다. 어찌 연유박견(燕遊拍肩)[292]으로 비유를 하십니까? 젊었을 적의 뜻을 같이한 친구들이 많지 아니한 것은 아니지만 혹은 문장(文章)으로, 혹은 관직으로, 사귀는 방법이 각각 달랐습니다. 저는 비록 대단치 않은 사람이지만 형과 율곡과 더불어서 말석이나마 끼이게 되었습니다. 노둔한 성정을 채찍질하여 마음을 한 가지로 하였고, 주위의 환경이나 욕망에 빠지지도 않았으며, 일찍 죽은 자식이 있기는 하지마는 지금 30여 년이 되었습니다. 불행하게도 율곡은 죽었고 형은 세상에 버림을 받아 홀로 있으며 함께 하는 사람이 없습니다. 저는 살고는 있지만 들판에서 헤매다가 필경 어느 산에서 뼈를 맡길지 모르겠습니다. 근래 형이

290) 아마 당시에 이미 壬辰倭亂이 일어나 倭軍이 도처에 있는 것으로 이해된다. 그렇다면 편지 쓴 시기는 1592년 이후가 될 듯하다.

291) 焚坑 : 秦始皇帝의 焚書坑儒를 말한다. 여기서는 커다란 재앙 정도로 쓰인 듯하다.

292) 燕遊拍肩 : 연회를 베풀어서 마시고 놀며 어깨를 들썩거리는 행동. 놀기만 하는 무리를 일컬음. 이전에 牛溪가 龜峯에게 보낸 편지에 이러한 말을 쓴 듯하다.

보낸 한 통의 답장에 근거해서 평소의 진실된 마음을 토로했는데 형께서는 도리어 미진하다는 가르침을 내렸습니다. 아! 이렇게까지 하였는데 미진하다고 한다면 그 마음을 다 바치는 것은 어느 곳에 있는가요? 주신 가르침은 예전 같은 장난도 아니면서 나의 정성이 미치지 못하니 어쩔 수 없다고 하시니, 더욱 나를 죽음으로 몰아넣고자 하는 것입니까? 어찌 할 바를 모르겠습니다. 저는 남쪽으로 내려와 두 다리가 아파 굽혔다 폈다 하지도 못합니다. 우환이 바깥에서 들어오고 병은 속으로 파고드니 죽어도 유감이 없습니다. 다만 인간 세상에서 다소간 마치지 못한 일이 있으니 서러울 뿐입니다. 주자가 말하기를

"맹자는 허행(許行)[293]이 왕자(王子)와 패자(覇者)를 말하고부터는 부동심(不動心)하였다. 근본은 다만 피사(詖辭)•음사(淫辭)•사사(邪辭)•둔사(遁辭)[294]의 네 가지 설의 잘못된 점을 아는데 있다."

고 하였습니다. 다시 주자의 이 말을 형을 위해서 한 번 암송할까 합니다. 유념해 주시리라 생각합니다. 자기도 잘 하지 못하는 일을 도리어 남에게 강요하니 더욱 부끄러움만 더합니다.

---

293) 許行 : 戰國時代 農家의 한사람. 『孟子·滕文公 上』에 그의 행적이 보인다.

294) 『孟子·公孫丑 上』에 "何謂知言?曰, 詖辭知其所창. 淫辭知其所陷. 雅辭知其所離, 遁辭知其所窮. 生於其心. 害於其政. 發於其政. 害於其事. 聖人復起, 必從吾言矣."라 하였다. 무엇을 知言이라 합니까? 말하기를 詖辭(편벽된말)를 하는 사람은 그가 옳지 않은 일에 뒤덮여 쓰인 줄을 알고, 淫辭(음란한말)를 하는 사람은 그가 유혹에 빠진 줄 알고, 雅辭(사악한말)를 하는 사람은 그가 올바른 이치에 벗어난 줄 알고, 遁辭(변명하는 말)를 하는 사람은 그가 곤궁함을 안다. 마음에서 생겨나 정치를 해치며, 정치로 나타나 일을 해친다. 성인이 다시 태어난다고 해도 반드시 내말을 따르리라.

貞21. 牛溪 ➜ 龜峯

겉봉 : 上狀

龜老　尊兄　座前

音微長絶，歲已秋矣．戀慕之苦，衰老尤切 未委靜穩起居粗安否，春間潭陽使君累致書，因仍承見手札．其喜可言．渾衰耗頓添，日望溘死．未死之前．每懷故舊，終不可忘．在人世者，有幾人哉．然則奉慕老兄，何時而已耶．直至地下然後相忘耳．思菴先生七月念一日，考終于永平山中．殄瘁之慟，可勝言哉．只爲栗谷文集．少無就緖．道里稍邇．豈不仰稟老兄．而草本未成，不能賫持而往也．奴子看秋淳昌，蓋有數畝田．今往納穀十斗于座前，幸勿却何如．渾二月避瘟于外，前月纔還．虛足柴立，他無足道．奴歸甚忙，草草不盡所欲言．伏惟簡以一字，慰我孤懷．謹奉狀．己丑中秋三日 渾 拜．

해 소식이 오랫동안 끊겼는데 어느덧 가을이 되었습니다. 간절한 그리움이 쇠약한 늙은이에게 더욱 간절합니다. 조용히 지내시는 가운데 그럭저럭 편안하시겠지요? 봄에 담양사군(潭陽使君)[295]이 여러 차례 편지를 보내 왔는데 그를 통해서 형의 편지도 받았습니다. 기쁨을 무어라 말하겠습니까? 저는 쇠약한 몸에 피로가 겹쳐 매일 죽기를 바라고 있습니다. 죽기 전에 옛친구를 생각하면 잊을 수 가 없습니다. 세상에 있는 친구 몇이나 되겠습니까? 그러니 형에 대한 그리움이 어느 때나 그치겠습니까? 땅속에 곧장 들어간 후에야 잊을 수가 있겠지요. 사암(思菴) 박순(朴淳:1523~1589)선생이 7월 21일 영평산(永平山)에서 세상을 하직했습니다. 애절한 고통 어찌 말로 다 할 수 있습니까? 율곡문집(栗谷文集)은 조금도 진척이 없습니다. 길도 제법 가까운데 어찌 형께 물어보지 않겠습니까? 그런데 초고본이 완성되지 못해 가져가지 못했습니다. 하인이 순창(淳昌)에서 가을걷이를 하였는데 논두어 마지기 있습니다. 지금 곡식 열 되를 형께 보내오니 물리치지 마시기를 바랍니다. 저는 2월경에 전염병을 피하느라 다른 곳에 있었는데 지난달에 겨우 돌아왔습니다. 사립문에 우두커니 서있어도 달리 말할 것이 없습니다. 하인이 매우 바빠 가야된다고 하므로 대충 쓰느라 할 말을 다하지 못했

295) 潭陽使君 : 潭陽府使. 使君은 고을을 책임지는 守令을 말한다,

습니다. 한 자 답장 보내어 외로운 저의 마음을 위로해 주십시오. 삼가 글 올립니다. 기축(1589) 중추(中秋) 3일. 혼(渾) 배(拜).

前日聞潭陽使君游衍，不報細事．以此使君親我甚厚．且以官守盡心．君子之大節．玆敢仰稟老兄．俾達外言．此雖鄙生擅發．舊習未祛處．而盡誠於人則有之．無乃使君聞之，有不樂耶．適有所思，略布之．
石潭書院諸賢，遺我書言．今年欲立栗谷祠版，以配食于朱子祠云．蓋石潭書院立朱子祠．以靜菴退陶兩先生配食．丙戌秋已奠安祠版故也．此令渾主張此事云．未知於高見何如．鄙意以爲此事事體至重，非可輕爲者．石潭門人，力學自立，待數十年道明德立之後．而深惟道理．大會同門．斷然推尊，而行此盛擧可也．或有後世子雲者出，而行此未擧之禮，亦可也．今日鄙人獨斷爲之，恐未爲十分敢信，又恐傷於忽遽也．願示定論何如.[296] 栗谷姪女十九喪夫云．天下安有如許酷禍．然遺腹生男天幸也．
右浩原書別紙，答在禮問答他錄．

解 일전에 담양(潭陽) 부사(府使)가 유람 갔다고 들었기 때문에 세세한 일을 알리지 않았습니다. 이 때문에 부사가 나에게 매우 친절히 대해줍니다. 관리란 마음을 다 바치는 것이 군자의 큰 절개입니다. 형께 부탁드리는데 바깥소식을 전해주시기 바랍니다. 저는 제멋대로 하고, 옛 습관을 떨쳐버리지 못했으나 남에게는 최선을 다하는 점은 있습니다. 부사에게 이러한 나의 점을 알린다면 즐겁지 않습니까? 마침 생각나는 것이 있어서 대략 씁니다.

석담서원(石潭書院)의 여러 사람들이 저에게 편지를 보내 왔습니다. 금년에 율곡의 사판(祠版:神位, 神主)을 만들어 주자의 신위에 함께 제사지내겠다고 합니다. 석담서원에서는 주자의 신위를 세워 정암(靜菴) 조광조(趙光祖:1482~1519)와 퇴도(退陶) 이황(李滉:1501~1570) 두 분 선생을 함께 제사지냈습니다. 병술년(1586) 가을에 이미 신위를 마련하여 모셨기 때문입니다. 저보고 이 일[297]을 앞서서 하라고 합니다. 형의 의견은 어떠한지 모르겠습니다. 저의 의견은 이 일은 일이 대단히 중요하므로 경솔히 해서는 안 된다고 봅니다. 율곡의 제자들은 학문에 힘을 기울이고 스스로 독립하여 수십 년 동안 도(道)가 분명해지고 덕(德)이 세워지기를 기다린 후에, 깊이 도

296) 『龜峯集』 권6-49에 일부, 『牛溪集』 續集 권3-39에 일부.
297) 栗谷의 神位를 朱子의 神位와 함께 祭祀지내는 일.

리(道理)를 생각하여 동문(同門)들을 크게 소집해서 결단코 율곡을 추존(推尊)하여 이 성대한 일을 실행하는 것이 옳습니다. 혹은 후대에 자운(子雲)[298]같은 뛰어난 사람이 나타나 거행하지 못한 예(禮)를 실행해도 역시 좋습니다. 오늘 제가 독단적으로 행한다면 아마도 사람들의 충분한 신뢰를 받지 못할 것 같기도 하고, 또 너무 급작스레 했다고 공격받을 수도 있습니다. 확실한 답을 주시기를 바랍니다. 어떻게 생각하십니까?

율곡의 질녀(姪女)가 열아홉에 남편을 잃었다고 합니다. 천하에 어찌 이 같은 참혹한 화(禍)가 있습니까? 그러나 유복자로 남자아이를 낳았다고 하니 천행(天幸)입니다.

이상은 호원(浩原)의 별지(別紙)인데 응답은 예문답타록(禮問答他錄)[299]에 있다.

貞22. 牛溪 ➜ 龜峯

겉봉 : 龜老 老兄 上謝狀

一別經旬. 杳如宵漢. 令人悵然. 非意所到. 忽承手札. 翫而復之. 豈勝欣聳. 恭審返駕伯氏之廬, 起居閑適. 不勝羡慕之深也. 渾近以國家事多慮. 逐日赴公廳. 寒疾方重. 苦惱無比. 人皆以生爲樂. 鄙人以生爲苦. 未知反本還源. 在何辰也. 示喩許借山邊結廬之地. 大喜過望. 渾於嘉山太守, 不識面. 只以舊遊伴叔間. 有相親之意. 欲以此事奉告. 而亦不敢開口. 願老兄煩爲緩頰, 許一廛爲氓於其地. 豈非大幸耶. 殘生垂盡而漂泊未已. 每願得一山村, 以爲流寓之地. 此計方切, 而彷徨中野. 四顧無依. 倘使餘生有托, 與兄相從. 則過願之始, 豈待商量而後決耶. 若俟京城收復. 當旣退臥村落, 仍達嘉山. 倘因便風. 更示太守進退之語. 至祝. 但恐太守不許不見面之人也. 且宋經略入境留義州. 李提督屛儀從. 急就相見. 時未還. 袁主事來定州數日. 以賊强而官軍弱, 欲請和, 又請添兵十萬. 然後進戰. 以此而言, 則我國家大計. 未知成敗. 殘民失此農時, 將至靡爛而死. 悶迫可言. 尊家事, 大朝移蹕. 朝論邈然. 未知如何. 倘有所聞.

298) 子雲 : 漢代의 學者인 揚雄의 字, 저서로 『太玄經』, 『法言』 등이 있다.
299) 『龜峯集』 권6-50에 龜峯의 대답이 실려 있다,

豈待來喩而相告耶，袁主事示一書．題曰爲闡明學術事．"自程朱之說行．而孔孟之道不復明于天下．天下貿貿焉．聾瞽久矣．我明興．理學大暢．揭千古不傳之秘．盡掃宋儒支離之習云云．" 因摘示朱子『四書集註』謬誤處十餘條．其末曰."吾輩今日工夫．只學箇無求無着．便是聖人至簡至易．較之朱說．孰是孰非云云．" 諸儒相欲力辨之．而畏其相激有違於討賊，但避辭以謝之．答 "以小邦之人．但知有程朱．今不能言下領悟云云矣．" 中朝之學如此．極爲寒心．天下豈能久安者耶．伏惟下察．朝地虛提．來人立促．僅僅拜書．言未盡心．良恨良恨．謹拜謝狀．三月四日 渾 拜．

解 헤어진지 열흘이 지났지만 아득하기가 하늘의 은하수 같습니다. 사람을 슬프게 만듭니다. 생각지도 않게 갑자기 서찰을 받았습니다. 펼치고 읽으니 어찌 기분이 좋지 않겠습니까? 큰 형님(구봉의 큰형)집에 도착하여 생활이 편안함을 알았습니다. 대단히 부럽습니다. 저는 근래 나라 일에 근심이 많아 매일 관청에 나갑니다. 한질(寒疾:추워서 벌벌 떠는 병)이 심하여 고생이 비할 바가 없습니다. 사람들은 모두 '이생위락(以生爲樂:삶이 즐겁다)'고 하지만 저는 '이생위고(以生爲苦:삶이 괴롭다)'입니다. 근원으로 되돌아가는 것[죽음을 말함]이 어느 때인지 모르겠습니다. 산기슭에 집 지을 땅을 빌리라고 가르침을 주셨는데 분에 넘치는 큰 기쁨입니다. 저는 가산태수(嘉山太守)와는 면식(面識)이 없고, 다만 작은 숙부와는 옛적에 교유하여 친하다고 합니다. 산기슭에 땅 빌리는 일을 가지고 말하려 하니 입이 열리지 않습니다. 형께서 저를 위하여 말 좀 잘 해 주어 가산 땅에 백성이 되고자 자그마한 땅을 빌려주라고 한다면 어찌 큰 행운이 아니겠습니까? 남은 목숨 다해 가는데 떠돌이 생활은 끝이 없습니다. 매양 산기슭하나 얻어 임시나마 거처할 장소를 만들고자 하였습니다. 이런 계획이 한참 절실한데도 들판에서 떠돌아다니고 사방을 둘러보아도 의지할 곳이 없습니다. 만약 남은 생명이 있다면 형에게 의탁하여 형을 따라다니고 싶습니다. 지나친 바람의 시작이 어찌 생각한 후에 결정해야 하겠습니까? 만약 서울이 수복되기를 기다려야 될 것 같으면 즉시 시골에 들어가 있다가 곧장 가산으로 달려가겠습니다. 혹시나 풍편(風便)[300]을 통해서 다시 태수에게 머무는 뜻을 알려

300) 風便 : 어떤 소식을 전할 때 마침 그 지역에 가는 사람이 있으면 부탁하는 일, 의도적

주시기를 매우 바랍니다. 다만 태수가 면식이 없는 사람에게는 허락하지 않을까 염려됩니다. 또 송경략(宋經略)[301]이 우리나라 국경에 들어와 의주(義州)에 머물고, 이제독(李提督)[302]은 은밀히 따라와 다급히 서로 만나 아직 돌아가지 않았습니다. 원주사(袁主事)도 와 여러 날 정주(定州)에 있습니다. 왜적은 강하고 우리나라 관군은 약하여 강화(講和)를 하려 하기도 하고, 또는 병사 십만 명을 증가한 연후에 진격하여 싸우자고 합니다. 이런저런 말을 하니 우리나라의 큰 계획은 성공과 실패를 알 수 없습니다. 백성은 농사지을 시기를 잃고 썩어서 문드러져 죽게 될 것입니다. 안타깝고 절박한 사정을 무어라 말하겠습니까? 중국측에서는 임금이 다른 곳에 있고 조정의 의논이 막연하여 어떻게 될지 모르겠다고 합니다. 혹시나 들은 것이 있다면 어찌 형의 소식에 근거하여 알리겠습니까? 원주사(袁主事)[303]가 「위천명학술사(爲闡明學術事:학술을 크게 드러내어 밝히는 일)」라는 한 편의 글을 보여주었는데 내용은 대략 다음과 같습니다.

"정자(程子)•주자(朱子)의 학설이 퍼지자 공자•맹자의 도가 천하에 다시 밝게 퍼지지 못했다. 천하의 사람들은 눈이 어두워 장님처럼 된 지가 오래되었다. 우리 명나라가 일어나자 이학(理學)이 크게 퍼졌다. 천고(千古)에 전해지지 않던 비밀을 내 걸고서 송유(宋儒)들의 자질구레한 폐습을 모두 쓸어 버렸다."

고 하였습니다.

그리고 주자의 『사서집주(四書集註)』 오류 10여 조목을 지적하였습니다. 그 마지막 조목에서는

"우리들의 오늘날 공부는 다만 무구무착(無求無著)을 배운다. 이것이 곧 성인들이 공부하는 지극히 간단하고 지극히 쉬운 방법이다. 주자의 학성과 비교한다면 누가 옳고 누가 틀린가?"등등입니다.

우리나라의 여러 학자들이 힘써 강변하려고 하였으나 그들을 자극시켜 왜놈 토벌에 지장이 있을까 걱정하여 다만 피하는 투의 말로 사영하였습니다. 대답하기를

"소국의 사람들은 단지 정자와 주자를 알고 있습니다. 지금은 하신 말씀

으로 하인을 보내어 소식을 전할 때는 專, 耑, 伻 등의 단어를 사용한다.

301) 宋經略: 壬辰倭亂 때 우리나라를 도우러 온 중국장군, 관직이 경략인데 이름은 미상이다.

302) 李提督: 중국 장군 李如松을 말한다. 임진왜란 때 우리나라를 도우러왔는데 지금 편지 쓴 시기가 바로 이여송이 우리나라에 들어왔을 때이다.

303) 袁主事 : 壬辰倭亂 때 중국에서온 장수 또는 행정업무를 보기위해 온 사람으로 이해된다.

의 뜻을 모르겠습니다."라고 하였습니다.

중국의 학문이 이와 같으니 지극히 한심합니다. 천하에 어찌 영원히 편안한 것이 있습니까? 읽어 주시기 바랍니다. 심부름 온 사람이 서서 재촉하기에 근근히 글을 써 올리지만 마음속의 말을 다하지 못했습니다. 참으로 안타깝습니다. 삼가 글 올립니다. 3월 4일. 혼(渾) 배(拜).[304]

貞23. 牛溪 ➜ 龜峯

겉봉 : 龜老 尊兄 上答狀
沔川 萬舍

去歲金集傳寄兩封手札. 開緘三復. 不覺悲慨. 厥後音徽永絶, 無異隔世人. 唯有一念不忘. 往來心曲而已. 今玆魚孝子. 賷示一封手書. 發在舊歲之仲冬++日. 披讀寄懷. 尤極悲酸. 信後又經三時, 未知閑況安佳否. 吾輩今到白首, 唯餘一死. 人世故舊, 寧復有幾箇. 得見書尺. 亦云幸矣幸矣. 況世亂如此, 彷徨無所求生耶. 渾運盡垂亡. 阨窮顚頓. 理勢之常耳. 正月大風. 火發旁舍. 父子兩廬. 倏忽俱焚. 傳家書冊. 盡付烈焰. 草莖莫遺. 棲食俱空. 欲西入龍川. 求食奴婢間. 而腰脊之疾大作, 今已四箇月. 元氣摧殘. 臥不能起. 煩熱厭食, 以勢觀之. 不能支矣. 栗谷大賢, 一臥旬時, 便翛然而去. 如我汚下. 得疾久苦, 速盡爲喜, 而辛苦莫比. 此爲可恨. 然無非命也. 任運安分. 不敢[305]

해 지난해에 김집(金集)[306]이 두 통의 서찰을 전해주었습니다. 겉봉을 뜯고 세 번이나 읽으니 나도 모르게 슬퍼집니다. 그 후에는 소식이 영원히 끊기어 저 세상 사람과 다름이 없습니다. 오직 잊어서는 안 되는 한 가지 생

304) 편지 쓴 연대가 나와 있지 않으나 『牛溪集』 續集 권3-40에 이 편지가 실려 있는데 癸巳年(1593)으로 되어있다.
305) 『龜峯集·玄繩編』 권5-34.
306) 金集(1574~1656):본관은 光山, 자는 士剛, 호는 愼獨齋. 金長生의 아들. 아버지가 龜峯, 牛溪의 문인이라 편지 심부름 한 것으로 추측된다.

각이 있는데, 마음을 터놓고 왕래하자는 것뿐입니다. 조금 전 어효자(魚孝子)가 편지 한 통을 가지고 왔는데, 지난해 11월 20일 발신으로 되어있습니다. 펼치고 읽으니 더욱 가슴이 쓰리고 아픕니다. 편지 보낸 후 어느새 또 세 계절이 지났는데 형이 늘 편안했으면 좋겠습니다. 우리들은 지금 흰머리 늙은이로 다만 죽음만 남아 있습니다. 살아있는 옛 친구가 과연 몇 명이나 있을까요? 주신 편지를 다시 보니 '행운이다. 행운이다.'라고 말하고 싶습니다. 하물며 이처럼 어지러운 세상에서 생명을 구할 길도 없이 방황함에 있어서랴? 저는 운수가 다했고 거의 죽어가고 있습니다. 사나운 운수로 사는 것도 이치상 그러한 듯합니다. 정월달 큰바람에 불이 이웃집까지 번졌습니다. 부자(父子) 두 집이 순식간에 모두 불탔습니다. 집안 대대로 내려오는 서책(書冊)들이 모두 불타고 길가의 풀들도 남김없이 탔습니다. 양식이 모두 텅 비어 서쪽 용천(龍川)으로 들어가 하인에게 양식을 구했습니다. 그런데 허리질병이 크게 발작해 지금 벌써 넉 달이 되었습니다. 힘이 빠져 누워도 일어나지 못합니다. 가슴이 답답하고 열이 나 음식도 싫습니다. 형세를 보건대 지탱하지 못할 듯합니다. 율곡은 대현(大賢)이라 한 번 누워 열흘 동안 있더니만 곧 순식간에 세상을 떠났습니다. 저 같은 비천한 사람은 질병을 얻으면 오래 고생하고 속히 죽으면 기쁘겠는데, 고생이 비할 바 없습니다. 이것이 안타깝습니다. 그러나 운명 아님이 없습니다. 운수에 맡기고 분수에 편안해야겠지요. 이만 줄입니다.

삼현수간 표지 (元,亨,利,貞)

삼현수간 진본의 이해를 돕기 위한 축소판 5편

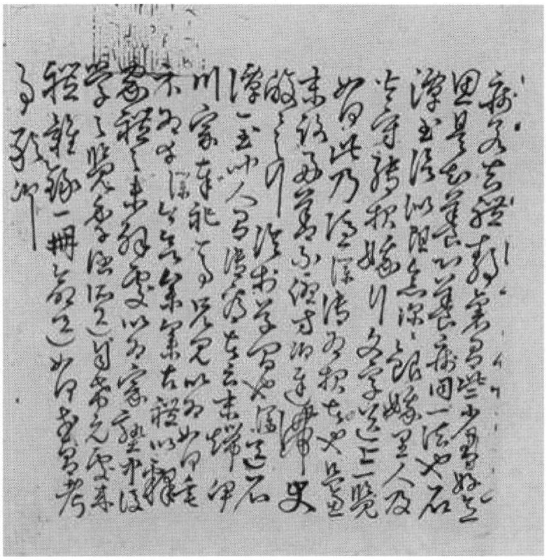

病若去體。 靜裏有些少好意思。 是知養心養病、 同一法也。 石潭書信似阻、 念深念深。 銀娥里人及太守轉報娥行文字送上、 一覽如何。 此乃憑僕傳爲報者也。 只慮末路好善不優。 方伯遲滯、 使皎皎之行、 淪於草間也。 僕送石潭一西、 聞人有傳看者云。 末端伊川家奉祀一事、 兄見以爲如何。 垂示爲幸。 僕今欲參集古禮、 以釋家禮之未解處、 以爲家塾中後學之覽。 季涵所送自希元處來禮雜錄一冊、 命送如何。 或有考事。 敢仰。

구봉 → 우계에게　　亨20

질병이 몸에서 떠나는 듯합니다. 조용함 속에 약간의 좋은 생각들이 떠오르니 여기서 양심과 양병은 동일한 방법임을 알았습니다. 석담(石潭=栗谷)의 서신이 막힌 듯싶으니 깊이 염려가 됩니다. 은아(銀娥)가 사는 마을 사람들과 태수(太守=守令)가 간접적으로 은아의 행실에 관한 문자를 보내왔는데 한 번 보심이 어떨른지요? 이것은 내가 쓴 전(傳)을 증빙으로 삼아 보고한 것입니다. 다만 말로(末路=末世)라서 선행을 좋아함이 넉넉지 못하여 방백(方伯=관찰사)이 지체시키고 있기 때문에 그의 결백한 행실이 초야(草野)에 묻혀버릴까 염려가 됩니다. 내가 석담에게 편지 한 장을 보냈는데 듣자하니 어떤 사람이 전하여 본 자가 있었다고 합니다. 맨 마지막으로 정이천(程伊川=程頤) 가문의 제사 받드는 일에 관하여 형의 견해는 어떠하십니까? 보여주시면 다행스럽겠습니다. 이번에 고례(古禮)를 모아 가례중에서 해결되지 않는 곳을 해석하여 가숙의 후학들이 보게 하려고 합니다. 계함(季涵=鄭澈)이 보낸 희원(希元=金長生)에게서 온 예잡록(禮雜錄) 한 책을 저에게 보내도록 부탁 좀 해 주시는 것이 어떻겠습니까. 참고할 것이 있을 것 같아서 말씀드립니다.

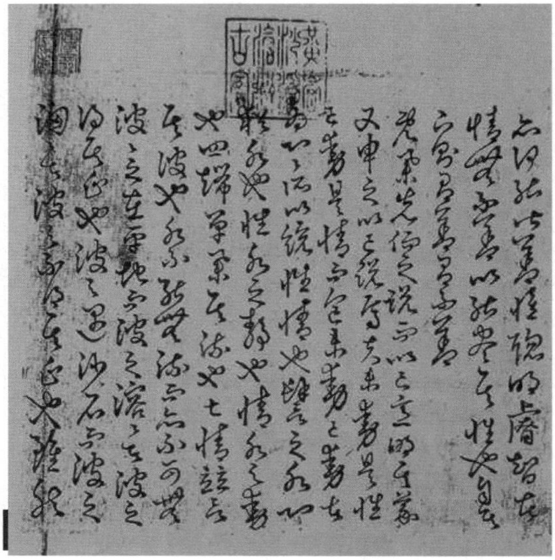

亦何能皆善。惟聰明睿智者、情無不善、以能盡其性也。自其下、則有善有不善。既擧先儒之說。而以己意、明其義、又申之以己說焉。夫未動是性、已動是情。而包未動已動者、爲心。心所以統性情也。譬之水、心、猶水也、性、水之靜也、情、水之動也。四端、單擧其流也、七情、竝言其派也。水不能無流、而亦不可無波。派之在平地而派之溶溶者、派之得其正也。派之遇沙石而派之洶洶者、派之不得其正也。雖然

구봉 ➜ 율곡에게 元2

또한 어찌 모두 선(善)하겠습니까. 오직 총명(聰明)과 예지(睿智)가 있는 사람만이 정(情)에 선하지 않은 것이 없는 것은 그 성(性=天性)을 철저히 밝혔기 때문입니다. 그 아래의 사람들은 정(情)에 선도 있고 불선(不善)도 있습니다. 이상의 글에서 선유(先儒)들의 선을 열거하였습니다. 그리고 내가 터득한 의미로 선유들의 뜻을 분명히 하였고, 또 나의 설을 거듭 밝혔습니다. 미동(未動:마음이 움직이지 않은 상태)이 성(性)이요, 이동(已動:마음이 이미 움직이고 난 상태)이 정(情)입니다. 그리고 미동•이동을 포함한 것이 심(心)입니다. 심이 성과 정을 통괄하는 것입니다. 물에 비유하자면, 심은 물이고, 성은 물이 고요한 것이고, 정은 물이 움직이는 것입니다. 사단(四端)은 그 물살을 단순히 열거한 것이요, 칠정(七情)은 그 파도를 아울러 말한 것입니다. 물은 흐르지 않으면 안 되고 또한 물결이 없어서도 안 됩니다. 파도가 평지에 있을 때 파도가 세차지 않고 조용히 흐르는 것은 파도가 그 올바름을 얻은 것입니다. 파도가 돌에 부닥쳐 파도가 세차게 흐르는 것은 파도가 그 올바름을 얻지 못한 것입니다. 그렇지만 어찌 조용히 흐르는 것은 파도가 되고, 세차게 흐르는 것은 파도가 되지 않는단 말인가?

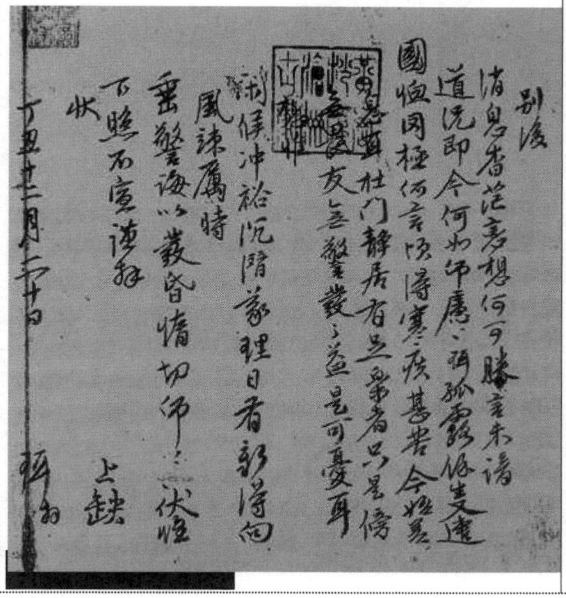

別後消息杳茫。戀想何可勝言。未諳道況即今何如。仰慮仰慮。珥孤露餘隻、遭國恤、罔極何言。頃得寒疾甚苦、今始差息耳。杜門靜居、有足樂者。只是傍無畏友、無警發之益、是可憂耳。想惟閑候冲裕、沈潛義理、日有新得。向風竦厲。時垂警誨、以發昏惰、切仰切仰。伏惟下照。不宣。謹拜狀。

丁丑十二月二十日。珥拜。(上缺)

율곡 ➜ 구봉에게 元12

작별한 뒤로 소식이 아득합니다. 그리움을 어찌 말로 다 할 수 있겠습니까? 알 수는 없습니다마는 도를 닦는 형의 상황이 현재는 어떠하십니까?, 우러러 염려가 됩니다. 나 이(珥)는 외토리가 된 남은 목숨이 또 국휼(國恤)을 당하였으니 망극함을 어떻게 말로 할 수 있겠습니까. 요즈음은 한질(寒疾)로 매우 고통을 받았는데, 이제서야 비로소 약간 우선해졌습니다. 문을 닫고 조용히 살아가는 것도 즐거움이 있기는 하나 다만 곁에 외우(畏友)가 없어 나를 깨우쳐 주는 유익함이 없으니 이 점이 걱정됩니다. 형께서는 느긋이 지내시고 의리(義理)를 깊히 연구하여 나날이 새로움을 터득함이 있으리라 생각합니다. 바람이 매섭습니다. 때때로 가르침을 주시어 어리석은 저를 깨우쳐 주시기를 간절히 바라고 바랍니다. 읽어주십시오. 이만 줄입니다. 삼가 글 올립니다.

정축년 (선조 10년 1577,12,20) 이(珥) 올림

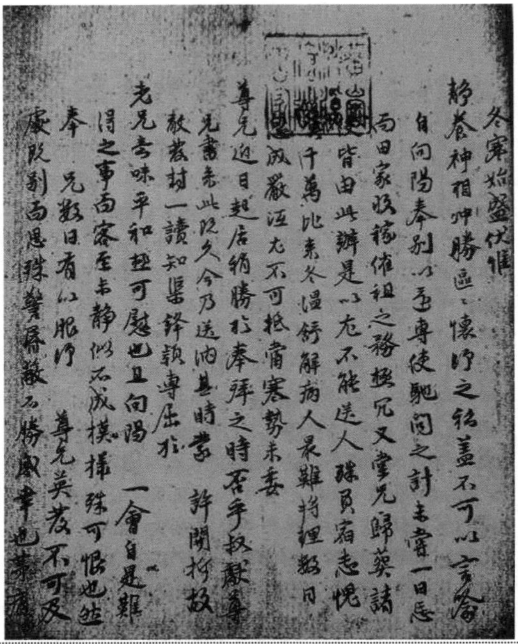

冬寒始盛。伏惟靜養神相冲勝。區區懷仰之私、蓋不可以言喩。自向陽奉別以還、專使馳問之計、未嘗一日忘。而田家收稼催租之務極冗、又堂兄歸葬諸役、皆由此辦。是以尤不能送人。殊負宿志、愧嘆千萬。比來冬溫舒解、病人最難將理。數月忽成嚴冱、尤不可抵當寒勢。未委尊兄近日起居稍勝於奉拜之時否乎。叔獻尊兄書、來此旣久。今乃送納。其時蒙許開坼。故敢發封一讀。知渠鋒穎、專屈於老兄。意味平和、極可慰也。且向陽一會、自是難得之事。而客至未靜、似不成模樣、殊可恨也。然奉兄數日、有以服仰尊兄英發不可及處。旣別而思、殊警昏蔽。不勝感幸也。第病物昏昏垂死。

우계 ➔ 구봉에게 亨1

겨울 추위가 세차기 시작합니다. 조용히 수양중인 형께서도 잘 계시리라 생각합니다. 간절한 그리움을 말로 표현할 수 없습니다. 향양(向陽)에서 헤어진 이후 사람을 보내어 안부를 물어 본다는 계획은 하루도 잊은 적이 없습니다. 그런데 시골에서 추수하고 세금 독촉하는 일 등이 바쁘고 당형(堂兄:사촌형)의 장지(葬地) 옮기는 일도 모두 제가 해야 합니다. 이런 까닭에 더욱 사람을 보내지 못했습니다. 옛적의 약속을 어겼으니 매우 부끄럽습니다. 근래 겨울 날씨가 따뜻하게 풀리기 시작하는데 병든 사람이 가장 처리하기 어렵습니다. 여러 달 맹추위가 기승을 부린다면 추운 기세를 더욱 감당할 수 없습니다. 존형께서는 근래 건강이 예전에 만났을 때 보다 조금 나아지셨는지 모르겠습니다. 형에게 보내는 숙헌형의 편지가 여기에 온지 오래 되었습니다. 지금 보냅니다. 그 당시 뜯어도 좋다는 허락을 받았습니다. 그러므로 감히 뜯어서 한 번 읽어보고서는 숙헌의 봉영(鋒穎)도 형에게는 오로지 굽힌다는 것을 알았습니다. 편지의 내용도 부드러우니 매우 위로가 됩니다. 향양(向陽)에서 한 번 만나자고 하였는데 이루기 어려운 일이 되었습니다. 그리고 객도 찾아와 조용하지 못하고, 모양새도 갖추지 못한 듯하니 매우 안타깝습니다. 그리고 형을 여러 날 동안 만나고서 형의 총기에는 따라갈 수 없음에 감탄하였습니다. 헤어진 후에 생각하니 저의 어리석음을 깨우쳐 주셨습니다. 감사함을 견딜 수 없습니다. 저는 병든 몸에 기력이 혼미해져 죽음이 다가오고 있습니다. 1579.11.6

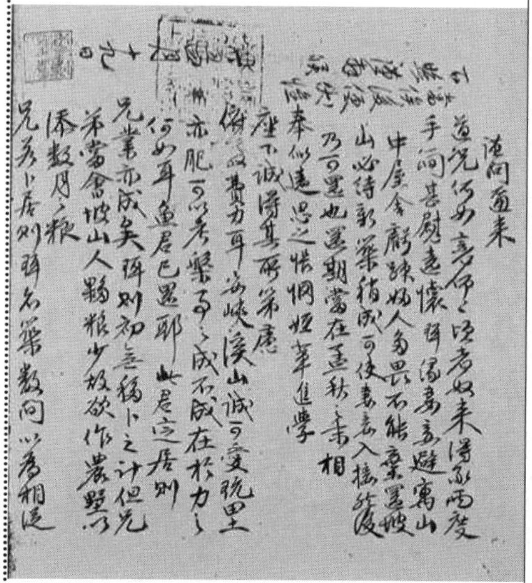

謹問。邇來道況何如。戀仰戀仰。頃者奴來、得承兩度手簡。甚慰遠懷。珥緣妻妾避寓山中、屋舍虧踈、婦人多畏、不能棄還坡山。必待新築稍成、可使妻妾入接、然後乃可還也。還期當在孟秋之末。相奉似遠、思之悵惘。姪輩進學座下、誠得其所。第慮俯教費力耳。安峽溪山、誠可愛玩。田土亦肥、可以考槃。事之成不成、在於力之何如耳。魚君已還耶。此君定居、則兄業亦成矣。珥則初無移卜之計。但兄弟當會坡山、人夥糧少、故欲作農墅、以添數月之糧。兄爲卜居、則珥亦築數間、以爲相從之所爲計。見得季鷹書、無意移居、可嘆。卜居之事、須是自定。魚君若還、則伏冀同往更見。早定何如。季鷹答書適便忙、當俟後便。伏惟下照。謹拜候。
丁丑四月十九日。珥拜。

율곡 ➜ 구봉에게 元6

삼가 묻습니다. 근래 도황(道況)이 어떠하신지요? 그립고 그립습니다. 근래 하인이 와서 두통의 편지를 받았습니다. 멀리 있는 사람의 마음이 매우 위로됩니다. 저는 처첩(妻妾)이 산 속으로 피신해서 살고 있기 때문에 집이 쓸쓸합니다. 아녀자들은 두려움이 많아 파산(坡山:파주)로 돌아갈 수 없습니다. 반드시 새로 지은 집이 조금이라도 완성이 된 후에 처첩들을 들어와 살게 하고 그런 후에야 돌아갈 수 있을 것 같습니다. 돌아갈 기일은 맹추(孟秋) 끝이나 되겠습니다. 만날 길이 먼듯하니 생각하면 서럽습니다. 조카들이 형에게 가 공부하고 있으니 참으로 제자리를 찾은 듯합니다. 다만 그 아이들을 가르치느라고 힘을 낭비할까 걱정됩니다. 안협(安峽)의 계곡과 산은 참으로 감상할 만합니다. 토지 또한 비옥하니 은거할 수 있겠습니다. 일이 되고 안 되고는 능력이 어떠한 가에 달려 있습니다. 어군(魚君)은 벌써 돌아갔는가요? 이 사람이 거주지를 정하면 형(兄)의 일도 역시 이루어 질 것입니다. 저는 애당초 옮겨 살고 싶은 계책이 없었습니다. 다만 형제가 파산에 모이게 되면 사람은 많고 양식은 적으므로 농사나 지으면서 수개월의 양식을 더하고 싶었습니다. 형께서 만약 거주지를 옮긴다면 저도 역시 두 어 칸 집을 짓고 상종(相從)하는 계책을 만들 수 있습니다. 계응(季鷹)의 편지를 보니 거주지를 옮길 뜻이 없으니 안타깝습니다. 거주지 옮기는 일은 스스로 결정하시기를 바랍니다. 어군(魚君)이 만약 돌아온다면, 어군과 동행하여 오시어 다시 만나기를 바랍니다. 일찍 결정하심이 어떠하신지요? 계응(季鷹)에게 보내는 답장은 마침 인편(人便)이 바쁘다고 하기에 나중의 인편을 기다리기로 했습니다. 읽어 주십시오. 삼가 글 올려 안부 묻습니다.
정축년(1577) 4월 19일. 이(珥) 배(拜).

漢文공부자료(1) (삼현수간에서 찾아본 漢字) 172자

鈔	노략질초	倩	예쁠천	1	恃	믿을시	跈	밟을전
豁	골짜기활	苟	진실로구	2	憒	심란할궤	摧	산험할최
闊	트일활	悻	성낼행	3	汨	빠질골	慟	서러할통
澌	다할시	阻	막힐조(험할)	4	樊	울타리번	厮	하인시
瘁	병들췌	彌	두루미(널리)	5	貺	줄황	繫	맬계
喩	깨우칠유	懿	아름다울의	6	饋	먹일궤	懱	모독할멸
愈	나을유	纏	얽힐전	7	獐	노루장	雩	기우재우
瘟	염병온	恙	병양	8	脯	포포	疊	겹칠첩
揣	헤아릴(잴)췌	瞻	볼첨	9	脡	곧은포정	疚	고질병구
豈	어찌기	眷	돌아볼권	0	醢	젓갈해	淪	물놀이륜
磯	물가기	翫	희롱할완	11	佮	합해가질합	皎	달빛교
倘	혹시당	麴	누룩국	12	瘠	파리할척	闔	문짝합
頓	조아릴돈	扣	두드릴구	13	迄	이를흘	呻	끙끙걸신
逼	닥칠핍	咎	허물구	14	輒	문득첩	抽	뽑을 추
乏	가난할핍	籤	제비첨	15	嚬	찡그릴빈	慇	괴로울은
做	지을주	愆	허물건	16	拙	졸할졸	懦	나약할나
汩	골몰할골	悃	정성곤	17	笥	상자사	控	당길공
藹	우거질애	牽	끌견 (掔)	18	椒	산초나무초	渙	흩어질환
悰	즐길종	礙	거리낄애	19	粟	조속	踰	넘을유
跧	굳을전	揆	헤아릴규	20	幄	휘장악	趁	좇을진
嘗	맛볼상	遭	만날조	21	俚	속될리	晏	늦을안
纔	겨우재	悴	파리할췌	22	侯	과녁후	詢	물을순
賫	가져올재	堅	굳을견	23	候	물을후	隅	모퉁이우
灾	재앙재	靄	아지랑이애	24	窘	막힐군	嫌	싫어할혐
跂	육발이기	鬧	시끄러울료	25	宭	여럿이살군	牽	끌견
伻	부릴팽	愜	쾌할협	26	羸	파리할리	稽	상고할계 머무를계
闡	밝을천	怱	바쁠총	27	借	빌릴차	擅	멋대로천
緦	삼배시	瞽	소경고	28	瞍	소경수	噫	탄식할희
些	적을사	隆	클융	29	諳	외울암	酢	조미료초
亟	빠를극	餕	대궁준(먹남은)	30	懼	두려울구	鄠	땅이름호
餌	미끼이	沍	얼호(찰호)	31	厶	사사사	佾	춤일

蝟	고슴도치위	坼	터질탁	32	蕪	거칠무	餼	보낼희
旁	두루방	陌	두렁맥	33	苟	진실로구	撐	버팀목탱
謗	헐뜯을방	攄	펼터	34	筍	죽순순	裘	갖옷구
虧	어지럴휴	冗	쓸데없을용	35	荀	풀이름순	臭	냄새취
悵	슬플창	囂	왁자하효	36	斬	벨참	泯	망할민
錤	호미기	提	끌제	37	淺	얕을천	穩	평온할온
惘	망할망	洩	셀설	38	刪	깍을산	傃	향할소
夥	많을과	滌	씻을척	39	旌	기정	陛	섬돌폐
墅	농막서	暄	따뜻할훤	40	沂	풀이름기	氈	모직물전
邀	맞을요	闐	솟을대문낭	41	輟	그칠철	麤	거칠추
鹵	소금로(노)	臂	팔비	42	祫	합사할협	踢	발로찰척
莽	우거질망	窈	그윽(고요)할요	43	愕	=뿍놀랄악	釁	피칠할흔
A		B			C		D	

漢文공부자료(2) (삼현수간에서 찾아본 漢字) 172자=(344자)

蹙	대지를축	滓	찌꺼기재	1	貽	끼칠이	忭	손뼉칠변
寇	도적구	穢	더러울예	2	恬	편안할염(념)	擺	열파
措	둘조	僥	바랄요	3	罄	빌경	忭	기뻐할변
賦	부세부	詆	꾸짖을저	4	墅	농막서	鶺	할미새척
榭	정자사	僵	넘어질강	5	籌	살주	棣	산앵두체
賑	규휼할진	仆	엎드릴부	6	璲	패옥수	渺	아득할묘
驟	달릴취	怕	두려워할파	7	藩	덮을번	宵	밤소
堪	견딜감	譏	나무랄기	8	孼	서자얼	頰	뺨협
羸	여윌리	頻	자주빈	9	柴	땔나무시	廛	가게전
紳	큰띠신	覘	엿볼첨	10	耑	시초단	氓	백성맹
靠	기댈고	窺	엿볼규	11	湍	여울단	袁	옷길원
榻	걸상탑	偸	훔칠투	12	蛋	새알단	蹕	길치울필
偕	함께해	籤	제비첨	13	溺	빠질닉(익)	邈	멀막
繫	맬계	狼	이리낭	14	兢	떨릴(삼갈)긍	闡	밝힐(열)천
掉	흔들도	狽	이리패	15	筵	대자리연	謬	그릇될유
窬	협문유	菽	콩숙	16	癘	창병려	箇	낱개

偃	쓰러질언	岱	산이름대	17	悖	거스릴패	沔	물이름연
廩	곳집름	仞	길인(재다)	18	握	쥘악	纔	겨우재
訝	맞을아	豎	더벅머리수	19	聘	부를빙	賫	가져올재
柴	섶시	榻	걸상탑	20	殤	일찍죽을상	賷	가져올재
蔽	덮을폐	措	둘조	21	殄	다할진	阨	막힐액
喟	한숨위	帷	휘장유	22	嗇	아낄색	顚	엎드러질전 꼭대기전
枉	굽을왕	瀆	도랑독	23	寥	쓸쓸요	倏	갑자기숙
饔	아침밥옹	癰	느른할융	24	痾	숙병아	莖	줄기경
飧	저녁밥손	乖	어그러질괴	25	罵	꾸짖을(욕할)매	翛	날개찢어질소
慝	사특할특	迓	마중할아	26	詈	꾸짖을리	汚	더로울오
浼	더럽힐매	湛	즐길담	27	耑	끝(시초)단	洿	웅덩이오
婧	편안정	忱	정성침	28	忤	거스를오	擾	시끄러울요
斂	거둘렴	偃	쓰러질언	29	纔	겨우재	撓	어지러울요
俾	더할비	駭	놀랄해	20	溘	갑자기합	嗇	아낄색
巽	부드럴손	鑿	뚫을착	31	耑	끝단	驚	놀랄경
殮	염할염	佇	우둑설저	32	緬	가는실면	苶	나른할날
矩	모날(곱)구	舁	마주들여	33	遑	허둥거릴황	蘇	소생할소
毫	터럭호	澄	맑을징(瀓)	34	拈	집을념	甦	깨어날소
詭	속일궤	貺	줄황	35	澁	떫을삽	薾	번성할이
瞻	볼첨	飧	저녁밥손	36	覩	볼도	顚	꼭대기전
酬	갚을수	忝	더럽힐첨	37	肫	광대뼈순	拔	뺄 발
覩	볼도	塡	메울전	38	纓	갓끈앵	柭	무성할발
趑	머뭇거릴자	稔	풍년들임	39	坎	구덩이감	趑	머뭇거릴자
迄	이를흘	聊	귀울요	30	輒	문득첩	毋	毋=無
伻	부릴팽	噫	탄식할희	41	翳	일산(깃)예	欽	공경할흠
踽	홀로갈우	蚩	어리석을치	42	盻	흘겨볼혜	歆	흠향할흠
憊	고단할비	蹙	닥칠축	43	猜	시기할시	慼	근심할척
F		E			G		H	

※ 삼현수간에 나오는 한자공부 344자

삼현수간 본문(漢字) 정오표

쪽	줄(誤) ×	(正) ○
서문	3 家元	家云
元 1	1 佳勝	健勝
元 4	18稍眞性	稍失眞
	끝念三日	念一日
元10	7倣,而	倣,此而
元11	3 窮理	窮思
元13	7 愛可	愛加
元14	1 欣素	欣傃
	9 如	女
	18 團	困
元19	1 靜想	韻想
	2謹拜奉	謹奉狀
元21	座問	座前
	2 庶幾	庶冀
	6 其論	其言
	不居於	不据於
	13非但今	非今
亨 1	9不勝自	不能自
亨 2	3家致之	家之致
亨 9	5此巧處	此項處
	12二十云	二斗云
	13謹拜謝	謹奉謝
亨11	11可嘉此	嘉但此
亨12	2不可緩	不可浸
	4 爲險	爲儉
	8少送上	少許送
亨15	14 亦時	亦是
亨16	2欲伻侯	欲伴侯
亨19	11直一錢	直一淺
亨22	9 飾地	餘地
亨25	1 夏毒熱	夏毒墊
	1 趨 勝	超勝

쪽	줄(誤) ×	(正) ○
亨25	2 畏熱	畏墊
利 1	5 之侯	之俠
利 3	5 有戚戚	看戚戚
	7 身處	身難處
利 4	1 渾口	渾哭
利 5	2 十六日	十八日
利10	4 爲夏	爲賀
利12	9 安京說	安景說
利17	4 在績誠	在積誠
利20	7 謹拜悶	謹奉悶
利22	1 如何	何如
利25	1 任欽慕	任欽慕
	끝줄 不宣謹奉狀癸	
利26	7 如何	何如
貞 3	6 偏急	偏室
貞 4	3 無理	萎理
	12幷欲收	幷無收
貞 5	1 第未	弟未
貞 6	10有一達	有一連
貞 8	1未知亡	未到亡
貞10	2 屢承吾	屢年吾
貞11	15又未知	又未到
	16未知以	未到以
	19未知果	未到果
貞12	1 無知	無到
貞13	6 唯有	願有
	17未知如	未到如
	25未知能	未到能
貞16	1끝視浸	一視漫
貞17	2 令胄勤	令胄懃
	4 絶人世	絶無
	7 投門	投以

쪽	줄(誤) ×	(正) ○
貞18		
	8不進之	不還之
貞19	5已六年	已五六
貞21	5瘁之痛	瘁之慟
	6不能齎	不能責
貞22	1令人愴	令人悵
	5 遊仲	遊伴
	14待來事	待來事
	16因指朱	因摘示朱
	拜.但.事	빠진글자

三賢手簡

元

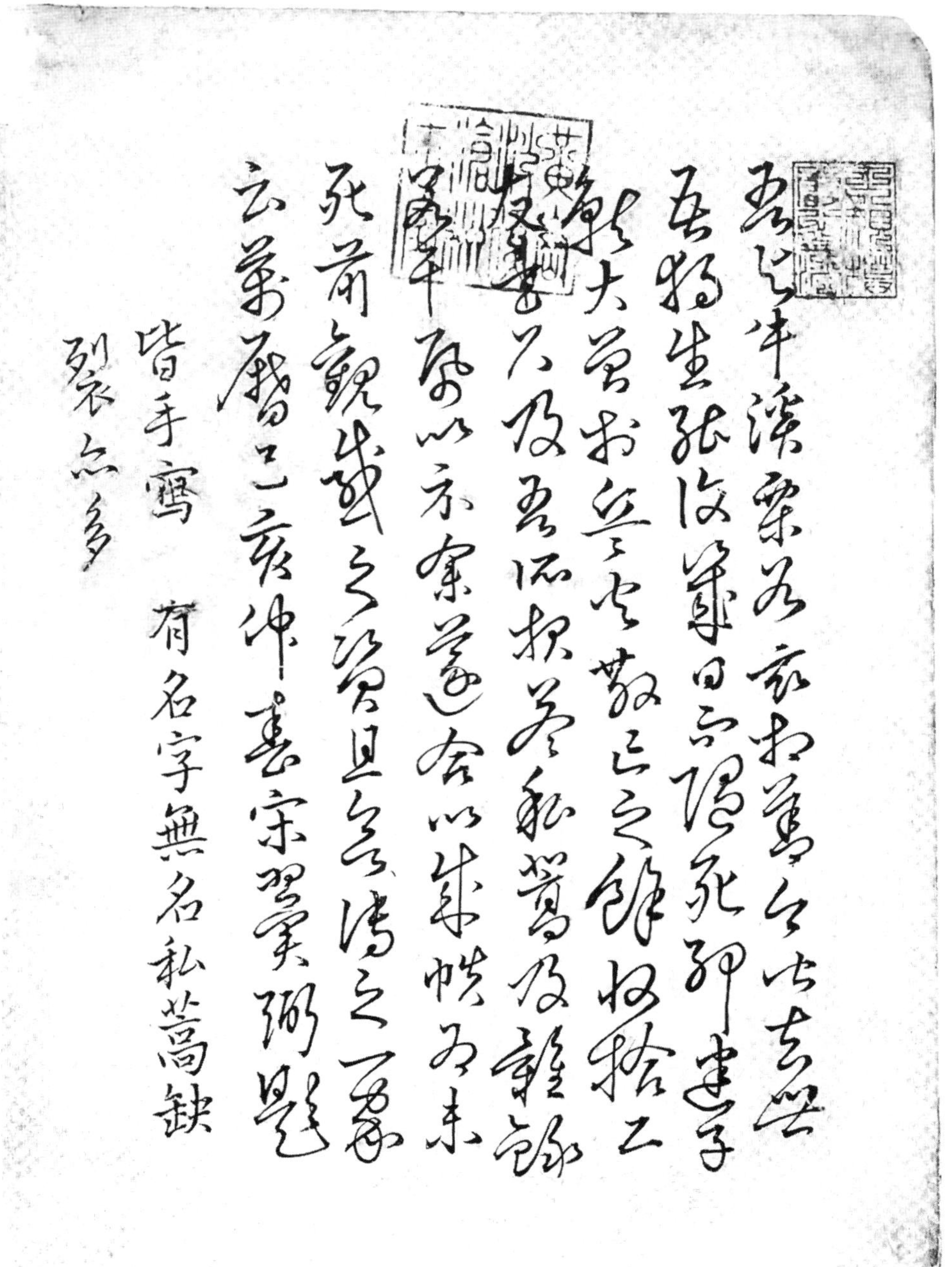

皆手寫　有名字無名私篇缺

裂亡多

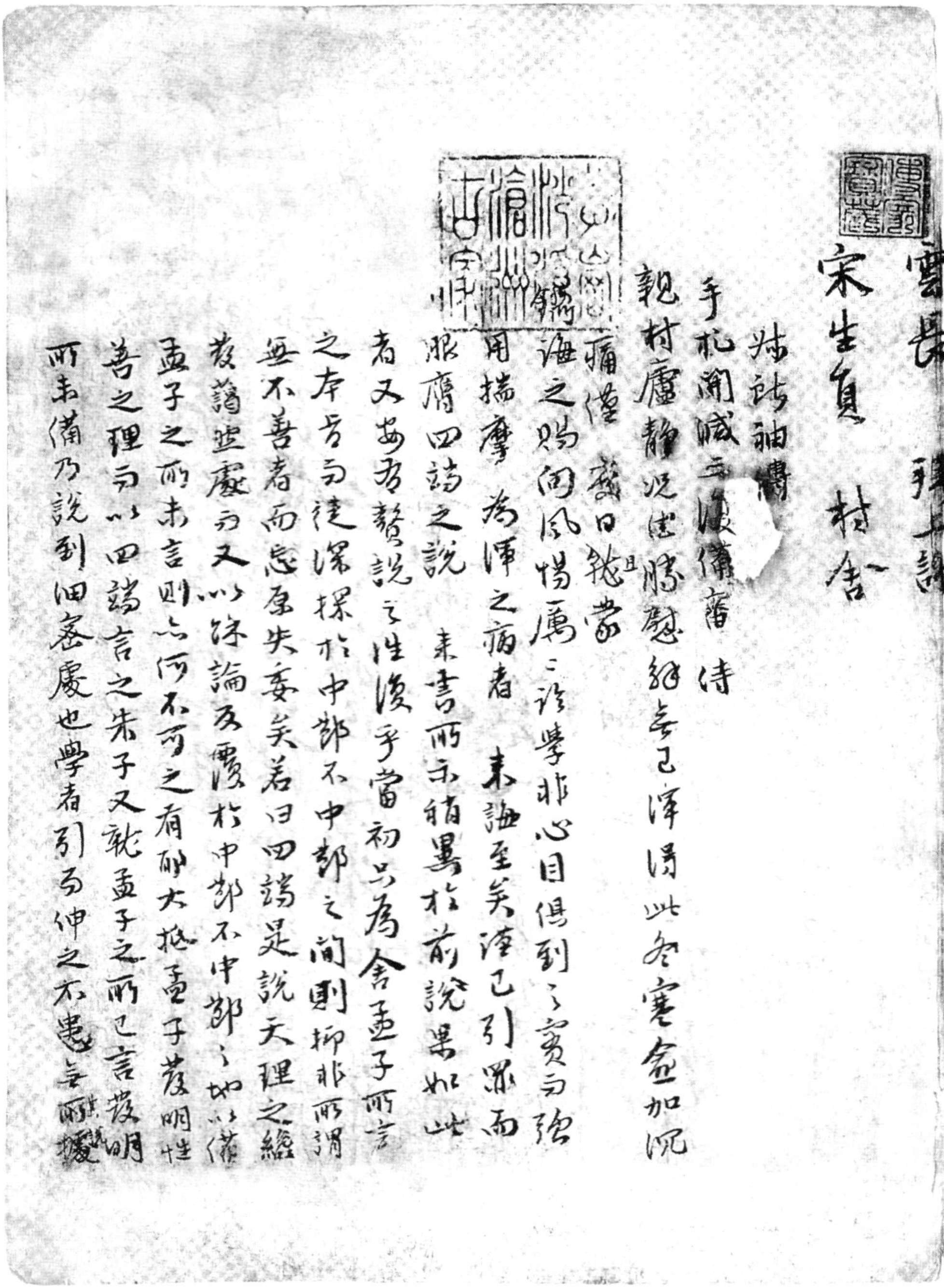

雲長 拜手謝
宋生員 村舍
猥訪袖傳
手札闡緘之後備審侍
親村廬靜況迷勝慰紓無已渾得此冬寒益加沉
痛僅 幾日且能當
海之賜向風惕厲之語學非心目俱到之實而強
用描摹 為律之病者 末論至矣渠已引深而
派濟四端之說 來書所示稍異於前說畧如此
者又安有贅說之性後乎當初只為舍孟子所言
之本旨而徒深探於中節不中節之間則抑非所謂
無不善者而忽原失妄矣若曰四端是說天理之總
發露處而又以餘論及覆於中節不中節之如以備
孟子之所未言則亦何不可之有耶大抵孟子發明性
善之理而以四端言之朱子又就孟子之所已言發明
所未備乃說到細密處也學者引而伸之不患無所據

矣而亦非所當恒言者也未知如何 且語類曰惻隱
羞惡也有中節不中節若不當惻隱而惻隱不當羞
惡而羞惡便是不中節然則厚薄輕重之說又非
朱子之旨也厚薄輕重似不當於幾微發情言之矣
未知如何如何更乞 商量更回教示如多言滋益
甚揣摩浮於此不能承 嘉誨也愧謝愧謝外餘祈
益加充闡之學以求真實實得使昏隱者得以時時見
扣而有所發越也尤當深佇拜謝復 某月十日 滉頓首

尊宅看滉寓家舍 鄭鶴
以行以覆相

照若敍默出示殘之 滉原以情強爲辨
附唐中庸
北溪陳氏曰且如一件事物來接
着在內主宰者是心動出
來或喜或怒者是情裏面
有箇物能動出來底是性
因爲當要去野人要然野人

是云云

夫當喜之怒亦發出來喜
怒者情也不當喜怒亦發
出來喜怒者亦情也當亦
出來者善也不當亦出來者
不善也故善不善皆情也
爲必發於當亦不發於不當
此皆當亦[illegible]不當之運
用底之者在出來之者
當不當故運用之爲[illegible]
不當者當之之功
朱子四人情爲發亦雜微明道云

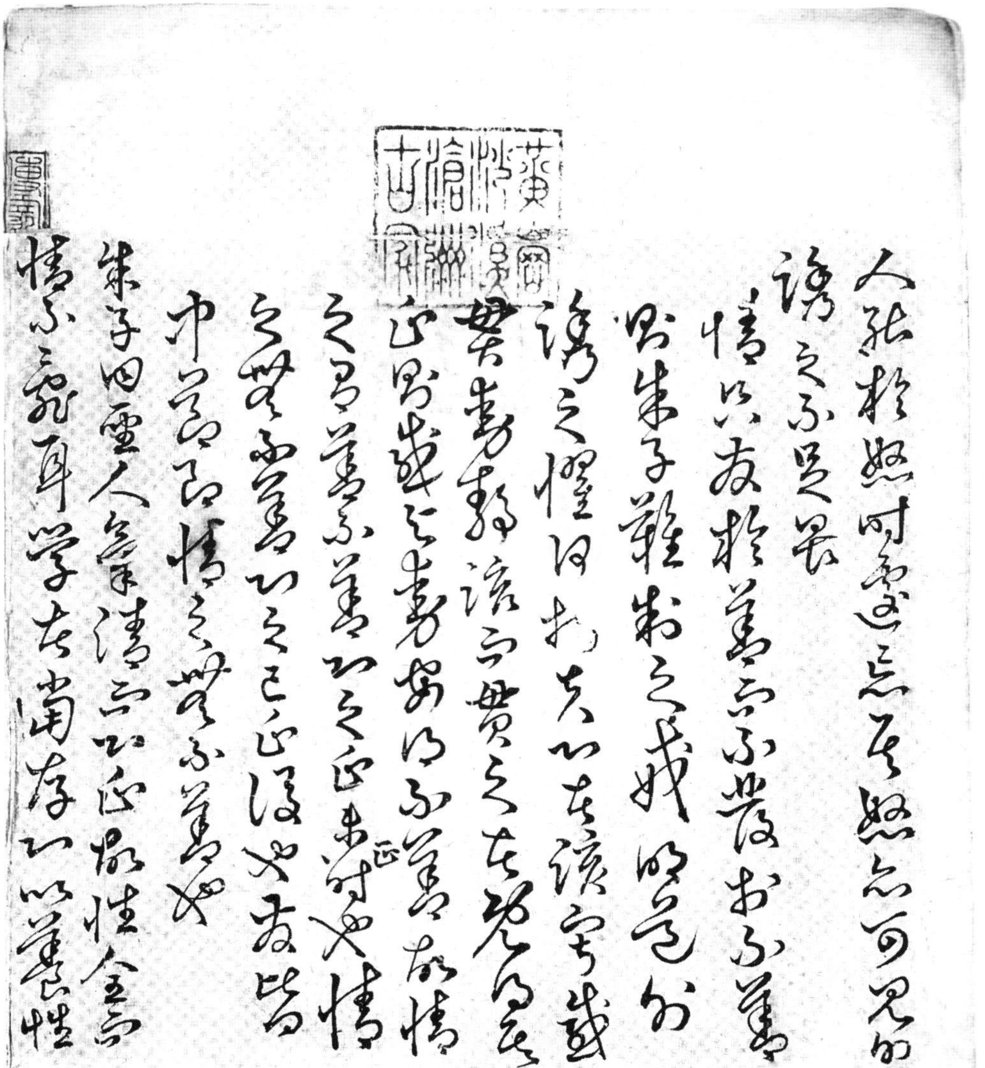

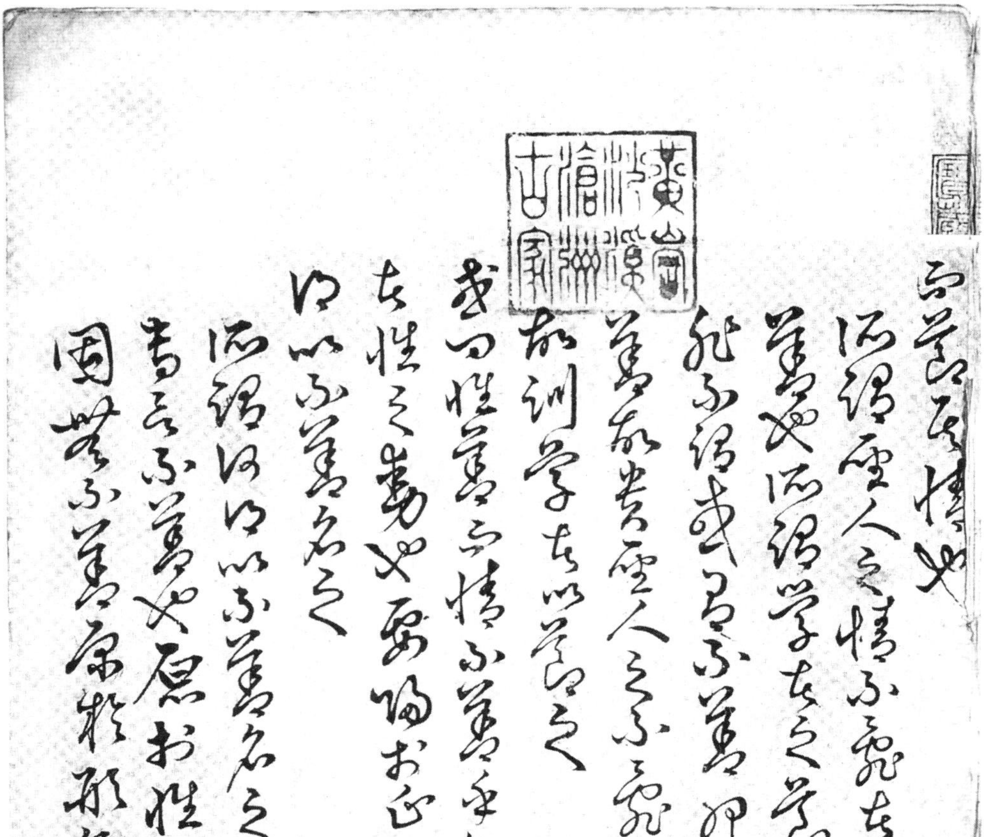

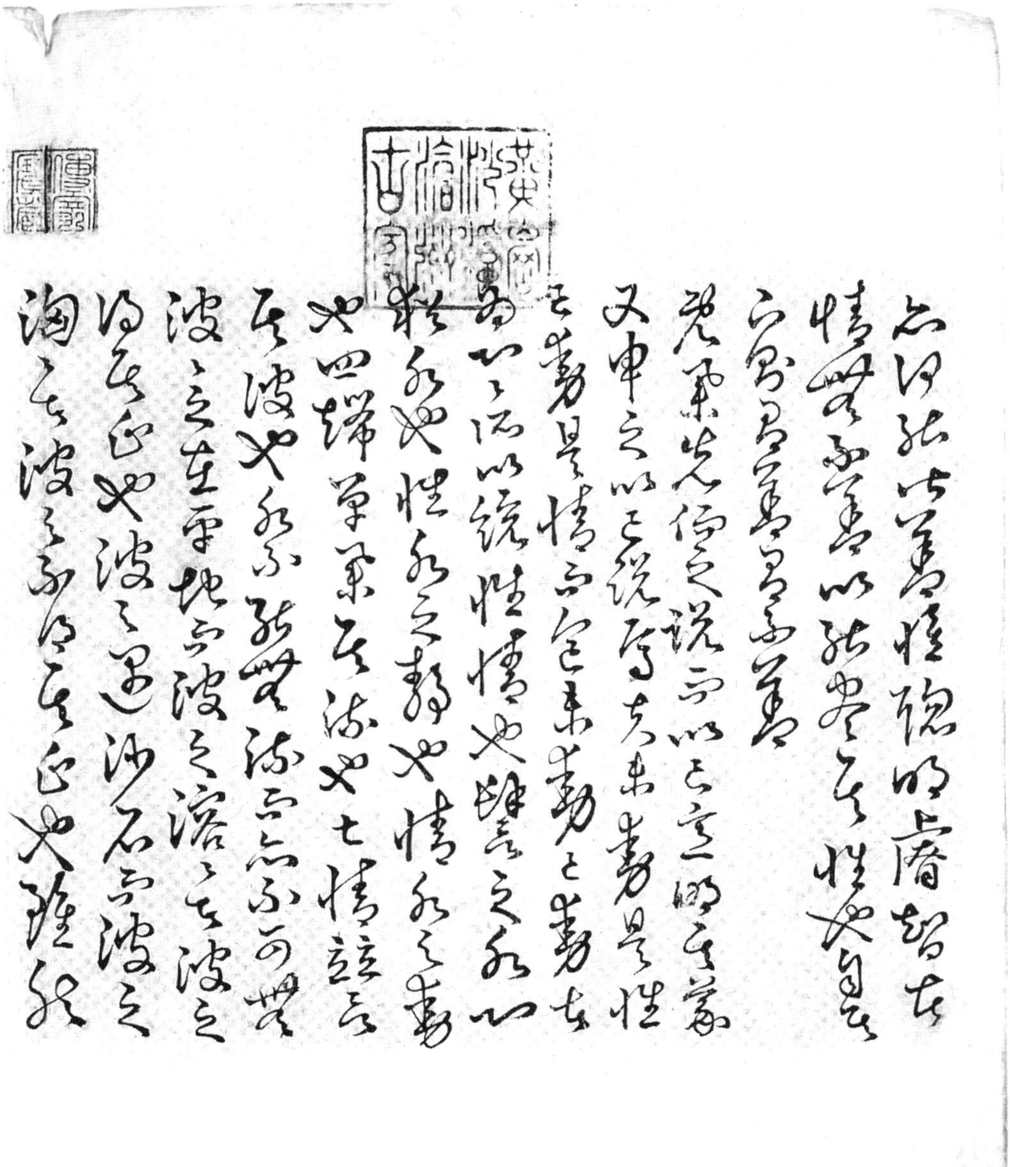

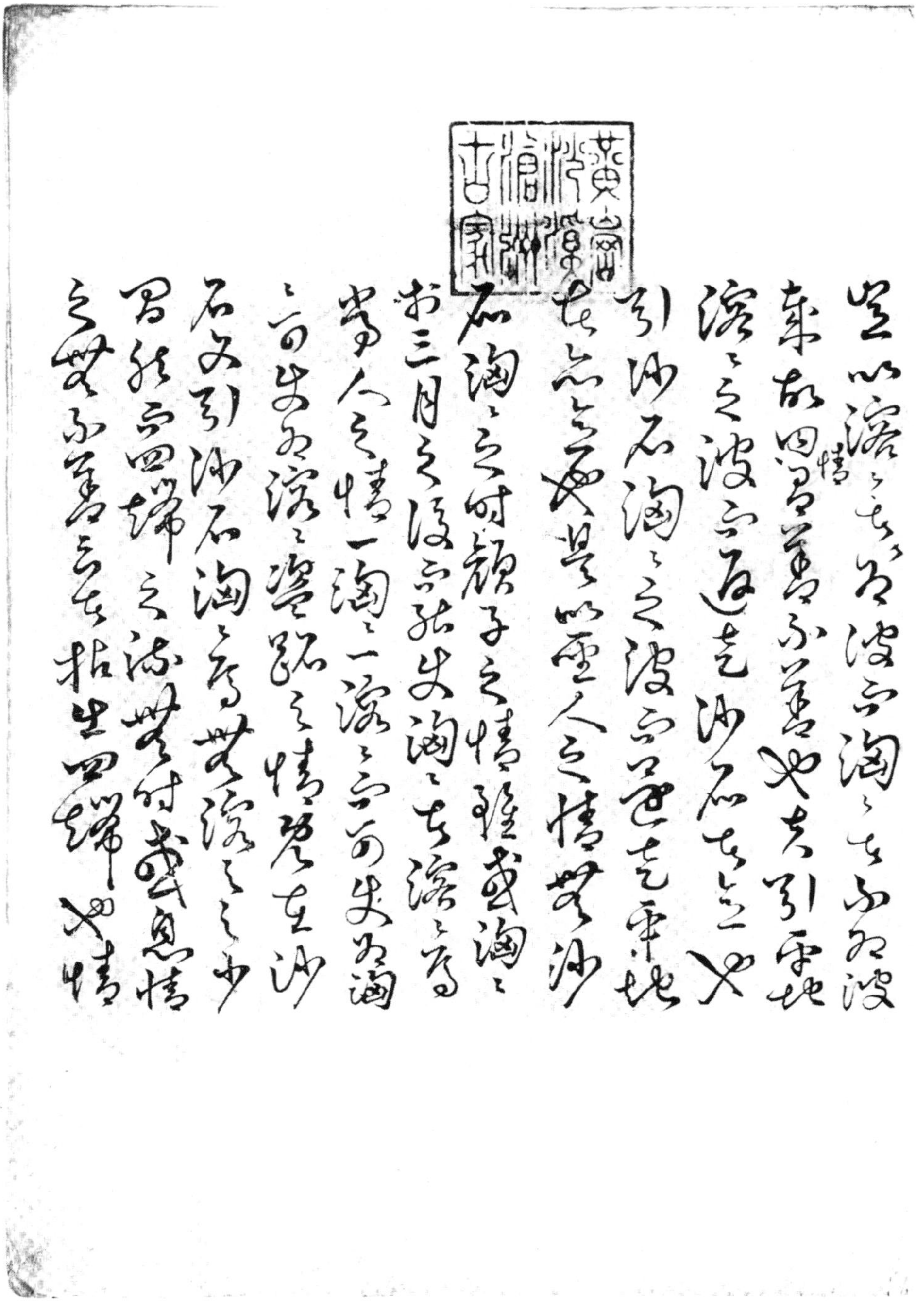

雲長 拜上問
宋生員 座右
伏問比來
學履靜養安和否 馳仰不可言 前者魚君之詣奉承
手札 兼領松花之餅 甚感又拜栗谷 抵書 展讀三復 益
深傾馳慕嚮 賢衛未康 入城看視 憂念作客之餘
起居何如 仰慮仰慮 即日冬溫 想 慶履祺安 已返
靈谷 渾奉別之後 一向勤慕 殆同飢渴 亟欲奉一書
拜聞 而村中催科 如蝟毛未得便暇 及承 來喩 始知
入城而來 陵舊里安無請妥之人 是以遷延未能 愧恨無
已 道窟之事 謹悉 來教 尚恐朗日太遠 人謀或有還就
也 竊觀古人雖大賢之資 尚不能無待於師友之旁助 況
後學之蹤 略乎如渾 屢疾終日昏昏 摧頹消沮於窮閭
中者 日甚一日 間或奉接於一世之賢俊 則慨然有豎立之
意 稍覺數日氣味之厚 豈此吾之所能自辦耶 不論講討
之益 而扶植本原之功 爲尤重也 賢兄高明超邁 獨至無

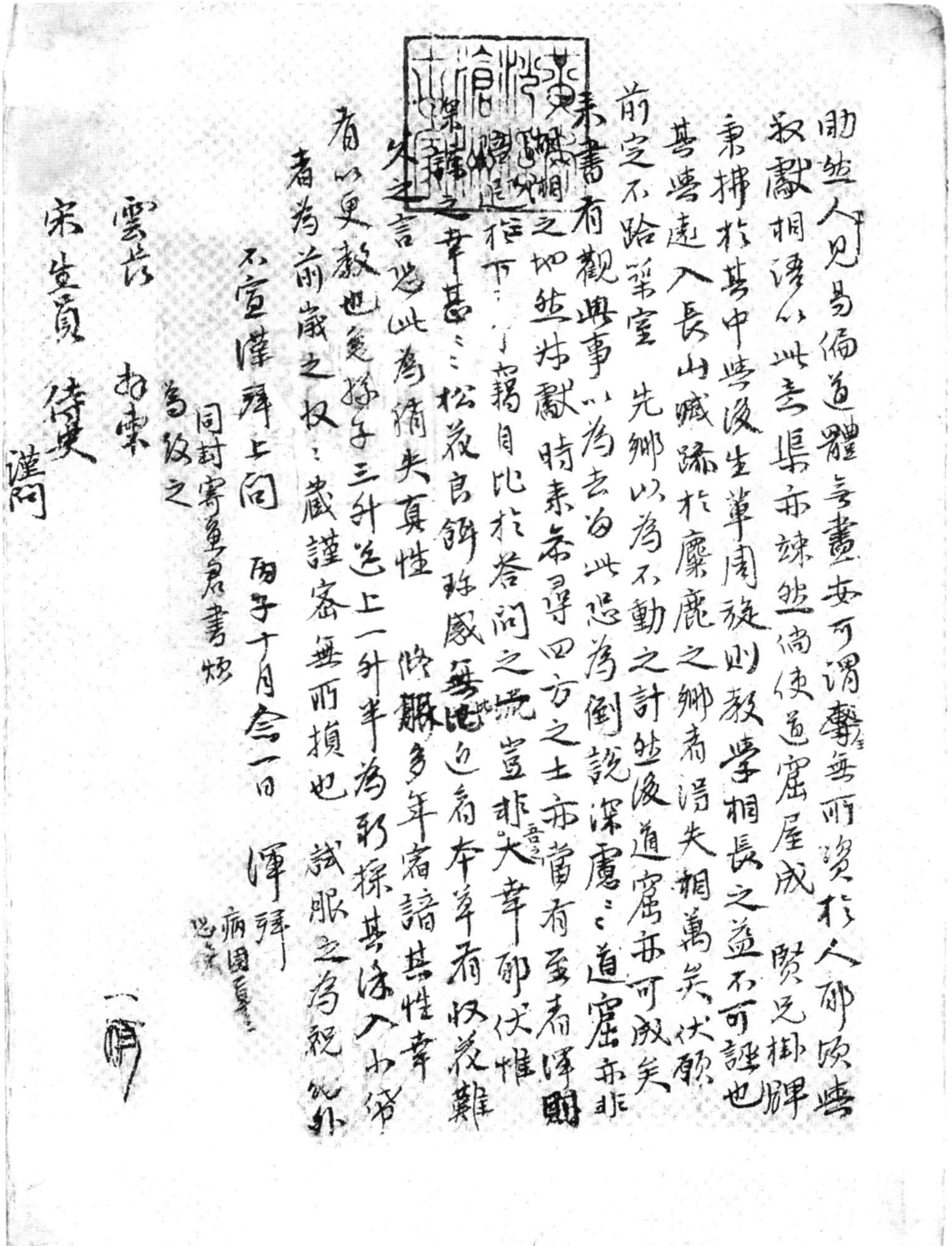

助然人見易偏道體無盡安可謂舉(全)無所資於人耶須無
叙獻相資以此意惧亦諫然倘使道窟屋成 賢兄掛牌
東拂於其中無後生輩周旋則教學相長之益不可誣也
其無遠入長山藏跡於麋鹿之鄉者得失相萬矣伏願
前定不踏茅室 先卿以為不動之計然後道窟安可成矣
來書有觀與事以為去留此恐為倒說深慮々道窟亦非
之如然特獻時來希尋四方之士亦當有至者渾
枉下々竊自比於答問之流豈非(吾之)大幸耶伏惟
之幸甚々松花良餅珍感無比迺肴本草有收花難
之言也此為精失真性 降服多年審諳其性章
有以更教也處採子三升送上一升半為稍採其深入小緒
者為前歲之收々藏謹密無所損也 試服之為視毋外
不宣 渾拜上問 丙子十月念一日 渾拜
病困草々
同封寄魚君書 煩為致之
雲岩 執事
宋生員 侍史 謹問

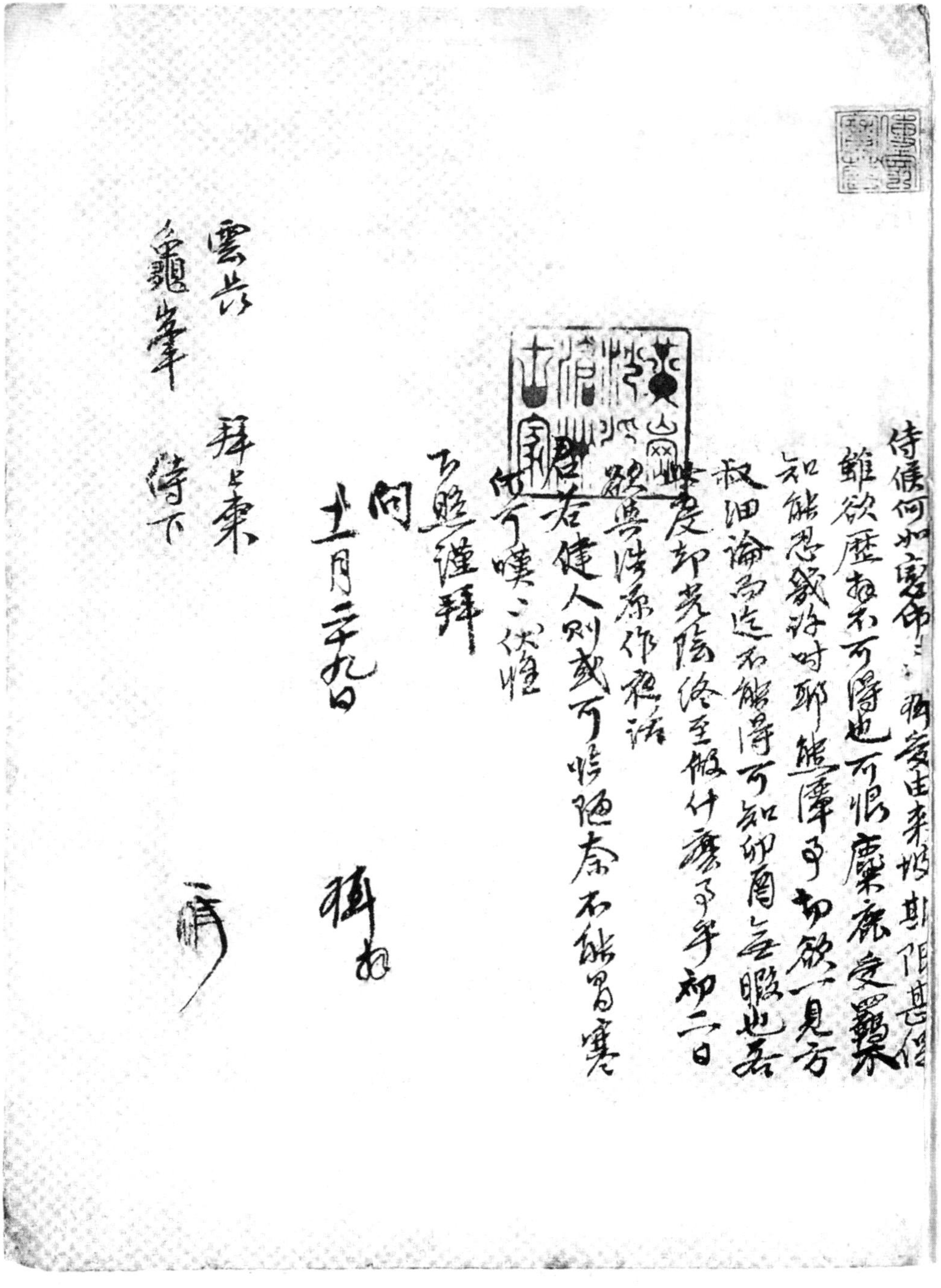
侍候何如 寒仰ミ 弟發由來坡 斯限甚促
雖欲歷拜 不可得也 可恨 麋鹿受羈
知能忍幾許時耶 熊潭乎 却欲一見方
叔 細論而 迄不能得 可知 卯酉無暇也 吾
輩度却光陰 終至做什麼乎 年初二日
與洪原作穩話
君若健人 則或可悵隨 奈不能冒寒
何 可嘆ミ 伏惟
下照 謹拜
問
十二月二十九日
稱叔

雲岾 拜ミ柬
龜峯 侍下

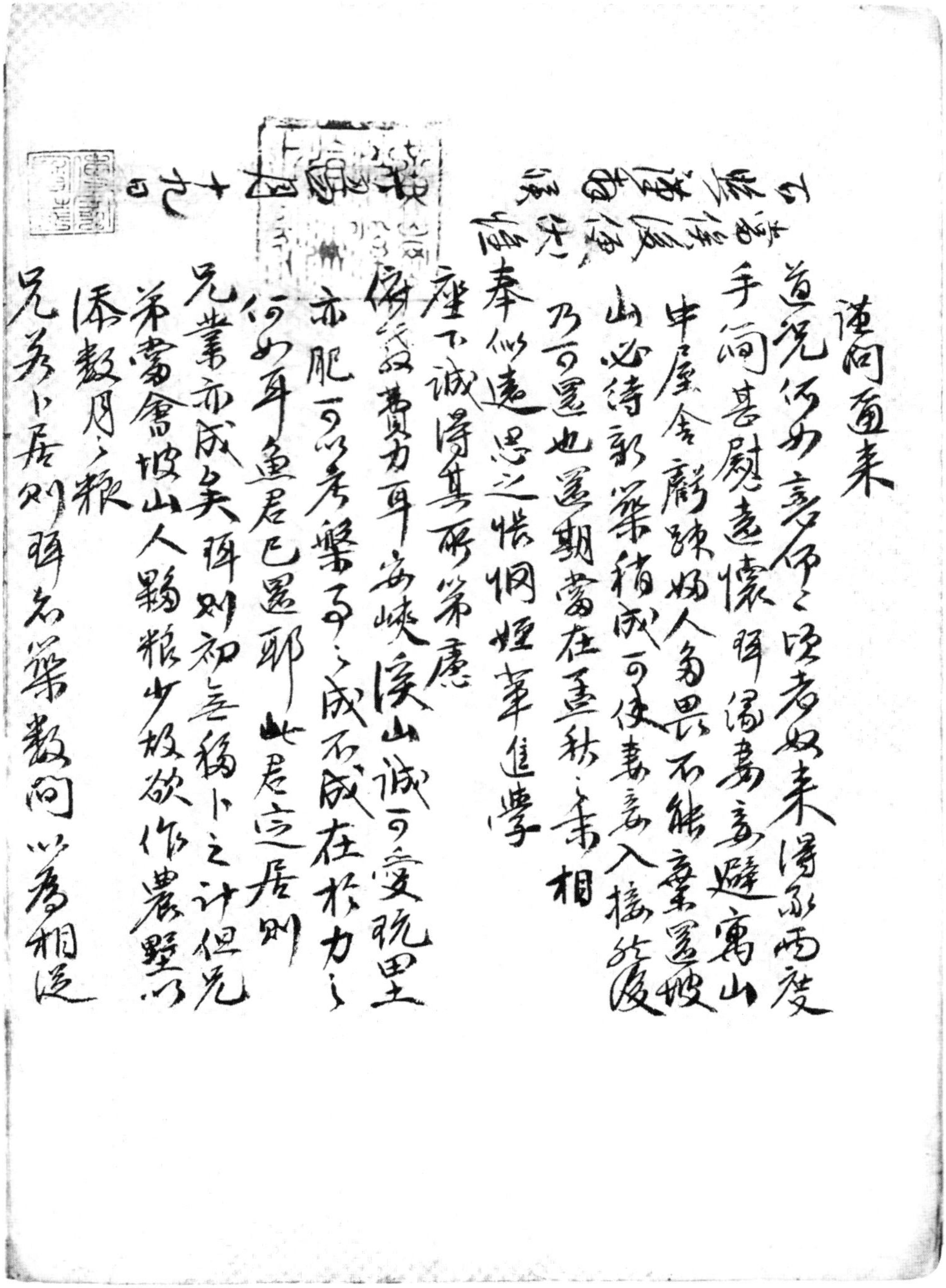

謹問適來
道兄何如，喜邇之頃者如來，得承兩度
手問，甚慰遠懷，頃聞舍弟避寓山
中屋舍虧缺，婦人多畏，不能棄置，坡
山必待新築，稍成可使舍弟入接於後，
乃可還也，還期當在直秋，未相
奉，似遠思之悵惘，煙華進學
座下識得其所，弟慮
俗殺費力耳，安峽溪山誠可愛玩，里土
亦肥可以為艱可，成不成在於力，
何如耳，魚君已還耶，此君之居則
兄業亦成矣，拜則初無移卜之計，但兄
弟當會坡山人，鵝粮少，故欲作農墅以
添數月之粮
兄若卜居則拜為築數間以為相從

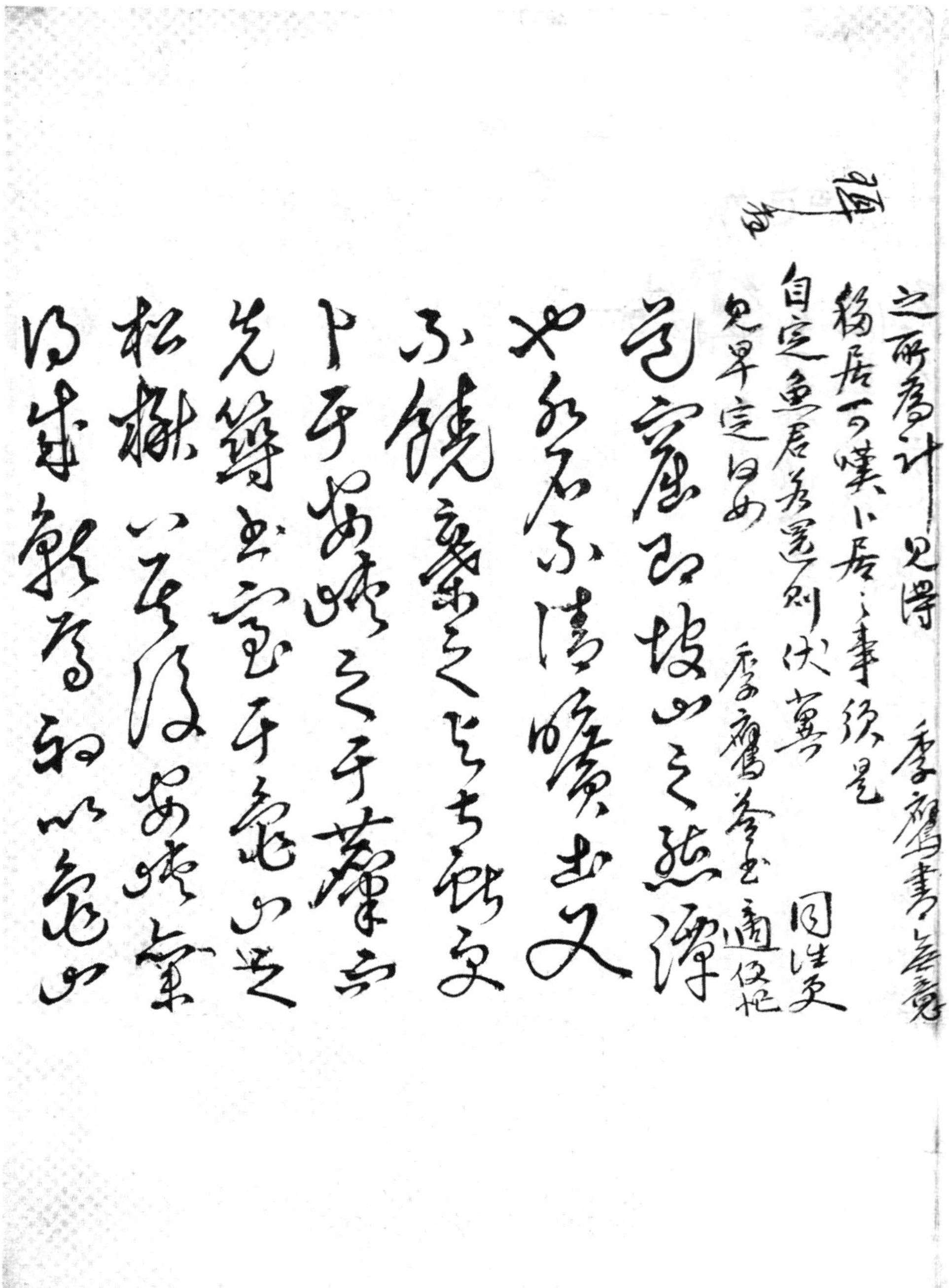

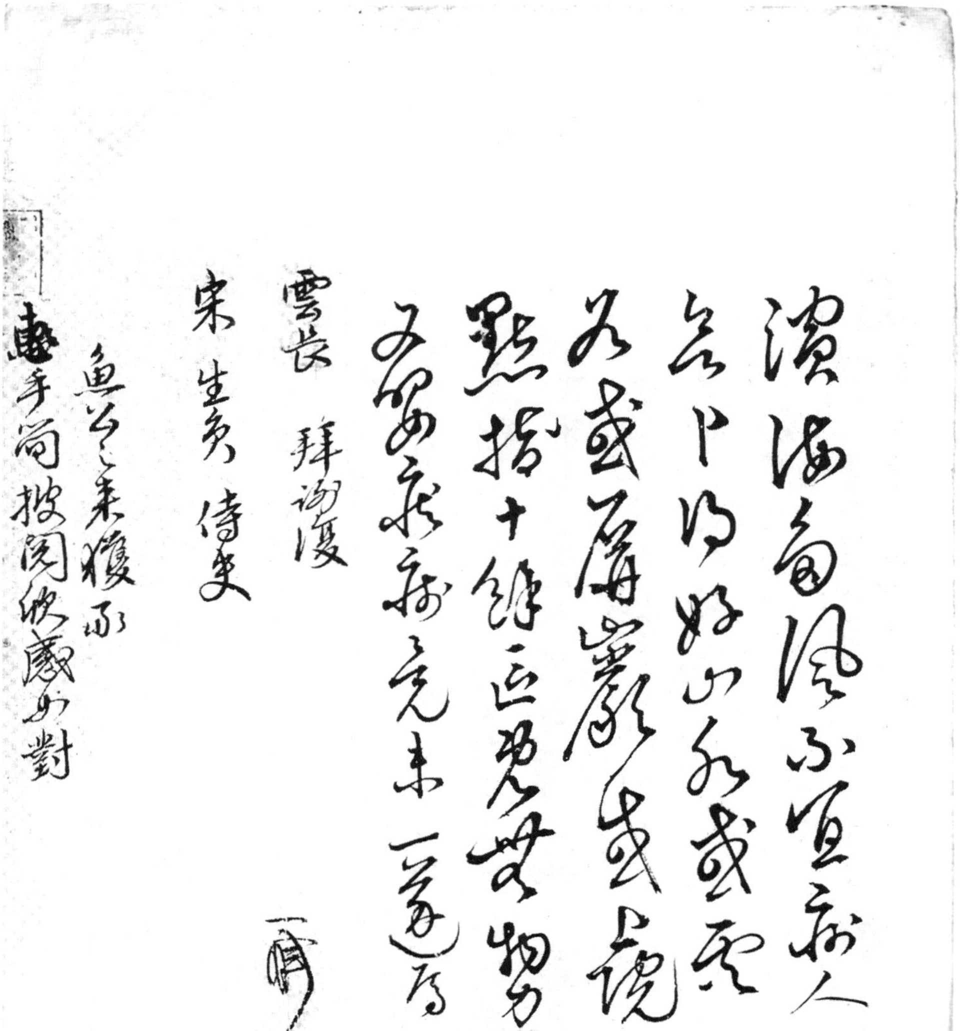
雲長 拜謝復
宋 生員 侍史
惠手簡 披閱欣感如對

稚修弟覆

謂況尚未康復 憂慮不極 [illegible]

嫂不能邀遊 步[illegible]昨日投宿厥家 今

姪還耳 繼一筆子若成 則華可

之卿 當抑方叔 若[illegible]浮談 則藥

室之費 稱名略助爲計 且

可以進退之 豈是平日[illegible]所講

也 敢不敬佩 第念久速有[illegible]維

不可合意 名不可悖之 此乃言不

可悉也 伏惟

下照 不宣 謹拜

謝復

十一月三

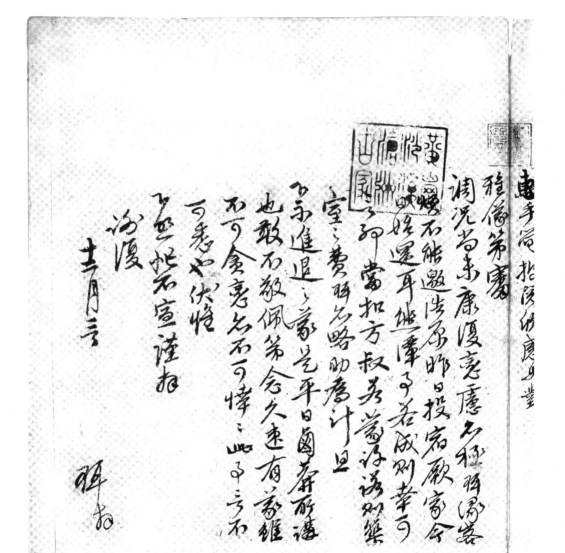

[illegible] 拜

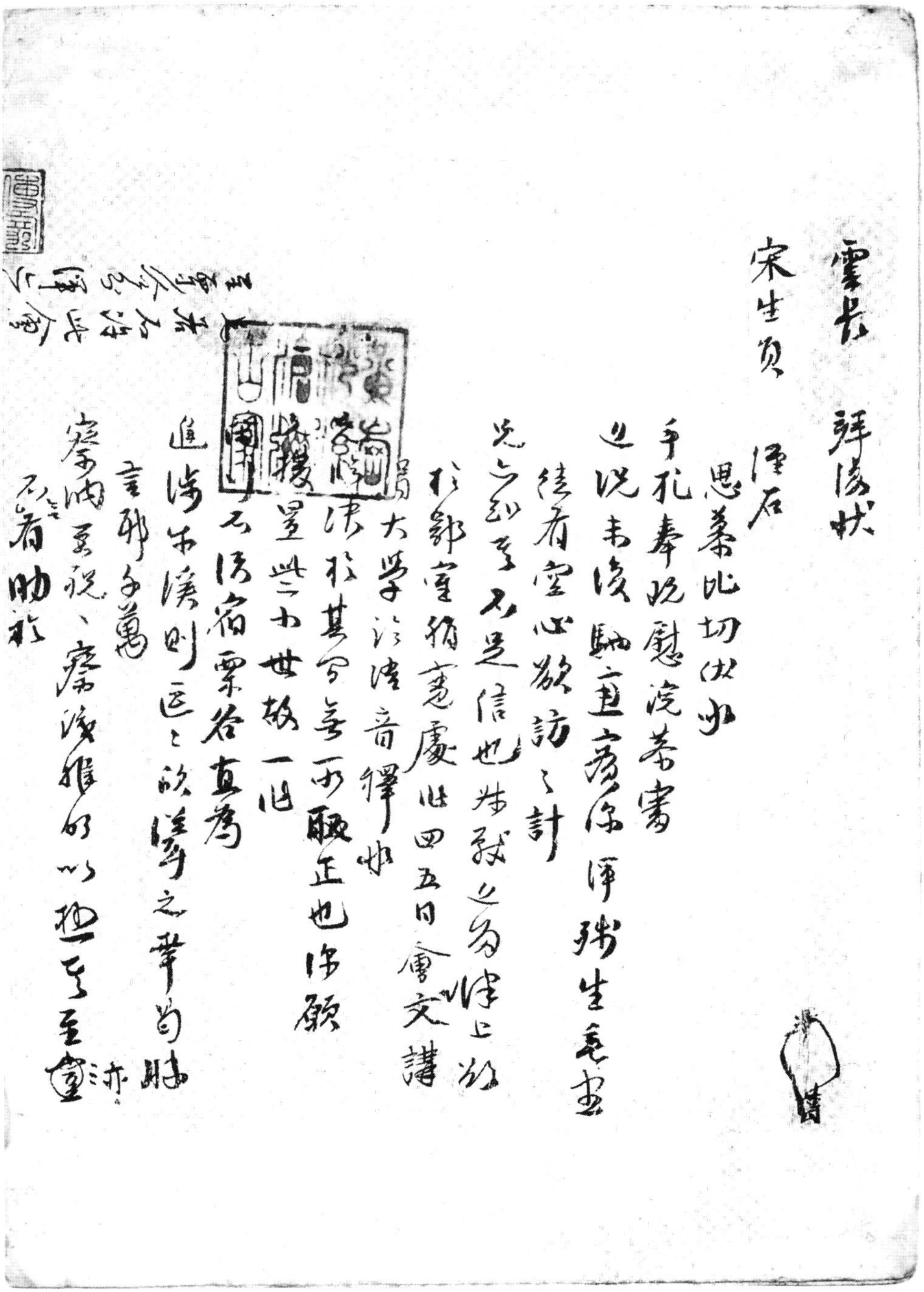

亦所願也伏惟
尊亮謹奉状
丁丑後月廿七日　澤拜

雲長　拜問状
宋生員　謹右

交年積雪不審
學履静養何如比月阻絶戀慕彌襟恭惟
懿殿禮陟痛纏一國草野賤臣何勝悲號想
尊兄與之同此哀也澤有疑晦不能有是敢專
使仰稟大抵
國喪卒哭之前大小祀並停故
國家陵寢香火亦絶然則人民在纖亩之内如者正朝寒食
等節祠可以祭其先墓乎此義殆未安而亦無
所是於禮經疑而未能斷也時祭吉祭也雖非

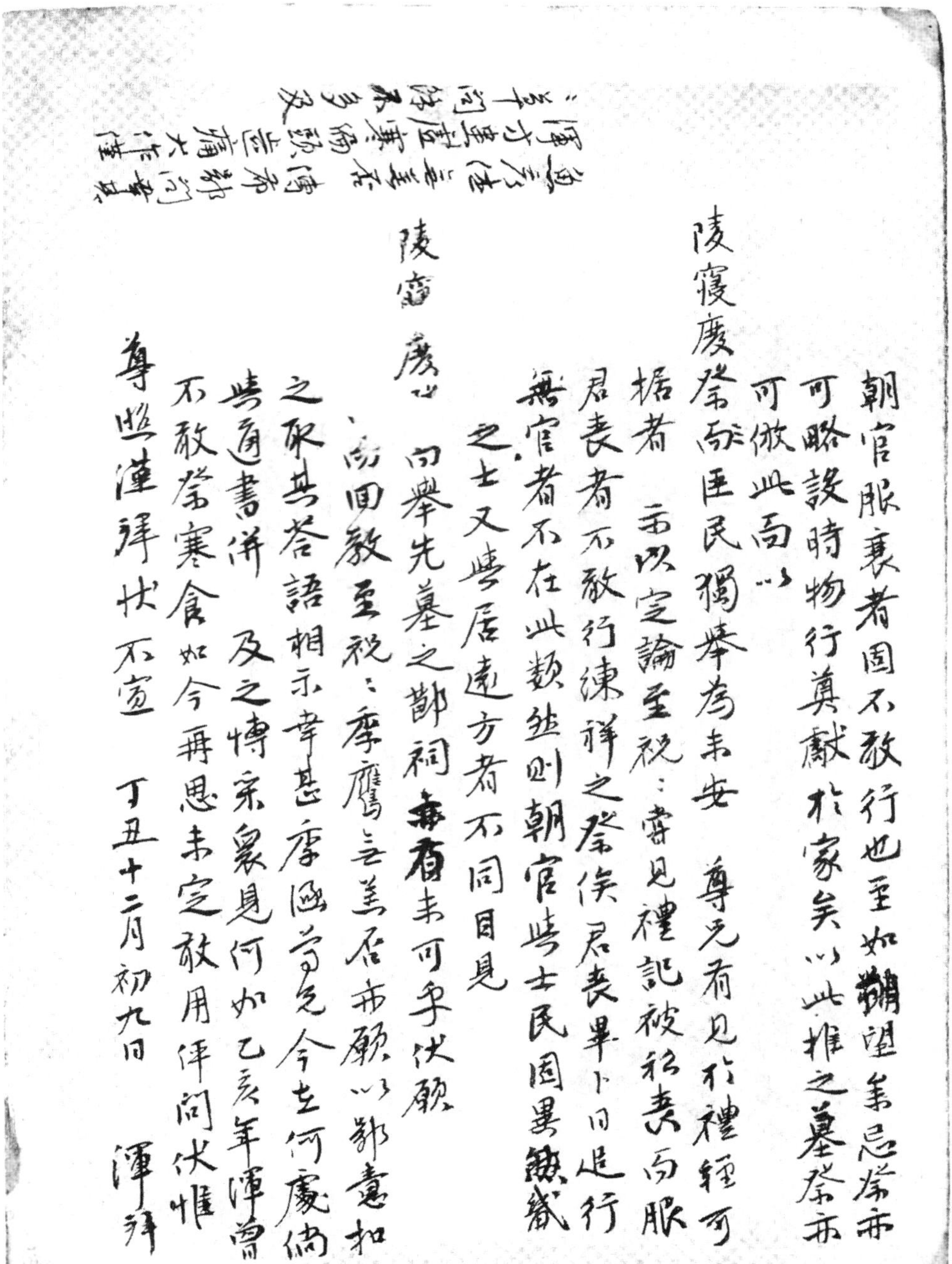
朝官服裏者固不敢行也至如朔望未忌祭亦
可略設時物行奠獻於家矣以此推之墓祭亦
可倣此而已
陵寢廢祭而匣民獨舉爲未安 尊兄有見於禮經可
據者 而以定論至祝〻 竊見禮記被私喪而服
君喪者不敢行練祥之祭俟君喪畢卜日追行
無官者不在此類然則朝官與士民固異鞁歟
之士又與居遠方者不同目見
陵寢廢也 而舉先墓之節祠無有未可乎 伏願
商回教至祝〻 季鷹言美居亦願以鄙意扣
之取其答語相示幸甚 季涵前見今在何處倘
與通書併 及之博采衆見何如 乙亥年渾曾
不敢祭寒食如今再思未定敢用俾問 伏惟
尊照謹拜狀 不宣 丁丑十二月初九日 渾拜

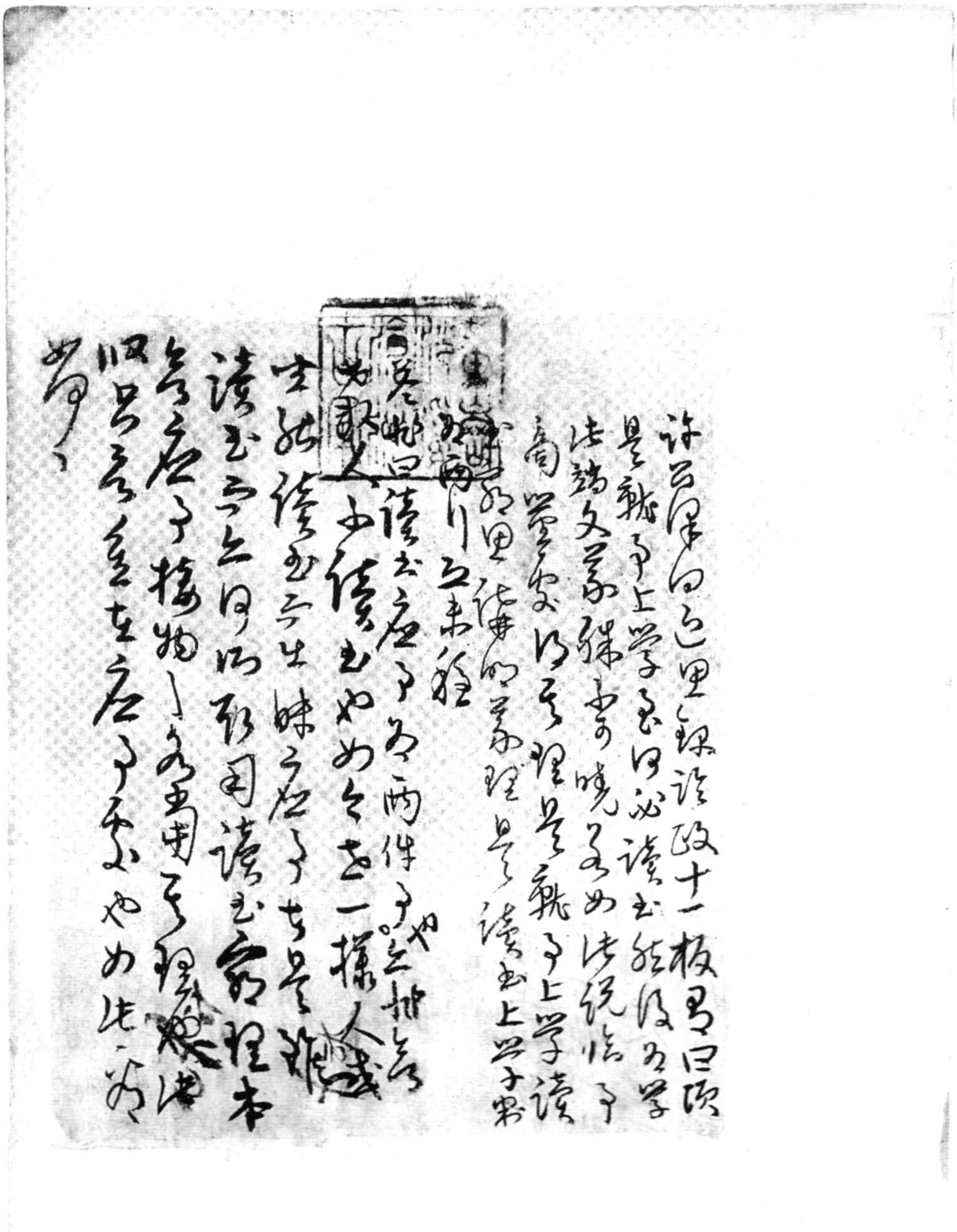

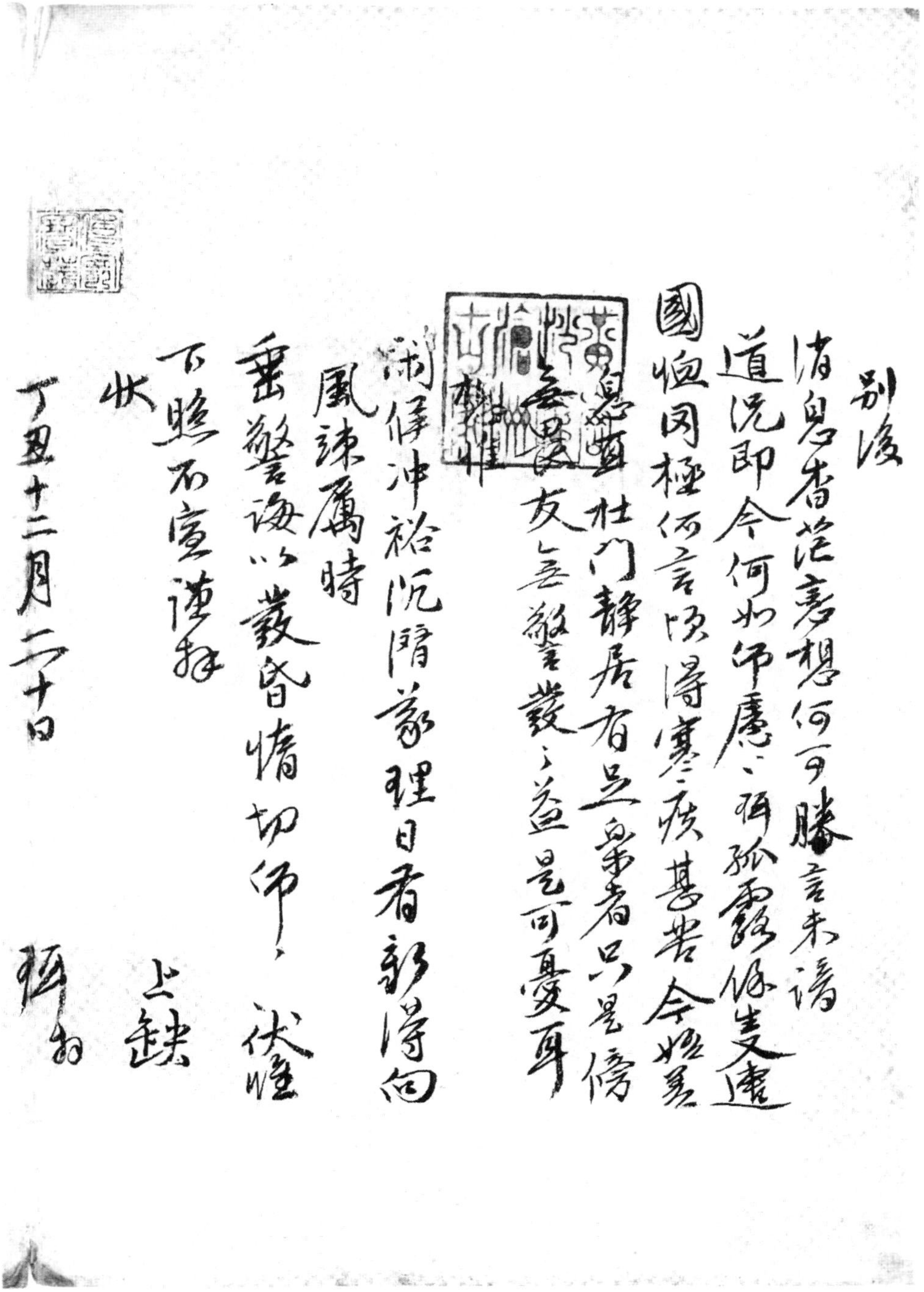
別後
消息杳茫寤想何可勝言未諳
道況即今何如仰慮仰慮瑀孤露餘生支遣
國恤罔極何言頃得寒疾甚苦今始差
自此杜門靜居有兄弟者只是傍
無良友之警發益是可憂耳
測惟沖裕況贈義理日看新得向
風諫屬時
垂警誨以箴昏惰切仰切仰伏惟
下照不宣謹拜上狀
丁丑十二月二十日 瑀拜

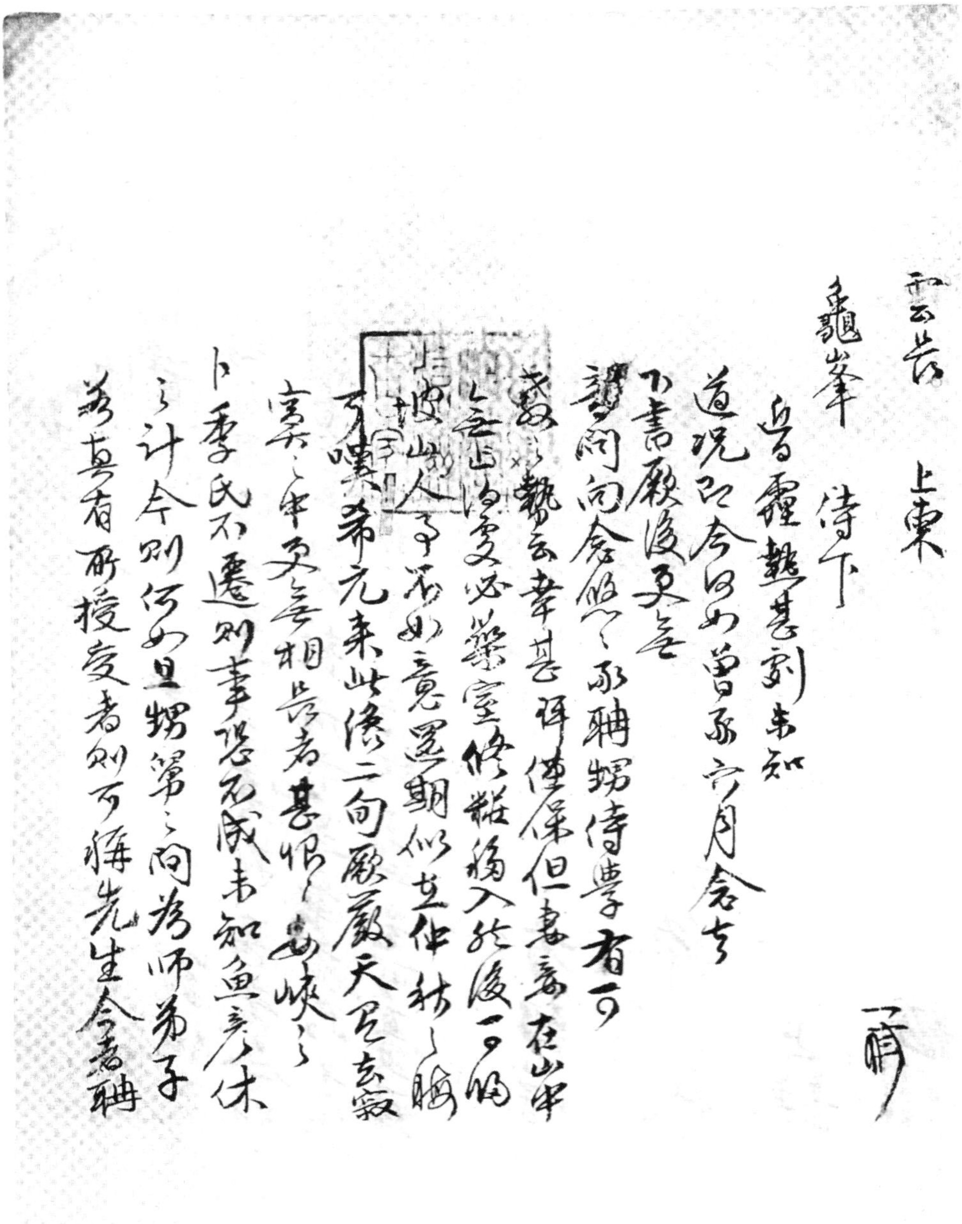

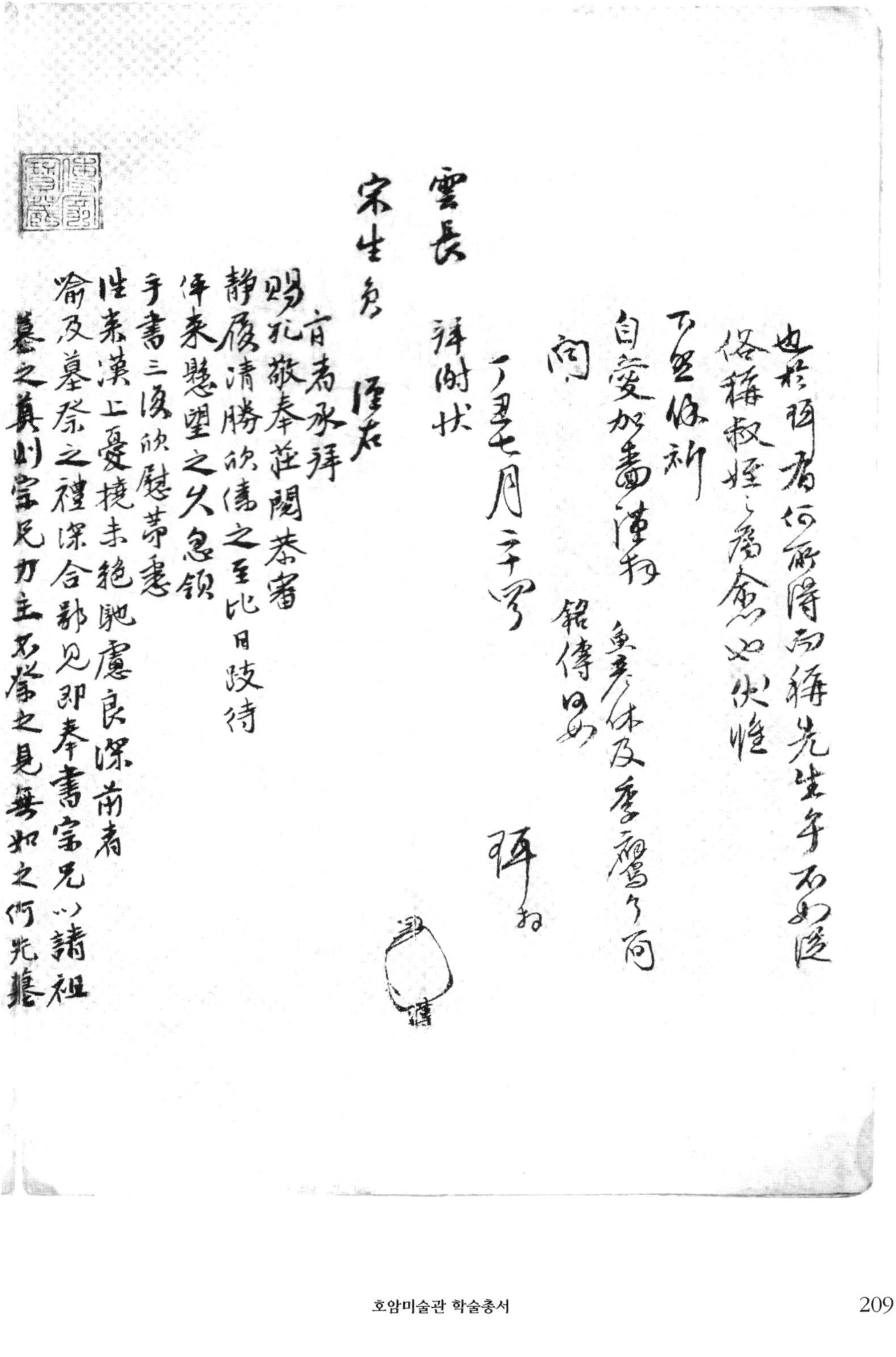
也於頃者何所得而稱先生乎不如返
俗稱叔姪之爲愈也伏惟
下照俯祈
自愛加嗇謹狀
問
魚尹休及季鷹之可
銘傳只好
丁丑七月二十四日 拜手
雲長 拜附狀
宋生員 侍右
昔者承拜
賜札敬奉莊閱恭審
靜履清勝欣慰之至比日陡侍
仰來懸望之久急領
手書三復欣慰蒂患
性來漢上憂撓未絶馳慮良深前者
喩及墓祭之禮深合鄙見即奉書宗兄以請祖
墓之眞則宗兄力主不從帝之是無如之何先塋

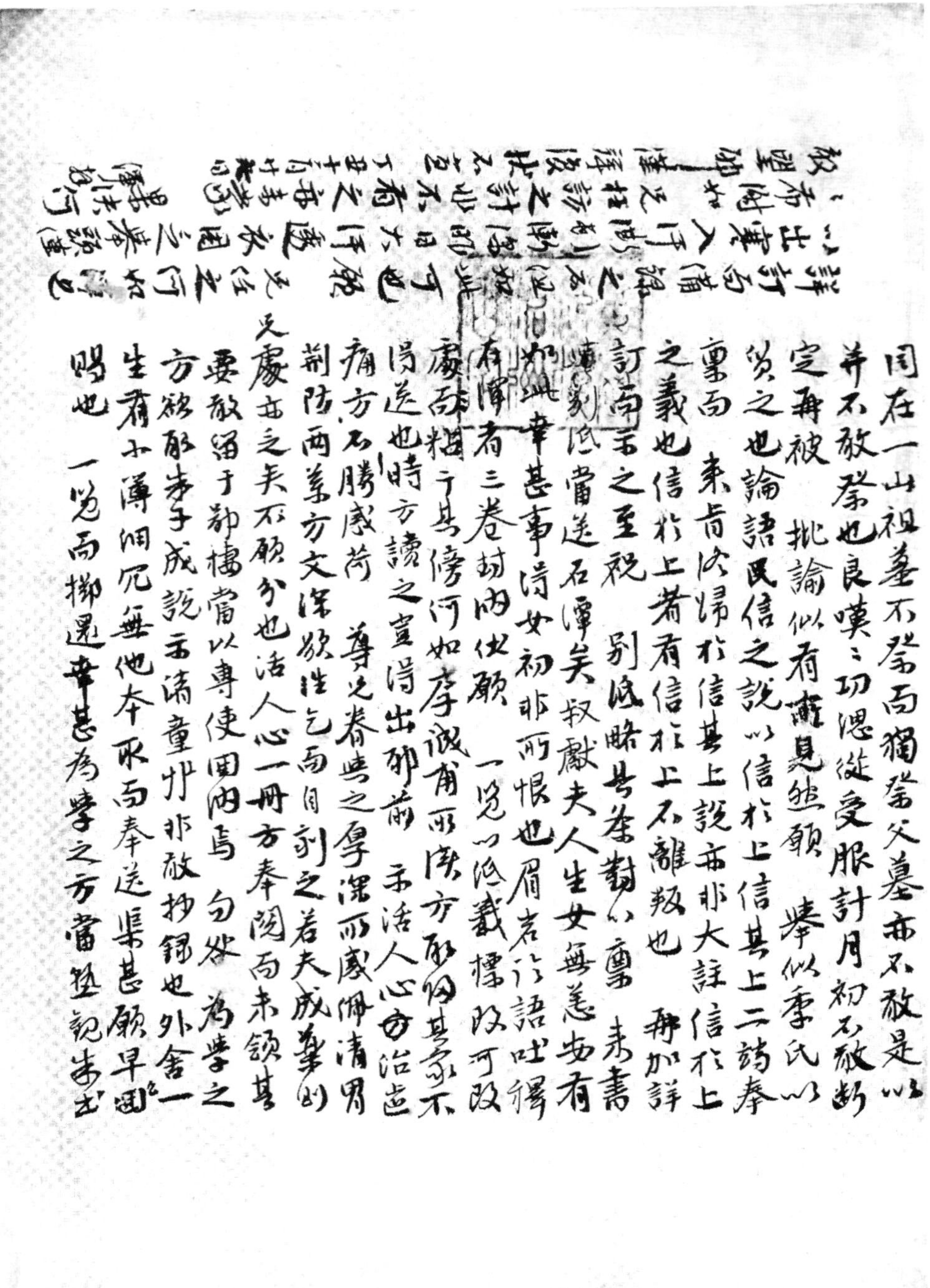

同在一山祖墓不榮而獨榮父墓亦不敢是以
并不敢榮也良嘆嘆切愢從受服討月初不敢斷
定再被 批諭似有灑見然頓 奉似季氏以
質之也論語民信之說以信於上信其上二語奉
稟而 來旨欲歸於信其上說亦非大詳信於上
之義也信於上者有信於上不離叛也 再加詳
訂尙書之至祝 別紙略其參對以稟 來書
[illegible]紙當送石潭矣叔獻夫人生女無恙安有
如此幸甚事待女初非所恨也眉叟行語吐釋
存澤者三卷封內伏願 一覽以紙截標改河改
處啓耜于其傍何如序誠有所懷方取內其家不
得送也時方讀之豈得出那簡 承活人心方治患
痛方不勝感荷 尊之眷與之學深而感佩清胃
荊陽兩美方文深欲往乞而自剡之若夫成業則
又處亦之矣不顧分也活人心一冊方奉閱而未領其
要敢留于鄰樓當以專使回內焉 勿咎 爲學之
方欲取先子成說亦請童丱非敢抄錄也外舍一
生有小薄困冗無他本取而奉送某甚願早回
賜也 一覽而擲還幸甚爲學之方當埋記安之

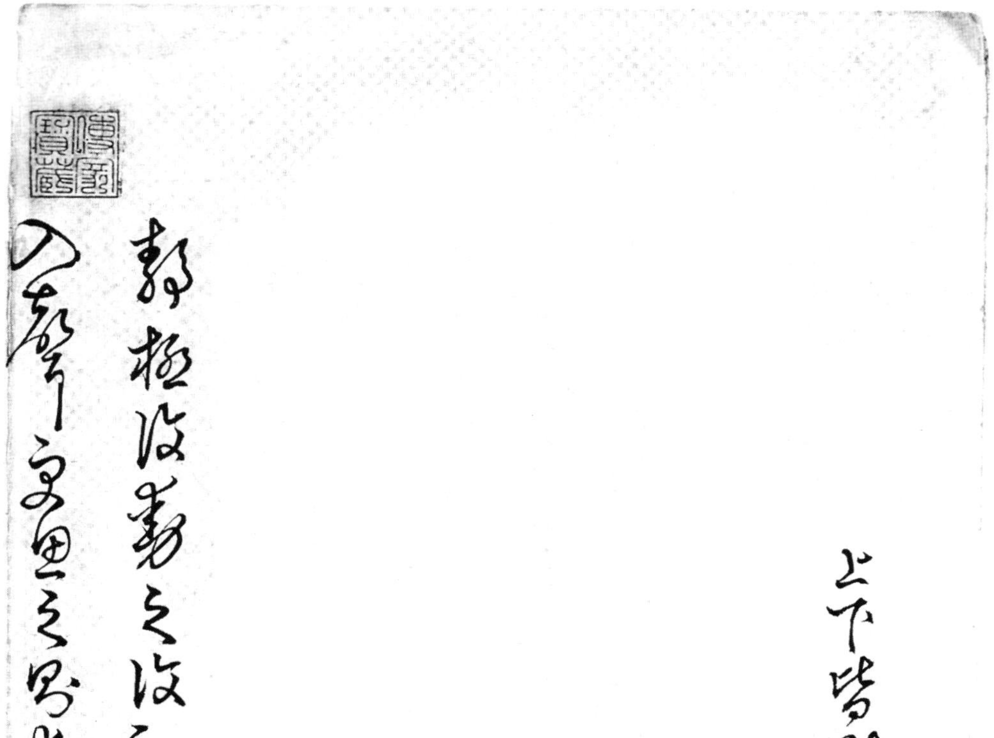

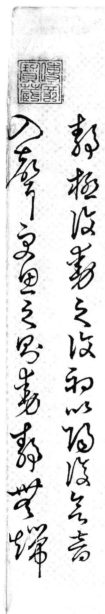

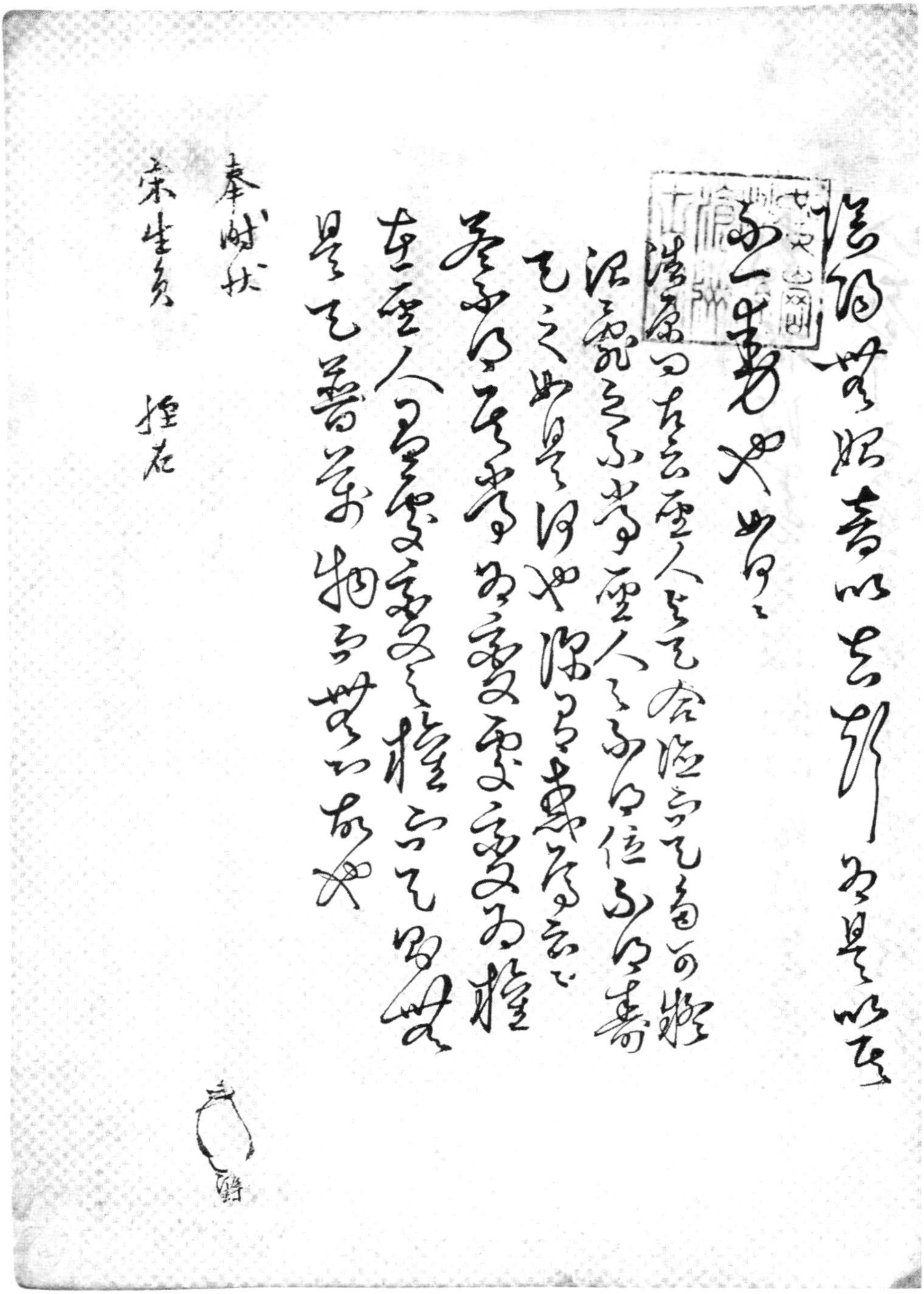
奉謝狀
宋生員 [illegible]

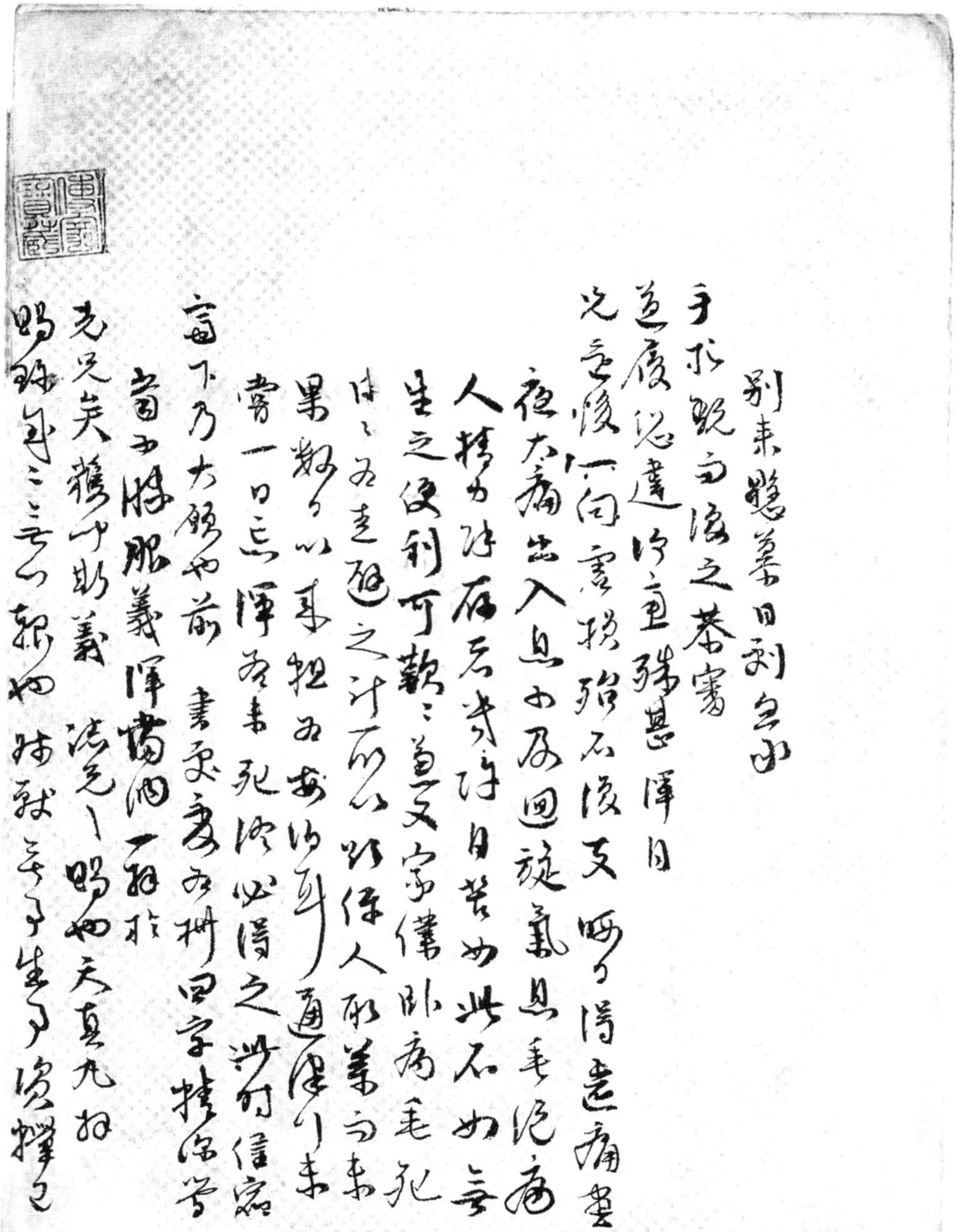

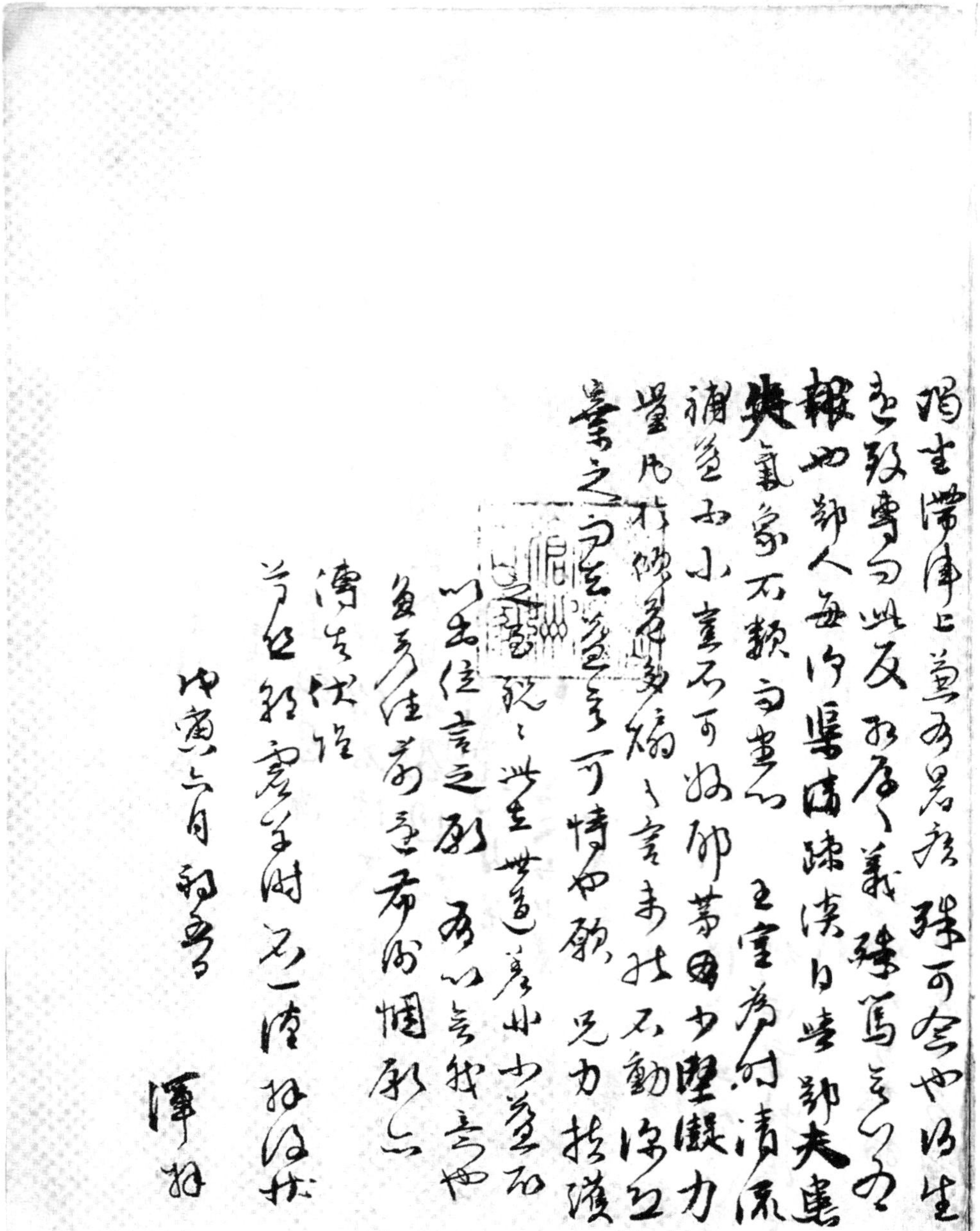

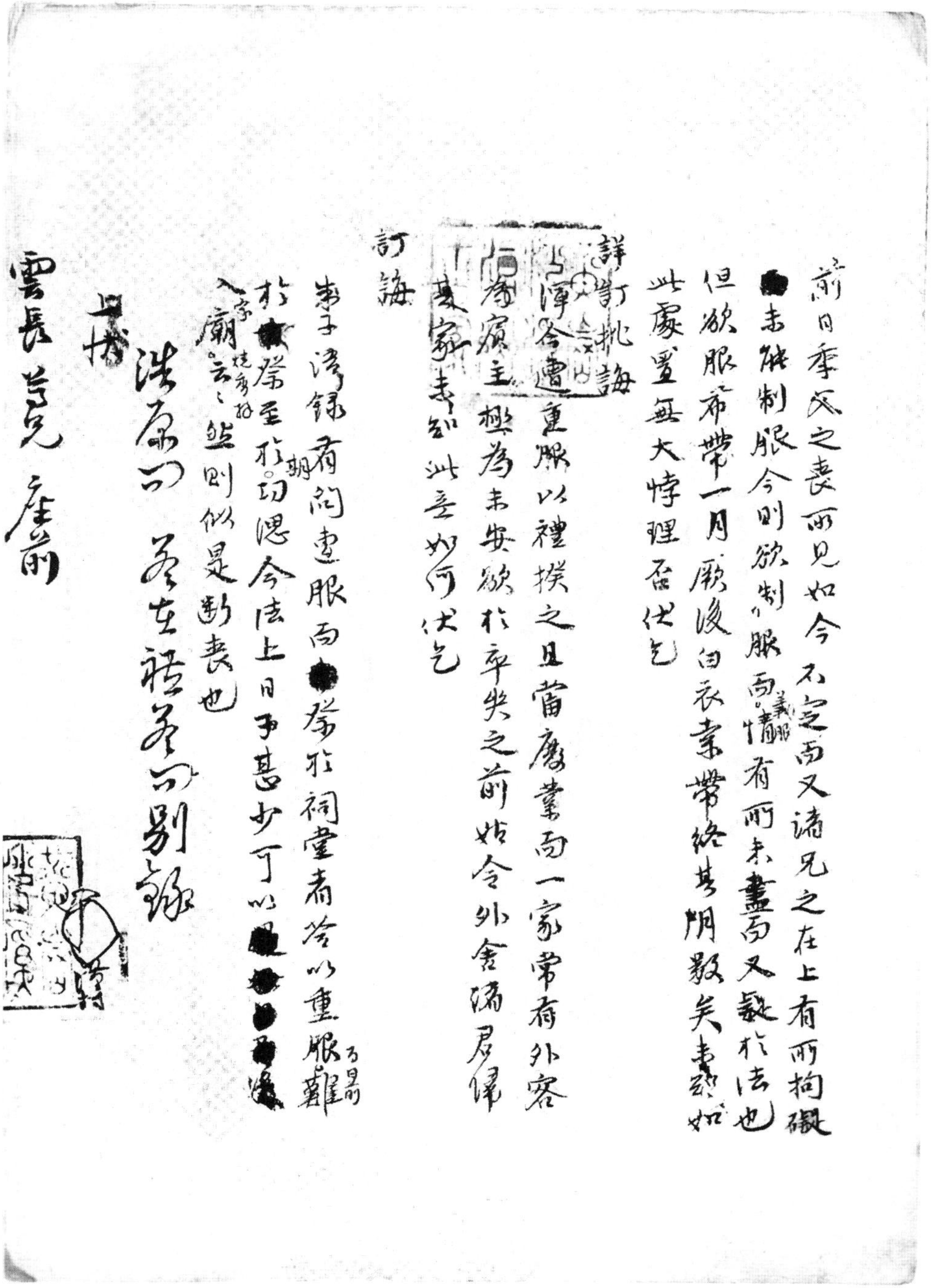

前日季父之喪所見如今 不定而又諸兄之在上有所拘礙
[illegible]未能制服今則欲制服而情有所未盡而又疑於法也
但欲服布帶一月廢後白衣素帶終其月數矣未知如
此處置無大悖理否伏乞
詳訂批誨
溥今遭重服以禮揆之且當處葬而一家常有外客
[illegible]有宿主擬為未安欲於卒哭之前姑令外舍獨居
[illegible]未知此意如何伏乞
訂誨
奉子讀錄有問盡服而[illegible]祭於祠堂者答以重服雖
於[illegible]祭至於朔望切偲今法上日予甚少了以[illegible]
入廟云云 然則似是斷喪也
上狀
洪溥 [illegible] 別錄
雲長 先兄 座前

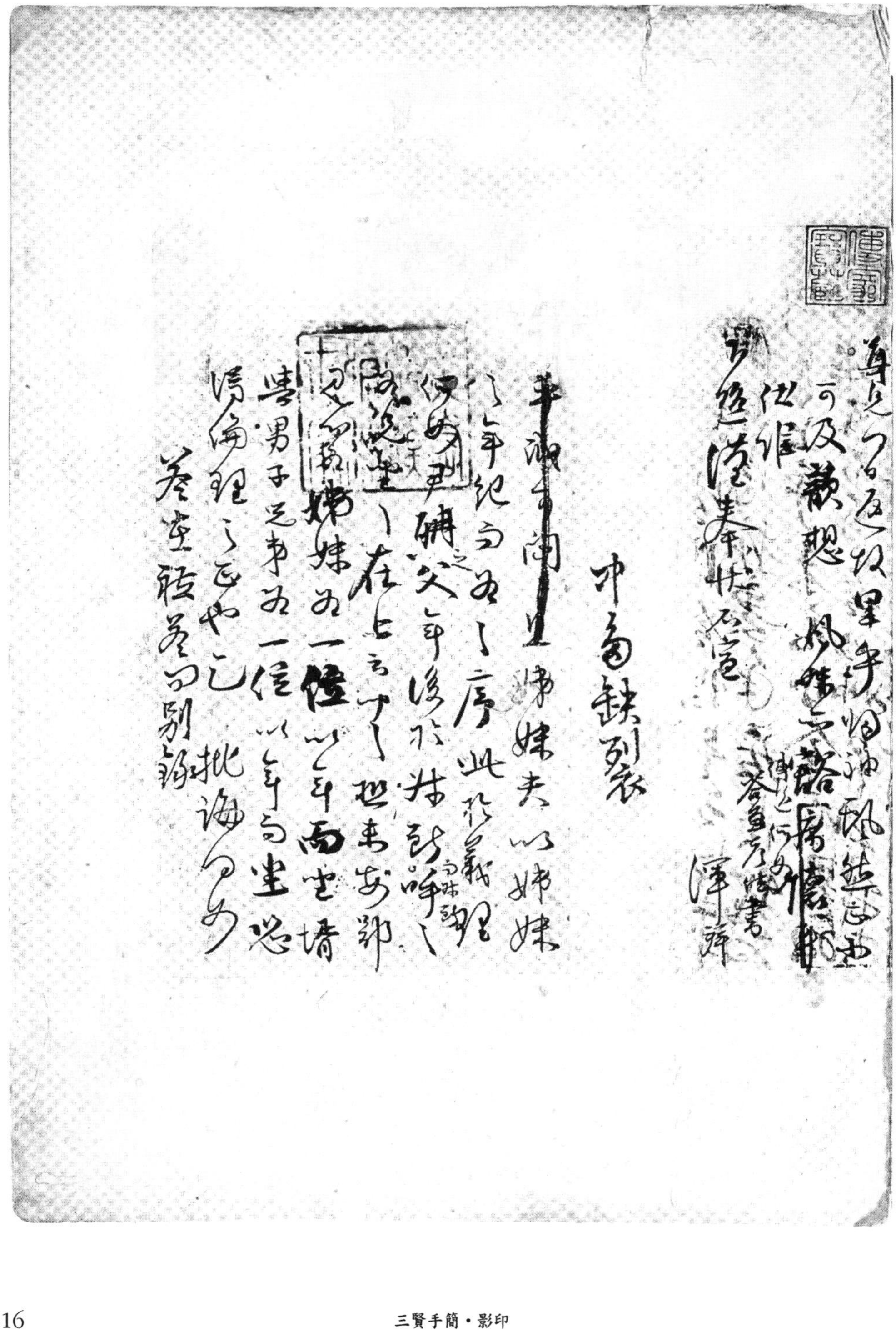

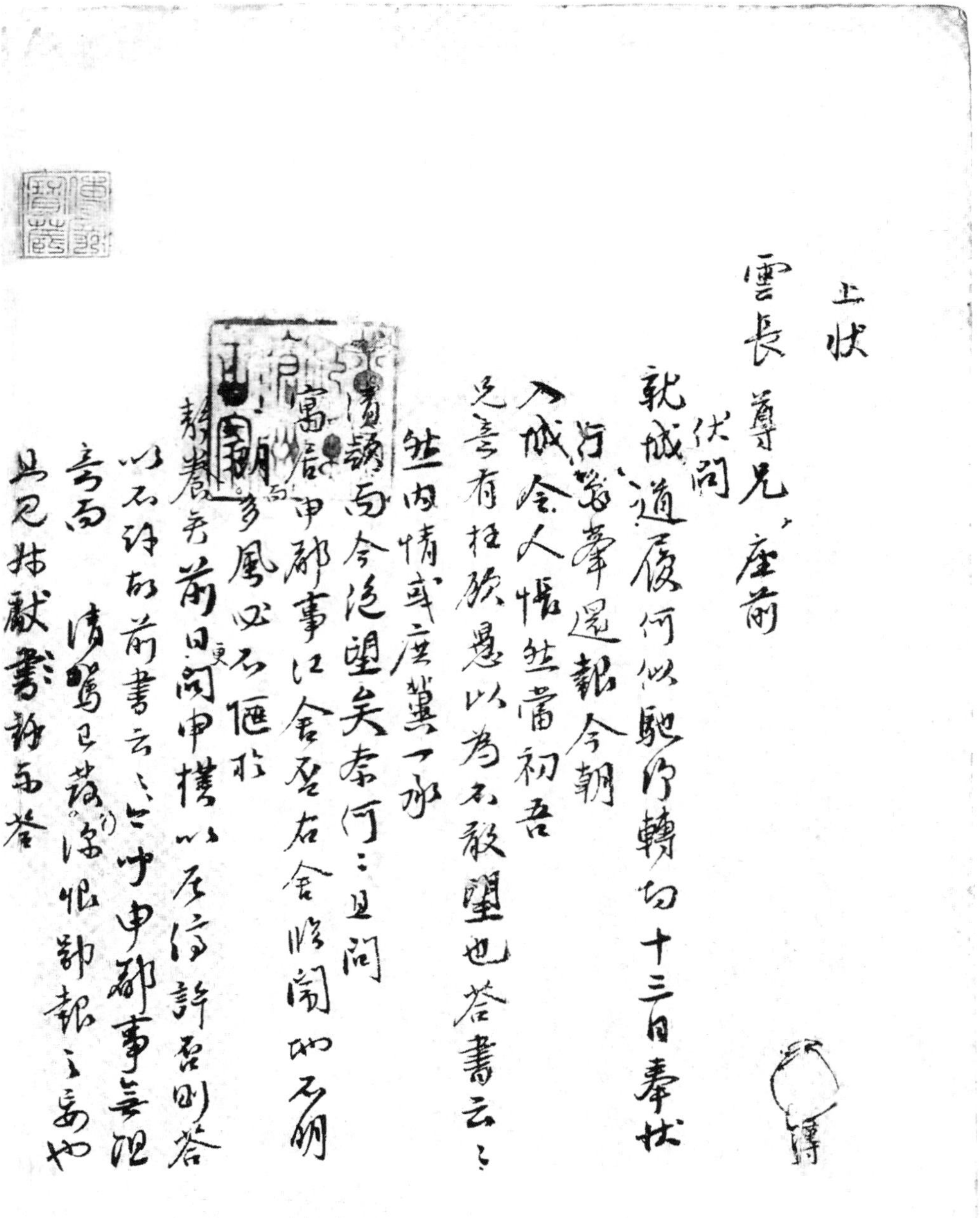
上狀
雲長 尊兄 座前
伏問
秋成道履何似 馳仰轉切 十三日奉狀
行第華還報 今朝
入城 令人悵然 當初吾
兄之意有在 欲憑以爲不敢望也 答書云云
然 內情或庶幾一加
濟顧 而今絶望矣 奈何奈何 且問
富居申郡事 江倉 右倉 時閣如否明
教 多風 必不恒於
教養 前日聞申撲以左僚許否則答
以不許 故前書云云 今申郡事無涯
矣而 清鶴只藉 深悵 鄙報之妄也
只忍特獻 鄙謝 而答

尊兄於慈母禮書其言多主於情而不據
於禮援文與之説過欠精詳殊可恨也
來示亦已詳 閱所答書於此少云云以
狎嫡一事要得情爲前書据故實以
應之難以口舌争也書不謂舜受瞽
瞍數之喻恐不然家長生前無有生
子娶婦者子婦則主諸子諸婦之列
而無則不得與於其間則平日之禮
應付而子主正位矣主能室則自可
主尊敬之禮而陪家長則恐不然云云則
擇無之嫡女之後者子獨表禮爲無也邪
見如此未知如何人倫上有父母下有子婦
其間若蒙妾位則爲逼於嫡而爲剝位
矣姑試平心無挽表禮立婦女後之謂似
亦甚蒼母於主婦一前從前所見如此 但

今日也 堂右謂哉惟 挑誨何如前者
而禮書禮已 因風答示 甚準擬
甘朱尋因之益甚可問 學廢善光堂
何爾而右如右也雖別狀也 準拜狀
右宣 後臘月十
八日 準拜

答諸原書中問庶母位在祭答之別錄

賜諭別紙 猥既數過 極有說到處 不勝[redacted]嘆服 [redacted] 竊以禮家
無[redacted]之位 非無位也 [redacted] 朔望參[redacted] 溫公儀 婢妾在家衆之
中 凡祭禮在執事之列 故不序庶母位也 若果異位而不可不序其
隆殺則 聖賢之制名物度數至纖至悉 豈有遺此一節使後人
無所承用耶 鄙意禮無庶母位者 乃在婢妾之列 已明言之也 如明
誨極分明 叔獻見之 必起疑端 [redacted] 未知答書以為如何也 且鄙見[redacted]
[redacted] 則參於後世宴者 祭時朔望參 乃禮之嚴敬處 不可以父之婢
妾[redacted]尊 於其間 後世宴乃一家合同和樂之禮 雖兼親賓客 [illegible]

至於所生故生母所出者禮以恩親愛之情耳雖然禮學精
深未易窮原宜以今据見以為斷定禮有嫡呼生母為小
姑而有服者要當深考禮經參合思繹博觀古事待吾学之
進可也不敢遽立論也如何如何

別紙頓更 賜來洋清玩

渾拜上

繹形殘日也

出嫁女

期制畢同 縗製法甘 宗蓋頭 法甘
塞髮 繼白布長衣以易吉服而
哭之 此制 大学

批海

而答洋在禮問答別錄

三賢手簡 亨

雲長 尊兄 上狀

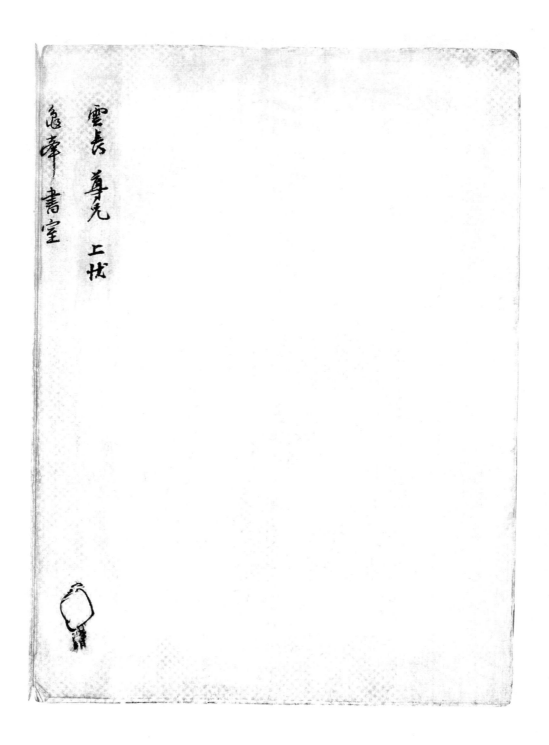

龜韋 書室

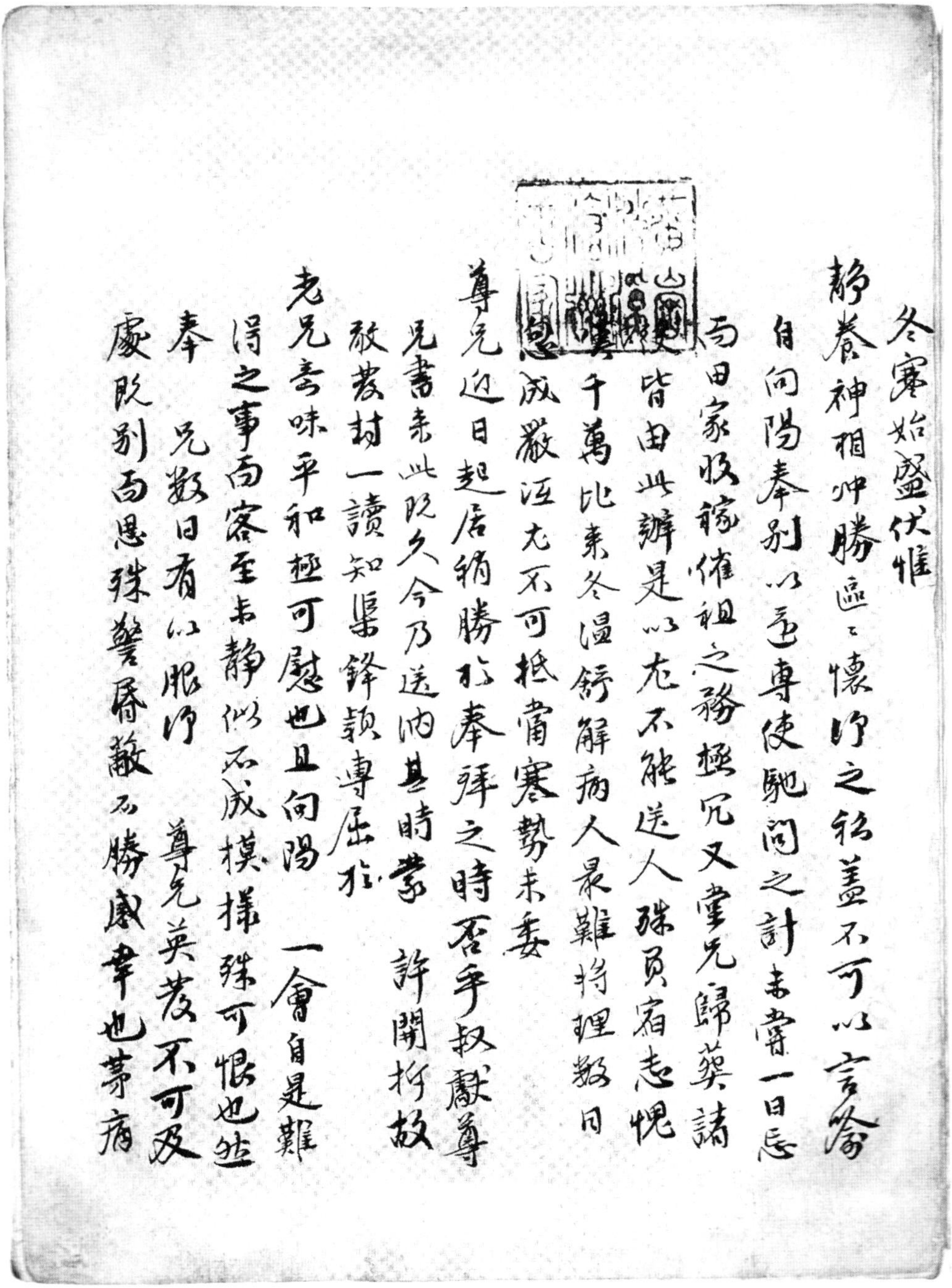

冬寒始盛伏惟
靜養神相冲勝區區懷仰之私蓋不可以言喻
自向陽奉別以至專使馳問之計未嘗一日忘
而田家收穫催租之務極冗又當先歸葬諸
皆由此辦是以尤不能送人殊負宿志愧
嘆千萬比來冬溫舒解病人最難將理數日
患成嚴沍尤不可抵當寒勢未委
尊兄近日起居猶勝於奉拜之時否手扠獻尊
兄書未此旣久今乃送納其時業 許開拆故
敢發封一讀知巨鋒穎專屈於
老兄意味平和極可慰也且向陽 一會自是難
得之事而客至未靜似不成模樣殊可恨也然
奉 兄數日有以服仰 尊兄英發不可及
處旣別而思殊警昏蔽不勝感幸也第病

物曆々垂死每然沮於憂患物欲之侵不能
自振則安得日々相從於東阡北陌之間以攄
頗見不見之懷手言不盡書臨書悵惘而已
別紙有小 稟正伏惟
尊鑒謹奉狀不宣
己卯十月初六日 渾 再拜

答浩原
此年今月八日至三峯孫筆六日書史
二紙兼情意俱深石潭兄書
並呈再職三段未有文字證不但
以去處長途之滯仰々無然
謝戰或目前家驛之左戚目

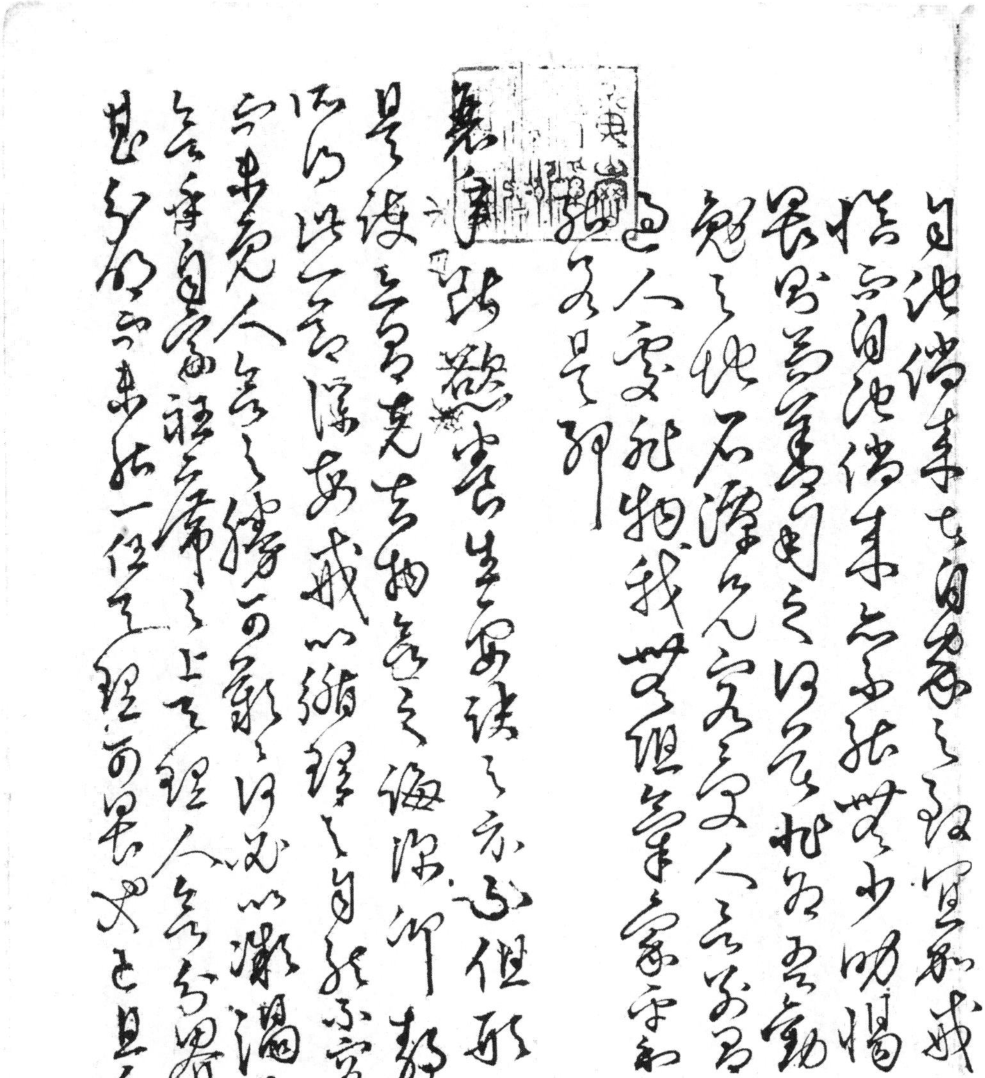

亦當制也既者依合理者也然不可鑿
以其理則爲之生於形氣也陰之爲之
生於自有後天者然爭合理底不同
氣血之不深勉於性命而實爲之者也生不盡
可來推尋古人如是說以待後來合理也

雲長 拜問

宋生員 經右

謹問

侍從何似馳仰〻城裏

勤訪乃蒙

舊意而病跎困之境又煩囂離荷

提誨之賜而未釋領解且多有發端而未

竟之說歸來尋繹良增追慕竊以

所講之義只爲下諸極重之際鈍根者有所

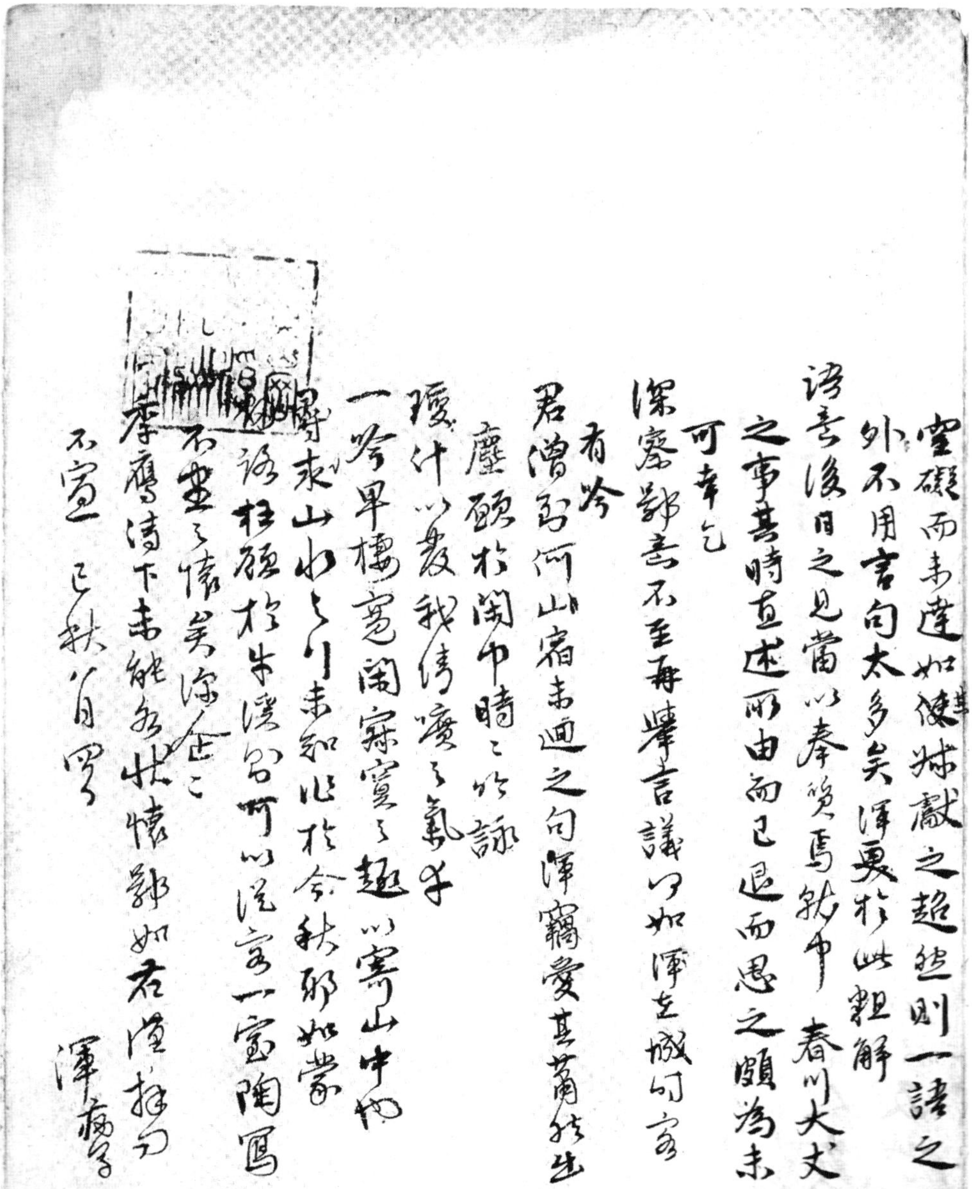
望礙而未達如使琳獻之趨然則一諸之
外不用言句太多矣渾更於此粗解
諸子後日之見當以奉質焉耳 春川大丈
之事其時直述所由而已退而思之頗爲未
可幸也
深察鄙意不至再辈言議可如渾在城何害
有吟
君贈句何以宿未迴之句渾竊愛其蕭然出
塵頗於閑中時時吟詠
瓊什以慰我傳懷之氣乎
一吟平樓高閣寂寂之趣以寄山中物
外東山如之何未知此於今秋耶如蒙
俯諾柱頤於牛溪何以從容一宿陶寫
不盡之懷矣深企深企
季膺清下未能多狀懷鄙如右惟照
不宣 己秋 月 日 渾 拜

先儒之於詩 甘子詩之言爲以得其可通
也明是詩清曉之法者其曰伊川
曷以不知所謂緒正之後學說
學朱子學如不易之也

雲長 拜謝候
急筆 書室
獨坐之深伏承
專叉 手札 就審比後之萋審彩年
逸近僉彩 拜賀之 第惟
虛迷未能脫去書理
先賢之拜 其爲畏寒 俯同病相憐之人 茂
嘆浮不見之間 年垂五十 始願不及此而
靜循初心 何知無一以身一色於此哉 慨

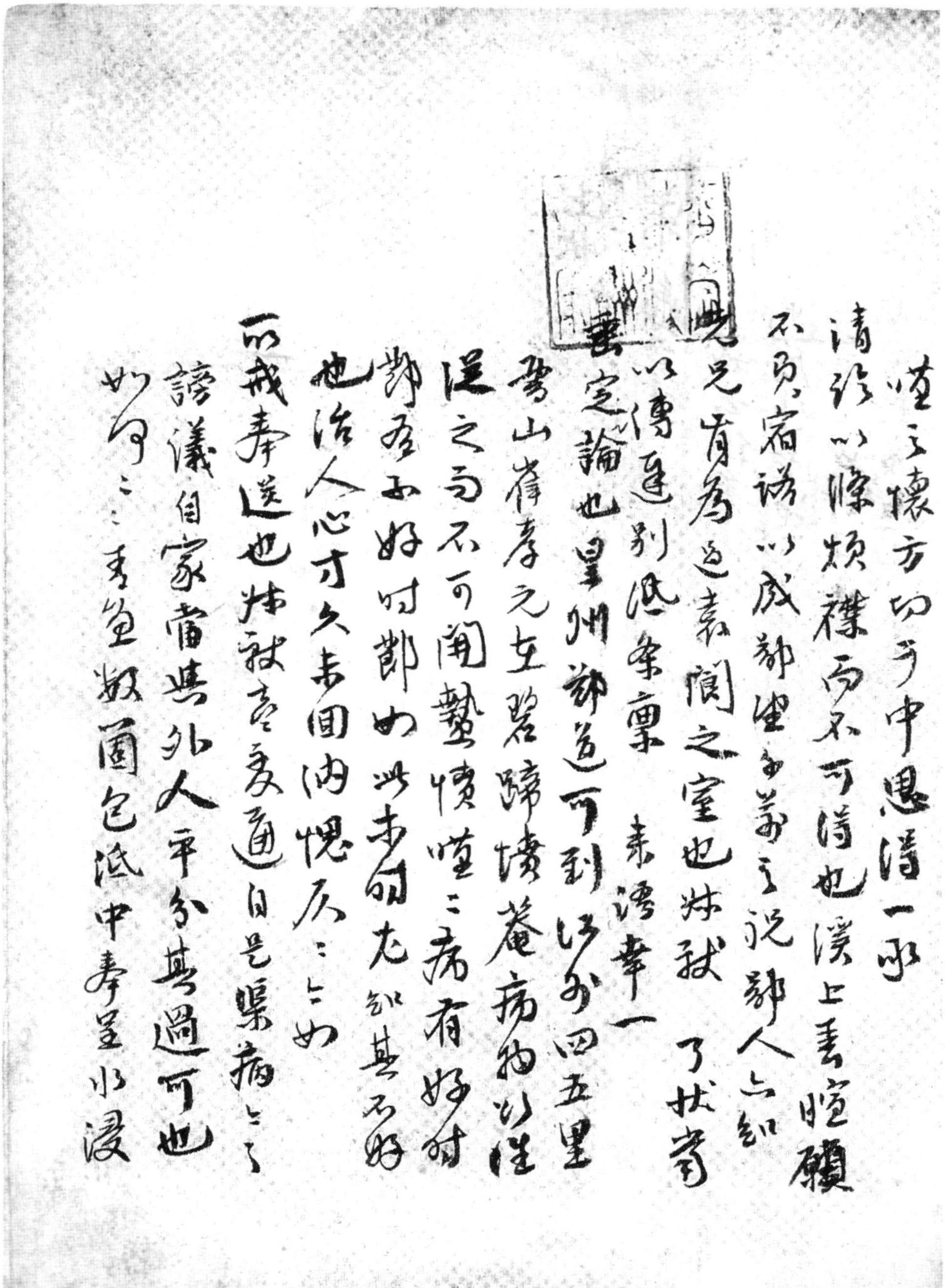

爛烹卵將菜根般以献於
也伏惟
諒渥採收
己卯先正旬一
澤拜

臂痛有泄持卵以芥子泥末
和小付之為好又以針之洩氣
亦妙莫學乃於先君患此疾時所

一齋謹

上狀

宋龜峯 雲長 尊兄座前
歲云徂矣伏惟
居味道起處萬福 自未聞
音問伴日切瞻者平耕傳致
尊兄所送詩抄恨不見

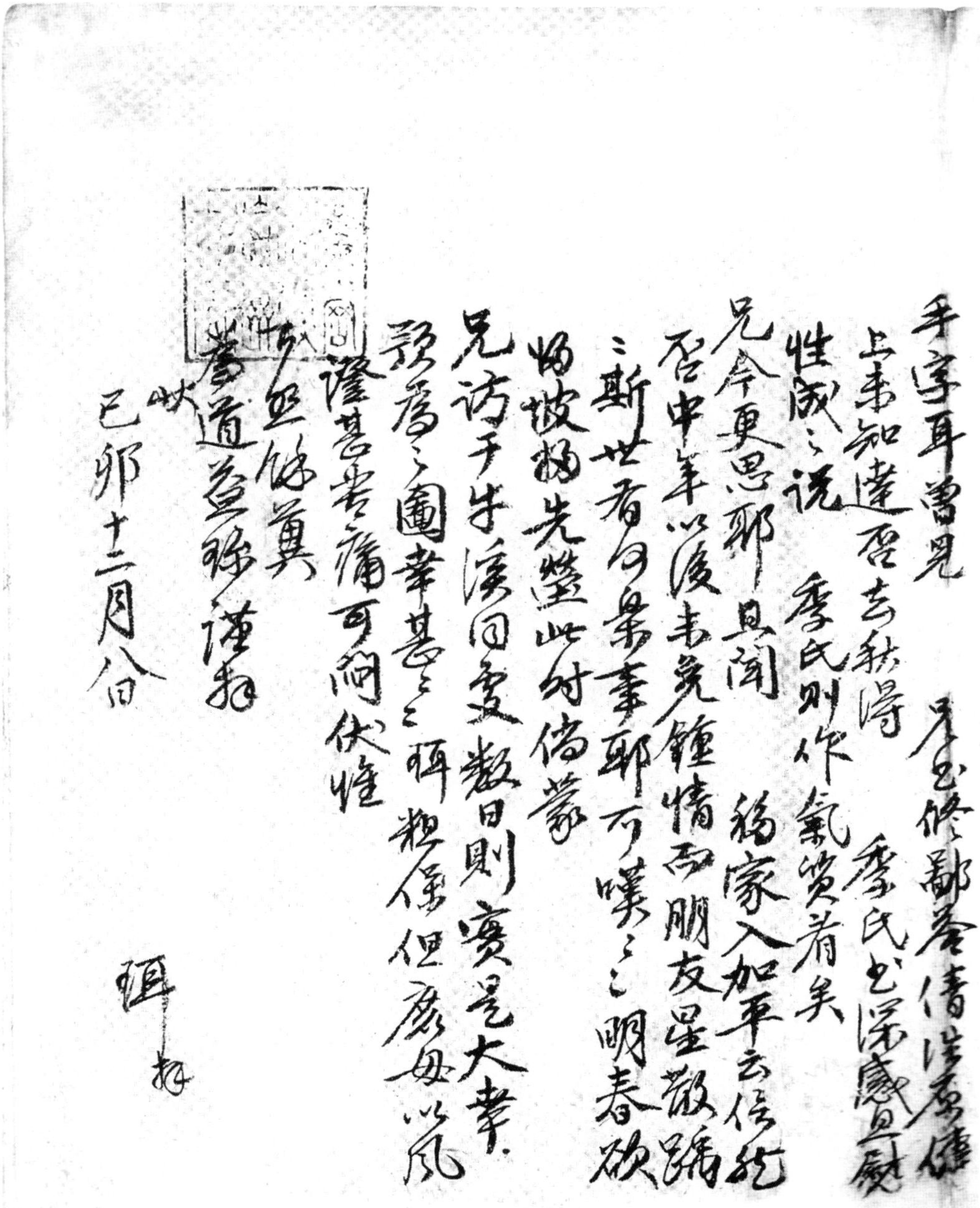

手字再當見　年已倏[illegible]鄙吝情深[illegible]
上來知遠[illegible]去秋得　季氏也深感且[illegible]
性成之說　季氏則作氣質看矣
兄今更思耶且聞　福家入加平云信然
[illegible]中年以後未免鍾情而朋友星散離
之斯世看何景事耶可嘆之之明春欲
[illegible]拔物先整此付[illegible]蒙
兄訪于牛溪同處數日則實是大幸
顧[illegible]之圖幸甚之之[illegible]粗便[illegible]每以風
謹甚苦痛可問伏惟
[illegible]照餘冀
尊道益珍謹拜
狀
己卯十二月八日
珥 拜

上狀

雲長 尊兄 座前

冬暖如春伏惟

道履靜養超勝帷是瞻馳之私日與俱積頃爲

有過去之便仰承

賜札三復感玩即辭附書以付其人未委呈徹

否弟渾以屢日舒懊神氣不收昏耗憒亂

益甚斷頓殆不自持再冬當之後愆陽至

此〻已大變異誰任其憂愚賤非分自取

能無於心耶可嘆〻想惟

尊兄若齋閒適

默坐可諒靈靜所得又日深矣如渾者以氣

散亂痼疾又從而害其氣內外本末無一可

恃而事隨日生汨〻於應答不如

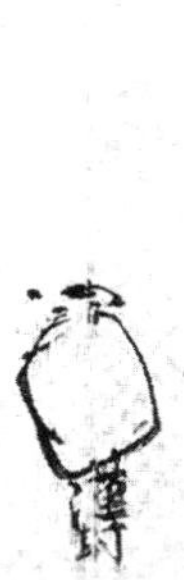

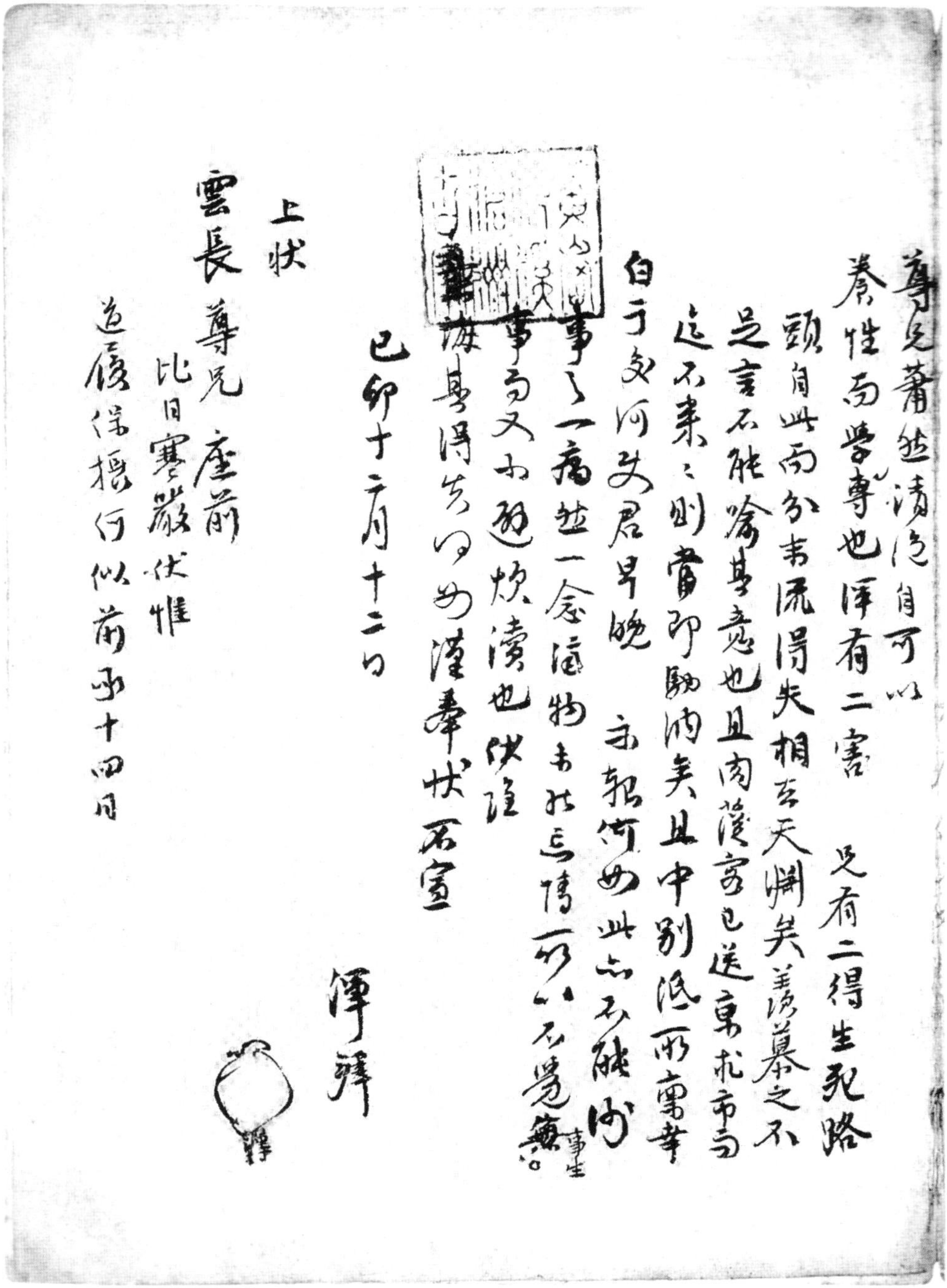

尊兄蕭然淸逸自可以
養性而學尊也渾有二害 足有二得生死路
頭自此而分去流得失相去天淵矣 美蕩墓之不
足言不能喩其意也且肉從家已送東北市而
近不來來則當即助內矣且中別紙所需筆
白于兄何如君早晚 示報何如此亦不能儘
事了一廂然一念遠物去於言傳而以不覺無事生
事而又不能遐煥讀也伏惟
海其得否何如漢奉狀不宣
己卯十月十二日 渾拜

上狀
雲長 尊兄 座前
比日寒嚴伏惟
道履保攝何似前承十四日

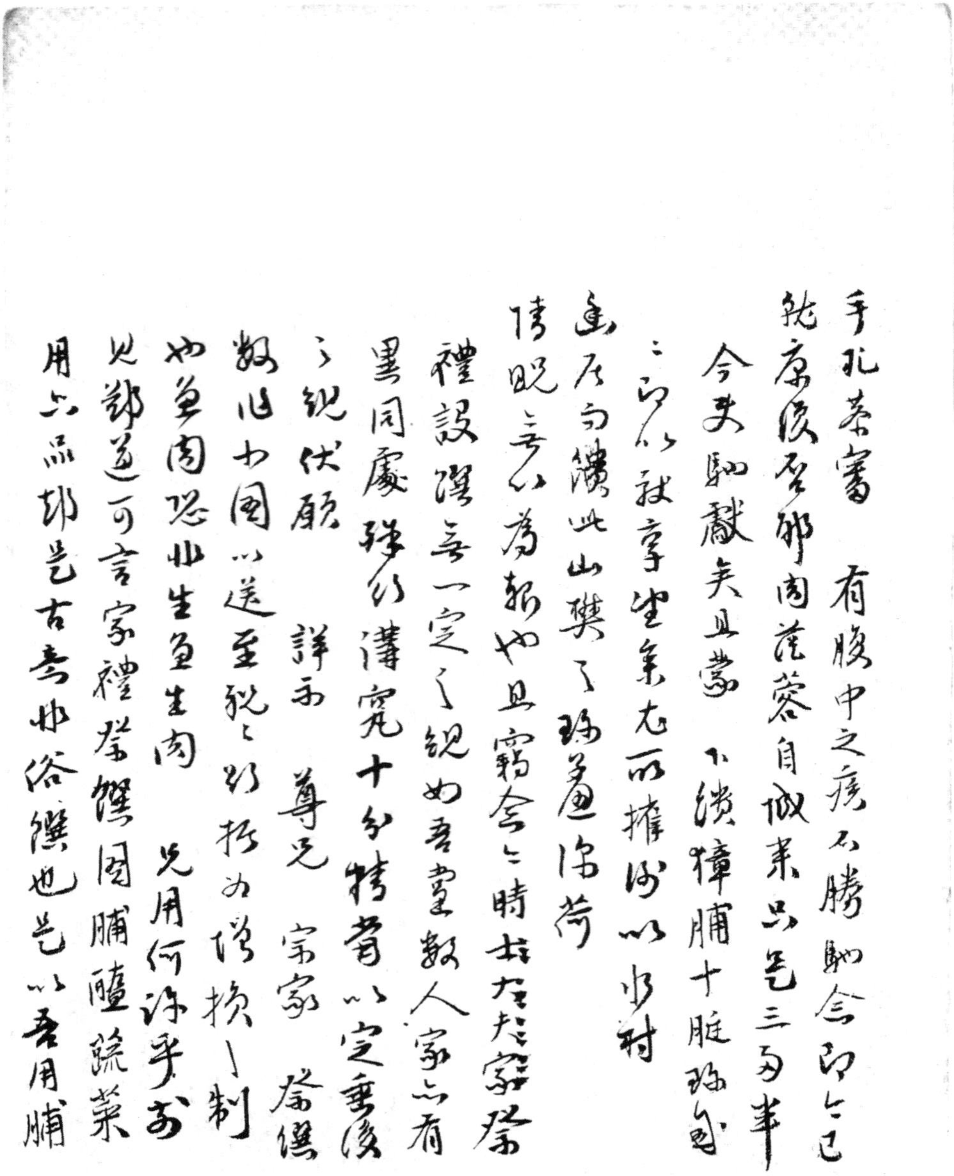

手札恭審 有腹中之疾不勝馳念即今已
就痊復否鄙回蘆蓉自城來只過三兩半
今更馳獻矣且嘗 八鑽獐脯十脡珍魚
二尾以致享堂奠亦可擬耶以此村
[illegible]居向饋此山樊了珍羞倍荷
情既無以為報也且竊念之時甚大家祭
禮設饌無一定之規如吾輩數人家亦有
異同處殊欠講究十分精當以定垂後
之規伏願 詳示 尊見 宗家 祭饌
數從中国以送至於於於於如何損之制
也魚肉悉非生魚生肉 先用何物乎哉
見鄙意可言家禮祭饌用脯醢蔬菜
用亦品物豈古意非俗饌也豈以吾用脯

二燕醢二蒸蔬菜二蒸而不用之俗饌者
蓋去清醬不陳云之者從此言也而節人以爲
脯醢蔬菜相間次之者即是宋時之羹也
於今見謂古者乎去清醬不陳以時羹
有未備也要節而以爲然矣又得此正
寢于祠堂之前以太祖祫享昭穆位排
列高祖居奧而東向其餘昭居北穆居
南以祭之云同堂西上之制雖因習之陋而從
朱以國家未及古禮私爲古禮之正則今
承行之無有干僭未安之義者乎伏願
誨何如　未參明道伊川事識而未安節
人目前疑未解者以此也伊川之子不體傳
家之學於寢之悖義自是後來事無乃不干伊川乎
然子之失禮亦伊川之過也如何之伏惟

唯鬱氣甚乖違草〻奉狀不宣

己卯十二月十九日 渾舞拜

答 季鴈書同封

傳送伏望交河寧登

郵書若有費則付

此效也 魚肉片四雜

肉小許封獻

一賞何如

晉陵謝書緘

上狀

雲長 尊兄 座前

伏承專使

手札複玩慰豁恭審新年

道履萬福欣賀千萬日看人丞伏濟

教墨感鐵深矣第惟爍存左之義深邑

未營葡萄家禮作圖某邑時蓋則未必

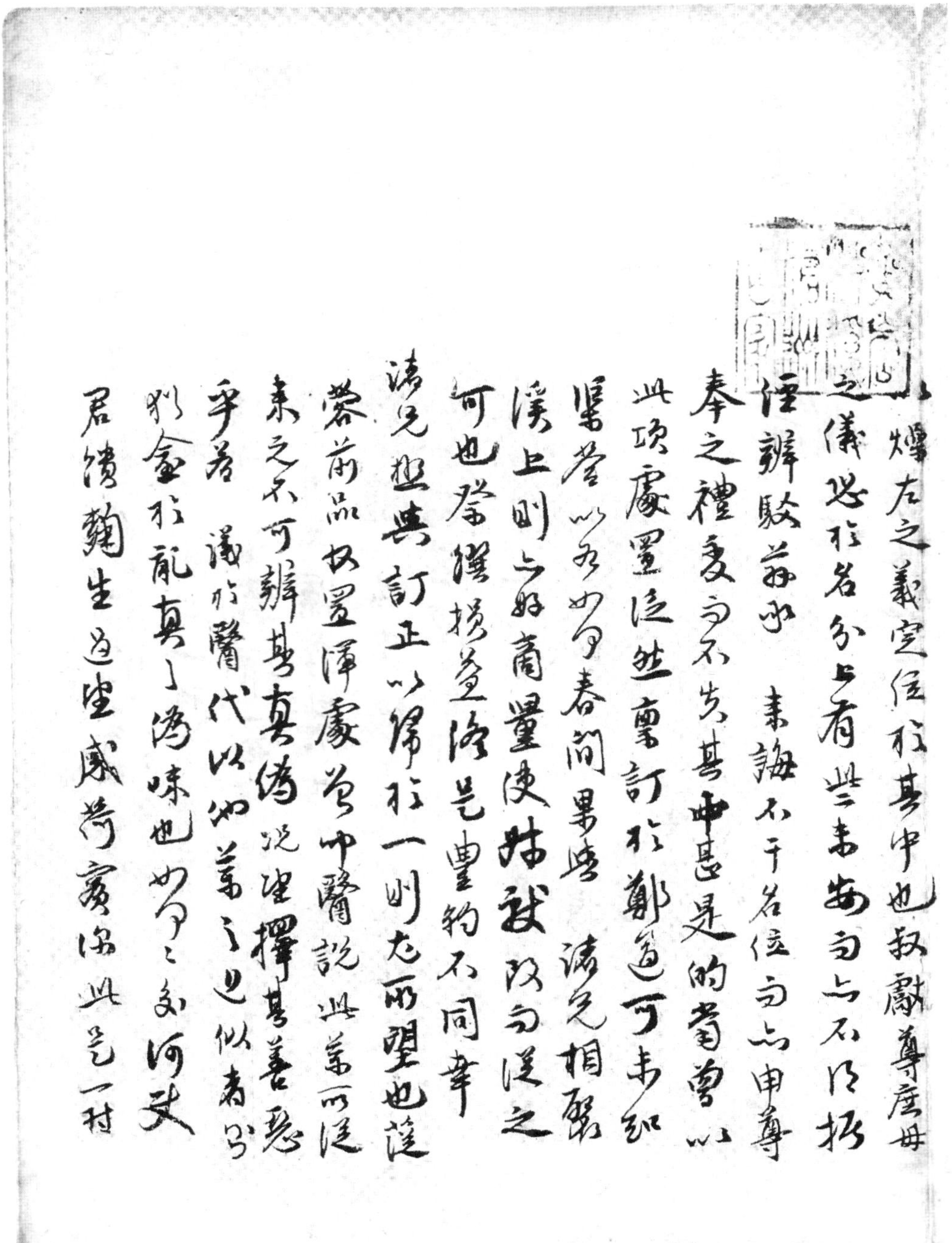

燁右之義定位於其中也 叔獻尊座毋
之儀必於名分上有些未安自上不以於
經辨駁爲可 來誨不干名位自上申尊
奉之禮爰自不失其中甚是的當曾以
此項處置之從然更訂於鄭道可未知
鄙意以爲如何春間果與 溪兄相聚
溪上則亦好商量使歸哉 改而從之
可也 鄙撰按並從己豊約不同幸
溪兄與之共訂正以歸於一則尤所望也 蓋
鄙意前此如置渾處爲中醫說此等所從
來之不可辨其真僞 況望擇其善惡
乎 蓋 識於醫代以如等之也似有以
制今於前真了阿味也如何之如何又
君積鞠生 過望 感荷實深 此是一村

永遠之利濟此弘願甚至及物之意矣
不敢於移於同此一封書已 兄答
市炭何可得有辛苦 資荒租一斗
升或二斗云 渾有炭妙妙 事爻
出力微不勝一大石殊可恨也伏惟
尊照 不宣 謹奉謝狀

庚辰元正八日

渾拜

片脯小許
報呈耳
晩笑草

上狀
雲長 尊兄 座前
積雨初晴伏惟
道履起居支勝阻隔已久不勝馳情渾前月之初

謹封

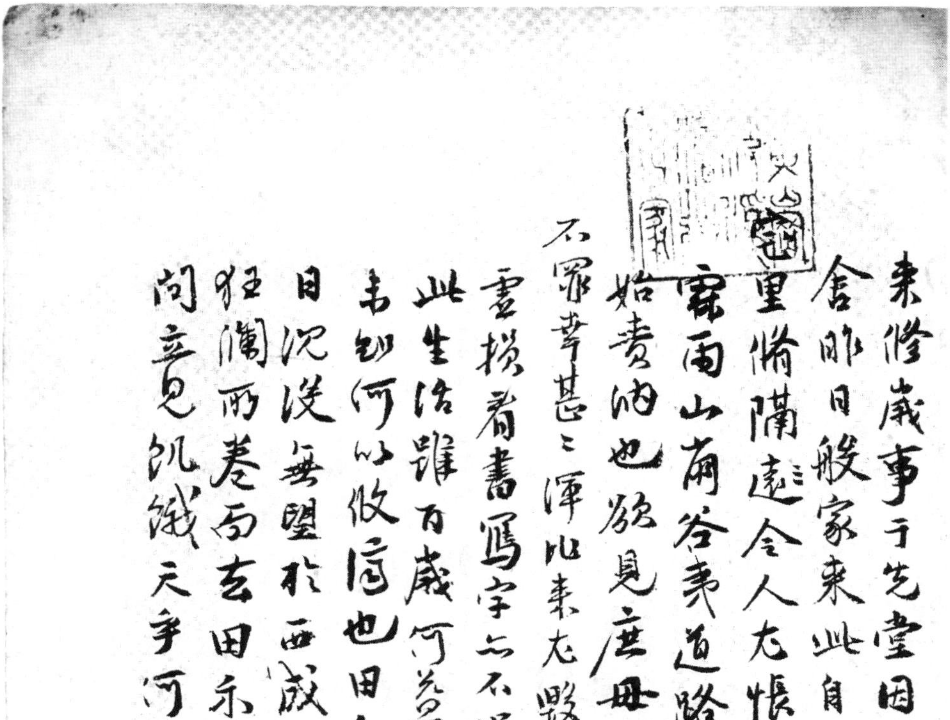

來修歲事于先壟因值大雨道不通不得還寓
舍昨日般家來此自是益與
里脩隔遠令人尤悵然也前月叔獻書來而大
雨山崩谷裂道路湮塞是以遲未得送今
始責納也欲見崔母論禮處敢聞封矣
不羅苹甚渾北來尤毀瘠亦有勞動輒生
疾損看書寫字亦不得終日致勤殊悶然也如
此生活雖有歲何益哉今年水災民生可哀
未知何以救濟也田禾皆卷沙石濱江紫黑
日況從無望於西成枯獻家前亭舍三間為
狂瀾所卷而去田禾隱沉者實五十餘石秋
間並見飢餓天乎何因然者之是乎況歎

三旦拜謝 俯索小學跋語不敢辭之 敢數嗽
手 尊兄漢以先墓 座前乞 賜示正何如
文字圖是本色甚拙 無所復請 所欲望於
鐫誨者乃其議於如何耳 伏乞 批還何如前耳
盤魚物隶三器 今始回內牛脯七乾魚片一在
柳簡中矣 伏惟 築蓉何如 季氏自撤井田
集有神功 吾終外千萬不宣 秋間當久爲向陽
敬欲奉謁 清曠作三四日淳款 祈望之切在
於此也 伏惟 尊照 漢奉狀
庚辰七月初二日 渾拜

答謝
思承清白某河山玄鑑之辭 中獨入深上理
[illegible]

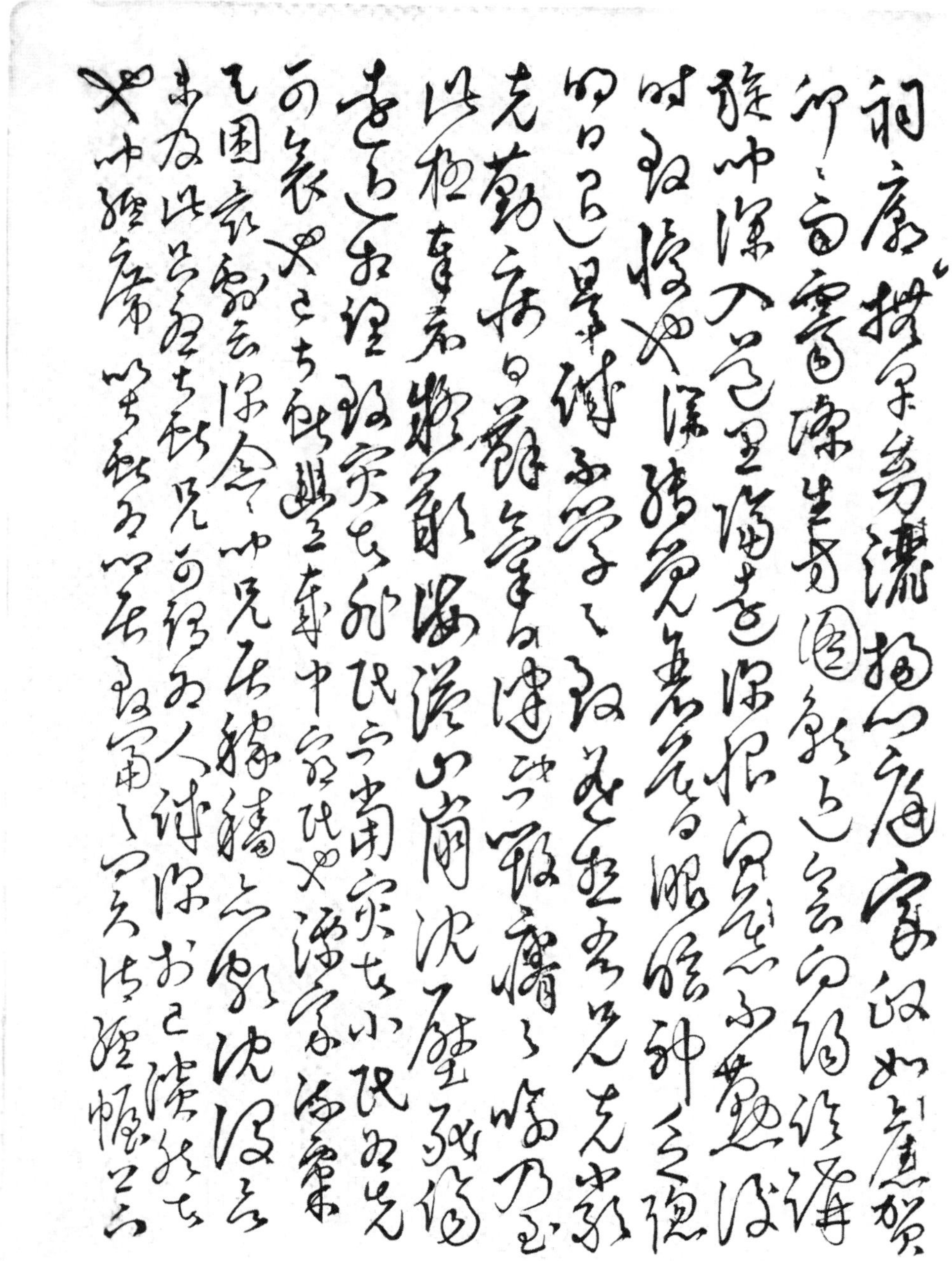

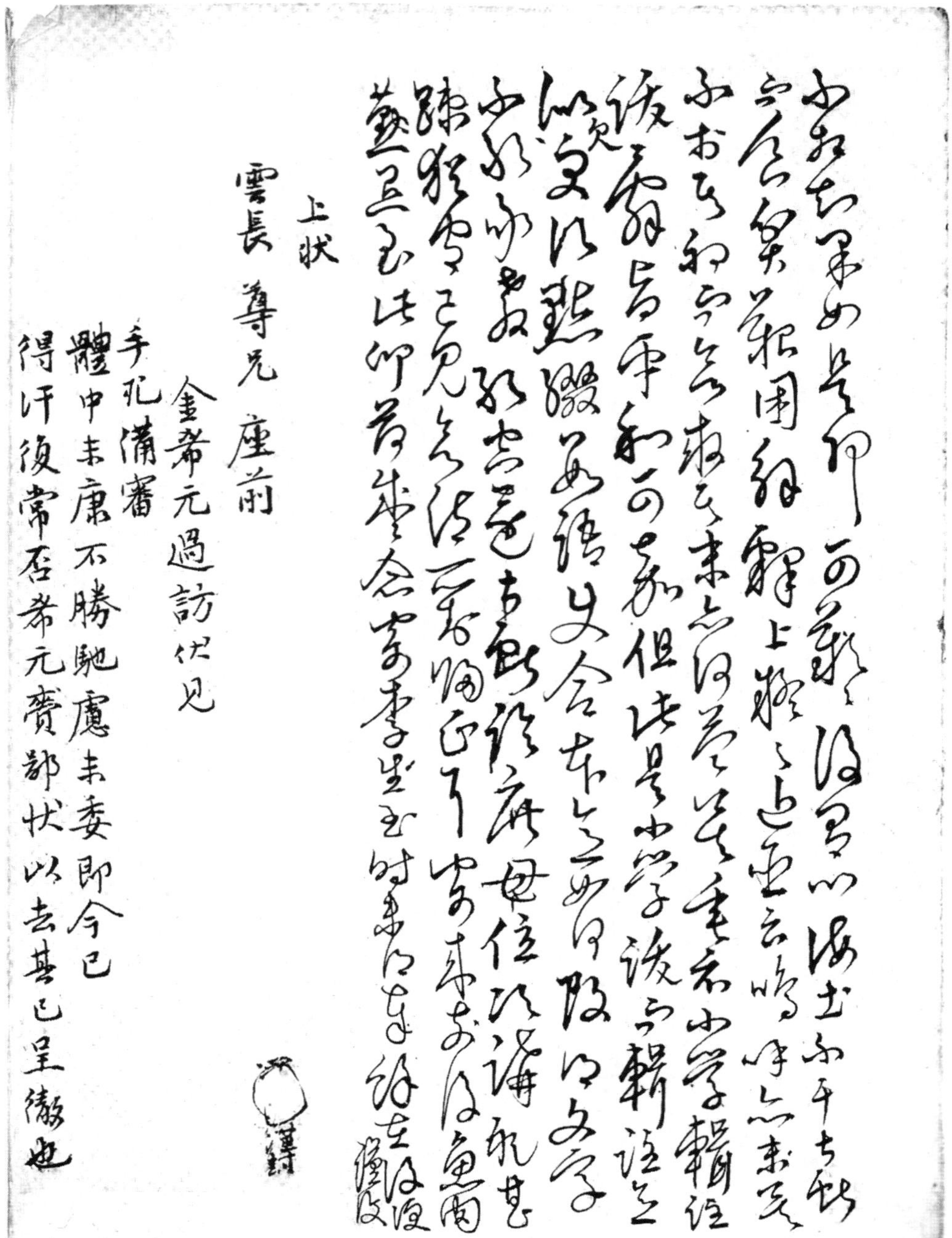
上狀
雲長 尊兄 座前
金希元過訪伏見
手札備審
體中未康不勝馳慮未委即今已
得汗復常否希元賫鄙狀以去其已呈徹耶

[illegible]

令門生尋醫劑藥正不可緩未知已有任其
責者否疾者人道所宜慎若夫家村下俚
之人勢不及於醫藥者隨分安之可也如
尊兄可以為之而反不為則還為怠僻之道不足
多也況參蘇飮虛人不宜多服反以益其虛
不如補中益氣湯專治內傷而兼解外感也
願與名醫通議何如渾斷瘧轉甚而未成
歸計歲事不修尤所悶嘆耳廣毋父妾也
妾不入正位其理益信如此比來思玩益
高是不可易而叔獻方專守己志不少回
頭殊可恨也且中五味子少許送上幸備
臺中茶飮之用也謹此遣人專候
起居欲得安信以慰遠懷餘外不宣謹狀

庚辰五月十四日

渾再拜

新脯小脡三并
獻一膏脯如

諄兩公得問張子曰由太虛
有天之名由氣化有道之名
合虛與氣有性之名合性與
知覺有心之名兩條上三句
粗識其意而下一句未能知覺
何者爲性何者知覺運動者
是性中物而何以合性與知
覺耶

蓋性是理知覺是氣性是
靜知覺是動性是性知
覺是情所以知覺之理
雖在乎性所以知覺者在氣

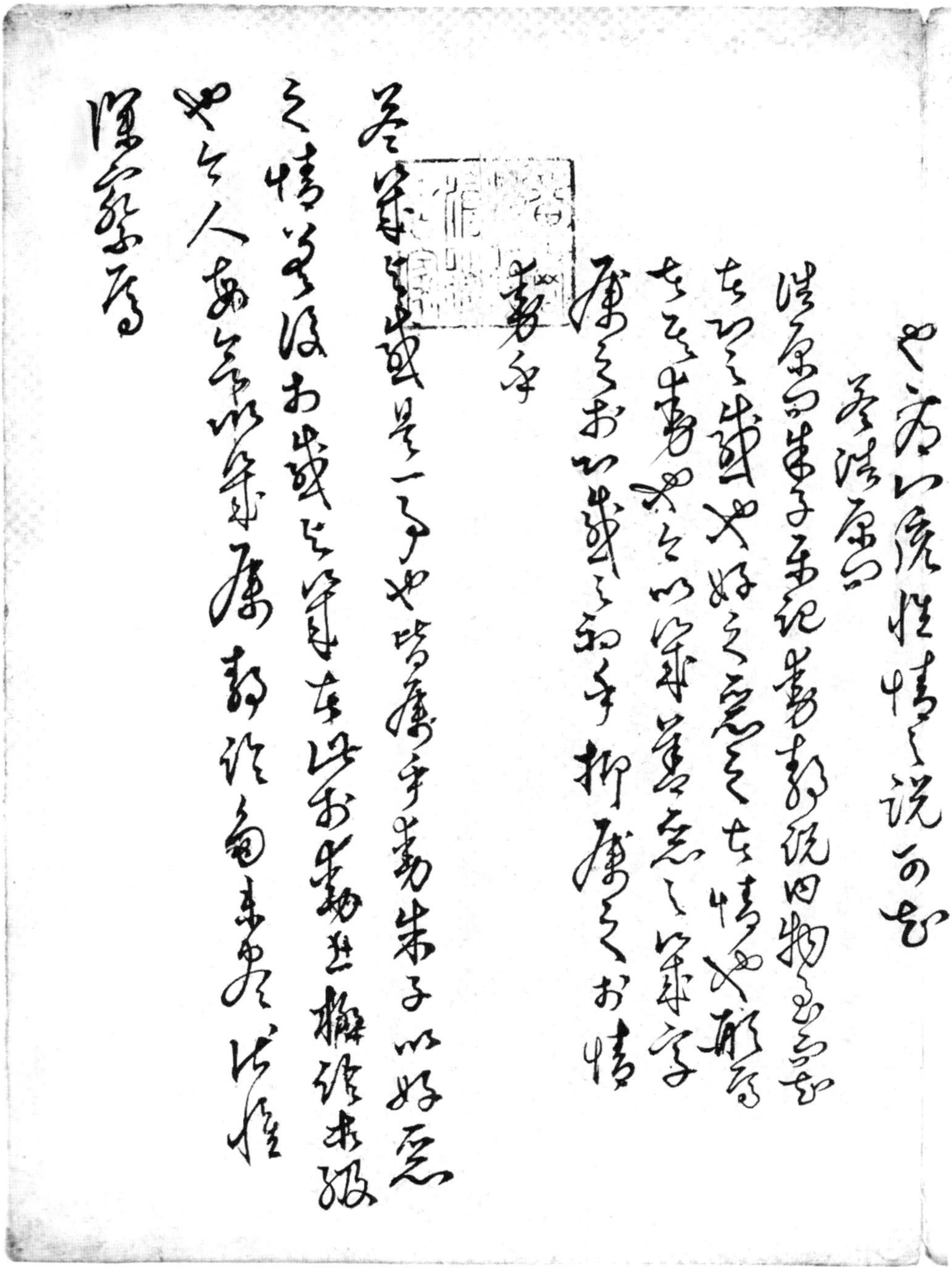

上狀

雲長 李鷹 尊兄 座前

安郡之傳送

手札二後奉玩恭審向熱

兩兄學履萬福欣慰之深殊豁窮懷渾斷拋

之勢得瞭顯念甚勢理之然無足念者家傳瘟

疫是逼舉家奔播於向陽請況不佳方在逆

境中然亦復任之而已 賜諭不可疑之說謬

是亦同於 明誨但 來語有曰故乃不孝一疑雖

激於不至叫呼處然耳數句竊未曉解茫然增

愧也志壹動氣氣壹動志 叔獻謂先儒謂春秋

獲麟是志一動氣且疾病之來聖賢所不免則

疾而心不寧是氣動志云是說以為得之也大抵

動志動氣皆有善惡者為得蓋乎所言是疑說

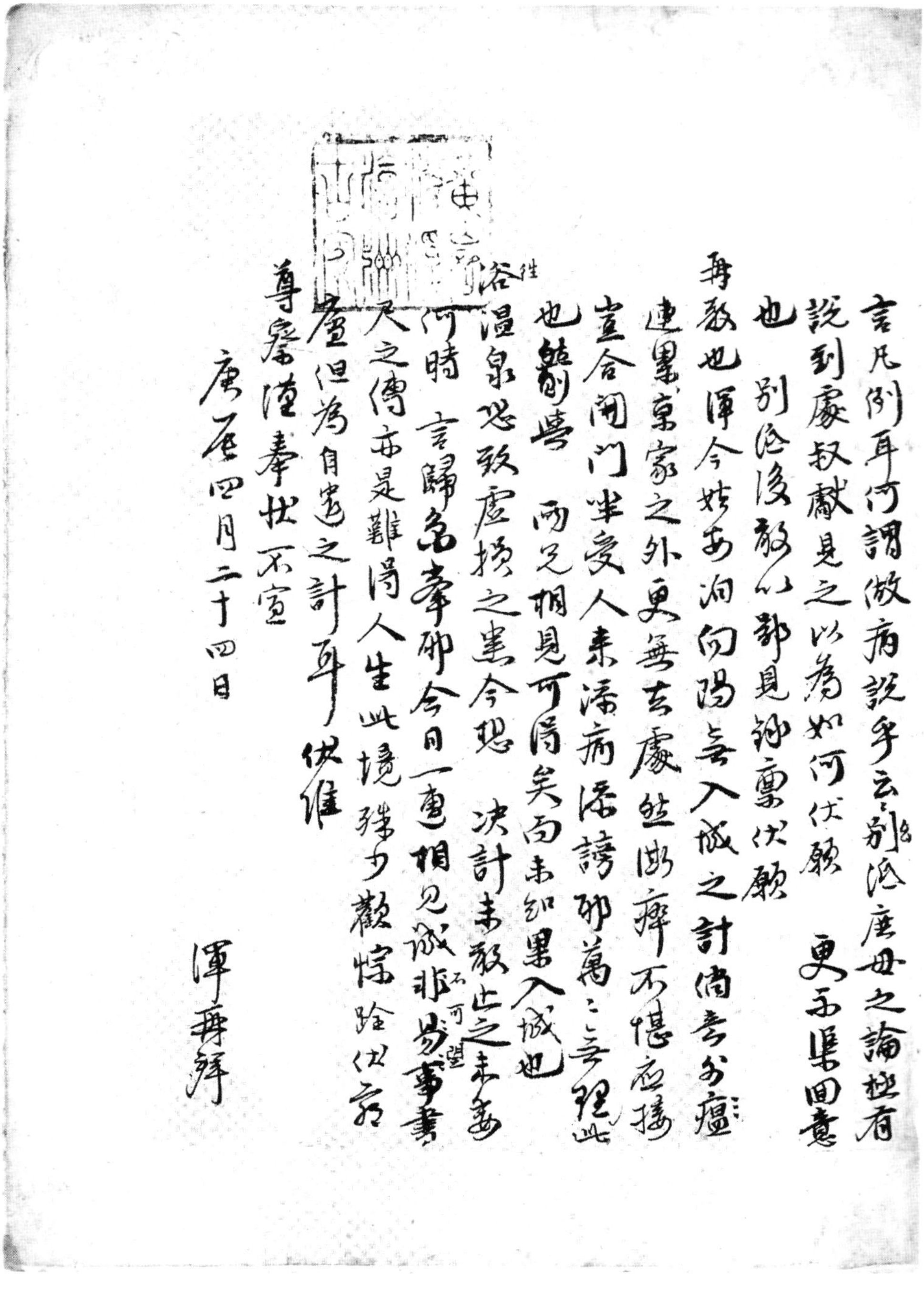
言凡例耳何謂做病說乎云云別紙痊毋之論拙者
說到處叙獻是之以爲如何伏願　更亦思回意
也　別紙後敍亦節見錄稟伏願
尋敎也渾今姑安泊向陽無入城之計倘者分瘟瘟
連累京家之外更無去處然鄕擧不堪應接
豈合閒門坐受人來添病添謗耶萬萬無理此
也鬱鬱　而足相見可得矣而未知果入城也
往浴溫泉恐致虛損之患今姑　決計未敢止之未無
何時　言歸爲奉耶今日一遭相見誠非不可望事書
尺之傳亦是難得人生此境殊多歎悵餘伏希
鑒但爲自愛之計耳伏惟
尊鑒謹奉狀不宣
庚辰四月二十四日
渾再拜

上狀
雲長 尊兄 座前
向熱伏惟
道履萬安瞻馳之切到此境而愈深前
承兩度
賜札三復感幸慰豁無量每欲俾候
起居少申萬用之懷而外舅疾作荊布
寧覲于京寓居益窘迄未之果良
歎歎渾獨與二兒女居諸況益不佳
羸疴轉添古人言當學處甚難渾今
年其試一著矣且申僕報申都事之喪
云江舍已借于他人蓋申都事外姑未亡
前借甚經云伏歎
請書何如此處未諳殊可恨未知
何以爲計送京邸狀今已呈徹否也耶
風日尚甚寒姑此謝書

謹封

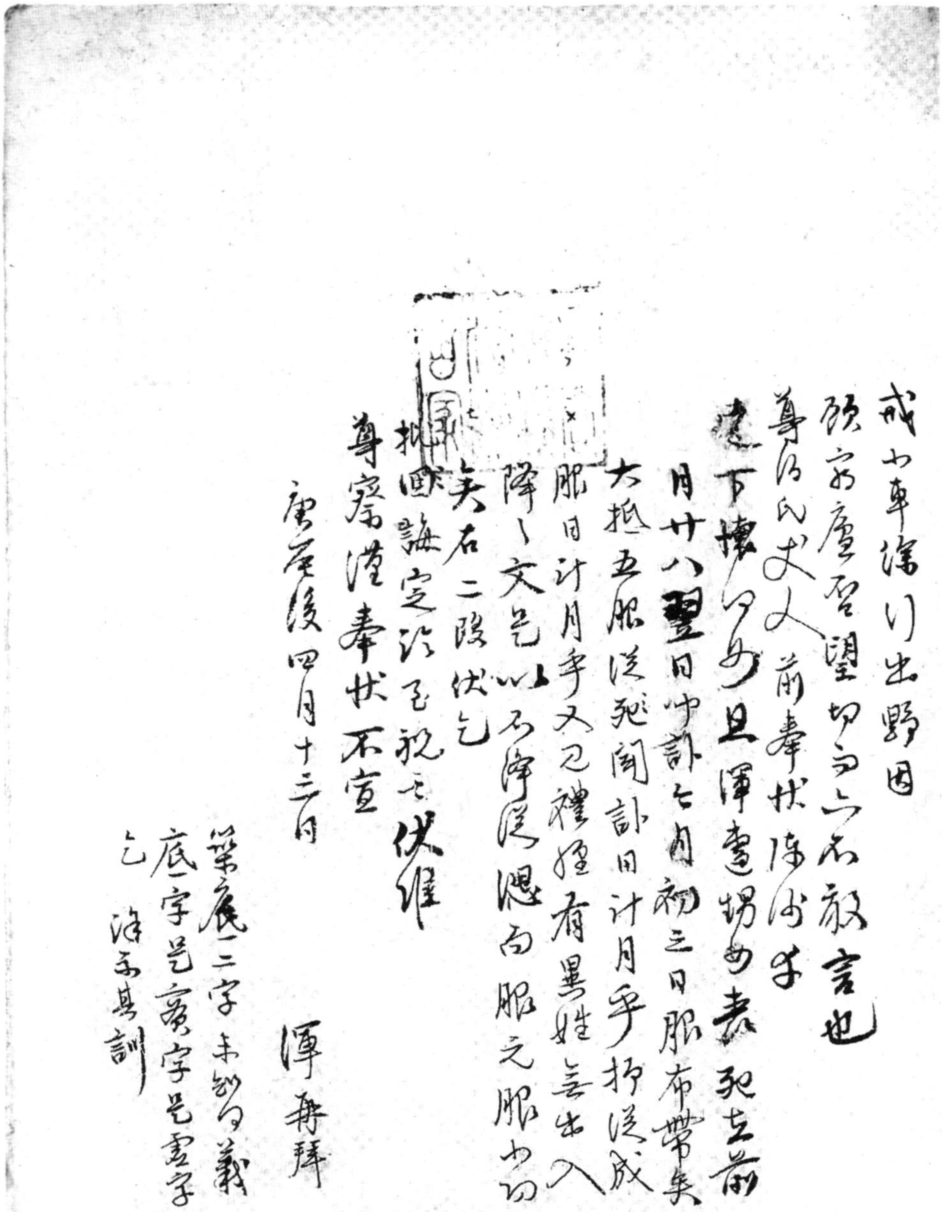
戚少年濛門出野田
頃承屢賜望切為之不敢言也
尊侍氏丈人前奉狀 停俟手
遠下懷當為且渾盡場為表 兒生前
月廿八晝日中訃 七月初三日服布帶矣
大抵出服從兒聞訃日計月乎 抑從成
服日計月乎 又已禮經有異姓出入
降一文乞以不降從憑而服之服如何
矣右二路伏乞
批示論定以至祝々 伏惟
尊察謹奉狀 不宣
庚辰後四月十二日 渾 再拜
第底二字 未詳何義
底字是實字是虛字
乞 詳示其訓

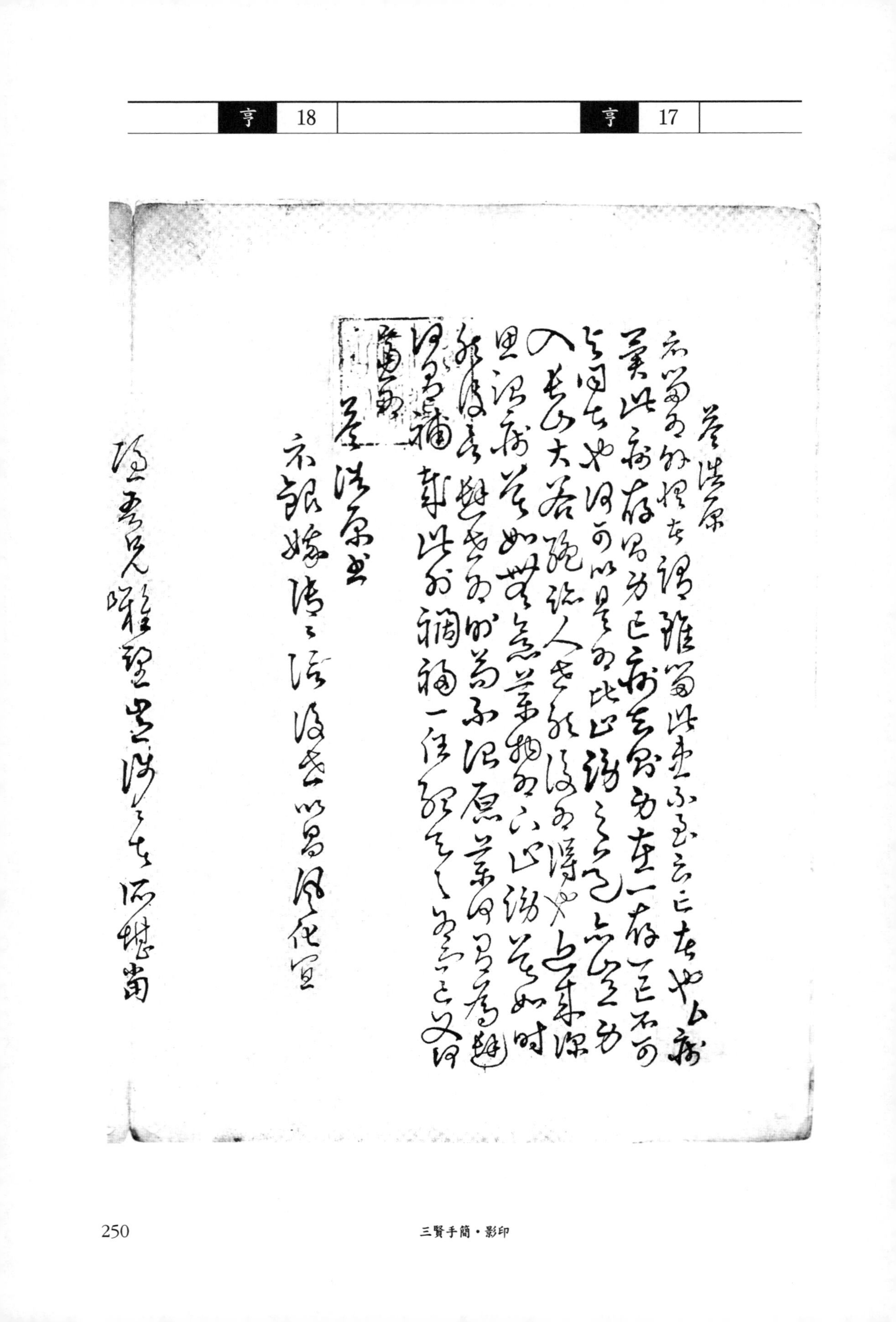

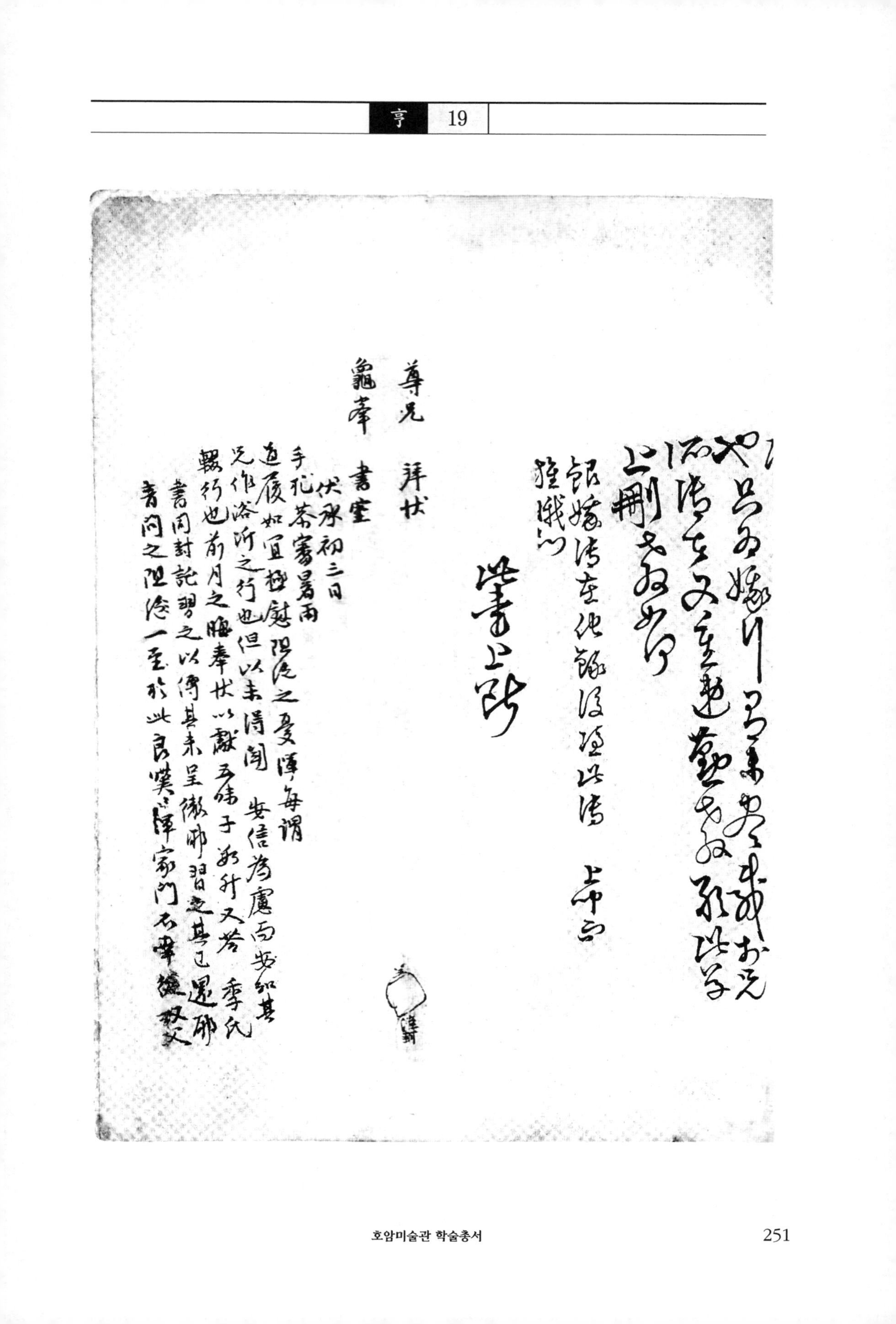

尊兄 拜狀
龜峯 書室

伏承初三日
手札 茶審暑雨
道履如宜 極慰 阻隔之憂 渾每謂
兄作洛沂之行也 但以未得聞 安信爲慮 而安知其
輟行也 前月之晦 奉狀以獻 丕緒子 新升 又答 季氏
書 同封 託習之 以傳 其未呈 徹郵 習之 其已還耶
青門之阻隔 一至於此 良歎 渾 家門不幸 叔父

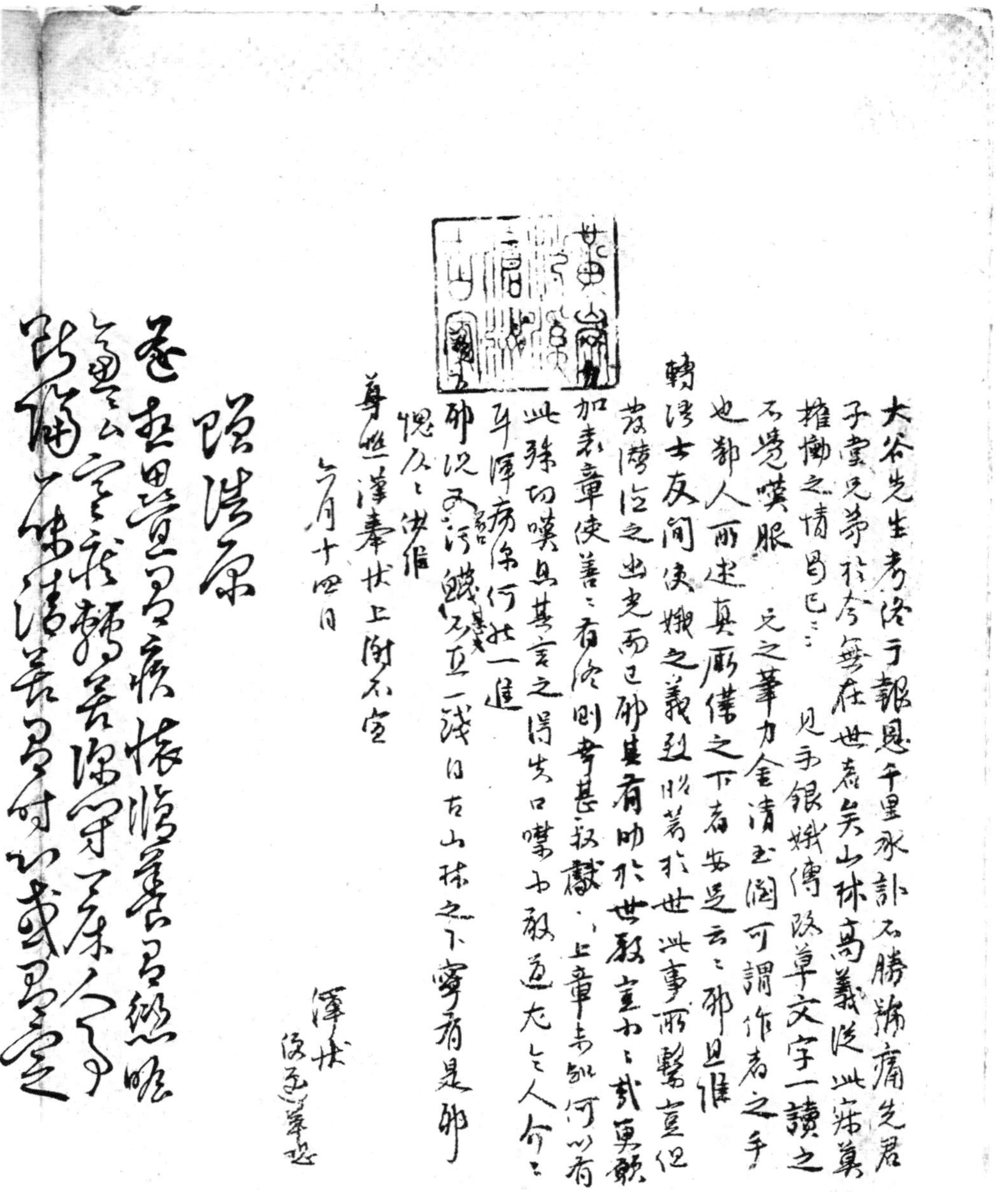

大谷先生考終于報恩千里承訃不勝瘁痛先君
子寔兄弟於今無在世者矣山林高義從此寂寞
推慟之情曷已曷已 見示銀娥傳及草文字一讀之
不覺嘆服 兄之筆力金清玉潤可謂作者之手
也鄙人所述真厥傳之下者安足云云耶且惟
轉諭士友間使娥之義烈彰著於世此事所繫豈但
有補治之出處而已耶其有助於世教豈少少哉奠醊
加表章使善善有終則奇甚奇甚 上章未知何以有
此殊切嘆息其言之得出口嘴而敢道尤亡亡人分分
耳澤病未何狀一進
耶況又污賤不足一浼以古山林之下寧有是耶
愧仄愧仄惟
尊照 澤奉狀上謝不宣
六月十四日
澤拱

[illegible]

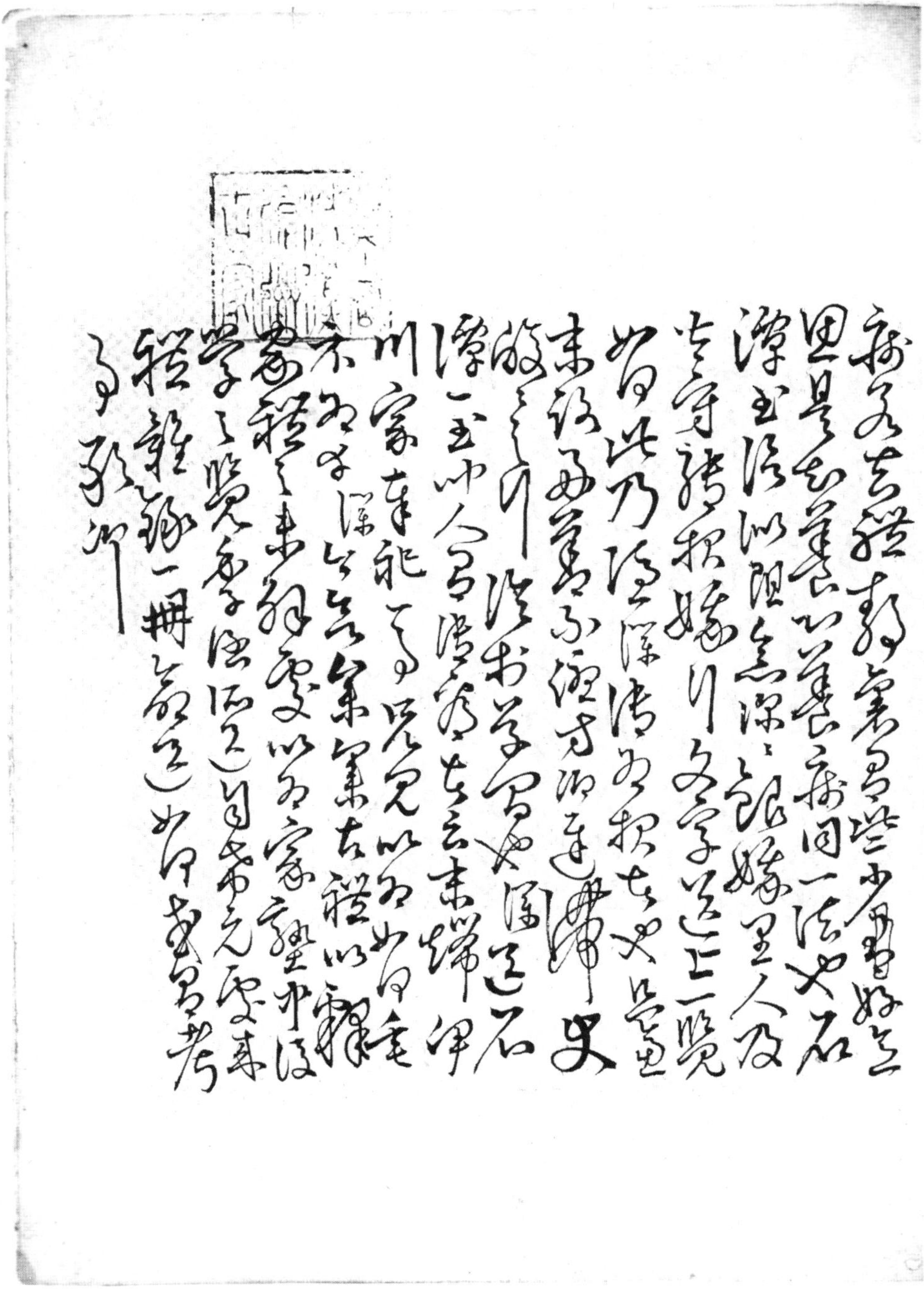

附洛原也

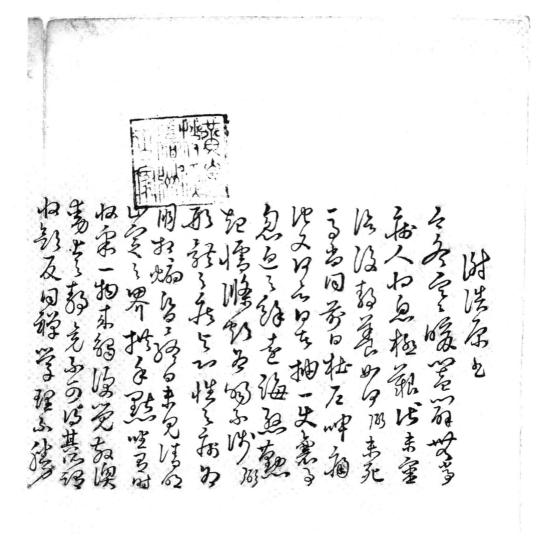

今年寒暖異前歲無夢
病人姑息極艱此來室
洛後翰墨如何 邪來死
一番書問前日杜石碑福
似又得之目之抽一史墨了
恩過之餘查海照熟
記憶條例不能 邪
形勢之移亦性之所為
閒抽繡枕習之顯自來見諸公
山室之界搦筆點嘻耳耳
收案一掬未歸便覺敬溪
審書靜竟不可得其說語
收錄反同輯學理不能

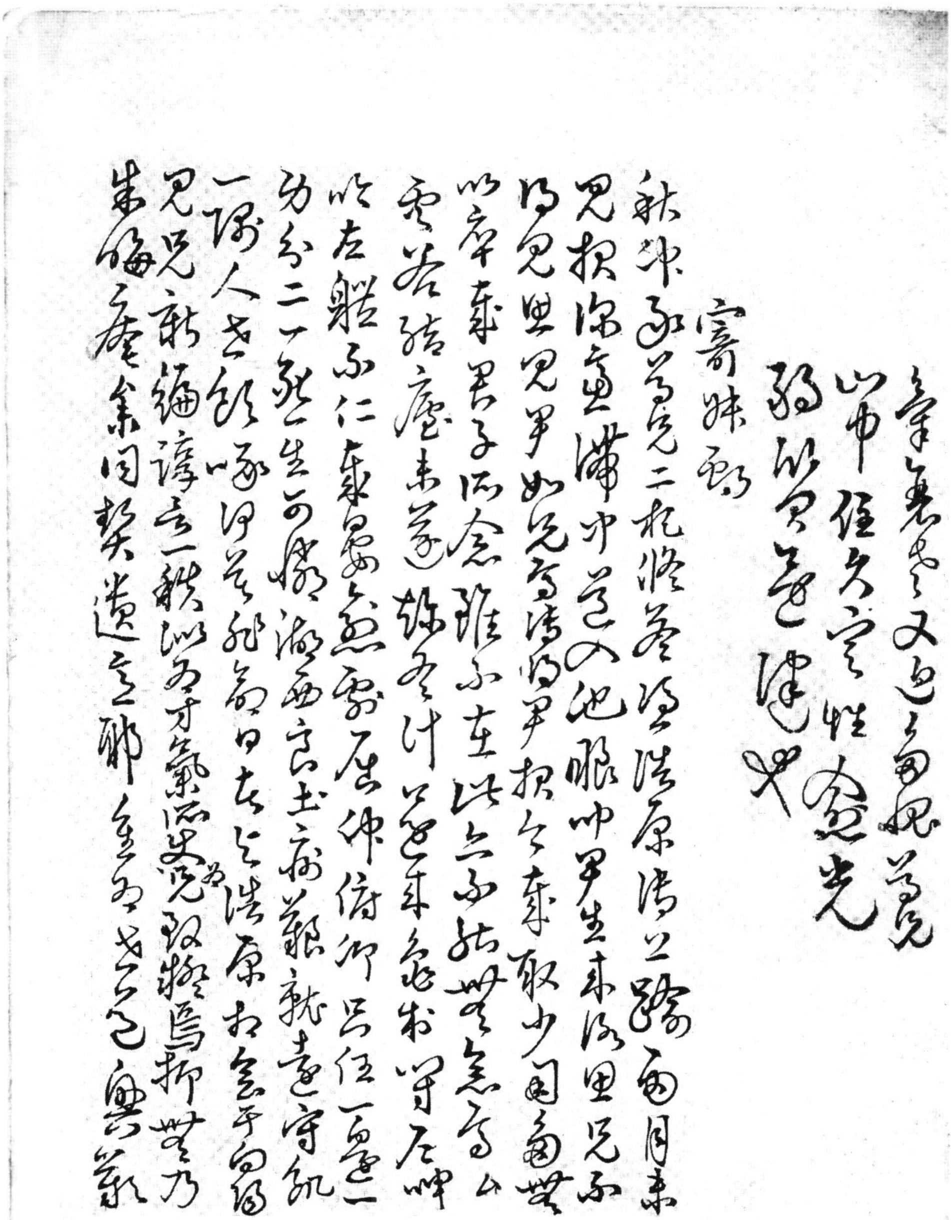

屢蒙示喩同之失老子本旨云推其說亦有見焉
因之獨讀文章會兒以强絶多時宜日不暇及之耳
文墨於餘地非吾所望於兄也又籍家名目
主於談說原是非於人之域正非待人以誠
也又兄所攝經小學亦爲未是愛如子之事親
三須示植思緯經示隱之兄經以隱行以瀨
子之說亦不能籍古瀨子曰子三須不能思隱示
緯之人要三須示能思是亦可以意萬隱之
只示之之云也則字正非本意文出語全文之爲人
要之語三須之不能思也之子之事親也三須之言
能不緯隱示隱之本文之意文如是如此爲保於兄緯
殺不能後印則多妙叩兄詳印教學家要訣
要訣中緯經愛也當不讀之意未知兄爲如
刪正印不能多只可爲一家子弟之比兄正不可爲通行
之定經小學之印爲是十分爲緣學如擊蒙之

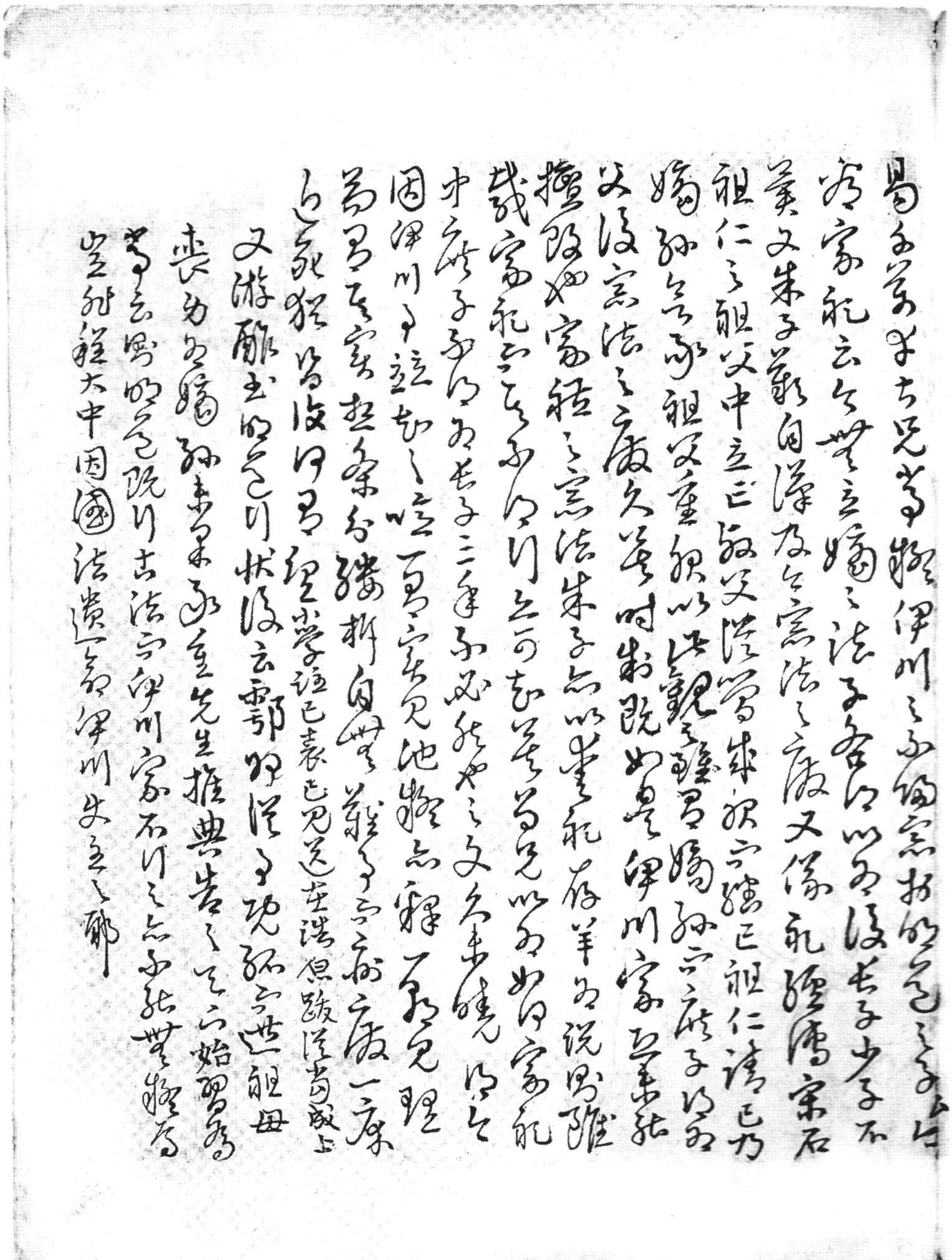

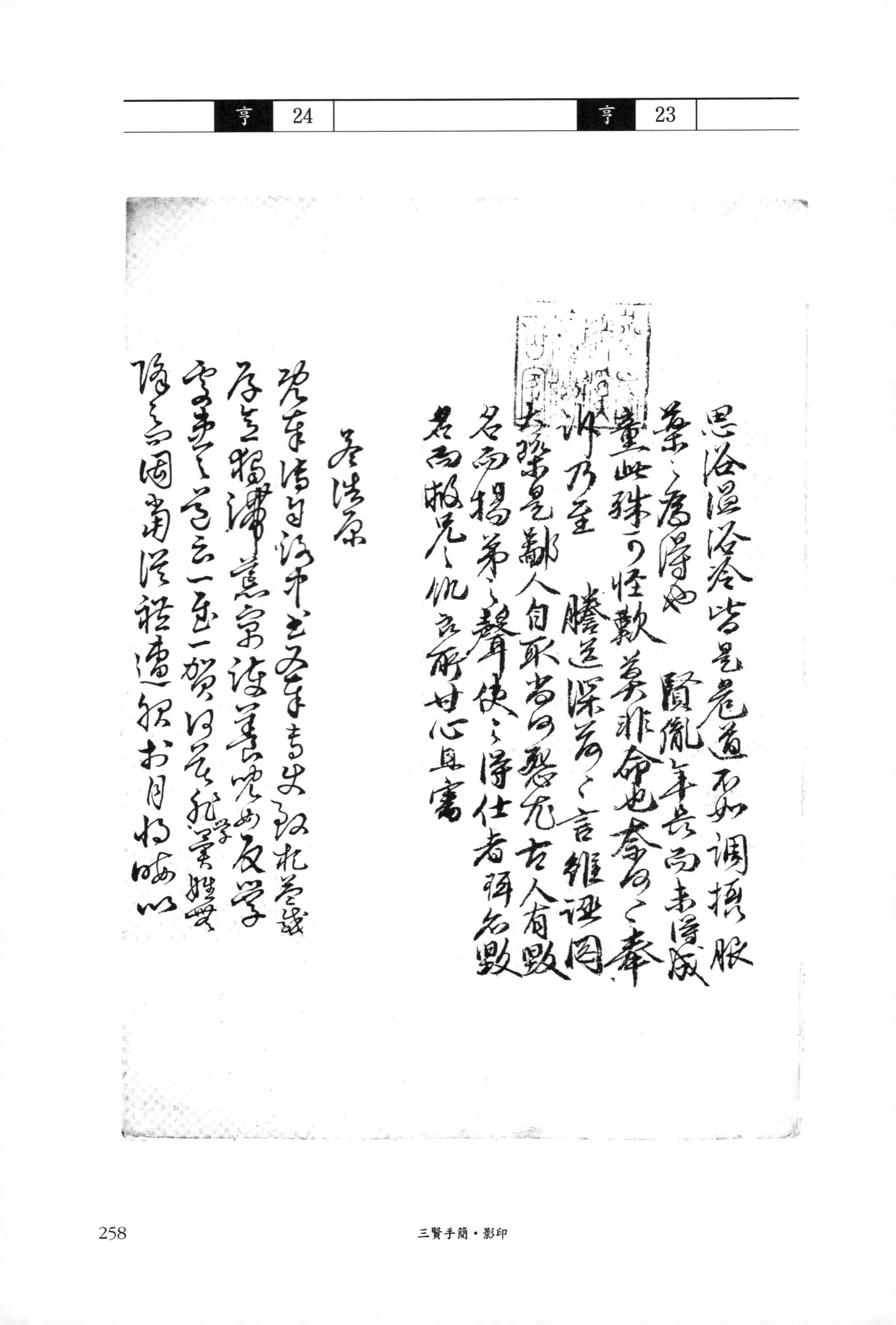

思浴溫浴否，皆是慮道，不如調攝服
藥之爲得也。賢侃年長而未得成
童，此殊可怪歎，莫非命也。奈何奈何。奉
訃乃至，謄送深荷。言維証同
太孫其是鄙人自取，尚而愁死，古人有毁
名而揭第之聲價之得仕者，稱名毁
君而報兄之仇，言所甘心且需

答法京

筆報月廿日發之回還來可必預爲呈
報云者以初月廿日爲期作文得難且
而何引云者之事於爲庭延語若後
陛後來此一言也以上事情縷祝望
亮耶

上狀

雲長 尊兄 座前

中夏毒熱伏惟

道履靜養超勝㴱日越此式之訪伏見

手札之賜三復慰謝備審

自城初還

起居循常尤以欣慶也渾樹厍轉深當

晝畏熱卽晡重熱處換之勢可支

撐可悶悶前日李晬之送奉一狀以答
其已呈徽庵太極圖說註精粗本末
無彼此也以精粗分作太極陰陽看
乎抑以精粗本末皆作陰陽動靜看
乎伏願 批誨也且家內更安否
之輩八九人皆陞拜六品職云而擬中
上教姑置之云云未知事意如何也如有 所聞
下示何如渾服藥無效而重窘甚性色如何
安君座前日記此書傳呈
所諭外不能盡達奉狀
六月二日

渾拜

季涵何日還耶
示及

之上字同意看以朱子之所謂樂者看
也聖人之心不樂莫一日未也聖人之主於看
者也學者求於看者也自樂而看我無
加損只是果未樂者耳看乎理只是
無中所樂者於以理無樂者與之理未樂亦
只是所有之樂亦不之所以樂亦之所當是所
先且說以之樂看之人以之安危於有消其人
聖之危者說以樂說以之看其人以安
四七二者雖出於方寸之中思之者或是同所筆
亦有之時或思同性發而發之付二者所
有時出於方寸之中所謂之雖乘於先生
因人心道心以傳指因而言之見如前說於未
發之境二者所有時生於其於
人心道心為道心以其為有於道心以道心為人心以其之有
於人心為道心以人心而有於道心以道心為人心以
未發者所以說心以道心為人心以心以為人欲也
以人謹

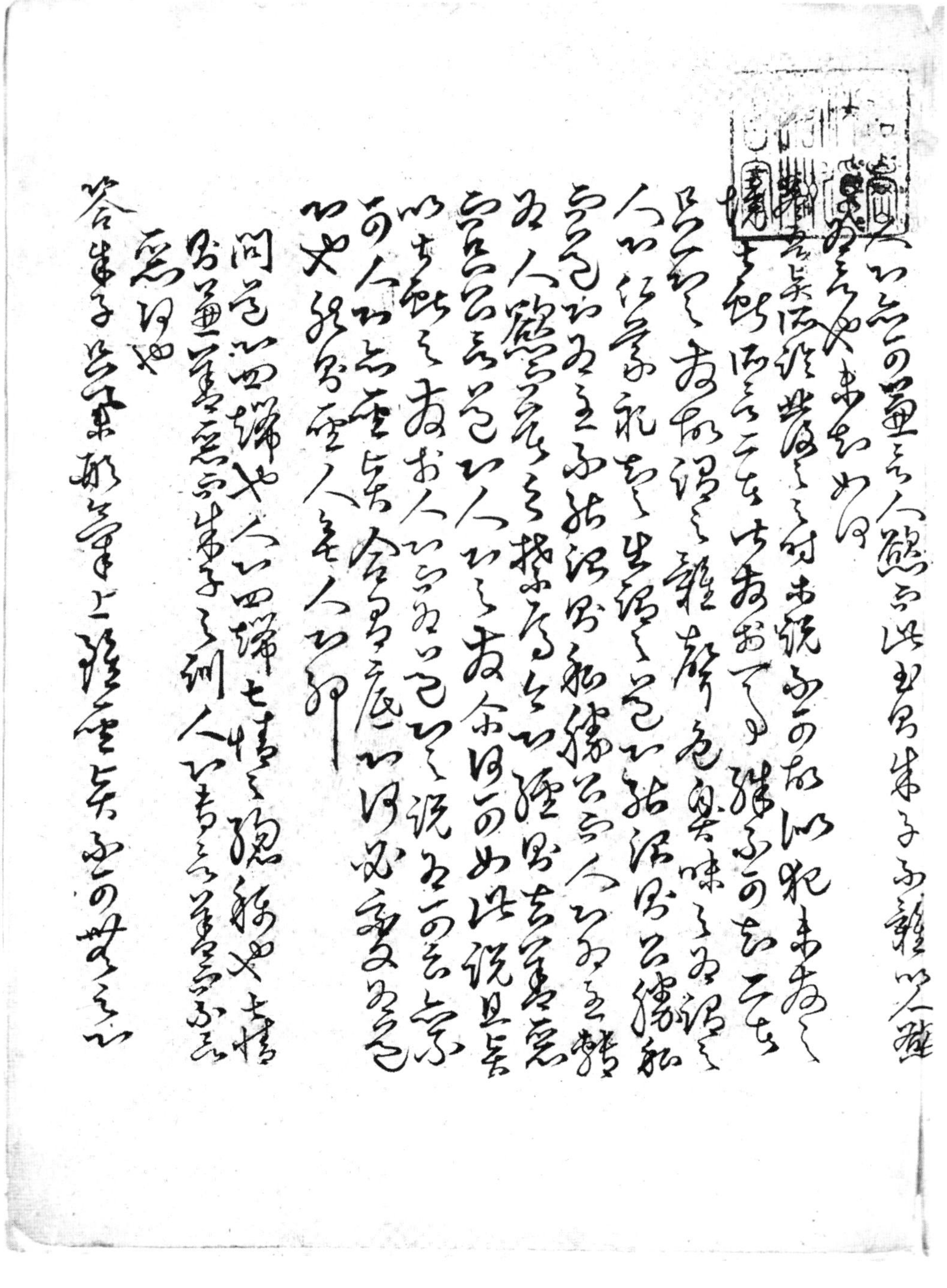

以訓人亦以文章危殆字與篇其意之雜出
可知也
曰西山先生眞氏曰聲色臭味之類皆發於氣
所謂人心也仁義禮智之理皆根於性所謂
道心也所謂道心之之固也仁義禮智之
禮也西山以仁義禮智者道心也且曰仁
義禮智之理根於性四者之所以為不善謂
性乎西山乃以根於性也且人心道心所有
之義理兼說平之也
老氏說理字不是以理字此端字為是
以是理氣之合言人心道心皆有於性以為固
然可以理氣之義言人心道心之不同
明言可不以形氣性命之義也西山之說字
且未穩當之可疑也

三賢手簡
利

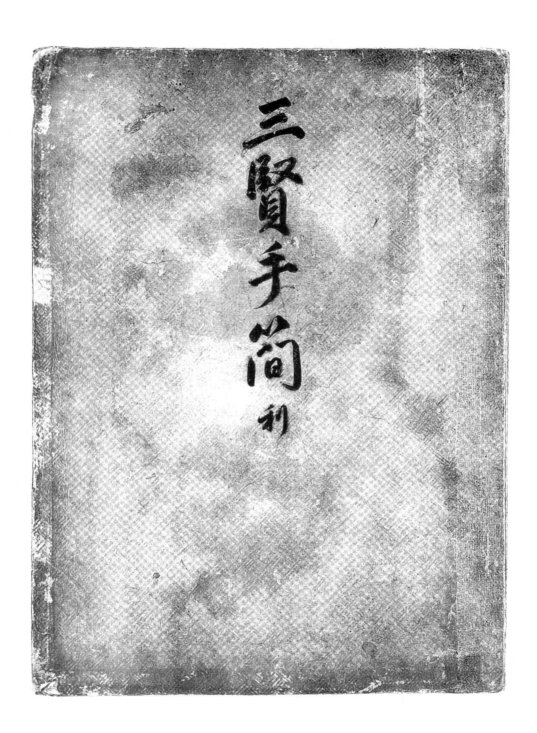

答上狀

宋生員 尊兄 座前

伏承

賜札三復慰豁茶寓嚴寒

道辰循常如時 卽陽澤之被
後加非常之
之必赴 天陛樸以愚賤之分夫豈敢當
朝廷之禮愈厚而其責愈重則駑服驅馳於皇
路豈無債車之辱耶 此則非但私爰寔爲公
共之恥 渾今聞迥者只是虛行長流衣巾通
濕少出塞外輒作實戰儆弓之證旋違潤
適立生危惡之候 渾㶅感奮自力驅車登載而
亦不可得也奈何々々
算足乖喩之說然是非 知我之言也古語有曰
孔子豈不是至聖血誠孟子豈不是麁拳大踢
而到處無着手處然則如渾昏愚是何等渾
識而 勸之使任正
君之責耶此言出口有識者聞之豈不捐笑耶渾之僥
冒此等 恩遇只是終始不仕節次推排而生
出無限驚怕之事今應不暇自恤當至京師
以承奬英常秩溢世識詆之聲然卽日登道

鶴亭 尊伊
贊理而以益爾
參 此

則必至僵仆道路生則死而又必
朝
廷眷恤收用之本意也進退路窮坐增悶了己
拙獻之聲今亦未聞若 賜答書當爲傳致也
伏惟
尊察謹奉狀陳謝不宣
庚辰十二月既望 澤堂拜

奉答
雲谷 尊兄 座前
春寒尚嚴伏惟
靜況珍勝謹承
惠問感慰深仰萬感
吾兄苦作留計大望者積誠回
天聽望者調和士林此非數月之內可決
不敢遠退而家屬在山中頗被偷況

上狀

窺覘婦人輩驚動涕泣夜不能寐兹

出般家計後日必致大段狼狽可憂可憂

浩原得寒疾頗吟尙未瘳

恩以日子造限遞呈辭可嘆鄭君事有

碍不能折簡深恨深恨前日

下示要訣語更欲有合商量者當俟

使入城來連有來客應接甚煩也

東閣是不可闕也祿米蕎各二斗

進呈佛則因便

還送如何伏惟

下照謹拜狀

正月十三日 珥 拜

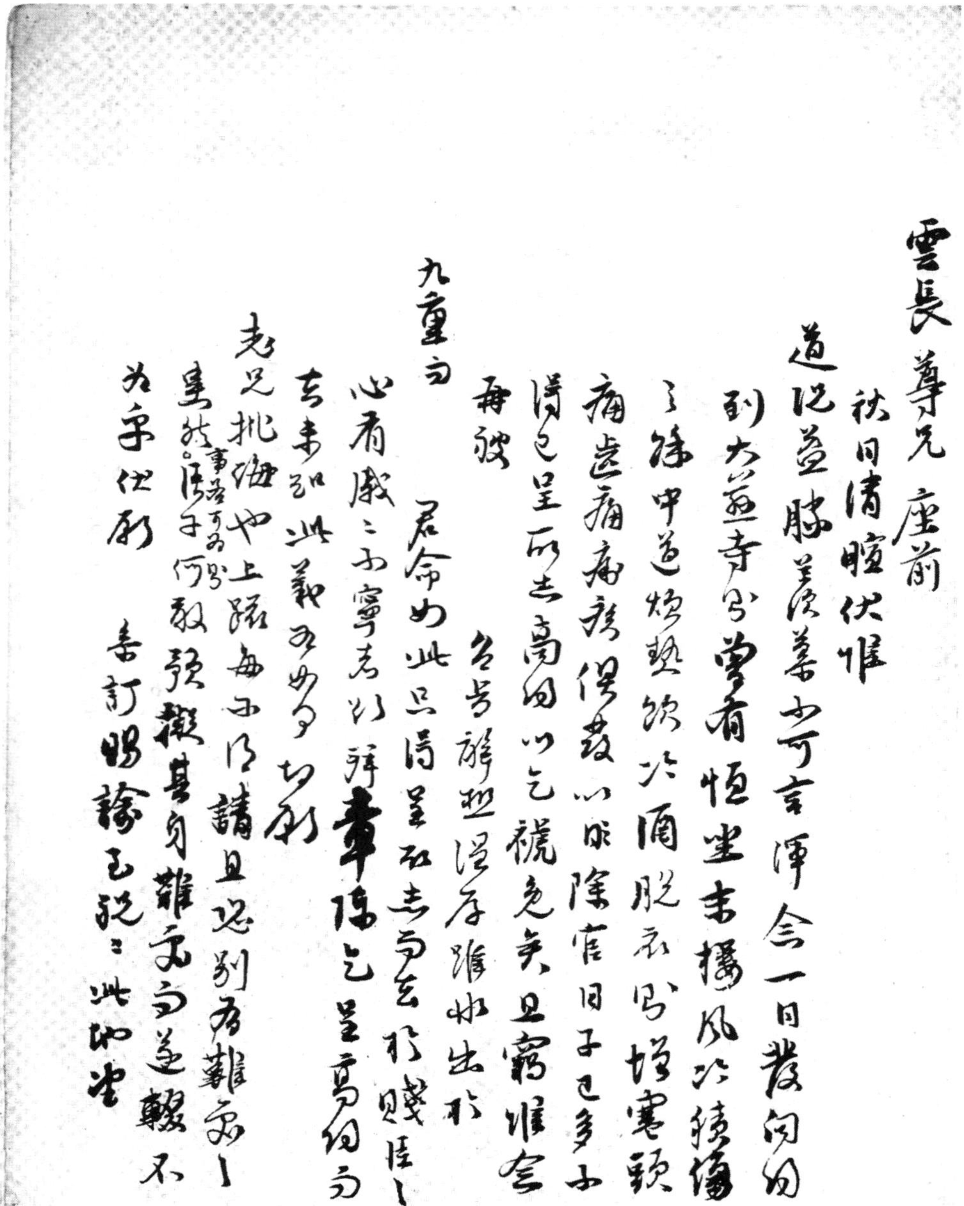
雲長尊兄 座前
秋日清曠伏惟
道況益勝 慕慕不可言 渾念一日發向
到大興寺 曾看恒崖來攝風次積痛
之餘 中道炒熱飲次 酒脫衣 因發寒頭
痛齒痛痛殺 僅存 以此除舊日子已多 不
得已呈所志高向 以乞 腕免矣 且窮惟念
無從 名號辭把湯序誰如出於
九重而
君命如此 只得呈私志而去於賤性
心有戚戚 不寧者 行辭 章 使之呈高綱而
去來知此耶 未知何如耶
老兄批海也上疏 無可得 請且退別為雜云
集於 事要可見 陳子何敢 強擬其身 雖云而遂轍 不
為承伏耶 未訂明論 至從從此仰望

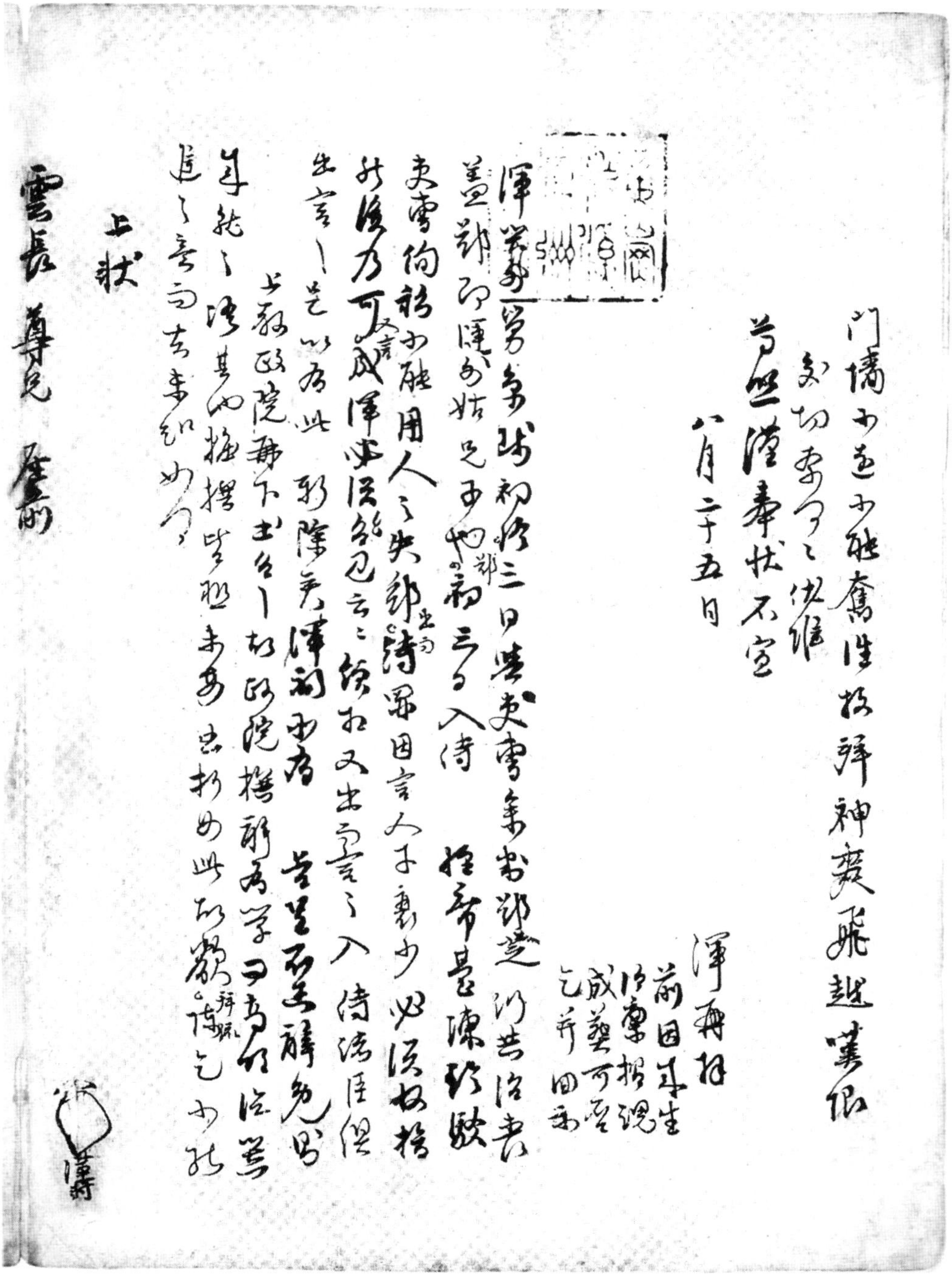

秋生塞上石窩
道況何以馳仰寄語洋遇塞後四體如束
依舊至坂始可離支撐閱了可言耳十月
十八日　上弟四號已覽
聖批看日每以道爲言予用欽然無望高易之意
以副君席之意云踐居帷不勝怖悶於石措 [redacted]
之欲胃脉一道　獨不自滿之言仕之離
借一行之職之來　程帷之下孰敢能之能爲能列
以疏章不報每讀眼欲面陳癃癈冀被
恩許而已此等語頭而痛切懇言和近而去離之款
悵孫當閑耶陸會至風之把寒之時嚶鳴于家切
計未知如此自處於　之己何如此耶

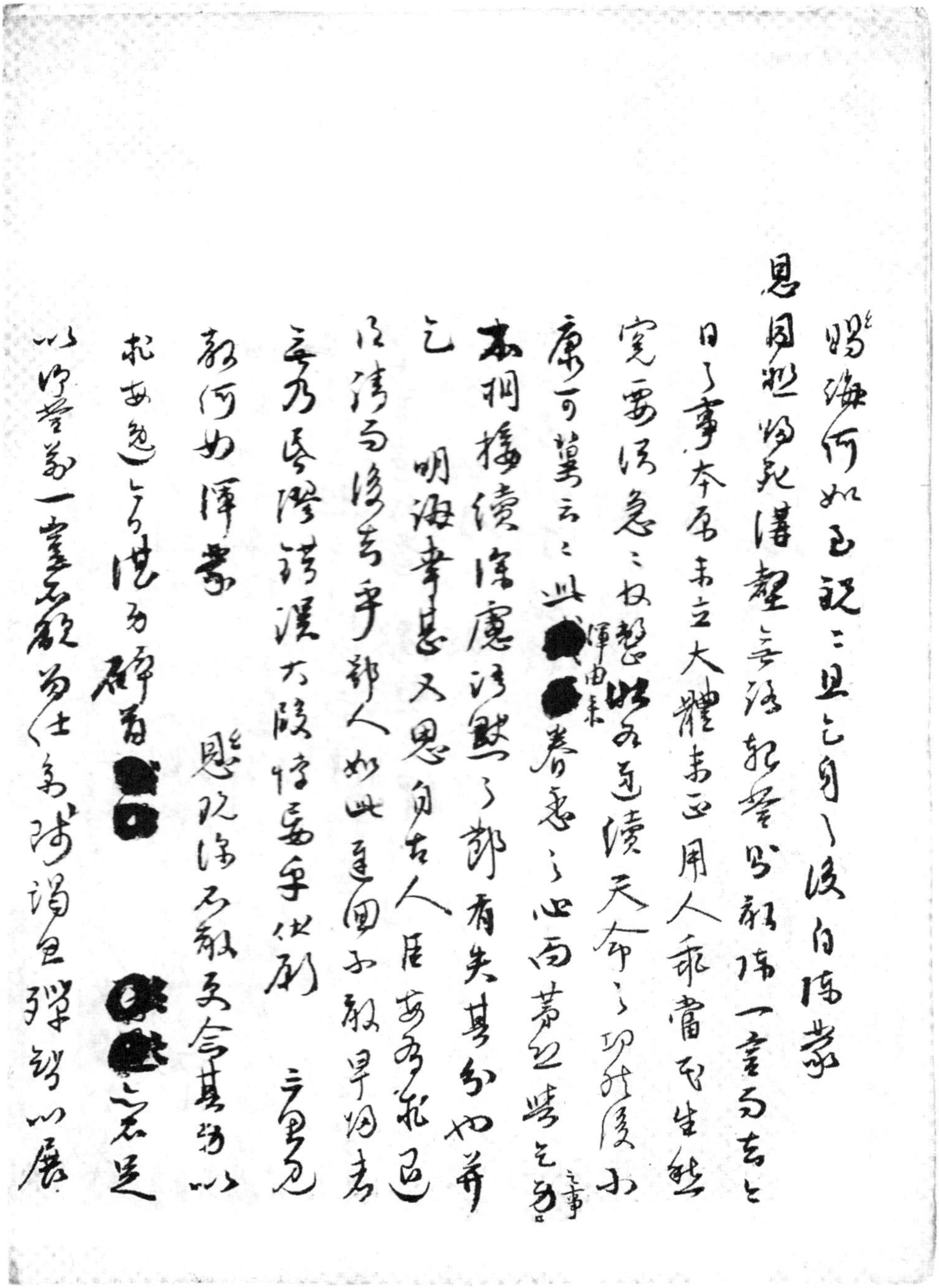

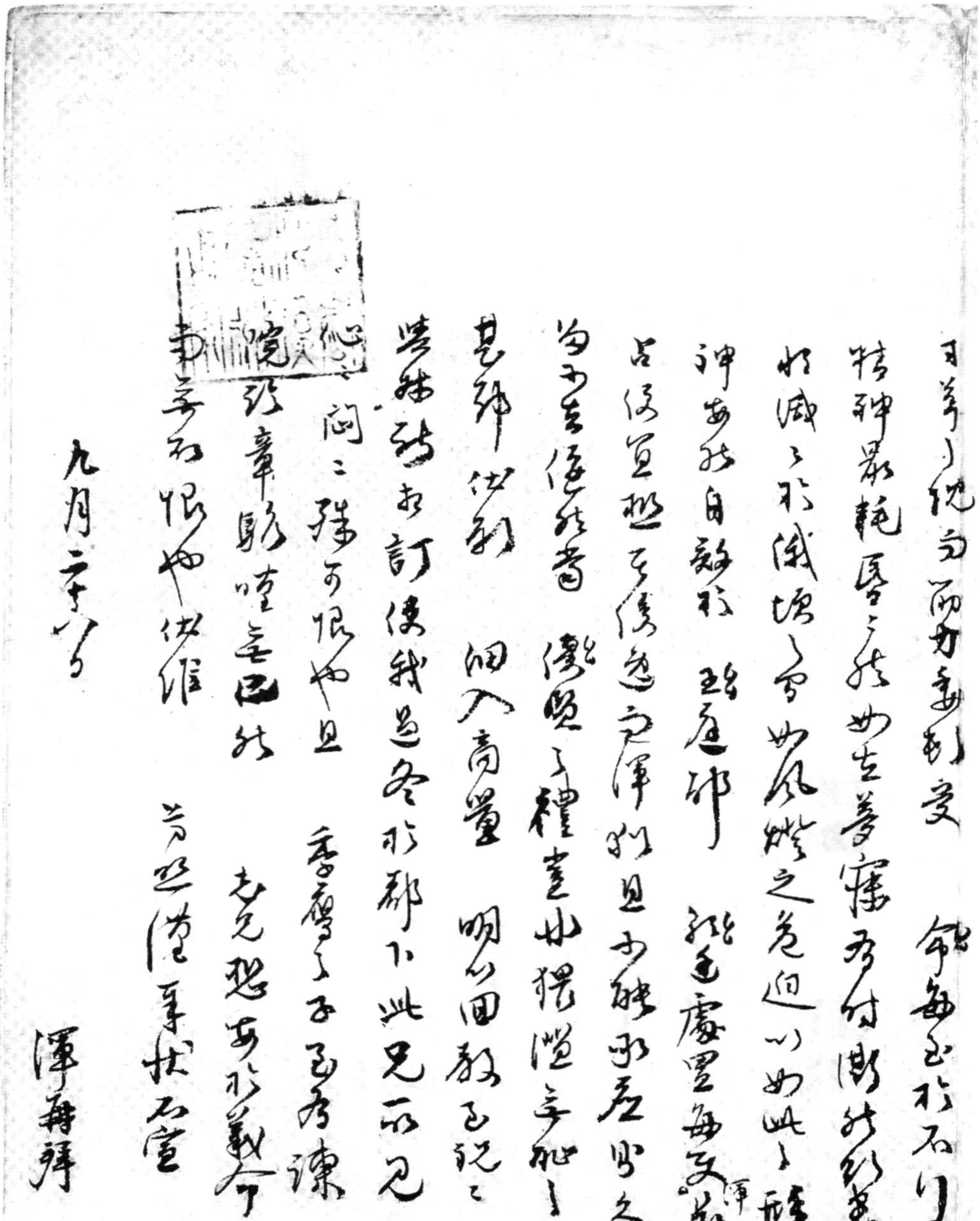

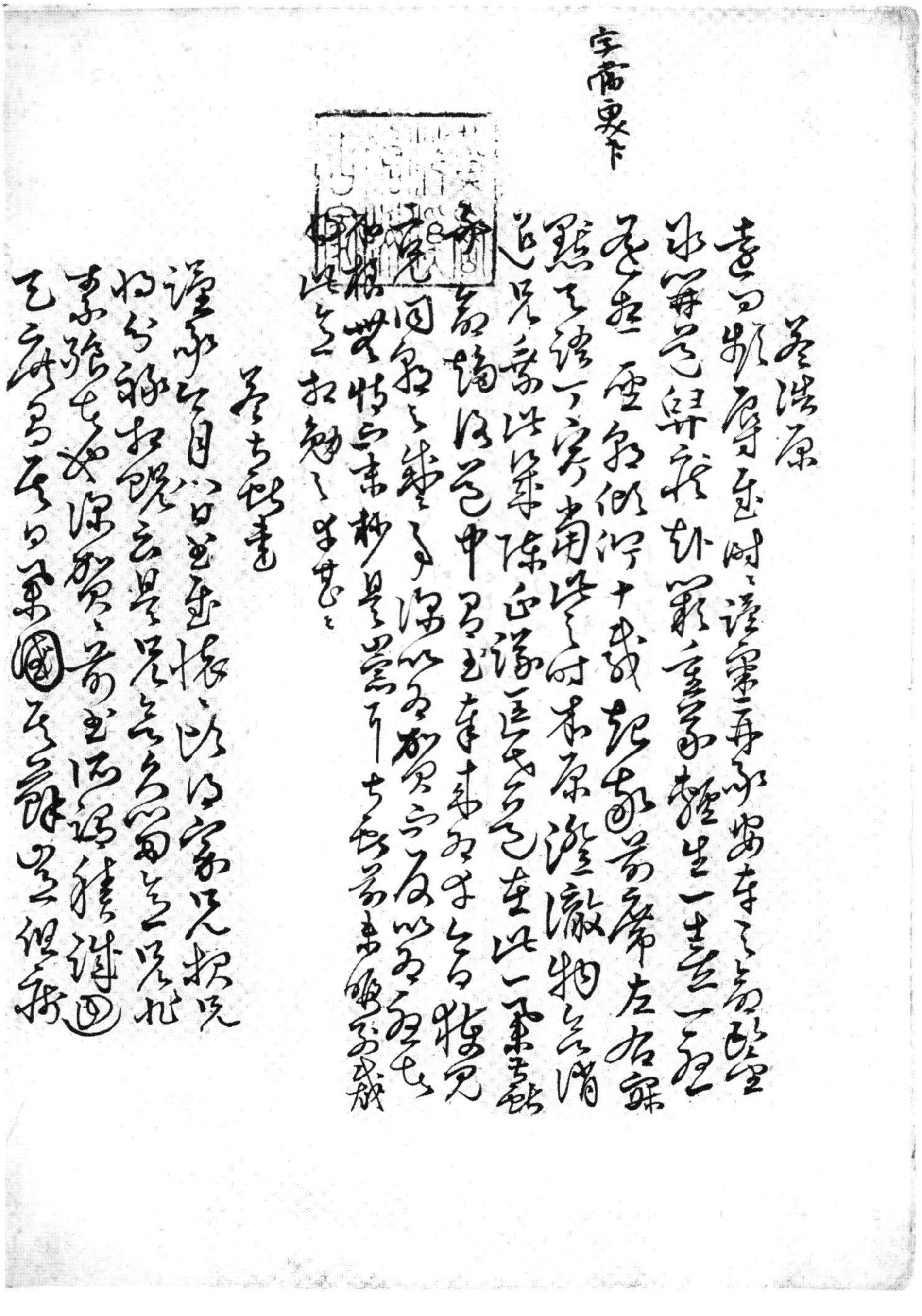

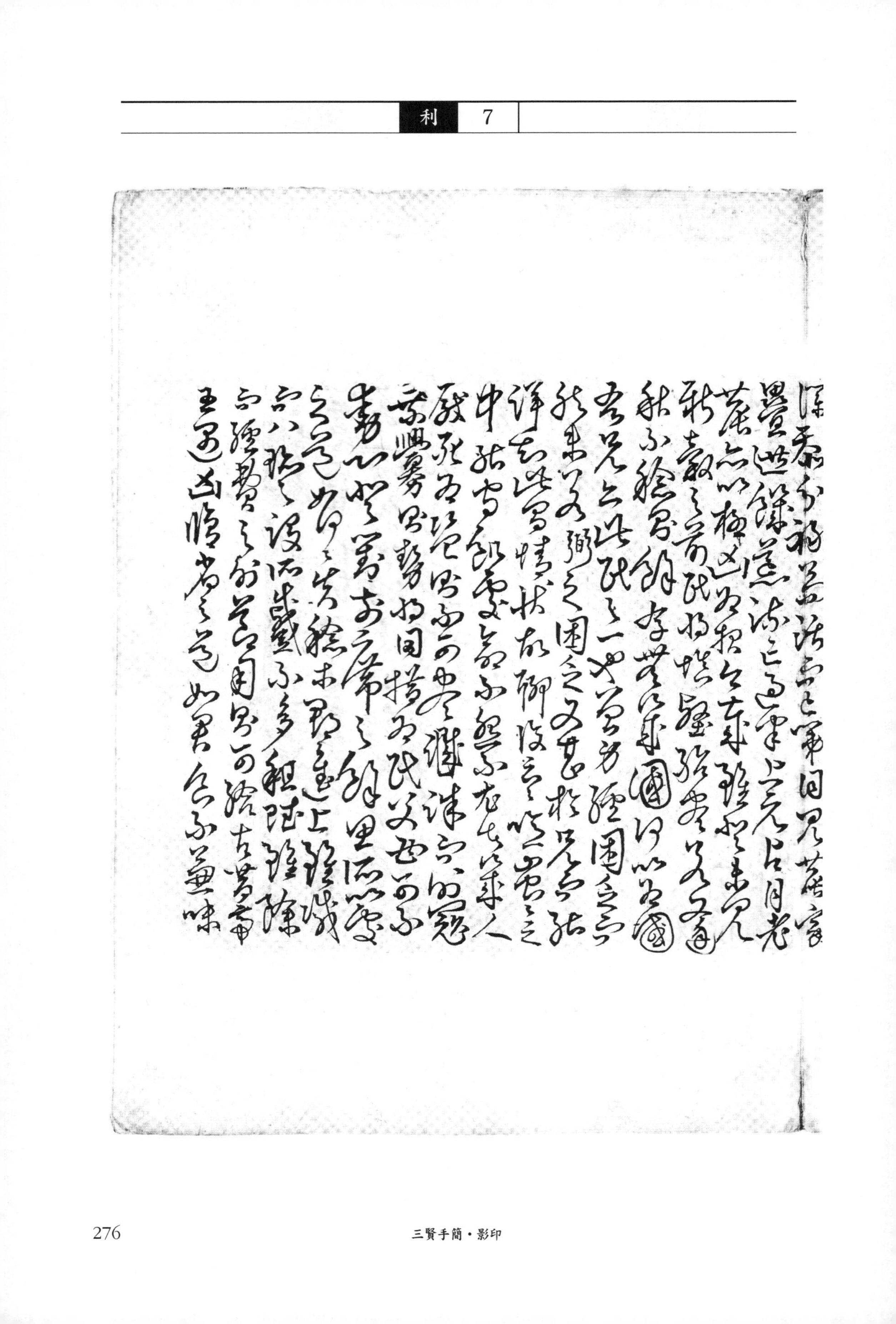

[illegible]

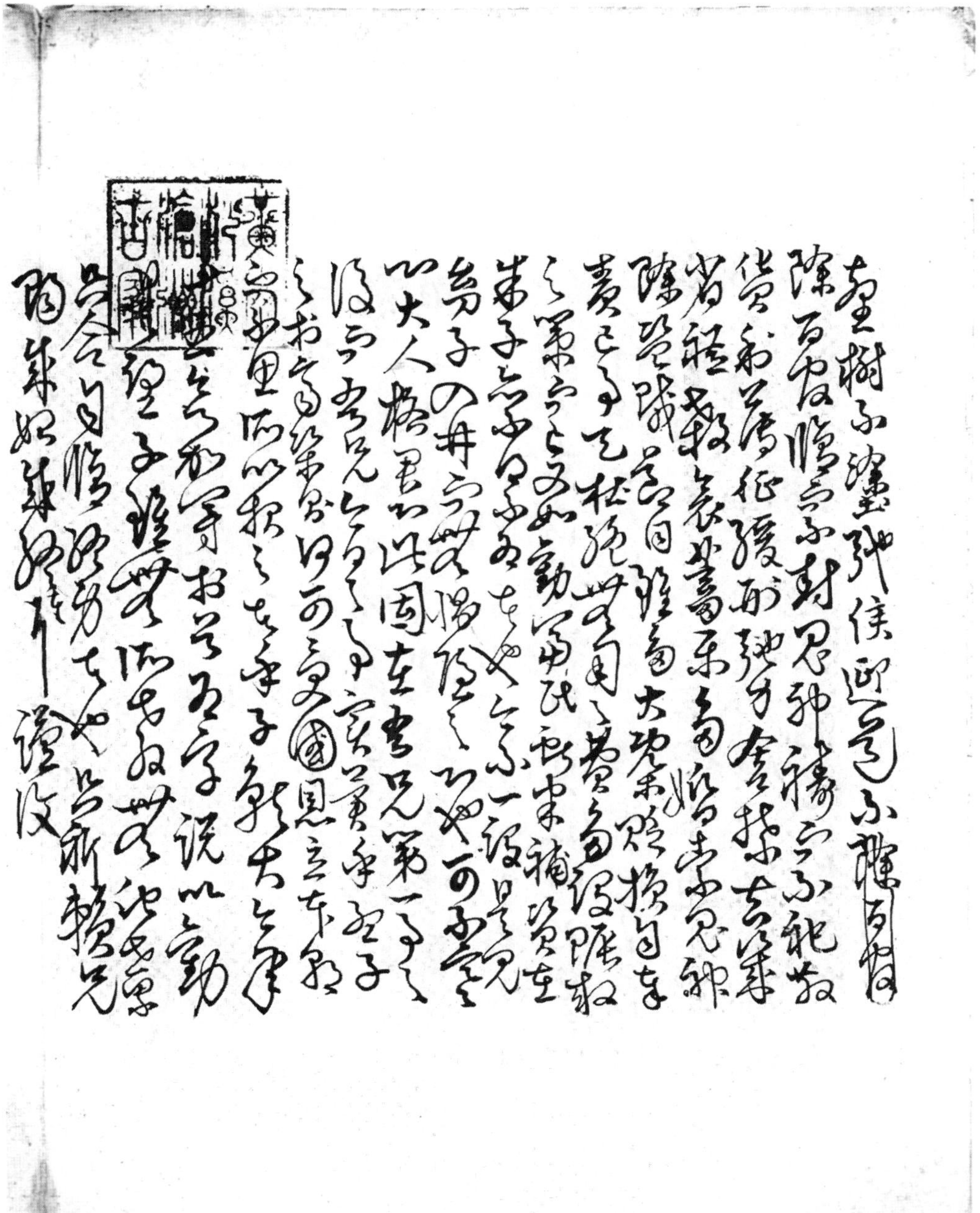

答謝 上狀

雲長 尊兄 座前

伏承七月六日

手札從而復之茶寓書和

靜養超然不勝羨慕之懷況

辭官脫灑是以喚醒昏憒屢淸

以遠佩服矣已擇入城凡爲七十

餘日人事接接精神日微比之在家

什損七八靜而每懷羸瘁考考驟

勤而至於此亦宜也芳遇

國家不擇人而加以殊禮擇爲東傳之

托所適手足無處惶躬躬無地矣

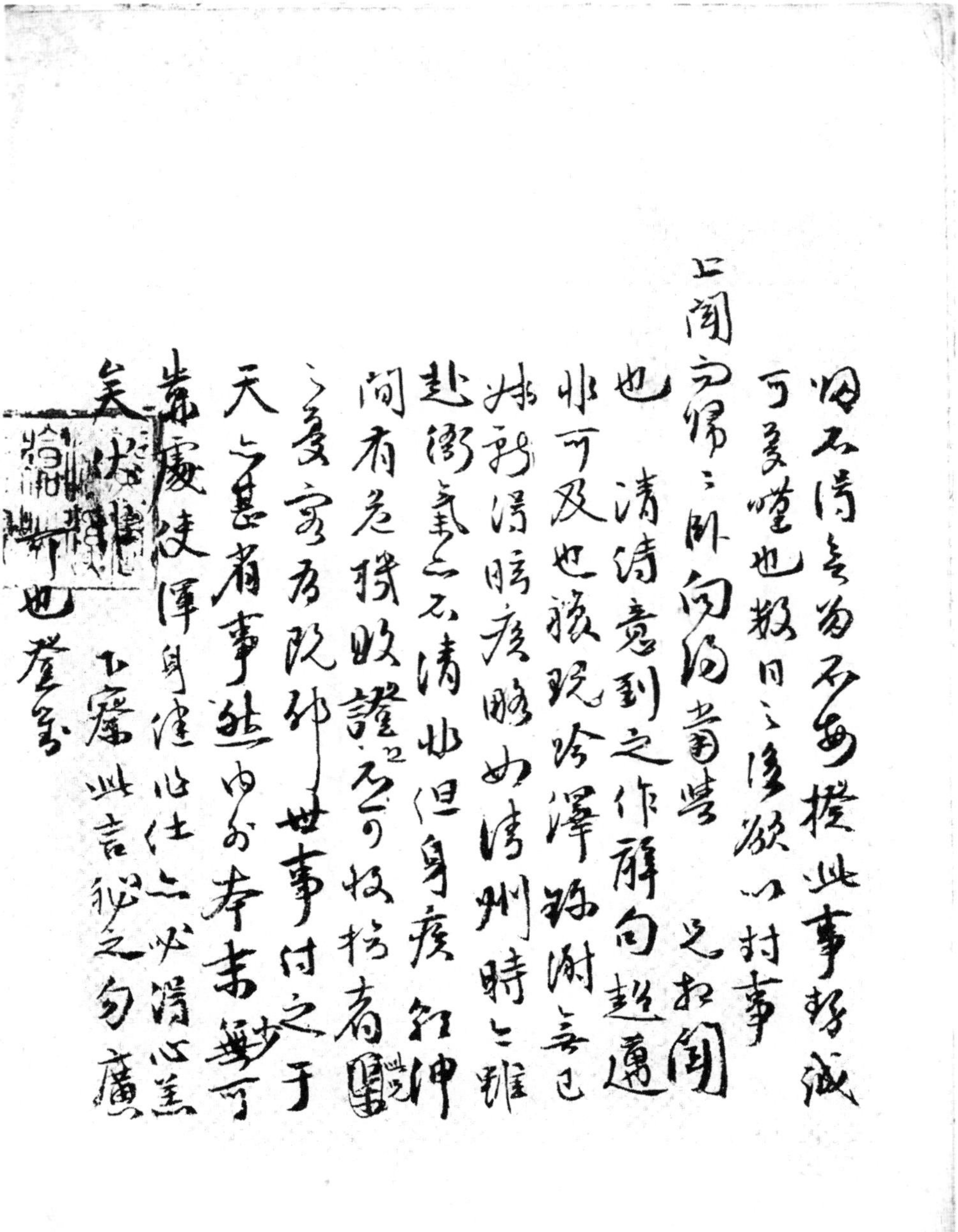

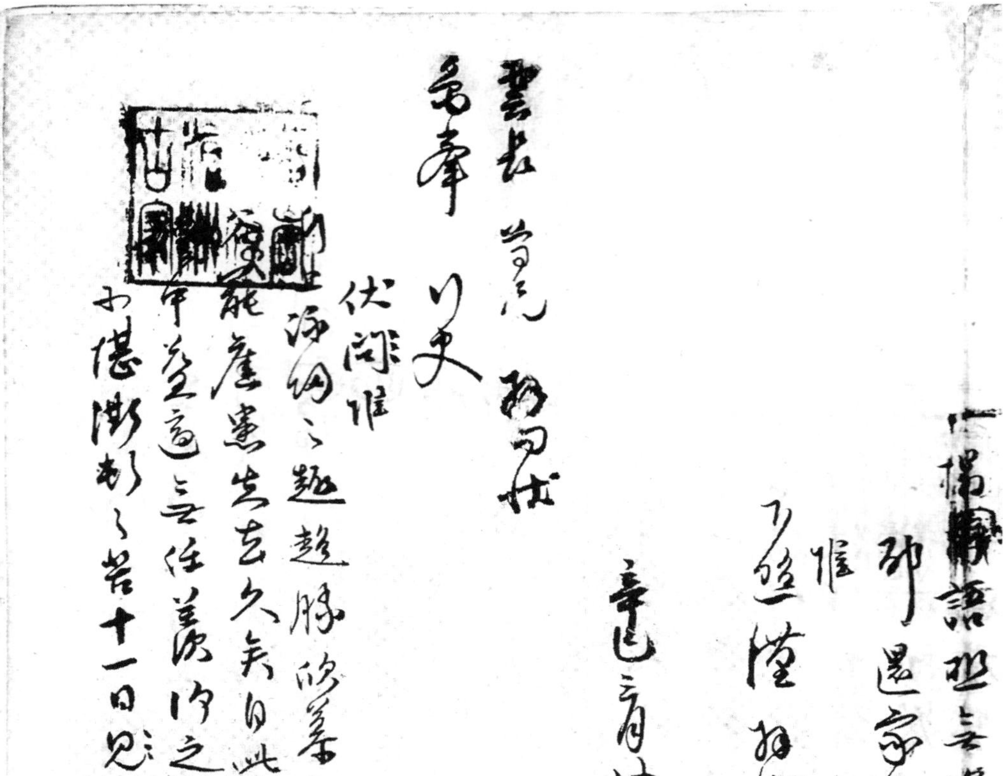

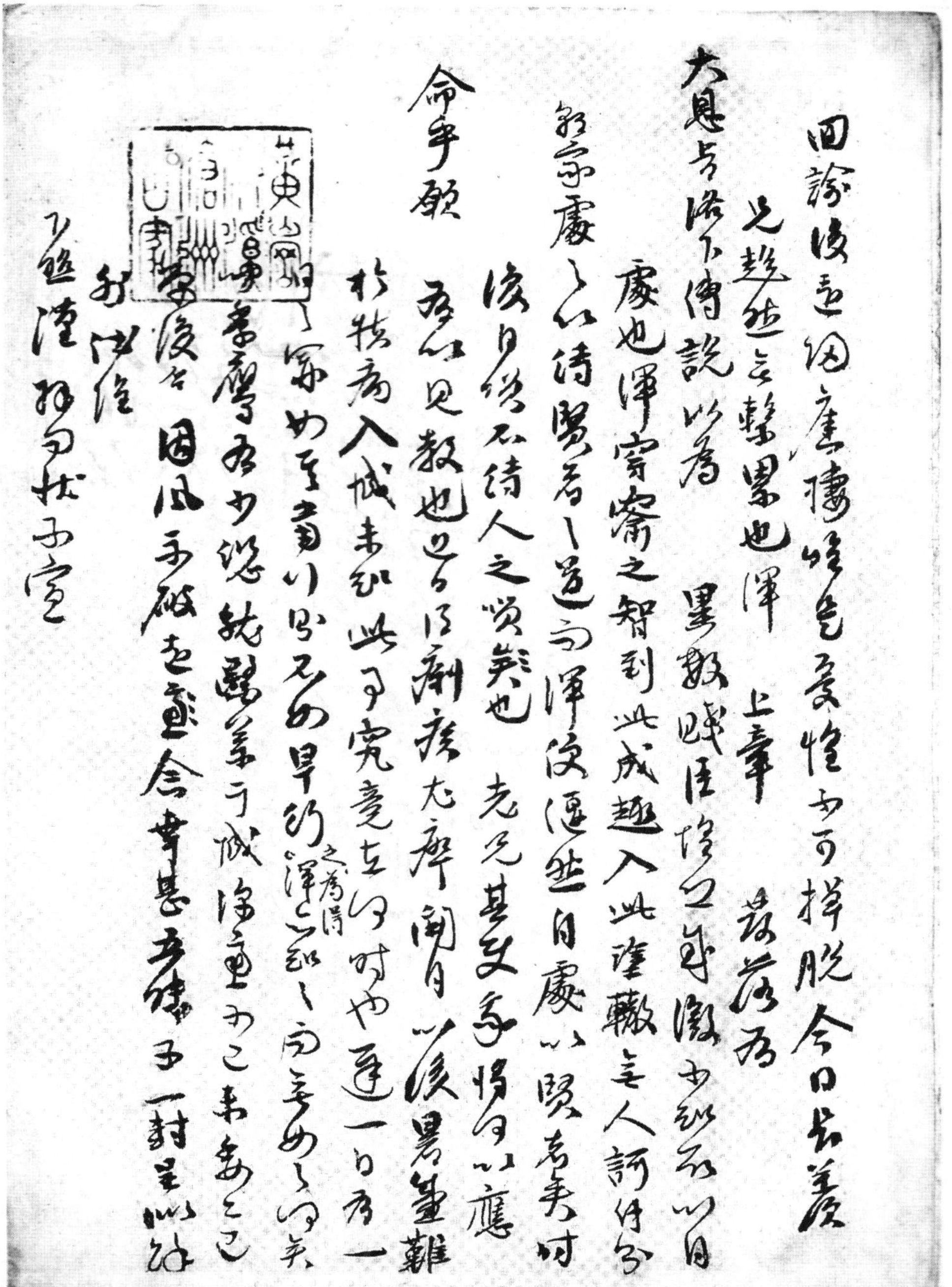

[illegible]

上答狀

雲長尊兄 座前

[illegible]

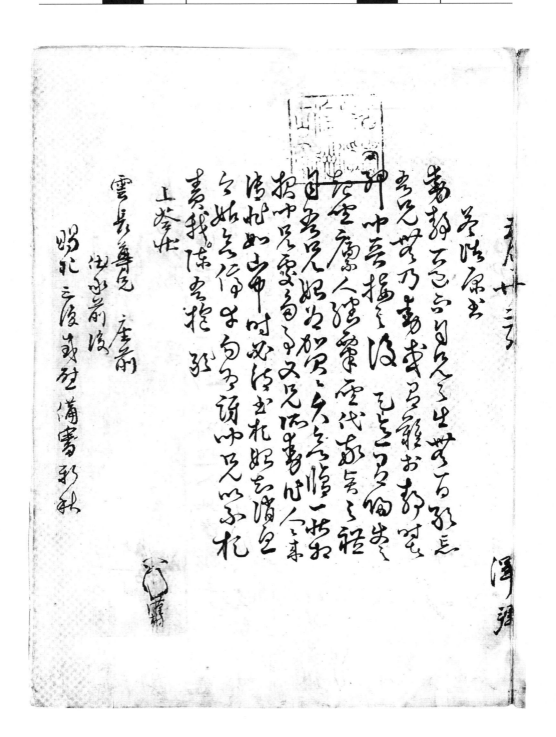

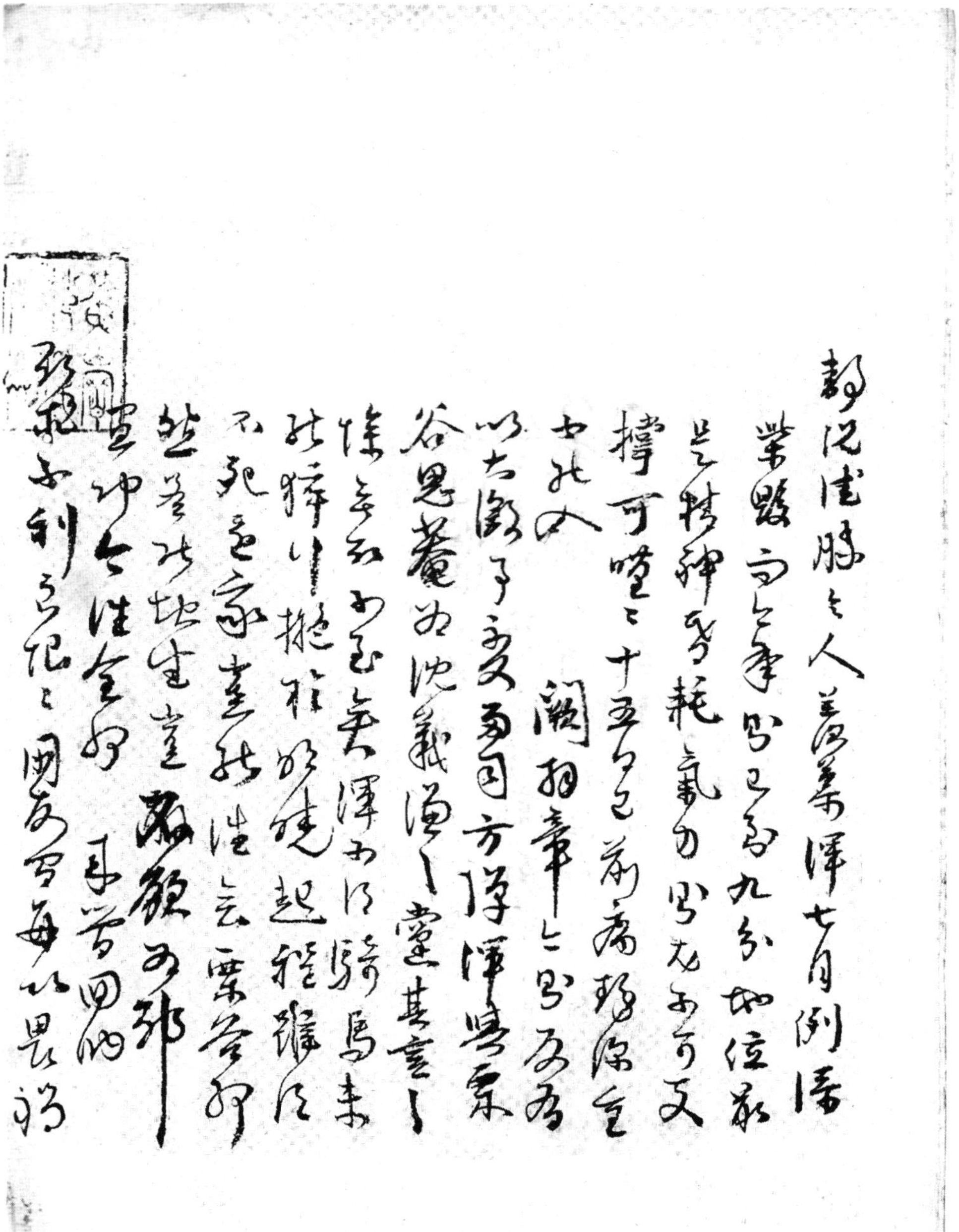

二字相換之渾之意是取信如此
也亡不能可以言可以不言之外
不知是蘇公甚乎伏惟
下照 謹拜狀不宣 十月十七 渾拜

上狀
雲長 尊兄 座前
秋去風剛 伏惟
靜履起居佳勝 渾病苦不可言 前書示兄
託於李二相之傳 使親見之 即轉寄以
記二相處未委果達 渾于今快熱以加困
於燥之云云 又偏頭痛 甚尤甚不能早
出門仍之以力疾而出浴行澡身 偏頭甚痛
殆生意盡矣 不可言也 每想

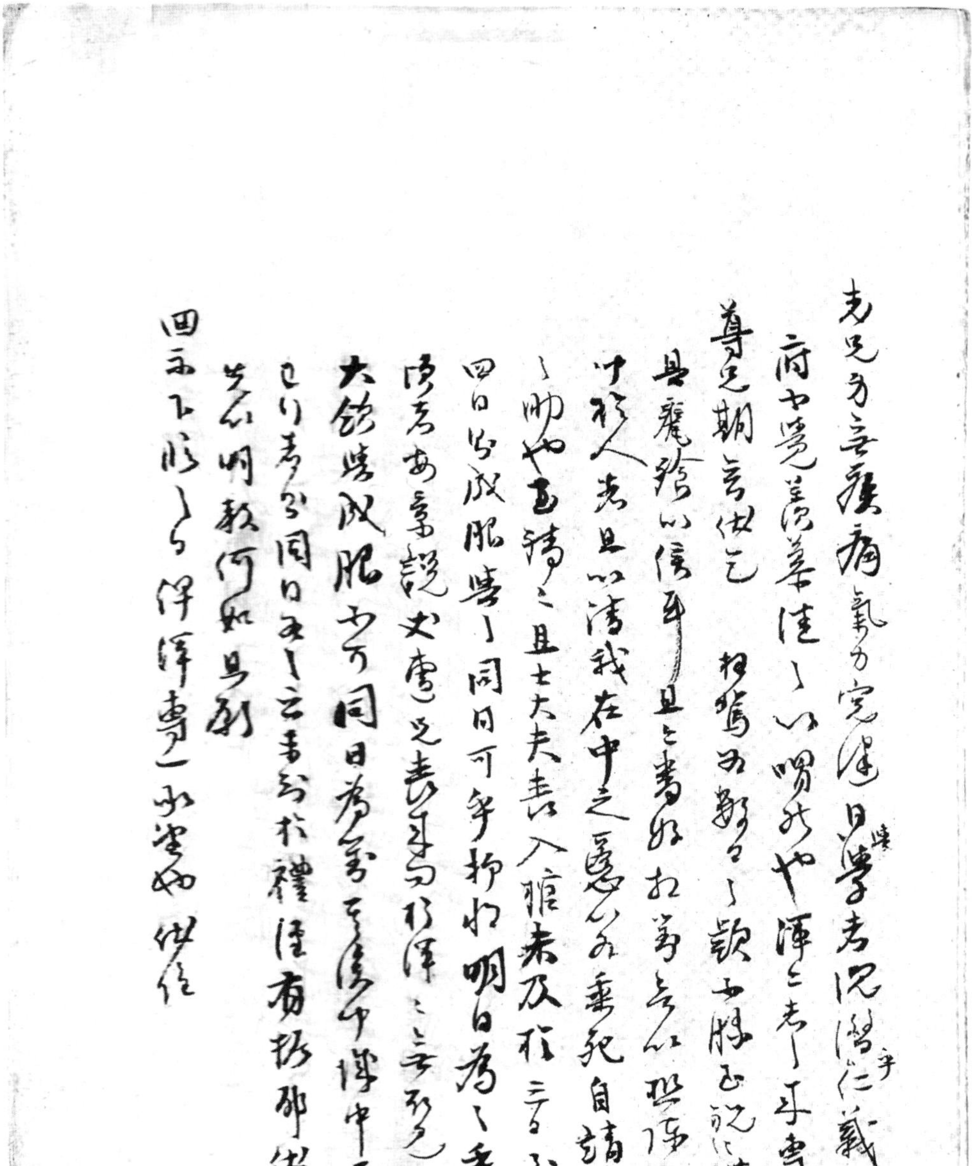

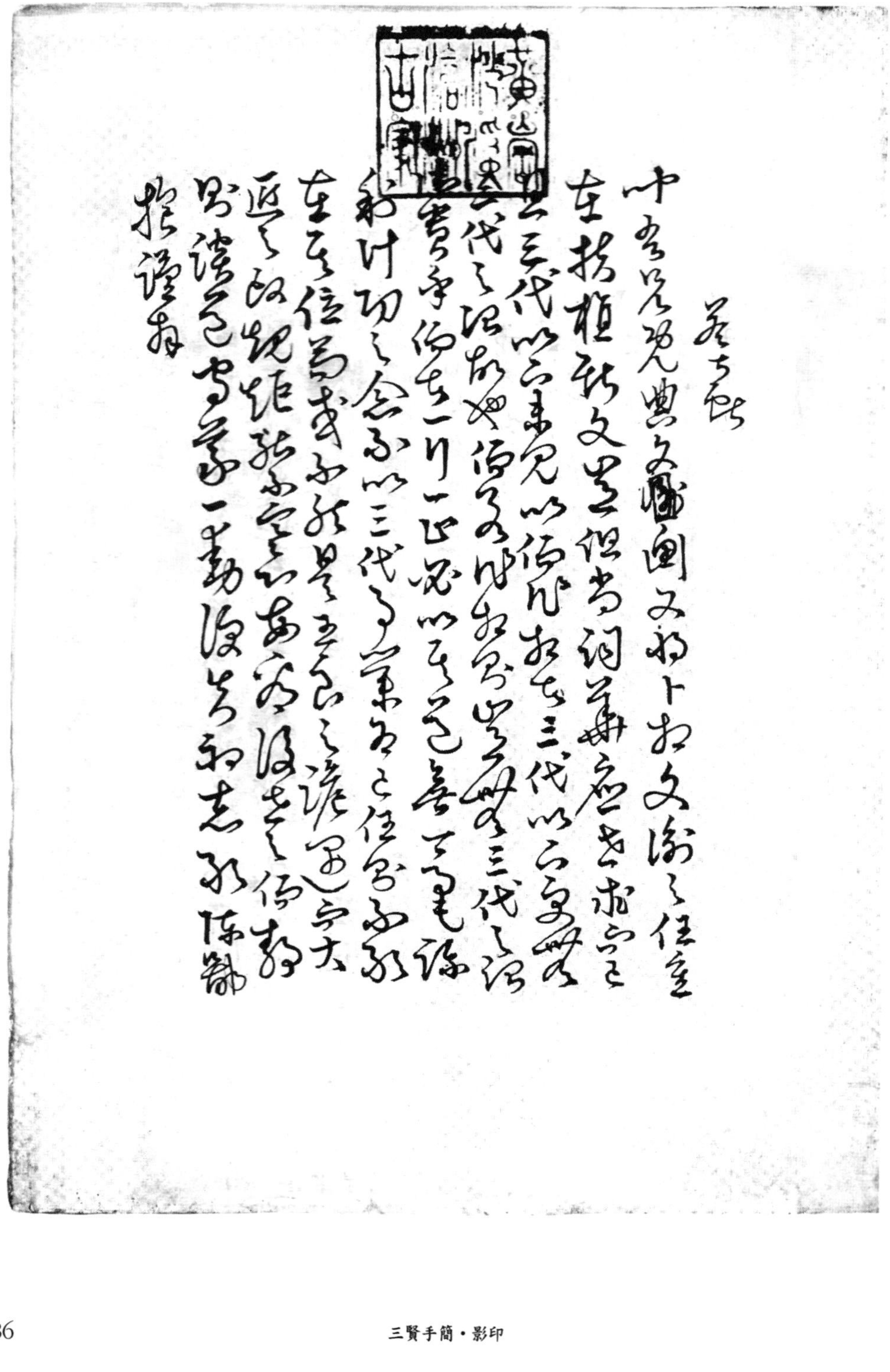

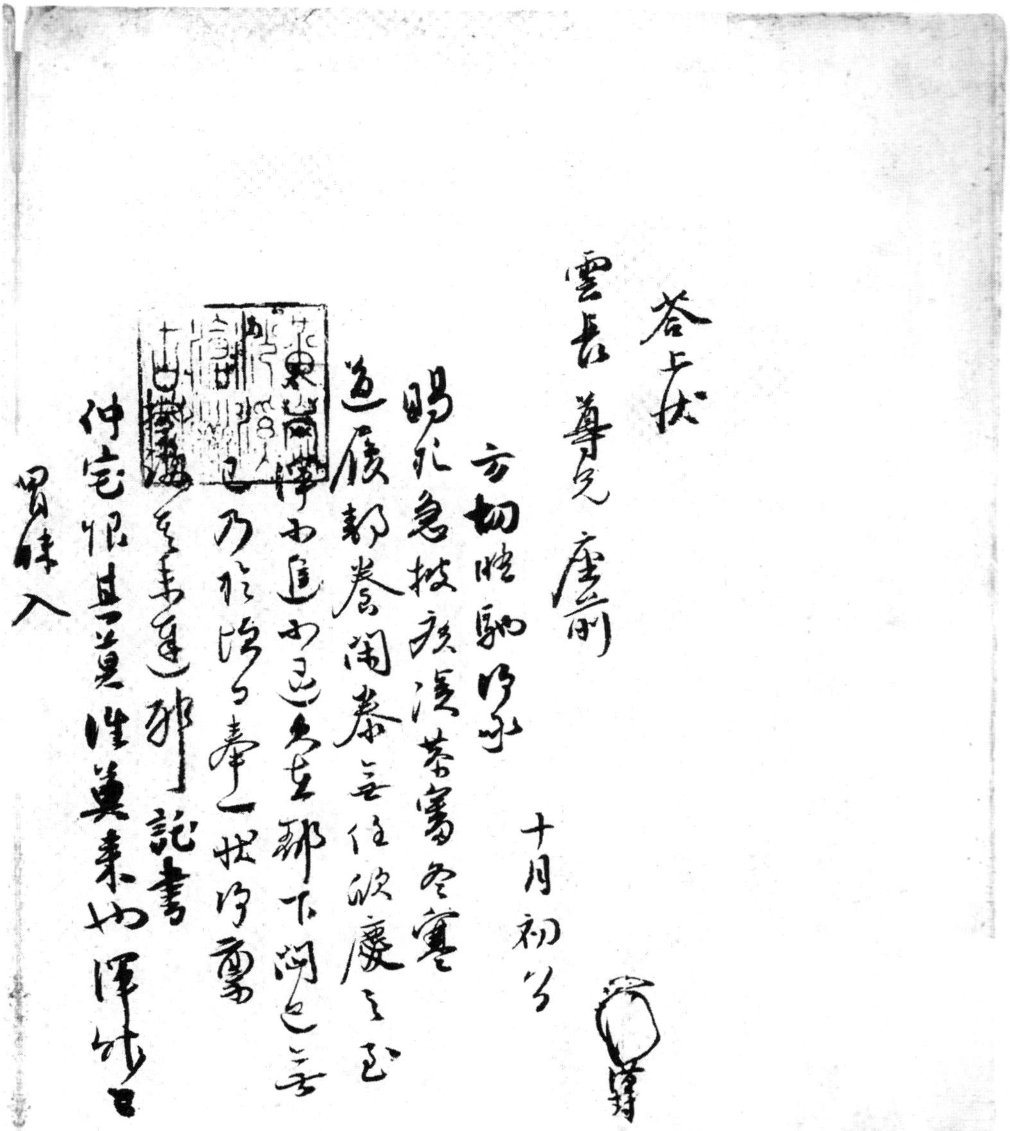

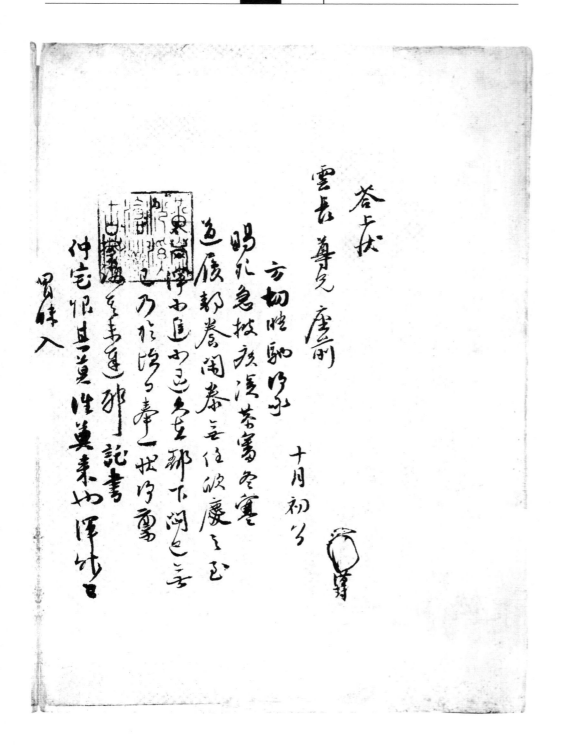

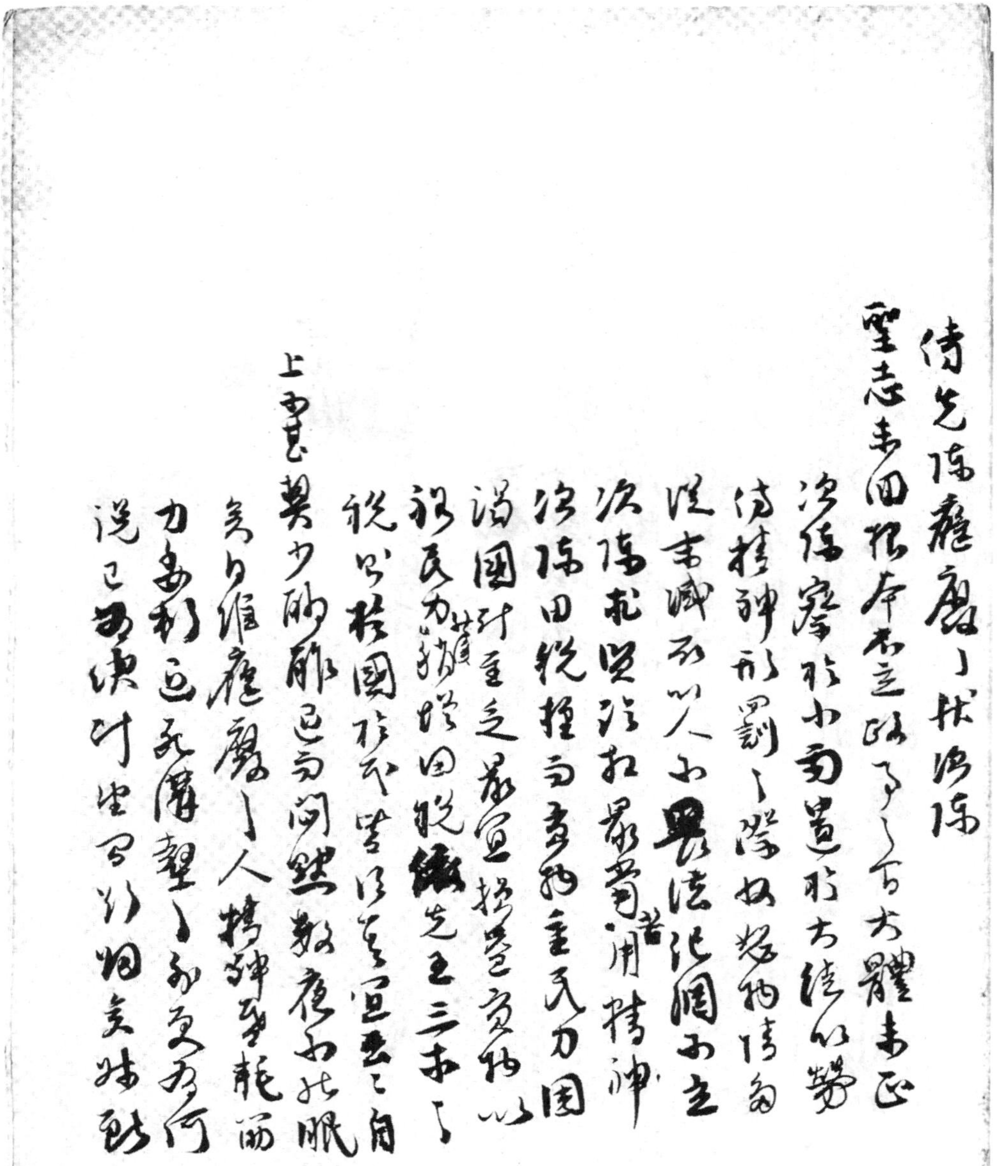

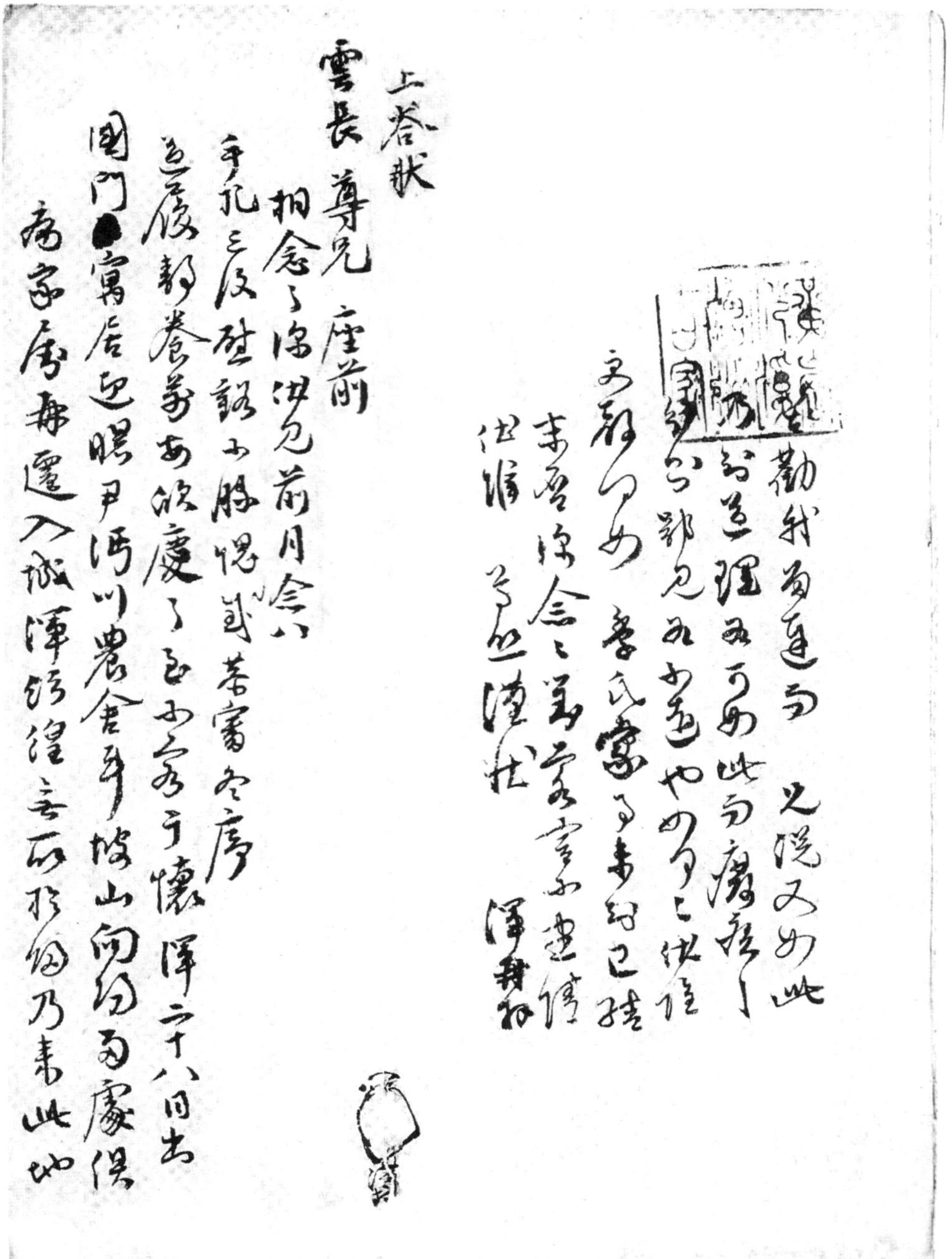
上答狀
雲長 尊兄 座前

寡人告引於冬寒之月安危置之度外耳淨前
月初一日 上章陳乞 聖恩發遣回下大王授職
大王書請句意已於起潛識 聖意不從然
如從之起潛處亦於大王文湛軒文 許之書
初念發書必得之志者冬寒應蟄不法嚴藏而空
受 國恩為不可留一也出入經遲疑有命而去
名位降為避人而閱事之外矣然 國家開此好門
語以待後之賢者降為先居此而願為且男進於
其可效後之真賢不得而夏好者其之恥也至
不可留二也已於所陳替說之言 撫而之望言
●否叙辜也不意因此晴後 國家後賢之盛典
題淮勤處而札已往進起潛職名撰之移義約
如可得受但寡閱之不然一刻未二十日乃 上辭免
陳乞之意 擇謂情狀而其來款有回王移前理起

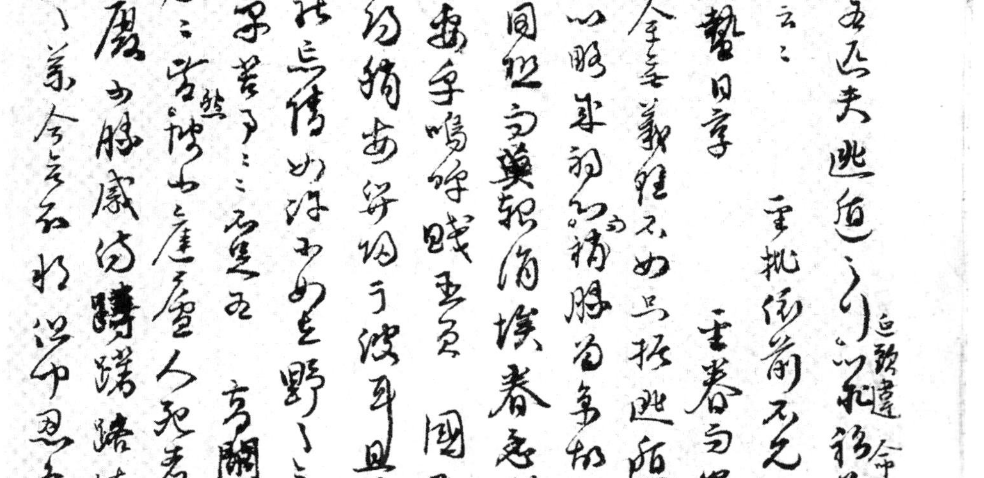

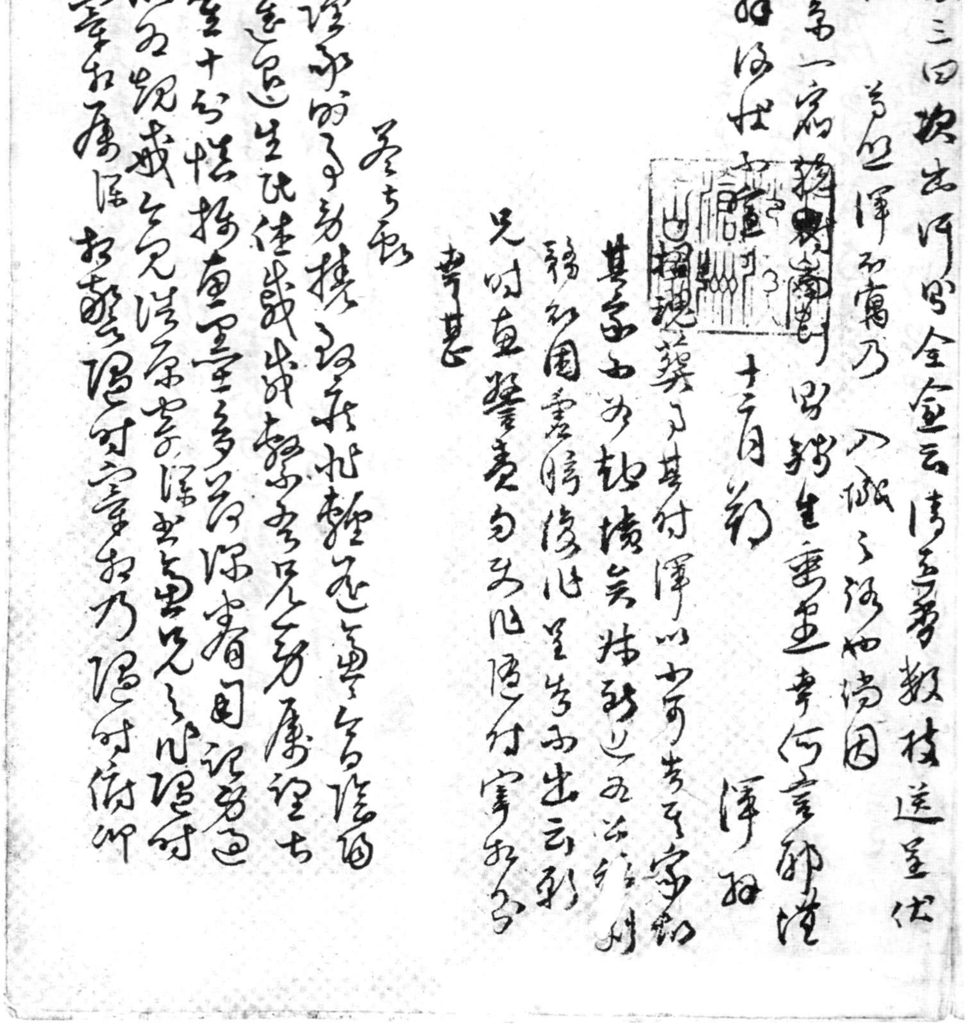

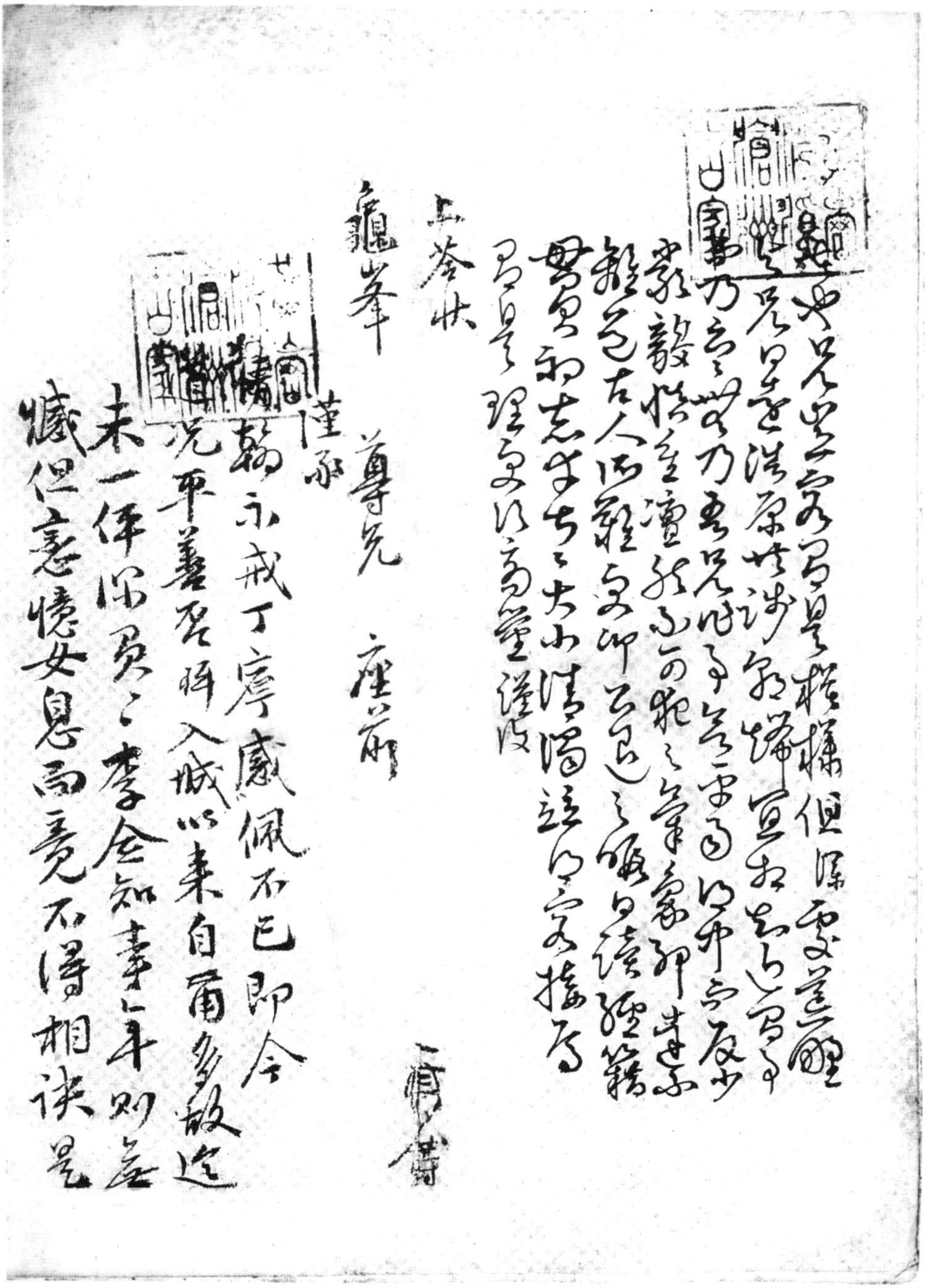

[illegible]

上答狀

龜峯 尊兄 座前

[illegible]

謹承
翰示戒丁寧感佩不已即今
況平善否拜入城以來自甫多故迄
未一併(?)候見之李令知事亡年以尼(?)
憾但意憶女息而竟不得相訣是

可悲悼拜謝
恩々日累承
引見　天眷非常意而恨拜非承
當者耳建白旋設不可棄爾今日
々務當在積誠回
天其次則調和士林第拜孤蹤跡
而法原非久於京師者只恐有
願未遂仰恃老蒼々而已法原
迄未謝
恩備卧蒞含可閔也哉何自來
高屏卯便忙來答願也今爲生
耶伏惟

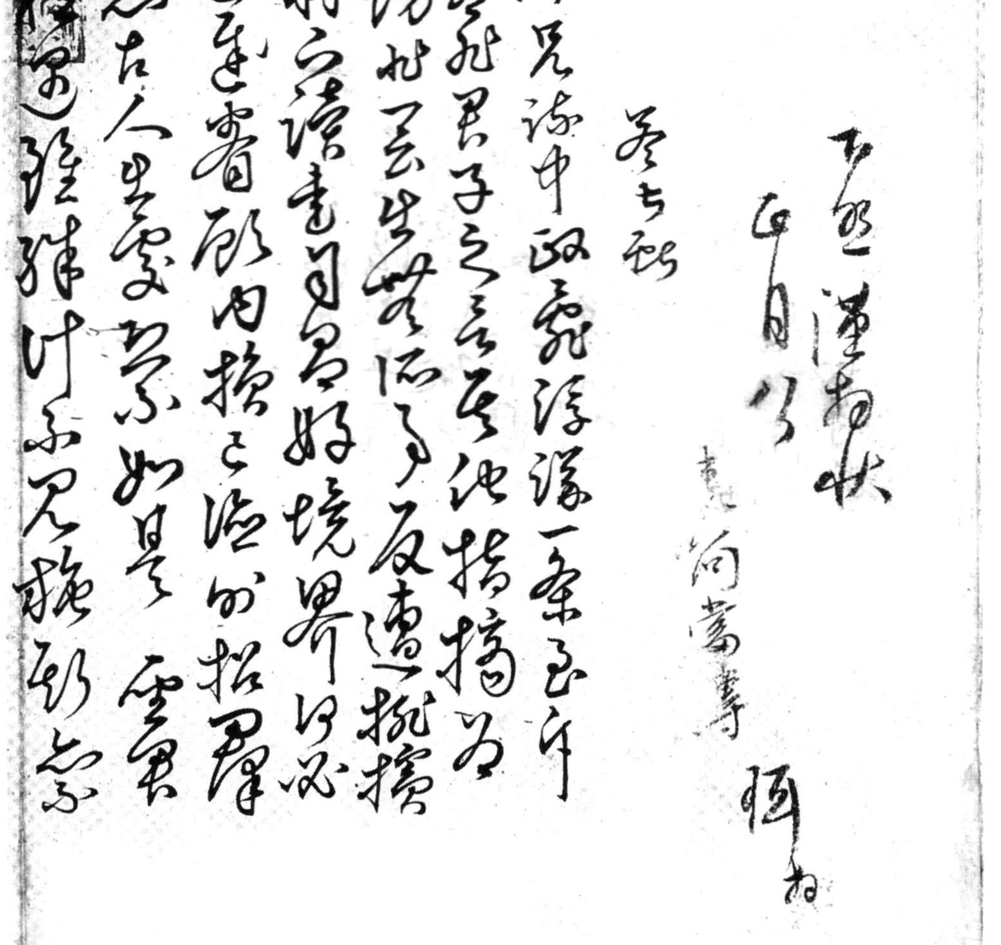

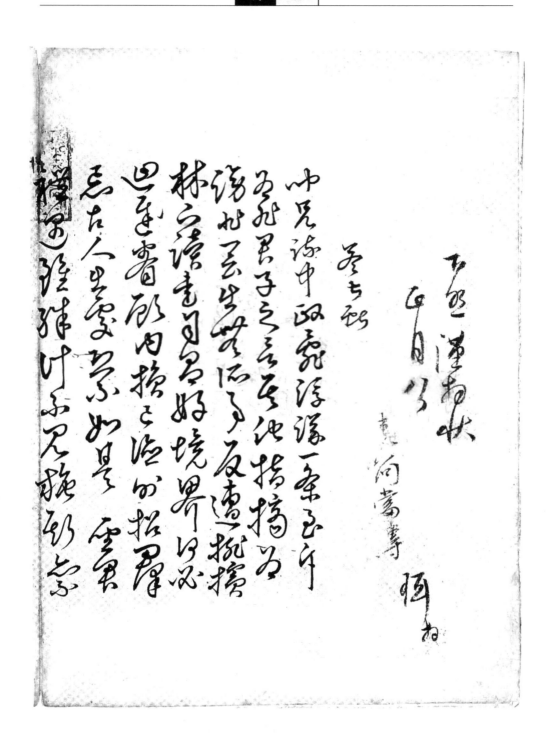

四德書子

龜峯 尊兄 座前

謹承

垂翰感慰頌承

手字匡上復出且寄乾魚未知為東

達否拜後還隊他去云云

示諭儒者事業固是如此敢不佩

服但道理千差萬別古人有以天民

自處必見斯道之大行然後乃出者亦

有漸救世道納約自牖者矣寧退以

三代之政雖列建請而不得施則執

引去恐非今日之時義也渚原一向

肩傳

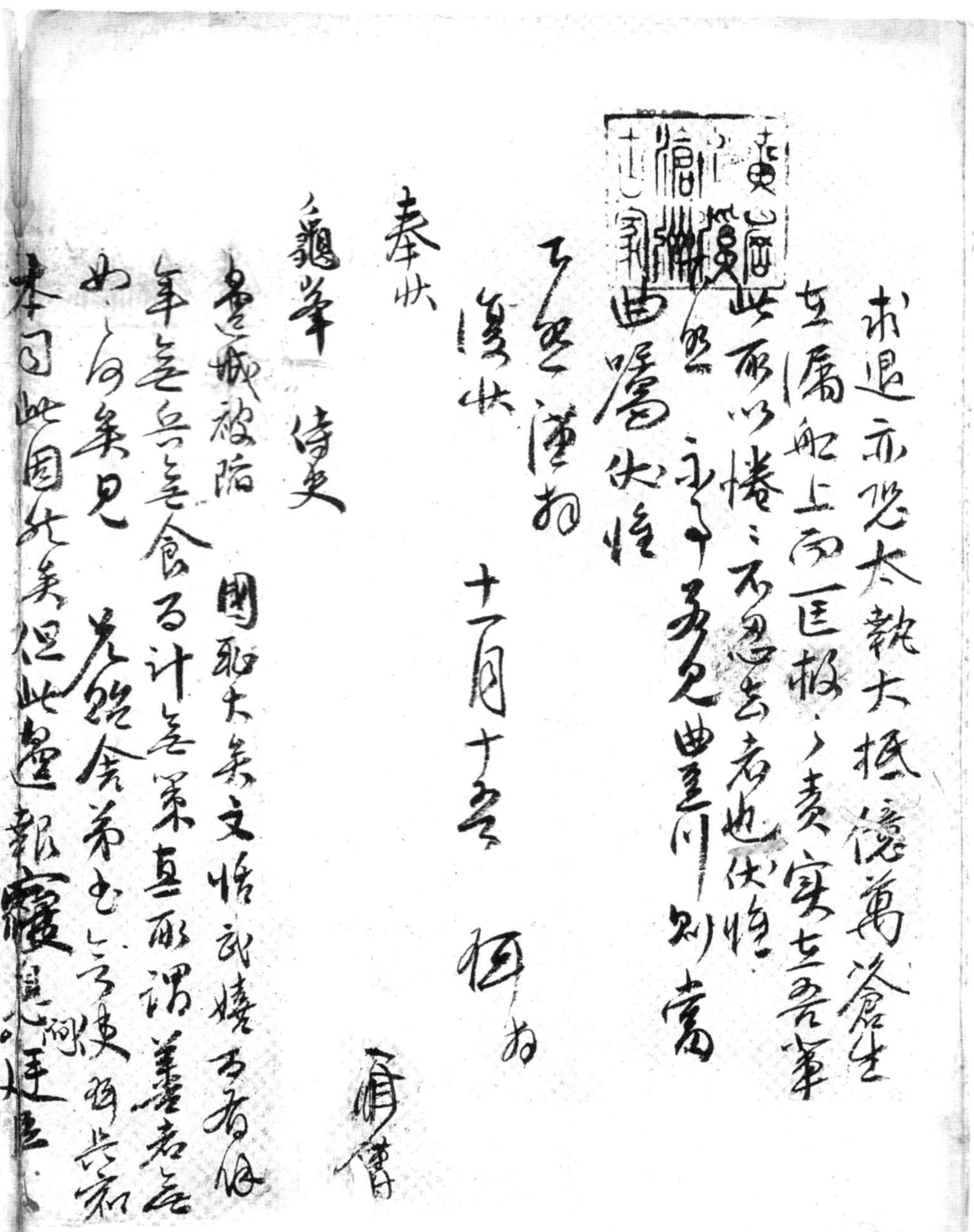

奉狀

龜峯 侍史

十二月十五日

謗者必至如見 勸人雖宿本自必謹矣
之來始謗于則獨宿之無益如況病劇
爲調保爲可繼之道矣極爲無人殘
僅被賊陷入而無官先自動搖名大
悵矣然第因此
上念當之憂之下爲之文張段訖之計此實
宗社之福也此討有策則可以進言破
見聲示所懷也天下之得成爲幸
出於己出於人何異哉伏惟
五月之旬 謹書向 狀 照

奉答狀

龜峯 侍下

一庸謹封

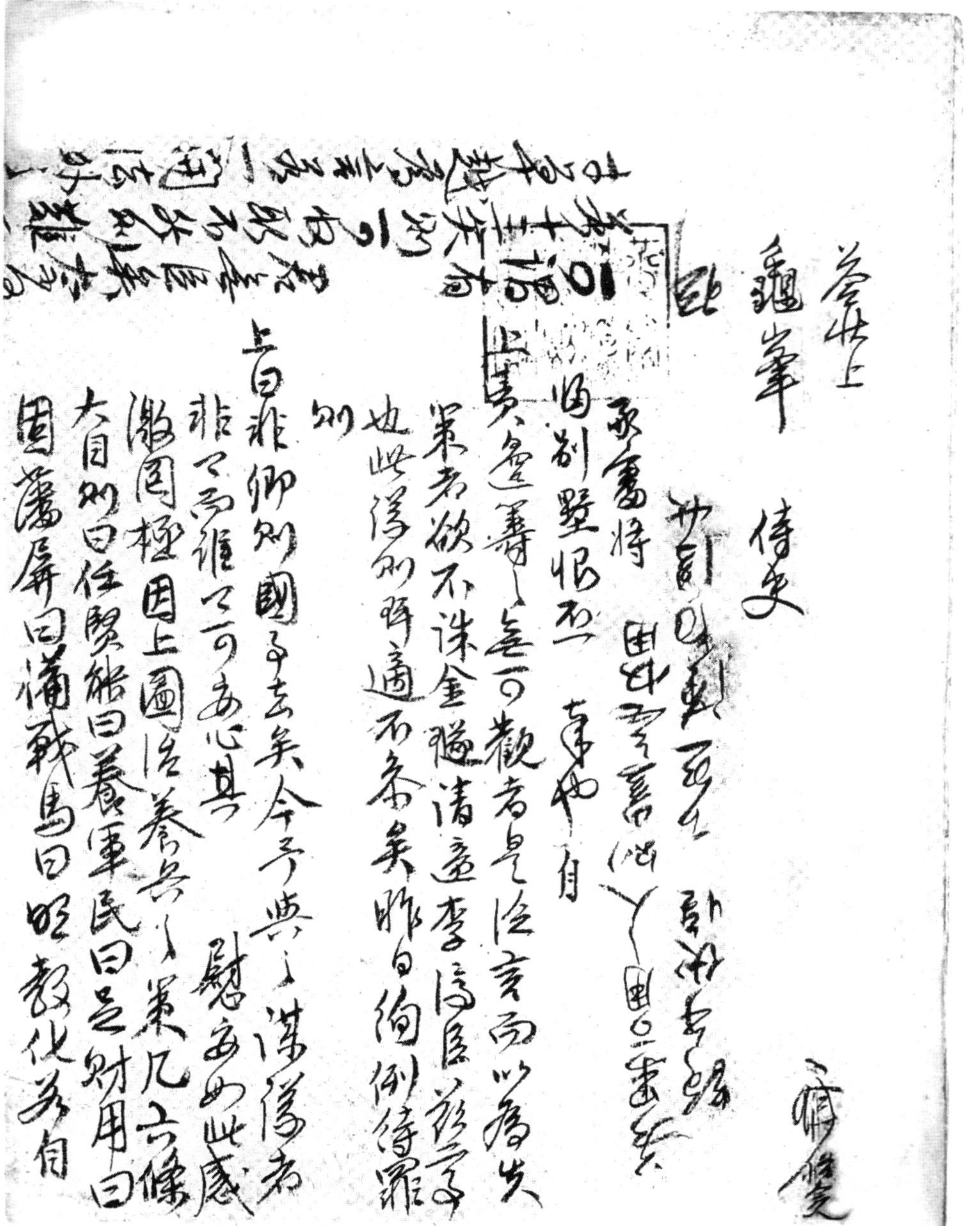

上其用此策則東方萬世之治亂
名閣天運似非人力而為今日急遽籌
劃莫若策 既送將帥使之乘機
進退矣 然則不過募兵戍守堡
募兵莫他策 只有通度營覺殘戮
一策而兩可方設擊不已是其兵葉
六鎮也之嘆之自
上何必騷擾之事而驛遞不継將

上狀

宋生員 尊兄 服次
夏氣漸熱伏維
服次起居何如 仰慮之際 忽承初七日札
昨手札三度 前付第書多分屬茲
書室服務于急 村之人 諒今未及凡百
安泊之大事 妻堂邱 自 憑 寓 度 大段

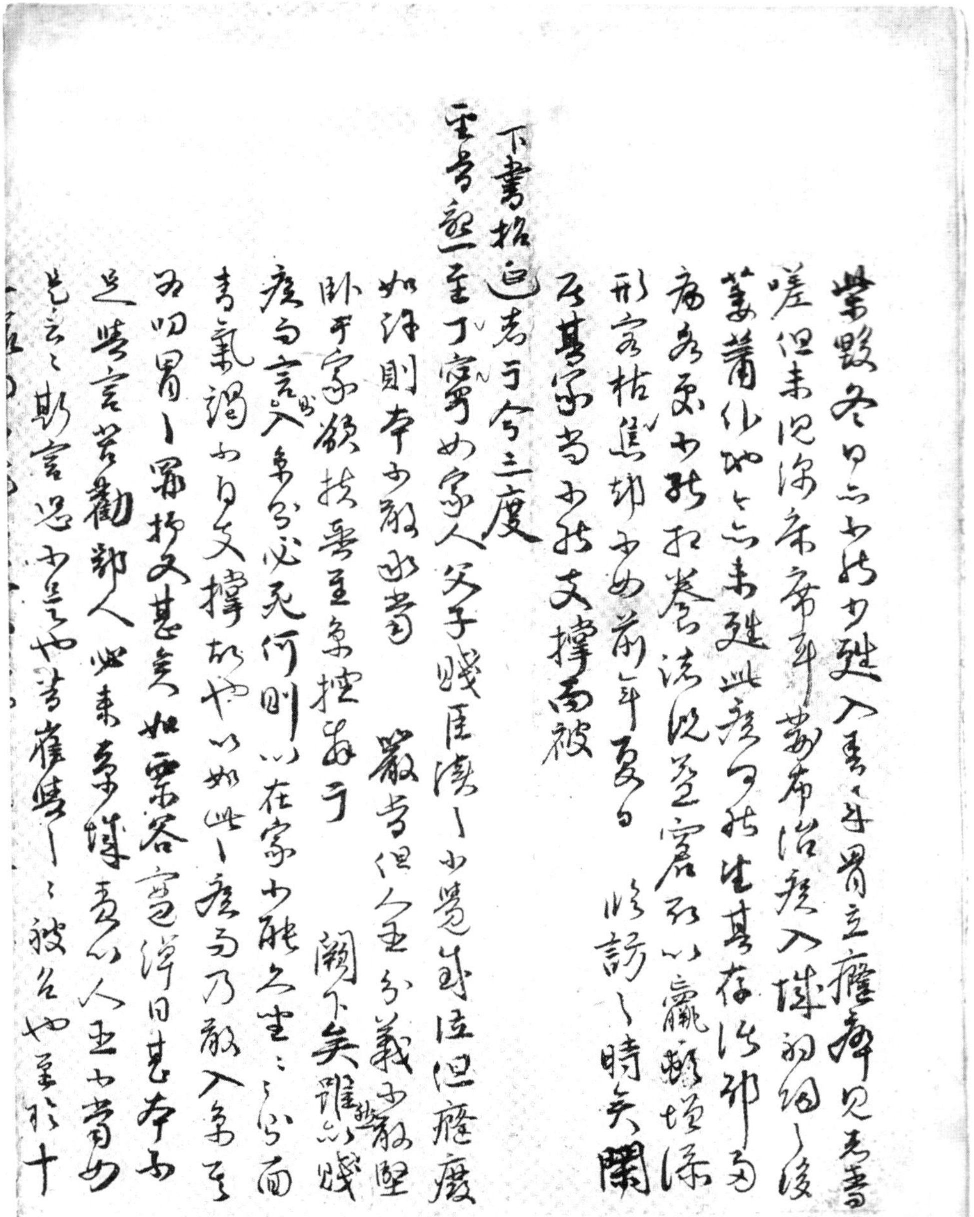

三蹤曰不能無之大無也不須承相也以其無可證之
者且如此况義蒲於死之一途乎義理精微
隨所遇而不同何嘗有定本乎其變通之暇義所在
己何必以中命當生之人無分義之當然乎之深也
度如許而必以不生死之計可觀也舍生取義之
如可適之輕作於 欲若之何豈也 清世之一大
義厚也若是者三息未定之必欲不得之以能決於
又為法之何如一以義理之正救援垂死之人也
三之之交 至有謄出返上尊 厚之無非
之之周遇也無脫度如許無從都若之清中實隱之
出脫於深處而之伏惟
尊察謹奉狀不宣
癸未四月二十日 渾拜

渾事深難反覆其未但此窗
谷命而之之審雖 上蹤陳之清兼

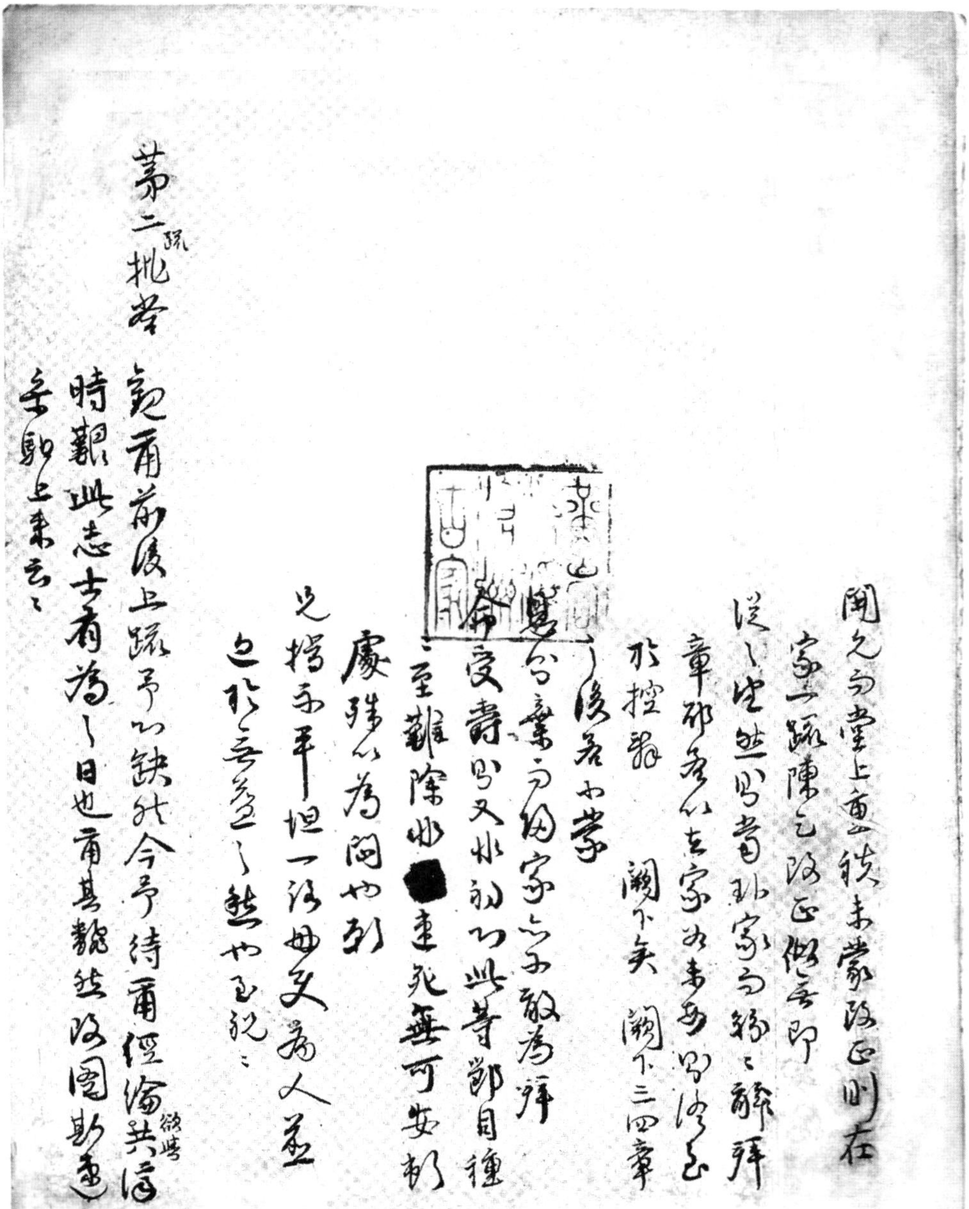

聞之司堂上喪[illegible]後未蒙設正則在
家一疏陳乞設正假是即
從之然竊聞亦家司銘之辭拜
章邪亦家所未安者謂設正
於控辭　闕下矣　闕下三四章
了後名也常
惠公業司納家乞予敬為拜
命受壽而又非初心此等節目種
至難除此[illegible]連死無可安耶
處之為何如耶
足指示平坦一路毋又為人[illegible]
之於無[illegible]之然也至祝之

第二疏批答
範甫前後上疏予以缺然今予待甫經綸共濟
時艱此志士有為之日也甫其體然設圖勘達
手勅上來云云

第三批答

勉甫足下 歸後甫[illegible][illegible]來 即足下 今日氣和暖

甫須調理足下 雖我有薄獻 亦何能好 予之待甫

正如飢渴 長往不返 寔甫所能以之 爲我乃甫之

產友也 予今望甫 及我寔無可奈 同心同德

亦在乎甫 而不能於足下 以副予所希之望耶

甫宜自計 但念 勉勉 然後爲達云云

答浩原

長夜孤枕 無寐 情思甚[illegible] [illegible][illegible][illegible][illegible]

[illegible][illegible][illegible][illegible][illegible] [illegible][illegible][illegible][illegible] [illegible][illegible][illegible][illegible]

[illegible][illegible][illegible][illegible][illegible][illegible] [illegible][illegible][illegible] [illegible][illegible][illegible]

[illegible][illegible][illegible] 擇 [illegible][illegible][illegible][illegible][illegible] [illegible][illegible][illegible][illegible] [illegible][illegible][illegible]

[illegible][illegible]人[illegible][illegible][illegible][illegible][illegible][illegible][illegible][illegible][illegible][illegible] [illegible][illegible][illegible]

[illegible][illegible][illegible][illegible][illegible][illegible][illegible][illegible][illegible][illegible][illegible][illegible][illegible][illegible][illegible]

[illegible][illegible][illegible][illegible][illegible][illegible][illegible][illegible][illegible][illegible][illegible][illegible][illegible][illegible]

[illegible][illegible][illegible][illegible][illegible][illegible][illegible][illegible] 一人[illegible]大計[illegible][illegible][illegible][illegible][illegible]

[illegible][illegible][illegible][illegible][illegible][illegible][illegible][illegible][illegible][illegible][illegible][illegible][illegible][illegible][illegible]

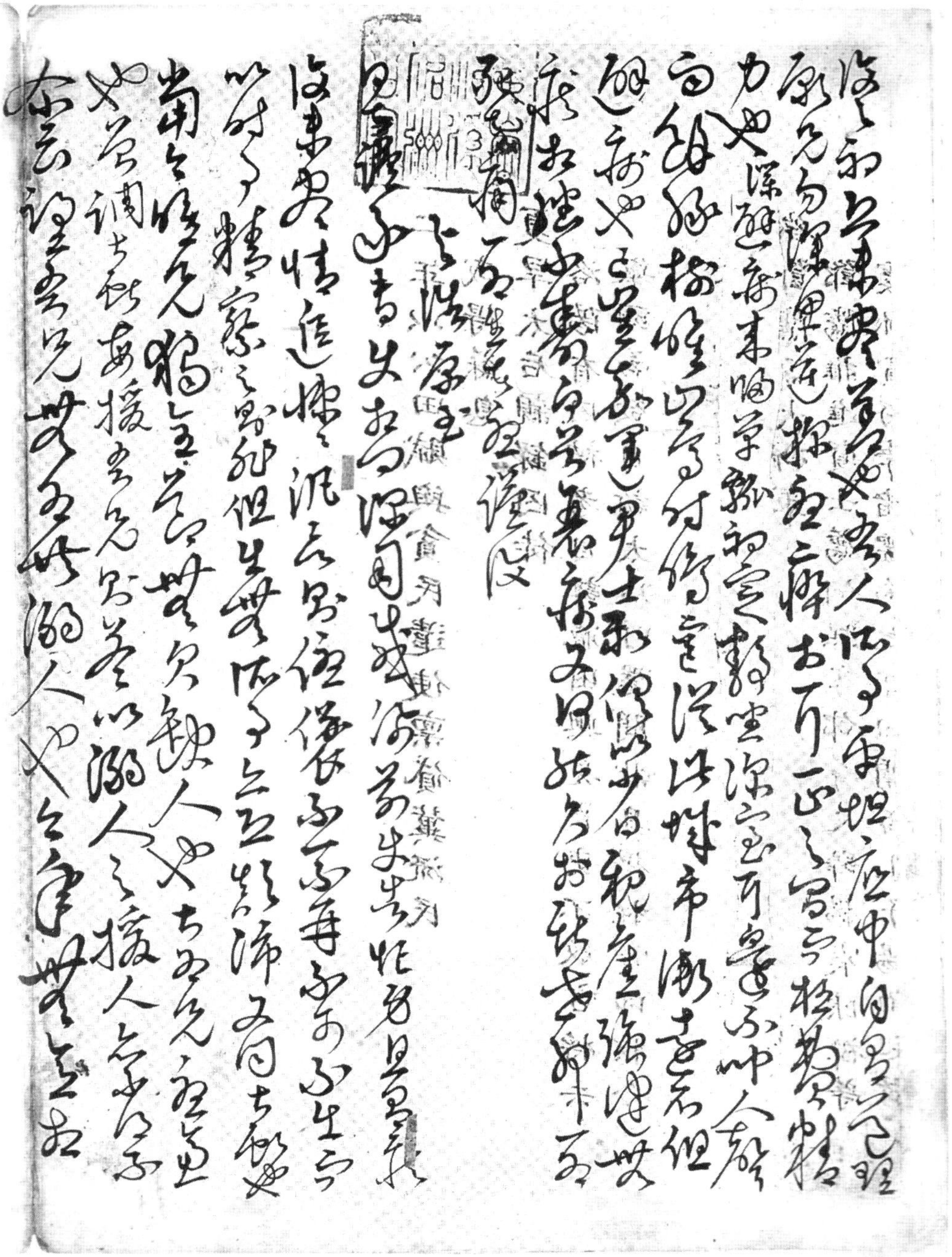

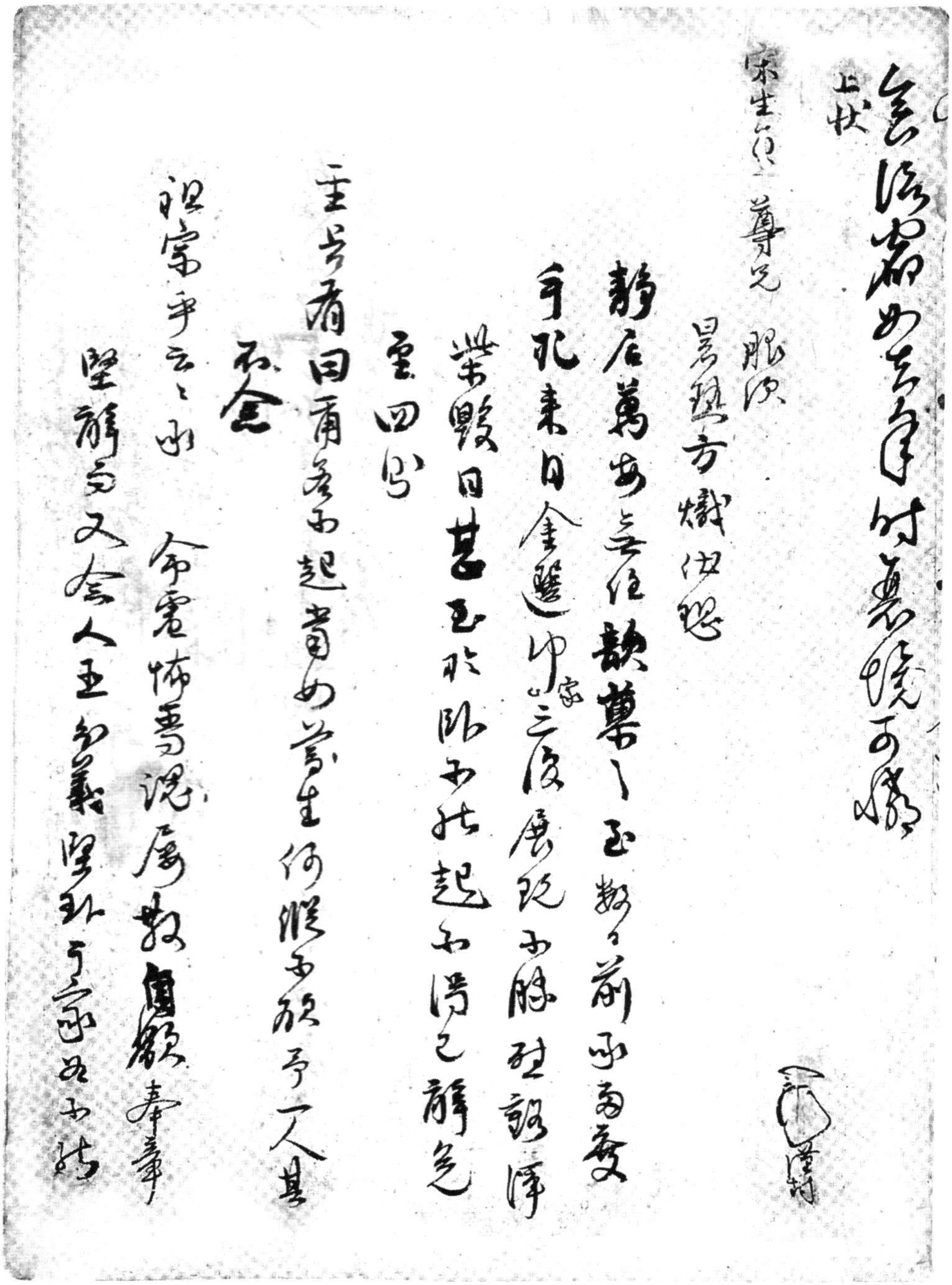

上狀

宋生員 尊兄 服次

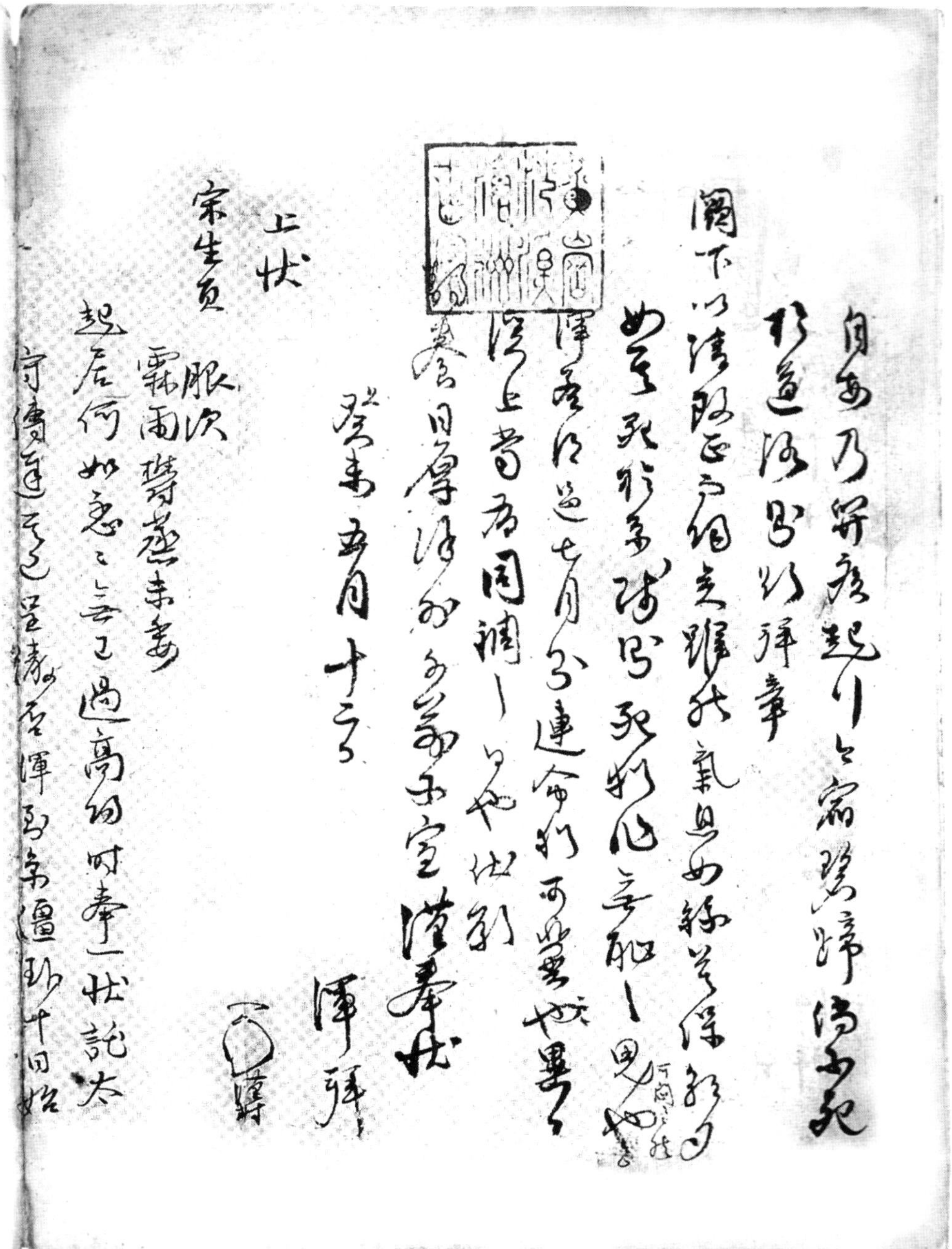

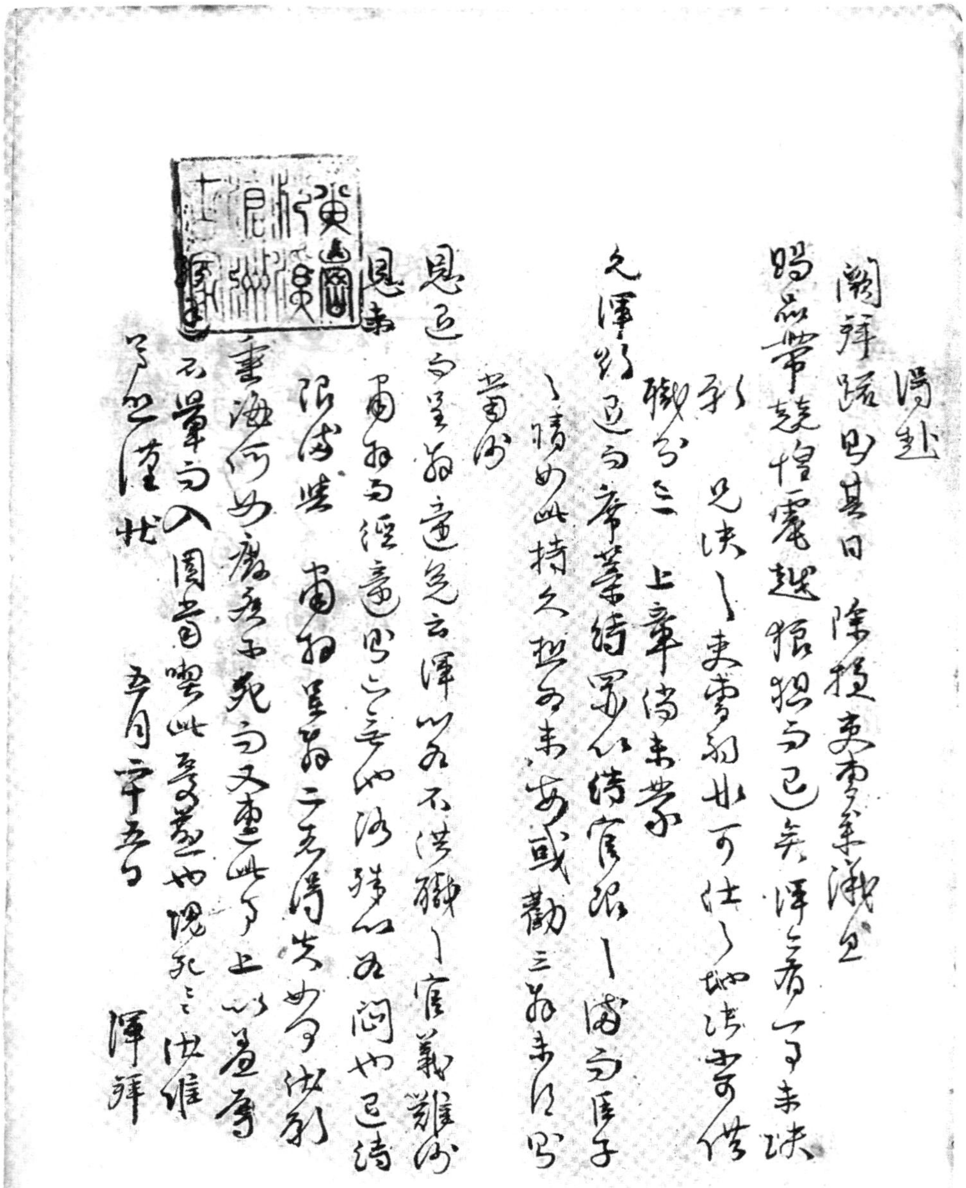

三賢手簡 貞

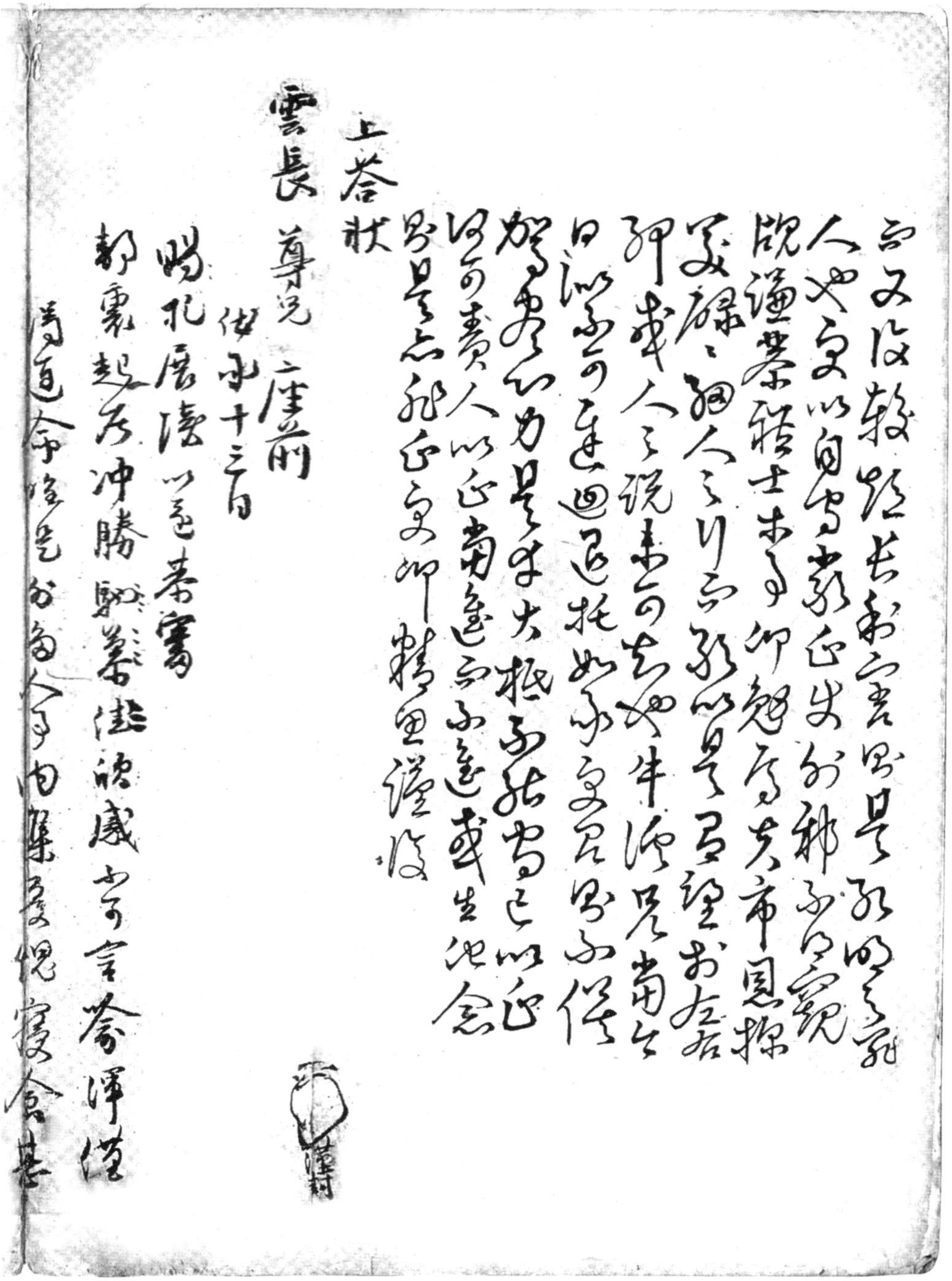
上答狀
雲長 尊兄 座前

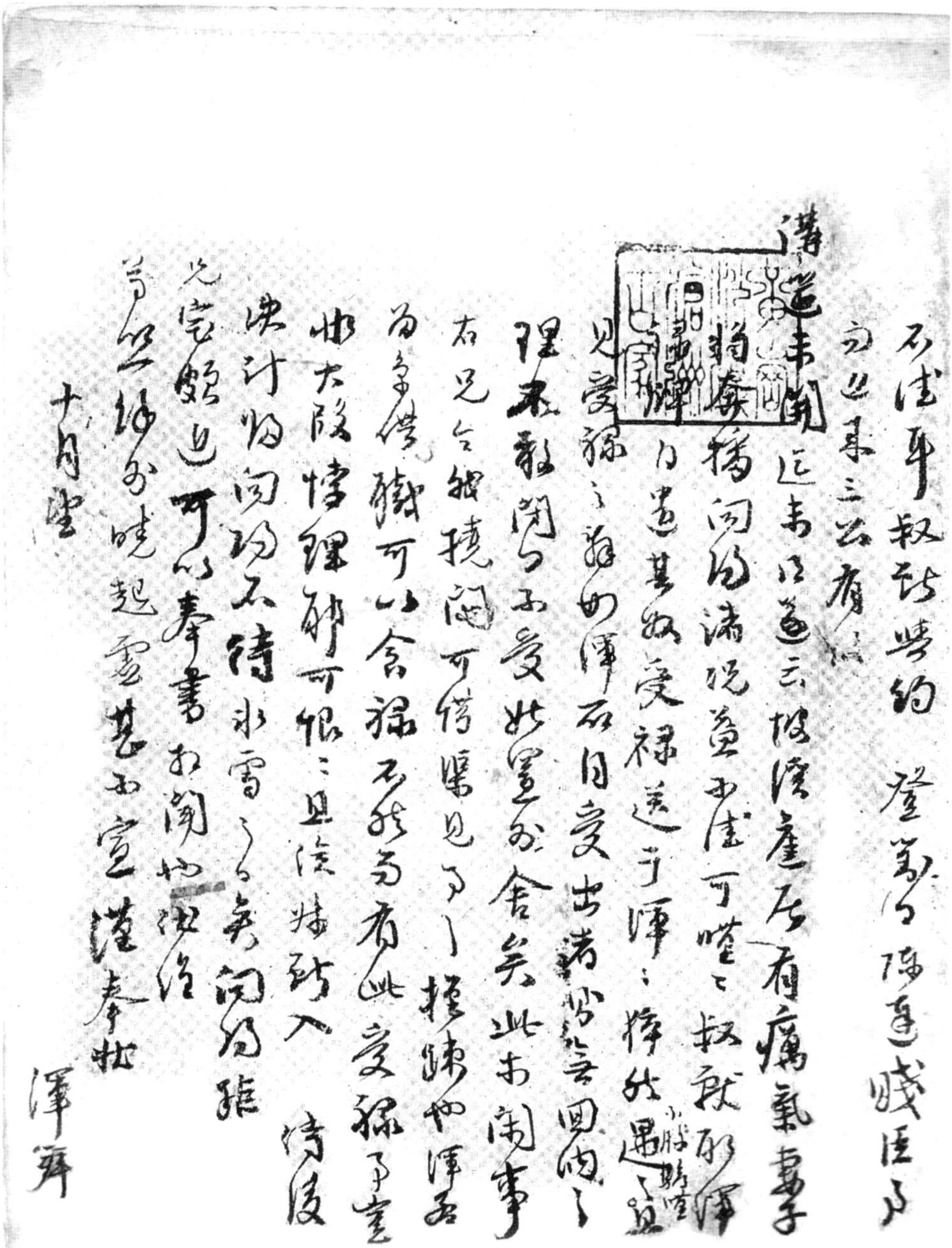

上鄭喜人

聖人非經營以至理以不費盡爲非
非學非營亦生固爲可也非學亦死亦
不可也今以朋友來請及時營理
爲種春苦夏及不從我處生致矣
耕以助宿糧如此請之而已廢耕哉
性及葉然時小小滌器亭館盡
盡其不以不做得人之功云然非書
生道如之也中事甚難者子須書
讀書講理以中正自致於之限大
子反不備生應自之行以其未窮
君子者人以修學之於其法非始
爲漫處翁者當不言所經旨只爲
而生者耶理以退田先大人相

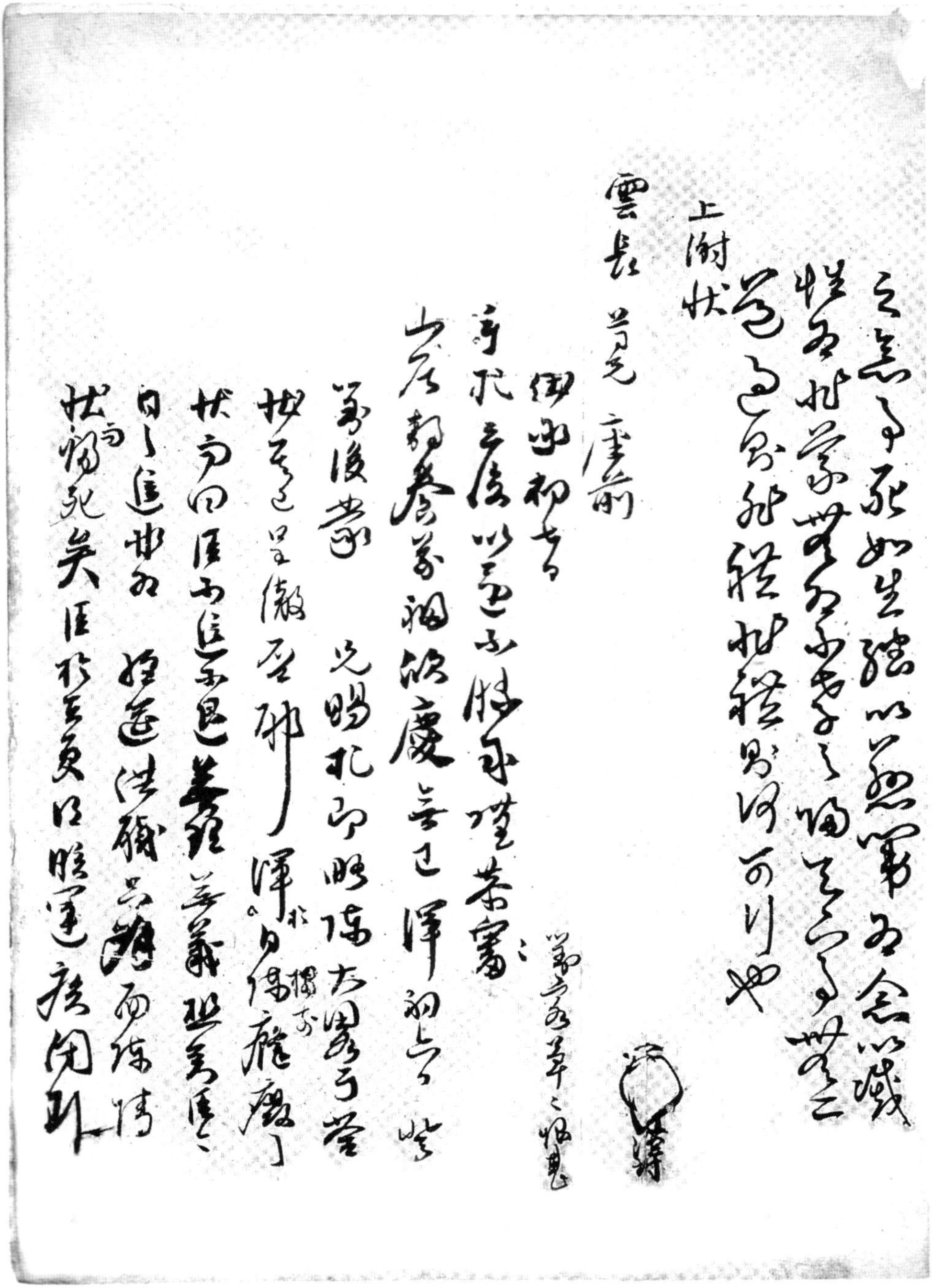
上謝狀

雲長 座前

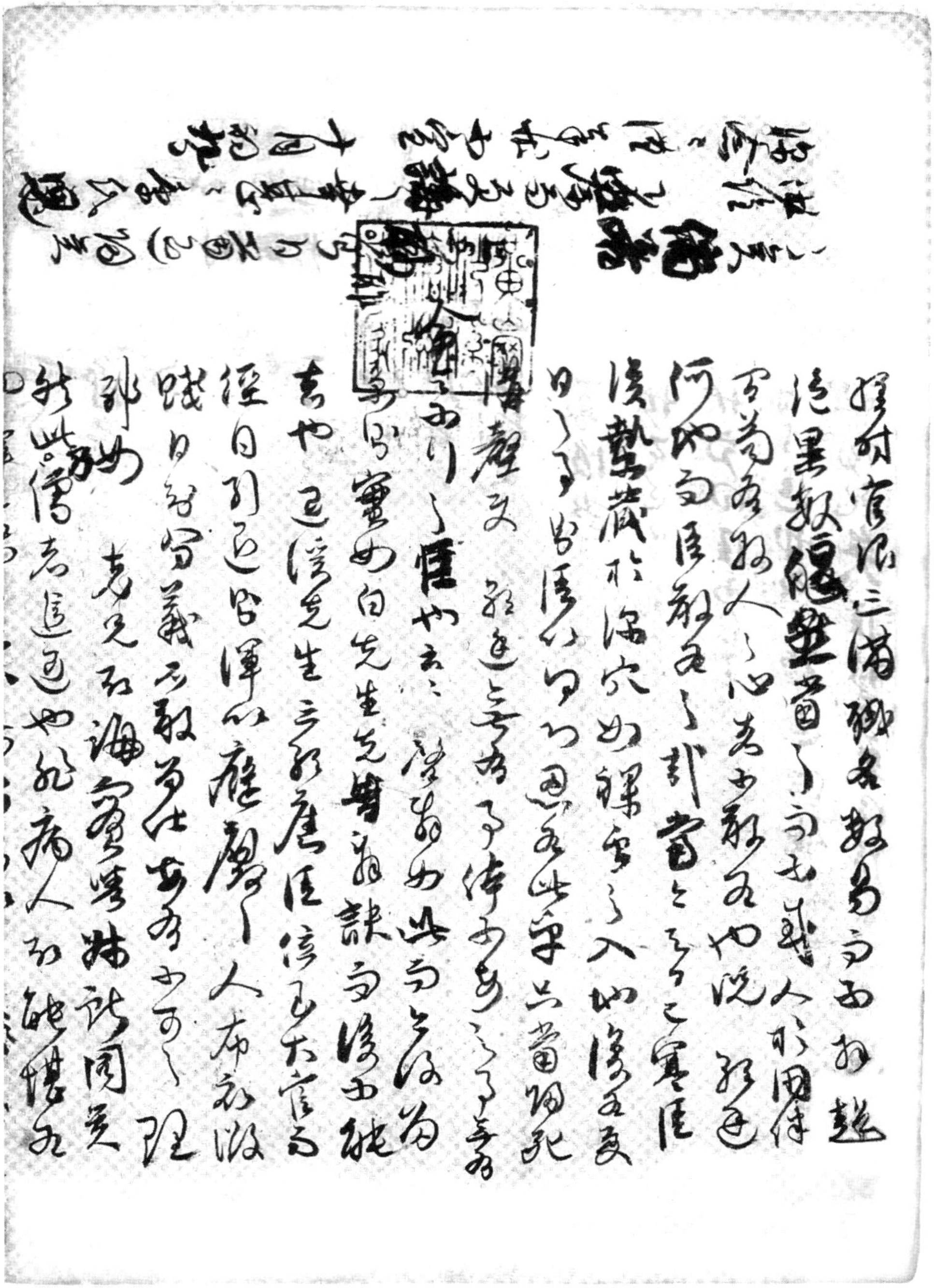

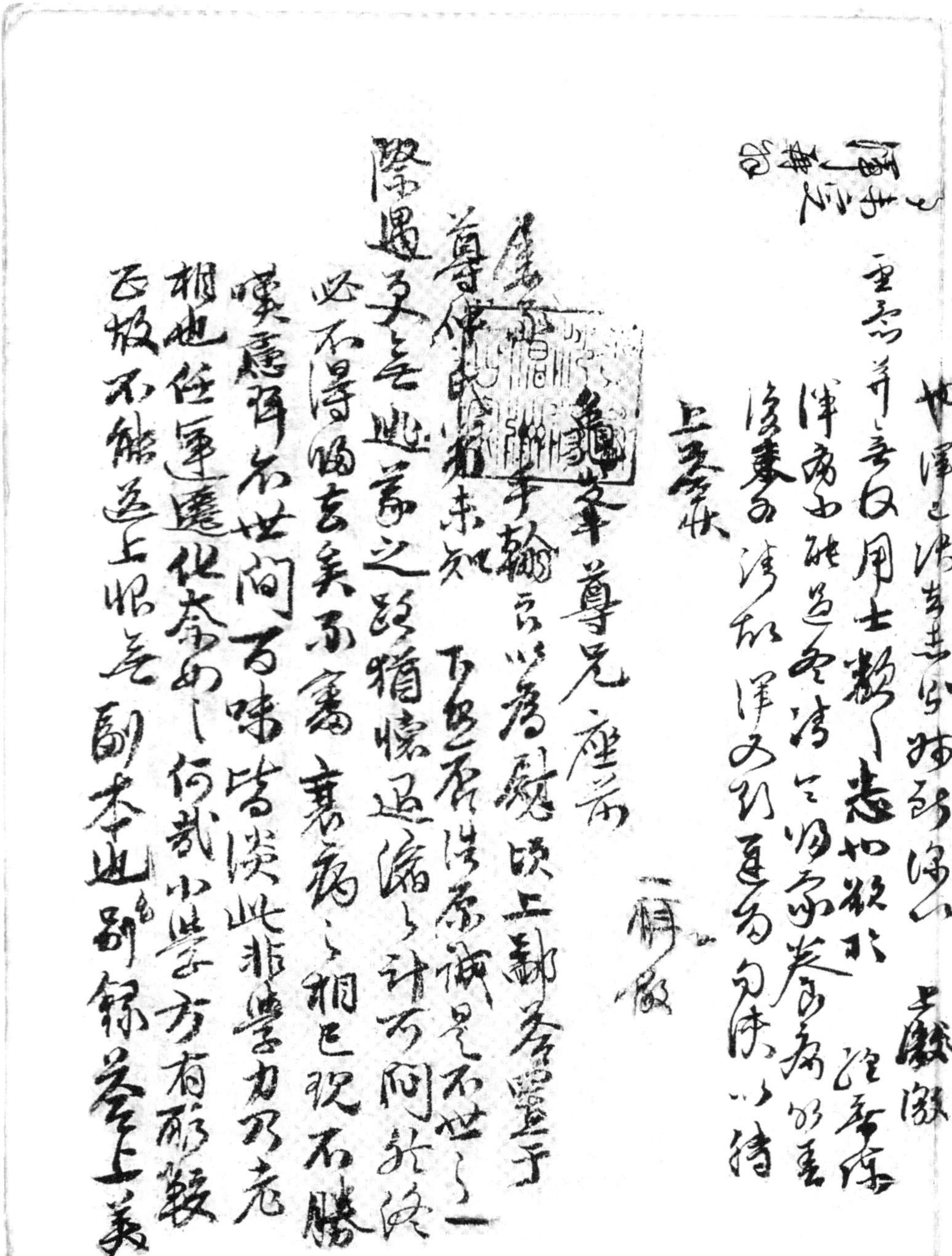

上答狀

雲長尊兄 座前

[illegible]

昨陵[illegible]書一面[illegible]文[illegible]

[illegible]

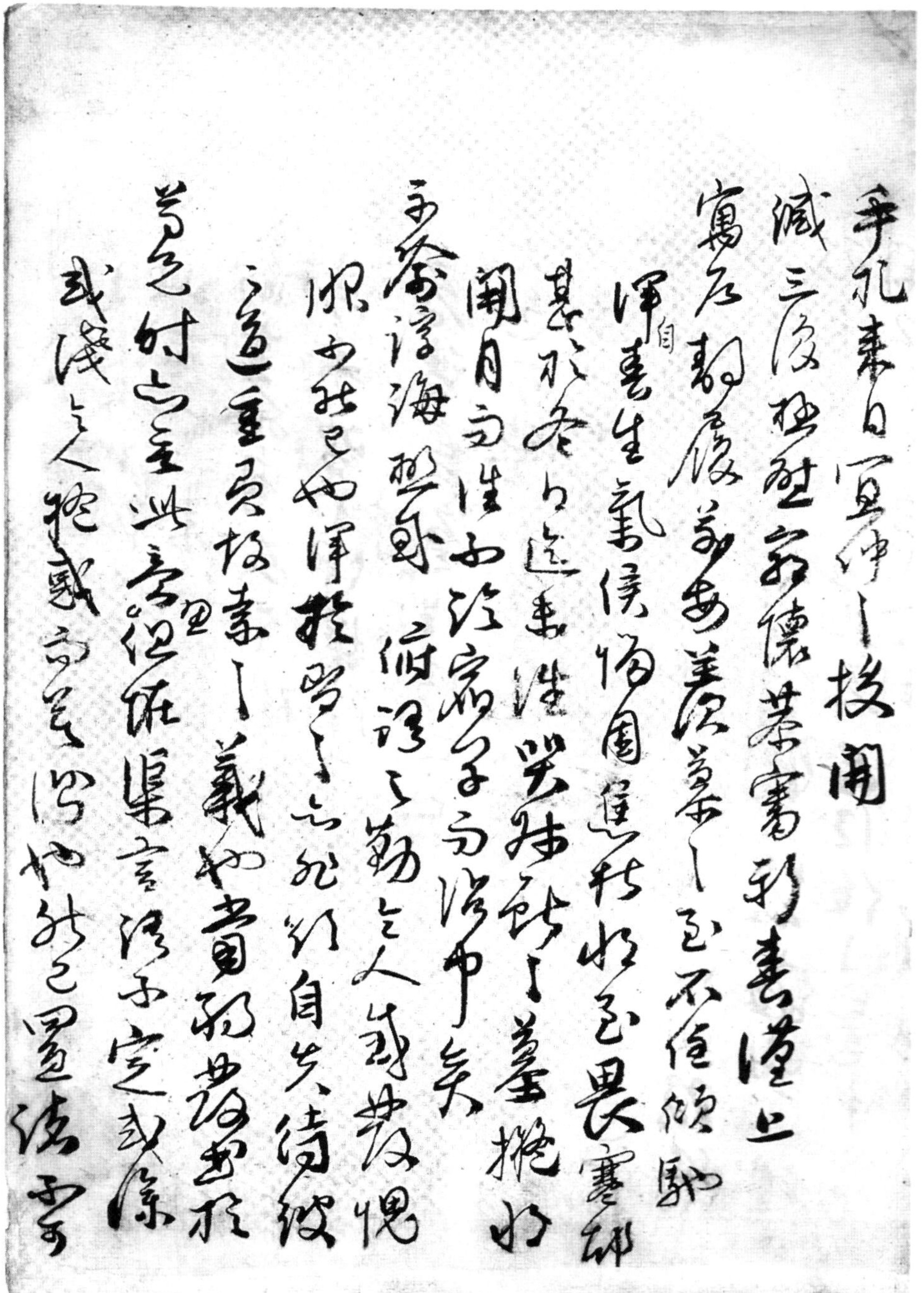

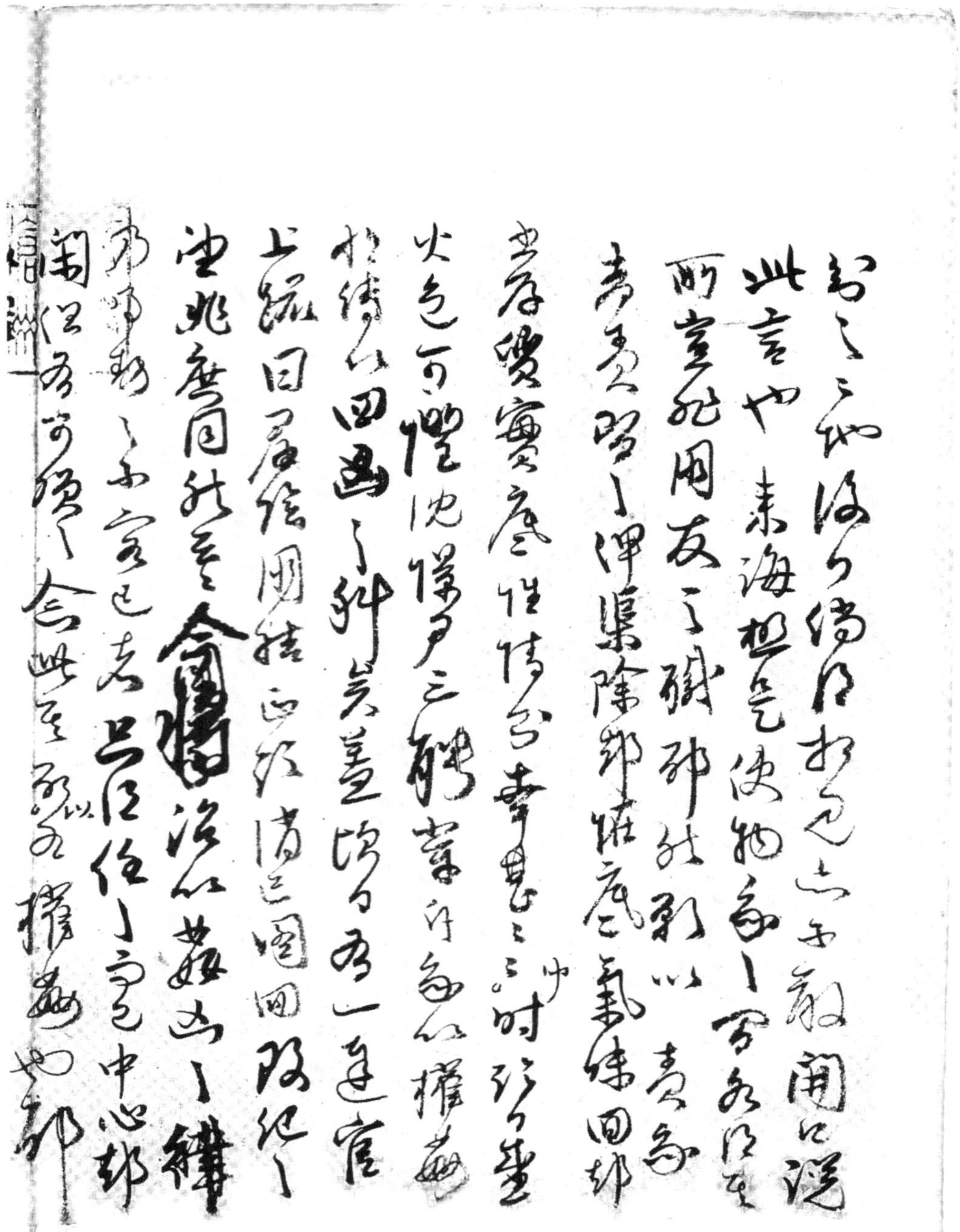

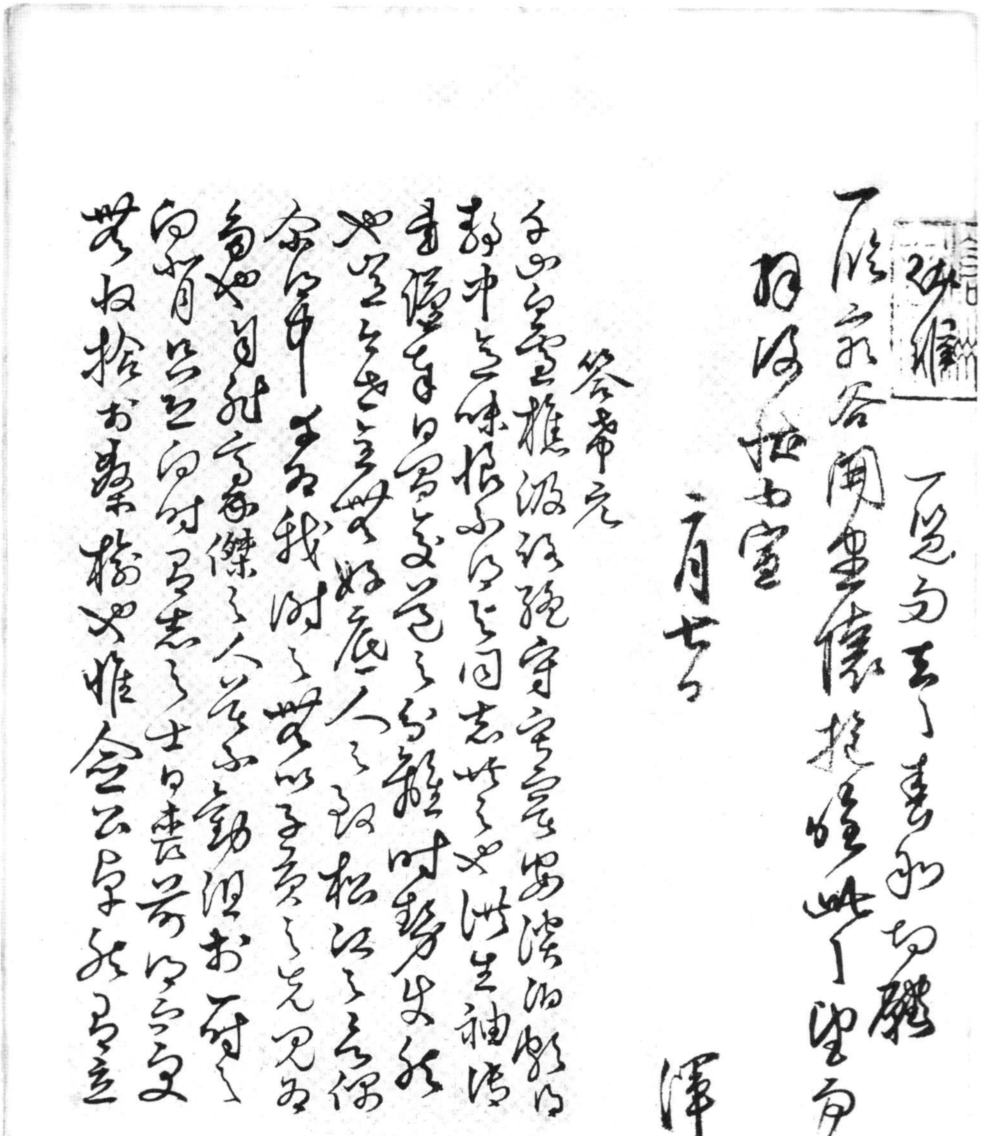

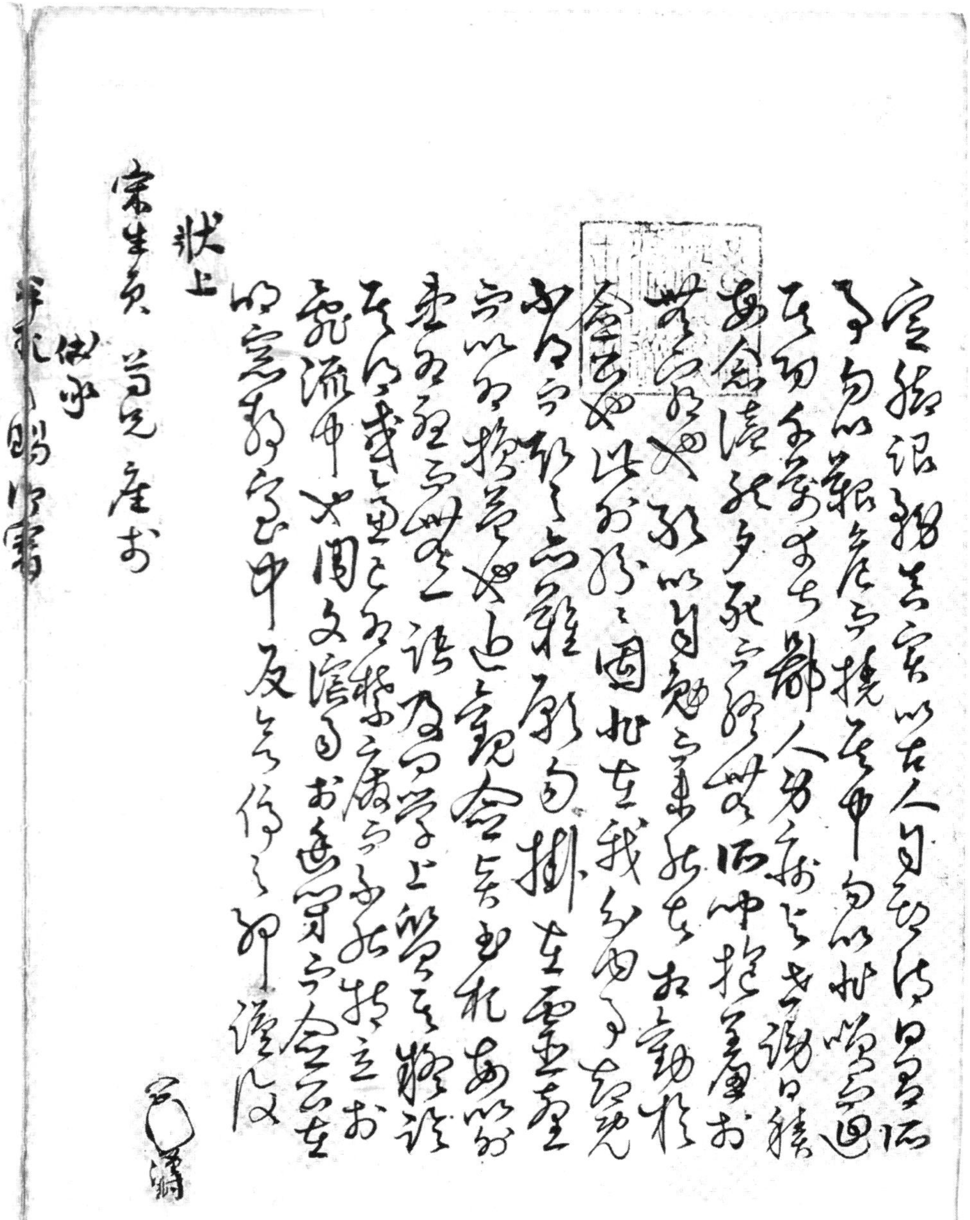

狀上

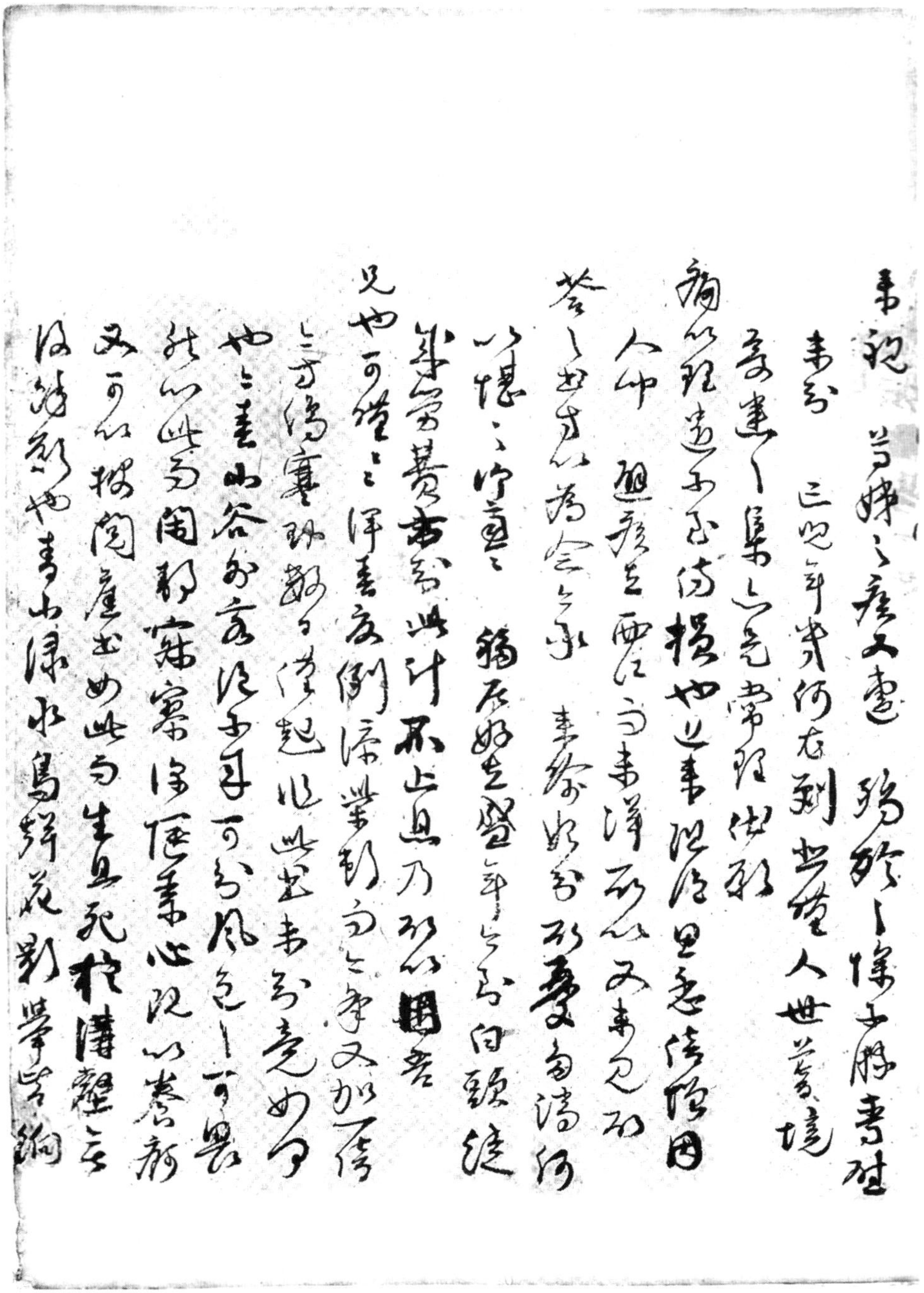

我山容天地〻厚我深矣雖
然閑卧一經文以見往世無
予意[illegible]化觀之塵今[illegible]我
以札追或從我以示人[illegible]
高妙也恐蓋一大傳也〻文
方言翁職且言語意以匡家
因於季某又言氣接而識
指士林之中人〻更在此寫去
〻者因海叢可從在高信無〻女
此[illegible]起閱謂然畫一可惠報
正獅為南[illegible]卽年從自盟
幸侵大子此年迎興之晚鄙
緣可見也然然以接此之一
[illegible]一世生不傀悉句此之

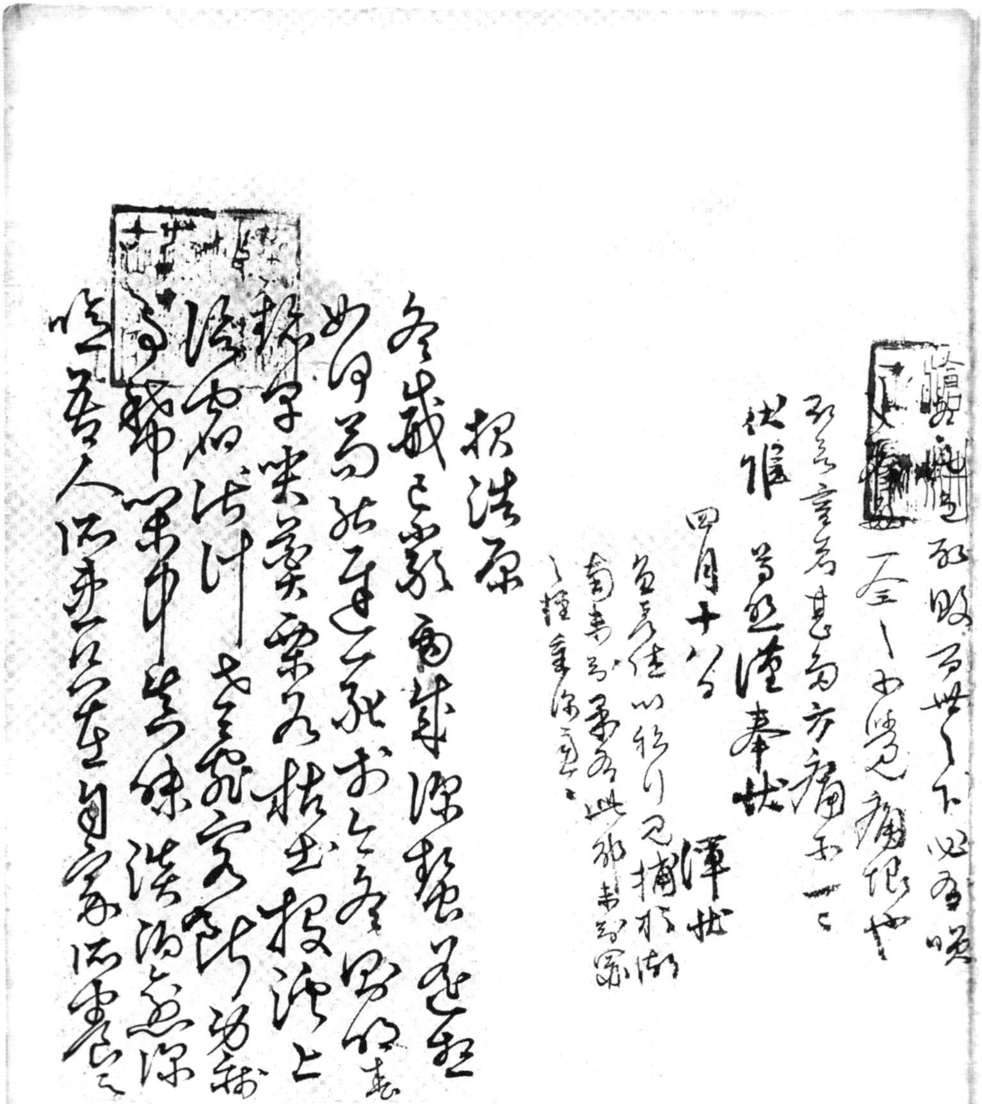

如得篤信朱翁物榮悴世亂
助我者也今吾兄故人李渻
猥上帝説行吾兄來子姪孫
鄙人以筆耀孤陋名字亦生之
在甲子之問禍福在吾何預尤
人謾相附

答洪原玉

日前蒙示書意之所謂五十年中
所無以謂難於吾輕吾兄投書之
如得也厚吾吾兄若於坤痛字
無所也難但此亂無之可以驗直
之而兄者也只合任彼所為而不宣

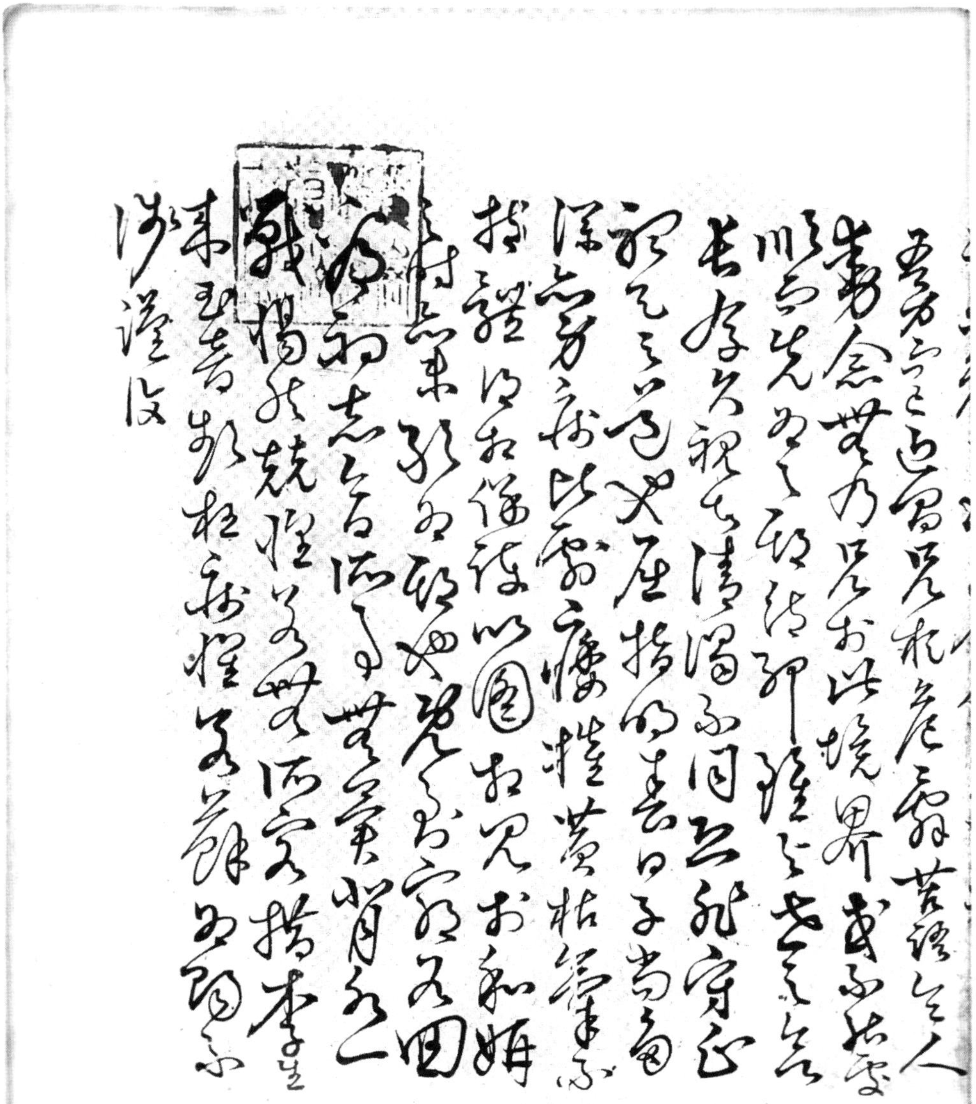

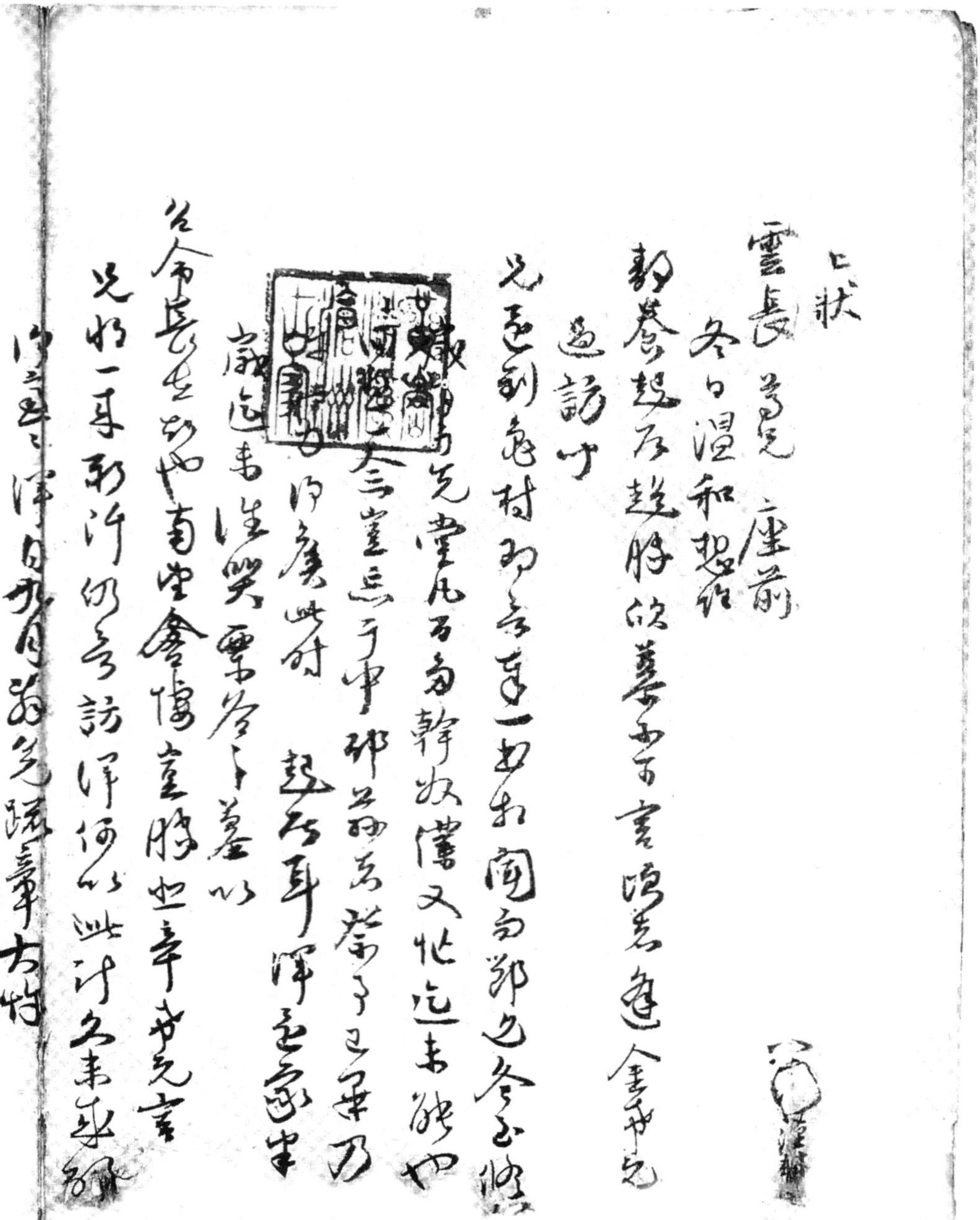

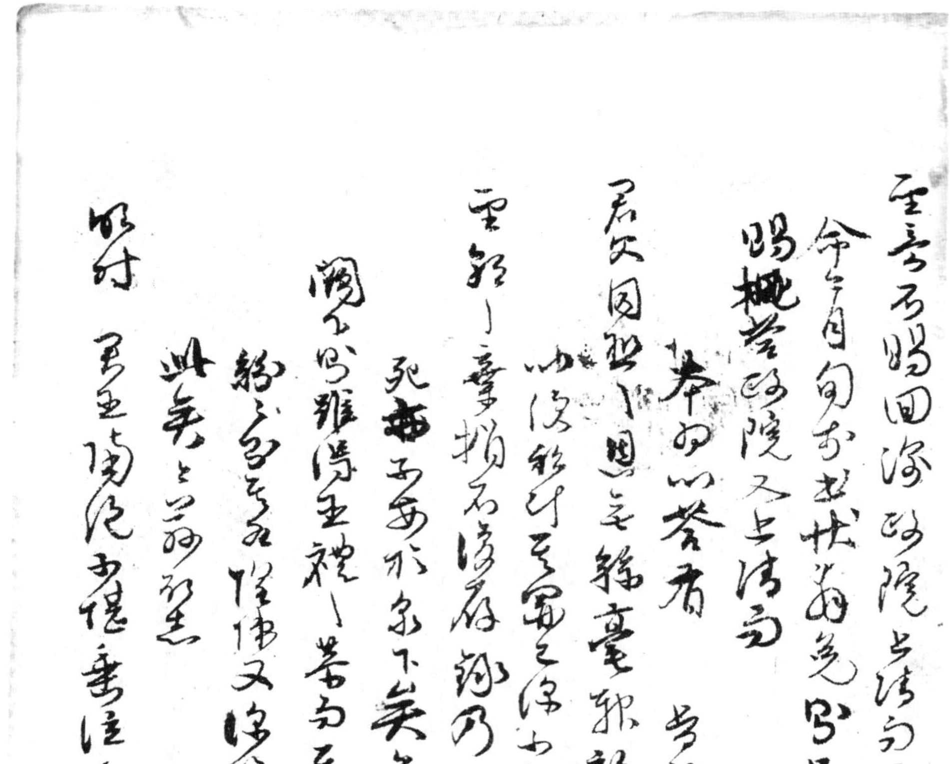

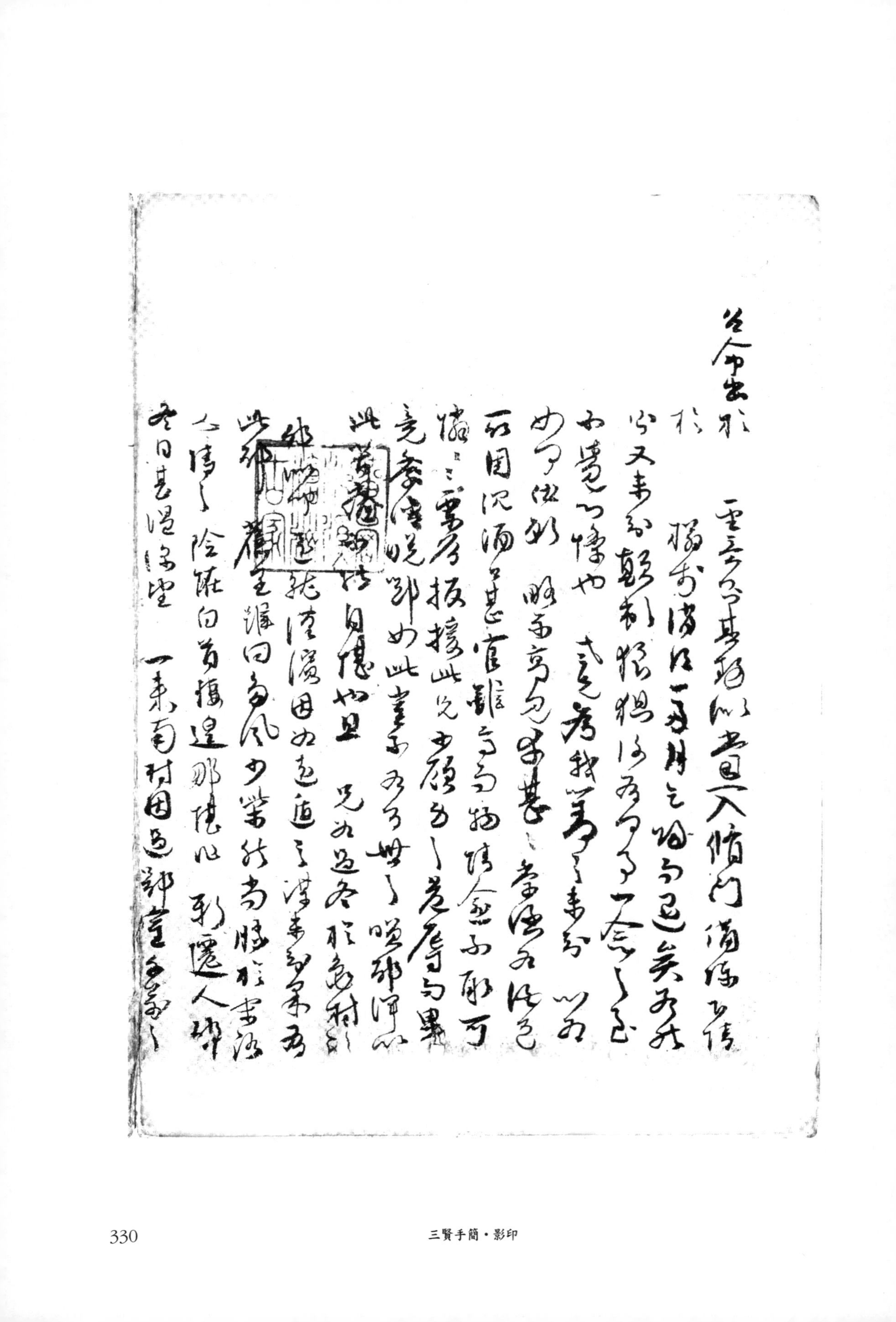

[illegible]

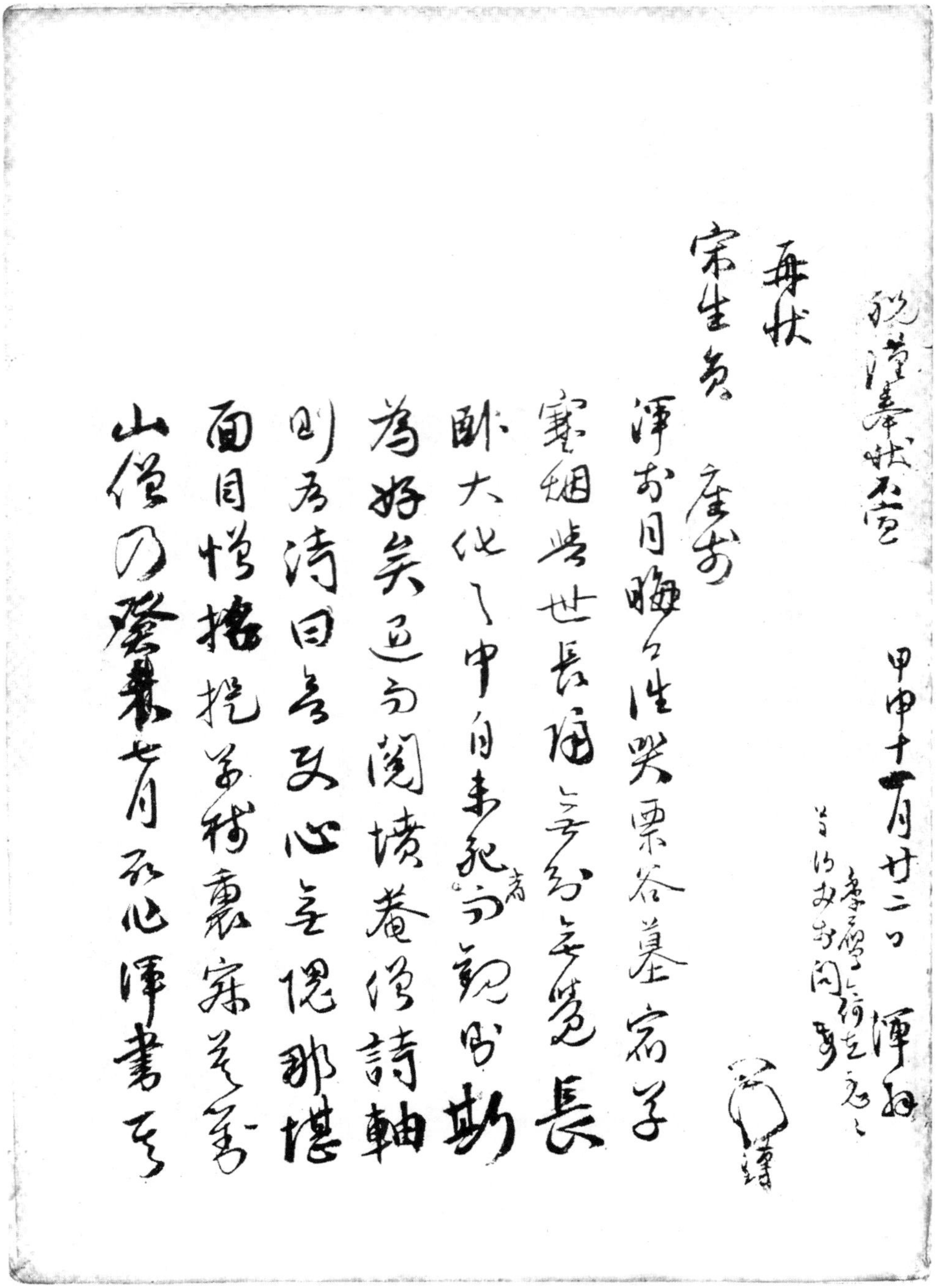

某下因世態隨人轉更[illegible]老
兄新那知此後死撥[illegible][illegible]
禪去之 尊兄來有此墓亦
[illegible]廢[illegible]後之一拜
靜氣必由此而得之矣 書中不[illegible]
此後[illegible]隨後再拜
渾頓
某

雲長 尊兄 上答狀
宋生員 座下
千萬望外 忽領李生袖間
手札 開緘展讀 如覩[illegible]之[illegible]慕[illegible]
[illegible][illegible]齋宅 起居[illegible][illegible][illegible]慕[illegible]可[illegible] 渾之年

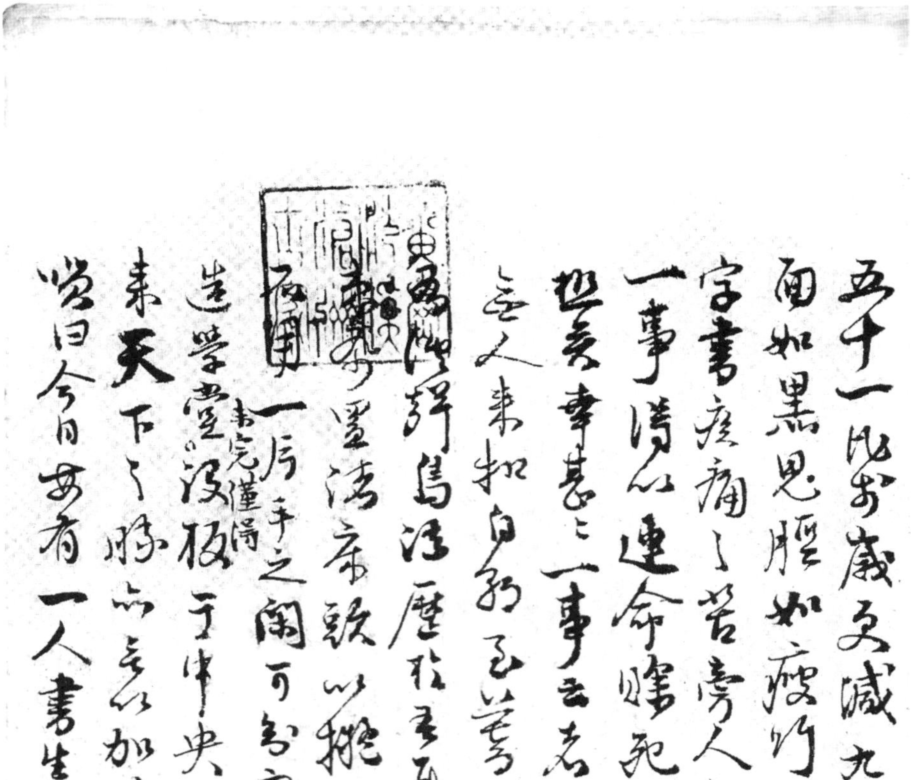

書隱守直好守窓户也儒書名之曰愚余
所欲為也今亦卧此室中書此書可謂書隱
之守户也聞余在亡來高陽墓下宮是者
一紅牲遑回春意也思甚云謫曰在漢焉
又曰天熱恐然今問必不能屏坐收天下
安否如海越好好鄉要春亦此家賢不勝其多
之危厚多與崇園之人相失者專由此在也多
要春死後還取妻守為後日多古怪風每一念
之為篤痛恨也安得之更還手狀後世之渠營[illegible]
之出來於世何擇與修念之渠紅淵我亦為要春亦應乎
勝俗者也時當可適之然逐執此便詩以見死
者為同漢脫禍計生死詩人之蔣鄉之名姜[illegible]

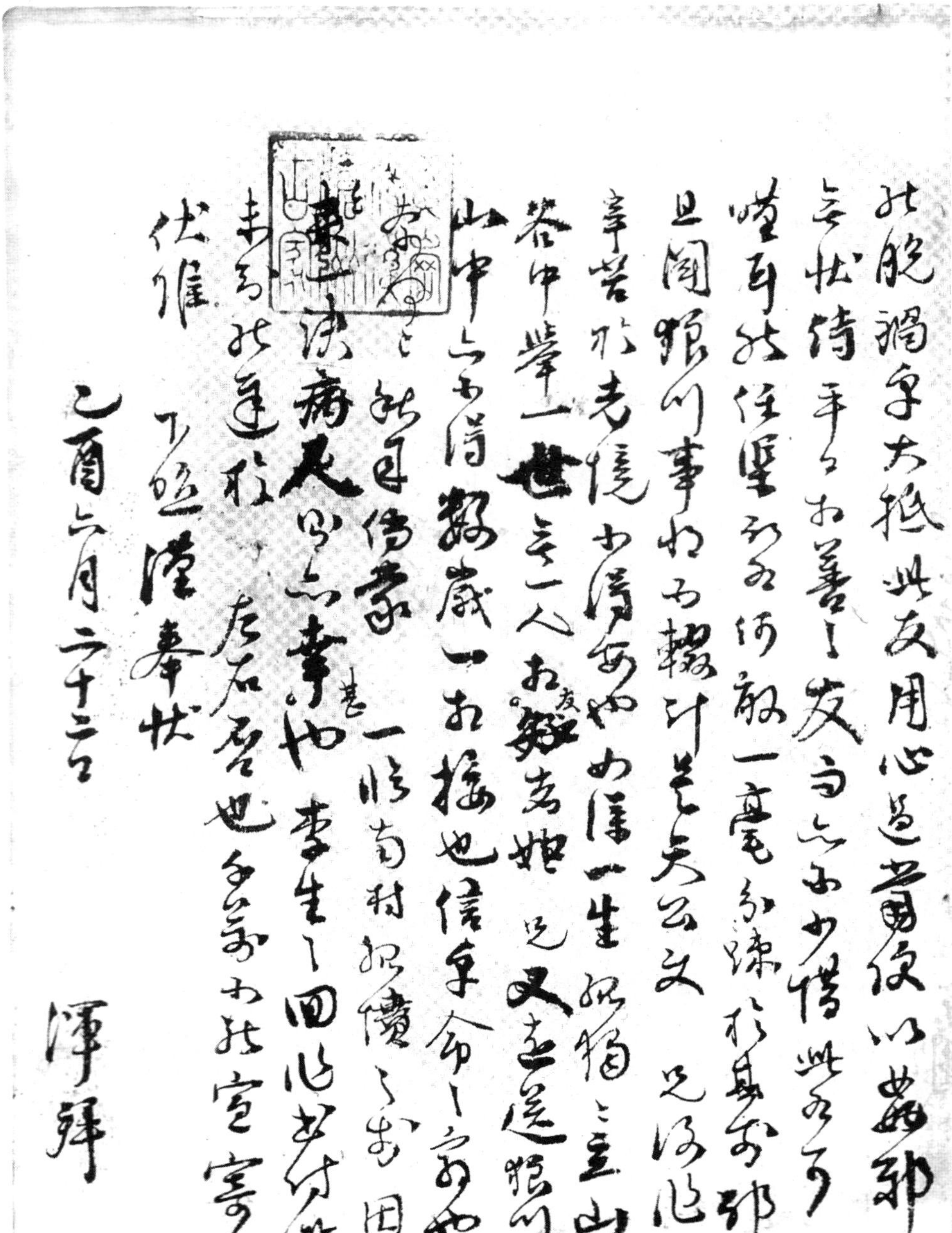

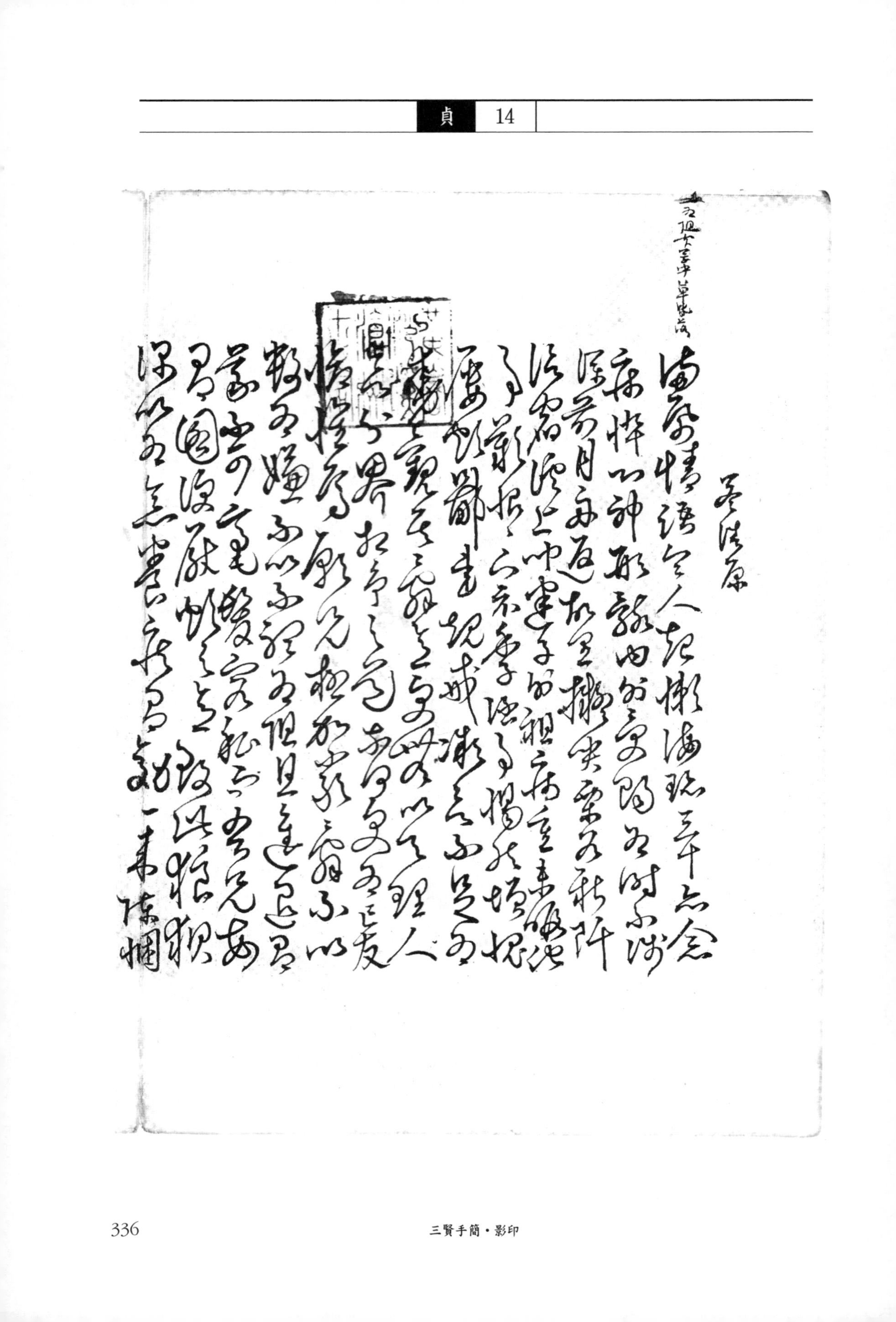

[illegible]

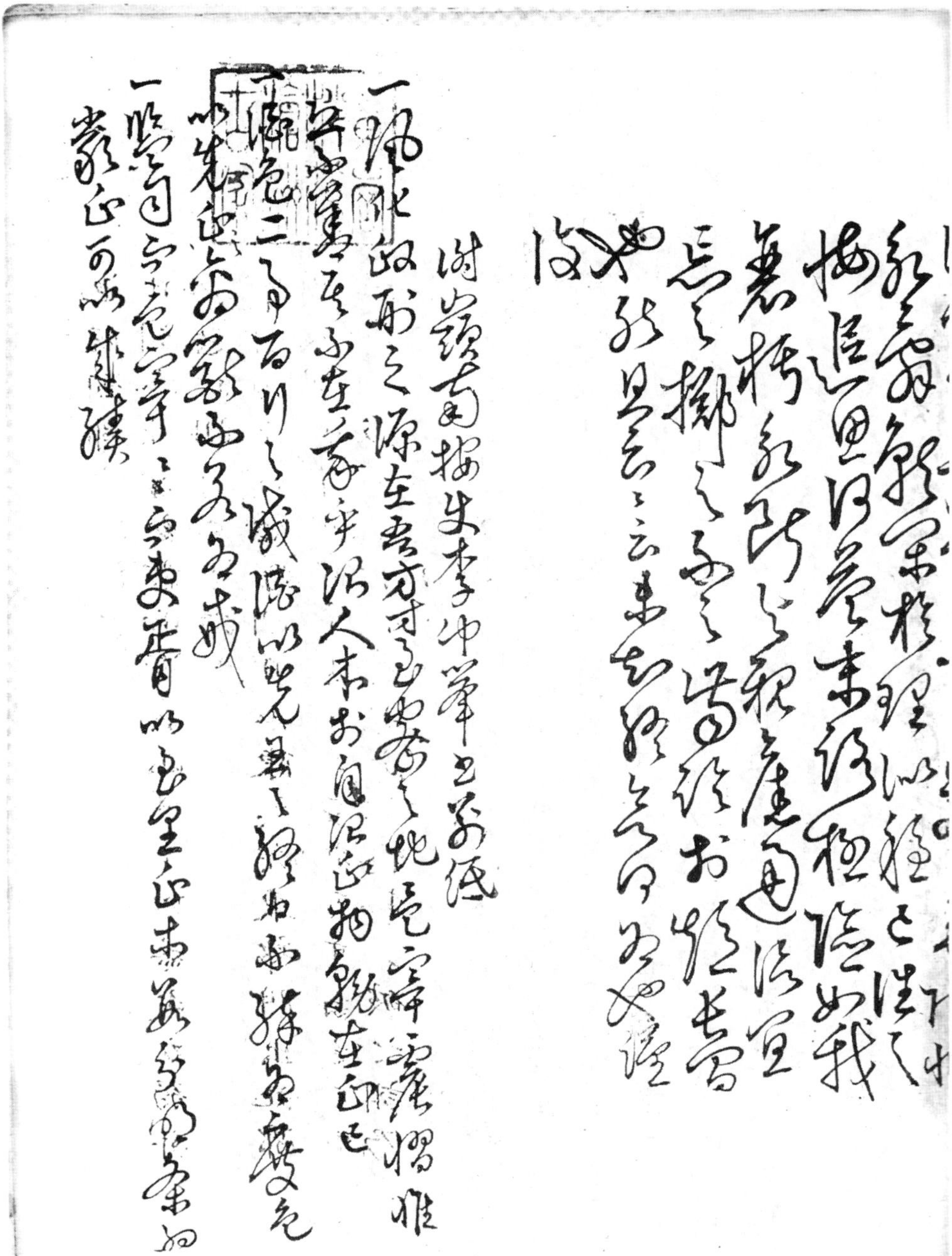

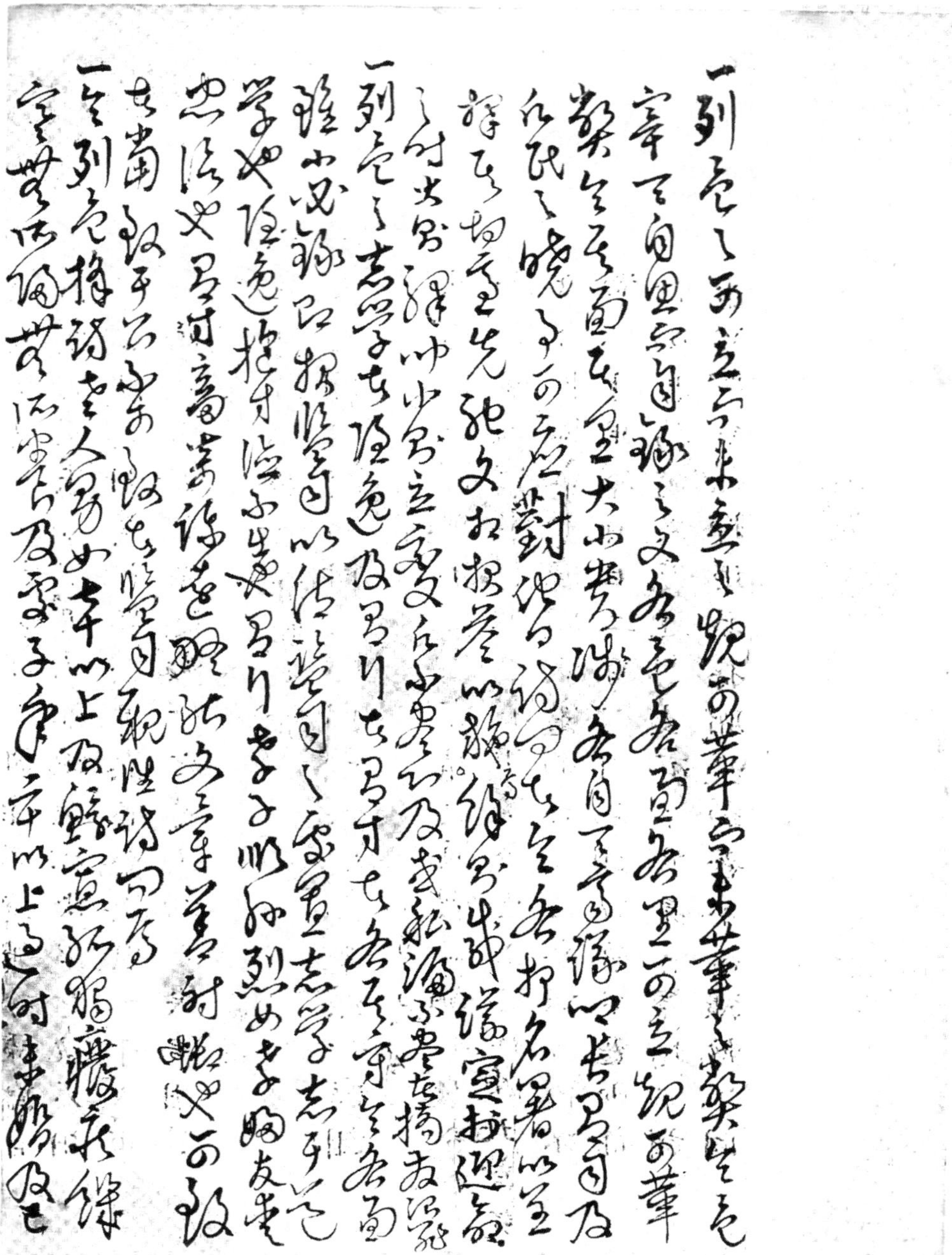

張先生謂士君子出乎常士子[illegible]如子[illegible]

墳塋所在至于物年代甚遠下詳宗[illegible]呈[illegible]或設[illegible]為[illegible]之[illegible]

以財賄求之或[illegible]動婚嫁或遂[illegible][illegible]表之

或[illegible][illegible]婁[illegible][illegible]廢[illegible]之[illegible] 建有遺亦實有罪

一[illegible]設[illegible]之情[illegible][illegible]非[illegible]所以家之

一[illegible]宜[illegible]不[illegible]故古語云防小人[illegible][illegible]自[illegible]

一[illegible]之[illegible]才張[illegible]例[illegible]横[illegible]宜[illegible]薛文清公曰一字

敏捷[illegible]之類勤[illegible]人[illegible][illegible][illegible][illegible][illegible]

[illegible][illegible]大[illegible][illegible][illegible][illegible][illegible]

一勤[illegible][illegible][illegible]所以[illegible][illegible][illegible][illegible]

[illegible]十[illegible][illegible]在[illegible][illegible][illegible][illegible][illegible]第一[illegible]

[illegible]才[illegible][illegible][illegible][illegible][illegible][illegible][illegible]

[illegible]人[illegible][illegible]勉[illegible][illegible][illegible]人[illegible][illegible][illegible][illegible]人[illegible][illegible]也

數[illegible][illegible][illegible]子[illegible][illegible][illegible][illegible]以[illegible]

書來後試拈筆放嚬
行次
高韻拙澁不可觀然不敢
不書呈幸
一覽漫去之幸甚

閱世 身登百尺竿
目覩尖物已能安明
素隱處循得熟義

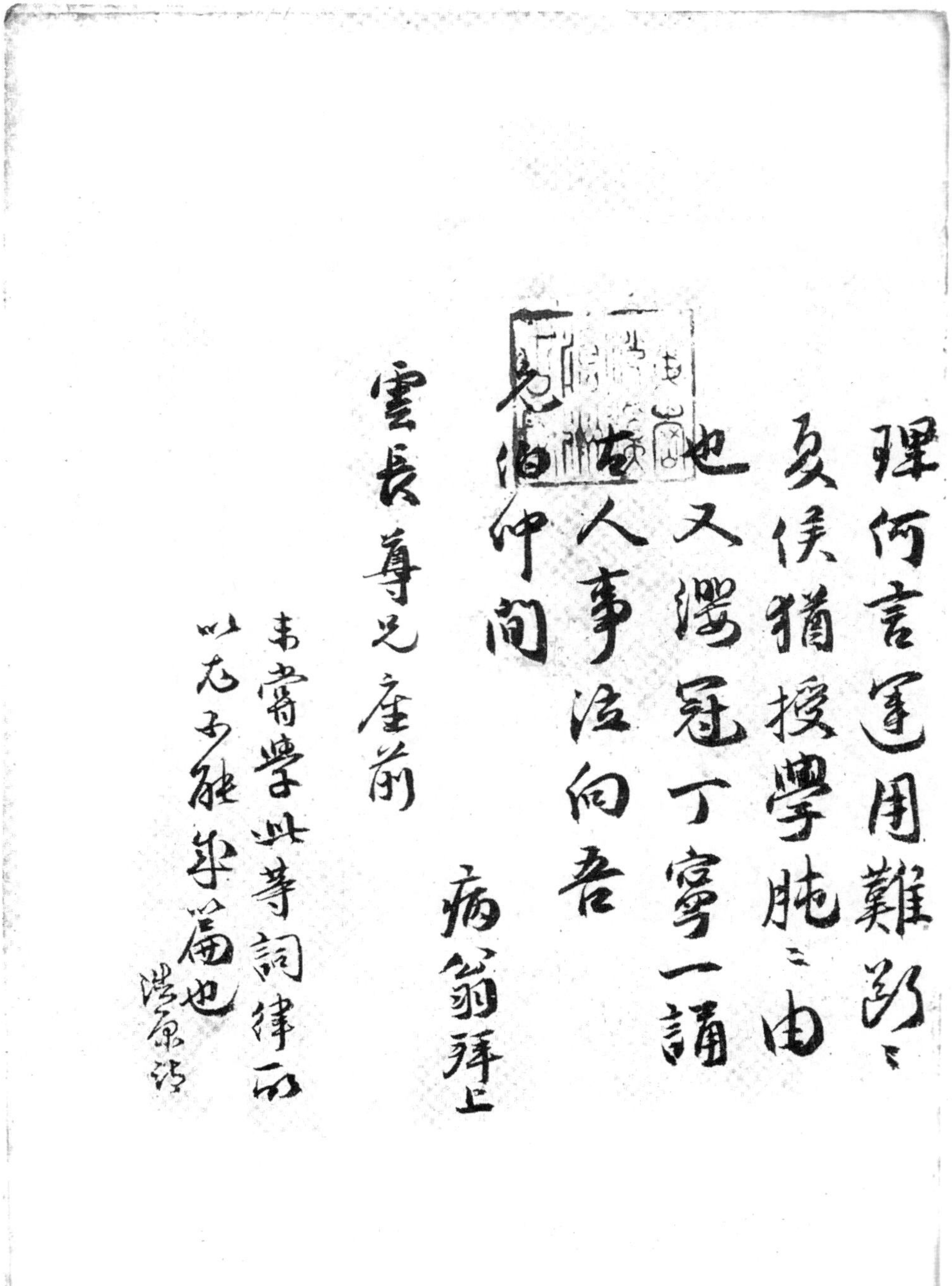
理何言運用難耶ゝ
夏侯猶授學肫ゝ由
也又纓冠下寧一誦
古人事治向吾
見伯仲間
病翁拜上
雲長 尊兄 座前
未嘗學此等詞律所
以尤不能卒篇也
洪原識

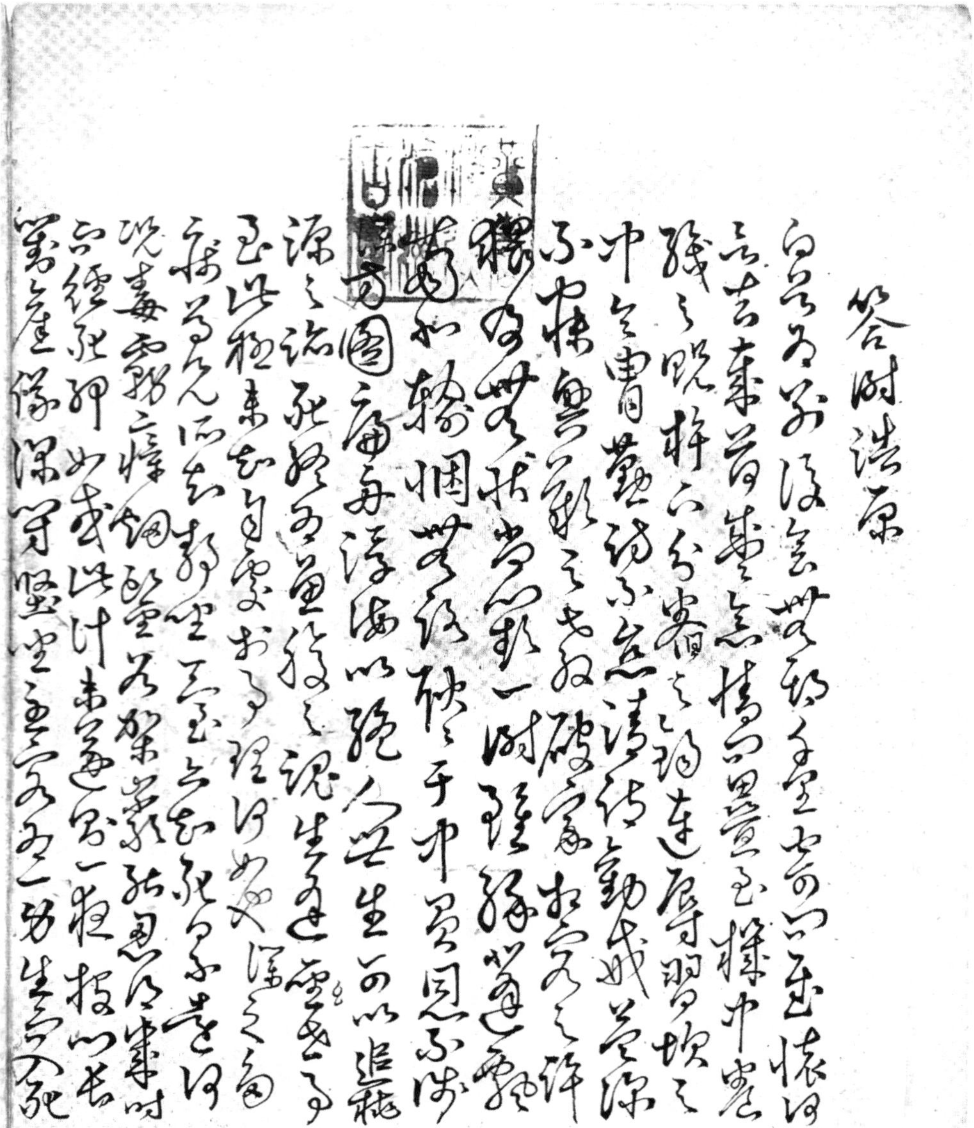

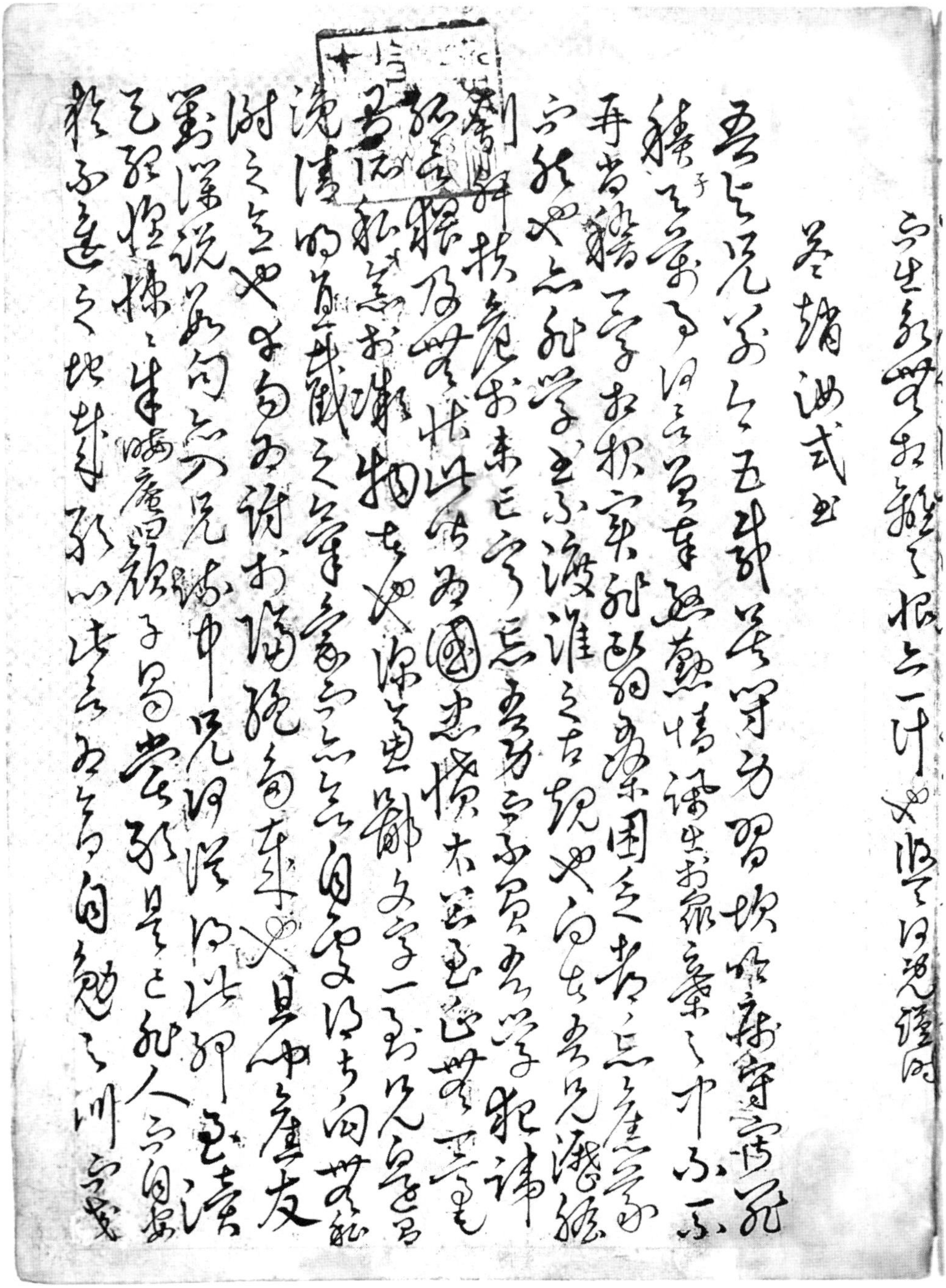

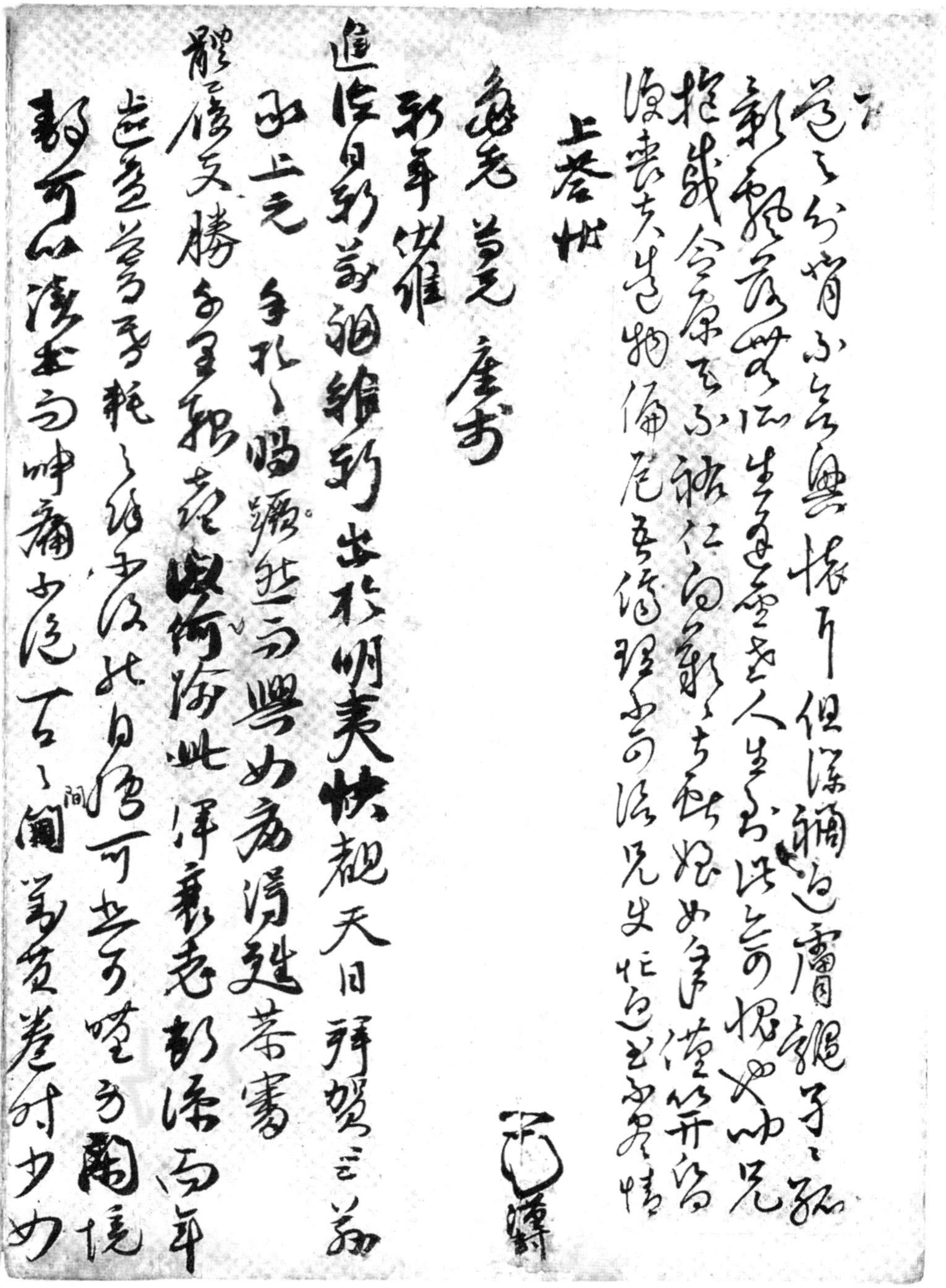
上答狀
新年
天日

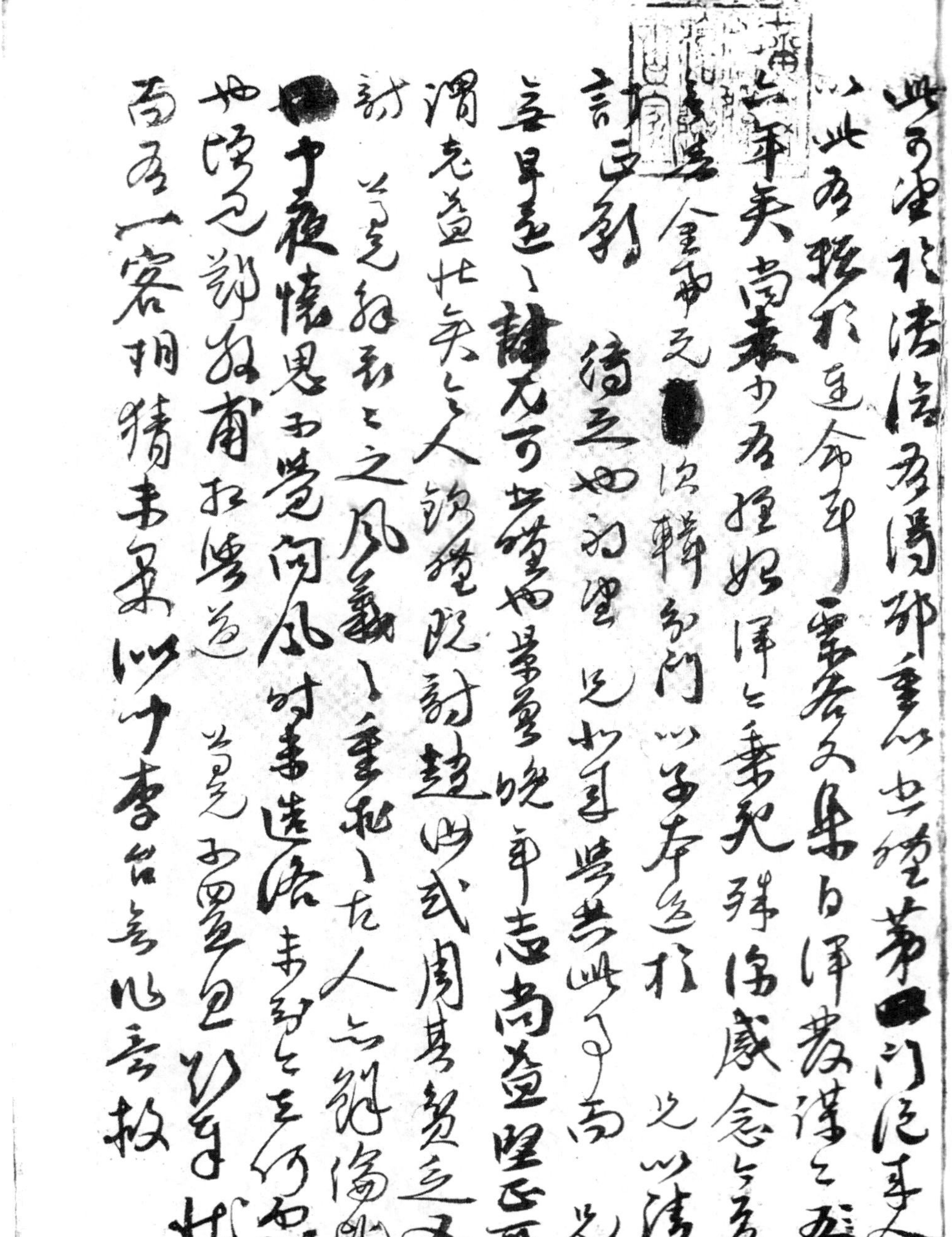

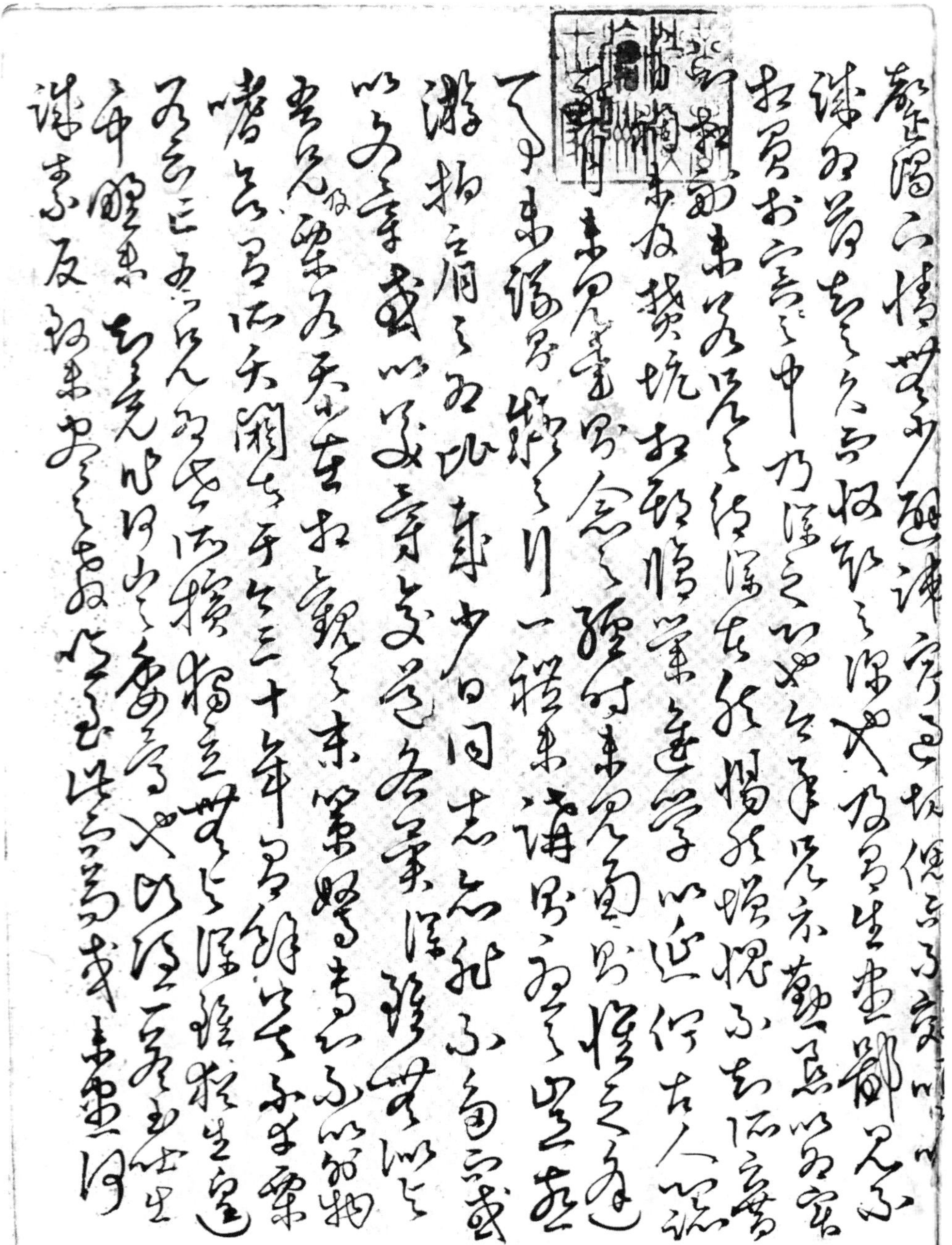

惠書[illegible][illegible]手[illegible][illegible]如[illegible][illegible]我[illegible][illegible]勉我
不逮[illegible][illegible][illegible]者我[illegible][illegible]耶[illegible][illegible][illegible]措深喩
未[illegible]獨[illegible][illegible]不[illegible][illegible]中[illegible]得乎[illegible][illegible][illegible]乎[illegible]
一[illegible][illegible]措[illegible]以[illegible]人[illegible][illegible][illegible][illegible][illegible][illegible][illegible]悅
可朱子曰君子自許[illegible][illegible][illegible][illegible][illegible][illegible][illegible]
在[illegible]破說說那[illegible][illegible][illegible][illegible][illegible][illegible][illegible]
兄之獨爲此[illegible][illegible][illegible][illegible][illegible][illegible][illegible]勉人尤堪
覼縷

上狀

惠老 尊兄 座前

音徽長阻 歲已秋矣 思慕之苦 襄老尤

切未審

靜處起居 想安吉 素否 [illegible][illegible] 君 [illegible][illegible]

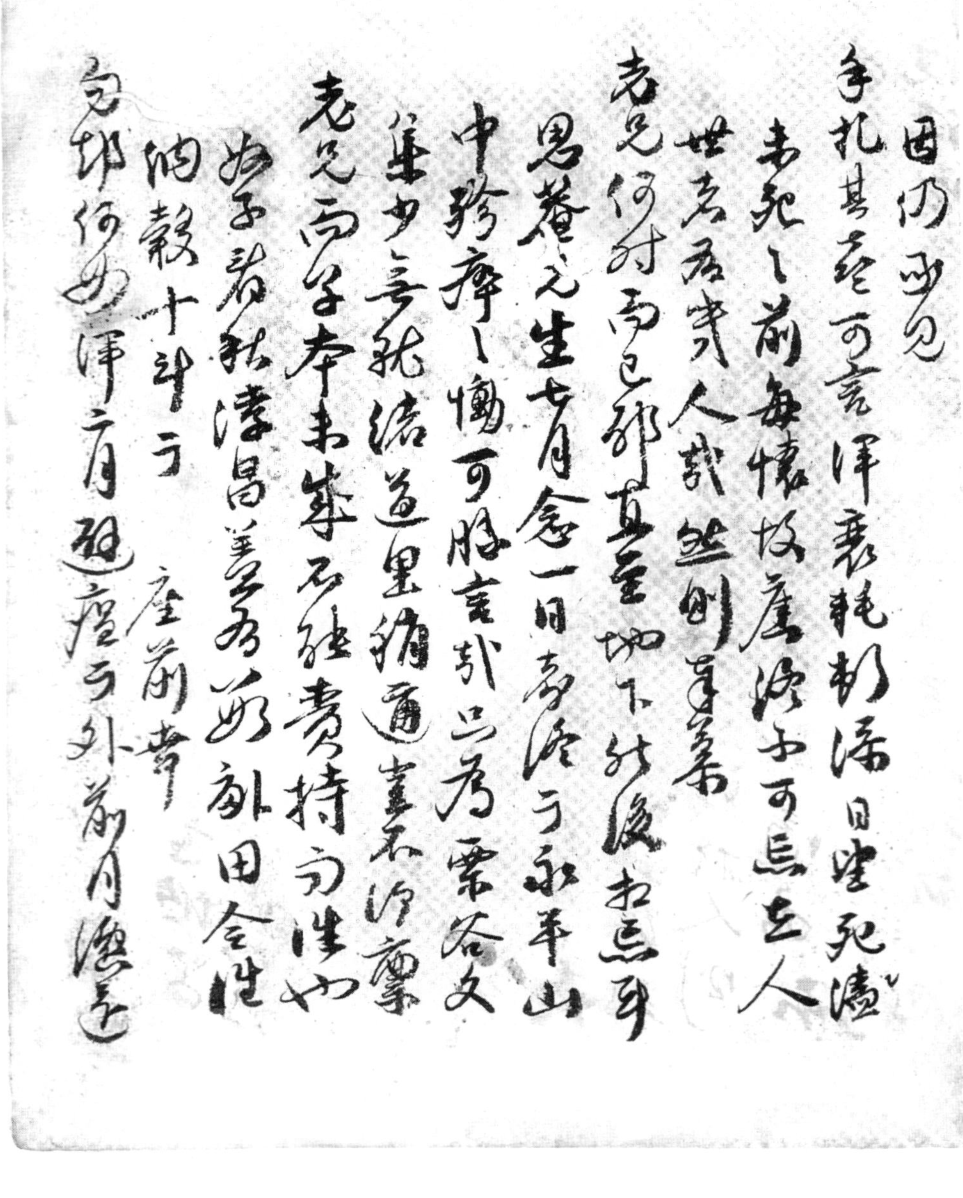

君之業立必之道如何甚慰乎

之而重[illegible]之言[illegible]惟

[illegible]經寧耐我孤懷[illegible]寧壯

過丑中結之句

渾爾

而乎中學問文君指行西歸郡守以此文

君紀錄甚存且以官守盡心君子大

鄙篇敢以稟 老兄俾達於言此離鄙

生種發庭習未結成句書誅於人則

君之言于君子君於東郊適君云

思固慕[illegible]布

石潭書院諸賢遊我曾立年於立栗谷祠板以配

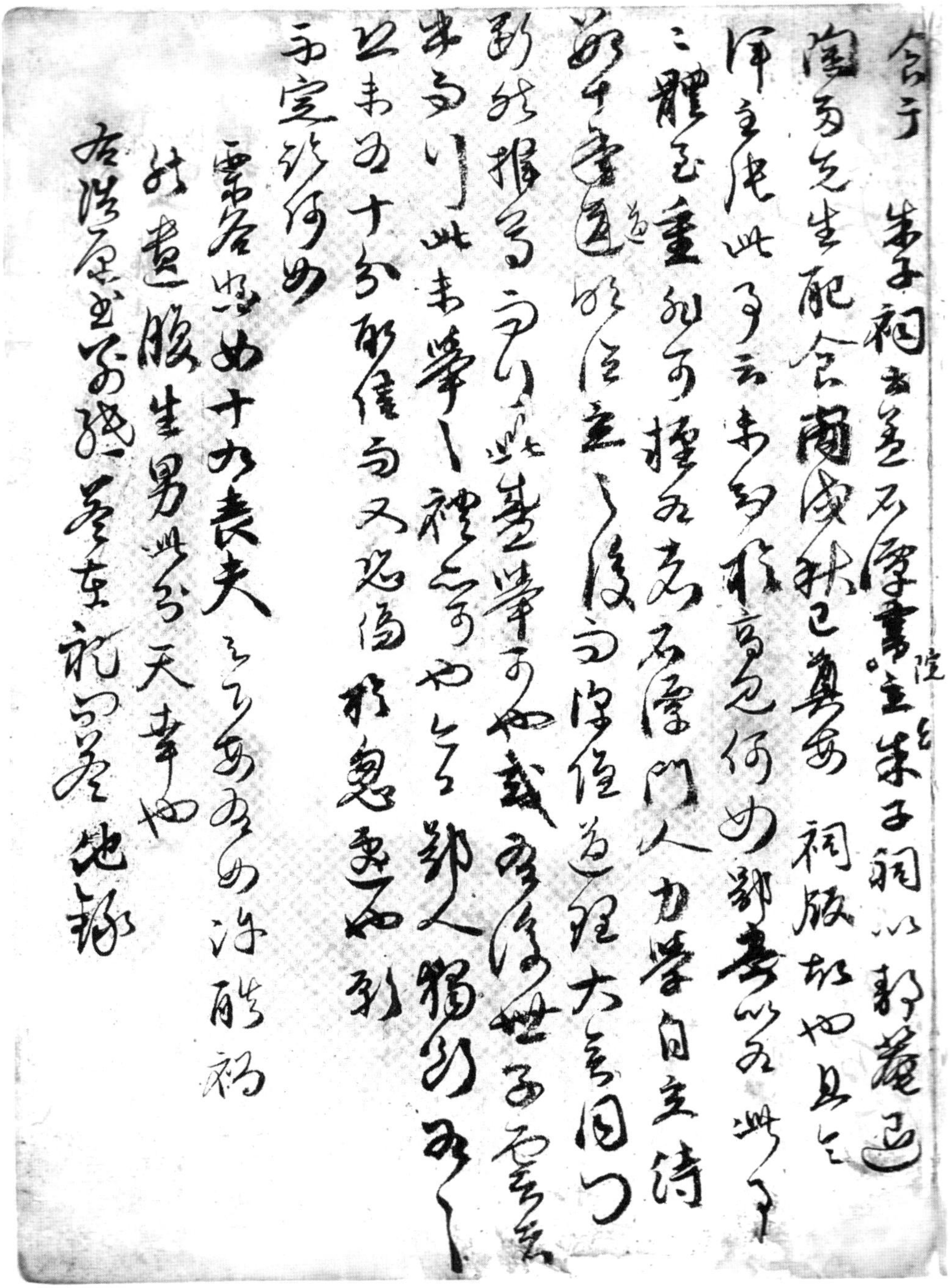

壽元 二元 上謝狀

一別經旬杳如隔世之人悵然[illegible]

[illegible]

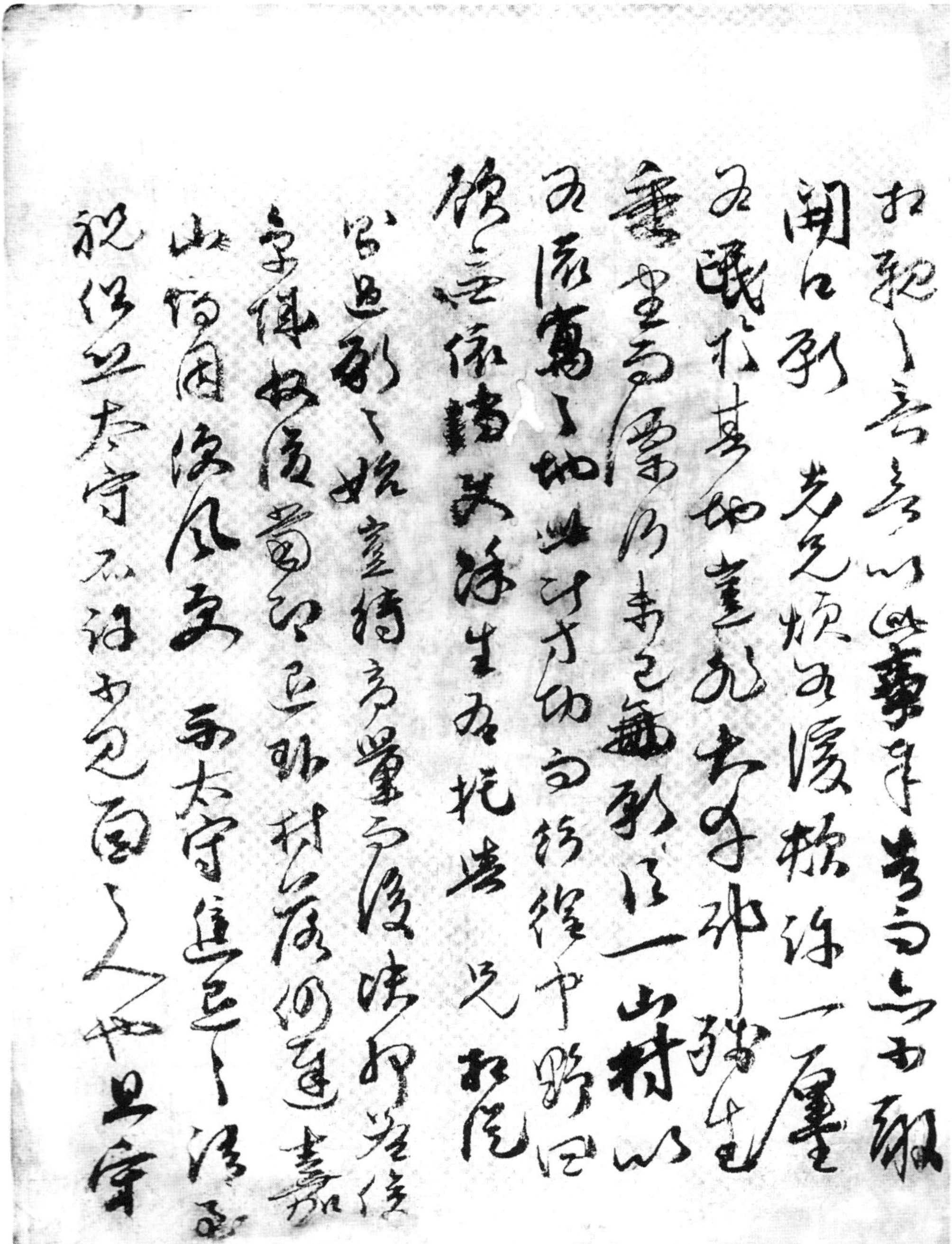

渾居人德為義好李挹姓屋儀屋
急能和魏對來記違袁事了來定郊
郊人以賤理而宜稅為清派清
滁為其家舒後隱戮以此為害我
國家大計未為生事致猶豫其此豈時哉
正處稍為死淵自可言　吾家事了
太能獨擇能從避然未為如何者所千萬
請書齋而和其聲袁事了無一書敬回
如聞能學術得自程朱以後以而能盡人
道也後世可言不天不賢之為斯聲艱久矣

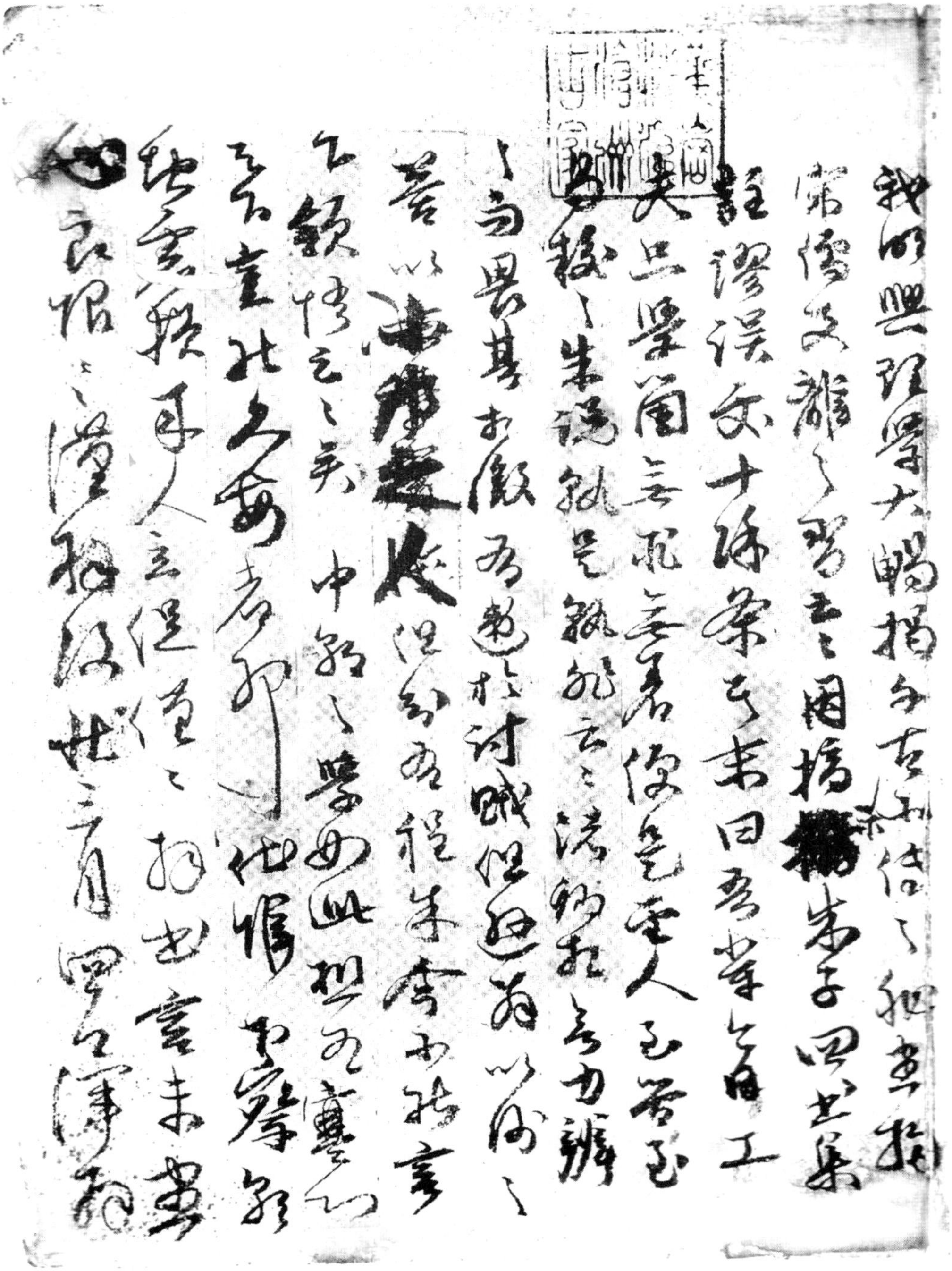

頤老 兄 上答狀

淸川 寓舍

去歲金集傳寄兩封
手札閱歲之後始覽也恨歎後
音徽永隔無異隔世人唯有一念不
忘性來心出自己之兩在孝子書示
又一封手書落在屢歲之仲冬廿日披讀
驚傷理無騰信後又經三朔未知
閑況安佳否吾輩今到白首惟餘一
一死人世故屢寧後方寔圖以[illegible]
書尺亦云幸矣況世亂如此於[illegible]

[illegible]

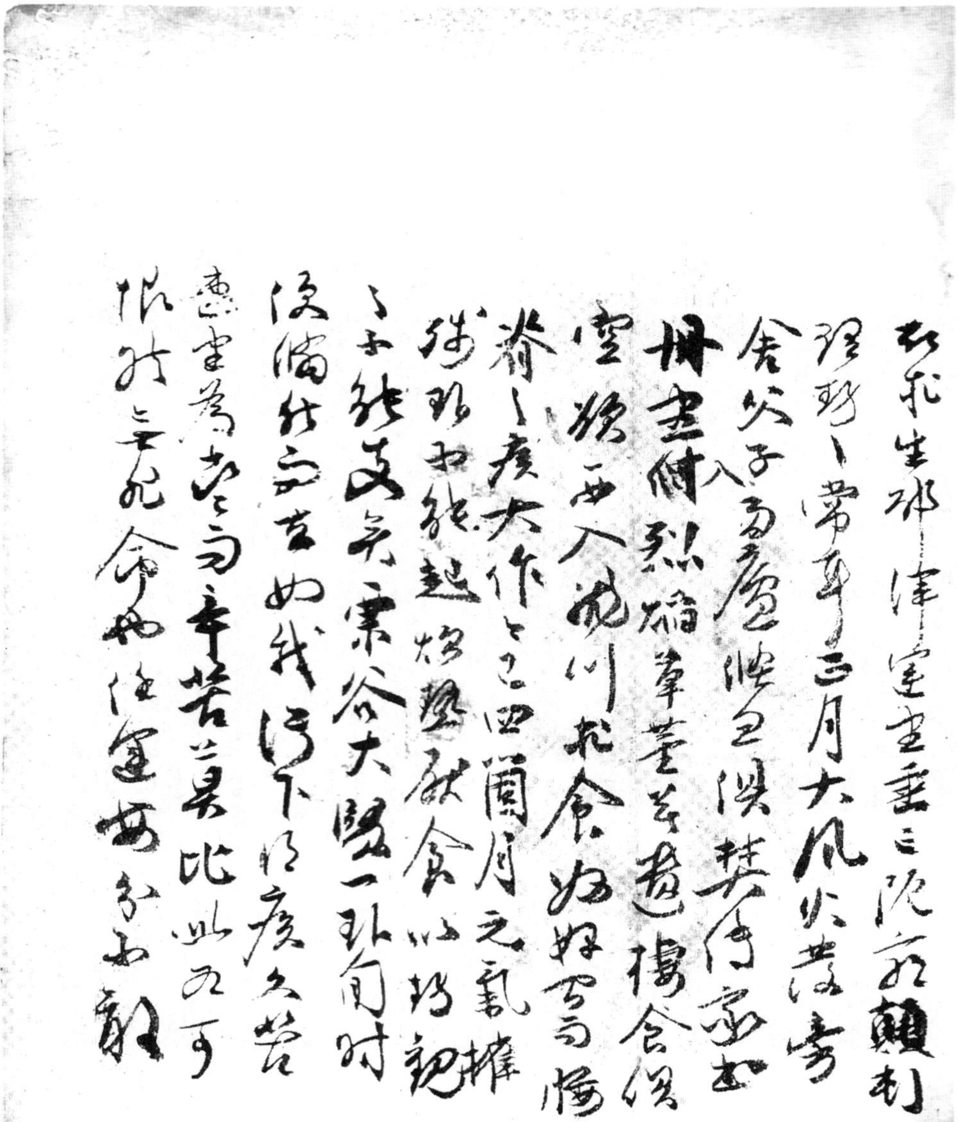

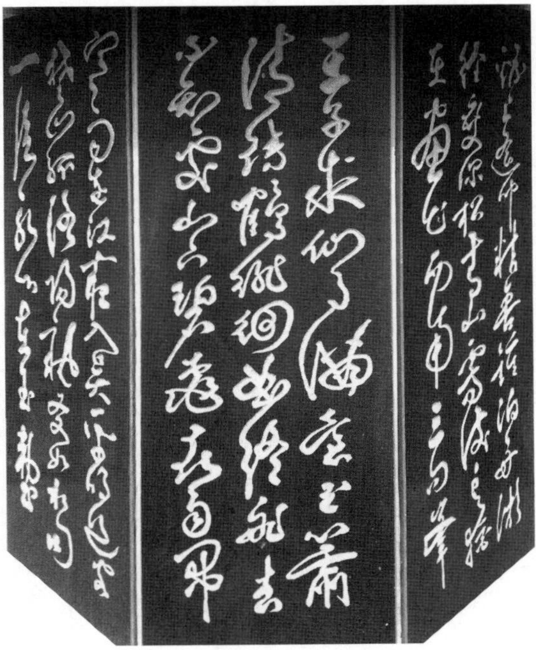

三賢手簡

초판 1쇄 인쇄 2023년 5월 31일
초판 1쇄 발행 2023년 6월 8일

지은이 송익필, 성혼, 이이
원문역 임재완
엮은이 송남석

펴낸곳 도서출판 맑은샘
출판등록 제2012-000035
주소 경기도 고양시 일산서구 중앙로 1456(주엽동) 서현프라자 604호
전화 031) 906-5006
팩스 031) 906-5079
홈페이지 www.booksam.kr
블로그 http://blog.naver.com/okbook1234
이메일 okbook1234@naver.com

ISBN 979-11-5778-604-6 (03800)